JOHN DARNTON

Neandertal

Buch

Als im unzugänglichen Pamirgebirge in Tadschikistan ein Guerillakämpfer spurlos verschwindet, eine englische Touristin ermordet aufgefunden wird und ein bedeutender Professor für Paläontologie sich in Luft auflöst, schrillen in Maryland im Institute for Prehistoric Research die Alarmglocken. Irgend etwas muß bei einer von hier aus gesteuerten, topgeheimen Mission schiefgelaufen sein. Immerhin geht es um eine unglaubliche Entdeckung: In einem abgelegenen tadschikischen Gebirgstal soll ein Stamm von Neandertalern überlebt haben. Und die Mitglieder dieses Stammes sollen über eine unglaubliche Gabe verfügen, denn es heißt, sie können Gedanken lesen.

Kein Wunder, daß sich auch der amerikanische Geheimdienst für diese Entdeckung interessiert. Der renommierte Wissenschaftler Dr. Jerome Kellicut hatte den Auftrag, Licht in die Angelegenheit zu bringen, und sein Verschwinden läßt Schlimmstes befürchten. Unter strenger Geheimhaltung wird eine Suchexpedition vorbereitet; an ihrer Spitze stehen die Archäologen Susan Arnot und Matt Mattison. Die beiden, die eine alte Liebe verbindet, sind heute als Vertreter zweier konträrer Ideen über das Aussterben der Neandertaler erbitterte Rivalen. Nun brechen sie gemeinsam auf zu einem der größten Abenteuer der Wissenschaft – und zu einer Begegnung der ganz besonderen Art.

Autor

Der amerikanische Journalist John Darnton, geboren 1941, war lange Jahre New-York-Times-Korrespondent in London. Der Pulitzer-Preisträger eroberte mit seinem Romanerstling »Neandertal – Tal des Lebens« auf Anhieb die internationalen Bestseller-Listen.

Von John Darnton außerdem lieferbar:

Zwillingspark. Roman (45395)
Der Versuch. Roman (45585)

John Darnton

Neandertal

Tal des Lebens

Roman

Deutsch von Wulf Bergner
und Bernhard Robben

GOLDMANN

Titel der Originalausgabe: »Neanderthal«

Der Wilhelm Goldmann Verlag, ist ein Unternehmen
der Verlagsgruppe Random House GmbH.

1. Auflage
Neuveröffentlichung März 2005

Umschlaggestaltung: Design Team München
Umschlagfoto: Photonica / Flynn
Druck: GGP Media GmbH, Pößneck
Titelnummer: 45851
BH · Herstellung: sc
Made in Germany
ISBN 3-442-45851-X
www.goldmann-verlag.de

Natürlich für Nina

Und der Herr sprach zu ihr:
Zwei Völker sind in deinem Leibe,
und zweierlei Leute werden sich scheiden
aus deinem Leibe;
und ein Volk wird dem anderen überlegen sein.

1. Mose 25, 23

Beijing, 9. Juni (Reuters) – Nach einer Meldung der Nachrichtenagentur Xinhua sind chinesische Wissenschaftler einem geheimnisvollen, behaarten wilden Mann auf der Spur und haben indirekte Beweise dafür gefunden, daß dieses scheue, menschenähnliche Wesen nicht nur eine Sagengestalt ist.

Prolog

Im Jahre 1910 besuchte Geoffrey Bakersfield-Smyth, ein Forschungsreisender aus Leeds, der seiner Leidenschaft für das Sammeln und Klassifizieren alpiner Flora frönte, zufällig das Nationalmuseum für Altertümer und Artefakte in Duschanbe im Khanat Buchara. Im dortigen Keller stieß er zwischen Holzkisten mit Tonscherben, aufgeweichten Akten und sonstigem Gerümpel auf einen einzigartigen Stein. Es handelte sich um eine sorgsam bearbeitete rechteckige Steinplatte von der Größe eines kleinen Couchtischs. Am rechten Rand fehlte ein Stück, und Teile des Reliefs waren erodiert, aber andere Linien traten so deutlich hervor wie Stiefelabdrücke in morastigem Boden; sie stellten irgendwelche Menschengestalten dar.

Im verstaubten Inventarraum des Museums fand Bakersfield-Smyth eine kurze Notiz in zittriger Handschrift. Die Steintafel war 1874 von einem Bauern aus einem Bergdorf am anderen Ende von Tadschikistan beim Pflügen gefunden worden. Bakersfield-Smyth wußte, daß der Osten 1873 von einem Erdbeben erschüttert worden war, und vermutete, die Steinplatte sei dabei aus einer der zahlreichen Kalksteinhöhlen dieses Gebiets an die Oberfläche gelangt. Der Bauer hatte sie mit einem Ochsenkarren in die Provinzstadt Chodsant gebracht und dort vor einer Eisenwarenhandlung abgestellt. Wie und wann der Stein ins Museum in Duschanbe weitertransportiert worden war, war unbekannt.

Bakersfield-Smyth kratzte mit einem Taschenmesser sorgsam den Schmutz aus den Rissen und Vertiefungen der Steinplatte und machte Reibeabdrücke von den Darstellungen. Dann holte er seine kastenförmige Kamera mit Stativ und begann mit dem Photographieren. Er suchte das ganze Museum nach dem fehlenden Stück ab, konnte es jedoch nicht finden.

In London zeigte Bakersfield-Smyth seine Notizen und Aufnahmen P. T. Baylord, dem späteren Lord Uckston, der auf dem relativ neuen Fachgebiet der biologisch orientierten Anthropologie tätig war. Im Jahre 1913 veröffentlichte Baylord eine Monographie und einen Artikel im *Journal of the Royal Society for Archeology*: »Der Piktograph von Chodsant«. Indem Baylord die Photos vervielfältigte, in einzelne Bilder zerschnitt und sie neu anordnete, konnte er eine historische Darstellung rekonstruieren. Er behauptete, die Steintafel erzähle die Geschichte einer uralten Schlacht, die seiner Theorie zufolge so wichtig gewesen war, daß die Überlebenden sich veranlaßt gesehen hatten, sie für spätere Generationen festzuhalten. Er schrieb:

> Man beachte trotz teilweise unkenntlich gewordener Anfangspassagen die Versuche, das Geschehen zeitlich und räumlich einzuordnen. Im besonderen sehen wir Symbole, die Monde bedeuten könnten, und weitere, die jahreszeitlich auftretende Belaubung darzustellen scheinen. Eine Aufnahme (Bild 14d) zeigt offenbar einen Berg und eine charakteristische Felsformation, deren Zacken an die Oberseite einer geballten Männerfaust erinnern. Die genaue Lage dieser Erhebung ist unbekannt, aber in diesem Zusammenhang ist anzumerken, daß es im noch weitgehend unerforschten Pamirgebiet Afghanistans, Tadschikistans, Jammus und Kaschmirs unzählige Felsformationen gibt, die durch ihre riesenhafte Größe sowie durch ihre auf Gletscherschliff zurückzuführenden seltsamen Formen auffallen.

Baylords Schlachtenbericht war fesselnd, aber letztlich wegen des fehlenden Teilstücks unbefriedigend; das Ende blieb im ungewissen, seine Geschichte löste sich gewissermaßen in Luft auf. Aber es gelang ihm, zwischen zwei Kategorien von Kriegern zu unterscheiden und drei klar definierte Gefechte auseinanderzuhalten. In einer oberen Ecke fand er sogar etwas, das er für die bildliche Darstellung einer Verlustliste hielt, obwohl die Gefallenen seltsamerweise durch Menschenaugen in Bäumen symbolisiert wurden. Und nachdem er wochenlang mit einem Vergrößerungsglas gearbeitet und Töpferton mittels eines Skalpells geformt hatte, um die erodierten Linien in mühsamer Kleinarbeit wiederherzustellen, konnte er die »in ihrer

Art bemerkenswert primitiven« Waffen seiner winzigen Krieger rekonstruieren.

Aus wissenschaftlicher Sicht wies seine Veröffentlichung allerdings einen gravierenden Fehler auf: Ohne das Original ließ sich die Steintafel unmöglich datieren. Daher basierte Baylords Hypothese größtenteils auf Vermutungen. Seiner Ansicht nach gehörten die Kombattanten wahrscheinlich zu kleinen Mongolenstämmen, die sich irgendwann zwischen 200 und 100 v. Chr. bekämpft hatten. Aber Baylord achtete nie recht auf ein interessantes Detail der Darstellung – nämlich auf die Tatsache, daß eine Gruppe von Kriegern sich durch eigentümlich fliehende Stirnen mit markanten Augenbrauenwülsten von allen anderen unterschied. Eher beiläufig sprach er von »einem Band quer über die Stirn«.

In Gelehrtenkreisen erregte seine Arbeit gewisses Aufsehen, das jedoch bald wieder abklang. In der zweiten Hälfte des Jahrhunderts war seine schmale Monographie nur einer Handvoll Archäologen bekannt, die sie für eine Kuriosität hielten; »Das Rätsel von Chodsant« wurde zu einem bei Studenten beliebten Vorlesungsthema. Der Stein selbst blieb im Museumskeller. Dann kam die Oktoberrevolution, deren Beben auch noch im fernen Tadschikistan zu spüren war, und er ging verloren, geriet in Vergessenheit.

Teil I

Das Rätsel von Chodsant

I

Akbar Atilla lehnte sein Gewehr an einen Baum und entfernte sich vom Lagerfeuer, um sich zu erleichtern. Das fahle Licht reichte eben aus, um den Weg erkennen zu lassen; über den Nachthimmel gespannte Wolkenbänder verdeckten den Mond manchmal vollständig.

Auf der Suche nach einem sicheren Stützpunkt waren die Mudschaheddin immer höher in die tadschikischen Berge hinaufgezogen. Hier oben waren sie ungefährdet. Die Regierungstruppen hätten sie nur durch eine Großoffensive erreichen können, und wenn sie eine unternahmen, konnten die Guerillas sich in einer von tausenden Felsspalten auf die Lauer legen. Das Gebirge war eine uneinnehmbare Festung.

Beim Aufstieg über den Felsenhang tastete er sich vorsichtig vorwärts, dann blieb er stehen und horchte. Er hörte das Säuseln des Windes in den Tannen, hörte die gedämpften Stimmen seiner Kameraden unten im Lager. Jemand erzählte eine Geschichte.

Er knöpfte die Tarnjacke auf und löste gerade seinen Gürtel, als er hinter sich etwas hörte: das Geräusch sich nähernder Schritte.

Der Angriff kam so schnell, daß er keine Zeit hatte, darauf zu reagieren. Er fühlte einen schweren Schlag gegen seinen Kopf. Als die Wolken sich für Sekunden teilten, blickte er in panischer Angst auf. Im Mondschein sah er eine vage Gestalt, grotesk und wild, dann ein zähnefletschendes Gesicht, eine längliche Fratze mit vorstehendem, knochenartigem Stirnwulst. Er konnte nicht einmal mehr schreien, als er nach einem zweiten Schlag kräftige Arme spürte, die ihn umschlangen und ihm die Rippen eindrückten.

Früh am nächsten Morgen fanden die anderen sein noch immer an einem Baumstamm lehnendes Gewehr. Er selbst blieb spurlos verschwunden. Sie fragten sich, ob er desertiert sei, vielleicht zu seiner Familie zurück, vielleicht zur Erntearbeit. Aber warum hatte er sein Gewehr zurückgelassen?

Die Geschichte über sein Verschwinden hatte Ähnlichkeit mit weiteren Erzählungen aus jüngster Zeit und gelangte deshalb irgendwann in ein Dorf und von dort aus in eine Kleinstadt im Vorgebirge. Zu diesem Zeitpunkt war sie mit erfundenen Einzelheiten ausgeschmückt und stimmte kaum mehr mit den tatsächlichen Ereignissen überein. Nur das eigentliche Rätsel war geblieben: daß ein Mann eben noch dagewesen war und sich im nächsten Augenblick in Luft aufgelöst hatte.

Einem Amerikaner, der im Pamirgebiet unterwegs war und der aus Zweckmäßigkeit und damit nicht zu viele Fragen gestellt wurden als Konsul bezeichnet wurde, kam diese Geschichte zu Ohren. Er hielt sie zusammen mit einem von seiner Sekretärin übersetzten Artikel aus einer lokalen Wochenzeitung auf Diskette fest:

> **Hiskadeth,** 8. November – Eine 24jährige Frau aus Surrey, England, die mit einer Gruppe Bergsteigern den Askasi bezwingen wollte, ist letzte Woche tot aufgefunden worden. Nachdem sie vier Tage lang vermißt gewesen war, ist ihre Leiche rund drei Kilometer östlich des Gipfels auf einer Felsterrasse entdeckt worden.
>
> Nach Aussage des Gruppenleiters, Robert Brody aus London, hatte die Gruppe sich Sorgen um die vermißte Katrina Bryan gemacht, die sich anscheinend unbemerkt aus dem Lager entfernt hatte. Mr. Brody erklärte, man habe die Umgebung des Lagers großräumig abgesucht, aber die Vermißte sei erst aufgefunden worden, als man die Suchaktion abgebrochen und den Abstieg begonnen habe.
>
> Die englischen Bergsteiger hatten in diesem von Touristen nur selten besuchten Gebiet drei Wochen lang Bergtouren unternommen. Unter den Einheimischen geht das Gerücht um von »Bergmenschen«, die Leute überfallen, die sich in diese Gegend wagen. Mr. Brody sagte, seine Gruppe sei durch mehrere geheimnisvolle Erscheinungen geängstigt worden; er war jedoch nicht bereit, diese Vorfälle im einzelnen zu schildern.
>
> Bei einer von Dr. Askan Katari durchgeführten Autopsie wurden großflächige Hautabschürfungen und schwere Schädelverletzungen festgestellt. Laut Dr. Katari gibt es »Widersprüch-

lichkeiten«, die er jedoch nicht näher erläuterte. Die Verunglückte wird nach England überführt, um dort beigesetzt zu werden.

Der Konsul versah die Diskette mit einem Codewort, steckte sie in einen Briefumschlag und adressierte diesen an das Institut in Bethesda, Maryland, das ihm als Adressat für derartige Berichte genannt worden war. Und er sorgte dafür, daß der Umschlag im Kuriergepäck der US-Botschaft in Duschanbe, der Hauptstadt Tadschikistans, weiterbefördert wurde.

Matt beschloß, eine Pause zu machen. Er stemmte sich aus dem grabähnlichen Loch, ging zum Wasserkrug hinüber und wollte ihn eben an den Mund setzen, als er aus dem Augenwinkel heraus einen kleinen Punkt wahrnahm. Langsam ließ er den Krug sinken und starrte ins Tal hinunter, wo in weiter Ferne eine Staubwolke aufgewirbelt wurde. Ein Auto. Das erste, das er seit vier Monaten zu Gesicht bekam. Was machte es in dieser Einsamkeit?

Er nahm seinen von Schweißflecken verfärbten breitkrempigen Hut ab und spürte sofort, wie die ostafrikanische Sonne sich in sein Gehirn brannte. Vorsichtig bewegte er seine Schultern und genoß das befriedigende leichte Ziehen in den Rücken- und Schultermuskeln.

Auf dem kahlen Felshang unter ihm arbeiteten fünf Gestalten: seine Studenten. Er sah gern so auf sie herab, wenn sie alle mit Ausgrabungsarbeiten beschäftigt waren. Einer schob einen Schubkarren mit Felsbrocken, ein anderer lag in einem Graben auf dem Bauch und fegte die Felsschicht vorsichtig mit einem Handbesen ab. All die Hitze und der Staub ließen die Szene exotisch wirken – wie eine Mondlandschaft.

Er sah auf seine Uhr. Zeit zum Mittagessen. Mit langen Schritten trabte er bergab und rutschte die letzten Meter seitlich zu seinem Zelt hinunter. Darin war es erstickend heiß. Er band die Stoffbahnen am Eingang hoch und stellte den Tischventilator an, der jedoch kaum Bewegung in die glühendheiße Luft brachte.

Überall summten Fliegen. In dem an einer Zeltstütze hängenden Spiegel sah Matt plötzlich sein Gesicht. Über Schläfen und Wangen liefen Schweißbäche und verschwanden in den Bartstoppeln. Dichtes braunes Haar hing ihm in die Stirn, bedeckte die Ohren bis zur Hälfte und kräuselte sich über seinem Hemdkragen. Staub ließ die Krähenfüße um seine dunkelbraunen Augen stärker hervortreten und betonte die von seiner Nase zu den Mundwinkeln hinunter verlaufenden Falten.

In letzter Zeit war Matt nur zu deutlich bewußt gewesen, wie ihm die Zeit zwischen den Fingern zerrann. Mit seinen achtunddreißig Jahren machte er sich Vorwürfe wegen seiner Heuchelei bei Liebesromanzen: All die Spielchen, das mysteriöse Getue und das routinemäßige Flirten, das er im Lauf der Jahre zur Perfektion entwickelt hatte, erschienen ihm plötzlich erbärmlich. Nur einmal war er imstande gewesen, auf dieses hohle Getue zu verzichten. Und diese Chance hatte er vertan.

Aufseufzend streifte er seine Stiefel ab, streckte sich auf dem Feldbett aus, faltete seine Hände unter dem Kopf und starrte die helle Zeltleinwand über sich an. Dann fiel ein Schatten über die Leinwand, die sich in der leichten Brise lethargisch bewegte.

»Schläfst du?«

Nicoles Stimme klang heiter, fürsorglich, aber sie hatte einen leicht spöttischem Unterton.

»Nicht wirklich. Bloß ein Nickerchen.«

»Es ist erst eins.«

Er setzte sich auf. »Nun, du weißt schon, meine alten Knochen...«

Irritiert schüttelte sie den Kopf. Sie konnte es nicht ausstehen, wenn er auf sein Alter anspielte. Das war nur eine seiner Methoden, um einen Keil zwischen sie zu treiben. Sie nahm ihr Kopftuch ab und schüttelte ihr staubiges Haar aus.

»Du hast den Wagen gesehen.« Das war keine Frage, sondern eine Feststellung.

»Yeah.«

»Wer kann das sein?«

»Keine Ahnung. Post erwarten wir eigentlich erst in zwei Wochen.«

»Könnte was Wichtiges sein. Vielleicht ein Ersatzteil für deinen Computer.«

»Zum Beispiel ein Handbuch.« Sein Computer stand wie immer unbenutzt in einer Ecke. Matt kam einfach nicht damit zurecht – er sei ein Mann der Vergangenheit, nicht der Zukunft, sagte er gern –, und seine Studenten rissen schon Witze darüber.

»Könnte 'ne Nachricht von der Universität sein. Vielleicht ist die Finanzierung der Grabung für ein weiteres halbes Jahr gesichert.«

»Wenn die Geld vergeben, schicken sie keinen Boten um die halbe Welt, um es überbringen zu lassen. Das geben sie spätabends auf einer Pressekonferenz bekannt – vor leeren Sitzreihen.«

Sie lachte. Matt stand auf und reckte sich. »Jedenfalls kommt unser Besuch zu spät zum Mittagessen.«

»Hoffentlich sind's keine schlechten Nachrichten«, sagte sie. »Mir gefällt's hier sehr gut. Ich habe die Arbeit meines Lebens gefunden.«

Er lächelte. »Sie hat ihre Vorteile«, sagte er, verbeugte sich und deutete nach draußen – eine klare Aufforderung, sein Zelt zu verlassen. Als sie mit spöttischem Blick an ihm vorbeiging, fuhr sie mit dem Zeigefinger langsam quer über seinen Unterleib, knapp unterhalb seines Nabels. Wider Willen spürte er eine gewisse Erregung.

Warum schlief er nicht mit ihr? Das lag nicht etwa daran, daß er kein Begehren empfunden hätte – in dieser Beziehung funktionierte zum Glück noch alles. Er mußte an den Abend zurückdenken, an dem Nicole die Initiative ergriffen hatte. Unbemerkt war sie in sein Zelt geschlüpft, und er hatte sie dort auf seinem Feldbett wartend vorgefunden. Unter der Kuppel seines Moskitonetzes, das sie wie eine durchsichtige Robe umhüllt hatte, war sie nackt gewesen, und er hatte eine wirre Mischung aus Angst und Begehren empfunden. Aus seiner Gerätekiste hatte er Whiskey herausgeholt und sich auf die Holzkiste neben dem Bett gesetzt. Abwechselnd hatten sie aus der Flasche getrunken. Nicole hatte sich aufgesetzt und eine Wolldecke an sich gedrückt, aber wenn sie nach der Flasche griff, hatte sie die Decke wie unabsichtlich herabsinken lassen, um ihm ihren kleinen, festen Busen zu zeigen. Wie lange war es her, daß er eine Frau geliebt hatte? Zehn Wochen? Drei Monate?

Als sie die Flasche geleert hatten, war er hinausgestolpert, um einen Spaziergang unter dem Sternenhimmel zu machen, und bei seiner Rückkehr eine Stunde später war sie verschwunden. Danach war sie tagelang wütend gewesen. Seltsamerweise hatte sich ihr Zorn dann gelegt, und seither benahm sie sich, als habe sie einen besonderen Anspruch auf ihn. Bei den Mahlzeiten saß sie neben ihm, sah zu ihm auf und lächelte wie eine langjährige Ehefrau über seine Witze.

Einige Male legte sie es darauf an, mit ihm allein zu sein, um mit ihm reden zu können. Aber er merkte, worauf sie hinauswollte, stellte sich ahnungslos und lenkte das Gespräch mit Scherzen, die in ihrer Plattheit grausam waren, in eine andere Richtung. Er hatte dabei ein schlechtes Gewissen, aber alles erschien ihm so ermüdend voraussehbar: die Romanze am Lagerfeuer zwischen der Studentin und dem Professor, die ebenso zum Sagenschatz vieler Ausgrabungen gehörte wie die Zufallsfunde von Knochen. Er wollte sich all die Erklärungen, die Beichten, die Vorwürfe nicht antun. Vielleicht werde ich alt, dachte er, aber ich habe Lust, mich in Abstinenz zu üben, wie ich früher in Genußsucht geschwelgt habe.

Trotzdem war die Situation gefährlich. Er mußte etwas tun, um ihre Gefühle zu kanalisieren, sonst würden sie explodieren, und das konnte die Expedition ruinieren. Jedesmal war er wieder überrascht, wie wichtig der Zusammenhalt einer Gruppe für den Erfolg einer Ausgrabung war.

Draußen blickte Matt in die weite Talsenke hinunter. Der Wagen war inzwischen näher herangekommen. Der Staub schien senkrecht aufzusteigen, um dann hinter dem Fahrzeug in einer langen Fahne herabzuregnen.

»Das gefällt mir an dieser Ausgrabung«, grinste er. »Niemand kann sich heimlich anschleichen.«

»Gibt einem Zeit, die Verteidigung vorzubereiten.« Nicole drehte sich um und warf ihm einen bedeutungsvollen Blick zu, als wolle sie den Doppelsinn ihrer Worte unterstreichen. Als sie auf dem Trampelpfad vorausging, starrte er auf den Saum ihrer abgewetzten Shorts. Die heraushängenden Fäden sahen wie weiße Zöpfe aus. Darunter blitzte die etwas hellere Haut ihrer Oberschenkel, und während sie langsam vor ihm herschritt, konnte er die Umrisse ihres Slips erkennen und das wiegende Rollen ihrer Gesäßbacken beobachten.

Dr. Susan Arnot empfand das vertraute Hochgefühl, vor Zuhörern zu sprechen, auch wenn es nur die Studenten aus *Anthro 101* waren. Es hatte damit zu tun, im Mittelpunkt der Ereignisse zu stehen, all diese Augen auf sich gerichtet zu wissen. Und das Gefühl der Macht über sie – das gefiel ihr ehrlich gesagt auch. War das die Droge, an der Demagogen sich berauschten?

An der University of Wisconsin waren die Plätze in Susan Arnots Seminaren über den prähistorischen Menschen sehr begehrt, obwohl sie für strenge Noten bekannt war. Aber es war immer ein bißchen spannender, die Veranstaltungen einer Professorin zu besuchen, die auf ihrem Gebiet eine anerkannte Größe war und deren kontroverse Theorien die Fachwelt aufgerüttelt hatten. Und natürlich galt sie auf dem Campus als eine Art Sexsymbol. Sie sah umwerfend aus, erschien an ihren freien Tagen manchmal in Jeans und schwarzer Lederjacke auf ihrem Motorrad, ihr langes rabenschwarzes Haar unter einem kirschroten Sturzhelm versteckt. Betrat sie irgendeinen Raum, entstand darin Bewegung, als heizten sich die Moleküle auf.

Susans Vorlesungen genossen auf dem Campus einen legendären Ruf, deshalb war der Hörsaal überfüllt. Sie stand auf einem knarrenden Holzpodium unter einem Lichtstrahl, der von der Saalrückwand aus wie ein Punktscheinwerfer eine Stelle über ihr beleuchtete, und hatte nur formlose Köpfe vor sich. Im Halbdunkel glänzten einige wenige Schmuckstücke, und eine Brille reflektierte das Licht wie ein winziges Scheinwerferpaar.

Sie hatte ihre Zuhörer mit scherzhaften Bemerkungen eingestimmt: Ihr übliches Repertoire über seltene archäologische Funde, Vergleiche zwischen dem Javamenschen und einer bestimmten einflußreichen Persönlichkeit auf dem Campus, über die Piltdown-Fälschung und die Forschungsmethoden gewisser Professoren. Das war billig, aber es funktionierte, und sie stellte befriedigt fest, daß alle an den richtigen Stellen lachten.

Nun hob sie abrupt die rechte Hand, krümmte ihren Daumen und löste damit ein fernes Surren aus. Hinter ihr erschien eine riesige gezeichnete Landkarte mit gewundenen Flußläufen und schraffierten Hügeln. Die Studenten konzentrierten sich darauf, und einige hoben ihre Stifte, zum Mitschreiben bereit. Auf der projizierten Karte standen deutsche geographische Bezeichnungen aus dem Rheintal: Oberhausen, Solingen, das Flüßchen Düssel.

Sie hob ihren Zeigestab und trat an die Karte. »Und so kommen wir zum Hauptereignis. Wir befinden uns im Jahre 1856, im August, drei Jahre vor dem Erscheinen von Darwins bahnbrechendem Werk ›Die Entstehung der Arten durch Naturauslese‹. Darwin arbeitet seit mindestens sechsundzwanzig Jahren daran und hat es nicht besonders eilig. Bald wird er jedoch erfahren, daß ein Konkurrent an einem Manuskript über eine als ›natürliche Auslese‹ bezeichnete Theorie sitzt, und diese Nachricht wird ihn dazu veranlassen, sich in einen hektischen Produktionswettlauf zu stürzen.«

Sie ließ ihren Blick über ihr Publikum schweifen, um sich zu vergewissern, daß es ihr zuhörte, und empfand dabei aus irgendeinem Grund eine gewisse Unruhe – ein vages Gefühl, von dem sie in letzter Zeit manchmal unvermittelt befallen wurde.

Sie bewegte den Zeigestab. Die rote Gummispitze berührte die Landkarte und schien ihre Mitte in langsam kreisenden Bewegungen zu liebkosen.

»Hier in diesem kleinen Tal östlich des Rheins steht ein Ereignis bevor, das das wissenschaftliche Establishment des 19. Jahrhunderts in Aufruhr versetzen wird. Eine Entdeckung. Und wie bei vielen bedeutungsvollen Entdeckungen wird der Zufall eine wichtige Rolle spielen.«

Ein weiteres Klicken, dann wurde eine Farbaufnahme eines kleinen Flußtals mit Wiesen und Wald projiziert.

»Ein stilles Tal mit blühenden Sommerwiesen ... Die Felsenschlucht, die Sie hier sehen, ist nach Joachim Neumann benannt, der im 17. Jahrhundert Schulrektor in Düsseldorf war. Er ist oft dort gewandert, um sich Inspirationen für seine Gedichte und Kompositionen zu holen – übrigens ist beides zu Recht in Vergessenheit geraten. Aber er war ziemlich beliebt, und nach seinem Tod hat der Rat der Gemeinde, zu der dieses Tal gehörte, beschlossen, es nach ihm zu benennen. Einem Brauch der damaligen Zeit folgend, hatte Neumann seinen Namen präzisiert und war als ›Neander‹ – Neuer Mann – bekannt geworden.

Zwei Jahrhunderte später, an einem stillen Augusttag des Jahres 1856, entdeckten Steinbrucharbeiter im Neandertal eine Höhle mit

Dutzenden von Knochen, die teils an den Wänden aufgehäuft, teils verstreut, aber hauptsächlich in der Mitte gestapelt waren. Die Arbeiter warfen sie weg – alle bis auf eine Handvoll. Aus irgendeinem Grund begann der Steinbruchbesitzer, ein gewisser Felix Bekkershoff, sich für diese alten Knochen zu interessieren und konnte einige wenige retten: Arm- und Oberschenkelknochen, ein Stück Beckenknochen, ein Schädelfragment.«

Das nächste Dia erschien. Es zeigte Knochenstücke, glänzend wie polierte Halbedelsteine, dunkelbraun wie nasse Pappe. Einige ließen sich mühelos identifizieren: ein Schädeldach, ein vertraut wirkender Oberschenkelknochen, ein schlankes Schienbein.

»Zum Glück war Beckershoff mit J. C. Fuhlrott bekannt, dem Gründer der dortigen Naturwissenschaftlichen Gesellschaft. Als Fuhlrott diese Fragmente sah, wollte er seinen Augen nicht trauen. Was für Knochen waren das? Dieser flache Schädel mit dem gewaltigen Augenbrauenwulst: Wie sollte man den erklären? Die gekrümmten Beinknochen. Die verletzte Elle des Unterarms. Von wem stammten diese Knochen? Sicher von keinem Tier – aber auch von keinem Menschen oder von einer Menschenrasse, die noch existierte.«

Susan kehrte ans Rednerpult zurück. Die Studenten schrieben jetzt eifrig mit. Sie brauchte keinen Blick in ihr Skriptum zu werfen; diese Vorlesung hatte sie schon ein dutzendmal gehalten. Trotzdem konnte sie das Gefühl, aus dem Rhythmus gekommen und verwundbar zu sein, nicht abschütteln. Sie zwang sich dazu, in lockerem Plauderton weiterzusprechen.

»Fuhlrott zog Professor Hermann Schaaffhausen hinzu, einen Bonner Anthropologen. Er stellte als erster die Theorie auf, daß diese Knochen von einem wahrhaft unglaublichen Lebewesen stammten – kein Affe, kein Mensch, sondern irgendeine Art Vormensch, der Europa lange vor den Römern und Kelten durchstreifte. Versuchen Sie bitte, sich für einen Augenblick vorzustellen, welch kühner Fortschritt in dieser einzigartigen Annahme liegt.

Dann kamen die Fachleute ins Spiel. Die Evolutionstheorie steckte damals noch in den Kinderschuhen, aber ihr Kriegsgeschrei hallte bereits durch die stillen Korridore der Wissenschaft. Die Fachwelt war gespalten: Die Evolutionisten ergriffen diese Handvoll Knochen und hielten sie hoch und ... Simsalabim! Schon hatten sie den Beweis für ihre revolutionäre Theorie. Die Antievolutionisten gingen zum Gegenangriff über. Sie bestanden darauf, daß die gefundenen Knochen eine unbedeutende Ausnahme darstellten. Heftigst wurde Partei ergriffen. Namhafte Köpfe lieferten Erklärungen. Auf Glaubwürdigkeit kam es dabei nicht unbedingt an. Rudolf Virchow, der berühmteste deutsche Anatom seiner Zeit, gelangte zu dem Schluß, die Knochen stammten von einem gewöhnlichen Menschen, der an Rachitis gelitten habe. Die gräßlichen Schmerzen, so folgerte er, hätten ihn dazu gebracht, ständig die Stirn zu runzeln, die im Lauf der Zeit zu diesen bizarren Augenbrauenwülsten verknöchert sei.«

Susan schüttelte leicht den Kopf. »Aber wir sollten nicht allzu voreilig mit unserem Urteil sein. Bedenken Sie, damals haben noch finsterer Aberglaube und starrer Konservatismus geherrscht. Es war ganz unvorstellbar, sich einen affenähnlichen Vorfahr des Menschen vorzustellen – ganz zu schweigen von einem Cousin mit Flachschädel, der aussah, als sei er unter ein Bierfuhrwerk geraten. Aber dann hat die Vorhersehung eingegriffen. Die Beweise haben sich gehäuft, waren schließlich unwiderlegbar.«

Sie hob erneut die Hand. Auf der Leinwand erschien eine mit schwarzen Kreuzen markierte Landkarte, die Europa, Nordafrika und einen Teil des indischen Subkontinents zeigte. Die Kreuze traten massiert in Südfrankreich auf.

»Es hat weitere Fossilienfunde gegeben. Außerdem sind die Knochen riesiger Säugetiere gefunden worden, von denen viele ausgestorben waren, wie zum Beispiel das Mammut und der Riesenhirsch. Dagegen war schlecht anzureden.« Der Spitze des Zeigestabs tippte auf die Karte. »Überall sind Knochen aufgetaucht wie Pilze nach einem warmen Regen: Gibraltar, Italien, Belgien, Rußland, Irak, Israel.«

Susan lächelte. Ihre innerliche Unruhe hatte sich einigermaßen gelegt. Sie trat ans Rednerpult zurück, beobachtete weiter die projizierte Landkarte, als warte sie darauf, daß etwas Magisches passieren werde, und sprach nun etwas rascher.

»Und so waren die Beweise zuletzt unwiderlegbar. Die Wissenschaft hat gesiegt. William King, ein irischer Anatom, hat die Funde als Knochen einer neuen Menschenrasse identifiziert. Die Paläoanthropologie ist als neue Wissenschaft begründet worden. Unser Lebewesen ist anerkannt, benannt und analysiert worden. Es hat einen Namen erhalten. Er geht auf das stille Wiesental und Joachim Neumann, unseren beliebten Rektor und schlechten Poeten, zurück. Und hier ist er nun, Leute...« In ihrer Stimme lag etwas Reißerisches, als sie nun die Hand hoch über ihren Kopf hob, »... der Star unserer Show ... Homo sapiens neanderthalensis, den Sie alle als Neandertaler kennen!«

Eine riesige Gestalt füllte die Leinwand, reichte von einem Rand der Projektionsfläche bis zum anderen. Die Studenten blickten in das Gesicht, das jedem von Hunderten von Zeichnungen und aus halbvergessenen Träumen seltsam vertraut war: ein flacher Schädel, die Stirn mit dem deutlich hervortretenden Augenbrauenwulst, die große, leicht hakenförmige Nase, das schwache, runde Kinn. Es war unaussprechlich häßlich, aber doch menschlich genug, um erkennbar zu sein und die Unterschiede um so grotesker erscheinen zu lassen. Der Gesamteindruck war so verblüffend, als habe eine Riesenhand einen Kopf aus Wachs mit Gewalt nach vorn gezogen und verlängert.

Der Neandertaler überragte Susan, und als sie vor seiner behaarten Brust übers Podium schritt, ohne auf die Riesengestalt hinter sich zu achten, wirkte der Neandertaler durch diesen Gegensatz bedrohlich: King Kong, der durch ein Fenster starrt und Fay Wray beobachtet.

Diese Zeichnung des tschechischen Illustrators Zdenek Burian war ihr Lieblingsbild. Ihr gefielen der darin festgehaltene entschieden menschliche Eindruck, etwas an den Linien um den Mund, die wie Lachfältchen aussahen, und der eindeutig intelligente Blick, der in die Ferne gerichtet zu sein schien, als betrachte er etwas höchst Bedeutsames – vielleicht sein eigenes Aussterben. Er war so weise, so wehmütig hoffnungslos. In der Art, wie er die Schultern hängen ließ, lag eine Andeutung unsagbarer Mattigkeit. Dies war kein Tier. Dieser Urmensch war dem heutigen Menschen in jeder Beziehung gleichwertig.

2

Matt glaubte nicht an Vorahnungen, aber er hatte das Gefühl, daß die Staubwolke nichts Gutes bedeutete. Sein Eindruck verstärkte sich noch, als der Wagen jetzt näher kam, doch Matt ließ sich vor den Studenten nichts anmerken. »Vielleicht ist das die Pizza, die wir bestellt haben«, scherzte er, während sie ihr Mittagsmahl aus aufgewärmtem Ziegenfleisch beendeten.

Er stand auf, nahm seinen Kaffeebecher mit und ging allein ein Stück weit den Grat entlang. Dann setzte er sich auf einen Felsblock und betrachtete die untere Hälfte der Ausgrabung ... die Grube, die Schubkarren mit aufgesteckten Drahtgittern, den alten Anhänger, der ihnen als Labor diente, die Werkzeugkisten, die wie kleine Holzsärge flach auf der Erde lagen. Erstaunlich, daß ihm außer diesem Ort jetzt kein anderer mehr wichtig war.

Er dachte an all die Funde, die im Lauf der Jahrzehnte gemacht worden waren: Knochensplitter und Zähne, Feuersteinschaber und Pfeilspitzen – all diese Teile des Puzzlespiels. Das Wissen über den Steinzeitmenschen hatte sich in den letzten Jahrzehnten exponential vermehrt, aber was war wirklich über sein Universum, über seine Denkweise, über seine Seele bekannt? Was wußten heutige Menschen darüber, wie er sich die Welt zu erklären versuchte, bevor er nachts einschlief, oder was ihn beim Anblick eines Sonnenuntergangs oder eines flüchtenden Hirschs bewegte?

Auf seinem Felsblock sitzend stellte Matt sich einen prähistorischen Menschen vor, der an genau dieser Stelle stand. Sedimentschichten im Erdboden ließen vermuten, daß dies einst das Ufer eines riesigen Sees gewesen war. Die dahinter aufsteigenden Hügel waren von tiefen Höhlen durchsetzt, die fast am Wasser gelegen haben mußten. Sichere Zufluchtsorte – das war wichtig. Matt, der einiges über die Lebensweise dieses Wesens wußte, bemühte sich jetzt, seine Psyche heraufzubeschwören: zu einem Drittel Abenteurer und Krieger, zu zwei Dritteln ein angstvoll in einem Höhlenwinkel kauernder Geisterseher. Wie schon so oft versuchte er, die eigenen Empfindungen zu unterdrücken und sich in dieses Wesen hineinzuversetzen, seine Ängste anzunehmen, sich die Gerüche von Blut und Fett und Haar vorzustellen sowie das über sich selbst stolpernde Gehirn, dessen Begriffsvermögen die wenigen Grunzlaute, zu denen dieser Höhlenbewohner imstande war, bei weitem überstieg. Würde es jemals möglich sein, auch nur für Sekundenbruchteile eine Verbindung zu der so primitiven und doch so großartigen Kreatur herzustellen, die vor Äonen hier existiert hatte?

Der Landrover bewältigte mit aufheulendem Motor die letzte Kurve, schoß mitten ins Lager und kam abrupt zum Stehen. Der Staub holte ihn ein und hüllte ihn in eine Wolke, die sich verzog, sobald der Motor abgestellt wurde.

Ein rundlicher, aber überraschend agiler Mann sprang hinten aus dem Wagen und kam mit raschen Schritten auf sie zu. Er sah eigenartig aus, was vielleicht an seiner Aufmachung lag. Er trug neue Trekkingstiefel, eine theatralisch wirkende Safarijacke und eine dunkle Pilotenbrille.

»Dr. Mattison?« Der etwa Vierzigjährige kam geradewegs auf Matt zu und streckte ihm freundlich eine plumpe Hand hin.

Matt ergriff sie. Der Händedruck des anderen war unerwartet kräftig.

»Oder sollte ich ›Dr. Mattison, nehme ich an‹, sagen?«

Ein amerikanischer Akzent.

»Schließlich sind wir hier in Afrika. Glaub' ich jedenfalls. Aber man weiß nie... womöglich haben wir uns dort unten in all dem Staub verfahren.«

»Und Sie sind...?«

»Van Steeds. Frederick.« Eine kleine Pause. »Die meisten Leute nennen mich Van.«

Der Name klang vertraut, aber Matt wußte nicht, wo er ihn schon mal gehört hatte. Der Besucher nahm seine dunkle Sonnenbrille ab und fing an, sie mit einem Hemdzipfel sauberzumachen. Sein Gesicht war aufgedunsen, und als er nun keine Brille mehr trug, ließen seine grauen Augen, die sich alles genau ansahen, ihn neugierig, aber auch verschlagen wirken. Er beugte sich nach vorn und klopfte mit der flachen Hand auf sein Hosenbein. Eine Staubwolke stieg auf. »Sehen Sie sich das an! Weiß nicht, wie man sich daran gewöhnen kann.«

Matt merkte, daß Van zu dem Tisch hinübersah. »Möchten Sie etwas essen?«

»Wäre nicht schlecht.«

Die Studenten machten ihm Platz, während einer von ihnen in der Speisekammer wühlte und mit einigen Scheiben Schinken, etwas Brot und einem Bier zurückkam.

Der Fahrer setzte sich unter eine Akazie und schlief mit flach auf den Boden gelegten Händen prompt ein. »Ich weiß nicht, was mit diesen Kerlen los ist«, seufzte Van. »Sobald sie aus dem Wagen steigen, schlafen sie ein. Man könnte glauben, das stünde in ihrem Vertrag.«

»Kath«, sagte ein Student. »Er kaut Kath.«

»Nein! Woran merken Sie das?«

»An den Augen. Erweiterte Pupillen. Das Zeug kaut hierzulande jeder.«

»Ohne Scheiß?«

Matt fand das Gerede ermüdend. »Hören Sie, Van. Ich weiß, daß Sie von Dschibuti aus vier Stunden lang in der Mittagshitze hierher unterwegs gewesen sind, aber ...«

»Genau gesagt zehn Stunden. Ich bin in Hargeischa gelandet, nach Dschibuti gefahren und in diesen Wagen umgestiegen. Er hat sich zweimal verfahren. Dabei kennt er sich angeblich aus.«

»Ja, aber jetzt sind Sie hier und verraten uns vielleicht, warum.«

»Gewiß«, sagte Van und lächelte unergründlich. »Die Sache ist nur ...« Sein Blick glitt über die anderen hinweg. »Ich muß Sie unter vier Augen sprechen.«

»Okay.«

Van beendete seine Mahlzeit langsam und schweigend, stand dann auf und leckte sich das Fett von den Fingern. Matt ging ihm zu seinem Zelt voraus. Sobald sie es betreten hatten, hielt Van ihm wortlos einen langen braunen Briefumschlag hin. Während Matt ihn aufriß, sah der Mann aus dem offenen Zelt, zündete sich eine Zigarette an und sagte: »Fragen kann ich keine beantworten. Sie haben bestimmt welche. Ich wollte, ich könnte sie beantworten, aber ich weiß ehrlich gesagt selbst nicht alle Antworten.«

Der Briefkopf war diskret und sah wichtig aus: *The Institute for Prehistoric Research. 1290 Brandywine Lane. Bethesda. MD 09763*

Sehr geehrter Dr. Mattison,
ich habe allen Grund zu der Annahme, daß dieses Schreiben Sie zu einem äußerst ungünstigen Zeitpunkt erreichen wird und entschuldige mich im voraus für dieses unglückliche Zusammentreffen. Es handelt sich aber, das versichere ich Ihnen, um eine sehr wichtige, sogar äußerst dringende Angelegenheit, die mich dazu veranlaßt, mich ausgerechnet jetzt mit einem Ersuchen an Sie zu wenden, das Sie mir in Ihrer bekannten Großmütigkeit sicherlich nicht abschlagen werden.
Wie Ihnen vielleicht bekannt ist, haben wir uns die Dienste von Dr. Jerome Kellicut gesichert, den Sie meines Wissens gut kennen und der sich öfters lobend über Sie geäußert hat. Deshalb glauben wir, Ihnen vertrauen zu dürfen. Im Rahmen eines von uns finanzierten aufregenden Projekts ist Dr. Kellicut nach Tadschikistan gereist. Dieses Projekt ist für die wissenschaftliche Gemeinschaft im allgemeinen und für die Fachgebiete Paläontologie und prähistorische Forschung im besonderen äußerst wichtig. Aber er hat seit vielen Monaten nichts mehr von sich hören lassen – bis auf eine für Sie bestimmte Nachricht, die er uns übermittelt hat. Es handelt sich hierbei um eine Aufforderung, die Sie meiner Überzeugung nach befolgen werden, sobald Sie die Tatsachen kennen. Zu meinem Bedauern muß ich hinzufügen, daß wir Grund zu der Annahme haben, Dr. Kellicuts Leben sei in Gefahr.
Deshalb möchte ich Sie dringend bitten, sofort nach Erhalt dieses Schreibens aufzubrechen und sich in unserer Zentrale in Bethesda, Maryland, unter der obengenannten Adresse einzufinden. Da ich voraussetze, daß Sie meiner Bitte Folge leisten werden, haben wir Flug und Hotel für Sie gebucht und dafür gesorgt, daß ein Kollege Ihr gegenwärtiges Projekt weiterführt.
Lassen Sie mich zuletzt nochmals betonen, wie dringend die

Aufforderung ist, die Dr. Kellicut Ihnen durch uns übermitteln läßt. Sicher werden Sie verstehen, wie wichtig eine absolute Geheimhaltung in diesem Stadium ist.

Die Unterschrift war ein energisch hingehauenes, unleserliches Gekritzel. Darunter standen in Schreibmaschinenschrift Name und Titel: Harold Eagleton, Director.

Matt war wie vor den Kopf geschlagen. Er hatte zwar oft an Kellicut gedacht, der sein Mentor in Harvard gewesen war, aber er hatte ihn seit mindestens fünf Jahren nicht mehr gesehen und seit ungefähr zwei Jahren nichts mehr von ihm gehört.

Kellicut. Niemand hatte Matts Leben so sehr geprägt wie dieser Mann. Er hatte wie ein Fürst über das einflußreiche Archäologische Department geherrscht, und die Studenten waren seine Untertanen gewesen, lebten für die Hoffnung, in die Elite aufgenommen zu werden, die an seinen Ausgrabungen teilnehmen durfte. Kellicut zog mit seinen Studenten bis tief in die Nacht hinein durch die Bars von Cambridge und lud sie danach in sein Apartment ein, wo er Fats Waller oder Maria Callas auflegte und seinen Gästen Rührei mit Schinken servierte.

Matt war beeindruckbar – er hatte seinen früh verstorbenen Vater nie richtig gekannt –, und Kellicut bombardierte ihn mit neuartigen Erkenntnissen, subversiven Gedanken, den Gedichten Blakes und nie gehörter Musik. Warum gerade ich? hatte Matt sich stets gefragt und sich geschmeichelt gefühlt, war sich aber unwürdig vorgekommen. Es war nur eine Frage der Zeit gewesen, bis er sich von Kellicuts Faszination für »die Alten« hatte anstecken lassen. Nicht für die Griechen und Römer, die Schrifttum hinterlassen hatten, das man studieren konnte, sondern für die wirklich Alten – für die Prähominiden, die dabei waren, Menschen zu werden.

Bei Matts zweiter Grabung, die nun schon viele Jahre zurücklag, hatten sie bei Combe-Grenal in Südfrankreich in einem von der Dordogne gebildeten kleinen Tal über zweitausend Knochensplitter von Neandertalern und sogar ein teilweise erhaltenes Skelett freigelegt. Der steinharte Erdklumpen war von einem Kran herausgehoben worden und hatte gefährlich gependelt, während Kellicut vor Aufregung wild herumtanzte und in seinem gebrochenen

Französisch fluchte. Durch die Schuld des französischen Kranführers wäre die Last mehrmals beinahe aus den Gurten gerutscht und am Boden zerschellt, bis Kellicut schließlich selbst in die Kabine kletterte und es schaffte, sie auf dem bereitstehenden Tieflader abzusetzen.

Matt stand dieses Bild noch deutlich vor Augen: Kellicut, der weiterfluchte, während er die Hebel bediente, und dann zu lachen begann. Später an diesem Abend hatte er von irgendwoher vier Flaschen eisgekühlten Champagner herbeigezaubert, und sie waren alle ziemlich beschwipst gewesen. Und dann hatte Kellicut, der sich nie viel um Vorschriften kümmerte, jedem von ihnen ein kleines, durchbohrtes, an einer Silberkette hängendes Schädelfragment eines Neandertalers geschenkt. Matt hatte seines jahrelang pflichtbewußt um den Hals getragen, bevor er es abgenommen und in die Tasche gesteckt hatte. Aber noch immer trug er es überall als Talisman bei sich.

Matt war ehrlich gesagt etwas gekränkt gewesen, weil Kellicut nie mehr von sich hatte hören lassen. Jetzt steckte er in irgendwelchen Schwierigkeiten, soviel schien festzustehen. Aber schwebte er wirklich in Gefahr? An welchem Projekt arbeitete Kellicut, und wie lautete seine Nachricht? Matt kannte das Institute for Prehistoric Research dem Namen nach und wußte, daß diese erst vor kurzem gegründete Einrichtung über reichlich Mittel verfügte und Forschungsaufträge vergab, aber das war schon ungefähr alles. Woher wußte dieser Eagleton, wo er sich aufhielt – und wie konnte er annehmen, Matt werde alles hinwerfen und seiner Aufforderung folgen? Was zum Teufel ging hier vor?

»Van, was hat das alles zu bedeuten?«

»Sorry. Ich kann, wie gesagt, keine Fragen beantworten.«

»*Können* nicht oder *wollen* nicht?«

»Glauben Sie mir, wenn ich die in diesem Brief enthaltenen Informationen ergänzen könnte, würde ich's tun. Kellicut wird bei einer Ausgrabung in Tadschikistan vermißt, und Sie sollen uns dabei helfen, ihn aufzuspüren.«

»Sie übergeben mir dieses Schreiben und erwarten, daß ich alles hinwerfe und mitkomme?«

»Genau.«

»Warum?«

»Weil er unter Umständen in Lebensgefahr ist.« Van steckte den Kopf hinaus und spuckte ins Freie.

»Wie kommen Sie darauf?«

»Die Gegend dort hinten ist nicht ungefährlich. Er sollte sich regelmäßig bei uns melden. Aber wir haben seit Monaten nichts mehr von ihm gehört.«

Die beiden schwiegen einen Augenblick, bis Van wieder das Wort ergriff. »Dann kommen Sie also.«

Matt schluckte trocken. »Wie bald müßte ich abreisen?«

»Ich fahre heute zurück. Sie könnten in zwei Tagen nachfolgen.«

»Aber was wird aus der Grabung?« protestierte Matt. »Ich kann sie nicht einfach im Stich lassen. Die jungen Leute sind auf mich angewiesen.«

»Dafür ist gesorgt. Wir haben jemanden, der Sie vertritt. Von der Columbia University. Er trifft morgen, spätestens Donnerstag, hier ein.«

»Sie scheinen an alles gedacht zu haben«, sagte Matt.

»Vielleicht auch nicht. Deshalb brauchen wir Sie.«

»Warum mich?«

»Sie kennen Kellicut persönlich. Sie kennen sein Fachgebiet. Sie sind der einzige – fast der einzige –, der was davon versteht.«

Außer einer gewissen Besorgnis verspürte Matt noch etwas anderes, ein vertrautes Gefühl. Ein leises Summen in den Ohren, ein Kribbeln in den Fingerspitzen – jenes alte Gefühl, das sich immer dann einstellte, wenn ein Abenteuer winkte.

Nachdem sie die Einzelheiten seiner Abreise besprochen hatten, machte Van sich wieder auf den Weg. Matt begleitete ihn zum Landrover, wo Van seinen dösenden Fahrer wachrüttelte.

Matt sah erneut in Vans dunkle Pilotenbrille. »Noch eine Frage, Van. Ihr Name kommt mir irgendwie bekannt vor, aber ich kann ihn im Augenblick nicht einordnen. Auf welchem Gebiet arbeiten Sie?«

»Ich? Ich habe mit Psychologie angefangen und mich später mit Paläoanthropologie beschäftigt. Jetzt bin ich auf Psycholinguistik spezialisiert.«

»Natürlich! Van Steeds. Ich habe einige Ihrer Arbeiten gelesen – wirklich faszinierend, diese neuen Forschungen über Kommunikation ohne Sprache. Entschuldigung.«

»Schon in Ordnung. Ich bin beeindruckt, daß ein Mann wie Sie sich die Mühe macht, die obskuren Journale zu lesen, in denen meine Arbeiten erscheinen.« Van grinste breit, stieg wortlos ein, und der Geländewagen fuhr, eine weitere Staubfahne hinter sich herziehend, davon.

Vor seinem Zelt sah Matt zufällig auf den Boden und Vans ausgespuckten Speichelklumpen und wollte seinen Augen nicht trauen. Die Spucke war grün! Verdammt, dachte er. Der Kerl hat Kath gekaut!

Susan hob den Zeigestab, als ob sie den Neandertaler am Kinn kitzeln wollte.

»Das ist er also. Sie wissen, was die Leute über ihn sagen. ›Eine Laune der Natur‹, ›eine Sackgasse der Evolution‹. Unser armer, affenähnlicher Cousin. Ein tölpelhafter Schwachsinniger, der seinen kurzen Auftritt auf der Weltbühne unbeholfen hinter sich gebracht hat.

Nun, nichts davon stimmt. In den letzten zehn, fünfzehn Jahren haben wir eine Menge dazugelernt, und was wir jetzt wissen, widerspricht diesem herabsetzenden Urteil hundertprozentig.«

Auf der Leinwand erschien ein altes Photo, das einen distinguiert wirkenden älteren Herrn mit Fliege, sorgfältig gestutztem weißen Ziegenbärtchen, eng zusammenstehenden Augen und selbstzufriedenem schwachen Lächeln zeigte. Er sah ein bißchen wie Sigmund Freud aus.

»Das hier ist der Bösewicht: Marcellin Boule, ein berühmter französischer Paläontologe. Er ist mehr als jeder andere für die krasse Fehleinschätzung des Neandertalers verantwortlich, die bis heute vorherrscht, und zwar von der Literatur bis hin zu Cartoons.«

Susan skizzierte Boules Ausbildung, seine krankhafte Sucht nach Ruhm, seine Besessenheit von der Idee, den Stammbaum des Menschen reinhalten zu müssen, indem er primitive Vorfahren ausschloß, und jenen schicksalshaften Tag im Jahre 1908, als ihm ein

Skelett aus einer kleinen Höhle bei La Chapelle-aux-Saints in die Hände fiel. Dann zeigte sie ein Dia von Boules Rekonstruktion des Skeletts – eine bewußt verfälschte Darstellung mit wie bei einem Gorilla hervortretenden Nackenwirbeln und mit wie Greifdaumen abstehenden großen Zehen, um den Neandertaler so affenähnlich wie möglich wirken zu lassen.

»Kein Wunder, daß ganze Generationen ihn als unbeholfenen Tölpel abgetan haben. Aber sehen wir uns jetzt an, was geschieht, wenn man Monsieur Boules Verfälschungen korrigiert...« Als das Dia wechselte, richtete das Skelett sich auf, stand nun ebenso aufrecht wie sein Gegenüber, ein Homo sapiens sapiens. »Gleich viel eindrucksvoller, nicht wahr? Er ist zwar nicht ganz so groß wie wir, aber im Prinzip unterscheidet er sich nicht wesentlich von uns. Affenähnlich sieht er jedenfalls nicht aus. Heutzutage gibt es Leute, die gern behaupten, frisch rasiert und mit Anzug und Krawatte ausstaffiert, würde er auf der Madison Avenue im Gewühl nicht weiter auffallen. Mag sein. Sollten Sie jedoch seine Bekanntschaft machen, würden Sie es sofort wissen. Sein Händedruck würde Ihnen vermutlich sämtliche Handknochen brechen.«

Hinten links sah Susan kurz ein helles Rechteck, als die Tür aufging und eine schemenhafte Gestalt in den Hörsaal schlüpfte. Bevor wieder alles dunkel wurde, glaubte Susan noch zu erkennen, daß die Gestalt sich in die letzte Reihe setzte. Ihre unbestimmte Angst machte sich wieder bemerkbar.

Susan zwang sich dazu, sich auf ihre Vorlesung zu konzentrieren, ging übers Podium und hielt dabei den Zeigestab umklammert. »Wir wissen, daß der Neandertaler Feuer benutzte. Der Gebrauch des Feuers war seit Zehntausenden von Jahren bekannt, und ohne Feuer hätte er die damals einsetzende Klimaverschlechterung nicht überlebt. Aber der Neandertaler war ein Feuermacher, nicht nur ein Feuerbewahrer; er erzeugte Feuer mit Schwefelkies und Feuersteinen und benutzte wahrscheinlich trockene Flechten als Zunder. Tatsächlich war er in bezug auf seine Feuerstelle ausgesprochen häuslich...«

Sie war sich sicher, daß in der letzten Reihe ein Fremder saß – keiner ihrer Studenten. Wer konnte das sein? Warum war er in ihre Vorlesung hineingeplatzt?

»Er bestattete seine Toten. Interessanterweise sind in vielen bisher aufgefundenen Gräbern Kinder beigesetzt. Eine besonders guterhaltene Grabstätte befindet sich bei Teschiktasch in einer Höhle im Gissargebirge südlich von Samarkand. In der dortigen Grabkammer liegen sechs Paar Hörner des sibirischen Steinbocks. Ein Paar ist leicht angekohlt. Alles deutet auf ein umständliches Ritual hin, vielleicht, um das Kind in einer fernen Zukunft wieder zum Leben zu erwecken. Der Tod war für den Neandertaler etwas ganz Besonderes. Ich glaube sogar, daß er ihn in den Mittelpunkt eines Kults stellte.

Wir können zumindest die Hypothese aufstellen, daß er religiös war, obwohl wir natürlich keine Ahnung haben, wie seine Religion aussah. Höchstwahrscheinlich hatte sie auch etwas mit Feuer zu tun. Manche Höhlen scheinen Feuerkammern aufzuweisen – entweder aus praktischen Erwägungen, um das Feuer nie erlöschen zu lassen, oder aus rituellen Gründen. Vielleicht erzürnte der Neandertaler ähnlich wie Prometheus die Götter, indem er aus Gewittern, bei denen die Schleusen des Himmels sich öffneten und seine elende Welt überfluteten, das Feuer barg. Vielleicht usurpierte er die Macht seiner Götter; vielleicht forderten sie – wie die griechischen Götter und sogar Jehova – irgendein Sühneopfer. Erzählen uns diese Kinderknochen von Abraham und Isaak? Das wissen wir nicht und werden es vermutlich nie erfahren.«

Sie machte eine kurze Pause, bevor sie fortfuhr. »Bleiben wir also bei dem, was wir wissen. Wir wissen, daß der Neandertaler in Gruppen zusammenlebte und seine Alten und Kranken pflegte. Wir haben Skelette mit ausgeheilten Knochenbrüchen und schweren Krankheitsspuren gefunden, die das unwiderlegbar beweisen.« Auf der Leinwand erschien ein verwittertes Skelett. »Das ist der Fund, den Ralph Solecki in der großen Schanidarhöhle im Irak gemacht hat. Unser prähistorischer Mann hier kam durch einen Felssturz um. Er war alt, etwa vierzig, was für Neandertaler uralt war. Sehen Sie diese Schädelverletzungen? Die dürften von dem Felssturz stammen. Aber beachten Sie seinen rechten Arm. Der wurde einige Jahre zuvor amputiert – hier, gleich über dem Ellbogen. Er hatte Arthritis. Jetzt sehen Sie sich die linke Gesichtshälfte an. Sehen sie diese Knochenwucherungen? Er war auf dem linken Auge blind.

Jemand wie er hätte unmöglich allein überleben können. Andere ernährten ihn. Das heißt, daß der Stamm seine schwächeren Mitglieder, die nicht jagen oder arbeiten konnten, am Leben erhalten hat. In dieser Beziehung war der Neandertaler ›human‹ – vielleicht humaner als wir. Wer von Ihnen in letzter Zeit einen Besuch in einem Pflegeheim gemacht hat, weiß möglicherweise, was ich meine.

In diesem Zusammenhang noch etwas für alle, die Neandertaler für leicht schwachsinnige Comicfiguren halten. Monsieur Boule hat einen Abguß des Schädels aus La Chapelle angefertigt und seinen Besitzer als einfältig charakterisiert. Heute wissen wir natürlich, daß die Gehirngröße keine Rückschlüsse auf die Intelligenz zuläßt. Anatole France, der berühmte französische Philosoph, hatte ein Gehirn, das nur zwei Drittel des Hirnvolumens eines durchschnittlichen erwachsenen Neandertalers erreichte.

Aber wir wissen inzwischen auch mehr über die Schädel von Neandertalern, und genaue Messungen ihres Gehirnvolumens haben zweifelsfrei ergeben, daß ihre Gehirne *nicht* kleiner waren als unsere. Ganz im Gegenteil: Sie waren fast zehn Prozent größer. Außerdem ist das Verhältnis von Gehirngröße zu Körpergröße – die sogenannte Kephalisation, die bezogen auf eine ganze Rasse ein besserer Maßstab für Intelligenz ist als die bloße Gehirngröße – nach Ansicht mancher Wissenschaftler bei ihnen um den Faktor 0,12 höher.« Auf der Leinwand erschien eine Tabelle mit der Kephalisation von zwanzig Säugetierarten. Ganz oben stand der Neandertaler; den schlechtesten Wert erreichte die heutige Milchkuh. »Angesichts dieser Tatsachen müssen wir uns eingestehen, daß der Neandertaler uns in bezug auf das Denkvermögen ebenbürtig war – wenn nicht sogar überlegen.«

Susan hielt kurz inne, um die dramatische Wirkung ihrer Worte zu erhöhen, und hob ihre Hand. »Betrachten wir nun den heutigen Menschen ...,«

Auf der Leinwand erschien das grobkörnige Photo eines gutaussehenden Mannes anfang Sechzig mit Stirnglatze und ergrautem Bart. Mit seinem leichten Lächeln wirkte er unbeschwert munter, aber obwohl er ganz entspannt mit einem Strohhalm zwischen den Zähnen an einer halbverfallenen Mauer lehnte, schien er bereit zu sein, sich auf die Kamera zu stürzen. Der Blick seiner dunklen Augen war durchdringend.

»...stehen wir vor einem Paradox. Was ist passiert, wenn der Neandertaler tatsächlich so intelligent war? Wie schaffte es dieser Mann hinter mir, ihn zu verdrängen? Was ist aus unserem Mann aus dem kleinen Wiesental geworden? Warum sind wir hier, und warum ist er verschwunden? Warum erschien der Neandertaler vor ungefähr zweihundertdreißigtausend Jahren auf der Bildfläche, hielt sich über viele zehntausend Jahre, gelangte von Westeuropa bis nach Zentralasien und den Nahen Osten und eroberte sich Lebensräume mit unterschiedlicher Flora und Fauna, nur um dann plötzlich von der Erdoberfläche zu verschwinden?«

Susan klopfte mit dem Zeigestab so energisch an die Leinwand, daß sie erzitterte. »Hier sehen Sie einen der hervorragendsten Denker und Paläoanthropologen unserer Zeit...,« eine ehrfürchtige kleine Pause: »...Dr. Jerome Kellicut. Vereinfachend kann man sagen, daß er durch seine Arbeiten unserem Fachgebiet revolutionäre neue Impulse gegeben hat.«

Sie sah zu ihm auf. Dieses Photo gefiel ihr immer wieder. Sie hatte es selbst gemacht – vor vielen Jahren auf Kreta. Vielleicht trage ich etwas zu dick auf, überlegte sie. In letzter Zeit hatte sie sich dabei ertappt, daß sie manche Leistungen Kellicuts in Frage stellte, den Mann entmythologisierte. Das hatte irgendwann so kommen müssen. Es war eine fast übermenschliche Gestalt gewesen – einer der wenigen Professoren, die das Leben ihrer Studenten veränderten. Wer hätte es vermeiden können, einen Mann anzubeten, der in Äonen dachte?

»Mit einem auf Thermolumineszenz beruhenden einzigartigen Verfahren – mit dessen Details ich Sie hier nicht langweilen will – hat Dr. Kellicut Feuersteine aus südfranzösischen Neandertalhöhlen untersucht und ihr Alter sehr genau bestimmt – weit genauer als dies jemals zuvor gelungen war. Das Ergebnis war sensationell und bewies, daß der Neandertaler noch viel später als bisher angenommen gelebt hat – nämlich bis vor dreißigtausend Jahren. Bis dahin ging die Wissenschaft davon aus, daß der Neandertaler vor vierzigtausend Jahren verschwand. Der Unterschied beträgt zwar nur zehntausend Jahre, aber das sind nicht irgendwelche zehn Jahrtausende, sondern es ist genau jener Zeitraum, in dem der heutige Mensch auf der Bildfläche erschien und sich von Afrika aus verbreitet hat. Mit anderen Worten: Kellicut ist es gelungen, die *Koexistenz* moderner Menschen – Homo sapiens sapiens – und Homo sapiens neanderthalensis schlüssig nachzuweisen.« Sie machte eine kurze Pause und atmete tief durch.

»Stellen Sie sich vor, welche Möglichkeiten das eröffnet!« fuhr Susan eindringlich fort. »Hat es zwischen diesen beiden Arten, die sich in vielem so ähnlich waren, Handelsbeziehungen gegeben? Haben sie Werkzeuge getauscht? Gemeinsam gejagt? Gemeinsame Kinder gezeugt? Gegeneinander Krieg geführt?

Vielleicht haben wir jetzt endlich wenigstens den ersten Schritt zur Lösung des großen Rätsels getan: Was ist aus Homo sapiens neanderthalensis geworden? Vorerst wissen wir, daß sein Verschwinden zeitlich mehr oder weniger mit dem Auftreten von Homo sapiens sapiens zusammenhängt – einer dem Neandertaler fast unheimlich ähnlichen Unterart, die trotzdem in irgendeinem entscheidenden Punkt so anders war, daß sie überlebte und sich die Erde untertan machen konnte.

Irgendwie müssen wir den Schlüssel zur Lösung dieses Rätsels finden. Falls es nicht lediglich um die vorhandene Intelligenz geht – und wir haben angesichts unserer Bestimmungen von Schädelgrößen keinen Grund zu dieser Annahme –, was ist dann daran schuld gewesen? Könnten wir diese einzige Frage beantworten, wüßten wir *alles*. Dann wüßten wir genau, was uns eigentlich von allen sonstigen Lebewesen unterscheidet. Was wir in uns haben, das die Bezeichnung *sapiens* rechtfertigt. Wir würden endlich die Tür zu den Kammern aufstoßen, in denen das Geheimnis unserer Existenz verborgen liegt.«

Im Hörsaal ging das Licht an. Lautem Beifall folgte lebhaftes Stimmengewirr, als die Studenten ihre Unterlagen in die Taschen und Rucksäcke packten und zu den Ausgängen drängten.

Susan schob ihre Notizen zusammen und trat vom Podium herunter. Sie blieb kurz stehen, um mit einer Gruppe von Studenten zu sprechen, bevor sie nach hinten weiterging. Ihr Herz begann heftig zu klopfen. Denn dort hinten, in der letzten Reihe, saß ein merkwürdig aussehender Mann, rund und muskulös, vor dessen schlechtsitzender Jacke an einem Kettchen eine dunkle Pilotenbrille baumelte. Er rührte sich nicht, bis Susan ihn fast erreicht hatte, erst dann stand er auf und trat in den Mittelgang.

»Dr. Arnot...« Ein schwaches Lächeln. »Mein Name ist Van Steed.«

Susan nickte fast unmerklich. Sie hatte plötzlich schweißnasse Hände und starrte auf etwas, das er ihr hinhielt: einen langen braunen Umschlag.

3

Im Landeanflug erkannte Susan das Washington Monument, dann die Ellipse und das Lincoln Memorial. Winzige Autos rollten wie an Schnüren gezogen über die Straßen.

Sie verabscheute Washington. Nach der Graduate School in Harvard hatte sie dort ein Jahr lang von einem Smithsonian-Stipendium gelebt. Sie dachte noch immer mit Schrecken an die heißen Nachmittage zurück, an denen sie in einem Keller Knochen katalogisiert und dabei von fernen Ländern geträumt hatte. Und sie hatte natürlich »ein gebrochenes Herz gehätschelt«, wie ihre Freunde häßlicherweise hinter ihrem Rücken getratscht hatten.

Sie holte ihren abgewetzten Koffer vom Gepäckband und wurde draußen von einem Chauffeur abgeholt, der ein Schild mit ihrem Namen hochhielt. Er brachte sie in ein Wohnviertel mit zwei- und dreigeschossigen Holzhäusern und quadratischen Klinkerbungalows, zwischen denen Kinder spielten.

Das erinnerte sie an die kleine Holzfällerstadt in Oregon, in der sie aufgewachsen war: eine so unwirtliche Gegend, daß Susan es kaum hatte erwarten können, ihr den Rücken zuzukehren. Ihre Kindheit war scheußlich gewesen. Ihr Vater, ein Alkoholiker, hatte seine zarte, kränkelnde Frau verlassen, um Kapitän auf einem Fährschiff zu werden. Einziger Trost war die Religion gewesen; Susan erinnerte sich gern an die weiße Holzkirche auf einem Hügel.

Ihr Duchhaltevermögen verdankte sie aber ihrer Großmutter, einer großen ungarischen Schönheit, von der sie ihren dunklen Teint, die hohen Wangenknochen und die langen Beine geerbt hatte. Mit dreiundzwanzig Jahren hatte ihre Großmutter Budapest verlassen und den langen Treck quer durch Kanada und hinunter nach Oregon gewagt. Diesen Drang nach Selbständigkeit hatte Susan von ihr geerbt; brach sie heute zu einer Ausgrabung oder zu einem Abenteuer wie diesem auf, betrachtete auch sie sich gleichsam als Pionierin.

Seit sie die Nachricht erhalten hatte, waren erst zwei Tage vergangen, aber Susan verspürte ein schlechtes Gewissen, weil sie so lange gebraucht hatte, um ihre Angelegenheiten zu regeln. Visconti, ihr Vorgesetzter, hatte sie nicht eben bereitwillig ziehen lassen, aber er hatte es geschafft, ihre Neugier in bezug auf das Institute for Prehistoric Research anzustacheln, indem er ihr mit hochgezogenen Augenbrauen versichert hatte, die meisten Wissenschaftler würden alles dafür geben, einmal dort sprechen zu dürfen. In der Universitätsbibliothek hatte sie so viele Hinweise darauf gefunden – alle nach 1987 –, daß sie sich wunderte, nicht mehr über das IPR zu wissen.

Van war kein gesprächiger Bote gewesen. Er hatte nur wenig über sich selbst oder Kellicut und seinen Geheimauftrag erzählt und ihr erst recht nicht erklärt, was sie außer »einer akademischen Befragung« erwartete. Außerdem schien er viel über sie zu wissen – das zeigte sich nicht so sehr darin, was er sagte, sondern eher darin, was er nicht fragte oder einfach voraussetzte.

Wenig später tauchte rechter Hand ein College-Campus auf, und ein dezentes Schild wies den Weg zum Institut. Drinnen arbeiteten zwei Sekretärinnen an ihren Schreibtischen. Susan wurde mit einem Kopfnicken in einen weiteren Raum verwiesen, wo Van sie erwartete. Langsam stemmte er sich aus einem Sessel hoch und deutete eine Verbeugung an. »Willkommen.«

»Danke.« Sie blickte sich in dem dezent mit Antiquitäten möblierten Raum um. »Was ist das hier – ein College?«

»Teilweise. Wie wir festgestellt haben, entstehen dadurch nützliche Synergieeffekte.« Er ging ihr durch den nächsten Raum und einen weiteren Korridor voraus. Als sie schließlich eine zweiflüglige Eichentür erreichten, öffnete er sie und trat beiseite, um ihr den Vortritt zu lassen.

Verwirrt betrat Susan einen kleinen Konferenzraum, in dem zwölf bis fünfzehn undeutlich erkennbare Personen saßen. Alle sahen ihr entgegen, um sie zwar interessiert, jedoch nicht überrascht zu mustern. Aber genau in der Mitte saß jemand, bei dessen Anblick ihr der Atem stockte: Matt.

Eagleton drehte seinen Rollstuhl rasch zu der Bildschirmwand um und überzeugte sich nochmals davon, daß das Videoband mitlief. Dieser Augenblick war wichtig, und er wollte sicher sein, daß er seinen und ihren Gesichtsausdruck in der Sekunde festhielt, in der die Wahrheit enthüllt wurde. Später konnte er die Aufnahme in aller Ruhe analysieren. Er war stolz auf seine Fähigkeit, verräterische Hinweise zu entdecken – »die ungeschickten Spione des Herzens«, wie er sie nannte –, die weniger scharf beobachtenden Analytikern entgingen.

Mattison wußte, daß sie kommen würde, und hatte sich natürlich entsprechend vorbereitet. Der alte Schwartzbaum, dieser Idiot, war am Morgen mit der Nachricht herausgeplatzt. Eagleton hätte ihn erwürgen können. Aber wie hätte er es anders arrangieren sollen? Mitarbeiter des Instituts und externe Berater mußten die beiden kennenlernen und persönlich befragen. Wie er aus Erfahrung wußte, war eine Befragung durch Experten die beste Methode, wissenschaftliche Informationen zu gewinnen, die sich als wertvoll erweisen konnten. Auch wenn die Experten selbst keine Ahnung hatten, wozu diese Informationen letztlich dienen sollten. Eagleton wußte, wie wichtig es war, Informationsbereiche abzuschotten und Untergebene im ungewissen zu lassen. Das war ihm zur zweiten Natur geworden – genauer gesagt, zur ersten.

Er war sich der Bedeutung dieses kleinen Unternehmens nur allzugut bewußt. Er spürte den Druck, aber er fühlte auch noch etwas anderes: kribbelnde Aufregung und von Schweiß feuchte Handflächen. Gott, wie er Schweiß verabscheute! Aber wie er diese Aufregung genoß! Ganz wie in der guten alten Zeit. Er wußte genau, welche Spitznamen ihm die anderen gegeben hatten: »Captain Queeg« und »Die metallene Kobra«. Das war das Unangenehme an interner Überwachung – man erfuhr mehr, als man eigentlich wissen wollte. Trotzdem, man wußte nie zuviel. Wissen ist Macht, wie Dulles oft gesagt hatte, und sollte nur sparsam mit anderen geteilt werden. Eine gesunde Dosis Verfolgungswahn hatte noch niemandem geschadet.

Der silberhaarige Harold Eagleton – jetzt zweiundsechzig und von Feinden umgeben – sah diese Expedition als Chance für ein Comeback. Aber alles mußte genau richtig klappen. Die Geschichte mit Kellicut machte ihm Sorgen. Er traute Van nicht. Er brauchte Mattison und Arnot und mußte sicherstellen, daß sie in seinem Sinne richtig funktionierten.

Er zündete sich eine Zigarette an, spielte mit der Fernbedienung. Gute Nahaufnahmen von ihm. Von ihr auch. Sie sah wirklich nicht schlecht aus, das mußte selbst er zugeben – obwohl ihm Frauen im Grunde egal waren. Aber er sah, was sie attraktiv machte: der sinnliche Mund, die schwarze Mähne und ihre Angewohnheit, sich das Haar mit einer Hand aus der Stirn zu streichen, wenn sie nervös war – und sie war jetzt sichtlich nervös, durch Mattisons Anblick schockiert. Aber sie erholte sich rasch, stellte Eagleton befriedigt fest, und betrat den Konferenzraum gefaßt.

Sie machte die Runde, schüttelte allen die Hand. Die Männer standen demonstrativ höflich auf, die Frauen blieben sitzen, drückten ihr die Hand und lächelten mit jener schwesterhaften Komplizenschaft, die Wissenschaftlerinnen heutzutage an den Tag legten. An dem langen Konferenztisch waren beachtlich viele Wissenschaftszweige vertreten: Morphologie, Neurologie, Physik, Astrophysik, Genetik, Geologie, Mathematik, Anthropologie, Psychologie, Parapsychologie, Ökologie, Evolutions-Soziobiologie, Paläontologie, Anatomie und Archäologie. Susan kannte die meisten dem Namen nach, einige sogar persönlich. Auch als ihr Dr. Ugo Brizzard vorgestellt wurde, dessen Arbeiten über Telepathie die meisten Wissenschaftler für Humbug hielten, ließ sie sich kaum Überraschung anmerken.

Eagleton beobachtete aufmerksam, wie sie Mattison begrüßte. Er streckte ihr die Hand hin, die sie ergriff.

»Wir kennen uns schon«, sagte sie.

»Ganz recht«, antwortete er.

Beide lächelten, dann ging sie weiter.

Nicht schlecht, dachte Eagleton und gestattete sich, vorsichtig optimistisch zu sein. Die beiden kommen damit zurecht, sagte er sich, als er ihre als vertraulich gekennzeichneten Dossiers in eine Schublade seines Schreibtischs zurücklegte.

»Wir dürfen uns glücklich schätzen, Dr. Arnot und Dr. Mattison gemeinsam in diesem Raum zu haben.« Dr. C. B. Simpson, ein weißhaariger Anthropologe, fungierte als Diskussionsleiter. »So können wir auf jede Frage zwei verschiedene Antworten bekommen.« Die anderen lachten. Es gab Tee oder Kaffee, und die Gruppe begann Fragen zu stellen. Anfangs leichte, dann immer mehr ins Detail gehende. Nach einiger Zeit war man bei dem Thema, auf das diese Diskussion unweigerlich zusteuerte: dem Aussterben des Neandertalers.

»Können Sie uns nach heutigem Erkenntnisstand kurz schildern, wann und warum das passiert ist?« fragte der Mathematikprofessor Eugene Pringle, ein freundlich wirkender, kurzsichtiger älterer Mann mit dicken Brillengläsern.

»Das Wann ist einfacher als das Warum«, antwortete Susan. »Unseres Wissens ist der Neandertaler vor rund dreißigtausend Jahren ausgestorben. Die umfangreichsten neueren Funde stammen aus Gebieten der früheren Sowjetunion. Mit Hilfe der Radiokarbondatierung läßt sich etwa dieses Alters feststellen.«

»Andererseits«, sagte Matt, »existieren auch Spuren, die nicht aufs Aussterben, sondern auf einen Übergang ins Jungpaläolithikum verweisen. Im Südwesten Frankreichs und in Spanien sind Hinweise auf eine Regionalindustrie gefunden worden, die...«

»Entschuldigung«, unterbrach ihn eine Stimme aus dem Hintergrund. »Was ist eine Regionalindustrie?«

»Die Herstellung von Werkzeugen in einem größeren Gebiet. Stammen sie vom Neandertaler – und die geschickt bearbeiteten Klingen weisen meiner Meinung nach darauf hin –, muß er noch etwas später gelebt haben. Es gibt sogar Anzeichen für eine Verbindung zwischen Neandertalern und Aurignacmenschen. Auf dieser Grundlage können wir eine Vermischung beider Arten nicht ausschließen.«

»Manche von uns schließen sie aus«, warf Susan ein.

»Weil?«

»Weil die fraglichen Funde, die Vindijafunde, nicht beweiskräftig genug sind. Sie haben in einer Schicht gemeinsam mit einer einzigen Knochenspitze aus dem Aurignacien gelegen. Das genügt nicht als Grundlage für ein ganzes Theoriegebäude – vor allem nicht für eines, das einen so bedeutsamen Anspruch erhebt. Es gibt einfach zu viele offene Fragen.«

Matt verzog das Gesicht. Auch in Kleinigkeiten ist Susan immer gewissenhaft gewesen, fiel ihm ein, und zum erstenmal riskierte er einen längeren Blick. Die Jahre sind nicht unfreundlich zu ihr gewesen, dachte er, sie ist noch immer atemberaubend schön. Allerdings war ihr Teint von unzähligen feinen Runzeln durchzogen – eine Folge der vielen Sonnenbäder. Außerdem hatte sie etwas zugenommen, was ihr aber nicht schlecht stand. Wie schon früher trug ihre Haarpracht entscheidend zu ihrer Schönheit bei, obwohl sie ihr Haar nicht mehr lang und glatt, sondern als lockige, pechschwarze Löwenmähne trug. Irgend etwas hatte sie ernster gemacht. War daran ihre Trennung schuld? Wie lange war das her? Fünfzehn Jahre? In all diesen Jahren hatten sie kein Wort miteinander gesprochen, hatten einander nur indirekt bekriegt – durch Klatsch und Fußnoten.

»Wir müssen uns eingestehen«, sagte Matt, »daß wir vieles nicht wissen. Wir wissen nicht einmal, wann die meisten Neandertaler gelebt haben. Die bisherigen Fossilienfunde sind einfach zu spärlich. Vielleicht sind sie vor achtzig oder neunzig Jahren wie Fliegen gestorben, und wir sind rein zufällig auf einige der jüngsten Skelette gestoßen.«

»Vor achtzig oder neunzig Jahren?« warf der Mathematiker Pringle ungläubig ein.

»Entschuldigung, ein Kürzel. Ich spreche natürlich von achtzig- oder neunzigtausend Jahren.«

»Soviel zum Wann«, sagte Pringle. »Und wie steht's mit dem Warum?«

»Nun«, antwortete Susan, »diese Frage ist noch umstrittener. Darüber existieren zahlreiche Theorien. Nur haben sie alle einen offenkundigen Fehler – sie stammen von den Überlebenden. Es heißt ganz richtig: Geschichte wird von den Siegern geschrieben.«

»Sonst ist keiner mehr da, der sie schreiben könnte«, sagte Pringle.

»Genau. Jedenfalls sind sich grob gesagt alle Wissenschaftler darüber einig, daß der Körperbau des Neandertalers ihn dazu befähigte, viel kälteres Wetter zu ertragen, als wir überleben könnten. Während der letzten Eiszeit, der Würm-Eiszeit, hätte er sich durchaus wohl gefühlt, solange er eine Höhle, in die er kriechen, sowie ein

Feuer hatte, an dem er sich die Füße wärmen konnte. Aber dann ist etwas passiert.«

»Bestimmt etwas Traumatisches«, warf ein kleiner, stämmiger Mann ein, dessen Namen Susan nicht genau verstanden hatte. »Der Neandertaler hätte sich durch nichts davon abhalten lassen, seine Gene weiterzuvererben.«

O nein! dachte Susan, hoffentlich keiner dieser komischen ultradarwinistischen Soziobiologen, einer der Kerle, die auf Cocktailpartys gern die Unterhaltung an sich reißen und mit angeblichen Fakten um sich werfen.

Matt ergriff das Wort. »Andererseits gibt es Wissenschaftler, die sich der Katastrophentheorie verschrieben haben. Ein Vulkanausbruch zum Beispiel. Oder irgendeine Veränderung des Ökosystems, mit der der Neandertaler besonders schlecht zurechtkam. Das Problem ist nur, daß die Katastrophenanhänger keine Katastrophe nachweisen können. Sie hätte gewaltig genug sein müssen, um den Neandertaler auszurotten, aber begrenzt genug, um den Homo sapiens sapiens zu verschonen. Das ist eine schwierige Gratwanderung. Und außerdem lassen weder Bohrkerne aus dem Grönlandeis noch Tiefbohrungen im Saharasand auf eine große Naturkatastrophe vor dreißigtausend Jahren schließen.«

»Vielleicht ist durch die allmähliche Erwärmung der Erde sein Lebensraum geschrumpft«, warf Pringle ein. »Vielleicht ist der Neandertaler in ein immer kleineres Gebiet zurückgedrängt worden – sagen wir, ins Hochgebirge –, bis er irgendwann keine Nahrung mehr finden konnte.«

»Unwahrscheinlich«, widersprach Susan. »Der Zeitraum, von dem wir hier sprechen, ist so lang, daß er sich hätte anpassen können.«

»Vielleicht hat er es versucht und ist dabei gescheitert.«

»Vielleicht. Aber bedenken Sie bitte, daß alles, was wir über den Neandertaler wissen, ihn als kreatives, anpassungsfähiges Wesen zeigt. Er konnte mit Feuer umgehen. Er lebte in Höhlen. Er trug Tierfelle. Er war jemand, der seine Umwelt manipulierte, statt ihr zum Opfer zu fallen.«

»Was wollen Sie damit sagen?«

»Damit will ich sagen, daß der prähistorische Mensch Hunderttausende von Jahren lang in diesem Sumpf einer unveränderlichen, brutalen Minimalexistenz gesteckt hat. Dann taucht eine Variante auf, der es gelingt, sich aus dem Sumpf zu befreien. Dieser Mensch gebraucht seinen Verstand. Er lebt gesellig in Gruppen. Er ist ein Problemlöser. Und das soll das Lebewesen sein, das die Natur sich für einen grausamen Scherz ausgesucht hat? Das wäre unsinnig – vom wissenschaftlichen Standpunkt aus, meine ich. Wenn die Wissenschaft uns eines lehrt, dann die Tatsache, daß die Natur konsequent und logisch handelt.«

»Richtig«, sagte der Stämmige. »Genau wie bei der Cholera.«

»Wie bitte?« fragte Susan irritiert.

»Cholera verbreitet sich durch Exkremente, deshalb bringt Cholera uns dazu, welche zu produzieren«, sagte er triumphierend.

Ich hab's geahnt, ein Ultradarwinist! dachte Susan verzweifelt.

»Also, wie lautet die Antwort?« fragte Dr. Victor Schwartzbaum, der berühmte Paläontologe.

»Dazu möchte ich Gertrude Stein zitieren: ›Wie lautet die Frage?‹«

»Ich meine die Frage, die uns alle hergeführt hat: Was war schuld am Aussterben von Homo sapiens neanderthalensis?«

»Sie haben die Antwort vor sich.«

»Wie bitte?«

»Wir. Wir alle.«

»Wie das?«

»Ganz einfach«, sagte Susan. »Wir haben ihn ausgerottet.«

»Nicht so schnell!« protestierte Matt.

»Wissen Sie«, erklärte Susan den anderen, »wir Schüler Dr. Kellicuts gehören zwei verschiedenen Lagern an, die einander nicht gerade freundschaftlich gesonnen sind.«

»Eine ziemliche Untertreibung«, sagte Schwartzbaum.

»Mein Lager heißt ›Arche Noah‹ oder ›Out of Africa Two‹«, fuhr Susan fort. »Wir sind der Überzeugung, lange nach dem Fortgang des Homo erectus aus Afrika habe vor etwa hunderttausend Jahren eine zweite Wanderung stattgefunden. Diesmal waren wir es – die sozusagen anatomisch modernen Menschen. Und irgendwie haben wir durch eine neue Erfindung oder eine neue Form gesellschaftlicher Organisation den Neandertaler besiegt. Ein darwinscher

Überlebenskampf in größtem Stil, ein Krieg zwischen zwei Arten. Das muß buchstäblich ein Kampf bis zum letzten gewesen sein.

Dann gibt es die ›Make-love-not-war‹-Schule, wie ich sie nenne, an deren Spitze Dr. Mattison hier steht. Ihrer Ansicht nach hat es keine zweite Völkerwanderung aus Afrika gegeben, sondern einzelne Arten haben sich in verschiedenen Gebieten selbständig entwickelt und sind dann miteinander verschmolzen. Der Genfundus des heutigen Menschen hat den des Neandertalers einfach überwältigt.«

»›Überwältigt‹ ist nicht gerade der Ausdruck, den ich gebrauchen würde«, sagte Matt. »Vielmehr ›assimiliert‹, ›vereinnahmt‹. Aus irgendeinem Grund ist der Homo sapiens sapiens das sexualbetonteste Lebewesen, das die Erde je hervorgebracht hat.«

»Und auch das kriegerischste«, fügte Susan hinzu.

»Richtig, und Krieg hat zu weiterer Vermischung geführt. So sind die beiden Unterarten miteinander verschmolzen. Wir haben durch Geschmeidigkeit im Bett gesiegt, nicht durch Geschicklichkeit auf dem Schlachtfeld.«

Seine flapsige Ausdrucksweise brachte Susan für einen Augenblick aus dem Gleichgewicht. »Die Theorie anderer herabzusetzen, ist keine Kunst«, sagte sie, nachdem sie sich wieder gefangen hatte.

»Stimmt. Aber der springende Punkt ist, daß deine Theorie das blutigste Massaker der Menschheitsgeschichte voraussetzt – einen pleistozänen Holocaust, wie manche Kollegen es ausgedrückt haben. Wo sind die Massengräber? Wo sind all die eingeschlagenen Schädel? Ich stelle nur fest, daß die Annahme, der Neandertaler lebe in uns allen fort, meine Vorstellungskraft weniger strapaziert.«

»Schwer zu glauben, nicht wahr, wenn man sich Dr. Mattisons glatte Stirn ansieht«, meinte Susan sarkastisch.

»Sie hat vierzigtausend Jahre gebraucht, um so zu werden. Jeder von uns trägt Spuren dieses Erbguts in sich.«

Ihre Blicke begegneten sich kurz, dann sprach Susan weiter. »In letzter Zeit haben wir verschiedene Funde gemacht, die ich für sehr bedeutsam halte. Mich interessiert vor allem eine Fundstätte in Usbekistan in der Nähe des Kaspischen Meeres. Vor zwei Jahren habe ich dort ein Lager von Neandertalerknochen entdeckt. Ich bin noch immer dabei, sie zu katalogisieren. Und obwohl wir noch längst nicht alle untersucht haben, scheint bereits festzustehen, daß viele dieser Neandertaler etwa gleichzeitig umgekommen sind. Vielleicht handelt es sich dabei um die Überreste eines frühgeschichtlichen Schlachtfelds.

Besonders interessant wird dieser Fundort durch die Tatsache, daß er von Neandertalerhöhlen umgeben ist, in denen Tausende von Tierknochen aufgehäuft sind. Dazwischen liegen einige, die unzweifelhaft humanoiden Ursprungs sind. Viele davon sind gespalten worden – sorgfältig, wie mit einem Werkzeug. Daraus ergibt sich unserer Ansicht nach zwingend, daß sie aufgehackt worden sind, um ans Knochenmark heranzukommen.«

Susan machte eine kurze Pause, um die Bedeutung des Gesagten zu unterstreichen.

»Außerdem liegen dort Schädel, die eindeutig von Neandertalern bearbeitet worden sind: Sie weisen eine leichte, aber trotzdem unverkennbare Erweiterung des großen Hinterhauptslochs auf, durch das die Verbindung zwischen Gehirn und Rückenmark führt. Ähnlich verstümmelte Schädel aus Neandertalerhöhlen sind seit mindestens 1931 bekannt. Niemand hat sich bisher diese Spuren erklären können. Wir glauben, die Erklärung gefunden zu haben.« Sie sah sich am Konferenztisch um. »Meine Damen und Herrn, die Beweise scheinen unwiderlegbar zu sein: Der Neandertaler ist ein Hirnesser gewesen.«

Als Van sie hinausbegleitete, wandte Matt sich an Susan und sagte: »Lange her, was?«

Sie sah angestrengt geradeaus. »Oh, ist's dir lang vorgekommen? Ich dachte, ich hätte mich kurz gefaßt.«

Er schüttelte den Kopf über ihr absichtliches Mißverständnis – ein alter Trick. »Wie bist du auf diese Make-love-not-war-Masche gekommen?«

»Ich dachte, sie würde dir gefallen«, antwortete sie. »Erinnerungen an die gute alte Zeit.«

»Hör mal, glaubst du diese Geschichte mit der Hirnesserei wirklich?«

»Vielleicht haben sie sich zu perversen Sexspielen hinreißen lassen.«

Matt wurde ernst. »Susan, hast du die geringste Ahnung, was zum Teufel wir hier machen?«

Ungefragt mischte sich Van ein. »Warten Sie noch eine Minute, dann wird ihnen alles klar.« Er führte sie weiter den klinisch sauberen Flur entlang.

Susan beugte sich zu Matt hinüber und flüsterte: »Ich weiß nicht mehr als du. Ich bin nur aufgefordert worden, herzukommen – wegen einer Sache, die mit Kellicut zu tun hat. Er ist anscheinend in Gefahr.«

Van blieb vor einer schweren Eichentür stehen, klopfte an und trat als erster ein. Der Raum war unerwartet schwach beleuchtet; sie brauchten einige Sekunden, um die hagere Gestalt zu entdecken, die hinter einem Schreibtisch an der Wand saß – weit vom Fenster entfernt, durch das wegen der geschlossenen Lamellenjalousie nur spärliches Licht fiel. Der Mann rauchte. Über seinem Kopf hingen Tabakschwaden.

»Ah, herein, herein … willkommen!« Die Stimme klang einschmeichelnd, aber befehlsgewohnt.

Sie traten näher. Der Mann hinter dem Schreibtisch stand zur Begrüßung nicht auf, sondern streckte ihnen nur seine Rechte über die fleckenlos weiße Schreibunterlage entgegen.

»Dr. Arnot, Dr. Mattison. Ich bin Harold Eagleton. Willkommen im Institute for Prehistoric Research.«

Während Matt, der Eagleton weit überragte, ihm die Hand schüttelte, betrachtete Susan den Sitzenden. Er wirkte eigenartig buckelig, verkrümmt, zusammengesunken. Blasser Teint, schiefgelegter Kopf, nach vorn gerutschte Stahlbrille. Unter dem Schreibtisch glänzte etwas Metallisches – gebogene Stahlrohre und der schwarze Gummi eines Rollstuhls. Sie nahm einen merkwürdigen Geruch wahr, den sie nicht recht einordnen konnte. Vielleicht ein Desinfektionsmittel.

Nachdem Eagleton ihnen mit einer knappen Handbewegung die Besuchersessel angeboten hatte, wandte er sich an Susan. »Wir sind Ihnen dankbar, meine Liebe, daß Sie so schnell gekommen sind. Kellicut braucht Ihre Hilfe – genau wie wir sie brauchen.«

»Wir haben praktisch keine andere Wahl gehabt«, sagte Matt nüchtern. »Worum geht's hier überhaupt?«

Eagleton warf ihm einen kalten Blick zu. »Nun, wir wollen uns nicht mit Höflichkeitsfloskeln aufhalten.« Er stieß eine weitere Rauchwolke aus, und Susan fiel auf, daß er die Zigarette nach Art eines Osteuropäers hielt: zwischen Daumen und Zeigefinger der linken Hand, die restlichen Finger fächerförmig abgespreizt. »Unser Institut ... Sie haben von uns gehört, ja? Gut, gut.« Ob er sich ehrlich darüber freute, war schwer zu beurteilen. »Wir befassen uns mit vielen Aspekten prähistorischer Forschung – mit vielen Gebieten. Mit Dingen, für die andere Einrichtungen sich vielleicht weniger interessieren. Wir verfügen über reichliche Geldmittel und legen großen Wert auf gute Forschungsarbeit. Wir betreuen Projekte in aller Welt und wollen nur das Beste. Leute wie Dr. Kellicut. Die brauchen wir.«

Matt fiel dieser Ausdruck auf. »Brauchen? Warum *brauchen* Sie die? Und wozu?«

»Oh, für alles mögliche«, sagte Eagleton mit einer abwehrenden Handbewegung.

Matt blickte zu Susan hinüber, die Eagleton fasziniert anstarrte. Van hockte schweigend auf einem Sofa. Überall an den Wänden hingen Landkarten und Satellitenaufnahmen. Auf einer Staffelei in einer Ecke stand ein kleiner Degas. Matt wurde auf mehrere gerahmte Diplome aufmerksam und verfolgte den Aufstieg, den sie verkörperten: University of Tennessee, Columbia, Harvard, Edinburgh, Oxford.

Eagleton folgte seinem Blick. Ihm entging so leicht nichts. »Ah, die alte Papierfährte«, sagte er. »So bedeutungslos, nicht wahr?« Er machte eine nachdenkliche Pause. »Wo bin ich stehengeblieben?« Eine Wolke Tabakqualm stieg auf. »Nun, wir haben in letzter Zeit ziemlich viele Expeditionen finanziert, von denen manche ... orthodoxer als andere gewesen sind. Vor nicht allzu langer Zeit haben wir beschlossen, uns auf den Neandertaler zu spezialisieren – oder vielmehr ist uns diese Entscheidung aufgedrängt worden. Wir haben uns mit großem Elan darauf gestürzt. Ein interessantes Feld. Nicht viele von uns haben gleich die richtigen Voraussetzungen dafür mitgebracht, verstehen Sie, obwohl es uns gelungen ist, ein recht gutes Expertenteam zu versammeln, wie Sie zugeben müssen.«

»Tut mir leid, aber das verstehe ich nicht ganz«, unterbrach Matt ihn. »Wozu haben Sie sich auf die Neandertalerforschung gestürzt? Was erhoffen Sie sich davon?«

Eagletons Tonfall veränderte sich. Seine Stimme klang hörbar schärfer. »Nun... nun, dadurch könnte sich alles ändern. Das gesamte Fachgebiet könnte sich verändern, begreifen Sie das nicht? Tatsächlich stammt die Idee für unser neues Projekt von Ihrem Freund Dr. Kellicut. Er ist sehr begeistert davon gewesen, und wir haben ihm die nötigen Mittel zur Verfügung gestellt. Für eine Forschungsreise in den Kaukasus. Die Sache hat reichlich verrückt geklungen, das stimmt, aber man weiß eben nie, nicht wahr?« Er drückte seine Zigarette aus, griff unter den Schreibtisch und betätigte einen Schalter. Nachdem der Rauch durch einen Deckenabzug verschwunden war, sank ein dünner weißlicher Nebel herab. »Ein antibakterielles Mittel«, sagte Eagleton erklärend. »Stört Sie hoffentlich nicht.«

»Bitte weiter«, drängte Susan. »Sagen Sie uns, wo hält Dr. Kellicut sich im Augenblick auf?«

»Nun, das ist es gerade. Wir wissen es nicht. Wir wissen es natürlich ungefähr, aber wir wissen es nicht genau. Deswegen haben wir Sie hergebeten. Deswegen brauchen wir Sie... damit Sie uns helfen, ihn zu finden. Man braucht einen Paläontologen, um einen Paläontologen aufzuspüren.«

Eagleton wirkte plötzlich nervös. Seine rechte Hand beschrieb einen Bogen durch die Luft, bis Daumen und Zeigefinger an seiner Stirn lagen, während die übrigen Finger abgespreizt blieben. Dann fuhr er sich seufzend durchs Haar.

»Ich meine, er ist dort, wohin wir ihn entsandt haben... oder vielmehr dort, wohin er mit unserem Segen wollte. Aber wir haben lange nichts mehr von ihm gehört – bis vor kurzem, um es genau zu sagen. Bis er nach Ihnen geschickt hat.«

»Nach *uns*?«

»Ja.«

»Nach uns beiden?«

»Ja. Hier ist die Anschrift.« Eagleton zog seine Schreibtischschublade auf und holte ein ausgeschnittenes Stück Packpapier heraus, auf dem in Kellicuts charakteristisch steiler Handschrift stand:

Dr. S. Arnot / Dr. M. Mattison
c/o Institute for Prehistoric Research
1290 Brandywine Lane
Bethesda, MD 09763
USA

»Wo ist die Nachricht?« fragte Susan. »Wo ist der dazugehörige Brief?«

»Es ist kein Brief«, sagte Eagleton, »aber ich denke, man könnte von einer Nachricht sprechen.« Er nickte Van zu, der an einen Einbauschrank trat und mit einer dreißig Zentimeter hohen, an einigen Stellen abgesplitterten quadratischen Holzkiste zurückkam. Van stellte sie mitten auf Eagletons Schreibtisch, nahm den Deckel ab, griff hinein und holte einen Gegenstand heraus, der in ein schmuddeliges weißes Tuch gewickelt war.

»In dieser Verpackung ist er angekommen«, erklärte Eagleton. Er streckte eine Hand aus und zog mit einer raschen Bewegung das Tuch weg.

Darunter kam ein glänzender, überraschend weißer Schädel zum Vorschein, den Van wie ein Hamletdarsteller hochhielt. Susan und Matt erkannten augenblicklich, was sie vor sich hatten: Die lange, schräge Stirn, das auffällig kurze Kinn und natürlich der dicke, raupenförmige Wulst quer über den Augenhöhlen waren unverkennbar.

»Perfekt!« rief Susan aus und griff aufgeregt nach dem Schädel, hielt ihn wie ein Weihnachtsgeschenk in beiden Händen. »Ein perfektes Stück! Einen so vollständigen, so gut erhaltenen Schädel habe ich noch nie gesehen. Das ist der Fund des Jahrhunderts!«

Eagleton grunzte. »Das ist er allerdings.«

»Er ist fast zu perfekt«, wandte Matt ein. »Irgendwie unrealistisch. Haben Sie sein Alter bestimmen lassen?«

»Natürlich«, sagte Eagleton. Er zündete sich die nächste Zigarette an.

»Und ...?«

»Das ist das Merkwürdige daran.«

»Was? Wie alt ist er?«

Eagleton paffte. »Fünfundzwanzig.«

»Fünfundzwanzig?« wiederholte Matt ungläubig.

»Ausgeschlossen!« widersprach Susan, und Matt warf ihr einen irritierten Blick zu. »Vor fünfundzwanzigtausend Jahren hat kein Neandertaler mehr gelebt.«

»Nicht fünfundzwanzigtausend«, sagte Eagleton. Er wurde von einem plötzlichen Hustenanfall geschüttelt, so daß er die Worte kaum ächzen konnte. »Fünfundzwanzig Jahre.«

Er schwenkte eine Hand durch die Luft, um die Qualmwolken über seinem Kopf zu zerteilen.

4

Susan schlief im Sitz neben ihm. Ihr Kopf war leicht zurückgelehnt, ihre Kehle schutzlos bloß. Ihr Busen hob und senkte sich bei jedem Atemzug. Er betrachtete ihre Wimpern, die gelegentlich leicht zuckten. Vielleicht träumte sie.

Matt nahm das leise Zirpen von Musik aus ihrem Kopfhörer wahr, ein Insektengeräusch. Irgendein Blues, vielleicht Otis Redding oder Coltrane. Früher war diese Musik praktisch ihr Lebenselixier gewesen. Und vor seinem inneren Auge erschien ein Bild aus der Vergangenheit: die voll aufgedrehte Stereoanlage in ihrem Apartment in Cambridge.

Als die Tragfläche sich leicht senkte, weil das Flugzeug seinen Kurs änderte, warf er einen Blick aus dem Fenster und sah zum erstenmal das schneebedeckte Pamirgebirge. Schroffe, steile Gipfel. Aus dem Weiß ragten zerklüftete Felswände wie Metall, das sich durch Fleisch gebohrt hat. Sein Herz schlug rascher. Unbarmherziges Gelände, dachte er – gottverlassen, unwiderstehlich.

Matt hatte sich noch immer nicht ganz von dem Schock erholt, den der Anblick des Schädels bei ihm ausgelöst hatte. Er konnte einfach nicht glauben, daß er nur fünfundzwanzig Jahre alt sein sollte. Die Idee, ein Neandertaler könnte bis in die Gegenwart überlebt haben, war etwas, das Spinner seit vielen Jahren propagierten und über das Wissenschaftler wie er immer nur gespottet hatten. Trotzdem konnte dieser Schädel nicht einfach ignoriert werden. Er wirkte authentisch; Matt hatte schon genügend Neandertalerschädel in der Hand gehabt, um das sofort zu wissen. War es möglich, daß er irgendwie präpariert, in einem Säurebad gereinigt worden war? Aber auch dann wäre er zu gut erhalten. Vielleicht war er aus irgendeiner neuen künstlichen Knochenmasse nach einem Abguß geformt worden. Wenn es sich jedoch um eine Fälschung handelte, dann um eine perfekte. Aber wer hätte so etwas herstellen können – und wozu?

Susan war eher bereit gewesen, diesen Schädel für echt zu halten. Auf der Fahrt zum Flughafen hatte es deswegen Streit gegeben. Matt hatte berühmte Fälschungen angeführt, wie zum Beispiel den Piltdownmenschen. »Die sind damals auch überzeugend gewesen«, hatte er gesagt. Aber Susan schien daran glauben zu wollen; ihre Augen leuchteten, als sie überlegte, welche Möglichkeiten dieser Fund eröffnete. »Was wäre, wenn er echt wäre?« hatte sie gefragt. »Stell dir vor... vielleicht gibt's irgendwo eine ganze Gruppe von ihnen, und wenn wir sie finden, können wir sie lebend studieren. Dann sind wir nicht mehr auf unsere lächerlichen Vermutungen auf der Grundlage von Stein- und Knochenfragmenten angewiesen. Eine als ausgestorben geltende Spezies, mit der wir in Verbindung treten könnten. Stell dir das mal vor!«

Er mußte zugeben, daß er bei ihren Worten einen leichten Schauder verspürt hatte. Für einen Augenblick hatte auch er sich dieser Phantasie hingegeben. Der Gedanke mochte abwegig sein, aber wenn er diese Gelegenheit nicht ergriff, würde er sich ewig fragen: Hätte es nicht doch wahr sein können? Allein die Chance, diese Vorstellung zu widerlegen, wäre Grund genug gewesen, die Reise zu unternehmen. Aber es gab eine noch viel dringendere Aufgabe: Kellicut, der tatsächlich verschollen zu sein schien, mußte gefunden werden. Und falls jemand sich soviel Mühe mit diesem Schwindel gegeben hatte, konnte der Professor tatsächlich in Gefahr sein.

Er sah wieder zu Susan hinüber. Sie waren nicht imstande gewesen, über ihre Vergangenheit zu reden. Eine Stunde nach dem Start in New York hatten sie sich beide einen Drink bestellt – Scotch für ihn, Wodka für sie. Als sie ihre Gläser gehoben, wortlos angestoßen und sich dabei wie Verschwörer etwas zueinander gelehnt hatten, war für einen Augenblick eine gewisse Intimität zwischen ihnen entstanden. Aber dieser Moment war rasch vorübergegangen. Später hatte er nochmals versucht, das Gespräch auf sie beide zu bringen, aber als Susan demonstrativ nicht darauf einging, sprachen sie über ihre akademischen Laufbahnen und die jüngere Vergangenheit. »Und nach Harvard?« fragte Matt.

»Ich bin ziemlich rumgekommen – die ruhelose junge Wissenschaftlerin. Ich bin drei Jahre in Berkeley gewesen...«

»Ja, das habe ich gehört.«

»Dort hat es mir ganz gut gefallen, aber irgendwie ... die viele Sonne, die gesunde Ernährung, all diese Leute, die bei jeder Kontroverse auf der richtigen Seite stehen ... Ich habe mich wieder nach wolkenverhangenen Himmeln gesehnt.«

Matt lächelte.

»Ich habe nicht viel veröffentlicht. Aber Kellicut war wundervoll. Er hat uns wirklich gern gehabt, weißt du, und weil unsere Trennung ihm nahegegangen ist, hat er sich für mich eingesetzt. Dann habe ich von einer Grabung im Irak gehört. Gott, dort ist es herrlich gewesen! Die Arbeit, der Staub, alle die kleinen, unerwarteten Abenteuer, sogar die Fliegen ... Nachts, wenn die Wüste abgekühlt ist, habe ich in meiner Hängematte gelegen, zu dem schwarzen Nachthimmel mit Myriaden von Sternen aufgesehen und mir gesagt: Das ist das richtige Leben für mich. Mehr will ich gar nicht. Aber ich habe wohl doch mehr gewollt. Trotzdem war die Grabung erfolgreich. Ich habe meinen ersten Schädel gefunden. Ein Schädelfragment ... nur so groß.« Sie hielt Daumen und Zeigefinger zehn Zentimeter weit auseinander.

»Und dann?«

»Ich bin nach Madison gegangen. Bin Dozentin geworden. Weitere Grabungen, weitere Knochen, weitere Veröffentlichungen. Staub zu Staub. Die Geschichte meines Lebens.« Bewußt ließ sie die wichtigen Dinge aus. Erstaunlich, wie nüchtern ein Leben klingen kann, dachte sie.

»Und du hast die ganze Zeit nie ans Heiraten gedacht?«

Ihre Miene wurde abweisend. »Nein, nicht wirklich.«

»Bist du jemals kurz davor gewesen?«

»Hör zu, Matt ...« Damit hatte sie, wie ihm auffiel, ihn zum erstenmal beim Namen genannt, der aus ihrem Mund eigenartig, aber zugleich auch vertraut klang. »... über all diese Dinge brauchen wir wirklich nicht zu reden. Es gibt viele andere Themen, die mir lieber wären.« Sie senkte die Stimme. »Ich habe schließlich auch nicht nach Anne gefragt.«

»Anne? Oh, die habe ich ewig lange nicht mehr gesehen. Seit ...« Er rechnete kurz nach. Da sie sich jetzt auf dünnes Eis gewagt hatten, kam es darauf an, sich präzise auszudrücken. »... seit über dreizehn Jahren nicht mehr.«

Sie schwiegen wieder. Susan bestellte sich einen zweiten Drink. Hatte sie ihre Angst überwunden, Alkoholikerin zu werden? Er bat um einen weiteren Scotch. Die Stewardeß flirtete mit ihm, ignorierte Susan und sah ihm verheißungsvoll lächelnd in die Augen.

Das war's also – keine Herzensbeichten, keine emotionale Katharsis. Vielleicht ist das sogar die beste Lösung, dachte Matt, der eine klärende Aussprache einerseits wollte, andererseits aber auch fürchtete. Wie hätte er erklären können, was passiert war, was er damals empfunden hatte? Alles lag schon endlos lange zurück. Und er geriet leicht ins Stocken, wenn es darauf ankam, die richtigen Worte zu finden. Er war, das mußte er sich eingestehen, im Grunde erleichtert.

Und Susan war es so lieber. Auch für sie war es ein Schock gewesen, Matt plötzlich wiederzusehen, ohne Zeit gehabt zu haben, sich darauf vorzubereiten. Es war so anders gewesen als die zufälligen Begegnungen, die sie sich in Wachträumen ausgemalt hatte. Er sieht noch immer sehr gut aus, dachte sie traurig. Aber wie ungewohnt, an diesen vertrauten Schläfen graue Haare zu sehen. Wenigstens ist er nicht dick geworden; in einigen ihrer Racheträume war er unförmig aufgedunsen gewesen, aber in Wirklichkeit war sie froh, daß Matt noch immer rank und schlank war. Aber vor allem war sie bedrückt, daß ein Teil ihres Ichs ihn immer noch ständig beobachtete, wenn er in der Nähe war.

Sie hatte Jahre gebraucht, um über seine Untreue hinwegzukommen. Eigentlich schwanden ihre Gefühle nicht wirklich, sondern wurden nur vom angehäuften Treibgut des Alltags überdeckt. Ihre Freunde wollten nichts mehr von ihm hören, also hörte sie irgendwann auf, über ihn zu reden. Sie behielt ihre Empfindungen für sich und fing schließlich an, sie in eine Ecke zu schieben. Sie lebte in anderen Städten und hatte andere Liebhaber, aber von Zeit zu Zeit drangen ihre Gefühle doch wieder an die Oberfläche, und in diesen Augenblicken litt sie die alten Schmerzen – allerdings nicht mehr so stark wie früher. Jetzt wußte sie, daß sie um des inneren Friedens willen auf Distanz achten mußte.

Susan hatte ihren Kopfhörer aufgesetzt und lehnte sich in ihren Sitz zurück. Als sie tiefer sank, rutschte ihr Rock über ihre Knie hoch. Matt saß neben ihr, trank mit kleinen Schlucken seinen Scotch und sah aus dem Fenster.

Konzentriert arbeitete Van einen Stapel Papiere durch. Wenn Turbulenzen das Flugzeug erzittern ließen, rutschten die auf dem freien Sitz neben ihm aufgestapelten Schnellhefter durcheinander. So arbeitete er immer: zwanghaft. Vielleicht war er deshalb ein so guter Wissenschaftler. Er übertrieb immer, las ständig, studierte unaufhörlich und rechnete alle Möglichkeiten durch. Er war stolz auf seine Erfolge – sie gehörten zu den wenigen Dingen, auf die er stolz sein konnte. Seine Arbeit war sein Leben, denn für andere Dinge blieb ihm so gut wie keine Zeit.

Solange er zurückdenken konnte, hatte Van sich minderwertig gefühlt – schon als Kind. Später gab es immer Jugendliche, die größer waren, besser aussahen, schneller kapierten, und die zu Männern heranwuchsen, die genauso waren. Kerle wie dieser Matt, die alles mühelos schafften, denen alles in den Schoß fiel. Bei Van war das anders. Er mußte sich alles erkämpfen, jeden noch so kleinen Erfolg. Ihm fiel nie etwas zu. Aber er hatte einen Vorteil: Er war clever – smarter als sie alle zusammen – und konnte sich die Chancen ausrechnen.

Seine Mutter war unter seltsamen Umständen gestorben, als er erst vier Jahre alt gewesen war – offiziell bei einer Gasexplosion. Genaueres erfuhr er nie, denn niemand erklärte ihm die näheren Umstände, bestimmt nicht sein Vater, ein schweigsamer, verbitterter Mann, der Offizier in der Army war. Van konnte sich nicht daran erinnern, ihn jemals umarmt oder auf seinen Knien gesessen zu haben, niemals. Am besten erinnerte er sich an das pockennarbige Gesicht, den kurzen Haarschnitt, den Geruch seines heißen Atems. Van und sein jüngerer Bruder Arnie waren typische Soldatenkinder, zogen häufig um. Ihr Vater reiste voraus und ließ sie nach ein, zwei Monaten im Zug nachkommen. Auf einer Zugfahrt von Fort Dix nach Fort Bragg hatten die beiden Brüder einmal solche Angst gehabt, den richtigen Bahnhof zu verpassen, daß sie abwechselnd wach geblieben waren, um die Bahnhofsschilder zu lesen. Bei ihrer Ankunft hatte ihr Vater kaum ein Wort mit ihnen gesprochen.

Dann entdeckte Van die Welt der Wissenschaft. Er begann mit Mathematik, deren Ordnung auf seinen Verstand reinigend wirkte, und ging bald zu Chemie und Physik über. Im College begeisterte er sich für die Gesellschaftswissenschaften – weniger präzise als die Naturwissenschaften, aber attraktiver, weil sie die Manipulation menschlichen Verhaltens ermöglichten. Er geriet in den Bann der Experimentalpsychologen und Behavioristen. Er schickte Ratten durch Labyrinthe, operierte sie und schickte sie erneut hindurch. Dann kletterte er auf der Evolutionsleiter höher, gelangte über Affen zu Menschen und arbeitete in Lazaretten mit hirngeschädigten Veteranen. Die Techniken blieben immer gleich, pflegte er zu scherzen. »Ein Stück Käse an einem Ende, ein Elektroschock am anderen.« Und weil er immer an der Spitze des Fortschritts stehen wollte, hatte er sich auf das noch neue Gebiet der Psycholiguistik gestürzt.

Van machte sich nichts aus Ehe und Familie. Dafür war er nicht geschaffen. Tag und Nacht war er einsatzbereit und hatte Spaß an seiner Arbeit, die dem einzelgängerischen Zug seines Wesens entgegenkam. Es gefiel ihm, zu den Insidern zu gehören und Dinge zu wissen, die andere Leute nicht wußten. Und er leistete gute Arbeit, auch wenn Eagleton, ein schwieriger Vorgesetzter, sie nicht genug anerkannte.

Eine merkwürdige Sache, diese Neandertalerexpedition. Er wußte nicht genug, fühlte sich nicht wohl dabei – aber dies konnte der Einsatz sein, auf den er schon lange wartete, der ... der was war? Schicksalhaft, dachte Van, wenn das nicht ein zu abgedroschenes Wort ist.

»Was dagegen?« fragte Matt und deutete auf den Sessel neben Van.

Van grunzte, aber er klappte seinen Ordner zu, sah aus dem Fenster und betrachtete das Gebirge unter ihnen.

»Vermutlich das am wenigsten erforschte Gebiet der Welt«, sagte Matt. »Sehen Sie sich das an! Man fragt sich, wie dort unten jemand überleben können soll.«

»Das könnte keiner.«

Matt blickte an Van vorbei auf die Gipfelketten hinab und erinnerte sich an den Lexikonartikel über das Pamirhochland, den er letzte Woche gelesen hatte: sieben oder acht einzelne Gebirgszüge in wenig erforschten Gebieten Kaschmirs, Afghanistans und den abgelegenen zentralasiatischen Republiken der früheren Sowjetunion. Seit langem als »Dach der Welt« bekannt – nicht wegen seiner Gipfel, die tatsächlich hoch waren, sondern wegen seiner schwer zugänglichen Hochebenen, Täler und Seen. Den Namen Pamir hatte erstmals der chinesische Buddhistenmönch Hsüan Zang gebraucht, der dieses Gebiet im 7. Jahrhundert von Badachschan nach Taschkurghan durchquert hatte. Aber Marco Polo hatte es am besten beschrieben: ein abweisendes Labyrinth aus Bergen, Gletschern und Geröllhalden, zwischen denen einsame Täler mit großen Lapislazulivorkommen lagen.

»Andererseits«, sagte Matt, »bliebe etwas, das dort unten überleben könnte, der Außenwelt für Jahre verborgen.«

»Jahrzehnte. Jahrhunderte.« Van wandte sich ruckartig von seinem Fenster ab. »Wissen Sie, irgendwo dort unten hat es mal ein vergessenes Dorf gegeben: Leztinecia. Hat siebzig, hundert Jahre, vielleicht sogar noch länger ohne Verbindung zur Außenwelt existiert. Im Jahre 1926 ist es von einer russischen Expedition entdeckt worden. Die Dorfbewohner waren ins Barbarentum zurückgefallen, hatten den Gebrauch von Feuer fast wieder verlernt. Die Wissenschaftler, die das Dorf entdeckt hatten, sind wie Götter aufgenommen worden. Die Dorfbewohner haben ihnen alles angeboten, was sie besaßen. Eines Abends haben sie sich schlafen gelegt ... und wissen Sie, was passiert ist?«

»Was?«

»Als sie morgens aus ihrer Hütte getreten sind, haben auf der Schwelle zwei tote Kinder gelegen. Mit durchschnittener Kehle.«

»Warum?«

»Das ganze Dorf hatte sie geopfert. Wessen Kinder das waren, hat man nie herausgefunden. Und man konnte diese Leute nicht nach Gesetzen verurteilen, die sie überhaupt nicht kannten.« Er lachte leise. »Den Göttern Opfer darzubringen, gehört zu den ältesten Instinkten des Menschen.«

»Und das Dorf?«

»Die übliche Geschichte. An Krankheiten ausgestorben. Einige wenige sind weggegangen oder haben nach auswärts geheiratet. Der

Rest ist untergegangen. Wahrscheinlich hätten sie ohnehin nicht mehr lange überlebt. Eines ist klar: Eine Kultur, die ihre Kinder ermordet, betreibt nicht eben Zukunftssicherung.«

Die beiden schwiegen. Dann sagte Van fast verlegen: »Wissen Sie, ich habe Ihre Arbeiten gelesen.«

»Tatsächlich?«

»Mmh. *The New England Journal of Archeology* und *The Fossil Review*, sämtliche Artikel. Ich habe sogar ›Neandertaler: Killer oder Lieblingsvettern?‹ gelesen.«

Matt begegnete nicht oft Leuten, zu deren Lektüre die spezialisierten Zeitschriften und obskuren Publikationen gehörten, in denen seine Artikel erschienen. Und dieser Buchtitel, eine Konzession an einen verkaufsorientierten und letztlich doch enttäuschten Verleger, war ihm schon immer etwas peinlich gewesen. Ihm fiel auf, daß Van sich über keine seiner Arbeiten anerkennend geäußert hatte.

Als Van ihn fragte, woran er im Augenblick arbeite, erklärte ihm Matt, er untersuche die Morphologie des Stimmtrakts des Neandertalers – vor allem den Rachenraum.

»Wozu?« fragte Van.

»Er könnte unvollständig ausgebildet gewesen sein. Daraus könnte man schließen, daß seine Sprechfähigkeit eingeschränkt war. Wahrscheinlich konnte er bestimmte Konsonanten nicht bilden – zum Beispiel kein g oder k. Sein Sprachumfang war beschränkt.«

»Und wohin führt das alles?«

»Vorerst schwer zu sagen. Aber die Theorie lautet zusammengefaßt: Denken basiert auf Sprache. Sie ist zugleich Tor und Wiege der Intelligenz. Die Schädelform des Neandertalers hat seine linguistische Entwicklung blockiert – und folglich auch seine Fähigkeit, abstrakt zu denken. Als soziale Interaktion im Kampf ums Dasein immer wichtiger wurde, konnte er nicht länger mithalten. Tätigkeiten wie die Jagd in Gruppen, bei der Verständigung und Vorausdenken entscheidend sind, bewältigte er nicht mehr. Er blieb – bildlich gesprochen – am Wegesrand liegen.«

»Wegen eines mangelhaften Kehldeckels zum Aussterben verurteilt?« fragte Van spöttisch.

»Oder so ähnlich«, antwortete Matt, der sich unwillkürlich in die Defensive gedrängt fühlte.

»Aber da gibt es Probleme, Professor.«

»Zum Beispiel?«

»Ihre Schlußfolgerungen sind zu weitreichend«, behauptete Van. »Erstens: Verständigung ist auch mit einer beschränkten Anzahl von Lauten möglich. Wir kennen Stämme auf Neuguinea und im Amazonasbecken, die recht gut mit Sprachen auskommen, die nicht mehr als zwölf deutlich unterscheidbare Laute aufweisen.«

»Zweitens?«

»Warum sollte abstraktes Denken unbedingt eine Vielzahl von Lauten voraussetzen? Oder warum sollte eine komplexe Sprache unbedingt viele Laute haben müssen? Das vermuten wir intuitiv, aber vielleicht irren wir uns. Und dann gibt es natürlich noch eine dritte Möglichkeit – die interessanteste von allen.«

»Nämlich?«

»Verständigung ohne Worte.«

»Sie meinen ESP?«

»Oder etwas Ähnliches. Der Ausdruck ›Extrasensorische Perzeption‹ gefällt mir nicht. Er setzt voraus, daß jede Wahrnehmung außerhalb unserer Sinne ungewöhnlich ist.«

»Ist sie das etwa nicht?«

»Nun, ich bin da anderer Meinung – sonst hätte ich mich nicht darauf spezialisiert.«

»Das ist also Ihr Fachgebiet?«

»Ja. Ich bin vielleicht kein berühmter Professor der University of Chicago wie Sie, aber ich habe immerhin auch promoviert. Ich muß mich nicht wie ein kleiner Student belehren lassen.«

»Sorry, das war nicht meine Absicht.« Matt fand interessant, was der andere gesagt hatte, und versuchte ihn darüber auszufragen, aber Van weigerte sich, über seine neuesten Forschungsergebnisse zu sprechen.

»Die sind nicht zur Veröffentlichung geeignet«, wehrte er ab. Nach einer Weile sagte Van: »Ich möchte Sie etwas fragen.«

»Bitte.«

»Warum haben Sie niemals über ein Weiterleben der Neandertaler spekuliert?«

»Weil die Möglichkeit so unwahrscheinlich ist, daß das absurd wäre!«

»Ach, wirklich? Woher wollen Sie das so bestimmt wissen?« Van knurrte diese Worte beinahe. Was für ein merkwürdiger Mensch, dachte Matt. So unausgeglichen.

Jetzt dozierte Van, was er sichtlich genoß. Auf der Erde gebe es schätzungsweise vierzehn Millionen Tierarten, sagte er, von denen erst 1,7 Millionen – etwas mehr als zehn Prozent – identifiziert und klassifiziert werden konnten. Ständig kämen neue Arten hinzu. Bis in die zwanziger Jahre hinein seien durchschnittlich fünfhundert Arten pro Jahrzehnt entdeckt worden; jetzt seien es etwa hundert.

»Und ich spreche nicht von irgendwelchen mickrigen Säugetieren«, stellte er fest, »sondern von Großwild. Stumpfnasenlanguren, afrikanische Zwergschimpansen. Schon mal von Megamuntiacus vuquangensis gehört? Natürlich nicht. Ein ziemlich großer Hirsch. Pseodoryx nghetinhensis? Sieht wie ein Ochse aus. Beide sind in Laos entdeckt worden – im Jahre 1994. In Tibet ist eine französische Expedition 1995 auf ein kaum 1,20 Meter hohes Urwildpferd gestoßen. Es hat ausgesehen wie gerade einem Höhlenbild entsprungen.

Ständig tauchen neue Tierarten auf. Ihr Fleisch wird auf einem Bauernmarkt verkauft. Ein Eingeborener trägt ein gestreiftes Fell mit neuartiger Zeichnung. Im vorigen Jahrhundert hat niemand an die Existenz des Berggorillas geglaubt, obwohl es viele Geschichten über ihn gegeben hat, weil keiner ihn gesehen hatte. Nur ungefähr dreitausend Afrikaner.

So läuft die Geschichte immer ab. Zuerst gibt's Mythen und Gerüchte. Aber die Leute glauben nur, was sie mit eigenen Augen sehen. Dann ist es plötzlich da, und nachträglich will niemand mehr wahrhaben, daß wir ungläubig gewesen sind. Unsere früheren Zweifel kommen uns lächerlich vor. Menschliche Hybris! Wir halten uns für die Auserwählten, für die Herren dieses Planeten. Wir glauben, die Erde gehöre uns, aber in Wirklichkeit kennen wir sie kaum.

Nehmen Sie die Erdoberfläche, ziehen Sie die Weltmeere ab, danach die Wüsten, Gebirge und Polargebiete. Wissen Sie, was dann übrigbleibt? Ungefähr zwanzig Prozent. Wir bewohnen ein Fünftel des Globus und bilden uns ein, überall zu sein. Wir glauben, für andere sei neben uns kein Platz. Wir können uns nicht mal Konkurrenten vorstellen. Aber die Auffassung, wir seien die einzigen Hominiden der Erde, ist genauso überheblich wie die Ansicht, die Erde sei der einzige bewohnte Planet des Universums.«

Jetzt kam Matt sich wie ein kleiner Student vor – und das gefiel auch ihm nicht. »Augenblick!« protestierte er. »Gut, wir *leben* vielleicht nicht überall, aber wir *reisen* überallhin, das steht fest. Falls wir Konkurrenten haben – warum begegnen wir ihnen dann nie?«

»Aus demselben Grund, aus dem die meisten Amerikaner nie Indianern begegnen.«

»Wie meinen Sie das?«

»Das ist ein Naturgesetz«, sagte Van. »Die Sieger vertreiben die Besiegten und machen sie unsichtbar. Sie drängen sie in die am wenigsten geeigneten Lebensräume ab – in die Wüste, in die Steppe, in die Polargebiete. Genau aus diesem Grund weichen die Eskimos – Sie würden wahrscheinlich Inuit sagen – immer weiter nach Norden aus.«

»Aber wir sehen Indianer, und wir sehen Inuit.«

»Ja, aber stellen Sie sich vor, die Besiegten seien nicht irgendein Stamm, irgendeine Rasse, sondern tatsächlich eine ganze menschliche Subspezies. Praktisch ausgerottet. Stellen Sie sich diese arme, enteignete Minorität vor! Auf eine Handvoll Menschen zusammengeschrumpft. Und was wäre, wenn sie Angst vor uns hätten, wozu sie weiß Gott allen Grund hätten? Würden sie nicht verdammt aufpassen, sich nie blicken zu lassen? Würden sie nicht vor jeder Begegnung mit der dominanten Spezies – dem gefürchteten Feind – die Flucht ergreifen?

Gehen wir noch einen Schritt weiter. Was wäre, wenn diese spezielle Minorität besonders anpassungsfähig wäre? Wie der Neandertaler, der in einem Klima überlebt hat, in dem wir in wenigen Minuten erfrieren müßten? Würde das die Wahrscheinlichkeit von Begegnungen mit diesen Leuten nicht weiter herabsetzen? Zumindest von Begegnungen größeren Umfangs?«

Matt hörte schweigend zu.

»Hören Sie«, fuhr Van fort, »ich weiß nicht, wer recht hat – Arnot oder Sie. Vielleicht hat es einen Krieg gegeben, der ein Völkermord gewesen ist, oder vielleicht haben sich unsere besseren Erbanlagen durchgesetzt. In beiden Fällen kann man sich leicht vorstellen, daß einige von ihnen überlebt haben. Wie die japanischen Soldaten, die im Dschungel weitergelebt haben. Nehmen wir mal an, ein Krieg hätte mit einem apokalyptischen Sieg geendet – was hätte eine kleine Gruppe an einem rechtzeitigen Rückzug hindern können? Dann lebt man in Höhlen, sitzt am Feuer beisammen und erzählt sich immer wieder die alten Geschichten aus der dunkelsten Zeit der Niederlage, eine Generation nach der anderen.

Oder wie wäre es mit einer Gruppe, die sich gegen die Assimilierung sträubt, die einfach weiterwandert? Sie bewahrt die Reinheit ihrer Subspezies, indem sie dem Hauptstrom der Evolution den Rücken kehrt. Einsiedler. Eine kleine Gruppe von Überlebenden irgendwo im Hochgebirge, wo normalerweise kaum jemand hinzukommt. Von Zeit zu Zeit beobachten sie dort einen von uns, der nichtsahnend ihr Gebiet betritt. Einen menschlichen Eindringling. Die Nachricht macht die Runde, sie ziehen sich höher zurück, ihre Welt schrumpft noch mehr. Aber wenigstens bleiben sie unentdeckt, weiterhin ungefährdet. Wie Sie vielleicht wissen, werden im Amazonasbecken noch immer neue Stämme entdeckt. Und dieses Gebiet wird bereist. Ins Pamirhochland reist niemand.«

Matt sah, wie Susan zwei Reihen schräg vor ihnen sich im Schlaf leicht bewegte. »Okay«, sagte er, »nehmen wir mal an, es gäbe eine Gruppe von Überlebenden, diese ... parallel existierende Spezies. Warum sehen *sie* immer *uns*? Warum bekommen wir sie niemals zu Gesicht? Ich meine, ein Neandertaler, der einen Weg entlangkommt ... irgendwo ... Allein nach den Gesetzen der Wahrscheinlichkeit ...«

»Kommen Sie, Professor!« Van sprach den Titel sarkastisch gedehnt aus, fast beleidigend. »Warum sind wir Ihrer Meinung nach hier? Was vermuten Sie in all diesen Ordnern?« Er griff nach einigen Schnellheftern, schlug den ersten auf. »Leute *haben* sie beobachtet. Sie haben sie nur nicht richtig identifiziert.«

Der Ordner enthielt eng beschriebene Seiten, kursiv gedruckte Beschreibungen, Datenangaben, Landkartenausschnitte und Photokopien. Matt blätterte darin, überflog dann eine willkürlich ausgewählte Seite:

> **The Hong Kong Record.** Tschinostschia, 12. Dezember 1948: Dr. Peter Armstrong und seine drei Assistenten sind von einer Expedition ins Landesinnere mit einem Bericht über eine erstaunliche Entdeckung zurückgekehrt – eines vollständig mit langen roten Haaren bedeckten, etwa 1,80 Meter großen wilden Mannes. Nach Dr. Armstrongs Darstellung ist er dem Lebewesen auf einem Fußweg an einem Bach begegnet...

Er blätterte weiter, sah, daß es Dutzende Meldungen in englischer, französischer, deutscher und chinesischer Sprache waren.

»Diese Berichte stammen nicht alle aus jüngster Zeit, Professor. Schon mittelalterliche Handschriften sind voller Hinweise auf fremdartige wilde Männer, die außerhalb der Zivilisation leben. Wie gut kennen Sie die römischen Klassiker? Lucretius, *De Rerum Natura*. Er hat sie perfekt beschrieben, eine primitive Rasse mit »größeren und festeren Knochen in ihrem Körper«. Schlagen Sie bei Plinius nach. Bei ihm finden Sie eine Beschreibung der ›Blemmiae‹ aus der libyschen Wüste. Dieser wilde Mann ist mit einer Keule bewaffnet gewesen. Sein Kopf hat direkt auf der Brust gesessen, was eine ziemlich zutreffende Beschreibung eines Neandertalers ist.

Auch neuere Berichte gibt es zuhauf. Massenhaft Beobachtungen. Aus allen Erdteilen. Von allen möglichen Leuten. Man muß nur auf sie achten, auf all diese Kurzmeldungen, die alle paar Jahre in kleinen Zeitungen stehen. Und man muß sie zueinander in Beziehung setzen können. Die Punkte sind da – man braucht sie nur miteinander zu verbinden.«

Er suchte einen weiteren Ordner heraus und ließ die Blätter so schnell über Daumen und Zeigefinger laufen, daß Matt den Luftzug spürte. »Wie Sie ihn nennen, ist mir egal. Bigfoot, Sasquatch in Amerika. Yeti in Tibet. Alma im Tarbagataigebirge. Tschutschuna im Gebiet um Werchojansk...«

»Augenblick!« warf Matt ein. »Soll das heißen, daß das alles Neandertaler sind? Gestern ist es mir noch schwergefallen, an ihre

Existenz in der Äußeren Mongolei zu glauben. Und heute soll ich glauben, daß sie im Staat Washington leben?«

»Natürlich nicht.« Vans Tonfall veränderte sich, als rede er einem störrischen Kind gut zu. »Hören Sie, ich behaupte nicht, daß das alles Neandertaler sind. Keineswegs. Ich sage nur, daß es zwischen all diesen Beobachtungen und Beschreibungen großer, behaarter Primaten, die oberhalb der Schneegrenze leben, bemerkenswerte Übereinstimmungen gibt. Sie gehen über bloß zufällige Ähnlichkeiten weit hinaus. In fast jedem Land sind Geschichten in Umlauf, die spätnachts am Lagerfeuer erzählt werden und von seltsamen Wesen berichten. Und aus irgendeinem merkwürdigen Grund sind das stets ähnliche Wesen. Was schließen Sie daraus?«

»Vielleicht sind das nur Sagen.«

»Vielleicht. Zweifellos sogar. Darauf will ich gerade hinaus. Wir wissen beide, daß Sagen eine tiefere Bedeutung haben. Sie entstehen nicht einfach spontan. Sie sind ein Mittel der Verständigung zwischen Generationen und dienen der Bewältigung bestimmter Erscheinungen. Und dies sind universale Sagen, die in aller Welt auftauchen, natürlich mit lokalen Variationen. Daher sind sie höchstwahrscheinlich Ausdruck einer objektiven Realität. Denken Sie an die Sintflut. Warum sprechen Dutzende von Kulturen von ihr? Weil sie eine historische Tatsache ist. Sie hat sich nur vor Beginn der menschlichen Geschichtsschreibung ereignet.

Berichte über die Existenz dieser Lebewesen gibt es überall. Das heißt, daß der Mythos weltweit verbreitet ist. Und das legt den Schluß nahe, daß er auf einer Realität basiert.«

»Also gut«, sagte Matt, »das will ich Ihnen für den Augenblick zugestehen. Möglicherweise hat es diese Realität gegeben, aber möglicherweise liegt sie schon lange zurück – Tausende von Jahren, Zehntausende von Jahren – und hat sich nur in unserem kollektiven Bewußtsein erhalten.«

»Ah, damit verlassen wir den Bereich der Sage und kommen zu Beweisen. Wissenschaftlichen Beweisen.«

»Okay, her damit!«

Van lächelte spöttisch. »Auf der untersten Stufe haben wir die Fußabdrücke. Nicht einen, nicht fünf, nicht ein Dutzend. Sondern Dutzende und Aberdutzende. Genauer gesagt, hunderteinundsiebzig überprüfte Abdrücke. Darüber hinaus viele zweifelhafte.« Er schlug einen Ordner auf und blätterte so darin, daß Matt den Inhalt sehen konnte. Seite auf Seite mit Photos, Zeichnungen, Karten und Diagrammen – ein dicker Ordner nur mit Fußabdrücken. Die meisten waren übergroß und plattfüßig und wiesen einen merkwürdig abstehenden großen Zeh auf. Neben vielen lagen hölzerne Lineale. Es gab auch Photos ihrer Entdecker, die riesige Gipsabgüsse hochhielten oder zu Boden zeigten. Die meisten dieser Männer und Frauen sahen ein bißchen seltsam aus: verkniffene Gesichter, merkwürdige Kleidung, ein triumphierendes, fanatisches Lächeln.

Eines der Photos betrachtete Matt genauer. Es zeigte einen Abdruck aus einer bekannten Neandertalerhöhle in der Toskana. Er verglich diesen Abdruck mit einigen anderen. Sie waren völlig identisch. Daneben war der Fußabdruck eines heutigen Menschen abgebildet – gut ein Viertel kleiner.

»Dazu kommen zahlreiche weitere Entdeckungen. Zum Beispiel Haarbüschel. Viele davon rötlich – zumindest die in China gefundenen. Bevorzugt in 1,25 bis 1,50 Meter Höhe an Baumstämmen.«

»Klar, sie haben sich den Rücken gescheuert«, sagte Matt. Das war ironisch gemeint, aber Van entging die Ironie.

»Und es gibt Fäkalien, alle möglichen Fäkalien.«

»Ersparen Sie mir die Photos!«

»Aber am eindrucksvollsten sind die Beobachtungen. Allein aus dem Kaukasus sind von 1923 bis 1951 hundertsechzig gemeldet worden. Die meisten von ungebildeten Dorfbewohnern, deshalb hat niemand sie ernst genommen. In letzter Zeit hat es weniger gegeben, tatsächlich sogar verdammt wenige. Möglicherweise fangen sie an, dort zu verschwinden.«

»Warum ist noch keines dieser Wesen gefangen worden, wenn sie überall herumlaufen? Oder warum ist noch keines tot aufgefunden worden?«

»Komisch, daß Sie das fragen.« Van legte Matt einen weiteren Ordner mit Photokopien aus einem Buch der britischen Wissenschaftlerin Myra Shackley hin, die zahlreiche Begegnungen schilderte – darunter mehrere, bei der menschenähnliche Wesen getötet worden waren.

Matt betrachtete Van von der Seite. Äußerlich machte dieser Mann mit der breiten, fast quadratischen Stirn, dem buschig von seinen Schläfen abstehenden Haar und den Augen mit schweren Lidern keinen vorteilhaften Eindruck. Aber irgend etwas an ihm war imponierend.

»Ich versuche mich nicht als Proselytenmacher«, fuhr Van fort. »Wie ich bereits gesagt habe: Mir ist es egal, ob Sie das alles glauben oder nicht. Ich sage nur, daß Sie dafür offen sein sollten, denn wenn das Hauptargument gegen ihre Existenz lautet, es gebe keine Beweise, ist dieses Argument einfach falsch. Beweise gibt es massenhaft.«

»Wenn alles so klar ist, wie Sie behaupten, wie kommt es dann, daß außer Ihnen und ein paar anderen Spinnern niemand davon gehört hat?«

Vans Hände umklammerten seine Armlehnen. »Wollen Sie das wirklich wissen?« fragte er nach kurzer Pause.

»Natürlich.«

»Weil die Sache verrufen ist. Etwas für Spinner. Sie geht einem gegen den Strich. Haben Sie eine Vorstellung davon, wie bösartig das wissenschaftliche Establishment – Leute wie Sie – sein kann, wenn etwas Bedrohliches auftaucht? Es reagiert wie jede Bürokratie, die daran interessiert ist, den Status quo zu bewahren, vielleicht sogar noch schlimmer. Taucht eine neue Theorie auf, die der akzeptierten Lehrmeinung widerspricht, wird sie abgeschossen. Möge Gott verhüten, daß sie sich ausbreitet und an die Öffentlichkeit dringt!

Ist sie nur wenig bedrohlich, wird sie ins Lächerliche gezogen. Die Fachzeitschriften steigen in den Ring, die Professoren rümpfen die Nase, die Boulevardpresse bringt witzige Artikel. Aber geht es wie in diesem Fall um etwas wirklich Revolutionäres, wird mit harten Bandagen gekämpft. Dann werden alle Register gezogen. Karrieren werden ruiniert, Leute werden aus der Stadt vertrieben, kein Wort wird darüber gedruckt, schließlich will niemand als Trottel dastehen.«

»Okay«, sagte Matt. »Ich gebe zu, daß alles Neue erst einmal auf Widerstand stößt. Das ist auf allen Gebieten so. Aber sobald das gesammelte Beweismaterial überzeugend klingt, wird man sich mit der neuen Theorie beschäftigen.«

»Ich will Ihnen eine Geschichte erzählen. Eine wahre Geschichte. Im Jahre 1906 führte der russische Forscher Badsar Baradin eine Expedition durch die Wüste Alatschan. Als die Karawane eines Abends hielt, sahen die Expeditionsteilnehmer auf einer Düne ein behaartes Wesen stehen. Sie verfolgten es. Es entkam. Aber alle hatten es gesehen – aus der Nähe, ohne jeden Zweifel. Daheim in Rußland erregte ihr Erlebnis einiges Aufsehen, aber als Baradin den offiziellen Expeditionsbericht schreiben sollte, bat ihn der Vorsitzende der Kaiserlich Russischen Geographischen Gesellschaft, diesen Vorfall nicht zu erwähnen. Immerhin der Vorsitzende persönlich! Und so erwähnte Baradin das Ereignis nicht. Warum? Wäre er jetzt hier, könnte er uns bestimmt alle möglichen Gründe nennen. Dabei war diese Beobachtung das bei weitem wichtigste Ereignis der Expedition.

Das Wesentliche an der Geschichte ist, wie das Establishment reagiert hat – wie es immer reagiert. Es unterdrückt im Zweifelsfall alles, für das es keine einfache Erklärung gibt. Das ist eine alte Geschichte, sogar älter als die von Galilei. Um ihr Recht auf Irrtum zu verteidigen, greift die Wissenschaft notfalls sogar zu Aberglauben und Folter.«

»Aber eines Tages«, beharrte Matt, »landen unhaltbare Theorien doch auf dem Müll. Letztlich entscheiden die vorgelegten Beweise.«

»Und ich sage, daß Beweise vorhanden sind, aber ignoriert werden.« Van deutete auf den Stapel Ordner. »Und einen Beweis kennen Sie ja aus eigener Anschauung. Sie haben ihn selbst in der Hand gehabt. Ich meine den Schädel.«

Matt dachte über dieses letzte Argument nach und ließ seiner Phantasie einen Augenblick freien Lauf. Was wäre, wenn es wirklich eine noch unentdeckte Spezies gäbe, eine Gruppe von Überlebenden, die in einem für Menschen unbewohnbaren Gebiet hauste? Plötzlich schien alles möglich zu sein. Er stellte sich vor, wie sie zu dritt zusammenarbeiteten: Kellicut, Susan und er. Sie würden Dinge sehen, die noch kein Mensch gesehen hatte, Fragen beantworten, die bisher als unlösbar gegolten hatten, und Arbeiten veröffentlichen, die die Welt erstaunen würden. Das würde nicht nur alles verändern, was wir über den Neandertaler wissen, dachte Matt, es würde auch verändern, was wir über uns selbst wissen.

Dann kamen wieder die Zweifel. Aber auch wenn der größere Teil seines Ichs, der wissenschaftlich denkende Teil, sich die Existenz dieser Spezies noch immer nicht vorstellen konnte, mußte er sich eingestehen, daß sein Widerstand zu bröckeln begann.

»Eines würde mich noch interessieren«, sagte er. »Warum hat Kellicut dieses Paket uns geschickt?«

»Wir können nur vermuten, daß er angenommen hat, Sie würden wissen, was zu tun ist.«

»Warum hat er nicht einfach einen Brief geschrieben? Wozu all diese Spielchen? Und warum hat er nichts dazugeschrieben?«

Van schwieg eine Zeitlang, bevor er antwortete: »Ich glaube, daß Sie sehr wohl verstanden haben, was er Ihnen damit sagen wollte. Schließlich sind Sie jetzt hier.« Er wandte sich ab und sah wieder aus dem Fenster. »Und wir sind auf der Suche nach diesen gottverdammten Wesen.«

»Ich dachte, wir seien auf der Suche nach Kellicut.«

»Auch nach ihm. Wir sind auf der Suche nach beiden.«

Matt sah, daß Susans Kopf sich bewegte, stand mit einer gemurmelten Entschuldigung auf und ging nach vorn. Sie reckte sich und sah dabei zerzaust, verschlafen und momentan etwas verwirrt aus. Dann sah sie ihn und lächelte zum erstenmal ganz unbefangen.

Sie hatte die Schuhe abgestreift, und Matt betrachtete ihre in schwarzen Seidenstrümpfen steckenden Füße. Sie wirkten so zierlich, mit sanften Kurven und hohem Innenrist so perfekt geformt, wenn er sie mit den Photos der Fußabdrücke verglich, die er gerade eben gesehen hatte.

5

Matts und Susans Mißtrauen wuchs weiter, als sie in Tadschikistan einreisten. Der lange Flug war anstrengend gewesen; in Duschanbe hatte ihr Flugzeug erst beim zweiten Landeversuch rumpelnd aufgesetzt. Das seit kurzem unabhängige Land wurde von einem Bürgerkrieg erschüttert. Halbwüchsige Soldaten mit dunklem Teint und hohen mongolischen Wangenknochen dösten in Tarnanzügen auf Metallstühlen, ihre AK-47 schußbereit.

Die Zollbeamten, die auf alten Uniformen brandneue Abzeichen trugen, kontrollierten ihr gesamtes Gepäck mehr neugierig als mißtrauisch und faßten Matts Diktiergerät und Susans Walkman beinahe ehrfürchtig an. Dann führten sie Van in ein Hinterzimmer, in dem er mit einem Zollinspektor in Streit geriet. Durch die geschlossene Tür war zu hören, wie die beiden sich anbrüllten.

»Er hat einen Revolver«, sagte Susan.

»Was? Woher weißt du das?«

»Ich kenne diese Kästen mit solchen Markierungen. Das gefällt mir nicht.«

»Mir auch nicht«, stimmte Matt zu.

»Ich habe noch nie von einem Wissenschaftler gehört, der einen Revolver trägt.«

Matt bemühte sich, ihre Befürchtungen zu zerstreuen. »Andererseits habe ich noch von keiner Expedition wie dieser gehört.«

»Was ist er eigentlich – eine Art Großwildjäger? Will er sich notfalls den Weg freischießen?«

»Er ist ein Cowboy. Du kennst diesen Typ.«

»Ein Cowboy mit Ray-Ban-Brille. Aber er hat etwas Eigenartiges an sich... Ich kann es nur nicht genau definieren.«

»Ich weiß, was du meinst«, stimmte Matt zu. »Er ist entschieden unkonventionell. Ich habe einige seiner Artikel gelesen und mich im Flugzeug mit ihm unterhalten. Er glaubt wirklich ans Paranormale und kennt praktisch keine Zweifel.«

»Ich frage mich trotzdem, warum Kellicut uns nicht direkt geschrieben hat, wenn er wollte, daß wir kommen.«

»Vielleicht hat er nicht gewußt, wo wir zu erreichen waren«, antwortete Matt. »Meine Adresse hat er jedenfalls nicht gehabt. Wir haben seit längerer Zeit nichts mehr voneinander gehört.«

»Schon möglich. Aber was hat er mit diesen Leuten zu tun gehabt? Du weißt doch, was für ein Snob er ist. Du hast diese Leute im Konferenzraum gesehen. Keiner von ihnen ist wirklich erstklassig ... außer vielleicht Schwartzbaum, um den es in letzter Zeit still geworden ist. Die meisten anderen sind ziemliche Außenseiter.«

»Ich frage mich ohnehin, was mit dem ganzen Institut los ist. Warum ist es mit irgendeinem Junior College assoziiert, das kein Mensch kennt?«

Susan kaute an ihrer Unterlippe. »Ich habe sogar schon an die Möglichkeit gedacht, daß wir auf eine Art Kult reingefallen sind – daß ich dumm genug gewesen bin, meine Arbeit hinzuwerfen und meinen Ruf für ein Hirngespinst aufs Spiel zu setzen. Aber in Wirklichkeit spielt es keine Rolle, wer diese Leute sind. Falls sie tatsächlich etwas auf der Spur sind, ist der mögliche Erfolg zu wertvoll, als daß man ihn sich aus Angst vor einem Fehlschlag entgehen lassen dürfte.«

»Wenn wir vorsichtig sind und die Augen offenhalten, können wir unsere eigenen Ziele verfolgen und tun, was wir tun müssen«, meinte Matt.

In diesem Moment trat Van mit seinem Holzkasten unter dem Arm aus dem Büro. Der Kasten trug mehrere neue Stempel und rote Aufkleber. »Erstaunlich, was ein kleines Bakschisch bewirken kann«, sagte er grinsend.

»Was für ein Revolver ist das?« fragte Matt.

»Dreihundertfünfundvierziger Magnum.«

»Wofür haben Sie den?«

»Versicherung.«

»Verdammt große Versicherung.«

Von Duschanbe aus flogen sie mit einer kleinen Propellermaschine weiter, die sie hoch ins Vorgebirge hinaufbrachte. Im Mittelgang standen Ziegen, deren Stricke an Armlehnen festgebunden waren.

Eine verschleierte Stewardeß bot Bonbons an. Das Flugzeug umkreiste den Landeplatz, der aus einer Asphaltpiste auf einer Karsthochfläche bestand, und setzte dann mit einer Reihe von Sprüngen wie ein übers Wasser hüpfender Stein auf.

Als sie ausstiegen, schien die ungewohnte Höhe ihnen die Luft aus der Lunge zu saugen. Abgeholt wurden sie von Rudi, ihrem Fahrer und Faktotum, einem Russen, der im voraus engagiert worden war. Er wartete am Ausgang, stürzte auf sie zu, sobald er sie erkannte, schüttelte jedem die Hand und nahm dann alle drei Rucksäcke auf einmal, so daß er von hinten, während er auf den Geländewagen zuwatschelte, an Charlie Chaplin erinnerte.

»Bitte mitkommen, Miß! Bitte mitkommen!« rief er über eine Schulter hinweg.

Rudi war ein großer Mann mit gutmütigem Gesicht und einer Boxernase. Seine blonden Haare hingen ihm bis über die Ohren, und seine Hände waren gewaltige Pranken. Susan gefiel er auf den ersten Blick. Sie saß vorn neben ihm, während er in halsbrecherischem Tempo wilde Schlängelkurven fuhr, das Lenkrad mit beiden Händen gepackt hielt und dabei die Ellbogen wie Hühnerflügel spreizte. Den Motorenlärm überschreiend, gab er ihnen alle möglichen Informationen, wobei er oft bekräftigend nickte und zwischendurch in den Rückspiegel sah, um Blickkontakt mit Matt und Van zu halten.

Rudis behaarter Unterarm machte eine Bewegung quer über die Windschutzscheibe. Seine wegwerfende Geste umfaßte die Felsbrocken, die klumpigen braunen Grasbüschel und die kahlen, pokkennarbigen Hügel. »Bei mir daheim gibt's richtige Bäume. Nicht diese kümmerlichen kleinen Dinger. Und Gras, das man zwischen den Zehen spüren kann. Kühe, die richtige Milch geben. Rettiche so groß wie...« Ihm fiel kein passender Vergleich ein.

»...Ihre Faust«, sprang Susan ein.

»...meine Faust. Und Wasser. In den Flüssen, das ganze Jahr lang. Nicht solche verrückten Überschwemmungen, wenn der Schnee schmilzt, und dann kein Tropfen mehr. Nicht diese Ja-oder-nein-Sachen.«

»Und warum sind Sie hierhergezogen?«

Rudi zuckte mit den Schultern. »Wie das Leben so spielt.« Er erzählte, sein Vater habe an einem Staudamm mitgebaut, habe eine Tadschikin geheiratet und sei später als Techniker in den konsularischen Dienst gegangen. Als er nach New York versetzt worden sei, habe er, Rudi, dort eine amerikanische High School besucht. »Auf der East Side. Julia Richmond. 1976.«

»Nein!«

»Doch, doch. Ehrenwort! Ich habe damals viel gelernt. Ich habe Englisch gelernt. Ich habe neue Bücher gelesen. Ich habe neue Musik gehört. Ich habe gelernt, was das hier bedeutet.« Susan lachte. Matt beugte sich nach vorn, um einen Blick über die Sitzlehne zu werfen; Rudi hielt seine rechte Hand mit dem Handrücken nach unten und streckte den Mittelfinger senkrecht hoch.

»Songs. Ich habe alle Songs des Jahres gekannt. Die Top ten.« Und er begann zu singen. Die erste Strophe von »Don't Go Breaking My Heart« – mit starkem Akzent und schaurig falsch. Van ächzte, aber selbst er schien seinen Spaß an der verrückten Spontaneität ihres Fahrers zu haben.

Rudi fuhr sie zu einem Hotel, in dem sie übernachten würden und Kellicuts Führer befragen wollten, der ihn als letzter lebend gesehen hatte.

»Erzählen Sie uns, was Sie über die Bergmenschen wissen«, verlangte Van plötzlich.

»Die Tadschiken in dieser Gegend erzählen viele Geschichten über diese Lebewesen in den Bergen. Sie nennen sie ›Alma‹ oder manchmal ›Csetschkai‹. Das bedeutet Schneebewohner. Kein Mensch bekommt sie tatsächlich zu sehen. Wenigstens keiner, mit dem ich darüber geredet habe. Aber weil ich Russe bin, trauen sie mir nicht wirklich. Sie reden nicht gern darüber. Meistens machen sie nur große erschrockene Augen. Und ich verstehe nicht immer alles, was sie erzählen.

Die Leute glauben an sie, soviel steht fest. Manche behaupten sogar, daß sie Tauschgeschäfte mit ihnen machen. Sie gehen hoch in die Berge hinauf und lassen an einem bestimmten Ort Salz, Zucker, Glasperlen und andere Dinge zurück. Kommen sie nach ein bis zwei Wochen wieder, ist alles verschwunden, aber dafür finden sie dort Felle – Bär, Fuchs, Steinbock und dergleichen.«

Van unterbrach ihn. »Wer macht das? Kennen Sie jemanden, der das macht?«

Rudi schüttelte den Kopf und sagte, niemand scheine genau zu wissen, wo dieser Tauschort liege. Er sei sich nicht einmal sicher, ob die Geschichte wirklich stimme.

»Manchmal verschwinden Leute in den Bergen, wenn sie sich bis über die Schneegrenze hinaufwagen. Lösen sich in Luft auf. Passiert das, herrscht im ganzen Dorf große Aufregung. Die Leute zünden Kerzen an und machen die Csetschkai dafür verantwortlich. Manche sagen, daß das jetzt öfter passiert – daß immer mehr Leute nicht zurückkommen. Niemand kennt den Grund.

Ich habe mit einem Mann gesprochen, dessen Sohn verschwunden ist. Der Junge ging zur Jagd in die Berge. Das tat er oft – bis er eines Tages nicht mehr zurückkam. Man suchte nach ihm, und manche behaupten, daß seine Leiche ohne Kopf aufgefunden wurde. Aber wer weiß? Der Vater will nicht darüber reden.

Die Leute hier sind abergläubisch. Sie erzählen alle möglichen Märchen. Den Einheimischen gefällt es nicht, wenn man das Wort ›Csetschkai‹ erwähnt. Die Kinder laufen weg wie vor diesem Ungeheuer in Amerika. Wie heißt es gleich wieder? Das Ungeheuer, mit dem man ungezogenen Kindern droht?«

»Butzemann«, antwortete Susan.

»Wer?«

»Das ist das Ungeheuer, das sich unter den Betten kleiner Kinder versteckt.«

»Nun, der Csetschkai ist ganz ähnlich.«

Die Straße war jetzt mit Schlaglöchern übersät, sicheres Zeichen dafür, daß sie sich einem größeren Ort näherten.

Matts Stimme klang aufgeregt, als er sich an Susan wandte. »Weißt du, wo wir sind? In welcher Kleinstadt?« Sie schüttelte den Kopf. »Ich hab' es auf dem Ortsschild gelesen. In Chodsant!«

Susan brauchte einen Augenblick, um die Verbindung herzustellen. »Du meinst«, fragte sie ungläubig, »wie im ›Rätsel von Chodsant‹?«

»Genau!«

»Da soll mich doch ...«

»Was ist das ›Rätsel von Chodsant‹?« fragte Rudi.

Es war Van, der seine Frage beantwortete. »Eine Art Piktograph – eine vermutlich sehr alte Steintafel. Aber ihr wahres Alter ist ungewiß, weil das Original verschwunden ist. Ein Teil davon hat gefehlt, und die Darstellung ist nie enträtselt worden.«

»Und sie stammt von hier?«

»Offenbar. Es sei denn, es gibt mehr als ein Chodsant.«

Matt war verblüfft. Außer einer Handvoll Archäologen wußte kaum jemand über diese Steinplatte Bescheid. »Woher wissen Sie das alles?« fragte er Van.

»Ich versuche, auf dem laufenden zu bleiben. Man weiß nie, wann solche Informationen mal nützlich sind.«

Der Geländewagen fuhr durch schmale Gassen zwischen niedrigen Steinhäusern und bog dann in einen Hof ab. Über einer bogenförmigen Eingangstür stand in verwitterten blauen Buchstaben das Wort HOTEL.

Rudi sprang als erster aus dem Wagen und rief einem Jungen, der aus dem Haus gelaufen kam, bereits mit barscher Stimme Befehle zu. Dann führte er sie ins Hotel, wo sie sich an einer schmalen Holztheke ins Gästebuch eintrugen. Der Besitzer, ein kleiner Mann mit Fes, schwarzen Augenbrauen und schadhaften Zähnen, hatte noch nie amerikanische Pässe gesehen und blätterte langsam darin.

Zum Abendessen, einem passablen Eintopfgericht, gab es reichlich Wodka, für den Rudi zuständig war. Sobald ein Glas leer wurde, füllte er es wieder bis zum Rand.

Nach dem Essen setzten sie sich in die Bar, eine kleine Höhle, deren einziger Wandschmuck ein Gewirr aus Ranken und Schlingpflanzen war, die aus einigen mit Erde gefüllten Hohlblocksteinen wucherten. Der Hotelbesitzer erschien mit einem Tablett, auf dem vier Kaffeetassen standen, und flüsterte Rudi ins Ohr, Kellicuts Führer sei eingetroffen.

Hinter ihm tauchte ein dreizehn oder vierzehn Jahre alter Junge mit tiefschwarzem Haar und braunen Augen auf. Zu Jeans und Turnschuhen trug er ein weites Hemd und eine Art Windjacke.

Van wollte ihn ansprechen, aber Susan kam ihm zuvor. Sie trat auf den Jungen zu und streckte ihm lächelnd ihre rechte Hand hin. Er ergriff sie, schüttelte sie feierlich und verbeugte sich dann.

»Das ist Scharafidin«, sagte Rudi.

Die anderen gaben ihm ebenfalls die Hand. Nach jedem Händedruck verbeugte er sich wieder.

Rudi bedeutete dem Jungen, sich zu setzen, aber Scharafidin blieb stehen und begann auf persisch seine Erzählung. Er sprach flüssig, aber nach einiger Zeit unterbrach Rudi ihn, um den ersten Teil übersetzen zu können.

»Er sagt, daß der Lehrer – so nennt er Ihren Mr. Kellicut – vor langer Zeit hier angekommen ist. Daß er auch in diesem Hotel gewohnt hat. Die Leute haben nicht gewußt, was er wollte oder warum er hier war. Viele Leute haben nicht mit ihm gesprochen, aber sie sind neugierig gewesen und haben allmählich doch angefangen, mit ihm zu reden. Er hat Persisch gesprochen, aber nicht sehr gut.«

Während Rudi übersetzte, starrte der Junge Susan an, die seinen Blick gelassen erwiderte.

»Langsam haben die Leute sich an ihn gewöhnt. Er hat weite Wanderungen gemacht. Über die Hügel, manchmal auch in die Berge. Die Leute haben sich daran gewöhnt, ihm häufig zu begegnen. Er hat sich auf Medizin verstanden und mehrere Leute geheilt. Nach und nach ist er zu Familien eingeladen worden. Eines Abends ist er zum Essen zu uns gekommen. Wir haben eine Ziege geschlachtet. Er hat meinem Vater einen schönen Teller geschenkt. Darauf ist eine Frau abgebildet, die Feuer und ein Buch hochhält und auf allen Seiten von Wasser umgeben ist. Meinem Vater hat er so gut gefallen, daß er ihn über unserem Herd aufgehängt hat.«

Van unterbrach ihn. »Was hat sein Vater ihm über den Alma erzählt?« Rudi übersetzte die Frage, aber Scharafidin tat so, als verstehe er sie nicht. Als Rudi ihn nochmals fragte, antwortete der Junge einsilbig und blickte zu Boden.

»Er sagt, daß er nicht dabeigewesen ist«, sagte Rudi.

»Bitte weiter«, sagte Matt freundlich.

Diesmal redete der Junge länger. Rudi ermunterte ihn, indem er von Zeit zu Zeit langsam nickte. Scharafidin berichtete, wie der Lehrer eines Tages den Wunsch geäußert habe, in die Berge zu gehen, um den Alma selbst zu sehen, und wie sie immer wieder versucht hätten, ihn davon abzubringen.

»Eines Abends hat mein Vater gesagt: ›Wenn du gehen mußt, kann ich dich nicht aufhalten. Aber ich bestehe darauf, daß du meinen Ältesten mitnimmst.‹« Dadurch, sagte der Junge, habe sein Vater für die Sicherheit des Lehrers sorgen wollen. Dann schilderte er die Vorbereitungen und den tagelangen Aufstieg. »Eines Tages haben wir eine Stelle erreicht, wo keine Bäume mehr wachsen. Dort haben wir uns eine Hütte gebaut. Wir sind jeden Tag auf den Berg gegangen, immer höher und höher. Überall hat der Lehrer den Boden studiert. Einige Male haben wir unser Lager verlegt. Immer höher hinauf. Die Nächte sind sehr kalt gewesen. Ich habe mein kleines Bett gehabt, das er für mich gemacht hat, aber ich habe trotzdem gefroren.

Der Lehrer hat angefangen, allein fortzugehen. Ich durfte nicht mitkommen. Er ist lange unterwegs gewesen. Erst ist er über Nacht fortgeblieben, danach viel länger. Tage und Tage. Ist er zurückgekommen, hat er viel geschrieben. Er ist ganz komisch gewesen. Manchmal hat er laut mit sich selbst geredet. Dann ist er so krank geworden, daß er gezittert hat. Er ist sehr schwach gewesen. Schließlich hat er sich erholt und ist wieder losgezogen. Er ist lange fortgeblieben.

Wir haben nicht mehr viel Essen gehabt. Ich bin zwischendurch mehrmals abgestiegen, um Hasen und Vögel in Schlingen zu fangen und ins Lager mitzubringen. Ich weiß nicht, ob der Lehrer zurückgekommen ist, während ich unterwegs gewesen bin. Ich habe seine Spuren gesucht. Manchmal waren welche zu finden.

Dann ist der Lehrer zurückgekommen. Er hat schlecht ausgesehen. Und er hatte sich verändert. Er hat kaum auf mich geachtet. Mir ist es vorgekommen, als würde er mich nicht kennen. Er hat viel und laut geredet, aber in der anderen Sprache, so daß ich ihn nicht verstehen konnte.

Wir hatten fast kein Essen mehr, aber er wollte trotzdem unbedingt bleiben. Ich habe ihn nach dem Grund dafür gefragt, aber er hat ihn mir nicht gesagt. Er hat viel über den Alma gesprochen. Ich habe ihn auch danach gefragt, aber er hat nur gelacht. Er ist immer länger fortgeblieben.

Als ich eines Tages von der Jagd zurückgekommen bin, ist er im Lager gewesen. Sein Bart war inzwischen ganz lang. Er ist sehr aufgeregt gewesen. Er hat gesagt, daß ich sofort heimgehen und etwas von ihm mitnehmen muß. Er hat mir einen schweren Holzkasten gegeben, auf dem eine Adresse stand. Er hat gesagt, daß ich ihn meinem Vater bringen und daß mein Vater damit sofort zur Post gehen soll. Ich habe getan, was er mir aufgetragen hat.«

»Dann bist du zurückgegangen?« fragte Susan.

Rudi übersetzte die Frage. Der Junge schüttelte den Kopf.

»Hast du ihn wiedergesehen?«

Wieder ein Kopfschütteln.

»Hast du den Alma selbst gesehen?« fragte Matt.

»Nein.« Scharafidin biß sich auf die Unterlippe. »Einmal habe ich die Spuren des Lehrers gesucht«, murmelte er. »Ich habe sie nicht gefunden, aber dafür andere. Größere.«

Alle wechselten Blicke. Rudi kippte ein Glas Wodka. »Noch Fragen?«

»Fragen Sie ihn«, sagte Matt, »ob er den Holzkasten geöffnet hat.«

Van machte ein finsteres Gesicht. Der Junge schüttelte den Kopf. Dann sah er Susan an und stellte offenbar eine Frage, die Rudi mit einem Schulterzucken beantwortete.

»Was hat er gefragt?« erkundigte Susan sich.

»Nichts, Miß. Nicht wichtig.«

»Ich will wissen, was er gesagt hat!«

»Er möchte wissen, ob Sie mit dem Lehrer verwandt sind.«

»Verwandt?«

»Richtig, das hat er gefragt ... Ich verstehe diese Frage nicht ... Sie hat bestimmt nichts zu bedeuten.«

Van schüttelte verständnislos den Kopf. »Wofür zum Teufel will er das wissen?« fragte er.

»Sagen Sie ja«, verlangte Susan.

»Das verstehe ich nicht«, sagte Rudi.

»Tun Sie es einfach.« Ihre Stimme klang schroff.

Als Rudi die Frage des Jungen bejaht hatte, sah dieser nochmals zu Susan hinüber. Dann verbeugte er sich vor allen und verließ den Raum.

Draußen sank rasch die Abenddämmerung herab. Susan, die mit dem Rücken zum Fenster saß, spielte mit dem heruntergetropften Wachs. »Also, Van, wie geht's jetzt weiter?«

»Immerhin wissen wir, wo wir anfangen müssen«, sagte Van. »Kellicuts Lager.«

»Und Scharafidin soll uns vermutlich hinführen.« Es klang mehr wie eine Feststellung denn wie eine Frage.

»Alles schon arrangiert«, antwortete Van.

»Sonst noch etwas, das schon arrangiert ist? Irgendwelche weiteren Überraschungen?« fragte Susan.

»Keine, wenn ich es vermeiden kann.«

»Wir steigen also zu seinem Lager auf«, sagte Matt. »Und dann?«

Van antwortete nicht gleich. »Dann müssen wir improvisieren. Wir sehen zu, was sich finden läßt. Wir halten Ausschau nach einer Nachricht. Wir halten Ausschau nach Spuren.«

»Und wenn wir nichts finden?«

»Dann müßt ihr beiden uns weiterhelfen. Ihr kennt ihn und wißt, wonach er gesucht hat. Vielleicht könnt ihr versuchen, sein Verhalten nachzuahmen – zu denken, wie er gedacht hat, zu tun, was er getan hat, dorthin zu gehen, wohin er gegangen ist. Wie gesagt, wir müssen improvisieren.«

»Was ist mit Ihrem Revolver, Van?« fragte Matt. »Was haben Sie damit vor?«

»Nichts, wenn ich es vermeiden kann.«

»Wozu haben Sie ihn dann?« wollte Susan wissen.

»Für den Fall, daß wir ihn brauchen.«

»Haben Sie Grund zu der Annahme, daß wir ihn brauchen werden?« bohrte sie weiter.

»Hören Sie, wir haben keine Ahnung, was uns dort oben erwartet.«

Matt ergriff nochmals das Wort. »Halten wir Ausschau nach diesen Wesen – oder machen wir Jagd auf sie?«

»Verdammt, Sie haben selbst gehört, was der Junge erzählt hat. Dort oben sind schon Menschen verschwunden. Wollen Sie es lieber mit Ihrem Anthropologiescheiß versuchen? Bitte sehr! Zükken Sie Ihr Diktiergerät und halten Sie Ihre geheimsten Gedanken fest. Bin gespannt, wie weit Sie damit kommen!«

»Aber merken Sie sich bitte, daß wir keine Jäger, sondern Wissenschaftler sind.«

»Gut, aber ich habe vor, heil zurückzukommen.« Trotz seiner Worte machte Van sich Sorgen: Vielleicht sind die beiden jetzt verschreckt, womöglich steigen sie jetzt aus.

Schweigend saßen sie in der dunkler werdenden kleinen Bar zusammen. Plötzlich schien es nicht mehr viel zu sagen zu geben. Susan schob abrupt ihren Stuhl zurück, stand auf, murmelte etwas, das wie »Gute Nacht!« klang und ging davon. Matt stand ebenfalls auf und folgte ihr.

Auf ihrem Abendspaziergang kamen Susan und Matt zu einem Platz, der in gleißendhelles Licht getaucht war. Auf der Veranda eines Teehauses saßen etwa ein Dutzend Männer an Metalltischen, schlürften grünen Tee, rauchten schwarzen Tabak und unterhielten sich halblaut in merkwürdig singendem Tonfall. Einige hockten im Schneidersitz vor niedrigen Plattformen, über denen Bucharateppiche lagen, und spielten Schach. Aus dem beleuchteten Inneren des Teehauses drang türkische Musik. Die Männer starrten Matt und Susan unverhohlen neugierig an.

Die beiden nahmen Platz und bestellten Kaffee, indem sie auf die Tassen auf dem Nachbartisch zeigten.

»Sieh nur!« sagte Susan und nickte zur anderen Seite des Platzes hinüber. Dort stand unmittelbar über einem schwarzen Wall aus Häusern ein Vollmond am Himmel, als ruhe er auf den Dächern.

»Mein Gott«, sagte Matt. »Der gute alte Mond über ...«

»... Chodsant.«

»Chodsant. Kein Wunder, daß so vieles rätselhaft bleibt. Seit wir hier sind, komme ich mir selbst wie ein Rätsel vor.«

Susan lächelte. »Stell dir vor, irgendwo hoch droben in den Bergen sieht unser kleiner Neandertaler jetzt vielleicht auch zum Mond auf.«

»Wahrscheinlich heult er ihn an.«

»Na, na!«

»Wie bitte?«

»Wieder die alte Leier«, sagte Susan. »Du nimmst an, sie seien nicht zivilisiert.«

»Was ist daran unzivilisiert, wenn man den Mond anheult? Ich tue es doch auch dauernd.«

»Was nur beweist, daß ich recht habe. Jedenfalls müßtest du doch eigentlich die Überzeugung vertreten, daß sie ebensogut sind wie wir.«

»Nicht ebensogut – gleichwertig, vergleichbar.«

»Und sexy.«

»Hey, das habe ich nie behauptet!« protestierte Matt.

»Nun, indirekt schon. Warum wären wir sonst so scharf auf sie gewesen – in einem Anfall von ... welchen Ausdruck hast du dafür geprägt?«

»Reproduktiver Imperialismus?«

»Genau, in einem Anfall von reproduktivem Imperialismus. Und wie heißt das andere Wort, das du populär gemacht hast? Alle meine Studenten erwähnen es in ihren Examensarbeiten mindestens einmal.«

»Genfluß.«

»Genfluß. Richtig! Hübscher Ausdruck. Klingt nach Werbung für Calvin Klein.«

»Sehr witzig. Wie steht es übrigens mit dir? Seit wann bist du auf diesem kriegerischen Trip? Jagen, spähen, Leute über Klippen stürzen. Und dann dieser Unsinn mit der Hirnesserei. Ich dachte, der sei in den fünfziger Jahren mit Alberto Blanc ausgestorben. Glaubst du das wirklich?«

»Nicht unbedingt«, wehrte sie ab. »Aber ich bin offen dafür.«

»Wo ist der Beweis?«

»Hier geht es nicht um Beweise. Nur um Hinweise. All diese Schädellöcher.«

»Vielleicht gibt es dafür eine andere Erklärung.«

»Yeah, vielleicht sind sie mit Maschinengewehren niedergemäht worden.«

Er sah sich nach dem Kellner um.

»Matt, darf ich dich etwas fragen? Ganz ernsthaft?«

»Bitte sehr.«

Sie machte eine kurze Pause. »Hast du in unserer gemeinsamen Zeit jemals eine Affäre mit einer Neandertalerin gehabt?«

Er lachte. Sie schaffte es noch immer, ihn zu verblüffen. »Sie hat nichts von mir wissen wollen. Sie hat gesagt, meine Arme seien zu kurz, und meine Stirn sei zu glatt. Wie kommst du darauf?«

»Oh, nur so aus Neugier. Ich habe mich gefragt, ob deine sexbefrachtete Theorie über die Verschmelzung der beiden Arten vielleicht eine, du weißt schon, Extrapolation aufgrund persönlicher Erfahrungen ist.«

»Verstehe. So wie deine über Kriegsführung.«

Der Kellner servierte ihnen türkischen Kaffee in kleinen Tassen. Er ließ sich viel Zeit dabei, machte sich am Tisch zu schaffen und drehte zuletzt noch beide Tassenhenkel nach rechts. Susan schwieg, bis der Mann wieder gegangen war, dann machte sie ein nachdenkliches Gesicht. »Homo sapiens sapiens. Weißt du, ich habe mich schon immer gefragt, womit wir das zweite ›sapiens‹ verdient haben.«

»Die Antwort ist ganz einfach.«

»Tatsächlich? Und sie lautet?«

»Du hast sie selbst gegeben: Die Namen sind unsere Erfindung.«

»Diese unglaubliche Arroganz!«

»Warum, wie würdest du uns nennen?«

»Wie wäre es zum Beispiel mit Homo duplicitus?« Susan dachte kurz nach. »Tatsächlich ist der Name, der auf die meisten Männer paßt, die ich kenne, schon vergeben: Homo erectus. Was hältst du davon?«

»Ich finde Eindeutigkeiten nicht besonders witzig.«

»Ich auch nicht.«

Ihre Stimme klang plötzlich anders, und Matt warf ihr einen forschenden Blick zu. Sie wirkte ernst. Ihr tief ausgeschnittenes weißes Baumwollkleid ließ ihre Haut dunkler wirken. Er betrachtete ihre auf dem Tisch liegende Hand und verspürte den Drang, sie zu ergreifen. Aber Susan zog sie weg.

»Es ist spät – wir müssen allmählich gehen«, sagte sie.

Schweigend kehrten sie ins Hotel zurück. Das Tor war verriegelt, und sie mußten lange klopfen und rufen, bis der kleine Sohn des Besitzers in einem wallenden weißen Nachthemd über den Hof kam und sie einließ. Ihre beiden Zimmerschlüssel, schwere Messingschlüssel mit hölzernen Anhängern, hingen nebeneinander am Schlüsselbrett. Wortlos stapften sie die Treppe hinauf. Im Flur steckten sie gleichzeitig ihre Schlüssel ins Schloß und wechselten dann einen Blick. Darüber mußten sie beide lächeln.

Susans Zimmer war klein und wirkte deprimierend. Eine Lampe mit durchlöchertem Schirm warf Schatten über die Wand.

Sie trat an den Kleiderschrank und öffnete die Tür, an deren Innenseite ein hoher Spiegel angebracht war. Der Anblick ihres Spiegelbilds überraschte sie; ihr Gesicht wirkte ein wenig traurig. Susan zog sich das Baumwollkleid über den Kopf. Ihre Figur war jugendlich, ihr Busen noch immer straff. Sie streifte ihren Slip bis zu den Knöcheln hinunter und zog ihn ganz aus. Dann richtete sie sich auf und betrachtete nachdenklich ihren nackten Körper im Spiegel.

Sie streckte sich auf dem Bett aus und starrte die Zimmerdecke an. Als der Raum sich um sie zu drehen begann, schloß sie die Augen. Langsam spreizte sie die Beine und fing an, ihre Bauchdecke zart mit den Fingerspitzen zu massieren. Durch die Wand konnte sie Matts Stimme hören: Er diktierte seine Zusammenfassung der Ereignisse dieses Tages auf Tonband. Was würde er wohl über sie sagen?

Dann hatte sie das Gefühl, alles stürme gleichzeitig auf sie ein. Kleinigkeiten drängten sich in ihr Bewußtsein – ein Riß in der Zimmerdecke, die Türklinke, ein am Boden liegender Schuh –, aber sie waren kein Mittel gegen ihre Angst, konnten ihr keinen Halt geben. Susan öffnete ihre Augen, hob den Kopf, bis das Zimmer zur Ruhe kam, sank dann zurück und entspannte sich wieder. Ihre Hand mit den langsam kreisenden Fingern glitt tiefer, und sie schloß die Augen.

Plötzlich hörte sie ein Scharren an der Tür und ein leises Anklopfen. Sie beugte sich nach vorn und sah, daß jemand einen weißen Briefumschlag unter der Tür durchgeschoben hatte.

Sie sprang auf, streifte ihr Kleid über, lief zur Tür und riß sie auf. Der Flur war leer. Sie fetzte den Umschlag auf. Ihr Herz jagte, als sie die vertraute Handschrift sah: energische Senkrecht- und Querstriche, nicht leicht zu lesen.

Der Brief kam von Kellicut.

6

Van fand eine gute Stelle, eine »sichere Zone«, wie Eagleton es ausgedrückt hätte. In der Morgensonne war das mit Dachpappe gedeckte Hoteldach bereits warm. Hier hinter dem Kamin konnte ihn niemand sehen. Er beugte sich nach vorn und vergewisserte sich, daß die Dachluke, aus der er geklettert war, wieder geschlossen war. Am Himmel über ihm standen nur im Osten einige Zirruswolken, die seine Übertragung jedoch nicht behindern würden.

Er öffnete seinen Rucksack, zog den schwarzen Kasten heraus, ließ die seitlichen Verschlüsse aufschnappen und klappte den Deckel hoch. Die Tastatur war von den Fingern all derer, die sie vor ihm benutzt hatten, verschmutzt. Das sah diesen Leuten wieder ähnlich, daß sie ihm ein gebrauchtes NOMAD mitgaben – und auch nicht das neueste Modell, das fast zwei Kilo weniger gewogen hätte, sondern diesen Dinosaurier.

Van schaltete das Gerät ein, kippte die kleine Satellitenschüssel in 45-Grad-Stellung hoch, tippte CTERM ein, um das Sendeprogramm aufzurufen, und wählte mit IOR für *Indian Ocean Region* einen der vier Nachrichtensatelliten des Systems an. Mit 14,8 erreichte die angezeigte Signalstärke den höchsten Wert, den er je gesehen hatte, deshalb schob er die Diskette ein und gab danach seine neunstellige persönliche Kennziffer ein. Das Gerät summte leise, während es den Himmel absuchte, und Van wartete auf den magischen Händedruck, zu dem es über ihm in der Stratosphäre kommen mußte. Merkwürdig, daß diese Warterei immer ein bißchen spannend war. Wahrscheinlich hing das mit der von den elektronischen Impulsen zurückgelegten riesigen Entfernung zusammen, die größer war als die Gesamtstrecke aller Reisen, die Van bisher in seinem Leben unternommen hatte. Plötzlich regte sich in ihm wieder das alte Verlangen nach einer Zigarette.

Beim Frühstück war Matts und Susans Mißtrauen deutlich spürbar gewesen. Auffällig war nicht, was sie sagten oder taten, sondern ihr Bemühen, sich natürlich und sogar freundlich zu geben. Aber er verstand etwas von Körpersprache und konnte selbst kleine Gesten richtig deuten. Einmal ertappte er sie dabei, wie sie einen bedeutungsvollen Blick wechselten. Ohne sich wirklich dafür zu interessieren, fragte sich Van, ob die beiden endlich miteinander ins Bett gegangen waren. Sie paßten wirklich gut zusammen; beide waren so gottverdammt vollkommen.

Plötzlich hörte er die rasche Folge leiser Piepstöne, Signal dafür, daß die Verbindung stand. Eine Sekunde später erschien auf dem kleinen Bildschirm der Befehl TRANSMIT, und Van gab den Sendecode ein. Dies war nur eine Routinemeldung, die kaum mehr als seinen augenblicklichen Standort enthielt; eine Kurzfassung des Berichts von Kellicuts Führer hatte er schon übermittelt. Eagleton hatte eine Vorliebe für detaillierte Berichte – er war bestimmt neugierig, was Matt und Susan betraf –, und Van fand ein perverses Vergnügen daran, ihm möglichst viele Informationen vorzuenthalten. Er war sicher, daß Eagleton ihn jederzeit ohne Gewissensbisse über die Klinge springen lassen würde, und spürte nur dann eine gewisse Macht, wenn er im Einsatz war. Dann saß er am längeren Hebel, und er wußte, daß er diesen Zustand genießen mußte, solange er andauerte.

Auf dem Bildschirm erschien die routinemäßige Bestätigung: CONF-OK. Er schaltete das NOMAD aus, indem er den Hauptschalter in Stellung OFF brachte. Ein alter Saufkumpan von ihm, ein Nachrichtentechniker, hatte ihm gesteckt, daß ihre Geräte so umgebaut worden waren, daß diese Schalterstellung das automatische SAT-SEARCH-System aktivierte, durch das die genaue Position des Benutzers sich überall auf der Welt feststellen ließ. Typisch für Eagleton, daß er versuchte, ihn damit reinzulegen! Aber er wollte den Hauptschalter vorerst in Stellung OFF lassen, um nicht preiszugeben, daß er von der Suchfunktion wußte. Er verstaute das NOMAD in seinem Rucksack und schlich zurück zur Dachluke.

Kellicuts Brief machte Matt Sorgen: erstens der Inhalt, zweitens die Tatsache, daß Kellicut es für nötig gehalten hatte, ihn zu schicken, und drittens die umständliche Art, ihn in ihre Hände gelangen zu lassen – tatsächlich in Susans Hände, denn der Brief war an sie adressiert gewesen. Die beiden vermuteten, Kellicut habe ihn Scharafidin mitgegeben, der ihn dann gestern abend unter Susans Tür hindurchgeschoben hatte. Vielleicht war das auch die Erklärung für seine merkwürdige Frage, ob Kellicut und Susan verwandt seien – der Junge hatte wohl irgendeine Anweisung mißverstanden, mit der Kellicut sicherstellen wollte, daß allein sie diese Mitteilung erhielt.

Als Matt letzte Nacht das leise Klopfen an seiner Tür gehört hatte, war ihm sofort klar, daß draußen Susan stand. Er ließ sein Diktiergerät aufs Bett fallen und fühlte sein Herz jagen, als er die Tür öffnete – aber sobald er die Verwirrung auf ihrem Gesicht sah, begriff er, daß sie nicht aus dem von ihm erhofften Grund gekommen war. Wortlos hatte sie ihm den Brief hingehalten. Matt, der ihn noch immer hatte, faltete das angeschmutzte Papier auseinander, um ihn erneut zu lesen.

> Susan,
> Sie müssen so schnell wie möglich kommen. Nur Matt und Sie werden das Ungeheuerliche meiner Entdeckung ermessen können.
> In diesem Zusammenhang ein warnender Nachsatz: Sprechen Sie nicht mit anderen darüber. Halten Sie diese Sache geheim. Nur wir Wissenschaftler sollten Kontakt aufnehmen. Es gibt viele, die nicht würdig sind, als Repräsentanten unserer Spezies aufzutreten.
> Um Himmels willen, beeilen Sie sich! Was wir erleben werden, übertrifft alle Erfahrungen, die wir Menschen bisher gemacht haben.
> Bei allen Göttern: Morgen wird ein Tag der Abrechnung sein!

Keine Unterschrift. Typisch Kellicut, dachte Matt, während er den hingeschmierten Text studierte: egoistisch und rätselhaft bis zuletzt. Kein Ort, kein Datum. Aber das zerknitterte, nicht ganz saubere Papier ließ darauf schließen, daß der Brief im Freien geschrieben worden war. Sein Zweck war klar: Er sollte sie davor warnen, mit anderen über die Expedition zu sprechen. Aber warum? Wollte Kellicut sensationelle Entdeckungen geheimhalten, bis er sie selbst bekanntgeben konnte? Das wäre nicht untypisch für ihn. Diese Zeile über »viele, die nicht würdig sind, als Repräsentanten unserer Spezies aufzutreten« – eine merkwürdige Ausdrucksweise.

Großartig. Er behauptet, wir stünden vor der größten Entdekkung der Menschheitsgeschichte, und ermahnt uns gleichzeitig, nicht darüber zu reden. Und er läßt uns eine Warnung zukommen, auf die wir nicht reagieren können. Warum hat er sich nicht die Mühe gemacht, unsere Adressen herauszusuchen, bevor er sich auf dieses gewagte Unternehmen eingelassen hat? Kellicut der Rattenfänger, der uns nach all diesen Jahren erneut ins Ungewisse lockt. Nur geht es diesmal nicht um irgendeine interessante Theorie, sondern um … weiß der Teufel, um was es diesmal geht!

Beunruhigend war auch noch etwas anderes: Die Mitteilung ließ darauf schließen, daß in dem Holzkasten mit dem Schädel ein Brief gelegen haben mußte. Obwohl Kellicut ihn nicht ausdrücklich erwähnte, war seine Mitteilung im Tonfall eines Postskriptums gehalten – eines »Nachsatzes«, wie er sich ausgedrückt hatte. Eigentlich logisch. Kellicut, der dramatische Effekte liebte, war nicht darüber erhaben, mit Tricks um Aufmerksamkeit zu buhlen, aber er war zuerst und vor allem Wissenschaftler. Er hätte nicht einfach einen fünfundzwanzig Jahre alten Neandertalerschädel ohne ein Wort der Erklärung in eine Kiste gesteckt. Zuviel stand auf dem Spiel. Daß sein Brief fehlte, ließ die beängstigende Schlußfolgerung zu, daß Eagleton oder Van oder beide irgend etwas zurückhielten. Warum? Was sollten Matt und Susan nicht erfahren?

Daß die kurze Mitteilung von Kellicut stammte, daran bestand kein Zweifel. Das war sein Stil, seine typische Ausdrucksweise. Matt glaubte zu sehen, wie er das leidenschaftliche Versprechen, seine Entdeckung übertreffe »alle Erfahrungen, die wir Menschen bisher gemacht haben«, zu Papier brachte. Und diese Arabeske zum Schluß, das Zitat aus dem Griechischen: »Bei allen Göttern: Morgen wird ein Tag der Abrechnung sein!« Susan hatte gewußt, wer das gesagt hatte: Achilles, nachdem Patroklos vor den Mauern Trojas gefallen war.

Sogar in einer Situation wie dieser muß Kellicut noch beweisen, wie gebildet er ist! dachte Matt und war selbst überrascht, wie sehr ihn das erbitterte.

Van hatte ihre gesamte Ausrüstung im Hof ausbreiten lassen, kontrollierte sie anhand einer Liste und erteilte Rudi laute Befehle. Gutmütig grinsend verpackte der Russe alle Gegenstände, die abgehakt waren. Matt kam aus dem Staunen nicht heraus: Zelte, Schlafsäcke, Bergstiefel, Daunenjacken, Erste-Hilfe-Boxen, Taschenlampen, Kochgerät, Eispickel, Messer, Feldflaschen, Kameras ... Dazu Unmengen von Verpflegung: Konserven, Fertiggerichte, Fleisch- und Wurstwaren, aber auch massenhaft dehydriertes Gemüse in wenig appetitanregenden Vakuumpackungen.

»Großer Gott!« grinste Matt. »Wollen wir den Alma aufspüren oder einen Supermarkt eröffnen?«

Susan trat mit zerzaustem Haar und einem dampfenden Kaffeebecher zwischen den Händen ins Freie.

Matt deutete auf eine kleine Segeltuchtasche. »Was ist da drin?« fragte er Van.

»Signalraketen.«

»Wozu brauchen wir denn Signalraketen?«

»Für den Fall, daß wir gerettet werden müssen.«

»Und wer soll uns dort oben retten?«

»Das weiß man nie. Bereit sein ist alles.«

Susan fing Matts Blick auf, runzelte die Stirn und wandte sich kopfschüttelnd ab.

Sie folgten der Pamirstraße, die sich als schwarzes Asphaltband bis nach Chorog an der afghanischen Grenze und von dort aus weiter bis zu der uralten Stadt Osch, einst Zielort vieler Karawanen, durch die Berge schlängelte. Rudi fuhr und unterhielt sie dabei mit einem Schlagerpotpourri. Van, der neben ihm saß, zeigte sich erstaunlich tolerant.

Sie kamen an einigen Geisterdörfern vorbei, Ansammlungen von Lehmhütten, die ohne irgendein Lebenszeichen mit vernagelten Türen und Fenstern an Steilhängen klebten. Außerhalb dieser Dörfer lagen verwilderte Maisfelder und sogar eine aufgegebene Kolchose, deren Stallgebäude längst Ruinen waren. In einer Maschinenhalle mit eingestürztem Dach standen noch Anhänger und verrostete Pflüge.

»Was ist hier passiert?« erkundigte sich Matt. »Seuchen? Hungersnot?«

»Weder noch«, sagte Rudi. »Dies ist eine staatliche Siedlung gewesen. Wurde nach drei Erdbeben 1981 zwangsweise evakuiert. Damals hat es ungefähr zwölftausend Tote gegeben. Hier war das Epizentrum. Das ganze Gebiet ist noch heute instabil.«

Die Pamirstraße führte stetig ansteigend in die Berge hinauf. Mittags hielten sie an, um zu picknicken. Rudi parkte den Geländewagen oberhalb eines Bachs, und nach dem Essen folgte Matt dem Wasserlauf bergaufwärts bis zu einer Biegung, hinter der sich ein kleiner Tümpel mit stehendem Wasser gebildet hatte. Einem Impuls folgend zog er sich aus und watete hinein. Er spürte Sand unter den Füßen, ließ sich zurücksinken und fing seinen Fall mit den Armen ab, bis nur noch sein Kopf aus dem Wasser ragte.

Er fühlte sich von allem losgelöst wie ein im Wasser treibendes Blatt. An diesem Vormittag hatte er in sexuellen Phantasien geschwelgt, die sich auf Susan konzentrierten. Auf dem Weg zum Picknickplatz hatte er sie vorausgehen lassen und die winzigen Schweißperlen auf der Rückseite ihrer Oberschenkel angestarrt. Nun stellte er sich vor, wie es wäre, ihre Schenkel auseinanderzudrücken und seinen Kopf wie früher zwischen ihnen zu vergraben.

Die Rufe der anderen, sie müßten weiterfahren, ließen ihn aus seinem Wachtraum aufschrecken. Als er aus dem Wasser kam und sich abtrocknete, empfand er die Luft als angenehm warm und stellte überrascht fest, daß er eine Erektion hatte.

Am Nachmittag saß Matt am Steuer. Normalerweise fuhr er gern, aber diese Fahrerei war ungewohnt anstrengend. Sie hatten die Asphaltstraße verlassen und holperten über eine unbefestigte Schotterpiste. Und da die Sonne genau vor ihnen unterging, war die Spur zwischen den im Sonnenglanz glitzernden Steinen kaum zu erkennen. Er mußte die Augen so angestrengt zusammenkneifen, daß seine Augenbrauen zu schmerzen begannen.

Abends übernahm Susan das Steuer, während Van, Rudi und Scharafidin auf dem Rücksitz dösten. Die Luft kühlte rasch ab, und der Fahrtwind fühlte sich wie ein kalter Unterwasserstrom an. Wegen der auf und ab wippenden Scheinwerfer war es schwierig, Hindernisse rechtzeitig zu erkennen; deshalb fiel Matt die Aufgabe zu, Susan rechtzeitig zu warnen. Das machte ihm Spaß, und auch ihr schien diese Aufgabenteilung zu gefallen.

Gelegentlich sahen sie einen Skorpion, der mit hochgerecktem Stachel agil und bedrohlich wirkend durchs Scheinwerferlicht huschte.

»Etwas Musik wäre nicht schlecht«, meinte Matt.

»Augenblick!« Abrupt trat sie auf die Bremse, stieg aus, wühlte hinten in ihrer Reisetasche und kam mit einem Lederetui zurück, das sie vor sich auf die Instrumentenabdeckung legte. Dann drückte sie auf eine Taste, und im nächsten Augenblick füllte Bruce Springsteens Stimme den Wagen. Als Susan wieder Gas gab, mußten beide grinsen.

Drei Stunden später machten sie halt, um auf einem grasbewachsenen kleinen Hügel zwischen mächtigen Felsblöcken zu übernachten. Sie zündeten ein großes Lagerfeuer an und zogen einen Graben um ihr Lager, in den sie Benzin kippten, um die Skorpione fernzuhalten.

Im Feuerschein studierte Van eine Landkarte. »Trotz miserabler Straßenverhältnisse sind wir sehr gut vorangekommen. Bestimmt zweihundertfünfzig Meilen.« Matt sah ihm über die Schulter, während Van ihre Route mit seinem Zeigefinger nachfuhr. »Ich denke, daß wir morgen gegen Mittag am Fuß des Berges sein werden.« Er wirkte beinahe gesellig.

Nach dem Abendessen rollten sie ihre Schlafsäcke aus. Susan legte ihren neben den von Matt. Scharafidin breitete seine Decke etwas abseits aus, betete auf den Knien liegend in Richtung Mekka und berührte dabei mehrmals mit der Stirn den Erdboden. In dieser Stellung konnte man unter seinem dünnen Baumwollhemd seinen knochigen Rücken erahnen. Dann richtete er sich abrupt auf und zog aus seinem Bündel etwas, das wie eine kleine Schachtel aussah. Er hielt sie in den Nachthimmel hoch, führte sie langsam an die Lippen und küßte sie vier- oder fünfmal. Rudi, der ihn beobachtete, sah zu Matt und Susan hinüber, grinste und tippte sich mit dem rechten Zeigefinger mehrmals an seine Schläfe.

Matt versuchte einzuschlafen, aber die Straße lief wie ein endloses Band vor ihm ab und ließ ihn lange nicht zur Ruhe kommen. Erst als er sich auf Susans tiefe, gleichmäßige Atemzüge konzentrierte, schlief er augenblicklich ein, und zwar so schnell, als sei er in ein schwarzes Loch gestürzt.

Am nächsten Morgen brachen sie früh auf. Die unbefestigte Straße stieg so steil an, daß sie den abnehmenden Druck in den Ohren spürten. Langsam veränderte sich die Landschaft: Gras und Buschwerk verschwanden und machten links und rechts der Straße verkümmerten Tannen Platz. Dann wurden auch die Bäume weniger, und die Straße schraubte sich in halsbrecherischen Serpentinen höher. Van, der am Steuer saß, schaltete in den zweiten Gang hinunter, dann fuhr er nur noch im ersten. Zuletzt ging die Fahrspur vor ihnen in einen felsigen Bergpfad über.

Van hielt unter einem Baum am Rand einer steil ansteigenden kleinen Wiese an. »Endstation«, sagte er lakonisch und stellte den Motor ab.

»Kein sehr schöner Ausdruck, finde ich«, meinte Susan.

Sie luden die Ausrüstung aus und verpackten sie unter Vans Anleitung in ihre Rucksäcke. Seinen eigenen Rucksack, der größer war, hielt er von den anderen getrennt. Als letztes öffnete Van die Motorhaube des Geländewagens und klemmte die Batterie ab. »Keine Ahnung, wie lange wir dort oben sein werden«, sagte er, während er die Autoschlüssel in das kleine Fach hinter der hochgeklappten Sonnenblende steckte. »Die bleiben hier – für alle Fälle.«

»Für welchen Fall?«

»Falls wir irgendwie getrennt werden.«

Als sie die Bergwiese in Richtung Wald überquerten, ragten die mit Gletschereis bedeckten schroffen Gipfel hoch und scheinbar zum Greifen nahe über ihnen auf. Vor dem Himmel, über den von stürmischen Winden getriebene Wolkenfetzen zogen, waren die Berge von Nebelschleiern umwabert, so daß sie zu schwanken und fast zu kippen schienen.

Auf der von Scharafidin gewählten Route stiegen sie stundenlang über Felshänge voller Ginsterbüsche auf. Der Junge behielt ein gleichmäßiges Tempo bei, während sein Blick auf der Suche nach markanten Punkten ständig hin und her huschte. Hier oben gab es keinen Weg mehr. Einmal verlief Scharafidin sich, und sie mußten ein Stück weit zurückgehen. Während sie rasteten, ging er voraus und rief ihnen dann zu, er habe die richtige Route gefunden. In der Sonne war es heiß, und er hatte sein Hemd ausgezogen, so daß die Rippen seines mageren Oberkörpers zu sehen waren.

Auf der Brust von Vans Hemd zeichnete sich ein schweißnasses Dreieck ab. Sein Rucksack war schwerer als die anderen, so daß der Aufstieg für ihn am anstrengendsten war. Matt und Susan behielten ein gleichmäßiges, kräftesparendes Tempo bei. Rudi war der Lauteste von allen. In den Weg ragende Büsche schob er mit beiden Armen auseinander, als stoße er die Schwingtür eines Saloons auf, und ständig redete er mit jedem, der sich in Hörweite befand.

Sie erreichten einen Talboden mit den Ruinen eines *kischlaks:* mehrere kleine Steinhäuser, Bewässerungsgräben und ehemals bebaute Felder. Hier oben lebte niemand mehr, aber die dunkle Erde schien fruchtbar zu sein, und das Land machte den Eindruck, als sei es jahrhundertelang bestellt worden.

Nach einigen Stunden Aufstieg kamen sie zu einer Bergwiese, durch die ein tosender Wildbach floß. Sie setzten die Rucksäcke ab – Van brauchte Hilfe, um aus seinem Gurtzeug herauszukommen – und tranken dankbar von dem kalten Wasser. Rudi schöpfte es mit seinem breitkrempigen Strohhut aus dem Bach und kippte es sich über den Kopf, was so komisch aussah, daß die anderen lachen mußten.

Susan ging allein über die Wiese. Auf der Talseite standen schlanke Wacholderbüsche und säulenartige Zypressen, anderswo wucherten Wildrosen, Geißblatt und Brombeeren. Rosenduft erfüllte die kaum bewegte, warme Luft.

»Schön, nicht wahr?« sagte Rudis Stimme hinter ihr. Bevor er weitersprach, betrachtete er nachdenklich die Aussicht. »Einer der Gründe dafür, daß ich in dieses verrückte Land zurückgekommen bin.« Seine kindlichen Züge entspannten sich, während er zu den imposanten Gipfeln aufblickte. Er sieht richtig gut aus, dachte Susan plötzlich.

»Sind sie noch nie in Tadschikistan gewesen?« fragte Rudi.

»Nein, niemals. Wie kommen Sie darauf?«

»Ich dachte, Sie wären vielleicht mit der früheren Gruppe hergekommen.«

»Mit welcher Gruppe?«

»Mit der, die letztes Jahr vor Dr. Kellicut dagewesen ist. Sie wissen schon – die mit Van.«

7

Für den Rest des Nachmittags stiegen sie weiter auf. Das Gelände wurde allmählich steiler, so daß sie mühsamer vorankamen. Scharafidin war ihnen meistens weit voraus.

Gegen Abend wurden die kleinen Birken und Pappeln spärlicher und blieben schließlich bald ganz unter ihnen zurück. Hier wuchsen nur noch niedrige Sträucher, Grasbüschel und einzelne verkümmerte Erlen zwischen verwitterten Felsblöcken. Auf einem Felsplateau schlugen sie ihr Lager auf und rollten ihre Schlafsäcke aus. Um Feuerholz zu holen, mußten Matt und Rudi weit über den Hang absteigen, den sie zuletzt heraufgekommen waren. Sie brachten Arme voller Zweige und ein halbes Dutzend kleiner Baumstämme zurück – eben rechtzeitig, um das kleine Feuer am Leben zu erhalten, das Susan angezündet und mit Gras und Strauchholz genährt hatte.

»Hier«, sagte sie und gab beiden je einen Becher. »Lebenspendender Kaffee.«

Nach dem Abendessen verrichtete Scharafidin sein Nachtgebet. Sobald er damit fertig war, machte Susan Rudi ein Zeichen. Die beiden gingen zu dem Jungen hinüber und redeten mit ihm. Scharafidin griff schließlich in sein Bündel, zog den Gegenstand heraus, der am Vorabend ihre Neugier geweckt hatte, und hielt ihn Susan hin. Sie betrachtete ihn aufmerksam, gab ihn zurück und sagte dabei etwas, das Rudi übersetzte.

Matt, dessen Muskeln angenehm schmerzten, suchte sich einen Platz auf einem Felsblock am Rand des Plateaus. Im orangeroten Schein der untergehenden Sonne konnte er verfolgen, wie die Baumgrenze sich unter ihm über die Bergflanke schlängelte und auf beiden Seiten in Tälern verschwand. Abendnebel stiegen wie Dampfschwaden auf. Über die Vorberge hinweg ging sein Blick in endlose Weiten.

Susan setzte sich neben ihn, und er war froh über ihre Nähe. Der

Blick von hier oben war so atemberaubend, daß er Gesellschaft brauchte. Lange schwiegen beide, bis Matt schließlich sagte: »Ich habe gesehen, daß Scharafidin dir seinen Talisman gezeigt hat. Was hat er da?«

»Einen Koran in Miniaturausgabe. Der Junge behauptet, er sei in der Schlacht von Omdurman gegen Kitchener getragen worden und habe seinem damaligen Besitzer das Paradies eingebracht. Nun soll er ihn beschützen, ihn in Verbindung mit Allah und den Geistern der Berge bringen.«

»Ob er noch einen hat, den er uns leihen könnte?«

Da erzählte Susan Matt mit ernster Stimme, was Rudi unabsichtlich ausgeplaudert hatte. »Mit wem ist Van hier gewesen – und weshalb?«

»Und warum hat er diese erste Reise vor uns geheimgehalten?« ergänzte Matt.

Viel konnten sie nicht unternehmen, das stand fest. Stellten sie Van zur Rede, würde er einfach alles abstreiten. Außerdem waren sie fest entschlossen, Kellicuts Lager zu finden. Deshalb einigten sie sich darauf, Van sorgfältig zu beobachten und auf eine Gelegenheit zu warten, die Wahrheit aus ihm herauszubekommen – und doch waren beide unzufrieden darüber, daß sie keinen besseren Plan hatten.

Inzwischen war es fast dunkel, und während sie übers Tal hinausblickten, sagte Susan: »Weißt du, was mich auch beunruhigt? Je länger ich hier bin, desto wahrscheinlicher kommt mir ein Überleben des Neandertalers vor. Kellicut glaubt daran, und Van ist auch davon überzeugt. Beim Aufstieg durch den Wald habe ich immer wieder an diesen Neandertalerschädel denken müssen. Der ist echt gewesen, Matt.«

»Das glaube ich allmählich auch.«

»Und falls er authentisch ist, sind vielleicht auch diese Geschichten wahr, die man sich in den Dörfern erzählt.«

»Vielleicht«, meinte er vage.

»Und jetzt sind wir unterwegs, um hoffentlich einen aufzuspüren. Oder zwei. Oder zwanzig. Aber was ist, wenn sie gefährlich sind? Was sollen wir überhaupt tun – auf sie zumarschieren und ihnen die Hand schütteln?«

»Vielleicht können wir sie ungesehen beobachten.«

»Yeah – vielleicht aber auch nicht.«

»Vergiß nicht«, sagte Matt, »daß sie sich in dieses unzugängliche Gebiet zurückgezogen haben, weil sie mehr Angst vor uns haben als wir vor ihnen.«

»Bei mir ist es umgekehrt«, stellte Susan fest. »Übrigens noch etwas. Ich weiß, daß es nur Einbildung ist, aber im Wald habe ich das Gefühl gehabt, von ihnen beobachtet zu werden. Es hat damit angefangen, daß ich mich gefragt habe: ›Was ist, wenn sie wirklich dort draußen sind?‹ Und zuletzt habe ich es geglaubt. Ich habe praktisch ihre Blicke gespürt. Ist es dir ähnlich gegangen?«

»Nein.« Matt blickte über die Vorberge hinaus, die nun fast völlig schwarz waren. »Vergiß nicht, daß wir schon ziemlich hoch sind – schätzungsweise dreieinhalbtausend Meter. In solchen Höhen muß man mit allen möglichen Dingen rechnen.«

»Zum Beispiel mit Halluzinationen?« fragte sie sarkastisch. »Verfolgungswahn?«

»Nein, das ist mein Ernst. Hyperventilation. Schlaflosigkeit. Rätselhafte Beklemmungen. Unerklärliche Angstzustände. Wasser in der Lunge.«

»Großartig! Ich fühle mich schon viel besser.«

»Das heißt nicht, daß du in Gefahr bist durchzudrehen. Aber in solchen Höhen werden unheimliche Dinge noch unheimlicher. Nimm es am besten nicht zu ernst.«

»Ich werde daran denken, wenn ich im Kochtopf sitze und jemand dabei ist, mein Gehirn auszusaugen.«

Unwillkürlich mußte Matt lächeln. Diese Kombination aus völliger Selbstsicherheit und offen eingestandener Verwundbarkeit hatte ihn schon damals an ihr fasziniert.

»Eines muß man dir lassen«, sagte er aufrichtig herzlich, »du hast dich kaum verändert.«

Susan schüttelte kaum merklich den Kopf, verärgert über seine Offenheit. Sie hatte so viele Jahre damit verbracht, ihren Zorn – einen altmodischen, weißglühenden Zorn – auf Matt zu konzentrieren, daß daraus eine Routine geworden war und sie nicht einmal mehr so recht wußte, ob sie ihn auch wirklich noch empfand.

Verrat – so ließen sich alle seine Vergehen und Täuschungen in einem einzigen Wort zusammenfassen. Es war Verrat gewesen, als er sie mit ihrer besten Freundin betrogen hatte. Susan hatte nichts davon geahnt, hatte von seinem Verhältnis mit Anne wohl als letzte erfahren, was ihre Beschämung noch verstärkt und sein Tun unverzeihlich gemacht hatte. Er hätte wissen müssen, wie gedemütigt sie sich fühlen würde. Dann begann sie zu erkennen, wie verachtenswert er mit all seinen kleinen Lügen und Ausflüchten war. Das war der Augenblick, in dem sie ihn wirklich nicht mehr liebte – als sie keine Achtung mehr für ihn empfand.

Tatsächlich hatte auch Susan damals eine heimliche Affäre gehabt. Aber das war etwas anderes gewesen, sagte sie sich, denn auf irgendeiner Bewußtseinsebene hatte sie Matts Verrat geahnt, so daß sie sich gewissermaßen nur selbst geschützt hatte. Susan wußte, daß sie damit den eigenen Verrat zu rechtfertigen versuchte – aber auch das änderte nichts an ihrer Überzeugung, damals keine flüchtige Affäre gesucht zu haben. Diese Beziehung war echt und für sie doppelt notwendig gewesen, als sich gezeigt hatte, daß sie seinen Ansprüchen nicht genügt hatte. Ein Akt der Selbstverteidigung.

»Komm, gehen wir zurück«, sagte sie.

Am nächsten Morgen standen sie früh auf und setzten den Aufstieg mit schmerzenden Beinen und brennenden Fußsohlen fort, ohne miteinander zu reden. Sie bewegten sich wie Zombies, und während die Sonne unbarmherzig herabbrannte, löschte die Monotonie ihrer Schritte jegliches Zeitgefühl aus.

Nur Scharafidin bewältigte den steilen Aufstieg mühelos, wobei er auf der Suche nach dem besten Weg viele kleine Umwege machte. Aber seine dünnen Beine trugen seinen schmächtigen Körper scheinbar unermüdlich bergauf.

In dieser Höhe wuchs fast kein Gras mehr, so daß sie sich durch eine kahle Landschaft aus Geröll, Felsbrocken und Felsen bewegten. Am frühen Nachmittag erreichten sie einen breiten Sattel zwischen zwei Gipfeln. Als das Gelände nun flacher wurde, kamen sie besser voran. Von diesem Sattel aus konnten sie mindestens fünfzig Kilometer weit ins nächste einsame Tal blicken.

Schließlich entdeckten sie einen schattigen Platz unter einem

Felsüberhang, an dem sie rasten wollten. Beim Näherkommen hörten sie ein seltsames Rauschen. Als sie dem Geräusch nachgingen, stießen sie hinter einem Felsblock auf ein Loch, in dem etwa eine Armlänger tiefer ein unterirdischer Bach vorbeiströmte.

Matt steckte einen Arm hinein und tauchte seine Hand ins eiskalte Wasser. Er füllte seine Feldflasche, zog sie heraus und ließ sie herumgehen.

»Am besten machen wir hier Rast«, schlug Susan vor.

Alle waren einverstanden, nur Scharafidin schien unglücklich. Rudi stellte ihm eine Frage, die der Junge nervös und mit gesenktem Blick beantwortete. »Was sagt er?« wollte Matt wissen.

»Ich habe ihn gefragt, wo wir sind, und er hat gesagt ... er hat geantwortet: ›An dem Ort, zu dem niemand geht.‹«

»Ach, wirklich? Na, dann können Sie ihm sagen, daß seine Leute den Ort hier umtaufen müssen«, knurrte Van und machte sich daran, den Bach zu erkunden, der etwa dreißig Meter weiter zwischen Felsen an die Oberfläche trat.

Plötzlich hörten sie ihn laut aufschreien. Als sie zu ihm hasteten, kniete er an einer Stelle, wo das sandige Bachufer eine halbmondförmige kleine Bucht bildete. Seine Feldflasche lag neben ihm, als habe er sie füllen wollen, sein Atem kam kurz und stoßweise, ging dann in ein Keuchen über, seine zu Boden zeigende Linke bewegte sich roboterhaft auf und ab.

Er hat einen Herzanfall, schoß es Matt durch den Kopf. »Alles in Ordnung, Van?« rief er.

»Seht euch das an!« Van deutete weiter mit seltsam roboterhaften Bewegungen seiner Hand zu Boden.

»Großer Gott!« Susan zog zischend die Luft ein.

Im feinen Sand am Bachufer war ein einzelner Fußabdruck zu erkennen: tief und anomal breit. Matt beugte sich vor, um ihn genauer zu betrachten. Der Fußabdruck sah menschlich aus, war aber am Rist viel zu breit.

»Okay, wer spinnt jetzt?« rief Van und sah sich mit wild rollenden Augen um. »Ich hab' es euch gesagt, aber ihr habt es ja nicht glauben wollen!«

In der näheren Umgebung entdeckten sie einige weitere Fußabdrücke – aber seltsamerweise auch mehrere Abdrücke von Stiefeln mit Profilsohlen, die unterschiedliche Größe zu haben schienen und besser erhalten waren. Vermutlich jüngeren Datums.

Sie folgten den Stiefelabdrücken so weit wie möglich, aber die Spuren verloren sich bald auf felsigem Untergrund. Die Abdrücke schienen von drei Menschen zu stammen. Drei Menschen – und vor ihnen ein menschenähnliches Wesen: ein Hominide, aber kein Mensch. Die Art und Weise, wie die Stiefelabdrücke die Fußspuren umgaben, legte den Schluß nahe, daß diese drei Menschen versucht hatten, das unbekannte Wesen zu verfolgen.

»Seht mal!« sagte Rudi und hielt zwischen Daumen und Zeigefinger einen Zigarettenstummel hoch. Er roch daran. »Russisch«, stellte er fest.

Van blieb immer wieder hinter den anderen zurück. Sein Atem ging schwer, und er hatte das Gefühl, jemand habe seinen Rucksack zusätzlich mit Steinen beschwert. Heute morgen beim Anziehen hatte er das Revolverhalfter umgeschnallt. Ein Rohlederband hielt es an seinem rechten Oberschenkel fest, und der stetige Druck, mit dem es sich ins Fleisch einschnitt, machte ihm die Feuerkraft der schweren Waffe bewußt.

Seine Schwächeanfälle waren auf Sauerstoffmangel zurückzuführen, das wußte er wohl. Jahrzehntelanges Rauchen und all die verschiedenen chemischen Substanzen, die er im Laufe seines Lebens konsumiert hatte, forderten jetzt ihren Tribut: DMT, STP, PCP und weitere Drogen, deren Namen er ebenso vergessen hatte wie die Kürzel der Rundfunkstationen aus seiner Kindheit.

Van kannte die Symptome der Höhenkrankheit: vorübergehende leichte Benommenheit, nicht einmal unangenehm, aber mit kleinen Angstzuständen durchsetzt, und vor allem das Panik erzeugende Gefühl, trotz keuchender Atemzüge einfach nicht genug Luft zu bekommen. Viel schlimmer durften die Symptome nicht werden, sonst waren sie unerträglich.

Er bemühte sich, sich auf etwas anderes zu konzentrieren. Die Russen waren also tatsächlich hier. Das hätte er sich denken können. Er hatte ihnen nie getraut – schon aus eigenen Erfahrungen im direkten Umgang mit ihnen. *Glasnost?* Auch nur so eine Parole. Diese Sache hatten sie unmöglich ignorieren können. Sie hatten einige Informationen herausgerückt, andere zurückgehalten und letztlich eine eigene Expedition losgeschickt. Vielleicht wollten sie sich raushalten und andere die Dreckarbeit machen lassen, um ganz zum Schluß den Erfolg für sich zu beanspruchen. Auch Eagleton hatte seine Zweifel gehabt, das hatte Van ihm angemerkt, aber er hatte sie verdrängen können, indem er mit dem von ihm so genannten »Anarchie-Faktor« in Moskau argumentiert hatte. Eagleton war schon immer ein großer Spieler gewesen, vor allem mit Einsätzen, die ihm nicht gehörten – wie etwa dem Leben anderer Menschen.

Am späten Nachmittag verschärfte Scharafidin plötzlich sein Tempo, und als sie um einen Felsvorsprung bogen, sahen sie ihn fast rennen. Sie riefen hinter ihm her, aber er wurde nicht langsamer, sondern verschwand ohne sich umzusehen über den nächsten Grat.

Sie hasteten hinter dem Jungen her. Als sie den Grat erreichten und den langen Steilhang dahinter vollständig überblicken konnten, sahen sie auf einem Felsabsatz über sich eine niedrige Hütte. Kellicuts Lager!

Keine schlechte Stelle, dachte Matt. Das Lager bot freien Blick nach allen Seiten und lag an einer guten Abstiegsroute. Um eine rasche Flucht zu ermöglichen? Unwahrscheinlich, denn Kellicut war kein Mann, der an Flucht dachte. Bestimmt hatte ihn eher dieser Blick wie aus einem Adlerhorst angelockt, damit er abends dasitzen und den von ihm erstiegenen Berg und die tief unter ihm in der Ferne verschwimmenden Vorberge betrachten konnte. Die Aussicht mußte ihn in seinen Allmachtsphantasien bestätigt haben.

Als sie den Rand des Lagers erreichten, war da zwischen einem Gewirr aus Gegenständen, deren Funktion noch unklar war, eine pfeilschnelle, verschwommene Bewegung. Van nahm sie am äußersten Rand seines Gesichtsfelds wahr, und noch bevor er richtig erfaßte, worum es sich handelte, duckte er sich, zog seinen Revolver aus dem Halfter, riß ihn hoch und richtete sich zielend langsam auf. Als er dann merkte, worauf er zielte, fiel seine Anspannung schlagartig von ihm ab, und er fühlte eine Woge der Erleichterung durch seinen Körper branden. Es war nur ein Greifvogel gewesen, ein großer brauner Habicht, den sie aufgeschreckt hatten und der jetzt auf einem Pfahl sitzend mit den Flügeln schlug.

Ein schlechtes Omen, dachte Susan. Mit einer Gewißheit, die sie nicht hätte erklären können, wußte sie plötzlich, daß sie Kellicut nicht in seinem Lager antreffen würden. Es wirkte unbewohnt, verlassen.

Für ein Basiscamp war das Lager ungewöhnlich spartanisch. Die Unterkunft bestand aus einer kaum anderthalb Meter hohen und etwa dreieinhalb Meter langen Holzhütte, die an einem schulterhohen Felsblock klebte. An ihrer Längsseite waren Felsbrocken zu einem gut einen halben Meter hohen Wall aufgestapelt, der als Windschutz diente.

Ungefähr fünfzehn Meter von der Hütte entfernt war in einem der wenigen verkümmerten Bäume, die in dieser Höhe noch wuchsen, eine kleine Plattform angebracht, offenbar eine Art Speisekammer. In entgegengesetzter Richtung befanden sich die Feuerstelle, und ihr gegenüber eine flache Zisterne, an deren Rand noch ein Trinkbecher aus Aluminium stand. Ein Trampelpfad führte etwas weiter vom Lager weg zur Latrine, die aus einer Grube mit zwei darübergelegten dünnen Baumstämmen bestand.

»Nicht gerade luxuriös«, sagte Van.

»Er scheint länger nicht mehr hier gewesen zu sein«, meinte Matt.

Susan ging zu der Hütte und bückte sich, um sie zu betreten. »Matt, komm mal her!« rief sie im nächsten Augenblick.

Matt hastete hinüber, bückte sich und trat ebenfalls ein. In der Hütte, die kaum Platz für zwei Menschen bot, herrschte ein unglaubliches Durcheinander. Eine grüne Luftmatratze war der Länge nach zerfetzt. Töpfe und Pfannen lagen – teilweise eingebeult – auf dem Boden. Ein Kaffeebecher war zerschlagen, eine Petroleumlaterne zertrümmert. Ein Stiefelpaar lag steif und schlammbespritzt auf einem provisorischen Holzregal.

Susan ging in die Hocke, um die auf dem Boden verstreuten, unbeschriebenen Notizblätter einzusammeln. Bestürzt sah sie zu Matt auf. »Was denkst du? Wie kann diese Verwüstung entstanden sein?«

»Schwer zu sagen.«

»Aber ist sie bewußt angerichtet worden? Von irgendeinem... Wesen? Oder glaubst du an natürliche Ursachen – an einen Sturm oder so?«

»Ein Sturm ist unwahrscheinlich. Das hier spricht dagegen.« Er deutete auf die Splitter eines zertrümmerten blauen Plastikbechers. »Vielleicht irgendein Tier...« Seine Stimme klang zweifelnd.

»Aber hier ist nicht alles demoliert. Manche dieser Schäden könnten durch Sturm oder starken Regen verursacht worden sein. Die Hütte steht vermutlich seit Monaten leer.«

»Und die Luftmatratze? Sieh sie dir an! In Fetzen gerissen!« Matt hob sie auf. »Ich sehe keine Krallenspuren, aber sie ist absichtlich zerfetzt worden. Und das hier...« Er tippte auf ein Loch. »...könnten Beißspuren sein. Die Matratze ist bewußt zerrissen worden.«

»Aber warum steht diese Hütte noch, wenn irgendein großes Lebewesen ihr Inneres verwüstet hat?« Susan griff nach oben, berührte einen der Baumstämme, die das Dach trugen, und rüttelte daran. »Noch immer stabil, praktisch unverändert solide, würde ich sagen. Aber sie wäre in zwei Minuten eingerissen gewesen, wenn... wenn jemand es wirklich darauf angelegt hätte.«

Matt warf ihr einen forschenden Blick zu, merkte, daß sie sich an Strohhalme klammerte. »Komm, wir sehen uns draußen um.«

Sie traten ins Freie, richteten sich auf und waren beide erleichtert, wieder an der frischen Luft zu sein. Systematisch fingen sie an, den Boden des Lagers nach Fußabdrücken abzusuchen. Aber sie fanden keine. Der Boden war zu felsig.

Van, der einen Rundgang um Kellicuts Lager gemacht hatte, kam zu ihnen herüber. »Eines verstehe ich nicht«, sagte er, während er in die Hocke ging, um einen Blick in die Hütte zu werfen, und seine Hand zwischen zwei der dünnen Baumstämme des Dachs steckte. »Um Schutz vor Regen zu bieten, muß es irgendwie abgedeckt gewesen sein – vielleicht mit einer Zelt- oder Plastikplane. Aber ich kann nirgends eine entdecken.«

Das allgemeine Jagdfieber schien auch Van wiederbelebt zu haben. Er richtete sich auf und starrte mit leicht schiefgelegtem Kopf Susan und Matt nacheinander an. »Da Sie Kellicut besser kennen als ich, möchte ich Sie etwas fragen...«

»Ja?«

»Würden Sie sagen, er sei unbekümmert sorglos? Sie wissen schon – irgendwie arrogant?«

»Wie meinen Sie das?« fragte Susan scharf.

»Halten Sie ihn für einen Mann, der sich nicht vorstellen kann, ihm könnte etwas zustoßen? Sie kennen diesen Typ – ein Mann, der nie auf die Idee käme, sein Testament zu machen.«

»Nein, das würde ich nicht sagen.«

»Komm schon, Susan«, protestierte Matt leise.

»Worauf wollen Sie hinaus?« fragte Susan, die Vans Scotland-Yard-Masche irritierend fand.

»Ganz einfach«, erklärte Matt geduldig. »Warum hat Kellicut uns keine Nachricht hinterlassen?«

»Vielleicht hat er es doch getan. Daß wir bisher keine gefunden haben, beweist noch lange nicht, daß er keine hinterlassen hat. Ich kann nicht glauben, daß er einfach fortgehen würde, ohne eine Mitteilung für uns dazulassen.«

»Vielleicht hat er nicht gewußt, daß er fortgehen würde.«

Susan wußte sofort, was Van meinte, aber sie stellte sich dumm. »Wie meinen Sie das?«

»Was wäre, wenn er überfallen und umgebracht worden ist?« fragte Van. »Oder verschleppt? Oder in einen Hinterhalt gelockt?« Seine vage Handbewegung galt den schneebedeckten Gipfeln über ihnen.

»Hier weist nichts auf einen Kampf hin«, widersprach Susan. »Und ich behaupte nach wie vor, daß er irgendeinen Hinweis für Leute zurücklassen würde, die ihn hier suchen. Vergessen Sie nicht, daß er uns zum Herkommen aufgefordert hat.«

»Vielleicht hat er eine Nachricht hinterlassen, vielleicht auch nicht.« Van zuckte seine Schultern.

»Sie kann verlorengegangen sein«, warf Matt ein. »Oder jemand hat sie mitgenommen. Oder ein Sturm hat sie weggeweht. Viele Möglichkeiten sind denkbar.«

»Oder vielleicht hat er sie versteckt«, schlug Susan vor. »Das sähe ihm eher ähnlich.«

Van grunzte.

»Und weil wir gerade beim Thema sind«, sagte Matt, »interessiert mich Ihre Feststellung, daß wir Kellicut besser kennen als Sie. Wie gut kennen denn *Sie* ihn? Ich wußte gar nicht, daß Sie ihn überhaupt kennen.«

»Nur flüchtig. Wir haben uns kennengelernt, als er mal für uns gearbeitet hat. Das ist alles.«

Matt merkte, daß Van Informationen zurückhielt, und nahm sich vor, dieses Thema bei passender Gelegenheit erneut aufzugreifen.

Sie suchten weiter nach Fußabdrücken und sonstigen Hinweisen, indem sie das Lager in vier vom Mittelpunkt ausgehende keilförmige Sektoren aufteilten, aber auf dem felsigen Boden hatten sich keine Spuren erhalten.

Matt trat zu den anderen, die an der ehemaligen Feuerstelle standen, einem losen Kreis aus Felsbrocken, der ein Häufchen durchweichter Asche umschloß. Van kniete nieder, fischte ein kleines Stück Holzkohle aus der Asche und zerrieb es zwischen Daumen und Zeigefinger. »Vor einem halben Jahr war das Wetter viel kälter als jetzt, also muß dieses Feuer Tag und Nacht gebrannt haben.« Er griff nach einem angekohlten Ast. »Der wurde offenbar mit Wasser gelöscht... Also wenn es damals nicht regnete – was möglich, aber nicht wahrscheinlich ist –, muß er das Feuer absichtlich gelöscht haben.«

»Vermutlich war das seine letzte Handlung vor dem Fortgehen«, sagte Susan. »Um alles ordentlich zu hinterlassen. Sieht nicht danach aus, als wäre er überfallen oder vertrieben worden. Und das bedeutet, daß alle diese Schäden erst nach seinem Weggang entstanden sind.«

Matt stocherte in der Asche, die in Klumpen zusammenklebte. »Ziemlich alt, würde ich sagen. Alles hängt davon ab, wie das Wetter hier oben gewesen ist, aber ich vermute, daß hier seit drei bis vier Monaten kein Feuer mehr gebrannt hat – möglicherweise noch länger.«

»Yeah«, sagte Van, »er ist schon lange weg. Was ihm auch zugestoßen sein mag... hier ist er jedenfalls nicht wieder gewesen.«

»Vermutlich nicht mehr, seit er Scharafidin mit dem Paket für uns weggeschickt hat.«

»Okay, und was machen wir jetzt?« fragte Rudi.

»Wir suchen ihn«, antwortete Susan.

»Eines garantiere ich euch«, sagte Van mit solchem Nachdruck, daß die anderen überrascht aufblickten, »finden wir *ihn*, haben wir auch *sie* gefunden.«

In dieser Höhe ging die Sonne später unter als in den Tälern, aber ihr blasser Schein brachte keine Wärme mehr. Als sie wenig später hinter einer tieferen Wolkenbank verschwand, kam ein eisiger Wind auf, und von den Bergen wälzten sich Nebelschwaden wie geisterhafte Lawinen zu Tal und hüllten das Lager so vollständig ein, daß die Sicht keine fünfzig Meter mehr betrug.

Sie stapelten ihre Vorräte auf der als Speisekammer dienenden kleinen Plattform, machten Feuer und schlüpften in ihre Schlafsäcke, während sie darauf warteten, daß das Abendessen gar wurde. Rudi kochte schwarzen Kaffee, von dem jeder einen Becher bekam.

Nachdenklich sah Van den in den Nebel aufsteigenden Funken ihres Lagerfeuers nach. »Wie ein Mann sein Lager einrichtet, sagt viel über ihn aus«, stellte er fest. »Sogar noch mehr als sein Haus. Sein Haus kann vor ihm dagewesen sein, aber ein Lager ist etwas, das er allein irgendwo in der Wildnis errichtet, dem er seinen ganz persönlichen Stempel aufdrückt.«

»Zum Beispiel?« fragte Matt.

»Sehen Sie sich zum Beispiel seine Latrine an. Zwei Baumstämme über einer Grube. Ziemlich primitiv, nicht wahr? Und die Vorratskammer, auch recht einfach. Ich würde sagen, daß der Professor kein Mensch ist, der besonders großen Wert auf Komfort legt.«

»Da haben Sie recht«, bestätigte Matt.

»Und die Hütte ist auch recht grob zusammengezimmert. Warum hat er sich nicht die Mühe gemacht, sie besser auszubauen? Ich meine, hier oben wird es doch verdammt kalt. Er muß angenommen haben, daß er nicht allzu lange bleiben würde – oder er hat sich einfach nichts aus irgendwelchen Annehmlichkeiten gemacht.«

»Richtig, er hat sich nichts daraus gemacht«, nickte Matt.

»Merkwürdig ist auch, daß er sein Lager ausgerechnet hier aufgeschlagen hat. Um nicht gesehen zu werden, hätte er sich eine Höhle suchen müssen, und die gibt es hier oben bestimmt zu Dutzenden. Aber er entschied sich für die auffälligste Stelle weit und breit. Nicht sehr clever.«

»Es sei denn, er wollte gesehen werden«, wandte Susan gereizt ein.

»Ja, vielleicht hat er diese Stelle absichtlich gewählt«, stimmte Matt ihr zu. »Um sich ihnen zu zeigen. Um sie anzulocken.«

»Oder er hat sich ausgerechnet, daß sie ohnehin wissen würden, wo er ist«, meinte Susan.

Van sah zu ihr hinüber und musterte sie mit eigentümlich forschendem Blick. Über irgend etwas schien er nachzudenken.

Susan sprach weiter. »Jemand, der sein Lager hier errichtete, hatte bestimmt keine Angst – und so schätze ich Kellicut auch ein.«

»Warum hat er denn nicht befürchtet, die Neandertaler könnten Angst vor ihm haben?« fragte Matt. »Warum hat er nicht versucht, sich an sie anzuschleichen?«

»Schwer zu sagen«, meinte Susan. »Aber vermutlich hielt er ja von Anfang an nichts von der Theorie, der Neandertaler habe sich auf der Flucht vor dem Homo sapiens sapiens hierher zurückgezogen. In seinen Veröffentlichungen hat er diese Auffassung jedenfalls nie vertreten. Ganz im Gegenteil: Er hat die Neandertaler eher als uns möglicherweise überlegene Wesen verklärt.«

»Oder vielleicht hat er mehr gewußt als wir«, fügte Matt hinzu. »Vielleicht hat er die Erfahrung gemacht, daß er sie nicht zu fürchten brauchte.«

Sie saßen schweigend am Lagerfeuer beisammen, und Rudi begann einzunicken. Nachdem Van einige Zeit überlegt hatte, schüttelte er den Kopf und sah sich erneut um. »Seht euch mal an, wie sein Lager angelegt ist. Geradezu widersinnig! Hier ist das Feuer, und die Zisterne ist dort drüben. Warum liegt die Feuerstelle nicht beim Wasser? Das wäre zweckmäßiger. Und was hat die Speisekammer dort drüben zu suchen? Stellt euch vor, was für weite Wege jede einzelne Mahlzeit erfordert haben muß. Das ist...«

»Augenblick!« unterbrach Susan ihn und sprang aufgeregt auf. »Sie haben recht, Van. Seht euch das an! Die Punkte bilden ein Dreieck... ein gleichschenkliges Dreieck, Matt!«

Er wußte sofort, was sie meinte, und sprang ebenfalls auf. »Glaubst du wirklich?«

»Schnell, wir brauchen ein Seil.«

Rudi öffnete die Augen. Matt wühlte bereits in seinem Rucksack und zog ein dünnes Seil heraus. Er hielt ein Ende fest und warf das andere Susan zu, die sich daranmachte, die Entfernung zwischen Feuerstelle und Zisterne abzumessen.

»Würdet ihr beiden mich freundlicherweise in euer kleines Geheimnis einweihen?« fragte Van. Das sollte lässig klingen, aber er war unüberhörbar irritiert.

»Nur so eine Idee«, wehrte Susan ab. »Ich weiß nicht, ob wir recht haben.« Sie markierte die Entfernung, indem sie das Seil zwischen Daumen und Zeigefinger nahm, und begann, die Entfernung zwischen Zisterne und Speisekammer abzumessen.

»Das ist eine Markierung, die Paläontologen benutzen – zumindest hat Kellicut sie immer gebraucht. Sie wurde bei unseren Grabungen zu einer Art Ritual. Vor Arbeitsbeginn gingen wir das ganze Gelände ab, um die wahrscheinlichsten Fundorte festzulegen und mit aus Felsbrocken oder Steinen gebildeten gleichschenkligen Dreiecken zu markieren. Später kamen wir zurück und begannen genau in der Mitte zu graben.«

Susan war jetzt dabei, den dritten Dreiecksschenkel abzumessen, und Matt führte ihre Erklärung fort.

»Kellicut hat natürlich gewußt, daß er ein sicheres Versteck finden mußte. Aber wo? Selbst große Steine sind ungeeignet; sie können ihre Lage verändern – oder jemand kann vorbeikommen und sie verändern.«

»Also hat er das Lager hier benutzt?« fragte Van.

»Heureka!« rief Susan und hielt das Seil hoch. »Ein genau gleichschenkliges Dreieck.«

Sie halbierte die Grundlinie, markierte den Punkt mit einem Stein, legte die Schnur zwischen Grundlinie und Dreiecksspitze aus, schritt dann die halbe Entfernung ab und markierte auch diese Stelle mit einem kleinen Felsbrocken.

Matt holte ihren Klappspaten und machte sich an die Arbeit. Der Boden war hart, und jeder Spatenstich förderte nur eine Handvoll Steine und wenig Erde zutage. Rudi half, indem er größere Steine mit einem Holzscheit lockerte.

Wenig später war das typische Geräusch zu hören, als Metall auf Metall traf. Matt grub seitlich weiter, griff schließlich in das Loch, zog eine Blechschachtel heraus und wischte den Deckel sauber. Er mußte viel Kraft anwenden, um ihn aufzubekommen. In der Blechschachtel lag ein dickes rotes Tagebuch, abgegriffen und eselsohrig.

8

Eagleton mochte den vor seinem Schreibtisch sitzenden Uniformierten nicht, aber er wußte, daß er der beste Mann der Branche war, und er brauchte ihn. Deshalb war er bereit gewesen, Oberst Kane ausführlich zu informieren – verhältnismäßig ausführlich, um es genau zu sagen. Eagleton gab niemals sein gesamtes Wissen preis.

Als Geste guten Willens warf Eagleton Vans kurze Meldung auf den Schreibtisch; sie war ohnehin nicht sehr aussagekräftig. Sein Gegenüber beugte sich aus dem Halbdunkel nach vorne, um sie zu lesen, und grunzte dann.

»Wo war ich stehengeblieben?« fragte Eagleton.

»Kellicut.«

»Ja, Kellicut. Nun, wie ich schon erwähnt habe, haben wir ihn seit Jahren finanziell gefördert. Gelegentlich ein kleiner Zuschuß, keine wesentlichen Beträge. Wir hätten uns nie träumen lassen, daß er eines Tages fündig werden würde. Auf unserer Prioritätenliste stand diese Sache immer ziemlich weit unten.«

»Weit unten? Das überrascht mich. Vor allem jetzt.«

Eagleton lehnte sich in seinen Rollstuhl zurück und nahm einen Zug von seiner Zigarette. »Nun, Kryptozoologie war nie eine Spezialität unseres Instituts«, erläuterte er. »Wir setzten zwar von Anfang an ein paar unserer Leute darauf an, aber mehr als Hobby. Nichts Ernsthaftes, was die Aufmerksamkeit der Führungsspitze hätte erregen können – zumindest bisher nicht.«

»Bitte weiter.«

»Wir sammelten vor allem Informationen. Über Beobachtungen, die hier und dort gemeldet wurden. Zeitungsartikel und dergleichen.« Er deutete zu einem Stapel Papier auf der Fensterbank hinüber. »Wir taten es eigentlich nur, weil wir wußten, daß die Russen sich damit beschäftigen. Auf keinem Gebiet zurückfallen, das war damals unser Bestreben. Und sie befaßten sich weiß Gott sehr intensiv mit dieser Sache. Damals war irgendeine militärische

Nutzung schwer vorstellbar. Vielleicht war es so ähnlich wie bei der Arbeit mit Delphinen, mit der sich unsere Geheimdienste befaßten – irgendwer interessiert sich irgendwann für ein ausgefallenes Thema, und die Bürokratie schafft es nicht, sich rechtzeitig abzukoppeln.«

So knapp wie möglich gab Eagleton seinem Besucher einen Überblick über die bisherigen russischen Expeditionen. Er begann mit dem Forscher Badsar Baradijan, der schon 1906 einen Hominiden beobachtet hatte, und berichtete von Professor Schamzarano, einem burjatischen Mongolen, der in den zwanziger und dreißiger Jahren auf diesem Gebiet geforscht hatte. Beide wurden als Dank für ihre Mühe verhaftet und in die Verbannung geschickt, und ihre umfangreichen Unterlagen verschwanden im Archiv der Leningrader Sektion des Instituts für Orientalistik der Akademie der Wissenschaften.

Im Jahre 1958 endete eine von Boris Porschnjew ins Pamirgebiet geführte Expedition mit einem Fehlschlag und sorgte für weltweiten Spott, ausgelöst vom britischen Geheimdienst MI6 durch geschickt der Londoner Boulevardpresse zugespielte Informationen. »Nichts Persönliches – nur der Kalte Krieg«, sagte Eagleton mit glucksendem Lachen. Dann, nach dem Fall der Berliner Mauer, wurde Van losgeschickt, damit er Verbindung mit dem Experten und Schamzarano-Schüler Rinchen aufnahm, der in einer Jurte in der Mongolei aufgespürt wurde. Rinchen zeigte Van, wo die verschollenen Archivbestände der Akademie zu finden waren: unter einem mongolischen Stichwort eingeordnet, das sich grob mit »der Unsichtbare, der existiert« übersetzen ließ.

»Eine Goldmine! Siebenhunderteinundachtzig sorgfältig dokumentierte Beobachtungen. Größer als unsere ganze Sammlung. Wir haben alles bekommen, was wir wollten. Wir haben damit unseren Computer gefüttert, der die Informationen auswertete und uns das beste Suchgebiet nannte. Eine perfekte Mischung aus marxistischer Arbeit und kapitalistischer Technik!

Unsere Idee – tatsächlich ist es meine gewesen – war, auf ein großes Unternehmen – Absuchen von Planquadraten, Infrarotaufnahmen und so weiter – zu verzichten. Wie kann man Truppen in diesem Gelände und bei diesen Verhältnissen gegen Wesen einsetzen, die jeden Verfolger wittern, bevor er in ihre Nähe kommt? Eine unauffällige ständige Präsenz ist da wirkungsvoller. Man schickt jemanden, der weiß, wonach er Ausschau zu halten hat. Er soll monatelang, notfalls jahrelang im Lande bleiben, sich mit den Einheimischen anfreunden und sich ihre Geschichten erzählen lassen.

So sind wir auf Kellicut gekommen. Er war der beste Mann für diesen Auftrag, und er hat sofort Blut geleckt. Ein schrecklicher Egomane! Wir haben nur mit dem Auftrag winken müssen.«

»Haben Sie ihm von dem ›Unternehmen Achilles‹ erzählt?«

Eagleton zögerte eine Zehntelsekunde lang. Er hatte nicht geahnt, daß Kane von dem »Unternehmen Achilles« wußte – dem geheimsten aller Geheimnisse, diesem Fingerzeig Gottes, der die ganze verdammte Sache ausgelöst hatte. Mein Gott! Wenn Kane davon wußte, dann waren auch andere eingeweiht. »Nein. Nein, das taten wir nicht. Wir wollten seine Nachforschungen nicht... unnötig komplizieren.«

»Ich verstehe.«

»Wir wußten natürlich nicht, ob er Erfolg haben würde. Wir stellten ihm nicht einmal viel Geld oder Ausrüstung zur Verfügung. Er hat es ohnehin am liebsten einfach.

Anfangs trafen einige Berichte von ihm ein, nichts Wichtiges. Danach Schweigen, monatelanges Schweigen. Als ob er in ein schwarzes Loch gefallen wäre. Wir fingen an, uns wirklich Sorgen um ihn zu machen. Und dann kam das Paket.«

»Für die Doktores Arnot und Mattison.«

»Ja. Nun, das ist eine Formalität. Schließlich finanzieren wir das Unternehmen.«

»Unternehmen? Oder Expedition?«

»Expedition.«

»Aha.« Der Uniformierte stand auf. »Danke für die Einweisung. Was wir besprochen haben, bleibt selbstverständlich unter uns. Für den Fall, daß wir sie gewaltsam befreien müssen, muß ich ein Team zusammenstellen und ausbilden lassen. Sobald es einsatzbereit ist, können wir binnen vierundzwanzig Stunden losschlagen. Gibt es noch irgendwas, das ich wissen sollte?«

»Nein, sonst nichts.«

Der Uniformierte salutierte zackig, bevor er den Raum verließ, was Eagleton unaufrichtig vorkam. Aber wenigstens hat er vergessen, mir die entscheidende Frage zu stellen, dachte er, nämlich, ob auch die Russen eine Expedition ins Pamirgebiet entsandt haben. Und hat mich so davor bewahrt, lügen zu müssen.

12. Februar: Bewölkt, kalt. Brachte den ganzen Tag damit zu, das Lager einzurichten. Bin vollkommen erledigt. Es ist verdammt schwierig, eine Hütte zu bauen, wenn praktisch kein Baumaterial vorhanden ist. Habe vier verkrüppelte Bäume gefällt und von weit her herangeschleppt. Scharafidin ist keine große Hilfe. Der arme Kleine ist willig, aber er hat keine Ahnung, was zu tun ist. Ich muß ihm jeden Handgriff erklären. Außerdem hält er mich wahrscheinlich für verrückt. Vielleicht hat er sogar recht. Jedenfalls ist mein neuer Hausstand der Anlaß dafür, daß ich dieses Tagebuch beginne, um ein Versprechen zu halten, das ich mir vor Wochen selbst gegeben habe – daß ich damit nach dem Bau eines Basislagers beginnen würde, keinen Augenblick früher. Ich habe mir bereits überlegt, wo ich das Tagebuch verstecken werde. Lest Ihr diese Zeilen, Susan und Matt, gratuliere ich mir – und schlage vor, daß Ihr ein Glas auf Eure und meine Cleverneß leert. Findet Ihr das Tagebuch nicht, findet es auch kein anderer, und diese Zeilen kommen nie mehr ans Tageslicht. Aber das wäre vielleicht auch nicht schlecht ... Bin zu müde, um noch mehr zu schreiben; Fortsetzung folgt morgen.

Matt, der das Tagebuch vorlas, mußte mit erhobener Stimme sprechen, um die Geräusche des Windes zu übertönen. Während sie bei einbrechender Nacht am Lagerfeuer saßen, reflektierte der Nebel ihre vom Feuerschein erzeugten Schatten und ließ sie geisterhaft tanzen. Matt hatte vorgeschlagen, einen Teil der ersten Tagebucheintragungen zu überspringen und gleich hinten nachzulesen, ob die späteren Notizen einen Hinweis auf Kellicuts Verschwinden lieferten, aber darauf hatte sich keiner einlassen wollen. Vor allem Susan nicht; sie hatte darauf bestanden, alles in chronologischer Reihenfolge zu hören.

Die Eintragungen begannen in weitschweifigem und zugleich prätentiösem Stil und schilderten die erste Zeit: Kellicuts Vorbereitungen, den Aufstieg zum Lager und seine Ausrüstung, die erstaunlich spärlich war. Ausführlich verbreitete er sich über die Flora und Fauna des Hochgebirges, gab sogar die lateinischen Namen einiger Blumen an und schrieb von Habichten, die »sich aufplustern und über uns kreisen, als habe ihnen jemand erzählt, sie seien Geier«. Immer wieder streute er scharfsinnige Bemerkungen und obskure Zitate ein. Später wurde sein Stil prägnanter, als hätten Müdigkeit, Einsamkeit und das Bewußtsein, ein großes Abenteuer zu erleben, seine Selbstgefälligkeit schwinden lassen.

Kellicut, der sich irgendwoher eine nicht sehr genaue Karte dieses Gebirgsstocks verschafft hatte, unternahm offenbar Tag für Tag Streifzüge in immer wieder neue Sektoren. Dahinter steckte die Idee, sich zu zeigen, auf sich aufmerksam zu machen, indem er Lärm verursachte, Gegenstände wegwarf und sich ganz allgemein wie ein »gewöhnlicher, lästiger, die Umwelt verschmutzender Mensch aufführte«, wie er sich ausdrückte.

Seine Strategie basierte auf zwei grundlegenden Annahmen. Erstens setzte er voraus, daß die unbekannten Wesen, wer immer sie sein mochten, ihn nicht einfach eines Nachts überfallen und ihm den Schädel einschlagen würden. Zweitens vertraute er darauf, daß seine Gegenwart sie nicht so erschrecken würde, daß sie in noch unzugänglichere Gebiete flüchteten. Aber was war, wenn eine dieser Voraussetzungen nicht zutraf?

Dann kam die entscheidende Eintragung vom 27. Februar. Unterdessen verzichtete Kellicut auf den Gebrauch des Personalpronomens »ich«, was mit einer bedeutsamen Veränderung einherzugehen schien: Seine Kräfte ließen nach, und seine Zielbewußtheit war geschwächt. Matt las auch diese Eintragung laut vor:

27. Februar: Hatte vergangene Nacht Besuch. Bin mir ganz sicher, daß sie es gewesen sind. Beim Aufwachen fiel mir sofort auf, daß irgend etwas im Lager verändert war, auch wenn es nicht gleich zu erkennen war. Nahm einen merkwürdigen, schwer zu beschreibenden Geruch – feuchte Tierfelle? – wahr.
Ungewöhnliche Veränderungen waren nur in der Speisekammer zu sehen. Aus ihr fehlten ein Stück Räucherfleisch, Reste eines Hasenbratens und andere Kleinigkeiten. Diese Sachen waren aus der Mitte herausgenommen worden. Die rundherum stehenden Gläser –

Marmelade, Zucker, Gewürze usw. – waren unberührt. Einfach nicht vorstellbar, daß ein Tier imstande gewesen sein sollte, auf den Hinterläufen stehend über die Gläser hinwegzugreifen, ohne sie umzustoßen.
Fand nirgends Fußabdrücke, obwohl ich die nähere Umgebung stundenlang absuchte. Die gute Nachricht ist, daß sie anscheinend nicht weit entfernt sind. Können sie mich aufspüren, kann ich sie aufspüren. Neugier ist eine gewaltige Verlockung. Wer weiß, vielleicht sitzen meine nächtlichen Besucher jetzt irgendwo in der Nähe und beobachten mich!
Später am selben Tag: Gerade noch vor Einbruch der Dunkelheit zurückgekommen. Erschöpft. Leider erfolglos. Habe nichts Ungewöhnliches gesehen. Will Scharafidin auf keinen Fall beunruhigen.

1. März: Den ganzen Tag lang auf der Suche – von der Morgen- bis zur Abenddämmerung. Erfolglos. Scharafidin ist froh, mich wiederzusehen. Vermutlich glaubte er nicht an meine Rückkehr. Bin zu erledigt, um mehr zu schreiben.

2. März: Nichts.

3. März: Stieß knapp fünf Meilen von hier (Quadrant 4, Sektor SE) auf Bergpfade. Hielt sie zuerst für natürliche Bodenformen entlang der Grate. Dann fiel mir auf, daß Zweige geknickt, Pflanzen zertreten und kleine Steine verschoben waren. Obwohl das Wildwechsel sein könnten – hier oben gibt es Steinböcke, Schneeziegen und sogar einzelne Bären –, hoffe ich, daß diese Wege von ihnen stammen. Habe eine neue Taktik entwickelt: Ich postiere mich in der Nähe eines dieser Pfade und warte einfach. Meine Kräfte lassen nach – ich esse nicht genug, fürchte ich.

5. März: Nichts zu berichten. Habe den ganzen Tag an einem anscheinend häufig benutzten Weg gesessen, ohne mehr als ein mir unbekanntes kleines Nagetier vorbeihuschen zu sehen. Fühle mich weiter ziemlich elend.

6. März: Kann so nicht weitermachen. Muß meinen Aktionsradius ständig erweitern, habe aber vermutlich nicht mehr die Kraft, das Lager zu verlegen oder ein neues zu bauen. Werde versuchen, Proviant mitzunehmen und drei- bis viertägige Exkursionen zu machen. Versuchte, Scharafidin meine Absichten zu erklären, bin mir aber nicht sicher, ob er mich verstand. Heute nichts Erwähnenswertes beobachtet.

9. (?) März: Weiß nicht genau, welcher Tag heute ist. Verbrachte die letzten Nächte an den auf der Karte markierten Stellen (Quadrant 4, Sektor NNW). Lief weit herum, ohne viel zu sehen. Fühle mich noch immer schwindlig und befürchte, an Dehydrierung zu leiden. Vielleicht zusätzlich an Sauerstoffmangel. Bin mir nicht sicher, ob dies wirklich die beste Suchmethode ist.

15. März: Kehrte nach langer Suche zurück. Kein greifbares Ergebnis. Brauche eine längere Erholungspause, fürchte ich.

16. März: Blieb im Lager. Fieber.

20. März (geschätzt): Fühle mich etwas besser. Kann sitzen und Fleischbrühe trinken. Scharafidin hat sich aufopfernd um mich gekümmert. Ich verdanke ihm mein Leben. Hoffe, bald wieder zu Kräften zu kommen.

Dann folgten Tage ohne Eintragungen. Hingekritzelte Anmerkungen enthielten seltsame Visionen, beschrieben Angstzustände. Danach kamen lange, verworrene Passagen mit unlogischen Gedankensprüngen und sogar unsinnigen Ausführungen. Die kaum noch leserliche Schrift lief immer wieder über den seitlichen Rand hinaus, wie das Gekritzel eines Geistesgestörten.

Aber dann schien Kellicut eine entscheidend wichtige Entdeckung gemacht zu haben: eine Brücke, von der jedoch nicht klar war, ob es sich um eine natürliche Brücke oder um ein von intelligenten Wesen errichtetes Bauwerk handelte. Er bezeichnete sie nur als »Bindeglied« und gab keine Koordinaten an – nicht einmal auf der fehlenden Karte. Sein geistiges Gleichgewicht schien so gestört zu sein, daß er vergaß, daß diese Aufzeichnungen für andere bestimmt waren. Er schrieb nur mehr für sich selbst: eine Chronik zunehmender Geistesverwirrung eines aber immer noch starken Egos, die sich wie ein Blutstrom über die Seiten ergoß. Er sprach wieder von Fieber und phantasierte davon, der größte Entdecker der Weltgeschichte zu sein – Vespucci an der Küste des Stillen Ozeans, Galilei an seinem Teleskop.

Inzwischen war ihm jegliches Zeitgefühl abhanden gekommen, und er sprach von sich in der dritten Person. Matt stellte fest, daß er einen unverständlichen Gedankenfluß vortrug, in den einzelne verlockende Beschreibungen eingebettet waren. Aber was bedeuteten sie? Er blätterte in den letzten beschriebenen Seiten, und sein Blick fiel auf eine Passage in der Mitte einer Seite:

... ein Rascheln in der Felsspalte, Dunkelheit, Wind... Wo ist Zerberus?... Er kriecht durch den langen Tunnel, seine Ellbogen sind so aufgeschürft, daß sie bluten – Markierungen für den Rückweg, falls es einen geben sollte... Dunkelheit, noch schwärzeres Dunkel, bis plötzlich greller Lichtschein blendet... Ich kenne ihr Geheimnis und die Macht, die sie besitzen – genug, um dem Sensenmann zu widerstehen, das wahre Leben nach dem Tod, immerwährend... Sie wissen, daß ich ihr Geheimnis kenne; sie wissen, daß ich sie beobachte. Sie beobachten mich, ohne hinzusehen... unglaublich... Tal des Lebens, eine ganze Welt, ein Universum. Nackte, behaarte Kinder Gottes. Verpuppte Bündel hoch oben in den Bäumen, darunter die Kokone riesiger Schmetterlinge und Knochen verstreut... o welch ein Friedhof, und die Augen, DIE AUGEN RUHEN AUF DIR.

Danach folgten eine leere Seite und auf der übernächsten die letzte Eintragung. Der Tonfall war gelassen, vernünftig.

Basislager, 7. April: Ich gehe zu ihnen zurück. Ich will mich ihnen zu erkennen geben, mich ihnen präsentieren.

Die folgenden Seiten waren unbeschrieben.

Matt klappte das Tagebuch langsam zu. Was er gelesen hatte, bestätigte seine Befürchtungen und ließ den Adrenalinspiegel in seinem Körper dramatisch ansteigen. Vor Aufregung oder vor Angst? Das konnte er nicht mehr unterscheiden, dazu war er im Augenblick zu verwirrt. Es gab sie also wirklich! Oder hielt er die Aufzeichnungen eines Verrückten in der Hand?

Er dachte an die Außenwelt, die so beherrschend, so mächtig war. Menschen, überall Menschen. Und Städte, Flughäfen, Fernsehen, Autos, Computer. Das war die Realität. Wie konnte dieser Anachronismus, dieser kleine Seitenarm der Vergangenheit, weiterhin existieren? Skepsis überflutete ihn wie Wasser nach einem Dammbruch, aber als er das Lagerfeuer und die Gesichter der anderen betrachtete, als er die kahle, einsame Hochgebirgslandschaft um sich herum fühlte und das Tagebuch in seinen Händen spürte, wurde diese Flut eingedämmt. Dann jedoch überkam ihn wieder ein plötzlicher Anfall von Mißtrauen: Und wenn die ganze Sache nicht doch ein raffinierter Trick, ein von wem auch immer ersonnenes Täuschungsmanöver war?

Zunächst schwiegen alle. Susan griff sich mit einer Hand an die Stirn, und ihre Brust hob und senkte sich, als ringe sie nach Atem. Ihr Gefühlsausbruch wirkte fast theatralisch.

Matt schlug das Tagebuch erneut auf. Nirgends eine Karte. Er starrte die unbeschriebene letzte Seite an, als enthalte sie ein Geheimnis, blätterte dann nach vorn und las das Datum der letzten Eintragung. Vor zwei Monaten. Und Kellicut war seitdem nicht wieder hier gewesen. Wie groß war die Wahrscheinlichkeit, daß er noch lebte? Daß er nicht in Stücke gerissen wurde? Oder dort oben in den Bergen verhungert oder erfroren ist? Die Überlebenschancen hier oben standen verdammt schlecht.

»Nun, irgend etwas ist passiert. Er hat etwas gesehen«, sagte er schließlich.

»Oder etwas hat ihn gesehen«, meinte Susan. »Was hat diese Sache mit den Augen zu bedeuten?«

»Und die mit dem Friedhof?« fragte Rudi.

»Er steht offenbar am Rand eines Zusammenbruchs«, stellte Matt fest. »Er ist seit Tagen allein und ohne ausreichenden Proviant unterwegs. Er hat Fieber. Vielleicht hat es ihn geistig angegriffen.

Vielleicht leidet er unter Sinnestäuschungen.« Zu seiner Überraschung hörte er sich in der Gegenwartsform reden, was ihm irgendwie unpassend erschien.

»Er litt nicht an Sinnestäuschungen«, sagte Van, der bisher geschwiegen hatte. »Er wußte genau, wovon er schrieb.«

Merkwürdig, wie vorsichtig wir uns alle ausdrücken, dachte Susan, wie wir um den heißen Brei herumschleichen. »Woher wissen Sie das?« fragte sie herausfordernd.

»Das liegt auf der Hand«, antwortete Van mit unüberhörbarer Gönnerhaftigkeit, die jedoch eher beiläufig und kaum verletzend klang. »Er hat eine Brücke in ihre Welt entdeckt. Er hat sie dort gesucht und auch gefunden. Die Einzelheiten passen alle zusammen – eine Art Brücke, sogar ein Friedhof. Wie zum Teufel sollte er sonst an den Schädel gekommen sein?«

»Und die Augen – was ist mit denen?« fragte Susan.

Van zuckte mit den Schultern.

»Das Problem ist, daß die Karte verschwunden ist«, sagte Matt. »Er erwähnt sie – er gibt sogar Koordinaten an –, aber wir haben sie nicht. Wie sollen wir ihm ohne diese Karte folgen können? Wir haben keine Ahnung, wo er gewesen ist, außer daß er weiter aufgestiegen ist.«

»Selbst wenn wir die Karte hätten«, warf Susan ein, »wüßten wir noch immer nicht, wo dieser... Übergang, diese Passage, diese Brücke liegt. Warum beschreibt er sie nicht?« Sie schüttelte den Kopf.

»Ärgerlich«, stimmte Matt zu. »Warum muß er sich so verdammt geheimnisvoll ausdrücken? Aber das ist typisch Kellicut – ihm hat es schon immer ausgesprochenes Vergnügen bereitet, andere Leute vor Rätsel zu stellen.«

Susan schwieg eine Zeitlang; dann sprach sie langsam, als ordne sie ihre Gedanken. »Er scheint sie also tatsächlich gesehen oder zumindest auf irgendeine Weise beobachtet zu haben, bevor er den Schädel gefunden hat. Das bedeutet, daß er weit handfestere Beweise gehabt haben muß. Er hat gewußt, daß sie existieren; er hat es nicht nötig gehabt, nur über ihre Existenz zu spekulieren.

Wozu dann die Geheimnistuerei? Warum hat er uns den Schädel ohne Begleitschreiben geschickt? Warum hat er uns seine große

Entdeckung nicht mitgeteilt? Damit ging er doch ein ziemliches Risiko ein. Was wäre gewesen, wenn wir seine Botschaft nicht verstanden, wenn wir nicht gekommen wären? In dieser Sache wollte er doch sicher nichts riskieren. Sie war einfach wichtig – für ihn selbst, für die Wissenschaft. Niemand, erst recht kein Mann mit seinem Selbstbewußtsein, hätte diese Entdeckung freiwillig verschwiegen.«

Sie sahen nacheinander Van an. Dieser starrte ins Feuer, zog die Schultern hoch und fuhr sich mit dem Handrücken über die Stirn. Als er sprach, ließ seine Stimme weder Emotionen noch Bedauern erkennen. »Es gab einen Brief, nur ein paar Zeilen.« Er verfiel wieder in Schweigen.

»Weiter«, forderte Matt ihn auf. Er kochte vor Wut, beherrschte sich aber.

»Da gibt es nicht viel zu erzählen, wirklich nicht.«

»Weiter«, wiederholte Matt nachdrücklich.

»Er lag dem Schädel bei. Eine Seite. Offenbar aus diesem Tagebuch rausgerissen – gleiches Papier.«

Matt schlug das Tagebuch auf. Ganz hinten war der gezackte Rand eines herausgerissenen Blattes zu sehen.

»Und?«

»Der Brief war an Sie beide adressiert. Eine kurze Schilderung seiner Erlebnisse, aber wirr wie die letzten Tagebuchseiten. Anscheinend wollte er mitteilen, daß er auf sie gestoßen sei und nochmals versuchen wolle, Verbindung mit ihnen aufzunehmen.«

»Weiter.«

»Wir wußten nicht, was er sagen wollte. Daß er ›sich ihnen präsentieren‹ wollte – was immer das bedeutet –, hat er nicht erwähnt. Wahrscheinlich hätte das in einem Brief zu melodramatisch geklungen.«

»Weiter.«

»Viel mehr gibt es darüber nicht zu sagen. Wie ließen diesen Brief natürlich eingehend analysieren – Schrift, Papier, Psychiater, alles.«

»Und das Ergebnis?«

»Keine Überraschung. Der Brief war echt.«

»Keine Überraschung!« knurrte Matt. »Sie hatten eben von der

Existenz weiterer Hominiden auf diesem Planeten erfahren – und das soll keine Überraschung gewesen sein?«

»Nun, Professor, ich bin eben nie ein so großer Skeptiker wie Sie gewesen«, antwortete Van grinsend, und Matt hätte ihm am liebsten einen Kinnhaken verpaßt.

»Stand in dem Brief sonst noch etwas?« fragte Susan drängend. »Irgend etwas, das in seinem Tagebuch fehlt?«

»Nichts, woran ich mich erinnern könnte.«

»Lag ihm eine Karte bei?«

»Mein Gott, nein! Mit einer Karte hätte ich auf eure Begleitung verzichten können.«

»Sonstige Aufzeichnungen?«

»Nein, nichts. Keinerlei weitere Informationen. Wir wissen noch immer nicht, was er sah – oder ob er vielleicht nur seine Fieberphantasien schilderte. Festzustehen scheint lediglich, daß er auf eine Art Friedhof stieß. Und zum Schluß drängte er uns alle zu größter Eile. *Kommen Sie um Himmels willen so schnell wie irgend möglich.* So hat er es ausgedrückt, glaube ich.«

Matt und Susan wechselten im Feuerschein einen Blick. Das klang ganz nach der Mitteilung, die Scharafidin Susan überbracht hatte.

»Okay«, sagte Matt mit drohendem Unterton in seiner Stimme, »jetzt möchten wir genau wissen, warum Sie uns Kellicuts Brief vorenthalten haben.«

Van seufzte. »Wir haben ehrlich gesagt nicht gedacht, daß Sie das alles glauben würden.«

»Aber Sie haben es geglaubt«, stellte Susan fest.

»Richtig, aber wissen Sie, ich glaube seit Jahren an diese Geschichte.« Vans knappes Lachen war eher ein Schnauben. »Und es gab einen weiteren Grund: Ich bezweifle, daß er mit meinem Mitkommen einverstanden gewesen wäre. Er hat uns nie wirklich getraut.«

»Ohne Scheiß? Warum bloß nicht?« fragte Matt höhnisch.

Van ignorierte ihn. »Er hat nie wirklich gewußt, was wir eigentlich vorhatten.«

»Sie sagen, er habe an uns geschrieben«, sagte Susan. »Hat er sich in dem Brief auch speziell über Sie geäußert?«

»Ja.«

»Was hat er denn geschrieben?«

»Er hat geschrieben: *Trauen Sie diesen Leuten nicht. Kommen Sie wenn irgend möglich allein.*«

»Das ist ziemlich speziell«, sagte Matt sarkastisch.

Sie verfielen in Schweigen. Matt war noch immer wütend, aber Van hatte sein Gleichgewicht wiedergewonnen und lächelte sogar wie ein kleiner Junge, der beim Schummeln erwischt worden ist.

Susan beugte sich zu Van hinüber. »Sagen Sie mir: Was *haben* Sie eigentlich vor? Wer sind Sie und die anderen im Institut?«

»Wir sind wie Sie – genau wie Sie«, antwortete Van. »Wir sind Forscher, mehr oder weniger.«

Der Nebel wurde dichter, und es war schon spät, aber sie waren zu aufgeregt, um schlafen zu können.

»Wir brauchen Scharafidin«, sagte Matt plötzlich.

Aber sie konnten den Jungen nicht gleich finden. Aufgeregt suchten sie die Umgebung des Lagers ab und fanden ihn etwas abseits in seine Wolldecke gewickelt. Vielleicht hat unsere Auseinandersetzung ihn beunruhigt, dachte Susan.

»Frag ihn, ob er jemals eine Karte gesehen hat«, forderte Matt Rudi auf.

Als der Junge die Frage übersetzt bekam, hüllte er sich leicht fröstelnd enger in seine Decke und gab zögerlich eine Antwort.

Rudi drehte sich nach ihnen um. »Er sagt, daß es eine gab, aber der Lehrer trug sie immer in seiner Tasche.«

»Wo tat er sie hin, wenn er wegging?«

»Er nahm sie jedesmal mit.«

»Frag ihn, ob der Lehrer jedesmal das Buch vergrub, bevor er fortging.«

»Er sagt, daß er nie sah, wie er das Buch vergrub.«

»Logisch«, sagte Matt. »Er vergrub es erst beim letztenmal. Als er wegging, hatte er Grund zu der Annahme, er werde vielleicht nicht zurückkommen. Und er befürchtete offenbar noch etwas anderes – daß andere sein Lager vor uns erreichen könnten.«

Van schnaubte. »Er scheint in beiden Punkten recht gehabt zu haben.«

Später erwachte Matt aus seinem Halbschlaf und sah Susan an der Feuerstelle sitzen. Mit den Armen umschlang sie ihre hochgezogenen Knie und starrte in die Glut.

Matt stand auf, warf ein paar Äste ins Feuer und setzte sich neben sie. Susan lächelte ihn fast traurig an.

»Kannst du nicht schlafen?«

Sie nickte.

»Das Tagebuch läßt dir keine Ruhe?«

»Das Tagebuch, Kellicut, die Tatsache, daß sie vielleicht wirklich existieren, unsere ganze Expedition.« Sie machte eine Pause. »Du.«

»In dieser Reihenfolge?«

Ein weiteres schwaches Lächeln.

»Matt«, fragte sie ernst, »bist du dir darüber im klaren, daß wir möglicherweise vor der größten Entdeckung der Neuzeit stehen? Schwarze Löcher, Weltraumforschung, das Hubble-Teleskop – das sind alles große Schritte zur Erweiterung unseres Horizonts. Aber diese Sache hier zielt nach innen. Sie ist mit der DNA-Analyse vergleichbar – sie betrifft unseren Ursprung als Spezies. Wer hätte sich das jemals vorstellen können? Unter Umständen sind damit alle Theorien hinfällig, die wir jemals aufgestellt haben, und ich bin froh darüber, weil die Wahrheit sie ersetzen wird.«

Er beugte sich zu ihr hinüber und ergriff ihre Hand. Susan überließ sie ihm für einige Zeit, dann zog sie sie doch zurück. »Ich gehe jetzt schlafen«, sagte sie leise und schlüpfte in ihren Schlafsack.

Matt konnte nicht gleich wieder einschlafen. Er hörte die Atemzüge der anderen sowie verschwommene Geräusche aus weiter Ferne. Schließlich fiel er in einen unruhigen Halbschlaf. Im Traum glaubte er zu sehen, wie ein fremdartiges, gorillahaftes Wesen durchs Lager strich. Es lungerte in der Nähe der Speisekammer herum und beugte sich darüber, um eine Scheibe Schinken aus der Mitte zu nehmen. Es wühlte in ihren Rucksäcken und blickte auf die Schlafenden herab. Einmal oder zweimal hatte Matt das Gefühl, kurz vor dem Aufwachen zu sein. Nebelschwaden trieben über die Glut des Lagerfeuers, bis es zuletzt ganz erlosch. Dunkelheit umfing ihn, und er versank endlich in tiefen Schlaf.

Am nächsten Morgen war der Himmel klar. Sie wachten alle gleichzeitig auf, als sei ein Zauberbann von ihnen genommen worden.

Als sie ihr Frühstück zubereiteten, merkten sie, daß Scharafidin verschwunden war. Sie suchten ihn überall, aber seine Decke und seine wenigen Habseligkeiten waren fort.

»Ich habe es geahnt!« sagte Van aufgebracht. »Er hat es mit der Angst zu tun bekommen, das steht fest. Ich habe es gewußt, als wir heute nacht mit ihm geredet haben. Ich habe gewußt, daß er weglaufen würde.«

»Ich weiß nicht recht«, meinte Rudi zweifelnd und kratzte sich am Kopf.

»Ich wette, daß sein Verschwinden mit diesem gottverdammten Tagebuch zusammenhängt«, fuhr Van fort. »Er hat mehr gewußt, als er sagen wollte. Er hat irgend etwas zurückgehalten.«

Susan, die an der Stelle kauerte, wo Scharafidin sein Nachtlager aufgeschlagen hatte, starrte angestrengt zu Boden. Langsam griff sie nach etwas, hob es auf und schwankte damit wie eine Traumwandlerin auf Matt zu.

»Er ist nicht weggelaufen.« Sie öffnete ihre rechte Hand, und darin lag Scharafidins Talisman: der winzige Koran. Sein abgewetzter Ledereinband glänzte in der frühen Morgensonne.

9

»Also, was machen wir jetzt?« fragte Rudi.

Niemand antwortete. Nach stundenlanger kontroverser Diskussion über Scharafidins Verschwinden waren sie in Schweigen verfallen. Anfangs hatte jeder versucht, allein damit fertig zu werden. Matt gab sich wortkarg, Rudi beschäftigte sich mit Aufräumen, Van lungerte scheinbar ungerührt herum, und Susan schrieb eine lange Nachricht für Kellicut, die sie für den unwahrscheinlichen Fall, daß er hierher zurückkam, in dem »toten Briefkasten« vergrub, wie Matt ihn bezeichnete.

Sie hatten das Lager und seine nähere Umgebung nach Spuren eines Kampfes oder von »Besuchern« – ein Euphemismus, auf den sie sich stillschweigend geeinigt hatten – abgesucht, ohne jedoch etwas zu finden. Matt hatte ihre Rucksäcke kontrolliert. Zwei lagen umgekippt auf der Seite, aber niemand wußte genau, ob sie am Abend zuvor noch gestanden hatten. Er konnte nicht beurteilen, ob sie durchwühlt worden waren oder nicht. In der Speisekammer schien nichts zu fehlen. Matt erzählte niemandem von seinem Alptraum.

Schließlich bestand Van wieder darauf, Scharafidin sei weggelaufen. »Hört zu, ich behaupte nicht, er sei feige oder so was«, sagte er. »Er hat uns hergeführt. Vielleicht hat er nach seinem Verständnis damit seinen Teil getan und deshalb keinen Grund gesehen, noch länger zu bleiben.«

Susan widersprach ihm aufgebracht. »Er wäre nie heimlich verschwunden, ohne ein Wort zu sagen! Sie haben keine Ahnung, wovon Sie reden!«

Matt bemühte sich, die Diskussion zu entschärfen. »Was wir jetzt machen, liegt auf der Hand: Wir suchen weiter. Ab hier wären wir ohnehin auf uns selbst angewiesen gewesen. Scharafidin hätte uns nicht mehr helfen können. Er hätte uns nicht weiterführen können.«

»Woher wissen wir, wohin wir müssen?« fragte Rudi.

»Wir steigen einfach weiter auf«, antwortete Matt mit gespielter Zuversicht. »Wir haben keine Karte, aber aus dem Tagebuch kennen wir drei markante Punkte: erst eine Schlucht, dann eine Art Brücke, zuletzt eine Felsspalte. Die Felsspalte dürfte am schwierigsten zu finden sein.«

Sie machten sich daran, den Steilhang hinter dem Lager zu bewältigen. Auf halber Höhe blieb Susan stehen und blickte zurück. Sie konnte ihre Aufstiegsroute und die Stelle erkennen, an der Van instinktiv seinen Revolver gezogen hatte. Das ist keine vierundzwanzig Stunden her, sagte sie sich, und trotzdem scheint es schon Tage zurückzuliegen. Kellicuts Tagebuch hatte alles verändert. Aus dieser Höhe wirkte seine Hütte erbärmlich klein: wenig mehr als ein Häufchen Steine und Zweige inmitten einer endlosen Felswüste.

Trotz strahlenden Sonnenscheins war der aufkommende Wind eiskalt. Sie gingen im Gänsemarsch langsam bergauf. Jeder Schritt erforderte eine bewußte Anstrengung, als habe die Höhe ihre Füße mit Blei beschwert.

Susan zerbrach sich noch immer den Kopf über Scharafidin. Was war mit ihm geschehen? Sie wußte, nie und nimmer wäre er einfach davongelaufen. Aber dann gab es nur noch eine mögliche Erklärung, und die war so grausig, daß Susan sie zu verdrängen versuchte.

Als sie um einen Felsvorsprung bogen, bot sich ihnen eine spektakuläre Aussicht. Der nach einer weiten Senke ansteigende Gegenhang war an schattigen Stellen mit kleinen Schneefeldern bedeckt, und darüber ragte wie eine gefrorene Welle ein Gipfel auf, hinter dem sich bis in die Ferne weitere schneeweiße Zacken auftürmten. So weit das Auge reichte, setzte sich dieses Gipfelmeer fort.

Matt fühlte sich unendlich klein. Seltsamerweise war dieses Gefühl nicht bedrückend, sondern anregend, sogar befreiend. Aber diese Euphorie machte rasch Niedergeschlagenheit Platz, die aus der pragmatischen Einsicht wuchs, daß ihre Aussichten, in dieser majestätischen Weiträumigkeit zu finden, was sie suchten, verschwindend gering waren.

Kurz bevor sie den nächsten Grat erreichten, holte Susan ihn ein und ging neben ihm her. Unter ihrer Wollmütze lugte eine Haarsträhne hervor, die sich über ihre Wange kringelte.

»Das ist der Heuhaufen. Wo mag die Nadel liegen?« meinte sie und deutete mit dem Kinn nach vorn. »Ich möchte dich etwas fragen, Matt.«

»Bitte.«

»Hier könnten wir wahrscheinlich umkehren und den Rückweg schaffen, stimmt's? Ich meine, von hier aus würden wir wahrscheinlich noch ins Tal zurückfinden.«

»Wahrscheinlich.«

»Aber in drei bis vier Tagen vielleicht nicht mehr.«

»Richtig.«

»Also?«

»Worauf willst du hinaus?«

»Vielleicht sollten wir uns die Sache überlegen und entscheiden, was wir wirklich tun wollen.«

»Susan, du weißt bereits, was du tun willst.«

»Woher weißt du das?«

»Weil ich dich kenne.«

Er hatte natürlich recht. Sie würde auf keinen Fall aufgeben und hätte wie eine Tigerin gekämpft, wenn jemand eine Umkehr vorgeschlagen hätte. Schließlich war sie nicht umsonst die Enkelin einer ungarischen Abenteurerin, die einen Treck quer durch Kanada gewagt hatte. Aber ihr gefiel der Gedanke, das gemeinsame Vorhaben zu besprechen und Kraft aus dem Einverständnis aller zu ziehen.

»Wie steht es mit den anderen? Vielleicht sollten sie auch mitbestimmen dürfen.«

»Soll das ein Witz sein? Sieh dir Van an! Der würde seine Großmutter überfahren, um voranzukommen. Er kriegt kaum noch Luft, aber er will weiter, nur weiter.«

»Und Rudi?«

»Schwerer zu sagen, aber ich denke, daß Rudi dabeibleiben wird, nachdem er einmal ja gesagt hat. Und letzten Endes tut er alles, was du willst.«

Susan lächelte schwach und seufzte dann.

»Großartig!« sagte sie. »Ich habe mir immer vorgestellt, daß mein

Leben eines Tages so enden würde. Auf der Suche nach einem zerstreuten Professor und dem Schneemenschen durch Eis und Schnee wandernd.«

Als sie den Grat erreichten, brachte die atemberaubende Aussicht sie dazu, instinktiv stehenzubleiben. Ein Schwarm silberschwarzer Vögel strich niedrig über sie hinweg und hinterließ einen Schrei, dünn wie ein Kondensstreifen. Es war ein schwindelerregendes Gefühl, so in den Himmel emporgehoben zu sein, während tief unten Wolkenschleier vorbeizogen.

Matt warf seinen Rucksack ab. »Geschafft! Auf dem Dach der Welt!« rief er und warf die Arme in die Luft.

Susan lachte, ein kehliges Lachen. Matt drehte sich halb nach ihr um, zog sie an sich. Sie hob ihm ihr Gesicht entgegen, und er küßte sie rasch und flüchtig auf die Wange. Sie drehte den Kopf etwas zur Seite, so daß ihre Lippen sich trafen. Diesmal küßte sie ihn lange und innig, bevor sie sich in seine Arme schmiegte.

Rudi erschien hinter ihnen, klatschte in die Hände, führte einen kleinen Tanz auf und beeilte sich, zu ihnen aufzuschließen. »Aha, ich habe es gewußt! Darauf hätte ich gewettet! Für solche Dinge habe ich einen guten Riecher.« Er ließ seinen Rucksack fallen, lief geschäftig um sie herum und schien sich aufrichtig für sie zu freuen.

»Rudi«, sagte Susan liebevoll, »hier ist ein Ausdruck aus den neunziger Jahren: ›Chill out!‹«

»Chill out? Was bedeutet das?« Er war entzückt.

»Cool bleiben. Erinnerst du dich daran?«

»Chill out. Echt cool.«

Sie setzten sich hin, um auf Van zu warten. Matt und Susan fühlten sich plötzlich verlegen, aber Rudi schwatzte unermüdlich weiter.

Sie mußten lange warten. Als Van endlich den Grat erreichte, keuchte er vor Anstrengung, war erschreckend blaß und ruckte bei jedem krampfhaften Atemzug mit dem Kopf. Er brach neben ihnen zusammen und stützte seinen Kopf in beide Hände.

»Man sollte glauben, das viele Rauchen hätte Sie auf Sauerstoffmangel vorbereitet«, sagte Matt.

Van funkelte ihn an, war aber zu sehr außer Atem, um etwas erwidern zu können.

Sie beschlossen, den größten Teil von Vans Traglast unter sich aufzuteilen, und Matt machte sich daran, seinen Rucksack auszupacken. Dabei stieß er auf das NOMAD. »Ah, und was haben wir da?« fragte er und hielt das Gerät hoch.

Susan griff danach, drehte es prüfend hin und her. »Merkwürdig«, sagte sie.»Diese Dinger kenne ich. Damit kann man Nachrichten per Satellit verschicken, stimmt's?«

»Haben Sie dieses Gerät benutzt?« Matt hatte größte Mühe, seinen Zorn zu beherrschen. Van hatte wieder einmal versucht, sie für dumm zu verkaufen.

Van schüttelte den Kopf, öffnete seinen Mund, um etwas zu sagen, sah dann zu Boden und nahm Zuflucht zu seiner körperlichen Erschöpfung.

»Keine schlechte Idee, ein Gerät für Satellitenkommunikation zu haben«, sagte Matt, »aber ich verstehe nicht, warum Sie es vor uns geheimgehalten haben. Und es ist zu schwer. Wir können es nicht weiter mitschleppen.« Er legte es unter einen Felsen und häufte weitere überflüssige Gegenstände aus dem Rucksack darüber. »Ich wollte schon immer mal einen Computer begraben«, grinste er.

Zuvor hatte Matt noch einen Blick auf die Frontplatte des Geräts geworfen und sich vergewissert, daß der Hauptschalter auf OFF stand. Er konnte nicht ahnen, daß das NOMAD in dieser Position automatisch ein Peilzeichen sendete, und Van dachte nicht daran, ihn darüber aufzuklären.

Matt zog einen weiteren Klappspaten aus dem Rucksack und legte ihn auf den Haufen. Jetzt fand Van endlich die Sprache wieder. »Ich dachte, den würde ich für mein Grab brauchen«, sagte er.

»Quatsch! Sie überleben uns alle«, sagte Susan.

Aber Van wußte, daß er in schlechter Verfassung war. Er hatte das Gefühl, allmählich zu ersticken. Von Zeit zu Zeit brandete eine Panikwoge durch seinen Körper; er fühlte sie kommen, fühlte sie anschwellen und brausend über sich zusammenschlagen.

Auf Barbados hatte er einmal gesehen, wie Sporttaucher einen sterbenden Kameraden aus dem Meer bargen. Der Mann, der an der Taucherkrankheit litt, hatte eine Zeitlang am Strand gelegen und mit weit offenen Augen direkt in die Sonne gestarrt, bis alles vorüber war. Wie die anderen erzählten, war er ein erfahrener Taucher gewesen, der auf Hunderten von Tauchgängen bis über hundert Meter tief getaucht war und unzählige Unterwasserhöhlen erkundet hatte. Keiner wußte, was diesmal in nur dreißig Meter Tiefe passiert war. Ein anderer Sporttaucher vermutete, er sei, von unbezwingbarer Panik erfaßt, so schnell wie möglich aufgetaucht.

Dafür hatte Van jetzt Verständnis – nur gab es hier keine Meeresoberfläche, an die man schnellstens zurückkehren konnte. Seine Abwehrkräfte waren geschwächt, deshalb setzten ihm alle möglichen verrückten Gedanken zu. Und mit einer Gewißheit, die schwer zu erklären war, wußte er, daß die anderen ihn ablehnten. Zum Beispiel forcierten sie absichtlich das Tempo, um ihn zu ermüden, damit er immer wieder zurückblieb. Die Sache mit dem NOMAD war ein Fehler, den sie noch bereuen würden. Sollten sie ihm doch alles abnehmen! Sie hatten keine Ahnung, keinen blassen Schimmer, was hier eigentlich vorging. Er wußte genau, was sie vorhatten. Ihn konnten sie nicht täuschen. Laßt mir nur Zeit, sagte er sich. Ich weiß, wie ich es euch heimzahlen werde.

In dieser Nacht schlugen sie ihr Lager in einer auf zwei Seiten durch herabgestürzte Felsblöcke geschützten kleinen Schlucht auf. Dort war es zwar windstill, aber trotzdem eisig kalt.

Van verspürte hämmernde Kopfschmerzen und fühlte eine weitere Panikwoge durch seinen Körper branden. Aus irgendeinem Grund mußte er jetzt oft an seinen Vater denken. »Krankheit ist eine Schwäche, und Schwäche ist eine Krankheit«, hatte sein Vater immer gesagt.

Als er später zu schlafen versuchte, erlitt er einen Anfall von Cheyne-Stokes-Atmung als Folge seines raschen Aufstiegs in große Höhen. Sobald er in Schlaf sank, setzte seine Atmung aus. Als das Notfallzentrum seines Gehirns die Kontrolle übernahm, verfiel sein Körper in krampfartige Zuckungen, während Van nach Luft schnappend und in Schweiß gebadet aufwachte. Das passierte in dieser Nacht dreimal.

Sie marschierten den ganzen nächsten Vormittag lang weiter, und als es Nachmittag wurde, begann Matt sich wieder nach dem Sinn ihres Unternehmens zu fragen. Eigentlich hatte das Ganze Ähnlichkeit mit einem Wachtraum – nur länger und etwas intensiver, und die Grenze zwischen Traum und Wirklichkeit war fließender.

»Matt, Matt!«

Susans Stimme kam von hinten. Er sah sich langsam nach ihr um, während er wie benommen weiterging.

»Sieh doch! Sieh zu Boden!«

Er sah zu Boden, doch dort war nichts Ungewöhnliches zu sehen: nur Geröll, spärliches Grün und die Zehenkappen seiner Bergstiefel, die sich langsam, aber scheinbar unaufhaltsam weiterbewegten.

»Sieh dich um! Fällt dir nichts auf?« Susans Stimme, eher aufgeregt als besorgt, klang in der dünnen Luft weniger deutlich als sonst und schien aus großer Ferne zu kommen.

Plötzlich sah er, was sie meinte: Er befand sich auf einem Weg! Dieser rudimentäre Bergpfad war in felsigem Gelände teilweise kaum auszumachen, aber daß er existierte, war unbestreitbar.

Matt ging in die Hocke. Natürlich waren keine Fußabdrücke zu sehen, aber das Erdreich zwischen den Steinen war deutlich dunkler. In dem vor ihnen ansteigenden Gelände war eindeutig ein Weg zu erkennen, der in einem leichten Bogen um einen Felsvorsprung herumführte.

Susan holte ihn keuchend ein. »Was hältst du davon?« fragte sie.

»Schwer zu sagen. Spuren sind keine zu sehen.«

»Dieser ›Weg‹ könnte natürlich ein Wildwechsel sein. Andererseits liegt nirgends Kot.«

»Merkwürdig, wie er gewissermaßen im Nichts anzufangen scheint.«

»Genau wie Kellicut ihn beschrieben hat«, sagte Susan.

Rudi holte sie ein, und nach längerer Zeit schloß auch Van zu ihnen auf. Im Gegensatz zu Rudi, den diese Entdeckung begeisterte, reagierte Van eher verhalten. »Na ja«, sagte er mit einem erschöpften und resignierten Seufzer, »immerhin wissen wir jetzt, daß wir in seinem Revier sind.«

An diesem Abend schlugen sie ihr Lager in einem ovalen Felseinschnitt auf.

Sie hatten einen anstrengenden Tag hinter sich. Der Pfad war etwas breiter und deutlicher geworden, und nach vier Stunden hatte er sich mit einem weiteren gekreuzt, wenig später mit einem dritten. Matt hatte lange Minuten an den Kreuzungen gestanden und überlegt, welchem Pfad sie folgen sollten. Zuletzt hatte es so viele neue Wege gegeben, daß er nicht mehr lange nachgedacht, sondern nur versucht hatte, ihre bisherige Richtung beizubehalten.

Bei wolkenverhangenem Himmel sank die Abenddämmerung rasch herab. Rudi, dem die Strapazen dieses Tages offensichtlich am wenigsten zugesetzt hatten, übernahm die Zubereitung des Abendessens aus vorgekochten Nudeln und dehydriertem Gemüse. Er brauchte über eine halbe Stunde, um genug Feuerholz zu sammeln. »Es geht doch nichts über ein kleines Feuer, an dem man zusammenrücken und sich wärmen kann«, sagte er.

Seit ihrem Kuß am Vortag auf dem Grat hatten Matt und Susan sich nicht mehr berührt. Nicht, daß Matt nicht oft daran gedacht hätte. Alle möglichen Sexphantasien waren ihm durch den Kopf gegangen, aber Hunger, Kälte und Erschöpfung hatten sich doch als stärker erwiesen. Jetzt lagen Van und Rudi leise schnarchend mit dem Rücken zum Feuer in ihren Schlafsäcken. Das ferne klagende Heulen des Windes hatte sich gelegt; nur das Feuer knisterte und knackte leise.

Matt öffnete geräuschlos den Reißverschluß seines Schlafsacks. Die Nachtluft an seiner Schulter fühlte sich ziemlich kalt, aber nicht eisig an. Er streckte seinen Arm aus, tastete nach dem Reißverschluß von Susans Schlafsack und zog ihn langsam nach unten. Seine Hand verschwand darin. Er ließ sich Zeit und bewegte sie nur millimeterweise, bis er auf den Wall ihres Körpers stieß. Als seine Fingerspitzen ihr T-Shirt berührten, verstärkte er sanft den Druck auf das Fleisch darunter und rückte näher an sie heran.

Sie war wach, das merkte er. Ihr Atem kam in ungleichmäßigen kleinen Stößen, aber sie bewegte sich nicht. Seine Hand beschrieb langsam kreisende Bewegungen auf ihrem Magen, umfaßte kurz ihre rechte Brust und glitt dann über ihren Leib tiefer. Er spürte ein tiefes Atemholen, aber sie bewegte sich noch immer nicht.

Als er seine Hand wieder nach oben bewegte, fühlte er ihre Brustspitzen zwischen seinen Fingern steif werden. Er ließ seine

Hand langsam tiefer hinabgleiten und vergrub sie in ihrem Schamhaar. Jetzt drehte sie sich auf die Seite, wandte sich ihm dadurch zu und zog ihn mit ausgestreckten Armen an sich. Er fühlte sein Begehren in sich aufwallen.

In diesem Augenblick erklang ein Schrei – so laut und unmenschlich, daß Matts Adrenalinspiegel schlagartig anstieg. Er zog seine Hand aus Susans Schlafsack und sprang auf, noch bevor er wußte, woher der Schrei gekommen war. Er sah einen um sich schlagenden Schatten: Van, der sich in seinem Schlafsack kreischend auf dem Boden wälzte.

»Was ist los? Was ist passiert?« Matt war mit zwei, drei großen Sätzen bei ihm und hielt ihn an seinen hochgestemmten Knien fest. Als er den Reißverschluß aufzog, wälzte Van sich aus dem Schlafsack und hielt sich zusammengekrümmt seinen Magen. Dann hörte Matt ein weiteres Geräusch – ein halblautes Stöhnen, das von Rudi kam.

»Gift!« ächzte Van. »Wir sind vergiftet worden.«

»Schnell, trinken Sie das!« Susan hielt ihm den mit Wasser gefüllten Becher ihrer Feldflasche an die Lippen. Er nahm einen kleinen Schluck.

»Mehr!« befahl sie. »Den ganzen Becher austrinken.«

Nachdem sie zu Rudi hinübergegangen war, um ihm Wasser zu geben, tranken auch Matt und sie je einen Becher. Van und Rudi spürten, wie ihre Magenschmerzen langsam nachließen.

»Nicht weiter schlimm«, beruhigte Susan die beiden. »Das kommt vom Gemüse. Rudi hat nicht genug Wasser dazugetan. Wegen des fehlenden Wassergehalts hat es erst in unserem Magen zu quellen begonnen, als wir den Tee getrunken haben.«

»Mein Gott!« sagte Matt und sah zu Rudi hinüber, der es schaffte, verlegen zu grinsen, obwohl er noch immer leise stöhnen mußte.

Weil die Sonne am nächsten Morgen hinter einer geschlossenen Wolkendecke versteckt blieb, war es spürbar kälter als bisher. Alle zogen Thermounterwäsche an und hüllten sich dankbar in ihre Daunenjacken.

Sie waren seit knapp drei Stunden unterwegs, als sie die Schlucht erreichten, die in dem verhältnismäßig steilen Gelände nicht gleich als solche zu erkennen war. Anfangs sah sie nur wie eine Senke vor einer dahinter aufsteigenden Felswand aus.

»Ungefähr zehn Meter breit, schätze ich«, sagte Matt.

»Zu breit für ein Seil, selbst wenn wir es drüben irgendwo festmachen könnten«, stellte Van fest.

»Ob das Kellicuts Schlucht ist?« fragte Susan.

»Schwer zu beurteilen«, antwortete Matt. »Hier oben könnte es Dutzende davon geben. Andererseits hat er in seinen Tagebucheintragungen nur eine einzige erwähnt – vielleicht wirklich diese hier.«

Sie folgten dem Rand der Schlucht bergauf. Da es hier keinen Weg mehr gab, war der Aufstieg ziemlich mühsam. Matt führte sie über steile Geröllhalden und um Ansammlungen von Felsblöcken herum. Trotz der Kälte schwitzten bald alle und zogen ihre Jacken aus. Van rutschte mehrmals aus und ging fluchend zu Boden.

Nach weiteren zwei Stunden nahmen sie ihr Mittagessen ein: Dörrfleisch, das sie mit dünnem, heißem Tee hinunterspülten.

Van saß unbeweglich da, als vergeude jede Bewegung kostbare Energie. »Habt ihr gemerkt«, fragte er, »daß Vergnügen hier oben einfach daraus besteht, daß man sich ausruhen darf und die Schmerzen etwas nachlassen?«

»Oh, ich weiß nicht, ob das schon alles ist«, sagte Susan lachend und mit einem raschen Blick zu Matt hinüber.

»Muß mal austreten«, sagte Rudi und verschwand hinter dem nächsten Felsvorsprung. Einige Sekunden später hörten sie ihn laut rufen; dann tauchte er mit aufgeknöpfter Hose und hektisch winkend hinter dem Felsvorsprung auf. Während die anderen auf ihn zuhasteten, deutete er aufgeregt hinter sich.

Gleich hinter dem Felsvorsprung sahen sie in Steinwurfweite ein seltsames Gebilde, das sich wie ein breites Band quer über die Schlucht erstreckte.

»Das ist sie!« rief Susan aufgeregt. »Das muß Kellicuts ›Verbindung in die andere Welt‹ sein.«

»Eine Brücke«, sagte Matt.

Sie liefen darauf zu, wurden jedoch instinktiv langsamer, näherten sich ihr vorsichtig und hielten Ausschau nach Anzeichen für die Nähe anderer Lebewesen.

Die Brücke mit etwa zwölf Metern Spannweite war eine primitive

Konstruktion aus verflochtenen Ästen und Zweigen, die von dikken Ranken zusammengehalten wurde. Sie bildete einen Zylinder von gut einem halben Meter Durchmesser, der in der Mitte tief durchhing und dann wieder zum gegenüberliegenden Rand der Schlucht anstieg, wo er an eingeschlagenen Holzpfählen verankert war.

Matt und Susan starrten sie fast ehrfürchtig an, aber Van blieb nüchtern. »Nicht gerade die Brooklyn Bridge«, stellte er fest. »Wie soll man da rüberkommen?«

»Kriechend«, antwortete Matt.

»Aber trägt sie auch?«

»Es gibt nur eine Methode, um das festzustellen.«

»In Wirklichkeit gibt es vier, schließlich sind wir zu viert.«

»Wer traut sich als erster?« fragte Rudi.

»Wir könnten Streichhölzer ziehen«, schlug Van vor.

»Wie melodramatisch«, wehrte Matt ab.

Susan, die damit beschäftigt war, die Knoten der auf dieser Seite der Schlucht an Felsblöcken verankerten Brücke zu untersuchen, runzelte nachdenklich die Stirn. »Sieh dir das an, Matt. So etwas haben wir noch nie zu Gesicht bekommen. Es übertrifft alles, was wir über die Kultur der mittleren Altsteinzeit wissen. Sieh dir diese komplizierten Knoten an!«

Matt ging neben ihr in die Hocke. »Ach, ich weiß nicht«, sagte er. »Nehmen wir mal an, auch damals wären solche Ranken oder Schlingpflanzen verwendet worden – die wären natürlich längst verrottet. Sie hätten sich nicht so lange gehalten, daß wir sie hätten finden können.«

Susan stand ruckartig auf. »Ich gehe als erste.« Ihr Tonfall duldete keinen Widerspruch. »Erstens bin ich die Leichteste, und zweitens liegt mir am meisten daran, dort hinüberzukommen.«

Niemand widersprach ihr.

Sie holten die Rucksäcke und sortierten einen Teil des Inhalts aus, um ihre Traglasten leichter zu machen. Zu den Gegenständen, die sie in einer Felsspalte zurückließen, gehörten Konservenbüchsen und zwei winzige Igluzelte. Sorgfältig bedeckten sie die Felsspalte mit Steinen, bis nichts mehr verriet, daß sich hier ein Versteck befand.

Nachdem Susan ihre Jacke im Rucksack verstaut hatte, zog sie den Bauchgurt und die Tragegurte fest an. Dann band sie sich ein Sicherungsseil um, das Matt, am Rand der Schlucht kniend, um die röhrenförmige Brücke geschlungen und so verknotet hatte, daß es mitlaufen konnte. Das freie Ende eines zweiten um sie gebundenen Seils warf sie Matt zu, der es um einen Felsblock führte, um sie so zu sichern.

»Auf in den Kampf!« Sie lächelte schwach. »Aber denk daran: Sollte was schiefgehen, will ich als Mitverfasserin der Arbeit genannt werden.«

»Abgemacht«, versprach Matt ihr.

»Ruf mir zu, wenn ich halb drüben bin. Dann knote ich das Seil ab, damit du es zurückziehen kannst, es ist zu kurz.«

Sie begann vorsichtig, umklammerte den Zylinder aus Ästen und Zweigen mit beiden Armen, richtete sich dann auf, kroch ein kleines Stück vorwärts und griff zwischendurch nach unten, um die Schlinge ihres Sicherungsseils wie ein Holzfäller, der einen Baum erklettert, nach vorn zu verschieben.

Als sie etwa drei Meter zurückgelegt hatte, geriet die Brücke in seitliche Pendelbewegungen. Sie machte eine Pause und klammerte sich fest, bis die Schwingungen abgeklungen waren. Dann veränderte sie ihren Bewegungsrhythmus. Die Brücke bebte leicht, aber sie hielt. Einmal war Susan so leichtsinnig, einen Blick in die Tiefe zu werfen; rasch schloß sie die Augen und mußte erneut eine Pause machen.

Nach einem Drittel der Strecke wurde ihr Bewegungsablauf flüssiger, so daß sie jetzt schneller vorankam. Matt behielt das zweite Sicherungsseil im Auge und rief ihr eine Warnung zu, als es sich zu straffen begann. Susan knotete die Seilschlingen auf, ohne sich umzusehen. Das freie Ende fiel in die Tiefe, und Matt mußte sich mehr als erwartet anstrengen, um es wieder heraufzuziehen.

Als Susan die andere Seite erreichte, stand sie auf, drehte sich um und machte mit Zeige- und Mittelfinger ein triumphierendes Siegeszeichen.

Rudi folgte ihr, danach war Van an der Reihe. Auf halber Strecke mußte er das zweite Sicherungsseil einziehen und Rudi und Susan zuwerfen, was erst im vierten Anlauf gelang.

Matt, der als letzter folgte, war auf sich allein angewiesen. Für ihn gab es keine Sicherungsseile.

Nach einem Viertel der Strecke fühlte er starke Schwindelgefühle über sich hinwegbranden. Er machte halt und klammerte sich an die Äste. Sie waren kalt, und der eisige Wind machte seine Finger gefühllos. Er konnte Vogelschreie hören – über oder unter ihm? Nachdem er sich etwas ausgeruht hatte, fand er irgendwie die Kraft, ganz langsam weiterzukriechen. Auf den letzten Metern schlug ihm das Herz bis zum Hals, und ihm war so schwindlig, daß er kaum stehen konnte.

»Kinderspiel, was?« meinte Van.

Sie saßen lange schweigend da, erholten sich. Schließlich ergriff Matt das Wort. »Wie sind sie wohl ursprünglich rübergekommen?«

»Stellt euch vor, wieviel Arbeit in dieser Brücke steckt«, sagte Van.

»Und weshalb? Was hat sie dazu getrieben, sie zu bauen?« fragte Susan.

»Irgend etwas bringt sie dazu, ihren sicheren Zufluchtsort zu verlassen«, sagte Matt. »Aber was?«

»Tauschhandel? Lebensmittel gegen Tierfelle?« schlug Van vor.

»Unwahrscheinlich«, meinte Susan. »Das kann doch nicht der Beweggrund sein, jahrtausendelange Zurückgezogenheit und selbstgewähltes Exil aufzugeben.«

Matt kniete bei der Brücke nieder, sah darunter und stieß dann einen leisen Pfiff aus. Er rief die anderen zu sich und deutete auf einen Holzpflock, der aus dem Stapel Felsbrocken ragte, der auf dieser Seite das Widerlager der Brücke bildete. »Seht euch das an. Ein Hebel. Zieht man ihn nach hinten, gerät der Stapel ins Rutschen, und das ganze verdammte Ding stürzt in die Schlucht.«

»Wie Sprengkammern in modernen Brücken«, sagte Van nachdenklich. »Wer diese hier gebaut hat, wollte sie blitzschnell zum Einsturz bringen können.«

»Sie wollen also Verbindung zur Außenwelt, aber sie haben zugleich Angst vor ihr«, stellte Susan fest. »Irgendwie paßt das nicht zusammen.«

Matt runzelte die Stirn. »Nehmen wir mal an, sie wüßten von unserer Anwesenheit – und ich glaube, daß wir das sicher annehmen können. Warum haben sie diese Brücke nicht zerstört, um *uns* fernzuhalten?«

Die anderen schwiegen eine Zeitlang, bis Van schließlich sagte: »Dafür gibt es nur eine Erklärung. Sie wollen, daß wir kommen.«

Rudi, der einige Meter von ihnen entfernt zu Boden starrte, machte seine zweite Entdeckung dieses Nachmittags. »Und wir sind nicht die einzigen«, stellte er fest und zeigte auf Abdrücke von Profilsohlen. »Seht mal, noch mehr Stiefelspuren.«

10

Matt überquerte ein kleines Geröllfeld, dessen flache Steine fast an Straßenpflaster erinnerten, als er die erste Schneeflocke sah. Ihm fiel auf, daß sie ungewöhnlich groß war und schaukelnd zu Boden schwebte. Sie landete auf einem Stein vor seinen Füßen und haftete daran wie ein Stück Zuckerwatte. Dann sah er eine weitere.

Er bemühte sich, nicht überängstlich zu reagieren, aber er hatte Mühe, seine aufsteigende Panik zu unterdrücken. Vielleicht waren die Schneeflocken nur zufällig aufgetreten. Er mußte zugeben, daß das unwahrscheinlich war, aber vielleicht würde es nur einen kurzen, vorübergehenden Schneeschauer geben, was in diesen Höhen bestimmt häufig geschah. Aber Matts gesunder Menschenverstand und die bleigraue tiefe Wolkendecke über ihnen ließen ihn anderes vermuten.

Nach dem Überschreiten der Brücke hatten sie zunächst eine seltsame, leicht verrückte Erregung empfunden. Sie fühlten sich zugleich schwindlig und ängstlich, bewegten sich vorsichtig wie auf einem fremden Planeten, blieben dicht beieinander und sahen sich wachsam um. Wer konnte wissen, was sich hinter dem nächsten Felsblock verbarg? Aber nachdem erst eine und dann noch eine Stunde in dieser kahlen, unbelebten Landschaft vergangen waren, wich ihre Nervosität wieder monotoner Müdigkeit.

»Von diesem Teil hat Kellicut uns nie erzählt, stimmt's?« fragte Susan bei einer Rast. »Aber das kann ich schlecht beurteilen«, fuhr sie in scherzhaftem Ton fort, »weil ich keine Gelegenheit gehabt habe, seinen Brief zu lesen.« Sie sah zu Van hinüber.

Van tat etwas Unerwartetes: Er lächelte. »Hey, das ist unfair«, sagte er beinahe freundlich. »Ich habe mich schon dafür entschuldigt.«

Ihre gute Laune verflog bald. Sie machten eine Essenspause, in der sie jedoch erbärmlich froren. Rudi hatte so kalte Finger, daß er das Holz kaum anzünden konnte. Das Feuer war jämmerlich klein, und sie drängten sich zusammen, als könnten sie sich gegenseitig wärmen. Selbst die Fleischbrühe war nur lauwarm.

Sie beschlossen weiterzumarschieren, denn solange sie sich bewegten, war die Kälte erträglicher.

Weitere große Schneeflocken fielen. Seltsam, dachte Matt, daß sie sich auf einen zu konzentrieren scheinen, wenn man zu ihnen aufsieht. Wie Fallschirmspringer kommen sie einzeln herabgesegelt. Er blickte zum hundertstenmal an diesem Tag zum Himmel empor, der unverändert war: tiefhängende grauweiße Wolkenmassen, die sich nach allen Richtungen erstreckten.

Und zum hundertstenmal ging er die Möglichkeiten durch, die sich ihnen boten. Der Klappspaten, den sie zurückgelassen hatten – ein großer Fehler. Das galt auch für die Zelte, die ihnen zu schwer vorgekommen waren. Auf Schutz vor Wind und Schnee konnten sie also nicht hoffen. Er hatte noch sein Messer, aber damit konnte man nicht viel graben. Van hatte seinen Revolver – ebenfalls wertlos. Vielleicht konnten sie ihre Schlafsäcke paarweise durch die Reißverschlüsse verbinden, damit sie etwas Schutz boten. Aber die Schlafsäcke waren nur einzeln wirklich warm.

Matt blieb stehen und wartete, bis die anderen zu ihm aufschlossen, was einige Zeit dauerte. »Was denkt ihr?« fragte er, als sie um ihn versammelt waren. Er merkte, daß er unwillkürlich die Stimme erhob, als tobe um sie herum bereits ein Sturm.

»Sieht schlimm aus«, sagte Van. »Dieses Wetter gefällt mir nicht. Wir sind erledigt.«

»Seht euch den Himmel an«, sagte Rudi. »Überall Wolken.«

Nur Susan begriff, daß Matt fragte, was sie tun sollten. »Mir fällt nichts anderes ein, als was wir schon tun«, meinte sie. »Wir müssen einfach weitergehen. Vielleicht finden wir irgendwo einen Unterschlupf.«

»Das Dumme ist nur«, sagte Matt, »daß wir auf einer Art Hochebene sind. Wir sind seit Stunden an nichts mehr vorbeigekommen – nicht einmal an irgendeinem Loch.«

»Aber hier können wir auf keinen Fall bleiben«, sagte Van. »Viel zu ausgesetzt. Wir müssen weiter.«

Matt sah rasch von einem zum anderen. »Einverstanden?« Alle nickten. »Dann müssen wir jetzt zusammenbleiben. Außerdem müssen wir versuchen, schneller voranzukommen. Das betrifft vor allem Sie, Van. Sie müssen irgendwie dranbleiben.«

Van schien etwas sagen zu wollen, sah dann aber zu Boden.

Als sie weitermarschierten, hatten die Fallschirmspringer sich zu einer wirbelnden Luftlandeinvasion vervielfacht. So hoch und so weit Matt sehen konnte, schneite es dicht. Die Flocken nahmen den ganzen Himmel ein. Eine kalte Hand schien nach seinem Herzen zu greifen.

Der Schnee blieb zuerst in Ritzen zwischen Steinen und in Felsspalten liegen, bevor er anfing, schmale Bänder auf Felsabsätzen zu bilden.

Auch der Wind frischte auf und trieb den Schnee manchmal in tollen Wirbeln vor sich her, die um Felsblöcke und Felsvorsprünge kreiselten. Matt zog seine Kapuze tiefer über den Kopf. Er griff in seine Jacke, zog die Gletscherbrille heraus, setzte sie auf und drehte sich dann nach Susan um, die ihm in sechs bis sieben Meter Abstand folgte. Sie ging mit den vorsichtigen, sparsamen Bewegungen eines Menschen, der gegen Schmerzen ankämpft, und war umgeben von einer wirbelnden, schwarzweißen Mondlandschaft. Ihr Anblick berührte ihn auf einer Ebene, die er seit Jahren nicht mehr bewußt wahrgenommen hatte. Er winkte ihr zu, wandte sich ab und marschierte weiter. Der Schnee dämpfte das Geräusch seiner Schritte.

Das Studium der Paläontologie hatte Matt von Anfang an begeistert. Schon die erste Ausgrabung hatte ihm gefallen – vor allem der Anfang, das Graben, das Vordringen durch die einzelnen Schichten. Wie hießen die Eiszeiten gleich wieder? Matt erinnerte sich an eine monotone Lehrerstimme aus seiner Schulzeit: Günz, Mindel, Riß und Würm. Durch Äonen hinuntergraben, bis sie an der Wand eines senkrechten Schachts sichtbar wurden. Er war sich wie ein Tiefseetaucher vorgekommen, der Schicht für Schicht vordrang, um der Erde ihre versunkenen Schätze zu entreißen.

Lag der Reiz in diesem Vordringen? Oder in der Entdeckerfreude, wann verstreute Knochen oder ein braunes Schädelfragment freigelegt wurden? Selbst das Wort dafür stimmte – nicht »Ausgrabung«, sondern »Grabung«. Schlicht und einfach. Er hatte sich oft in Details vertieft und mit seinem Vergrößerungsglas auf Händen und Knien liegend einem Sherlock Holmes der Wüste geglichen. Er hatte nichts lieber getan, als auf einem Brett auf dem Bauch zu liegen und mit seinem Skalpell vorsichtig Schmutz abzukratzen oder mit einer Zahnbürste winzige Fingerknöchel zu säubern. Am besten hatte ihm jedoch immer der Anfang gefallen: der erste Pickelhieb, der eigentliche Beginn. Ein schwer zu beschreibendes, beunruhigendes, beängstigendes Gefühl, als kehre man an die heiligen Stätten einer weit zurückliegenden Kindheit zurück.

Im Heulen des Windes hörte er jetzt kaum, daß die anderen ihn riefen. Ihre Stimmen klangen, als stünden sie hinter Glasscheiben. In dem Weiß, das alle Konturen verschwimmen ließ, waren sie fast nicht mehr zu erkennen. Als er sich schließlich umdrehte und zu ihnen zurückging, sah Matt, daß seine Spuren schon fast zugeschneit waren.

»Es schneit zu stark. Wir sehen uns fast nicht mehr«, erklärte Rudi ihm.

»Wir verlieren uns aus den Augen«, sagte Susan. »Van ist gerade von unserer Spur abgekommen, und wir haben ihn suchen müssen.«

»Okay. Holt aus den Rucksäcken, was wir an Seilen und Reepschnüren haben. Wir bilden eine Seilschaft.«

Im Stehen war die Kälte noch beißender. Die Schneeflocken waren zu kleinen harten Eiskörnern geworden, die ihre Gesichter schmerzhaft bombardierten. Dazu heulte der Sturm, und es schien eine Ewigkeit zu dauern, bis alle angeseilt waren.

Van meldete sich erstmals wieder zu Wort.

»Matt ...« Matt war ganz überrascht, wie irreal sein Name inmitten dieser weißen Hölle klang. »... dieser Schneesturm hört nicht so bald auf. Wir sind erledigt. Das ist mein voller Ernst. Wir sind echt erledigt.« In seinem Tonfall schwang Panik mit.

»Wir müssen versuchen, schnell einen geschützten Platz zu finden«, erklärte Susan. »So können wir nicht mehr lange weitermarschieren.«

»Das Plateau endet nicht weit vor uns, glaube ich«, sagte Matt. »Ich bin mir nicht sicher, aber ich bilde mir ein, etwas Dunkles gesehen zu haben. Vielleicht eine Felswand.«

»Dann sollten wir uns beeilen.«

»Wir müssen sie erreichen, um aus diesem Wind rauszukommen. Das ist unsere einzige Hoffnung.«

»Ich singe euch jetzt etwas vor«, sagte Rudi. »Das hält mich warm.«

Als Matt sich weiter durch den Schnee voranklämpfte, hörte er Rudis Stimme hinter sich:

Mine eyes have seen the glory
Of the coming of the Lord;
He is marching through the valley
Where the grapes of wrath are stored.

Wenig später sah Matt einen gezackten hohen Felsen, der vor ihm aus dem Nichts aufzuragen schien und im Schneesturm an eine schwarze, geisterhafte Landzunge erinnerte. Matt ruckte am Seil, um die anderen zu größerer Eile anzuspornen, und wankte darauf zu.

Am Fuß des Felsens ließ er sich auf seine Knie nieder und begann mit beiden Händen den Schnee wegzuschaufeln. Wenig später waren die anderen heran und beeilten sich, ihm zu helfen. Der Schnee war so leicht, daß man das Gefühl hatte, bloß Luft zu bewegen.

Sie trafen auf Fels, schließlich erschien ein Spalt und wurde breiter und tiefer, als sie ihm nach links folgten. Jetzt mußten sie wirklich arbeiten; der Schnee war plötzlich so dicht und schwer, daß Matt ins Schwitzen geriet. Der Spalt war schon fast einen halben Meter breit, aber als sie noch mehr Schnee wegschaufelten, hörte er plötzlich auf.

Keiner sagte ein Wort.

Matt versuchte, sich mit den Füßen voraus in diesen Spalt gleiten zu lassen, aber nach kaum einem Meter war Schluß. Mit aller Kraft bemühte er sich, einen Felsbrocken wegzustemmen, der jedoch zurückfiel und gegen seinen Unterarm prallte. Er zog den Jackenärmel hoch und starrte den Arm an: Auf seiner Haut standen einige Tropfen Blut, die sich hellrot von dem wirbelnden Weiß der Schneeflocken abhoben.

Susan drückte etwas Schnee auf die Wunde, bis die Blutung aufhörte. Matt fühlte keinen Schmerz. »Wir müssen weiter, glaube ich«, sagte sie.

Nach kurzer Rast in dem kleinen Schneeloch, das sie selbst

ausgegraben hatten, merkten sie, daß sie einzuschlafen begannen. Mit letzter Kraft rafften sie sich auf. Draußen lag der Schnee inzwischen kniehoch, so daß sie mehr stolperten als gingen.

Matt hatte schrecklichen Durst, wollte aber nicht haltmachen, um nach seiner Feldflasche zu tasten, die irgendwo in dem weißen Eispanzer hing, der seinen Oberkörper umgab. Auch im Stehen fühlte er sich jetzt schläfrig, so schläfrig.

Matt merkte gar nicht, daß er angehalten hatte. Die anderen hatten es ihm gleichgetan. Susan und Rudi saßen bis zur Taille im Schnee, und Van kroch leicht schwankend auf Händen und Knien umher. Sie spürten keine Kälte mehr, nicht wirklich, sondern fühlten sich nur vage orientierungslos und angenehm schläfrig. Irgendwo im hintersten Winkel von Matts Verstand blitzte der Gedanke auf, sie würden hier sterben, aber selbst diese Gewißheit wirkte durch das viele Weiß um sie herum gedämpft, schien nicht ihn zu betreffen.

Aber er hatte Durst, tastete nach seiner Feldflasche und hob sie an die Lippen. Ein Schluck Wasser floß an einem Eisblock vorbei. Matt fuhr zusammen, richtete sich dann auf und spürte langsam seine Gliedmaßen wieder. Er stolperte zu Susan hinüber, die leicht zurückgelehnt dasaß. Ihre Pupillen waren unnatürlich groß, und auf ihren Lippen lag die Spur eines Lächelns. Van hielt seinen Kopf gesenkt und schien kurz vor dem Einschlafen zu sein.

Matt knotete die Seile zwischen ihnen auf und verband sie zu einem einzigen langen Seil. Das eine Ende zog er durch ihre drei Gürtel, das andere befestigte er an seinem eigenen. »Bleibt hier!« rief er unnötigerweise, bevor er allein weiterstapfte. Hinter sich konnte er Rudis Stimme ziemlich hoch und ein bißchen falsch singen hören.

Als sie verstummte, wußte er nicht, ob Rudi zu singen aufgehört oder ob der Wind seine Stimme übertönt hatte.

An manchen Stellen waren die Schneeverwehungen jetzt schon hüfthoch. Er stolperte zweimal, fiel nach vorn und glitt dabei in einen so weißen, warmen und reinen Kokon, daß er versucht war, sich eine Weile darin auszuruhen. Aber er rappelte sich wieder auf und stapfte weiter. Der obere Rand seines Gesichtsfelds war dunkel begrenzt, irgendwie abgeschnitten – wie auf einem abgerissenen Photo.

Plötzlich kam der Wind für kurze Zeit von hinten, so daß er

sekundenlang wieder besser sehen konnte. Unmittelbar vor ihm stand im Schnee eine dunkle Gestalt. Als er näher kam, sah er, daß sie wie Susan aussah, aber keine Daunenjacke anhatte; tatsächlich trug sie das Sommerkleid, das sie getragen hatte, als er sie vor vielen Jahren zum erstenmal gesehen hatte. Wie konnte sie damit hier oben überleben? Und ihr volles Haar wehte im Wind wie in einem dieser rührseligen alten Liebesfilme. Sie winkte ihn zu sich heran, und als er sie erreichte, griff er nach ihr, berührte sie und wollte sie an sich ziehen. Aber sie bewegte sich nicht.

Es war eine Felswand. Heftige Windstöße trieben ihn weiter, und er folgte taumelnd dieser Felswand, bis er zuletzt etwas Dunkles über sich ahnte, während gleichzeitig der Wind schlagartig aufhörte. Benommen erkannte er, daß er sich in einem Höhleneingang befand.

Er löste das Seil, ließ es jedoch durch seinen Gürtel gezogen, schlang es um einen Felszacken und verknotete es daran. Dann kehrte er um, folgte dem Seil aus der Höhle in den Schneesturm hinaus und benutzte es als Ariadnefaden, bis er wieder auf die anderen stieß.

Das Licht erschien am Ende eines langen Tunnels. Susan sah es näher kommen, fast wie eine Lokomotive, aber dies war ein anderes Licht, und sie selbst bewegte sich darauf zu. Sie kam ihm näher und näher, und als es plötzlich zu blendend hellem Tageslicht wurde, hörte sie um sich herum Stimmen. »Los, komm schon, steh auf!« schrie Matt sie an, zog sie hoch, stützte sie mit seinem um die Schultern gelegten Arm und führte sie zum Höhleneingang. Er staunte selbst, wie nahe sie der Höhle waren. Dann ging er zurück, um Rudi und schließlich noch Van zu holen, und sie brachen alle vier tief im Inneren der Höhle zusammen.

Sie hatte keine Ahnung, wie lange sie geschlafen hatte. Sie empfand ein angenehmes Gefühl von Wärme und Geborgenheit, und als sie die Augen öffnete, sah sie ein Feuer. Rudi machte sich daran zu schaffen und war dabei, eine Mahlzeit zuzubereiten. Der Feuerschein warf flackernde Schatten über Felswände. Als Rudi sah, daß Susan wach war, lächelte er, brachte ihr einen Becher Kaffee und fuhr ihr übers Haar.

Neben ihr begann Matt sich zu bewegen. »Ah, der Held erwacht!« grinste Rudi.

Matt, der sich sekundenlang verständnislos blinzelnd umsah, konnte nicht gleich sprechen. »Nein, du bist der Held«, behauptete er dann. »Dein Gesang hat mich in die Flucht getrieben.«

»Das ist mein Plan gewesen.«

Susan beugte sich zu Matt hinüber, schob ihre Hand unter seinen Nacken und lächelte auf ihn herab. »Ich weiß wirklich nicht, wie du es geschafft hast – aber du hast es geschafft«, sagte sie.

Matt dachte an seine Vision von ihrem Haar im Sommerwind, dann sah er zu Van hinüber.

»Ihm geht es gut«, versicherte Rudi ihm. »Er ist schon aufgewesen. Bald gibt es Suppe.«

Matt stand auf und trat an den Höhleneingang. Seine Ränder waren verschneit, aber der Schneesturm hatte aufgehört. So weit er sehen konnte, lag vor diesem weiß umrandeten Portal eine leuchtendweiße, unberührte Landschaft. Sie war so schön und friedlich, daß er sich kaum vorstellen konnte, daß sie beinahe ihr Grab geworden wäre.

Es gab ein herzhaftes Mahl: Bohnen mit Speck, danach heißen Kaffee. Van, der auffällig blaß gewesen war, bekam wieder frische Farbe und beteuerte, er fühle sich viel besser. Er rieb sich ständig das linke Bein. »Ich habe schon befürchtet, es wäre erfroren«, sagte er.

Sie saßen schweigsam ums Feuer, als Rudi plötzlich fragte: »Wundert ihr euch nicht, wo das Holz herkommt?« Die anderen sahen auf. »Von dort drüben«, beantwortete er seine eigene Frage und zeigte in eine Ecke der Höhle.

»Merkwürdig«, sagte Matt. »Und der Rauch zieht nach oben ab. Scheint ein natürlicher Kamin zu sein.«

»Das ist noch nicht alles«, fuhr Rudi fort. »Wißt ihr, was ich weiter festgestellt habe? Unser Feuer ist nicht das erste in dieser Höhle gewesen. An der Stelle hier hat schon Asche gelegen.«

Matt stand auf und holte seine Taschenlampe aus dem Rucksack. Van folgte seinem Beispiel. Gemeinsam suchten sie die Wände der Höhle ab, wobei sie darauf achteten, den Stalagmiten und Stalaktiten auszuweichen.

Schließlich erregte irgend etwas Matts Aufmerksamkeit. Er trat näher an die Wand heran. »Donnerwetter!«

Auch Van kam herübergehastet und richtete seine Taschenlampe auf eine Stelle neben dem Lichtfleck von Matts Lampe.

An der Höhlenwand prangten primitive Malereien in Ocker-, Braun- und Rottönen. Auf den ersten Blick waren die Darstellungen schwer zu erkennen, aber dann nahmen sie Gestalt an: Menschen und Tiere, Jagd- und Kampfszenen.

»Mein Gott!« sagte Van schließlich. »Diese Malereien ... das sind prähistorische Darstellungen. Wie die Höhlenmalereien von Lascaux!«

»Sehen Sie sich die Figuren in der Mitte an«, sagte Matt. »Das sind Jäger. Sehen Sie den Mann mit der Keule?« Er trat etwas näher an die Höhlenwand heran, um diese Gestalt besser zu beleuchten. »Sehen Sie, was ich sehe? Achten Sie auf seine Stirn.« Wie alle übrigen Figuren hatte auch der Jäger einen deutlich ausgeprägten Augenbrauenwulst.

Van berührte die Farbe und sah dann seinen Finger an. Die Fingerkuppe war rot. »Ganz frisch«, sagte er verwundert.

Im nächsten Augenblick hörten sie hinter sich einen mühsam unterdrückten Aufschrei – einen Laut, wie er sich einer menschlichen Kehle entringt, wenn etwas Unvorstellbares geschieht.

Susan und Rudi kauerten am Höhleneingang. Beide starrten nach draußen und sahen vor dem weißen Hintergrund dunkle Gestalten – menschenähnlich, aber nicht menschlich – aus dem Schnee aufsteigen und auf die Höhle zukommen.

Eagleton steuerte seinen Rollstuhl ans Fenster und schob mit spitzem Zeigefinger eine Lamelle der Jalousie hoch. Draußen sank die Abenddämmerung herab – stets eine unruhige Zeit in den Vororten von Washington. Straßenlampen flammten auf, in den Campusgebäuden gingen die Lichter aus, und Autos rollten in langer Schlange vom Parkplatz, um müde Familienväter heimzubringen. Keine Leute, die unnötig lange am Schreibtisch kleben, dachte er. Haben alle Familien, zu denen sie heimfahren können.

Er hatte keine. Tatsächlich hatte er überhaupt niemanden. Und das war genau der Gedanke, den er zu vermeiden versucht hatte. Er war sich darüber im klaren, daß dieser Gedanke ihn verfolgte – meistens um diese Tageszeit. Als junger Mann, der sich mit Begeisterung in den Kalten Krieg gestürzt hatte, als sei er ein gigantisches Footballspiel, hatte er angenommen, jeder sei so engagiert wie er. Das waren sie scheinbar auch gewesen, aber nebenbei hatten sie sich Ehefrauen, Kinder, Ferienwohnungen, Luxuslimousinen und Golden Retriever zugelegt, die ihnen die Hände leckten, wenn sie abends heimkamen. Eagleton besaß nichts dergleichen und fühlte sich hintergangen. Niemand hatte ihm erklärt, daß das Leben nicht nur aus diesem spannenden Footballspiel bestand, das ihn so faszinierte.

Eigentlich verrückt, daß er sein gesamtes Erwachsenenleben der »Firma« geopfert hatte. In fünfundzwanzig Dienstjahren als stellvertretender Direktor der Abteilung Spionageabwehr hatte er sich einen legendären Ruf erarbeitet. Aber das Ende des Kalten Kriegs hatte seine Karriere beendet. Was wußten die Neuen schon von der Berliner Luftbrücke, der Schweinebucht, Vietnam? Was machten sie sich aus Ehre? Sie hatten ihn kaltgestellt, ihn in diese Sackgasse abgeschoben, ihn mit der Erforschung paranormaler Phänomene beauftragt. Aber er würde es ihnen zeigen! Er war auf eine wirklich große Sache gestoßen! Im Vergleich zu ihr war die Ausstattung des Kreml mit Abhörmikrofonen ein Kinderspiel gewesen.

Er zog wieder an seiner Zigarette. Natürlich wäre ein normales Leben nicht einfach gewesen. Seine Behinderung hatte ihn menschenscheu gemacht, und er hatte noch immer Angst davor, neue Menschen – vor allem Frauen – kennenzulernen. Jedesmal fühlte er sich gedemütigt, wenn er in der Oper eine Stufe oder auf der Straße eine Gehsteigkante nicht allein bewältigen konnte. Ein halbes Leben im Rollstuhl, und er hatte sich nie damit abgefunden. Er war nicht wie diese neue Generation, diese Aktivisten, die Aufzüge, behindertengerechte Rampen und Gleichbehandlung forderten. Dieses Selbstbewußtsein! Er haßte und beneidete sie zugleich.

Sex war wegen seiner Marotten schwierig. Trotzdem war er nicht völlig unerfahren. Er hatte Callgirls bezahlt – aber nur, wenn seine Verzweiflung stärker als sein Schamgefühl gewesen war. Bei ihnen fühlte er sich aus mehreren Gründen unsicher: aus dem Bewußtsein, daß sie nichts für ihn empfanden, wegen des peinlichen Augenblicks, in dem er sich aus seinem Rollstuhl stemmte, um ins Bett zu gelangen, und aus dem Verdacht, nicht gefürchtet, sondern bemitleidet zu werden. Alles das machte eine Erektion schwierig. Und *das* wurde natürlich seine Hauptsorge, die andere Probleme nebensächlich erscheinen ließ und ihm vieles vergällte.

Dann war Sarah gekommen, die ihm anfangs als rettender Engel erschienen war. Sie war seine Sekretärin gewesen; an ihrem ersten Arbeitstag hatte der Duft ihres Parfüms sein Büro erfüllt, und er hatte seine panische Angst vor Mikroben vergessen. Ihr intimes Verhältnis hatte sich scheinbar ganz natürlich entwickelt. Der Sommernachmittag, an dem sie auf ihn zugetreten war, ihre Hand in seine Armbeuge gelegt und sich über ihn gebeugt hatte, um ihn zart auf die Wange zu küssen, war noch immer in sein Gedächtnis eingebrannt, konnte seinen Puls noch immer beschleunigen. Die Nächte in ihrer Wohnung; das wissende Grinsen seines Chauffeurs, wenn er ihn bei ihr absetzte. Und sie hatte sogar für ihn gekocht!

Dann hatten ihn Zweifel befallen: satanische Flüsterstimmen in seinem Kopf, die nach Sarahs Überzeugung auf seinen Selbsthaß zurückzuführen waren. Jedenfalls waren die Zweifel gewachsen und schließlich zur Gewißheit geworden. Sie liebte ihn nicht wirklich, das Ganze war nur ein häßliches Täuschungsmanöver zur Förderung ihrer Karriere. Er hatte einen seiner Untergebenen auf sie angesetzt, um sie beschatten zu lassen. Das Belastungsmaterial war reichlich dünn gewesen – eine unbedachte Äußerung an ihrem abgehörten Telefon, ein keineswegs eindeutiger Brief –, aber Eagleton hatte es genügt. Stolz war schon immer sein Untergang gewesen.

Eagleton ließ die Lamelle fallen und drehte sich mit seinem Rollstuhl um. *That way lies madness.* Hatte er diese Worte laut ausgesprochen? Er vermutete es fast. Aus einer dunklen Ecke des Raums schien ein leises Echo zu kommen.

Er kehrte an den Schreibtisch zurück und versuchte, sich auf diese unangenehme Sache zu konzentrieren. Lustlos schlug er den obersten Ordner auf, der noch immer nicht viel enthielt: einige Landkarten, Kurzbiographien von Matt und Susan, Wetterberichte, Vans spärliche Meldungen, seine eigenen Anweisungen an Kane. Warum hatte Vans NOMAD sein automatisches Peilsignal fünf Tage lang vom selben Standort aus gesendet? Eagleton hatte alle möglichen Erklärungen mehrmals durchgespielt und war zu dem Schluß gekommen, höchstwahrscheinlich habe die Gruppe ein Lager beziehen müssen und Van sei aus irgendeinem Grund außerstande gewesen, sich wegzuschleichen und eine Nachricht zu übermitteln. Vielleicht war er krank gewesen. Oder vielleicht hatte er sein Gerät zurückgelassen, weil es defekt war.

Ein leichter Schauder überlief Eagleton. Das kam nicht etwa daher, daß er irgendwelche Sympathien für Van empfand; dafür hatte es zwischen ihnen weiß Gott schon zuviel Streit gegeben. Aber ohne ihn wußte das Team überhaupt nicht, wogegen es sich würde behaupten müssen. Wie denn auch? Wer hätte sich dergleichen auch nur vorstellen können? Und ohne die geringste Ahnung von den außergewöhnlichen Fähigkeiten der Lebewesen, die sie aufzuspüren versuchten, war ihr Unternehmen zum Scheitern verurteilt.

Eagleton beugte sich nach vorn und schlug zum x-tenmal den Ordner mit der Aufschrift »Unternehmen Achilles« auf.

11

Mit zusammengekniffenen Augen starrten Susan und Rudi aus der Höhle. In der grellweißen Helligkeit draußen waren Einzelheiten nur schwer zu erkennen, aber im Vordergrund kamen schemenhafte dunkle Gestalten über den Schnee heran.

»Mein Gott!« stieß Susan hervor, und es klang fast ehrfürchtig. Rudi brabbelte irgend etwas auf russisch. Matt schwieg. Van hielt den Atem an.

Draußen rückten die dunklen Gestalten schwerfällig näher: graue Körper vor einem völlig weißen Hintergrund. Dabei bildeten sie einen Halbkreis um den Höhleneingang – vier dieser Wesen, sechs, zehn, über ein Dutzend.

Dafür sind wir hergekommen, dachte Susan. Wir haben sie gefunden! Sie existieren also wirklich. Kellicut hat recht gehabt. Die Wissenschaftlerin in ihr jubelte. Das muß man sich einmal vorstellen, die erste Gelegenheit zu Kontakten mit dieser Spezies seit... seit wann? Seit vierzigtausend Jahren? Aber wird die Welt jemals von dieser Begegnung erfahren?

Die eisig schöne Szene vor ihr besaß die Nüchternheit eines surrealistischen Gemäldes mit abstrahierten Gestalten vor einem weißen Hintergrund, aber wie diese Wesen sich verteilten, um in einem Halbkreis auf die Höhle zuzukommen, wirkte zugleich bedrohlich. Angst durchzuckte Susan, und es war ein so überwältigendes Gefühl, als speise es sich aus einer inneren Quelle instinktiven Abscheus.

Matt und Van sahen über Susans Schultern. Der verschneite Höhleneingang war so eng, daß sie kaum alle gleichzeitig hinausspähen konnten. Van atmete langsam ein und aus und ächzte leise, Matt schüttelte nur immer wieder den Kopf. »Verdammt! Ich kann es nicht glauben«, sagte er. »Ich kann es einfach nicht glauben.« Er hatte Mühe, seine Aufregung zu beherrschen. Das ist mein Leben wert, dachte er. Hier zu sein, das zu erleben – was auch geschieht.

Die Lebewesen rückten lautlos näher, schienen aus allen Richtungen zu kommen, als hätten sie ihr Vorrücken abgesprochen. Schleichen sie sich an? fragte sich Matt.

Das helle Licht machte es schwierig, sie genau zu erfassen, aber selbst als dunkle Silhouetten waren die Gestalten erkennbar anders: kompakter, mit runderen Schultern und kürzeren Gliedmaßen. Als sie näher kamen, verdeckte eine Wolke die Sonne, so daß die vier in der Höhle sie plötzlich gut sehen konnten. Nun war ihre Fremdartigkeit unverkennbar. Sie trugen große Keulen, die aus dicken Ästen hergestellt zu sein schienen, und waren in primitive Umhänge und Beinlinge aus Tierfellen gekleidet. Ihre nackten Arme waren dicht behaart. An den Füßen hatten sie eigenartige Konstruktionen aus Stöcken und Lederriemen, mit denen sie sich mit langsamen, schleppenden Schritten auf der Schneedecke bewegen konnten. Obwohl sie bestimmt ziemlich schwer waren, sanken sie damit nicht ein. Schnee haftete an ihren Beinlingen und den Teilen ihrer Oberkörper, die dem Wind ausgesetzt waren.

In Susans Kopf flüsterte die Stimme der Wissenschaftlerin: Sieh dir an, wie gut sie sich ihrer unwirtlichen Umgebung angepaßt haben. Sie konzentrierte sich auf eines dieser Wesen und begutachtete es aufmerksam. Es war nicht groß, aber sehr stämmig und muskulös. Sein Brustkorb war gewaltig, und seine Unterarme schienen doppelt so dick zu sein wie die eines gewöhnlichen Menschen. Langes schwarzes Haar hing in einer zottigen Mähne herab und kräuselte sich um seinen säulenförmigen Hals.

Am auffälligsten war jedoch das Gesicht, das mit weit auseinanderstehenden Augen, flachgedrückter Nase und an sich zu breiten Zügen irgendwie zu groß geraten schien – wie ein aufgeblasener Kinderballon. Der Unterkiefer war kräftig, aber das Kinn fliehend und schwach, als habe es jemand abgesäbelt. Und unmittelbar über den Augenbrauen ragte ein breites Knochenband aus der Stirn, überlagerte das ganze Gesicht und bewirkte, daß die Augen unter den buschigen Brauen tief in ihren riesigen Höhlen zu liegen schienen. Dieser Augenbrauenwulst war geradezu grotesk, und auf seltsame Weise war es unmöglich, ihn nicht anzustarren. Die Lebewesen hielten sich aufrecht, aber ihre Köpfe waren seltsam vorgestreckt, als hingen sie an unsichtbaren Drähten. So machten sie den Eindruck von in die Ferne starrenden Menschen.

Für menschliche Augen war der Gesamteindruck unsagbar häßlich, und ihre Erscheinung hatte nicht viel Ähnlichkeit mit den bekannten Darstellungen von Neandertalern – diesen erbärmlichen Versuchen, aus Schädel- und Knochenfragmenten in Laboratorien das wahrscheinliche Bild dieser Spezies zu entwerfen. Die Wesen sahen ganz anders aus, als die vier in der Höhle sie sich vorgestellt hatten.

»Ich kann es nicht glauben. Ich habe es bis zu diesem Augenblick nicht wirklich geglaubt«, flüsterte Susan.

»Ja, ich weiß«, antwortete Matt. »Ich auch nicht. Und ich bin mir nicht mal sicher, ob ich es jetzt glaube.«

»Ich habe das Gefühl, Augenzeugin der Urzeit zu sein.«

Vans Stimme klang ausdruckslos nüchtern. »Sie sehen nicht freundlich aus – und sie wissen, daß wir hier sind. Sie haben es auf uns abgesehen.«

»Sie kommen auf uns zu«, stellte Susan fest. »Ob sie es auf uns abgesehen haben, wissen wir nicht.«

Eines der Wesen ragte aus der Masse der anderen heraus, war größer und schritt in gleichmäßigem Tempo voran. Seine rechte Hand umklammerte eine mächtige Keule. Um seine fliehende Stirn war ein auffälliges schwarzweißes Pelzband geschlungen.

»Das ist ihr Anführer«, sagte Matt. »Seht ihr, wie alle ihn immer wieder beobachten? Sie imitieren sein Verhalten.«

Van tastete nach seinem Revolver. Er hatte Mühe, das völlig steifgefrorene Halfter aufzubekommen. Schließlich zog er die Waffe heraus, hielt sie ans Licht und starrte sie ungläubig an.

»Scheiße! Seht euch das an...« Er hielt ihnen den Revolver hin. Der Lauf war mit Eis blockiert.

Matt fühlte sein Herz sinken. »Mein Gott!« stieß er hervor.

»Wer weiß, was sich damit ausrichten ließe«, meinte Susan. »Seht euch an, wie viele sie sind. Mit einem Revolver würden wir sie vielleicht nicht aufhalten können.«

»Aber vielleicht so erschrecken, daß sie flüchten«, sagte Van.

»Was machen wir jetzt?« fragte Rudi.

Niemand antwortete.

Die Wesen kamen langsam, aber unaufhaltsam näher und bildeten einen Halbkreis, als wollten sie den Eingeschlossenen jeglichen Fluchtweg abschneiden.

Matt sprach als erster. »Unser einziger Vorteil ist, daß wir ihnen ebenso fremd sind wie sie uns. Sie haben uns noch nicht einmal richtig zu Gesicht bekommen. Sie wissen nichts über uns – wer wir sind oder was wir können.«

»Es wäre ein großer Fehler, sie merken zu lassen, daß wir Angst haben«, sagte Susan. »Wir müssen friedlich, aber unerschrocken wirken.«

»Das wird nicht leicht sein«, meinte Rudi zweifelnd.

»Susan hat recht«, stimmte Matt zu. »Wir müssen sie davon überzeugen, daß wir mit ehrenwerten Absichten kommen. Wir haben den Auftrag, sie zu suchen. Wir sind Gesandte, Abgesandte aus der großen Welt jenseits der Berge. Dort leben unzählig viele Menschen wie wir. Behandeln sie uns gut, können sie davon profitieren. Tun sie uns etwas, werden sie dafür büßen.«

Van sah sich in der Höhle hinter ihnen um. Er schien etwas zu suchen. »Wir brauchen ein Geschenk. Oder einen Tauschartikel. Was haben wir, das wir ihnen geben können?«

»Jacke?« schlug Rudi vor. »Feldflasche?«

»Nein«, sagte Matt, »nicht gleich jetzt. Wir müssen erst eine Vertrauensbasis schaffen. Etwas Unbekanntes kann Verwirrung stiften. Das kann sich nachteilig auswirken. Wir sollten es mit Essen versuchen.«

Susan ging zum Feuer und kam mit mehreren langen Streifen Dörrfleisch zurück. »Wie wäre es damit?« fragte sie.

»Einer von uns muß das Zeug rausbringen«, sagte Van.

Die anderen sahen ihn an. »Warum?«

»Sie wissen bereits, wo wir sind – also geben wir damit nichts preis. Außerdem müssen wir ihnen demonstrieren, daß wir die Begegnung mit ihnen suchen, daß wir aus weiter Ferne gekommen sind, um mit ihnen Verbindung aufzunehmen. Daß das unser Ziel ist.«

Die anderen schwiegen. Sie wußten, daß er recht hatte.

»Noch etwas«, fuhr Van fort. »Wir dürfen nicht abwarten, bis sie hier eindringen.«

Matt sah zu Susan hinüber. Sie nickte zustimmend, deshalb stellte er die Frage, die sie alle beschäftigte: »Wer geht?«

»Diesmal kein Freiwilliger«, sagte Van. »Es gibt nur eine faire Methode. Wir ziehen Streichhölzer.«

Sie nickten.

»Rudi scheidet aus«, entschied Susan. »Für diese Sache kommen nur wir drei in Frage.«

»Nein«, protestierte Rudi. »Als ich zugestimmt habe, euch zu begleiten, habe ich auch das Risiko auf mich genommen. Ich gehöre wie ihr zu dieser Gruppe.« Tapfer fügte er hinzu: »Einer für alle, alle für einen.«

Van zuckte mit den Schultern, griff tief in eine Innentasche seiner Jacke, zog eine Zündholzschachtel heraus, wählte vier Hölzchen aus und knipste einem den roten Kopf ab. Nachdem er sie hinter seinem Rücken angeordnet hatte, bedeckte er sie mit der linken Hand und hielt sie fächerförmig ausgebreitet zwischen Daumen und Zeigefinger hoch.

Sie trafen mit ernster Miene ihre Wahl, wobei jeder sein Hölzchen zunächst noch verdeckt hielt. Matt holte tief Luft. Susans Miene war angespannt. Sie sahen einander an. Rudi lächelte schwach. Er hielt das kurze Streichholz hoch.

»Na ja«, murmelte er, »heute scheint nicht mein Glückstag zu sein.« Er wirkte wie vor den Kopf geschlagen, richtete sich auf, umarmte einen nach dem anderen, bat Van um eine Zigarette und paffte sie hektisch. »Eigentlich wollte ich nie wieder damit anfangen«, sagte er, und seine Stimme klang brüchig. Er gab Matt die Streichhölzer aus seiner Jackentasche, ließ sich von Susan die langen Dörrfleischstreifen geben und hielt sie zwischen Daumen und Zeigefinger der linken Hand.

»Am besten läßt du die Kapuze unten«, schlug Van vor. »Sie sollen sehen, daß du nichts zu verbergen hast.«

Rudi nickte, dann begann er abrupt zu sprechen. Aus seinem Mund quoll ein Strom russischer Worte. Matt brauchte einen Augenblick, um zu verstehen, daß er das Vaterunser sprach.

Dann trat Rudi an den Höhleneingang und senkte den Kopf, um ins Freie zu treten. Als er schon halb draußen war, drehte er sich um und sah die Zurückbleibenden nacheinander an.

»Gott behüte dich«, sagte Susan.

Rudi öffnete den Mund, als wolle er etwas sagen, aber er brachte kein Wort heraus.

Als er ins Freie trat, blieben die Lebewesen wie angewurzelt stehen und starrten ihn ebenso gebannt an, wie die vier in der Höhle noch vor wenigen Minuten nach draußen gestarrt hatten. Dann hoben mehrere ihre Keule über den Kopf, während andere einen Schritt zurückwichen. Ihr Anführer stand ungefähr zehn Meter von Rudi entfernt stocksteif da. Der Blick seiner unter dem gewaltigen Stirnwulst tief in ihren Höhlen liegenden Augen, die grün zu sein schienen, war erschreckend durchdringend.

Matt bildete sich ein, Laute zu hören – ein leises, kehliges Gemurmel –, aber er war sich nicht ganz sicher. »Verdammt!« sagte er. Niemand hatte an den Schnee gedacht, in dem Rudi jetzt bis zu den Hüften versank. Er brach durch die dünne Harschdecke und mußte sich mühsam durch hohe Schneeverwehungen hindurcharbeiten, wodurch seine Annäherung jeglichen Anschein von Würde verlor. So wirkte er eher wie ein um sich schlagendes waidwundes Tier als wie der Vertreter einer höheren Ordnung.

Nach ungefähr drei Metern blieb Rudi stehen, drehte sich um und zuckte hilflos mit den Schultern. Der Ärmste war leichenblaß. Sein Gesicht trug einen kummervollen Ausdruck, der Susans Herz anrührte. Vielleicht ist das sogar sein Vorteil, dachte sie, weil er nicht bedrohlich wirkt. Aber das glaubte sie nicht wirklich. Die Blicke dieser Wesen zeigten nur allzu deutlich, daß hier eine Demonstration von Macht und Stärke, nicht von Schwäche erforderlich war.

Während Rudi sich kurz ausruhte, machte der Anführer zwei große Schritte auf ihn zu und pflügte dabei mit seinen primitiven Schneeschuhen mühelos durch den Schnee. Dann blieb er stehen und wartete, verlagerte sein Gewicht auf ein Bein und drehte sich wie ein Bogenschütze etwas zur Seite. Seine Keule hielt er hinter seinem Rücken in den Schnee gestützt. Versuchte er sie zu verbergen?

Der Abstand zwischen den beiden betrug nur noch wenige Meter. Rudi kämpfte sich unerschrocken weiter durch den Schnee voran. Trotz seiner Größe sank er so tief ein, daß sein Kopf sich in Taillenhöhe des Anführers befand. So sah er wie ein kleiner Junge aus, der zu einem Erwachsenen aufblickt. Jetzt hob er ganz langsam die linke Hand. Die Dörrfleischstreifen bewegten sich leicht im Wind. Eine seltsame Gabe; die in der Höhle Zurückgebliebenen hatten den Eindruck, ein Kind zu sehen, das eine Handvoll Bänder darbot. In einer improvisierten Friedensgeste hob er auch seine rechte Hand mit geöffneter Handfläche.

Der Kopf des Anführers bewegte sich langsam von einer Seite zur anderen, während er Rudis Hände betrachtete. Sein langer Hals verlieh dieser Bewegung etwas seltsam Echsenhaftes. Er musterte Rudis Gesicht und seinen im Tiefschnee steckenden Körper. Dabei wirkte er sekundenlang unsicher, neugierig. Aus seinem Blick sprach hellwache Intelligenz.

Im nächsten Augenblick warf er sich mit blitzschneller Bewegung herum, brachte seine Keule mit kräftigem Hüftschwung nach vorn und schmetterte sie seitlich gegen Rudis Kopf. Der Keulenschlag war als unglaublich lautes Knacken zu hören. Rudi fiel zur Seite und blieb zusammengekrümmt liegen. Sein Kopf sah wie ein zerplatzter Kürbis aus. Unter seinen langen blonden Locken quoll Blut hervor, bildete einen roten Fleck im Schnee.

Van kreischte gellend laut. Susan umklammerte Matts Arm. Matt hatte das Gefühl, keine Luft mehr zu bekommen.

Die drei wußten, daß Rudi tot war, und beobachteten voll Entsetzen, wie die dunklen Wesen sich langsam um die Leiche versammelten. Einer tauchte seine Hand in das Blut. Ein anderer hob einen Streifen Dörrfleisch auf und begutachtete ihn eingehend.

Die drei zogen sich ins Innere der Höhle zurück.

»Ich ... ich kann es ... nicht fassen«, keuchte Susan.

»Den Schlag kann er unmöglich überlebt haben«, sagte Van, der sichtbar zitterte.

Sie sahen sich von Panik erfaßt in der halbdunklen Höhle um. »Wir müssen was tun!« rief Matt. »Nehmt eure Rucksäcke. Van, Sie versuchen, den Revolver aufzutauen. Halten Sie ihn übers Feuer.«

Van lief zum Feuer und hielt den Revolverlauf dicht über die Flammen. Obwohl er sich die Finger verbrannte, ließ er seine Waffe über dem Feuer, bis endlich ein paar Wassertropfen herausliefen. »Komm schon, komm schon«, sagte er drängend.

»Beeilen Sie sich!« rief Matt.

Hinter ihnen glitt ein Schatten über die Höhlenwand. Eines der Wesen war unbemerkt hereingeschlüpft. Seine Lippen waren zu einem zähnefletschenden Grinsen verzogen.

»Zwecklos!« rief Van. »Dauert zu lange. Der Lauf ist noch immer zu.«

»Wir sind erledigt«, keuchte Matt.

Ein weiterer Schatten kam hereingehuscht, dann noch einer. Wenig später stand eine lebende Mauer vor dem Höhleneingang, rückte näher und blockierte diesen Fluchtweg.

In der Luft lag ein undefinierbarer, Übelkeit erregender Geruch.

Kane lehnte sich im Frachtraum der C-130 Hercules mit angelegtem Gurtzeug in seinen Sitz zurück und spürte das Vibrieren der Triebwerke im Rücken. Sein Blick glitt die Reihe seiner Männer entlang, die auf ihren an die Rumpfspanten geschraubten Klappsitzen angeschnallt saßen. Sie hatten schon fast die Hälfte ihrer Ausbildung hinter sich, waren aber keineswegs einsatzbereit. Wie die bisherigen Luftlandeübungen gezeigt hatten, funktionierten sie noch nicht als Team. Und gerade darauf kam es bei einem so verrückten Suchunternehmen wie diesem an.

Leutnant Sodder beugte sich zu ihm hinüber, um den Triebwerkslärm zu überschreien. Man hätte glauben können, der junge Offizier habe seine Gedanken gelesen. »Sir, darf ich Sie etwas fragen?«

Sein Tonfall gefiel Kane nicht. Irgendwie weinerlich.

»Schießen Sie los«, antwortete er.

»Einige der Männer fragen sich alles mögliche.«

»Zum Beispiel?«

»Wegen unseres Einsatzes.«

»Was speziell?«

»Nun, Sir, das ist schwer zu sagen. Aber manches daran ist so seltsam...«

»Ja?«

»Die Männer fragen sich, Sir, welchen Auftrag wir tatsächlich haben. Sollen wir jemanden gefangennehmen, irgend etwas einfangen?«

Keine schlechte Schlußfolgerung. Andererseits auch nicht besonders schwierig, wenn man die Ausrüstung kannte, die auf ihrem türkischen Stützpunkt lagerte – Netze, Käfige und Narkosegewehre, alles in unbezeichneten Transportkisten. Natürlich war es unmöglich, beim Militär etwas geheimzuhalten.

Kane spielte nur eine Sekunde lang mit dem Gedanken, Leutnant Sodder ins Vertrauen zu ziehen. Es hätte Spaß gemacht, das Gesicht des anderen zu beobachten: den verständnislosen Ausdruck, das ungläubige Staunen und schließlich die Angst, wenn er die wahre Bedeutung ihres Auftrags begriff.

»Wie kommen Sie darauf, Leutnant?«

»Nun, Sir, wir haben ziemlich ungewöhnliche Ausrüstungsgegenstände erhalten und fragen uns, wofür die bestimmt sein mögen.«

Kane improvisierte. »Ich denke, daß vieles auf eine Großwildjagd schließen läßt, meinen Sie nicht auch, Leutnant?«

»Ja, Sir. Aber das ist nicht alles.«

Kane reagierte gereizt. »Was gibt's noch, Leutnant?«

»Diese komischen Brillen, Sir, die wohl Nachtsichtgeräte sein sollen. Setzt man sie auf, sieht man so gut wie nichts mehr.«

»Leutnant, ich denke, daß Sie schon lange genug in der Army sind, um zu wissen, daß Sie erfahren, was Sie wissen müssen, wenn Sie es wissen müssen.«

Sodder funkelte ihn irritiert an; das gefiel Kane wieder. Er schnallte sich los, ging nach vorn ins Cockpit und sprach schreiend laut mit dem Kopiloten, der ihren Flugplan und eine Landkarte herauszog, auf der die Absetzzone mit einem roten Kreis markiert war.

»In ein paar Minuten ist es soweit!« rief der Pilot. Kane ging in den Frachtraum zurück und machte seinen Männern ein Zeichen, die daraufhin aufstanden und ihre Fallschirme überprüften.

Kane öffnete die Seitentür. Unter sich sah er die flache, trockene türkische Hochebene. Er nickte Sodder zu, der herankam, sich mit beiden Händen am Türrahmen festhielt und auf das Licht über der Tür wartete. Als es aufflammte, stürzte er sich aus der Maschine und war verschwunden. Die Männer folgten ihm in kurzen Abständen.

Wenig später war der Bauch der Hercules leer bis auf Kane. Er fragte sich, was passieren würde, wenn er einfach an Bord blieb oder wartete, bis die Maschine auf Gegenkurs gegangen war, und dann über dem Bergland absprang. Die Idee, für immer zu verschwinden, gefiel ihm.

Das Licht flammte wieder auf. Automatisch holte Kane tief Luft, stieß sich ab und sprang ins Leere. Der Wind blähte ihm die Wangen auf. Unter sich sah er die pilzförmigen Kappen geöffneter Fallschirme. Sein eigener Sprung verlief wie immer: einige Sekunden Todesangst, dann ein langer Sinkflug der Erde entgegen.

Flackernder Feuerschein ließ die Schatten der Wesen am Höhleneingang über die Wände huschen, so daß sie noch bedrohlicher wirkten.

Van hob seinen unbrauchbaren Revolver, zielte damit auf den Anführer, aber natürlich blieb die erhoffte Wirkung aus; er hätte genausogut ein Stück Holz in der Hand halten können.

»Bleibt beisammen«, befahl Matt halblaut. »Ich lösche das Feuer.« Er trat es aus und schob Asche auf die Glut, so daß die Höhle nur noch durch einfallendes Tageslicht schwach erhellt wurde.

Dann schaltete Matt seine Stabtaschenlampe ein. Der auf den Höhlenboden fallende Lichtstrahl zeigte sofort Wirkung. Die Wesen drängten rückwärts, sobald der dünne Lichtstrahl in ihre Nähe kam. Selbst ihr Anführer zuckte zusammen und wich davor zurück.

Matt spielte mit dem Lichtstrahl, bewegte ihn langsam über den Boden, ließ ihn dann stetig an die Wesen heranrücken und drängte sie so in Richtung Eingang zurück.

Nun zog auch Van seine Taschenlampe heraus. Der zweite Lichtstrahl glitt über den Höhlenboden, kreuzte sich immer wieder mit dem ersten. »Nein, nicht...«, rief Matt warnend, aber bevor er mehr sagen konnte, hob Van seine Taschenlampe und richtete ihren Strahl genau auf die Brust des Wesens unmittelbar vor ihm.

Das Lebewesen stieß einen hohen Quieklaut aus und starrte entsetzt seinen Bauch an. Es ruderte mit den Armen, bevor es das Gleichgewicht verlor und auf dem Rücken landete. Die anderen scharten sich aufgeregt quiekend um den am Boden Liegenden.

»Kommt, wir verschwinden«, drängte Susan. »Vielleicht hat die Höhle einen zweiten Ausgang. Schnell, bevor er wieder auf den Beinen ist.«

Im allgemeinen Durcheinander liefen sie in den rückwärtigen Teil der Höhle, von dem aus ein schmaler Gang weiterführte. Im Licht ihrer Taschenlampen rannten sie weiter. Hinter sich hörten sie bereits den Lärm ihrer Verfolger.

»Sie kommen!« keuchte Van.

Der glattgetretene Boden unter ihren Füßen fiel gleichmäßig ab. Die schrägen Tunnelwände liefen dicht über ihren Köpfen zusammen. Die drei hatten das Gefühl, ins Erdinnere hinunterzurennen.

Vor ihnen teilte sich der Tunnel. Matt leuchtete rasch in beide Abzweigungen, und da der linke Gang weniger benutzt zu sein schien, verschwanden sie darin. Nach kaum zwanzig Metern teilte sich der Gang nach einer Biegung erneut. Diesmal wählten sie die rechte Abzweigung, die in eine enge kleine Kammer mit schräger Decke führte. Matts Taschenlampe zeigte ihnen, daß sie nur gebückt darin stehen konnten. Der Boden bestand aus festgetretener Erde.

»Wir müssen eine Pause machen und überlegen, was wir tun wollen«, sagte Susan.

»Keine Zeit!« widersprach Van. »Müssen weiter!«

12

Vans Gesicht war vor Angst und Wut kreidebleich. Speicheltropfen hingen in seinen Mundwinkeln. Was er seit drei Jahren vermutet hatte, war ihm soeben bestätigt worden. »Ich habe recht gehabt«, flüsterte er. »Das sind brutale Schweinehunde.«

»Habt ihr seine Augen gesehen, als er Rudi erschlagen hat?« fragte Susan schaudernd. »Nicht das geringste Zögern, kein Anzeichen einer menschlichen Regung.«

»Das einzig Gute war, daß es schnell geschah«, sagte Matt. »Rudi war tot, bevor er in den Schnee fiel.«

»Wir hätten ihn niemals gehen lassen dürfen«, klagte Susan.

Van schnaubte. »Vielleicht hat er im Vergleich zu uns noch Glück gehabt.«

»Ich finde es schrecklich, daß wir seine Leiche dort draußen zurücklassen müssen«, jammerte Susan. »Was sie wohl mit ihr tun werden?«

»Keine Ahnung«, sagte Van. »Ist auch nicht weiter wichtig – jedenfalls für ihn.«

Wieder fühlte sich Susan von Van abgestoßen. In kritischen Situationen zeigten sich seine schlechtesten Eigenschaften.

»Eines steht fest«, meinte Matt. »Finden sie uns, sind wir erledigt.«

Sie horchten wieder auf Geräusche, konnten aber keine hören.

Van räusperte sich. »Diese Sache mit der Taschenlampe... Sie haben natürlich recht gehabt. Als ich den Lichtstrahl auf ihn richtete und er nichts spürte, verflog der Zauber. Das habe ich mir nicht überlegt.«

»Schon gut«, wehrte Matt ab. »Wir sollten uns lieber überlegen, wie zum Teufel wir hier wieder rauskommen! Was könnte uns dabei helfen?«

»Mein Revolver«, sagte Van. »Der ist unsere einzige Hoffnung.«

»Wir müssen ihn irgendwie abtauen«, stellte Matt fest.

»Dazu brauchen wir ein Feuer. Das hat vorhin angefangen zu funktionieren.«

»Aber wir dürfen nicht versuchen, hier Feuer zu machen«, wandte Susan ein. »Das würde sie sofort anlocken.«

»Nein, wir müssen ihres finden«, sagte Matt. »Wir wissen, daß sie irgendwo eines haben. Sie sind hier unten mit brennenden Fackeln unterwegs.«

»Los, wir müssen weiter«, drängte Van. »Das hier ist kein gutes Versteck.« Sie verließen den Brunnenraum, und als Matt seine Taschenlampe aufblitzen ließ, sahen sie einen neuen Tunnel, einen kleineren Gang, dessen Wände Spalten und Felsbänder aufwiesen, die vielleicht im Notfall als Verstecke dienen konnten. Matt übernahm die Führung und benutzte die Taschenlampe nur gelegentlich, während die beiden anderen sich instinktiv die Wand entlang vorwärts tasteten.

Vor ihnen gabelte sich der Tunnel. Die beiden Gänge sahen ziemlich identisch aus, aber der rechte führte noch tiefer hinunter. »Keine Ahnung, wo wir sind«, flüsterte Matt. »Ich habe völlig die Orientierung verloren.«

Susan zupfte ihn am Ärmel und deutete in den rechten Gang. Sie folgten dem abfallenden Tunnel und tasteten sich in der Dunkelheit voran, weil sie sich nicht durch die Taschenlampe verraten wollten. Nach fünf Minuten erreichten sie eine weitere Abzweigung, an der Susan wieder die Richtung angab.

»Hast du eine Vorstellung davon, wohin du unterwegs bist?« fragte Matt.

»Nein«, sagte sie, »mein Gefühl sagt mir, daß es so richtig ist.«

Nach einer Linksbiegung und einer langen Geraden sahen sie weit vor sich einen schwachen Lichtschein. »Vielleicht finden wir dort, was wir suchen«, flüsterte Susan.

Der Gang stieg etwas an und fiel dann wieder ab. Als Matt für einen Augenblick seine Taschenlampe einschaltete, zeigte der Lichtstrahl ihm eine in den Fels gehauene kleine Nische. Schnell leuchtete er die Tunnelwand vor und hinter ihnen ab: Sie wies in regelmäßigen Abständen Nischen auf, die im oberen Drittel rauchgeschwärzt waren. »Verdammt, die sind für Fackeln«, sagte er. »Wir scheinen eine Art Haupttunnel gefunden zu haben.«

»Offenbar leben sie hier unten«, meinte Van. »Wir sind in ihre gottverdammte Behausung reingestolpert.«

Der Lichtschein vor ihnen wurde heller. Schließlich hörten sie das Prasseln eines Feuers und sahen den flackernden Widerschein der Flammen über braune Felswände huschen.

Matt schob sich an die Tunnelwand gepreßt vorwärts, bis er die Kammer, in der das Feuer brannte, überblicken konnte. Vor ihm lag ein saalartiger Raum, dessen hohe Decke nur zu erahnen war. In seiner Mitte loderte ein Feuer, das gewaltige Hitze abstrahlte. Im hinteren Teil des Raumes lag ein riesengroßer Stapel Brennholz in einem wild aufgetürmten Haufen.

Die Feuerkammer war leer, aber zwei weitere Gänge, die in sie hineinführten, weckten bei ihnen das unangenehme Gefühl, jederzeit überrascht werden zu können. Dies war offenbar ein zentraler Raum, und aus einem der dunklen Gänge konnte jeden Augenblick eines der Wesen auftauchen. Trotzdem – wenn sie das Feuer für ihre Zwecke nutzen wollten, blieb ihnen keine andere Wahl.

Matt betrat die Kammer, spürte die Gluthitze des Feuers und bedeutete den anderen, ihm zu folgen. »Beeilt euch!« flüsterte er heiser. Van rannte zu dem Holzhaufen, brach einen Zweig ab, entlud den Revolver, schob den Zweig durch den Abzugbügel der Waffe und hielt sie daran baumelnd dicht übers Feuer. Sein Schatten, den der Feuerschein an die Wand hinter ihm warf, wurde mal größer, mal kleiner, was seine Bewegungen übersteigerte.

Van schien seine frühere Kaltblütigkeit teilweise zurückgewonnen zu haben. Vielleicht tat es ihm gut, eine Beschäftigung zu haben. »Ich glaube nicht, daß dieser Raum lange leer bleibt«, meinte er. »Das Feuer ist zu wichtig für sie. Irgend jemand muß es hüten.«

Susan stand so, daß sie zwei Tunneleingänge gleichzeitig beobachten konnte, während Matt nervös auf und ab ging. »Ich versteh' es einfach nicht«, stieß er schließlich hervor.

»Was?« fragte Van.

»Daß er Rudi einfach erschlagen hat. Man tötet aus Angst, stimmt's? Zumindest Menschen tun das. Wovor hätten sie sich fürchten sollen?«

»Vor uns«, antwortete Susan.

»Aber er hat sie nicht bedroht«, sagte Matt. »Sie waren ihm

zahlenmäßig weit überlegen. Rudi war ihnen auf Gnade oder Ungnade ausgeliefert.«

»Und?« fragte Van.

»Ihre Reaktion ist unverständlich – außer sie handeln aus völlig anderen Motiven heraus. Sie töten aus Vergnügen. Oder sie denken sich überhaupt nichts dabei.«

»Vielleicht haben sie keinen Begriff vom Tod«, warf Susan ein.

»Oder vielleicht glorifizieren sie ihn, machen einen Kult daraus. Du brauchst nur an deine eigene Forschungsarbeit zu denken: Die Neandertaler als Hirnesser.«

Damit hatte erstmals einer von ihnen die Wesen benannt.

»Ich weiß nicht, ob sie wirklich so anders sind als wir«, sagte Susan. »Sie brachten Rudi um, weil sie Angst vor ihm hatten – und vor uns.«

»Aber trotzdem ist die ganze Sache verrückt! Fürchtet man etwas, hält man sich davon fern. Wozu haben sie eine Brücke zur Außenwelt gebaut, wenn sie Angst vor ihr haben?«

»Vielleicht braucht man sie, um Handel treiben zu können«, meinte Van.

»Handel? Gut, das ist denkbar – aber wozu dann die ersten Händler erschlagen, die man zu Gesicht bekommt?«

»Vielleicht sind wir nicht die ersten«, meinte Susan. »Und vielleicht bringt etwas anderes sie dazu, ihre sichere Gebirgsheimat zu verlassen. Irgend etwas Neues, das an der Brutalität schuld ist, die wir vorhin erlebt haben.«

»Vielleicht«, sagte Matt zweifelnd. »Aber das paßt irgendwie nicht zu Kellicuts Beschreibung. Die von ihm geschilderten Wesen waren friedlich, fast freundlich. Dies hier sind mörderische Affen. Das paßt nicht zusammen.«

»Vielleicht ist euer großer Professor doch kein so scharfer Beobachter«, sagte Van über seine Schulter hinweg, während er den Revolver weiter übers Feuer hielt. »Aber eines kann ich euch sagen: An mich kommt keiner dieser Hundesöhne heran!«

Susan musterte ihn kühl. Wie er mit geröteten Augen, Stoppelbart und schweißnassem Gesicht in einer schmuddeligen Daunenjacke zusammengesunken am Feuer hockte, sah er selbst beinahe wie ein Tier aus.

»Wie lange braucht dieses verdammte Ding noch?« fragte Matt.

»Nicht mehr lange. Es tropft schon fast nicht mehr.«

»Hast du ihre Schneeschuhe gesehen?« fragte Susan.

Matt nickte. »Ziemlich primitiv. Ein paar zusammengebundene Zweige. Aber anscheinend recht brauchbar.«

»Das müssen Jäger gewesen sein. Sie waren besser ausgerüstet, als ... als wir bisher annahmen. Aber ihre Waffen waren recht primitiv. Einer von ihnen hatte einen Speer, glaube ich. Den konnte ich sehen, als sie in der Höhle standen. Aber die meisten hatten nur ihre Keulen.«

»Falls das Jäger waren«, meinte Matt, »so gibt es hier bestimmt noch viele andere, die kochen, die Feuer versorgen, Felle gerben und so weiter. Vermutlich sind sie alle irgendwo hier unten, wenn sie hier hausen. Es sei denn, dies wäre nur eine Art Vorposten.«

»Nein, dies ist kein Vorposten«, widersprach Susan energisch. »Die Wandbilder, die vielen Tunnels und das hier ...« Sie zeigte auf das Feuer. »Das alles läßt nur einen Schluß zu: Sie leben hier.«

Matt wollte etwas sagen, schwieg dann jedoch, als er ein Klicken hinter sich hörte. Van hatte seinen Revolver von dem Zweig genommen und ließ die Trommel rotieren. Der Griff war so heiß, daß er seine Hand in den Jackenärmel zurückgezogen hatte und den Strickbund als Wärmeschutz benutzte.

Probeweise betätigte er den Abzug. *Klick*. Danach legte er die Waffe auf den Boden, sammelte die Patronen ein, spuckte in die Trommel, um sie abzukühlen, und steckte die Patronen einzeln in die Trommel, die aber noch so heiß war, daß er sich die Finger daran verbrannte. Zuletzt holte er aus seinem Rucksack eine Schachtel Reservemunition, die er in seine Jackentasche steckte. »Wieder im Geschäft!« stellte er wie ein Verrückter grinsend fest.

»Keinen Augenblick zu früh«, sagte Susan leise. »Da kommt jemand!« Sie deutete in einen der Tunnel, in dem sie schwere Schritte rasch näher kommen hörte. Es mußten mehrere Wesen sein, und ihre Eile weckte in ihr eine beunruhigende Idee: Sie wissen, wo wir sind, dachte Susan. Sie suchen uns nicht einfach planlos.

Matt starrte in die Gänge vor ihnen. »Okay, welchen nehmen wir?« flüsterte er. »Spielt wahrscheinlich keine Rolle.«

»Der rechte scheint größer zu sein«, sagte Susan. »Er führt vielleicht nach draußen. Wir wollen nicht ewig hier unten herumirren. Und wir haben jetzt eine Waffe.«

Matt sah zu Van hinüber. »Haben Sie überhaupt schon mal damit geschossen?«

Vans Antwort bestand aus einem verächtlichen Schnauben.

Sie verschwanden in dem Tunnel, den Susan ausgewählt hatte, und stellten fest, daß er breiter war als die bisher benutzten. Sie spürten einen leichten Luftzug und hörten eine leise Kakophonie: undeutlich und richtungslos wie das ferne Brausen einer Großstadt. Diese vagen Geräusche waren so beunruhigend, daß sie instinktiv eng zusammenblieben und sich die Wand entlangtasteten. Matt leuchtete alle paar Sekunden kurz den Boden ab, damit keiner stolperte.

Dann wurde das Brausen im Hintergrund von deutlichen Geräuschen näher kommender Wesen übertönt – Grunzlauten, schlurfenden Schritten –, ohne daß sich feststellen ließ, aus welcher Richtung sie kamen. Sie begannen zu laufen, ohne recht zu wissen, ob sie sich von den Geräuschen entfernten oder auf sie zuhasteten. Erst lange Sekunden später wurde ihnen klar, daß die Schritte von vorn auf sie zukamen.

Matt riskierte es, die Taschenlampe aufblitzen zu lassen, und richtete sie kurz nach vorn. In der Wandfläche links vor ihnen zeichnete sich ein dunkler Streifen ab: eine mannshohe Felsspalte, kaum einen halben Meter breit, die sich zu einer Kammer von der Größe eines Kleiderschranks erweiterte. Darin konnten sie sich verstecken. Sie rannten darauf zu, zwängten sich nacheinander hinein, Van als letzter, und warteten mit jagenden Herzen.

Van hob seine Waffe und zielte damit nach draußen. »Augen zu!« befahl er plötzlich.

»Sind Sie übergeschnappt?« flüsterte Matt.

»Das ist mein Ernst. Keine Zeit für Fragen. Tun Sie es einfach.«

Sekunden später wurden die Schritte lauter. Als die Fackeln näher kamen, war die Tunnelwand gegenüber ihrem Versteck in orangerotes Licht getaucht, das heller und heller wurde. Schließlich spürte Matt die Hitze von Feuer ganz in seiner Nähe. Dann wurden Lärm und Licht langsam schwächer, und Matt registrierte zum erstenmal, daß er sie riechen konnte: eine ekelhafte Mischung aus ranzigem Tierfett und menschlichen Ausdünstungen, die bei ihm heftigen Brechreiz hervorrief. Allmählich verschwand der Wirbel aus Bewegung, Farben und Schatten, die Geräusche verhallten, und um sie herum war es wieder dunkel und still. Er begann heftig zu zittern.

Van atmete geräuschvoll aus, und Susan seufzte kaum hörbar. »Verdammt knapp«, sagte sie leise.

»Warum sollten wir die Augen schließen?« fragte Matt.

»Später«, wehrte Van ab. »Wir müssen versuchen, hier rauszukommen, bevor wieder welche aufkreuzen.«

Nach etwa fünfzehn Metern erreichten sie einen bogenförmigen Durchgang, der nach rechts in ein riesiges Gewölbe mit bemalten Wänden führte. Die oberen Wandteile waren mit blauen und schwarzen Zeichnungen geschmückt, darunter verlief eine breite Sockelleiste mit ornamentalen Darstellungen. Von der Gewölbedecke hoch über ihnen hingen Stalaktiten, deren Spitzen blutrot angemalt wurden, wie Dolche herab. Entlang der Wände ragten mit Lederbändern und Perlenschnüren geschmückte kegelförmige Stalagmiten auf. Schwerer Tiergeruch hing in der Luft. In der Mitte lagen ausgebreitete Felle neben einem Stapel Knochen.

»Was ist denn das hier?« fragte Susan mit bebender Stimme.

»Offenbar ein Tempel«, sagte Matt ehrfürchtig.

Die Felle waren sorgfältig in einem Halbkreis angeordnet, als dienten sie zu Gebet oder Meditation. Matt drehte sich um und richtete seine Taschenlampe auf die gegenüberliegende Gewölbewand. Was er dort sah, verschlug ihm fast den Atem.

Die gesamte Wand wurde von einem farbenprächtigen Gemälde bedeckt: einem riesigen, in einzelne Felder aufgeteilten Rechteck. Wie bei Schriftrollen schienen die Felder eine fortlaufende Geschichte zu erzählen, und die in zahlreichen Schichten aufgetragenen Farben leuchteten so intensiv, als sei das Wandgemälde über viele Generationen hinweg immer wieder aufgefrischt worden.

Eine Zeitlang starrten sie es schweigend an. Die Gestalten waren wundervoll ausgeführt. Sie waren offenbar Krieger – das zeigten ihre Keulen und anderen Waffen –, die zwei gegeneinander kämpfende Parteien bildeten. Auf der einen Seite standen Krieger mit den Augenbrauenwülsten und dem stämmigen Körperbau von Neandertalern; die anderen Krieger waren größer und schlanker, hatten markante Kinne und schmale Schädel: Homo sapiens sapiens.

Matt ließ den Lichtstrahl seiner Taschenlampe langsam über das Wandgemälde gleiten. Er war von der Darstellung fasziniert, von der künstlerischen Wirkung der Farben und Linien. Offenbar war eine Schlacht dargestellt. Richtig! Zwei Menschenarten führten in grauer Vorzeit Krieg gegeneinander, und dies mußte die Entscheidungsschlacht gewesen sein. Aber warum kam ihm die Darstellung so seltsam bekannt vor?

Plötzlich wußte er es. »Susan, weißt du, was das ist?«

»Ja«, sagte sie, denn sie hatte die Darstellung praktisch gleichzeitig erkannt. Ihre Stimme klang verblüfft. »Das ›Rätsel von Chodsant!‹«

»Und es ist vollständig! Hier fehlt kein Stück. Dies dürfte das Original sein.«

»Was zum Teufel hat es hier zu suchen?«

Sie hatten nicht gemerkt, daß Van sich von ihnen entfernt und das Gewölbe durch einen weiteren Durchgang verlassen hatte. Während sie das Wandgemälde bewunderten und seine Aussage zu enträtseln versuchten, hörten sie plötzlich von weit weg einen Ruf: »Hey, kommt her! Schnell!«

Entsetzt stürzten sie los, mußten sich aber erst im Tunnelgewirr orientieren. Schließlich stießen sie auf Van, und Matt stellte erleichtert fest, daß er nicht in Schwierigkeiten steckte; er hatte sie nicht ängstlich, sondern staunend gerufen. Verwundert stand er am Rand einer riesigen Höhle.

Sie schien leer zu sein, aber alles wies darauf hin, daß sie normalerweise bewohnt war. Die aufsteigenden Rauchsäulen dreier kleiner Feuer verloren sich im Halbdunkel der kuppelförmigen Höhlendecke. Oberhalb dieser Feuerstellen, an denen vermutlich gekocht und Felle gegerbt wurden, waren die Höhlenwände rußig und rauchgeschwärzt. Matt sah sich instinktiv nach irgendeiner Bewegung um, und obwohl er keine sah, hatte er das unheimliche Gefühl, in dieser Höhle habe es noch vor kurzem von Lebewesen gewimmelt, die jeden Augenblick zurückkehren konnten.

Mit bewußter Willensanstrengung zwang er sich dazu, Ruhe zu bewahren, und nahm dann gewissenhaft alle Einzelheiten in sich auf. Überall türmten sich Berge von Tierfellen. Sie lagen auf Felshöckern und -vorsprüngen, auf dem Boden, in den Ecken aufgestapelt: zottige Büffelfelle, braune Bärenpelze, Felle von Rotwild und Elchen, Schneehasen, Murmeltieren, Gemsen und weiteren Tieren, die er nicht kannte. Auffällig war die deutliche Trennung der einzelnen Stapel voneinander.

»Der Stamm scheint aufgeteilt zu sein – wahrscheinlich in Familien«, stellte auch Susan fest. Um sie herum war der Boden mit allen möglichen Knochen bedeckt. »Sieh dir das an«, sagte sie und deutete auf einen Haufen seitlich an der Höhlenwand: mit Knorpel und Fett durchsetzte rohe Fleischstücke, teils noch blutig, teils schon angefault. »Jetzt wissen wir mit Sicherheit, daß sie Fleischesser sind.«

Links von ihnen lag ein Stapel Waffen und Werkzeuge, über den Susan sich interessiert beugte: Ahlen, Äxte, Speerspitzen und verschiedene andere Hack- und Schleifgeräte. Um einen flachen Felsblock herum, der als Amboß diente, bedeckten Steinsplitter den Boden. Faszinierend, dachte sie, eine kleine Werkzeugmanufaktur. Für primitive Hominiden war dieses Verfahren zur Bearbeitung von Steinen verhältnismäßig fortschrittlich – die Levalloistechnik, wie Susan sich erinnerte.

Als nächstes fiel ihr eine kleine Grube auf: eine natürliche Vertiefung im felsigen Boden, die auf einer Seite durch einen Halbkreis aus Felsbrocken abgeschlossen und mit Fellen ausgelegt war. Sie mußte sie einige Zeit studieren, bevor ihr der Verwendungszweck klarwurde.

»Hier leben ganz sicher Familien. Sieh dir das an.« Matt, der bewunderte, wie Susans Forscherdrang ihre Angst besiegte, trat neben sie und warf einen Blick in die Grube, aus der ihm ein ekelerregender Gestank nach Tierfellen, Kot und Urin entgegenschlug.

»Eine Art Laufstall«, erklärte Susan. »Bringt man die Kleinen darin unter, hat man die Hände frei, um einen leckeren Braten zuzubereiten.«

Sie sahen sich weiter um. Auf einem Felsband lagen mehrere Waffen, an deren Spitzen getrocknetes Blut klebte. Matt griff nach einer und roch daran; der Geruch war schwach und undefinierbar. Er legte sie wieder zurück. »Aber wohin sind sie alle verschwunden, wenn sie hier leben?« fragte er. »Anscheinend sind sie noch vor kurzem dagewesen.«

»Möglicherweise haben wir sie erschreckt und vertrieben. Eine Art Generalalarm, um die Frauen und Kinder in Sicherheit zu bringen.«

»Vielleicht wissen sie, daß wir hier sind. Vielleicht beobachten sie uns sogar. Oder sie sind dabei, uns eine Falle zu stellen.«

Van, der in die Mitte der Wohnhöhle getreten war, verharrte dort unbeweglich, machte ihnen mit einer Hand aufgeregt ein Zeichen und starrte mit weit aufgerissenen Augen in die Höhe.

Die beiden traten neben ihn und blickten ebenfalls nach oben. Vor der Höhlenwand ragte ein zu einem riesigen Standbild umgearbeiteter, mit schwarzen und weißen Fellen behängter Stalagmit auf. Die Statue schien eine Art Götzen darzustellen – möglicherweise halb Hominide, halb Tier. Sie wies die schmale Schnauze eines Höhlenbären mit glänzenden Reißzähnen auf, und darüber schien ein tief in seinen Höhlen liegendes winziges Augenpaar sie mit bösartigem Blick zu fixieren. Im Halbdunkel darüber glaubten sie eine Neandertalerstirn und schwarze Haarsträhnen zu erkennen, die in einen sechs bis sieben Meter langen Umhang aus Bärenfellen übergingen. Das Standbild erinnerte an eine riesige Voodoopuppe, und das Böse, das es verkörpern sollte, war künstlerisch genug ausgeführt, um eine Mischung aus Bewunderung und Entsetzen hervorzurufen.

»Das muß ihre Gottheit sein«, meinte Susan. »Eine zoomorphe Gottheit. Merkt ihr, daß sie ... wie sie reinen Haß ausstrahlt? Wer – oder was – sie geschaffen hat, ist selbst böse. Das hier ist ein heidnischer Götze, der Bösheit und Tod verkörpert.«

»Ja, ein Götzenbild«, sagte Matt und betrachtete nachdenklich die bräunlichen Flecken auf dem Boden um den vor der Statue aufgerichteten Baumstamm. »Würde mich nicht wundern, wenn sie ihm hier Opfer darbringen.«

Im nächsten Augenblick entdeckten sie die Schädel. Halb hinter dem Standbild versteckt, waren sie in einem dunklen Winkel aufgereiht. Matt ließ den Lichtstrahl seiner Taschenlampe langsam über sie hinweggleiten. Breite Stirnen und deutlich ausgeprägte Unterkiefer ließen nur den Schluß zu, daß es sich um Menschenschädel handelte. Einer war etwas zur Seite gedreht, so daß sie das künstlich vergrößerte Hinterhauptsloch deutlich erkennen konnten.

»Matt!« rief Susan aus. »Sie sind tatsächlich Hirnesser.«

Als er den Lichtstrahl weiterwandern ließ, fuhren sie erschrocken zusammen. Etwas abseits stand die neueste Trophäe, ein frischer Menschenschädel. Er war so grob abgehackt worden, daß darunter noch Adern, Sehnen und Knochen heraushingen, und obwohl das Gesicht schrecklich entstellt war, bestand kein Zweifel daran, daß sie Scharafidins Kopf vor sich hatten.

Matt kämpfte gegen Brechreiz an, Susan würgte krampfhaft. Van schwieg betroffen. »Gut, jetzt wissen wir es«, sagte er schließlich.

»Wir können ihn nicht einfach hierlassen«, sagte Susan. »Wir müssen irgend etwas unternehmen.«

»Sind Sie verrückt?« wehrte Van ab, der am ganzen Leib zitterte. »Wir haben keine Zeit, ihn zu bestatten – und erst recht nicht hier. Los, wir verschwinden, bevor wir enden wie er!«

Im nächsten Augenblick war irgendwo auf der anderen Seite der Höhle ein leises Geräusch zu hören, so, als sei ein Stein zu Boden gefallen. Matt fühlte, wie Susans Hand seinen Oberarm umklammerte, und schaltete sofort die Taschenlampe aus. Aber seine Reaktion kam zu spät.

Plötzlich erfüllte ein gellender Schrei die Höhle – durchdringend und klagend laut. Er hallte durch den großen Raum und kam als Echo aus den Gängen zurück.

Von einem bisher nicht wahrgenommenen Felsband an der gegenüberliegenden Höhlenwand starrte eine undeutlich erkennbare kleine Gestalt auf sie herab. Ein Kind! dachte Susan. In diesem Augenblick kreischte es wieder.

Sie flüchteten in den nächsten Tunnel und rannten wie von Furien gehetzt weiter. Das Echo ihrer Schritte hallte von den Wänden wider. Dann waren weitere Schritte zu hören – nicht ihre eigenen. Die drei glaubten, sie hinter sich wahrzunehmen, aber das ließ sich nicht mit Sicherheit sagen. Sie liefen noch schneller, gerieten wegen der großen Höhe außer Atem und kämpften in der abgestandenen Höhlenluft gegen Schwindelanfälle.

»Ich kann nicht mehr«, ächzte Van. Er stolperte jetzt immer

öfter, und seine Arme ruderten wie nutzlose Dreschflegel durch die Luft.

»Weiter! Um Himmels willen nicht stehenbleiben!« brüllte Matt ihn an. Aber Vans Gesicht war leichenblaß, glich einer Totenmaske. Der macht es nicht mehr lange, durchfuhr es Matt – und dabei hat er unseren Revolver!

Der Tunnel war plötzlich zu Ende, und sie fanden sich am Rand einer nicht sehr breiten, aber ziemlich tiefen Schlucht wieder. Matt leuchtete sie mit der Taschenlampe ab. Wenige Meter rechts von ihnen führte eine ganz aus Steinen erbaute Brücke über die Schlucht. Wie tragfähig sie war, ließ sich nicht beurteilen. »Unsere einzige Hoffnung«, sagte er keuchend. »Wir müssen einzeln hinüber.«

Van, der weiter nach Atem rang, nickte zustimmend. »Dort drüben können sie uns nicht überfallen. Versuchen sie nachzukommen, halten wir sie damit auf.« Er hielt seinen Revolver hoch.

Susan überquerte die Brücke als erste. Sie blickte nicht nach unten und ließ sich Zeit, um mit den Füßen ebene Standflächen zu ertasten. Als sie sich mitten über der dunklen Schlucht befand, hörte sie die Schritte ihrer Verfolger lauter werden. Sie beeilte sich und kam sicher hinüber. Van folgte ihr, Matt bildete das Schlußlicht.

Auf der anderen Seite ging der Tunnel weiter, und sie zogen sich in dessen Öffnung zurück und warteten. Wenig später kamen ihre Verfolger auf laut klatschenden, nackten Fußsohlen angelaufen. Sie erstarrten augenblicklich, als sie die drei Menschen jenseits der Schlucht erblickten, und für einige Sekunden herrschte atemloses Schweigen.

Aus dieser Nähe sahen sie wahrhaft abstoßend aus. Strähniges Haar fiel auf schweißnasse, dreckverschmierte Muskeln. Bösartig grinsend fletschten sie ihre Zähne, wobei Matt auffiel, daß sie keine Eckzähne besaßen. Die meisten von ihnen waren mit Keulen bewaffnet, aber einige von ihnen trugen lange, dünne Steindolche. Sie begannen vor Aufregung grunzend auf und ab zu springen.

Dann löste sich einer aus ihrer Mitte, näherte sich der Brücke und betrat sie ohne das geringste Zögern. Hinter ihm schickte sich einer seiner Kameraden an, ihm zu folgen. Auf halber Strecke blieb der erste sekundenlang stehen und starrte die drei Menschen verwirrt an. Warum liefen sie nicht davon? Was war dieser Gegenstand, den einer von ihnen in der Hand hielt?

Van hob die Waffe und zielte auf die Brust des Herankommenden. Seine Hand zitterte merklich. »Feuer!« brüllte Matt. »Los, schießen Sie endlich!« Seine Stimme hallte von den Felswänden wider. Die Köpfe der Lebewesen fuhren herum, als sie Matt anstarrten, und die Gestalt auf der Brücke blieb nochmals stehen – ein perfektes Ziel. Aber Van drückte noch immer nicht ab.

»Verdammt, worauf warten Sie noch?« brüllte Matt. Konnte Van nicht abdrücken, weil er vor Angst gelähmt war? »Her mit der Waffe, wenn Sie es nicht schaffen!«

Im nächsten Augenblick hörte er den Schußknall dicht neben seinem Ohr und sah Vans Hand durch den Rückstoß nach oben schnellen. Das Wesen auf der Brücke starrte verwirrt das Einschußloch mitten in seiner Brust an. Aus der Wunde schoß ein Blutstrom. Matt sah zu den anderen hinüber, die vor dem unglaublich lauten Knall zurückwichen, verblüfft, ja sogar ängstlich. Das auf der Brücke stehende Wesen berührte noch immer verwirrt seine Brust, aber im nächsten Augenblick kam das donnernde Echo des Schußknalls von den Felsen zurück, um sich dann sofort aus anderen Richtungen zu wiederholen. Dabei schien es lauter zu werden, bis nach einem weiteren scharfen Echo ein dumpfes Knacken und Bersten einsetzte, mit dem Felsblöcke herabzustürzen begannen. Dieses Geräusch wurde immer lauter und ließ den Boden unter ihren Füßen wie bei einem Erdbeben erzittern. Als weitere Felsblöcke herabstürzten, füllte die Schlucht sich rasch mit Staub, der ihnen die Sicht nahm.

»Felssturz!« rief Susan, während sie in den Gang zurückwichen.

Im nächsten Augenblick schien die Tunneldecke über ihnen sich in einzelne Felsblöcke aufzulösen, die mit ohrenbetäubendem Krachen auf sie herabstürzten – erbarmungslose Steinmassen, die einen so rasch unter sich begruben, daß man keine Zeit mehr hatte, Schmerzen zu empfinden.

Als Matt wieder zu sich kam, spürte er als erstes eine schwere Last auf seinen Beinen. Um ihn war völlige Dunkelheit. Die Luft war mit Staub erfüllt und machte ihm das Atmen schwer. Zunächst konnte er sich nicht daran erinnern, wo er sich befand und was geschehen war, aber allmählich fiel ihm wieder alles ein: die Gemälde an der Höhlenwand, die im Schnee auftauchenden Wesen, Rudis Tod, die Verfolgungsjagd, die große Höhle, der Revolverschuß. Vorsichtig versuchte er seine Beine zu bewegen, stellte aber fest, daß er das nicht konnte. Waren sie durch den Felssturz zerquetscht worden? Fühlte es sich so an, wenn man keine Beine mehr hatte? Er tastete seine Jackentaschen ab und erfühlte die Umrisse eines Taschenmessers und einer Streichholzschachtel. Rudis Zündhölzer! Der Russe hatte sie ihm in die Hand gedrückt, unmittelbar bevor er die Höhle verlassen hatte. Wie lange war das her? Stunden? Tage? Wochen?

Als er die Schachtel herauszog und ein Streichholz anriß, blendete ihn ein greller Lichtblitz, aber dann brannte die Flamme von einem gelblichen Ring umgeben niedrig weiter, und er sah sich um. Seine Beine verschwanden unter einem Berg von Geröll und Felsbrocken, der schräg bis zur Tunneldecke hinaufführte. An seinem linken Arm lief Blut hinunter. Durch den Staub konnte er undeutlich eine in seiner Nähe liegende bewegungslose Gestalt erkennen: Susan.

Dann begann die mühsame Arbeit, sich unter den Gesteinsmassen herauszuwühlen. Bei völliger Dunkelheit und auf dem Rücken liegend, war das schwieriger als erwartet. Als er anfing, das Geröll mit den Händen wegzuräumen, mußte er sich so angestrengt nach vorn beugen, daß seine Bauchmuskeln sich schmerzhaft verkrampften. Mit beiden Händen schaufelte er das Geröll hinter sich, bis es eine Rückenstütze bildete. Seine Finger begannen zu bluten. Die Arbeit ging langsam voran, denn sobald er ein Loch gegraben hatte, rutschte von oben Geröll nach und füllte es wieder auf.

Schließlich ertastete Matt einen metallischen Gegenstand. Erleichterung durchflutete ihn, als er merkte, was ihm in die Hände gefallen war – die Taschenlampe! Unwillkürlich hielt er den Atem an, als er sie einschaltete, aber sie brannte nicht. Enttäuscht warf er sie weg und grub weiter. Nach etwa einer halben Stunde steckten nur noch seine Füße fest, und indem er sich ganz zurücklegte und mit beiden Händen abstemmte, gelang es ihm endlich, sie unter dem Geröll herauszuziehen. Sein linkes Bein konnte er gut bewegen, aber im rechten verspürte er bei der geringsten Bewegung starke Schmerzen.

Susan regte sich und begann, eintönig leise vor sich hinzureden.

Matt riß ein weiteres Streichholz an, kroch zu ihr hinüber und streichelte ihre Wange. Sie öffnete kurz die Augen, schloß sie gleich wieder und kratzte sich mit der rechten Hand am Arm. Matt spürte hinter ihrem Kopf etwas Feuchtes, das in dünnen Rinnsalen ihr Haar verklebte: Blut. Er versuchte aufzustehen und stellte fest, daß er zurechtkam, wenn er sein Gewicht aufs linke Bein verlagerte und sich mit einer Hand an der Tunnelwand abstützte. Dann zog er Susan hoch. Sie konnte sich auf den Beinen halten, obwohl ihre Augen noch geschlossen blieben.

Matt zündete ein weiteres Streichholz an und sah sich um. Ohne die Wände einstürzen zu lassen, hatte der Felssturz den Tunnel hinter ihnen mit Geröll angefüllt, als habe eine Planierraupe tonnenweise Aushubmaterial in den schmalen Gang geschoben. Van und der Revolver waren nirgends zu sehen. Nicht das schlechteste Ende, dachte Matt: schnell und schmerzlos, Tod und Begräbnis zur gleichen Zeit. Er bewegte seinen rechten Arm, um nach dem Rucksack zu greifen, den er noch immer trug, und spürte dabei Schmerzen in seiner Schulter.

Sie stolperten den Tunnel entlang weiter. Susans Zustand beunruhigte ihn. Sie murmelte ständig etwas vor sich hin, aber er verstand nur einzelne Worte. Als er ihr beruhigend zuredete, verstummte sie.

Er tastete sich um eine Biegung und riß das letzte Zündholz an. Vor ihm lag ein gerader Tunnelabschnitt. Dann glaubte er weiter vorn einen dünnen Lichtstrahl auszumachen, der den Tunnel wie eine Schwertklinge schräg durchstieß. Sanft ließ er Susan zu Boden sinken, humpelte darauf zu, kniete nieder – diesmal waren die Schmerzen in der Schulter stärker – und legte sein Gesicht an das Loch. Kalte, frische Luft traf sein Gesicht, drang in seine Lunge und schien sich wie ein hastig gekippter Whiskey durch seinen Körper auszubreiten.

Matt vergrößerte das Loch, lockerte die Steine am unteren Rand und schob sie beiseite. Diese Arbeit ging überraschend schnell voran, so daß er schon bald seinen Kopf und danach den Oberkörper aus dem Loch stecken konnte. Draußen, wo der Sturm den Schnee zu Wehen aufgehäuft hatte, war es kalt und still. Die Sonne blendete ihn so sehr, daß er kaum etwas sehen konnte.

Als er später mit Susan zurückkam, mußte er sie von hinten durch das Loch hinausschieben. Ihre Beine sanken schlaff in den Schnee, und ihre Augen blieben geschlossen. Um möglichst schnell von der Höhle wegzukommen, versuchte er aufzustehen und sie hinter sich herzuziehen, aber das war nicht zu schaffen. Erschöpfung und Schmerzen überwältigten ihn schon nach wenigen Schritten. Als er kraftlos in den Schnee sank, konnte er schon nicht mehr klar denken. Er schlang seine Arme um Susan und zog sie an sich, so daß ihr Kopf unter seinem Kinn lag. Dort paßte er genau hin. Endlich vereint, war sein einziger Gedanke.

Allmählich ergriff die Kälte von ihm Besitz. Seine Glieder wurden schwer, seine Sinneswahrnehmungen träge. Er dachte an Lichter, die in abgelegenen Räumen eines weitläufigen Herrenhauses ausgingen. Er drückte Susan enger an sich und sank in den Schnee zurück, der ihm unerklärlich warm vorkam. Dann hob er sein Gesicht der Sonne entgegen, die vor seinen geschlossenen Lidern ein gleißendhelles Feuerwerk aus Sternschnuppen und Meteoren erzeugte, und fühlte sich in diesen weißglühenden Strudel, diesen Ursprung der Schöpfung, hineingezogen.

So verharrten sie unbeweglich wie Statuen, bis der Wind den Schnee um sie herum aufhäufte. Als dann Wolken aufzogen und die Sonne verdeckten, näherten sich ihnen unförmige Gestalten, und lange, behaarte Armpaare griffen nach ihnen, um sie aus dem Schnee zu bergen.

Teil II

Der Garten Eden

13

Kane neigte den Glasbehälter der Kaffeemaschine nach vorn und hielt den Deckel fest, während er den Rest des abscheulich schlechten Kaffees in einen Styroporbecher kippte.

Am Abend zuvor war er mit einem Hubschrauber angekommen, der ihn vom Flughafen Duschanbe abgeholt hatte, wo eine Gruppe aufgeregter tadschikischer Offiziere, von denen keiner ein einziges Wort Englisch sprach, ihn eilig durch Paßkontrolle und Zollabfertigung geschleust hatte. Um Aufsehen zu vermeiden, hatte er Zivil getragen.

Anschließend hatte er zwei Stunden an Bord des Hubschraubers verbracht, der wie ein fliegender Leuchtturm über kahle, nur mit Buschwerk und niedrigen Bäumen bewachsene Landstriche hinweggedonnert war. Gelandet waren sie dann auf einer kleinen Lichtung außerhalb von Murgab, einer unscheinbaren tadschikischen Kleinstadt am Fuß des Pamirhochlands.

Abgeholt wurde er von dem Offizier vom Nachtdienst, einem Mann namens Grady, der einen verknitterten Arbeitsanzug trug, dem Besucher flüchtig die Hand schüttelte und dabei gähnte. Kane brauchte keinen Dienstausweis vorzuzeigen, was bei einem unter so strenger Geheimhaltung ablaufenden Unternehmen sehr befremdlich war. Als sie den Schlafsaal erreichten, deutete Grady vage auf die in Reihen aufgestellten Stockbetten und sagte: »Nehmen Sie sich irgendeines. Sie sind alle gleich – unbequem.«

Kane stellte seine Reisetasche ab. Aus dem dunklen rückwärtigen Teil des Raums kamen unterschiedliche Schnarchtöne. Auf dem Tisch in der Raummitte standen ein Fernseher und ein Videorecorder zwischen einem unordentlichen Kassettenstapel, Ausgaben der Illustrierten *Penthouse* und *Hustler* und leeren Colaflaschen, von denen mehrere aufgeweichte Zigarettenstummel enthielten. Zwischen ihnen sah Kane auch zwei fast leere Aspirinfläschchen. Aus den rissigen Wänden des Schlafsaals quoll Langeweile.

Eine Bruchbude, soviel stand fest. Kane erinnerte sich an alte Photos von Los Alamos, an die Holzbaracken mitten in einer Wüste, in denen die genialsten Wissenschaftler des Jahrhunderts sich versammelt hatten, um ihre teuflische Vernichtungsmaschine zu erschaffen: der einsturzgefährdete Wasserturm, die schlammigen Straßen, die bestimmt nach Schweiß riechende Turnhalle und das kleine Ranchhaus, in dem die Bombe zusammengebaut worden war. Merkwürdig, daß die umwälzendsten Ereignisse oft in trostloser Umgebung stattfanden.

Er öffnete die rückwärtige Tür und ging den Korridor entlang auf einen schwachen Lichtschein zu. Grady saß in einem kleinen Dienstzimmer, hatte die Füße auf dem Schreibtisch hochgelegt und balancierte ein Taschenbuch auf den Knien. In die Wand vor ihm war eine Reihe von Bildschirmen eingelassen: Zwei davon waren dunkel, drei funktionierten. Einer zeigte eine kahle gekachelte Wand mit einem Waschbecken – sonst nichts. Auf den beiden anderen Bildschirmen war aus verschiedenen Blickwinkeln eine seitlich zusammengerollt auf einer Matratze liegende dunkle Gestalt zu sehen. Einzelheiten waren kaum zu erkennen, aber die Gestalt bewegte sich jedenfalls nicht und schien zu schlafen.

»Ist er das?« fragte Kane.

»Richtig. Unser Dornröschen.«

Kane warf einen Blick auf die am rechten unteren Bildrand eingeblendeten Zahlen. »Sie nehmen alles auf?«

»Genau. So steht es in der Dienstanweisung.«

»Mit Ton?«

»Wir nehmen ihn auf, aber wir regeln die Lautstärke runter. Sonst würden wir überschnappen.«

Grady beugte sich nach vorn und drehte einen Lautstärkeregler nach rechts. Aus dem Deckenlautsprecher kam ein merkwürdiges, langsames Pfeifgeräusch, und Kane brauchte einen Augenblick, um es als Atemgeräusch zu erkennen. Er sah auf seine Uhr und kontrollierte die Intervalle mit Hilfe des Sekundenzeigers. Grady beobachtete ihn, dann drehte er den Knopf wieder nach links.

Später, als Kane unten in einem Stockbett lag, versuchte er, die vorhin gehörte Atmung zu imitieren. Aber das war schwierig, denn die Pausen vor dem Ausatmen waren ungewöhnlich lang.

Beim Frühstück am nächsten Morgen lernte Kane die sechs anderen Männer aus dem Schlafsaal kennen: lauter Amerikaner, lauter schweigsame und zurückhaltende Soldaten wie er selbst. Gefängniswärter.

Obwohl er vor seinem Abflug aus der Türkei eingehend informiert worden war, hatte er weiter das Gefühl, auf das Erlebnis, das ihm bevorstand, ungenügend vorbereitet zu sein. Er wußte seit einiger Zeit von dem »Unternehmen Achilles« – man brachte es nicht bis zu seinem Dienstgrad, ohne sich ein zuverlässiges Informationsnetzwerk aufgebaut zu haben – und hatte Eagleton und anderen genügend weitere Informationen abgeluchst, um ziemlich genau im Bilde zu sein, was hier ablief. Trotzdem war es ihm schwergefallen, wirklich daran zu glauben – bis ihm vor einigen Minuten die Akte vorgelegt worden war.

Er war in einen kleinen, fensterlosen Raum geführt worden, in dem sie als einziges Aktenstück auf dem Schreibtisch lag. Die Tür schloß sich hinter ihm, und Kane war allein. Auf dem Fensterbrett stand ein großes Fläschchen Aspirin – das dritte, das er hier gesehen hatte. Langsam, als habe er eine potentielle Briefbombe vor sich, öffnete er den großen braunen Umschlag, der auf Vorder- und Rückseite mit *Classified Level 5* – was die höchste Geheimhaltungsstufe bedeutete – und U.S. MILINTEL gestempelt war. Er zog einen zweieinhalb Zentimeter dicken Stapel Papier heraus und überflog die Einleitung, die vermutlich ein Wissenschaftler in für das Militär untypisch blumiger Ausdrucksweise geschrieben hatte. Danach kam er zu den entscheidenden Abschnitten der Zusammenfassung.

> Die Versuchsperson wurde in gebirgigem Gelände neben einem Fußweg aufgefunden; der genaue Fundort ist unbekannt. Sie lag anscheinend krank oder verunglückt auf dem Bauch, als sie von zwei Schafhirten entdeckt wurde. Die beiden, denen das fremdartige Aussehen der Versuchsperson sofort auffiel, ließen sie zunächst liegen, kamen aber später zurück, luden sie auf einen Karren und transportierten sie ins tadschikische Dorf Dschibaillot, in dem die Versuchsperson vorläufig in einem Stall untergebracht wurde. Als ihr Zustand

sich verschlechterte, wurde sie in die nächste Ambulanzklinik gebracht, wo der Arzt sich weigerte, sie zu behandeln. Sie durfte jedoch in der Klinik bleiben, und ihre Existenz kam dem amerikanischen Konsul zu Ohren, der die laut *DATCOM 3824* vorgeschriebene Meldung erstattete. Die Versuchsperson wurde unter strengsten Sicherheitsvorkehrungen nach Murgab verlegt und dort in Einzelhaft genommen.

Der Gesundheitszustand der Versuchsperson besserte sich allmählich so weit, daß sie zu Bewußtsein kam und wieder zu essen begann, obwohl ihre artgerechte Ernährung noch immer Probleme aufwirft. Mental scheint sie zeitweilig erregt zu sein und macht dann den Eindruck, gegen ihre Gefangenschaft aufzubegehren. Deshalb sind die Sicherheitsvorkehrungen verstärkt worden. Experimente mit ihr sind schwierig, aber nicht unmöglich; sie werden allerdings zunehmend komplizierter. Trotzdem sind auf experimentellem Gebiet bereits gravierende Abweichungen festgestellt worden. Tatsächlich unterscheiden die Reaktionen der Versuchsperson sich ganz erheblich von allen bisher bei Menschen beobachteten.

Bei Menschen. Dieser Ausdruck fiel Kane auf – erster Hinweis darauf, daß »die Versuchsperson« so völlig außergewöhnlich war, daß hinter diesen gefühllos nonchalant niedergeschriebenen Informationen nichts weniger als die erstaunlichste wissenschaftliche Entdeckung der Weltgeschichte steckte. Er blätterte die restlichen Schriftstücke durch und fand ärztliche Untersuchungsberichte, deren Werte mit schräger Füllerschrift eingetragen waren. Blutdruck, EKG, Ultraschall, DNA-Tests. Einige der Körpermaße waren mit Ausrufezeichen versehen.

Als diese Untersuchungen vorgenommen worden waren, schien »die Versuchsperson« nicht bei vollem Bewußtsein gewesen zu sein. Eine Anmerkung gab Aufschluß darüber: Die Versuchsperson sei sehr wenig »kooperationsbereit« und gerate beim Anblick eines Stethoskops oder anderer Instrumente aus Zorn, Angst oder einer Kombination von beidem in unkontrollierbare Rage. Dann folgten viele Seiten Aufzeichnungen, offenbar über Wahrnehmungstests: Farb- und Schwarzweißphotos von Bausteinen, Dreiecken, Kreisen, Quadraten, Spielkarten, Bildpostkarten, Hinweise auf Videoaufnahmen.

Während Kane noch versuchte, die verwendeten Fachausdrücke zu entschlüsseln, ging die Tür auf, und ein kleiner Mann mit Stirnglatze kam mit schon ausgestreckter Hand hereingestürmt: ein nervöses Energiebündel in einem weißen Arztkittel, aus dessen Brusttasche eine Füllerkappe ragte.

»Ich bin Resnick. Willkommen in unserem kleinen Schlupfwinkel.«

Kanes Antwort war ein Knurren, woraufhin Resnick gleich zur Sache kam. Er sei besorgt, sagte er, weil der Gesundheitszustand der Versuchsperson sich rapide verschlechtert habe. Sie verweigere die Nahrungsaufnahme. Das sei besorgniserregend und irritierend, zumal sie keinen Aufwand gescheut hätten, eine optimale Ernährung sicherzustellen. Es sei nicht leicht, in diesem Teil der Welt Frischgemüse zu beschaffen. Sie seien sogar dazu übergegangen, frisches Gemüse mit dem Flugzeug aus der Provinzhauptstadt zu holen, aber die Versuchsperson magere trotzdem gefährlich schnell ab.

Resnick seufzte. »Man könnte denken, sie habe beschlossen, einfach aufzugeben. Das dürfen wir natürlich nicht zulassen. Unter Umständen müssen wir auf Zwangsernährung zurückgreifen. Das wäre mir sehr unangenehm, aber möglicherweise bleibt uns nichts anderes übrig.«

»Erzählen Sie mir von ihrer besonderen Fähigkeit«, sagte Kane.

»Ah, von der Begabung.« Resnick lächelte schwach und wich seinem Blick aus.

»Existiert sie wirklich?«

»Ich hätte sie Ihnen gern vorgeführt, aber das ist im Augenblick nicht möglich, fürchte ich. Die Versuchsperson weigert sich seit einiger Zeit, mit uns zusammenzuarbeiten.«

»Aber Sie haben die Fähigkeit beobachtet? Haben sie aufgezeichnet?«

»Nicht eindeutig. Ursprünglich ja, aber dann sind die Wiederholungen schwieriger geworden. Unser Material ist nicht – wie soll ich es ausdrücken – wissenschaftlich unangreifbar. Das können sie ohne strikte Kontrollmechanismen auch nicht sein. Keine

Kontrollgruppe und dergleichen. Wie soll es bei nur einer Versuchsperson eine Kontrollgruppe geben können?«

»Aber *Ihrer* Überzeugung nach existiert sie?«

Resnick lächelte nochmals sein schiefes kleines Lächeln. »Sie müssen verstehen, daß ich in erster Linie Wissenschaftler bin. Ich verlange Tatsachen, wo andere bereit sind, sich auf Vermutungen zu stützen. Annahmen, Theorien ... das alles interessiert mich nicht.«

Kane erinnerte sich, was er in Resnicks Dossier über ihn gelesen hatte: ein penibler Wissenschaftler, der Van Steeds unterstand – diesem modernen Jünger B. F. Skinners, der mit einer Arbeit über den Thalamus und Psycholingualismus promoviert hatte. An den Rand hatte Eagleton eine Beurteilung gekritzelt: *Resnick würde jeden Versuch durchführen, ohne Fragen zu stellen.* Mit anderen Worten, die Idealbesetzung als Leiter einer Versuchsreihe, die von den wenigen Wissenschaftlern, die jemals davon erfahren durften, bestimmt skeptisch beurteilt werden würde. Wie es seiner ganzen Art entsprach, weigerte er sich vermutlich sogar, die offenkundigen Ergebnisse der eigenen Arbeit zu akzeptieren, wenn sie nicht lückenlos bewiesen waren. Kane knurrte nochmals: »Ich möchte es sehen.«

Ein Teil von Kanes Ich sträubte sich dagegen, die Kellertreppe hinunterzugehen. Den Grund dafür kannte er: die Macht der Erinnerung. Vor fast zwanzig Jahren war er in Uganda eine ähnliche Treppe hinuntergestiegen. Kurz davor war Idi Amin aus Kampala geflüchtet. Als junger Militärattaché der amerikanischen Botschaft in Nairobi war Kane in die zerstörte Hauptstadt geeilt und hatte zu den ersten gehört, die Amins verlassene Residenz durchsuchten; durch einen unterirdischen Gang war er ins berüchtigte staatliche Forschungsamt hinübergelangt. Dort war Kane mit seiner Taschenlampe als einziger Lichtquelle eine Kellertreppe wie diese in ein Verlies hinuntergestiegen, in dem erst wenige Stunden zuvor siebzig Gefangene abgeschlachtet worden waren. Einige lebten noch, obwohl sie in Stücke gehauen waren, und er war buchstäblich in Blut über den Betonboden gewatet. Die Erinnerung daran verursachte ihm noch heute gelegentlich Alpträume.

Als sie unten eine massive Stahltür erreichten, klapperte der vorausgehende Resnick mit einem Schlüsselbund und hielt einen gezackten Generalschlüssel hoch. Sobald die Tür aufging, schlug Kane ein unbeschreiblicher Gestank entgegen: eine Mischung aus Urin, Kot und saurem Schweiß, die jedoch von etwas Stärkerem überlagert war – einem durchdringenden Geruch, gegenüber dem alle anderen Gerüche zurücktraten.

»Am Morgen ist es meistens besser, aber das weiß man nie so genau«, erklärte Resnick. »Und das wirft natürlich die Frage auf, woher es weiß, das es Morgen ist. Hier unten gibt es keine Fenster, müssen Sie wissen, keinerlei Hinweise auf die Tageszeit.« Er sprach über die Schulter – diensteifrig wie ein Oberarzt, der mit einem neuen Assistenzarzt die erste Visite macht. Sie kamen an einem halben Dutzend leerer Zellen vorbei und blieben dann vor einer weiteren Stahltür stehen.

»So, ab hier gehen Sie am besten allein weiter. Wir wollen es ja nicht unnötig aufregen. Halten Sie den Kopf gesenkt, wenn Sie in sein Blickfeld treten. Nach unserer Erfahrung regt es sich dann am wenigsten auf. Und bewegen Sie sich extrem langsam. Keine plötzlichen Bewegungen – die sind am schlimmsten. Halten Sie sich von den Gitterstäben fern. Sie werden vielleicht das Gefühl haben, in Ihrem Kopf gingen seltsame Dinge vor. Aber reden Sie es nicht an. Reden Sie es unter keinen Umständen an. Bleiben Sie stumm, selbst wenn es Laute von sich gibt.« Er schloß die Tür auf und trat beiseite, um den Besucher einzulassen. Kane mußte seinen ganzen Mut zusammennehmen, um einen Schritt nach vorn zu machen. Und noch einen.

Schon bevor Kane das Wesen ganz im Blickfeld hatte, fühlte er sich wie vor den Kopf geschlagen. Er hatte es überdeutlich vor sich: Er sah es und roch es und nahm es irgendwie mit Sinnen wahr, von denen er nicht einmal gewußt hatte, daß er sie besaß. Sein Blick suchte es von oben bis unten ab und konzentrierte sich dann auf Einzelheiten – analysierend, forschend, beurteilend. Das Wesen lag mit dem Gesicht zur Wand auf einer Matratze zusammengerollt, so daß Kane zunächst nur seinen runden Rücken sah. Es war behaart, aber die Haut erinnerte trotz ihrer dunklen Graufärbung an die eines Menschen. Die spärlichen, verfilzten Haare waren lang, dünn und schwarz wie die eines Schimpansen.

Die Schultern des Wesens waren rund und muskulös, aber unnatürlich nach vorn gezogen, und Kane registrierte, daß daran die Armfesseln schuld waren, die seinen Oberkörper einengten. Massive Stahlbänder umgaben seine Handgelenke, und auf dem Rücken geschlossene Stahlketten zogen seine Hände unter den Armen hindurch, so daß es wie in einer Zwangsjacke steckte. Wo es sich an seinen Fesseln aufgerieben hatte, waren Eiter und getrocknetes Blut zu sehen. Das Wesen trug eine gelbliche Hose, deren Nähte an den Oberschenkeln aufgetrennt waren, damit seine gewaltigen Muskeln sie nicht sprengten. Der Hosenboden war ausgeschnitten, so daß sein riesiges, mit angetrocknetem Kot beschmutztes Gesäß hervorragte. Seine übergroßen nackten Füße wiesen abgespreizte große Zehen auf. Die sichtbare rechte Fußsohle war hellrosa.

Die Zelle enthielt praktisch keine Einrichtung. An einer Wand war ein Waschbecken angebracht, aber das angekettete Wesen konnte es nicht erreichen. Es gab weder Klo noch Toiletteneimer. Der Betonboden fiel zu einem Ablauf hin ab, und in einer Ecke hing ein dicker Gummischlauch über einem Wasserhahn.

Es mochte an dem Gestank oder an einem Adrenalinschub liegen, aber Kanes Kopf fühlte sich plötzlich schwer an, als wachse darin etwas, und er kniff die Augen zusammen, weil er tief dahinter einen bohrenden Schmerz fühlte. Aber er hatte keine Zeit, sich darauf zu konzentrieren, denn im nächsten Augenblick bewegte das Wesen sich und schaffte es, sich aufzusetzen. Langsam drehte es sich um und betrachtete Kane, ohne im geringsten überrascht oder erstaunt zu wirken. Reglos starrten sie einander an.

Als Kane in die von einer blauen Iris umgebenen, winzigen dunklen Pupillen blickte, wußte er sofort, daß er nicht die trübe Oberflächenreflexion irgendeines Tieres vor sich hatte, sondern in die tiefen Wasser eines intelligenten Lebewesens blickte. Sie starrten einander an wie zwei Jagdflugzeuge, die sich gegenseitig auf dem Radar haben und nun den Gegner ansteuern. Und Kane gefiel nicht, was er sah. Er fühlte instinktiven Haß in sich aufsteigen. Sein Blick glitt höher und konzentrierte sich auf den Augenbrauenwulst des Wesens, der völlig ebenmäßig geformt und symmetrisch war, aber grotesk deplaziert wirkte. Dieser an einen Tumor erinnernde Wulst stieß ihn ab.

Kane empfand nicht das geringste Mitleid. Er hielt seinen Kopf nicht gesenkt, sondern reckte ihn im Gegenteil hoch und starrte das hilflose Wesen direkt an. Ohne darüber nachzudenken, sprach er aus, was ihm irgendwo aus seinem tiefsten Inneren in den Kopf kam: »Du würdest genauso mit uns umgehen, nicht wahr?« Das Wesen warf sofort seinen Kopf in den Nacken, hob das Gesicht und stieß einen gellenden, halb menschlichen Klageschrei aus, der von den Wänden seiner Zelle zurückgeworfen durch den engen Korridor hallte.

Im nächsten Augenblick wurde Kane hastig von Resnick weggezerrt. »Was haben Sie gemacht? Was haben Sie gemacht? Ich habe es Ihnen doch gesagt, ich habe es Ihnen doch gesagt, ich habe Sie gewarnt!« Während er die Treppe ins Licht hinaufstieg, hörte er weiter Laute hinter sich, jetzt ein klagendes Winseln. Dann fiel eine Tür krachend zu und ließ die Klagelaute abrupt verstummen.

Oben in dem kleinen Büro sank er mit zitternden Knien auf einen Stuhl. Während er Resnick beobachtete, der herumwuselte und sich den weißen Arztkittel glattstrich, spürte Kane wieder diese seltsamen Schmerzen, als blähe sich in seinem Kopf etwas auf.

Er erwachte langsam, stieg wie ein heraufkommender Taucher durch mehrere Bewußtseinsebenen auf. Bewegungslos lag er da, öffnete dann die Augen und schloß sie wieder. Sein träge arbeitendes Gehirn brauchte lange, um eine Frage zu formulieren: Wo bin ich? Am liebsten wäre er in einen langen Schlaf versunken, aber irgend etwas zwang ihn dazu, an die Oberfläche und ans Licht darüber zurückzukehren. Matt öffnete endgültig die Augen und blinzelte.

Als er sich bewegte, durchzuckten Schmerzen den rechten Oberschenkel, zogen über den Rücken und konzentrierten sich in seiner rechten Schulter. Er hob seine linke Hand in die Luft und hielt sie vor sein Gesicht. Drei Finger – Mittelfinger, Ringfinger und kleiner Finger – waren praktisch gefühllos, und er griff mit der anderen Hand nach ihnen. Immerhin ließen sie sich noch bewegen. Als er sich aufsetzen wollte und dazu sein Gewicht auf die Ellbogen verlagerte, wurden die Schmerzen in der rechten Körperhälfte noch stärker, fast unerträglich.

Was war passiert? Matt zwang seinen Verstand mit bewußter

Willensanstrengung in den Rückwärtsgang. Aus einzelnen Erinnerungen entstand allmählich ein vollständiges Bild. Und eine panische Angst brandete in ihm hoch, griff mit eisiger Hand nach seinem Herzen: Wo ist Susan? Lebt sie noch? Er zog die Beine an, setzte sich auf – die Schmerzen kamen zuverlässig wie ein Nachbeben eine Zehntelsekunde später – und sah sich um.

Seine gesamte Umgebung war grün: Blätter und Pflanzen und Ranken. Plötzlich hatte er das Gefühl, ewig lange keine Bäume mehr gesehen zu haben. Ihre wundervolle Rinde war üppig dunkelbraun. Eine leichte Brise, nicht kalt, ließ die Zweige sich sanft bewegen: ein rhythmisches Hin und Her, das ihn etwas schwindlig machte. Über ihm waren die Äste und Zweige zu einem Blätterdach verwoben, durch das er den Himmel sehen konnte. An manchen Stellen war dieses Laubdach so dicht, daß das Sonnenlicht in schrägen Strahlen hindurchfiel – wie bei Bibelillustrationen, die den Urwald zu Beginn der Schöpfung zeigten.

Matt hatte auf einer Unterlage aus miteinander verflochtenen Zweigen, Blättern und Gras geruht. Sie war nicht unbequem – aber auch nicht natürlich gewachsen. Irgend jemand hatte diese primitive Lagerstätte hergerichtet. Nur wer? Er versuchte nochmals, sich an die Ereignisse zu erinnern, die ihn hergeführt hatten, aber nach dem Felssturz waren alle Bilder verschwommen. Staub und Felsbrocken im Schein eines Streichholzes, daran erinnerte er sich gut. Dann hatte er sich unter dem Gestein herausgewühlt, das die Erklärung für die Schmerzen in seiner rechten Körperhälfte war.

Auf seinem Hemd war angetrocknetes Blut zu sehen, und als er daran zupfte, durchzuckten ihn Schmerzen; offensichtlich klebte das Hemd an seinem Körper. Er zog es vorsichtig hoch und stellte fest, daß er darunter zwischen Hüfte und Rippenbogen eine großflächige Schürfwunde hatte. Häßlich aussehend, gewiß, aber nicht weiter schlimm. Er hielt seine gefühllosen Finger hoch und bewegte sie erneut. Sie reagierten langsam und widerstrebend. Erfrierungen. Jetzt erinnerte er sich, wie er aus der Höhle entkommen war, wie er Steine mit bloßen Händen weggeräumt und Susan ins Freie geschoben hatte. Er erinnerte sich an blendende Helligkeit und lähmende Erschöpfung. Aber wie war er hierhergekommen – wo immer *hier* sein mochte? Und wo war sie?

Einige Meter von sich entfernt sah er am Fuß eines Baums seine zusammengerollte Daunenjacke liegen. Neben ihr sein Rucksack. Ein hoffnungsvoller Anblick, den er als gutes Zeichen deutete. Irgend jemand mußte ihn hergebracht haben, und die dafür verantwortliche unbekannte höhere Macht hatte ihn am Leben gelassen – wenigstens vorerst. Vielleicht war Susan ebenfalls hierhergelangt; vielleicht hatte sie seine Sachen in seiner Nähe abgelegt.

Matt grunzte, nahm seine Kraft zusammen und stand auf. Anfangs fühlte er sich so schwindlig, daß er sich an den nächsten Baum lehnen mußte. Als das Schwindelgefühl nachließ, ging er zu seinem Rucksack, kniete nieder, machte ihn auf und kontrollierte den Inhalt. Alles schien noch vorhanden zu sein – sogar die Signalraketen, die er von Van übernommen hatte. In der oberen Lage fand er den Erste-Hilfe-Kasten aus blauem Kunststoff, klappte ihn auf und nahm die Flasche mit dem Antiseptikum heraus. Ihr Verschluß ließ sich leicht aufschrauben; sie war schon geöffnet worden. Matt hielt sie gegen das Licht und stellte fest, daß gut ein Viertel ihres Inhalts fehlte. Er zog das Hemd hoch und begutachtete nochmals seine Schürfwunde: nicht entzündet und an den Rändern bereits verschorft. Irgend jemand mußte sie behandelt haben.

Er befand sich in einer Art Hain. Üppiges Grün erstreckte sich nach allen Richtungen, und der Waldboden war mit hohen Farnen bewachsen, die starken Moderduft verbreiteten. Er sah sich um und entdeckte einen Fußweg, dem er vorsichtig folgte. Jeweils nach etwa einem Dutzend Schritten blieb er wieder stehen, um sich zu vergewissern, daß alles in Ordnung war, und er hielt sogar den Atem an, um besser horchen zu können. Aber nichts bewegte sich, und er hörte nur natürliche Geräusche.

Matt staunte über den üppigen Pflanzenwuchs. Hier roch es nach Moos, Laub und reifen Früchten, und um die Bäume rankten sich Schlingpflanzen. Offenbar befand er sich viele hundert Meter tiefer als die Höhle und das baumlose Hochplateau, auf dem sie vom Schneesturm überrascht worden waren. Trotzdem war die Vegetation für das Pamirhochland viel zu üppig und fruchtbar, falls er nicht in irgendein abgelegenes Tal mit außergewöhnlich mildem Klima gebracht worden war – vielleicht durch hohe Gipfel abgeschirmt, mit Schmelzwasser bewässert und durch vulkanische Dämpfe erwärmt.

Als der Weg durch ein dunkles Waldstück führte, wurde Matt noch vorsichtiger. Schließlich kam er an den Rand einer Wiese und setzte sich hin, um sein weiteres Vorgehen zu überdenken. Die Vorstellung, freie Flächen überqueren zu müssen, gefiel ihm nicht. Unschlüssig starrte er über das Gras hinweg, dessen Spitzen sich etwa in Augenhöhe befanden. Fliegen summten vorbei. Er fühlte mit plötzlichen Magenschmerzen, wie ausgehungert er war, aber er besaß nicht genug Energie, um sich auf die Suche nach etwas Eßbarem zu machen. Zusammengesunken blieb er sitzen, hob die linke Hand und betrachtete seine Finger, die schon etwas weniger gefühllos waren. Dabei dachte er an den von Jack London geschilderten Trapper, der von Wölfen umzingelt am Lagerfeuer sitzt und in seinen letzten wachen Augenblicken noch über die Schönheit der menschlichen Hand nachgrübelt – die gesamte Schöpfung in der biegsamen Bewegung sich krümmender Finger eingefangen.

Dann sah er das Wesen. In seinem eigenartig plumpen Trott kam es schnell über die Wiese heran. Es war nackt und schien etwas über der Schulter zu tragen. Matt sank tiefer und hielt den Atem an. Es kam genau auf ihn zu. Nur mühsam konnte er den Instinkt bezwingen, aufzuspringen und davonzurennen. Statt dessen drehte er sich auf dem Bauch liegend um, kroch durchs hohe Gras in den Wald zurück, krabbelte sich dort hoch und lief mit eingezogenem Kopf geduckt weiter. Sobald er einige Bäume hinter sich hatte, richtete er sich auf und hetzte davon, sprang über umgestürzte Stämme und verhedderte sich mehrmals beinahe in Schlingpflanzen. Als er einen entwurzelten Baum entdeckte, warf er sich mit einem Satz darunter; das Laub bot ausreichenden Schutz.

Aus seinem Versteck beobachtete er mit angehaltenem Atem, wie das Wesen auf dem kaum dreißig Meter entfernten Weg näher kam. Plötzlich blieb es wie angewurzelt stehen, verharrte einen Augenblick, verließ dann den Weg und kam genau auf ihn zu, bis Matt den gräßlich mißgestalteten Schädel, den riesigen behaarten Brustkorb und den von einer breiten Hand auf seiner Schulter balancierten Holzstamm deutlich sehen konnte. Matt warf sich herum, drückte die Zweige auf der anderen Seite auseinander, quetschte sich hindurch und lief um sein Leben.

Er rannte und rannte. Als er nach Atem ringend wieder den Hain erreichte, in dem er aufgewacht war, sah er zwischen den Bäumen eine Bewegung, eine Gestalt. Susan! Das war Susan! Aber vor ihr war eine weitere Gestalt, groß und behaart, die sich auf sie zubewegte. Er stürzte zwischen den Bäumen hervor, auf die Gestalt zu. Mit letzter Kraft sprang er hoch und landete zwischen den Schultern des Wesens. Er fühlte seinen Aufprall, hörte ein schmerzliches Grunzen und nahm noch Susans besorgten Gesichtsausdruck wahr. Dann spürte er, daß er weitersegelte – genau auf einen Baumstamm zu. Als er mit dem Kopf dagegenprallte, verlor er erneut das Bewußtsein.

»Matt, Matt«, rief Susan leise und fuhr ihm mit einer Hand über die Stirn. Er öffnete die Augen. Sie kniete neben ihm, blickte auf ihn herab. Dann nahm sie seinen Kopf in beide Hände, legte ihn in ihren Schoß und liebkoste sein Gesicht mit den Fingerspitzen. »Ich muß zugeben, daß du tapfer bist«, sagte sie lächelnd. »Aber was hast du eigentlich vorgehabt? Wolltest du ihn zu Tode reiten?«

»Susan, um Himmels willen, ich habe versucht, ihn aufzuhalten. Er wollte über dich herfallen.« Matt versuchte aufzustehen.

»Nein, er ist zu mir gekommen. Er ist mein Freund. Beruhige dich doch.« Sie drückte seinen Kopf wieder nach unten. »Ich habe dir so viel zu erzählen.«

Matt setzte sich auf und sah sich rasch um. Der Neandertaler stand in einiger Entfernung unter einem Baum.

Susan mußte unwillkürlich lachen. »Du hast ihn ebenso erschreckt wie er dich«, sagte sie. »Keine Angst, er ist völlig harmlos. Er heißt Longface – wenigstens ist das der Name, den ich ihm gegeben habe.«

14

»Wie lange bin ich bewußtlos gewesen?«

»Über eine Stunde. Mir ist sie natürlich viel länger vorgekommen als dir.«

»Kann ich mir denken«, brummte Matt und rieb sich vorsichtig die Beule an seiner Stirn.

»Bevor wir weiterreden, mußt du erst einmal etwas essen.«

Auf einem Blechteller aus ihrem Rucksack reichte sie ihm Nüsse und Beeren; aus einer Flasche, die Matt als Rudis Wodkaflasche erkannte, goß sie Wasser in eine Holzschale und rührte eine Art Grütze an. »Schmeckt besser, als es aussieht«, beruhigte sie ihn.

»Was ist mit deinem ›Freund‹?«

»Pssst! Alles zu seiner Zeit.«

Sobald er seinen Hunger gestillt hatte, tätschelte sie sein Knie. »Du wartest hier«, wies sie ihn an. »Bist du auf das wichtigste Ereignis deines Lebens gefaßt?« Sie verschwand hinter einigen Büschen und kam wenig später stolz Arm in Arm mit dem Hominiden, den Matt angefallen hatte, zurück.

»Matt, das hier ist Longface... Longface, das hier ist Matt. Sei unbesorgt«, fügte sie lächelnd hinzu, »er ist nicht nachtragend.«

Matt starrte den nackten Primaten mit offenem Mund an und wich instinktiv etwas zurück. Er begaffte seinen stämmigen Körper, die kurzen Beine, den mächtigen Brustkorb und die muskelbepackten Arme, bevor er sich auf sein riesiges längliches Gesicht mit der zurückweichenden Stirn, dem fliehenden Kinn, den tief in ihren Höhlen liegenden großen Augen und dem unverkennbaren Augenbrauenwulst konzentrierte. Insgesamt sah der Neandertaler fast menschlich aus – fast, aber doch nicht ganz. Susan lachte leise, als sie Matts Verwirrung bemerkte.

»Du kannst sagen, was du willst«, erklärte sie ihm. »Er versteht dich nicht. Sie haben keine Sprache.«

Der Hominide kam näher, ging in die Hocke und betrachtete

Matt interessiert, aber nicht übermäßig neugierig. Matt beugte sich weit nach vorn und starrte ihm in die Augen. Er sah Intelligenz in diesem Blick, vielleicht sogar Intelligenz, die mit seiner konkurrieren konnte, aber er sah kein Staunen.

Longface berührte Matts Hemdärmel und betastete prüfend den Stoff. Matt blickte auf die kräftigen Finger, die breiten Fingernägel und die großen Knöchel hinunter. Die Handlinien hatten keinerlei Ähnlichkeit mit denen eines Menschen. Matt streckte impulsiv seine Rechte aus und ergriff die Hand des anderen. Sobald er ihren kräftigen Druck spürte, durchflutete ihn eine Woge von Emotionen, eine pulsierende Spannung, die so stark war, daß sie aus grauer Vorzeit zu kommen schien, als habe der Funke dieses Kontakts seinen genetischen Kern entzündet.

»Erstaunlich, nicht wahr?« sagte Susan. »Bedenkt man, daß dieser Händedruck vierzigtausend Jahre überbrückt...«

»Hör doch!« rief Matt aus. »Er redet!« Aus dem massiven Brustkorb des Hominiden stiegen gurgelnde Laute auf.

»Nein, leider nicht. Manchmal geben sie solche Laute von sich. Und soviel ich bisher beobachtet habe, scheint das eine primitive Weise zu sein, Reaktionen auszudrücken – Besorgnis, Überraschung, Freude. Aber sie sprechen nicht wirklich. Sie tun etwas anders.«

»Was denn?«

»Sie denken.«

»Wie meinst du das?«

»Sie übermitteln Gedanken... oder Bilder... irgend etwas in dieser Art.«

»Durch Telepathie, meinst du?«

»So ähnlich. Du wirst sehen, was ich meine. Man spürt es, wenn es passiert. Und dann scheinen sie zu wissen, was man ansieht, beinahe als ob sie es ebenfalls sähen.«

»Woher weißt du das?«

»Versuch mal, dich zu verstecken, dann weißt du, was ich meine. Man könnte denken...«

»Was denn?«

»Man könnte denken, sie seien in einem drin.«

»Unglaublich!«

»Ja, ich weiß. Ich kann es nicht erklären. Das ist eine Art extrasensorischer Kommunikation.«

Longface schien plötzlich das Interesse an Matt zu verlieren und ging davon. Irgend etwas an seinen würdevollen Bewegungen, an seiner stolzen Kopfhaltung, während er sich mit wiegendem Gang entfernte, wirkte merkwürdig vertraut.

»Mein Gott, er ist alt!« sagte Matt impulsiv.

»Erraten. Du hast versucht, einen der Stammesältesten zu überfallen.«

»Stamm? Leben hier denn viele?«

»Unglaublich viele.«

»Aber wie können sie zur selben Spezies gehören, mit der wir schon zu tun gehabt haben? Sie sehen recht ähnlich aus, aber die anderen sind so brutal gewesen. Diese hier scheinen viel menschenähnlicher zu sein.«

»Ich weiß nicht, welche dieser beiden Arten menschenähnlicher ist«, antwortete Susan, »aber du hast recht – sie sind grundverschieden.«

»Van ist tot... bei dem Felssturz umgekommen«, sagte Matt plötzlich.

»Das habe ich mir gedacht. Leider haben wir ihm nicht helfen können. Setz dich jetzt hin und ruh dich aus. Du hast dir den Kopf ganz schön angeschlagen. Mach dich auf eine weitere Überraschung gefaßt. Aber die hat Zeit bis später.«

Susan führte Matt den Weg entlang in das von ihr so bezeichnete Dorf. Sie schwatzte lebhaft, denn sie war glücklich, daß Matt sich gut erholt hatte; zugleich war sie froh darüber, wieder menschliche Gesellschaft zu haben – einen verständigen Menschen, mit dem sie über diese unglaubliche Welt reden konnte, in die sie geraten waren.

»Ich bringe dir ihre Namen bei«, sagte Susan, »angefangen mit den dreien, die uns gerettet haben: Genesis, Exodus und Leviticus. Wie du merkst, war ich da gerade in biblischer Stimmung. Diese drei sind mir noch immer am liebsten. Leviticus ist mühelos zu erkennen; er ist auffällig schlank und hat eine Narbe auf der Backe – woher, mag der Himmel wissen. Tatsächlich fällt es mir immer leichter, sie alle auseinanderzuhalten.«

Matt warf ihr einen nachdenklichen Blick zu. »Du spielst Eva, nicht wahr? Gibst allen Lebewesen Namen und übst dadurch eine gewisse Kontrolle aus. Das hat dir schon immer gefallen.«

Sie lächelte.

»Aber mir gefällt das nicht«, sagte Matt. »Und außerdem interessiert mich einiges viel mehr als ihre Namen – beispielsweise, wie wir hierhergelangt sind.«

Susan erzählte ihm alles. Sie war beim Abstieg zu sich gekommen, und ihr erster Eindruck war die unglaubliche Kraft der muskelbepackten Arme gewesen, von denen sie getragen wurde. Als sie vorsichtig die Augen öffnete, sah sie die hellere Unterseite eines bartlosen, fliehenden Kinns und einen breiten Mund mit teilweise abgebrochenen Zähnen. Anfangs hatte sie panische Angst, weil sie glaubte, dies seien die Wesen, die Rudi umgebracht hatten, aber mit der Zeit fand Susan sie erstaunlich beruhigend, ohne zu wissen, ob das an ihrer sanften Wesensart, ihren starken Armen oder der Entdeckung lag, daß Matt neben ihr hergetragen wurde.

Bei sinkender Nacht erreichten sie das Dorf im Tal. Nachdem sie an einem Feuer niedergelegt worden war, versuchte sie weiter, ihre Umgebung heimlich zu beobachten, aber die Wesen schienen ihre List zu durchschauen und brachten ihr Nahrung, die sie in ihrer Nähe zurückließen. Sie aß davon und schlief bald ein. Als Susan am nächsten Morgen aufwachte, befand sie sich mit Matt in dem Hain und war von Dutzenden dieser Wesen umgeben – von Männern, Frauen und Kindern. Ihre Angst legte sich allmählich und wich atemlosem Staunen.

»Stell dir vor«, rief Susan aufgeregt, »wir haben die Möglichkeit, eine andere Spezies zu studieren, indem wir tatsächlich bei ihr leben! Keine Theorien mehr, keine Mutmaßungen, keine Spekulationen. Lediglich Beobachtungen, schlichte, altmodische Kulturforschung – diesmal allerdings in einer prähistorischen Kultur.«

Matt konnte nur darüber staunen, wie rasch Susan sich hier eingewöhnt zu haben schien. Sie nahm alles in sich auf, analysierte es und bemühte sich, es zu verstehen, als befinde sie sich auf irgendeiner phantastischen anthropologischen Expedition.

Er selbst fühlte sich noch immer zittrig. Zwar gewann die Überzeugung, die Gefahr nehme ab, langsam die Oberhand; der archaische Teil seines Gehirns, der auf Aggressionen reagierte, indem er Chemikalien durch den Körper pumpte, beruhigte sich allmählich. Aber alle seine Sinne waren so angespannt, daß er zusammenschreckte, wenn sie einem Hominiden begegneten.

Außerdem fiel ihm noch etwas auf, das nichts mit Angst zu tun hatte. Anfangs hatte er nicht recht daran geglaubt, aber jetzt war er sich sicher: Jedesmal, wenn sie einem Hominiden begegneten, starrte Matt ihn an, und entweder erwiderte der Hominide seinen Blick oder aber nicht. Im zweiten Fall empfand er, Matt, ein Schweregefühl im Gehirn, beinahe eine Invasion, als würde es von jemand anderem »durchquert«. Sobald der Hominide an Matt vorbei war, verflog auch dieses Gefühl wie eine Wolke, die sekundenlang die Sonne verdunkelt hatte.

Das Dorf lag auf beiden Seiten eines Flusses. Die primitiven Hütten zogen sich vereinzelt die Hänge hoch und wurden zahlreicher, wo das Gelände sich verflachte und in einen weiten Talkessel überging.

Im Dorf herrschte emsiges Treiben. Die Hominiden schleppten Holz und Körbe, hockten vor ihren Hütten und aßen oder versorgten Feuer, von denen dünne Rauchsäulen in den blauen Himmel aufstiegen. Die Kinder – natürlich gab es hier Kinder! – sahen wie verkleinerte Ausgaben der Erwachsenen aus, obwohl ihre Augenbrauenwülste bei ihren Gesichtern stärker hervortraten.

Alle waren nackt. Niemand war mit Tierfellen bekleidet wie die Bergbewohner – tatsächlich schien es hier überhaupt keine Tiere zu geben –, niemand trug Keulen oder andere Waffen. Die Frauen waren im Durchschnitt eine Handbreit kleiner als die Männer, und ihre Körper kamen Matt mit den sehr breiten Hüften, dem tiefen Gesäß und den schweren Brüsten fast übertrieben weiblich vor. Die frei herabhängenden Geschlechtsorgane der Männer schienen nicht besonders groß zu sein und fielen in ihrem buschigen Schamhaar nicht weiter auf.

»Ich weiß, woran du denkst«, sagte Susan. »Und meine Antwort lautet: Ich weiß es nicht. Ich bin noch nicht lange genug hier, um sie beim Geschlechtsverkehr gesehen zu haben.

Im übrigen sind die Unterschiede zwischen den Geschlechtern anscheinend nicht allzu groß, ich meine in bezug auf ihre Rollen.

Beide arbeiten, indem sie die Feuer versorgen und Getreide in Steinmörsern zerstoßen – und soviel ich bisher gesehen habe, scheinen das die hauptsächlichen Tätigkeiten zu sein.

Ja, sie haben Getreide. Sie bauen es auf Feldern an, aber sie gehen nicht auf die Jagd und essen kein Fleisch. Mit dem Feuer kochen sie nicht, sondern roden neues Land. In diesem Punkt haben wir uns also gründlich geirrt. Seßhafter Ackerbau vor der Jagd – faszinierend, nicht wahr?«

Aber Matt hörte ihr nur halb zu; ihn schien etwas anderes zu beschäftigen. »Susan, wir stehen nun schon einige Minuten hier, aber niemand scheint sich im geringsten um uns zu kümmern.«

»Sie wissen, daß wir hier sind; man spürt, daß sie in uns lesen – das ist meine Umschreibung dafür, keine Ahnung, wie sie das machen. Aber irgendwie wissen sie, daß von uns keine Gefahr ausgeht. Aber ich weiß, was du meinst. Nun, ihre Neugier ist nicht gerade überentwickelt. Als ich das erste Mal hier aufkreuzte, erregte ich gewisses Aufsehen – vor allem bei den Kindern. Aber inzwischen bin ich für sie alle längst ein alter Hut.«

Matt trat in eine der Hütten. Sie war kegelförmig um einen Baumstamm herum erbaut, dessen untere Äste angekerbt waren, so daß sie bis zum Erdboden herabhingen. Dürre Zweige waren so aufgehäuft, daß sie eine Art Tipi bildeten, und in den Boden gerammt, um Raubtiere fernzuhalten. Das Ganze hatte Ähnlichkeit mit dem Dornenzaun eines Massaikrals in Kenia, fand Matt. Drinnen war nicht viel zu entdecken: einige mit Wasser gefüllte Flaschenkürbisse, ein halbes Dutzend Steinwerkzeuge, mehrere Holzmulden mit Getreide.

Susan spielte weiter die redselige Fremdenführerin. »Aus ihrer Gesellschaftsstruktur werde ich nicht schlau – falls sie überhaupt eine haben. Sie scheinen nicht in Familien zu leben. Anscheinend wechseln die Männer, aber auch die Kinder, häufig von Hütte zu Hütte, während die Frauen eher dazu neigen, unauffällig im Hintergrund zu bleiben. Aber ich kann dazu noch nichts Näheres sagen.«

Matt konnte diese Hominiden noch immer nicht in Einklang bringen mit den blutrünstigen Ungeheuern, die Rudi umgebracht hatten. Die anderen *wirkten* grausam – nicht nur wegen ihrer Waffen, sondern auch wegen ihrer Körperhaltung, der seltsamen

Angewohnheit, ihren auf einem langen Hals sitzenden Kopf weit vorzustrecken, und dem feindseligen Glitzern ihrer tief in den Höhlen liegenden Augen. Diese Hominiden hier wirkten ganz und gar friedlich. Wie sie so dahockten und Beeren oder Früchte kauten, strahlten sie eine Offenheit und Ruhe aus, als könnte nichts in ihrem kleinen Reich sie beunruhigen.

»Etwas ist mir ein Rätsel«, sagte Matt. »Das ist zwar nur mein erster Eindruck, aber nach allem, was ich bisher gesehen habe, sind die Hominiden hier viel primitiver, als ich erwartet habe – oder erwartet hätte, wenn ich mir dies alles vorzustellen gewagt hätte. Im Vergleich zu der Bande, auf die wir in den Bergen gestoßen sind, scheinen sie Äonen zurück zu sein. Diese anderen ... ich sage es nicht gern, aber die sind organisiert gewesen. Sie haben einen Anführer gehabt, haben auf koordinierte, planmäßige Weise zusammengearbeitet, haben Waffen getragen. Und du hast ihre Höhle gesehen. Verdammt noch mal, die können Leder gerben!«

»Was willst du damit sagen?« fragte Susan.

»Damit will ich sagen, daß diese beiden Gruppen trotz äußerlicher Ähnlichkeiten einfach zu verschieden sind – wie unterschiedliche Arten.«

»Unsinn, Matt! Sie sehen völlig gleich aus. Sie leben nur einen Tagesmarsch voneinander entfernt. Und du willst behaupten, das seien zwei unterschiedliche Arten?«

»Ich weiß, daß das unglaublich klingt«, gab Matt zu. »Ich behaupte auch nur, daß sie sich wie zwei unterschiedliche Arten *verhalten*.«

»Du bist erst ein paar Stunden auf den Beinen – und schon der große Experte.«

»Nicht aufregen, ja? Du hast regionale Abweichungen ohnehin nie akzeptiert.«

»Was soll nun das wieder heißen?« fauchte sie.

»Das heißt, daß du immer die einfachste Erklärung wählst: gewaltsame Verdrängung, eine Gruppe besiegt die andere. Aber vielleicht gibt es noch eine andere Erklärung.«

»Zum Beispiel?«

»Ich weiß im Moment auch keine.«

»Als nächstes erzählst du mir bestimmt, daß diese beiden Gruppen sich unterschiedlich entwickelt haben, weil die eine im Tal und die andere in den Bergen lebt. Man kann die multiregionale Entwicklung übrigens auch übertreiben.«

Sie schwiegen einen Augenblick. Dann sagte Susan: »Außerdem vergißt du etwas.«

»Was?«

»Das ›Rätsel von Chodsant‹.«

»Okay, Schlaukopf, und was besagt es?«

»Das weiß ich nicht. Aber ich weiß, daß es etwas mit einem Krieg zu tun hat – und der Schlüssel zu dieser ganzen Sache ist. Und ich habe vor, es zu entziffern!«

Der anfangs noch breite Weg wurde zu einem schmalen Fußpfad. Susan, die ein bestimmtes Ziel zu haben schien, ging voraus. Das Dorf blieb hinter ihnen zurück, und sie drangen tief in den Wald ein.

»Wohin wollen wir?« fragte Matt.

»Zu der Überraschung. Weißt du noch?«

Nach gut einer Stunde drehte Susan sich um und sagte lächelnd: »Wir sind gleich da. Alles in Ordnung?«

Matt, den die rechte Körperhälfte immer noch schmerzte, spielte den Tapferen. »Klar.«

Sie stiegen einen Hang hinauf und erreichten eine felsige Terrasse mit weiter Aussicht über den größten Teil des Tals. In der Ferne ragten die Schneegipfel des Pamirhochlands auf.

»Der Teufel soll mich holen!« rief Matt überrascht aus. »Wir sind in einem Vulkankrater. Ich möchte wetten, daß er noch aktiv ist. Wahrscheinlich ist das die Erklärung für das milde Klima.«

Susan hängte sich bei ihm ein. »Deine einstündige Bewußtlosigkeit ist mir endlos lang vorgekommen, weißt du. Ich habe mir echt Sorgen um dich gemacht. Bilde dir nichts darauf ein, aber vielleicht bist du dabei, allmählich meine Zuneigung zurückzugewinnen.«

»Nun, vielleicht hat die Tatsache, daß du unter Hunderten von Höhlenmenschen gestrandet bist, auch etwas damit zu tun.«

Sie lachte und führte ihn weiter. Wenig später hörten sie durch die Bäume vor ihnen ein stetiges Rauschen, und nach weiteren zehn Minuten standen sie vor einem drei Meter breiten Wasserlauf, der über eine Felswand in die Tiefe stürzte. Matt roch Schwefeldunst – ein riesiger Geysir! *Das* ist die Erklärung für das Klima, dachte er: geothermische Quellen, deren Wasserdampf auf einen warmen Luftstrom aus dem Tal trifft.

Am Fuß des Wasserfalls hatte das herabstürzende Wasser ein großes Felsbassin ausgewaschen, und Matt sah Steinstufen, die zu diesem natürlichen Becken hinabführten. Dann hörte er über das Brausen der Wassermassen hinweg ein anderes Geräusch, manchmal nur leise, zwischendurch wieder deutlicher. So unwahrscheinlich das auch war, glaubte er doch, eine Art Gesang oder Sprechgesang einer menschlichen Stimme zu hören.

Susan legte ihre Hände hinter die Ohren, rief etwas, das er nicht verstand, und zeigte danach zum Fuß des Wasserfalls hinunter. Aus den Wasserschleiern tauchte eine Gestalt auf, die Matt zunächst nur als menschliches Wesen, dann als vertraute Erscheinung wahrnahm. Sie stieg die Steinstufen herauf, aber erst als sie oben ankam, war Matt sich ganz sicher. Mit ernster Miene und wie ein altgriechischer Gott in eine Toga gehüllt, aber mit einem wallenden Vollbart, der ihm das Aussehen eines Propheten aus dem Alten Testament verlieh, schritt Kellicut auf sie beide zu.

Eagleton war ein ausgesprochener Fanatiker. Hatte er sich in ein neues Gebiet einzuarbeiten, beschäftigte er sich Tag und Nacht mit nichts anderem mehr. Sein Grübeln begann an einem zentralen Punkt und beschrieb dann immer weitere Kreise; fast wie ein Hund auf der Suche nach einer Fährte, die ihn heimführen soll.

Deshalb war sein Büro seit zwei Wochen mit Artefakten und Totems ausgeschmückt. An einer Wand hingen die Porträts der großen Männer auf dem Gebiet der Paläoanthropologie und ihrer Hilfswissenschaften von Geologie bis hin zu kognitiver Psychologie. Selbst die Pioniere einer neuen Schule, der experimentellen Archäologie, hingen dort: Sonderlinge, die monatelang nackt in der Wildnis verschwanden und die Lebensweise unserer primitiven Vorfahren nachzuahmen versuchten. Und sogar Männer, die vom Pfad der akzeptierten Lehrmeinung abgekommen waren, konservative Einzelgänger und Kämpfer für eine verlorene Sache.

Rechts außen hing eine Photographie, auf der Rudolf Virchow, der deutsche Begründer der modernen Pathologie, dessen Kampf gegen die von ihm abgelehnte Evolutionstheorie seinen Ruf beschädigt hatte, durch kleine runde Brillengläser skeptisch in die Ferne blickte. Die Reproduktion eines Gemäldes zeigte Alfred Russel Wallace, den aus einfachen Verhältnissen stammenden freundlichen Autodidakten mit wäßrigen Augen, dessen Theorien die von Darwin vorweggenommen hatten. Dort hingen auch Thomas Huxley, langhaarig und gut aussehend und selbstbewußt in die Kamera blickend; Paul Broca, der Eckpfeiler der französischen physikalischen Anthropologie; Edward Simpson, der berühmt-berüchtigte englische Fälscher, der von seinem Handwerkszeug umgeben auf einem Hocker saß – in der Hand einen Hammer und vor den Füßen einige gefälschte Steine, die bestimmt für leichtgläubige viktorianische Käufer bestimmt waren.

Sie alle überragte – physisch an der Wand, aber auch geistig in Eagletons hierarchischem Pantheon – der deutsche Naturforscher Ernst Haeckel: mit langen blonden Locken und dem Gesichtsausdruck eines Mannes, dem ein tragisches Schicksal bestimmt ist. Er hatte sich mit gefährlicher Leidenschaft auf die Evolutionstheorie gestürzt und ihre These von der natürlichen Auslese in einen Lehrsatz der sogenannten Naturphilosophie umgemünzt – jener mythischen, romantischen Philosophie, aus der dann die aberwitzige, für Millionen verhängnisvolle Abstammungs- und Rassenlehre des Nationalsozialismus hervorging. Eagleton fühlte sich unwiderstehlich zu dem Mann hingezogen.

Auf einem Tischchen neben Eagletons Schreibtisch lagen eine kuriose Ansammlung von Abgüssen, Unterkieferknochen, Schädelfragmenten, die mit schwarzer Tinte numeriert waren, und eine Vielzahl prähistorischer Werkzeuge: Hammersteine, ein- und zweischneidige Choppersteine, Ausschaber, scheibenförmige Steine, Absprengsteine. Manchmal griff er gedankenverloren nach diesen Gegenständen, spielte damit und arrangierte sie anschließend wieder neu.

An der gegenüberliegenden Wand hing eine straff auf Kork aufgezogene Reproduktion des »Rätsels von Chodsant« – mit seinen fehlenden Feldern das beliebteste ungelöste Rätsel aller Anthropologiestudenten. Die Erkenntnis, daß es irgendwie mit den Neandertalern zusammenhing, verdankte Eagleton dem Mongolen Schamzarano, für den er den Respekt und die Zuneigung empfand, die ein Forscher für einen Kollegen empfindet, der bereits Jahrzehnte zuvor den gleichen unerforschten Weg gegangen ist und von diesem nicht mehr wiederkehrte.

Der Piktograph war in Schamzaranos hinterlassenen Unterlagen im Institut für Orientalistik der Akademie der Wissenschaften entdeckt worden. Zu dieser Reproduktion, die natürlich ebenfalls unvollständig war, gehörte eine in kyrillischer Schrift hingekritzelte Anmerkung: *Jeder Stamm besitzt seinen zentralen Mythos. Dies ist der Ursprungs- oder Überlebensmythos, der den Stamm definiert und seine Eigenständigkeit begründet. In den Kern dieses Mythos vorzudringen, heißt nichts anderes, als den Augenblick der Entstehung eines Stammes und die Morgendämmerung seiner Geschichte zu verstehen.*

Eagleton war überzeugt, daß Schamzarano im Gegensatz zu ihm die Lösung des Rätsels des Piktographen gelungen war, daß er aber die Lösung in der charakteristischen Art eines Menschen, für den der Weg wichtiger ist als das Ziel, nicht schriftlich festhielt.

Ihm lief langsam die Zeit davon. Er hatte Entscheidungen zu treffen, ohne handfeste Informationen als Grundlage zu besitzen. Der NOMAD sendete nicht mehr. Wahrscheinlich befanden Van und die anderen sich in Gefahr. Sollte er Kane und sein Team einsetzen? Aber trafen die Fallschirmjäger zu früh ein, stürmten über alles hinweg und brachen jeglichen Widerstand mit Gewalt – so, wie sie es immer taten –, konnte er das ganze Unternehmen abschreiben. Aber was war, wenn sie zu spät kamen? Schwierig war dann nur die Geheimhaltung: Wie ließ sich verhindern, daß bekannt wurde, was die Expedition gefunden hatte – falls überhaupt noch etwas zu finden gewesen war?

Und was war mit den Russen? Vans letzter Meldung hatte Eagleton betroffen entnommen, daß sie bereits vor Ort waren, und in seiner heimtückischen Art hatte Van angedeutet, Eagleton habe von der russischen Expedition gewußt. Das stimmte natürlich, aber er war nur in groben Zügen unterrichtet gewesen und hatte es für überflüssig gehalten, Van ebenfalls einzuweihen. Aber er hätte nie gedacht, daß Moskau so rasch handeln würde, und hatte keine

Ahnung, was die russischen Wissenschaftler vorhatten. Wahrscheinlich bedauerten sie nachträglich – Glasnost hin oder her –, alles Material herausgegeben und das Feld den Amerikanern überlassen zu haben. Wozu freiwillig einen Vorsprung auf einem zukunftsträchtigen Gebiet aufgeben? Was man sich im Kalten Krieg angewöhnt hatte, legte man nicht so leicht ab.

Eagleton zündete sich eine weitere Zigarette an, bevor er den Ordner mit den Unterlagen über das »Unternehmen Achilles« aufschlug. Oben eingeheftet war der letzte Bericht, der keine guten Nachrichten enthielt. Die Versuchsperson hatte in drei Wochen zehn Kilo abgenommen, verweigerte die Mitwirkung an weiteren Experimenten, hatte in Arm- und Beinfesseln gelegt werden müssen und gab seltsame Laute von sich.

Er blätterte in den viele Seiten umfassenden Versuchsergebnissen: Zusammenfassungen der im Lauf der Monate entstandenen Protokolle, die im Original nach Maryland geschickt und dort immer wieder überprüft wurden, seit die bemerkenswerten Fähigkeiten der Versuchsperson entdeckt worden waren. Es handelte sich nicht um Telepathie, also Gedankenlesen, aber ganz entschieden um einen Schritt in diese Richtung – *remote viewing* oder RV, wie es die Wissenschaftler nannten, die davon überzeugt waren, daß die Versuchsperson, auch wenn sie in vieler Hinsicht eher primitiv wirkte, diese Fähigkeit besaß.

Eagleton stieß auf das Wortprotokoll seiner ersten Unterredung mit dem Wissenschaftler, der ihm diese Fähigkeit erläutert hatte. Er überflog es nochmals.

»Ist das Gedankenlesen?«
»Eher nicht, nein. Gar nicht damit zu vergleichen. Vor allem ist das Denken – wenigstens beim Menschen – untrennbar mit der Sprache verbunden und findet größtenteils in der Großhirnrinde statt. Nein, diese Fähigkeit ist okular.«
»Es braucht also Augen, damit es funktioniert.«
»Ja, die Augen eines anderen.«
»Sieht die Versuchsperson diesen anderen?«
»Nein, sie sieht nur, was der jeweils andere wahrnimmt. Sie sieht sozusagen mit seinen Augen – tatsächlich setzt sie sich in

den Sehzentren fest, in denen die visuellen Informationen verarbeitet werden. Daher würde sie den anderen nur sehen, wenn er zufällig in einen Spiegel blickte.«

»Kann die Versuchsperson sich überall hinversetzen und alles sehen, was sie will?«

»Sie meinen, kann sie sich an jeden beliebigen Ort versetzen und beispielsweise in einer Baumkrone herumlungern, um den Sonnenuntergang zu genießen? Durchaus nicht. Wie ich schon erwähnt habe, handelt es sich um eine beschränkte Form der Telepathie, die völlig davon abhängig ist, daß ein Arbeitskanal zur Verfügung steht – ein anderes Gehirn, das Primärempfang und Datenverarbeitung übernimmt.«

»Die Versuchsperson kann wirklich mit den Augen eines anderen sehen?«

»Ja.«

Bemerkt worden war diese Fähigkeit damals, als das Wesen noch herzhaften Appetit gehabt hatte, zufällig auf den Bildschirmen. Ihnen war aufgefallen, daß es unmittelbar vor jeder Fütterung in hektische Vorfreude verfiel; irgendwie wußte es, daß Futter unterwegs war. Ein scharfsinniger Beobachter an den Bildschirmen stellte schließlich fest, daß dies in genau dem Augenblick geschah, in dem sein Wärter die Tür des weit von seiner Zelle entfernten Futterraums öffnete. Auch als sie die Fütterungszeiten variierten, wußte es auf die Sekunde genau Bescheid. Irgendwie konnte es wahrnehmen, was sich in anderen Räumen ereignete. Immer unter einer Voraussetzung: Dort mußte jemand anwesend sein und seine Augen gebrauchen.

Sie konstruierten unwiderlegbare Versuche: In einem anderen Stockwerk betrachtete ein Mann geometrische Körper – ein Dreieck, einen Kreis oder ein Quadrat –, und das Wesen griff unten in seiner Zelle nach dem richtigen Objekt. Sie veränderten alle Variablen: die Gegenstände, die Entfernung, den Zeitablauf und die Beleuchtung. Das Wesen griff mit einer statistisch unbedeutenden Fehlerquote von lediglich 0,306 Prozent jedesmal nach dem richtigen Objekt.

Männer, die oft mit dem Wesen zusammen waren – seine Wärter

und die Wissenschaftler –, empfanden eine gewisse Benommenheit, manchmal auch Kopfschmerzen, wenn es ihre Sehzentren okkupierte. Dem Wärter Scanlon, einem Amerikaner irischer Abstammung, war es besonders zugetan; es schien viel Zeit damit zu verbringen, zu »sehen«, was Scanlon beobachtete. Auf Eagletons Vorschlag, den er den Wissenschaftlern übermitteln ließ, wurde das Wesen an Geräte angeschlossen, die Herztätigkeit, Atemfrequenz und Hautfeuchtigkeit registrierten. Dann wurde Scanlon, der nichts von dem Test ahnte, mit einem Rallyefahrer am Steuer im Hundertkilometertempo über eine Bergstrecke geschickt. Die Anzeigen der Geräte schlugen wild aus, und die Meßwerte des Wesens paßten nicht mehr auf die Papierstreifen.

Bloß schade, dachte Eagleton, daß das Wesen ansonsten so unkommunikativ ist. Natürlich war es nicht imstande, seine einzigartige Begabung zu erklären – wie ein genialischer Schwachsinniger, der zwölfstellige Zahlen im Kopf multipliziert. Seltsam, daß ein anscheinend so primitives Wesen eine so hochstehende Fähigkeit besaß. Wirklich schade. Vielleicht konnte erst eine Autopsie Klarheit über ihre Grundlagen bringen – und wenn sein Gesundheitszustand sich weiter so rapide verschlechterte, war sie womöglich schon bald fällig.

Dieses Unternehmen war zu wichtig, als daß Fehler passieren durften. Gott allein wußte, was der Besitz dieser Fähigkeit bedeuten konnte. Bei den heutigen Fortschritten der Gentechnik war ihre Übertragung auf Menschen nicht nur nur denkbar, sondern praktisch schon in Reichweite. Die möglichen Anwendungen waren atemberaubend – allein schon auf militärischem Gebiet. Eine Armee mit dieser Fähigkeit wäre unschlagbar. Man bräuchte sich nur die Vorteile in bezug auf Spionage, Aufklärung, Überwachung und Befehlsgebung vorzustellen. Und man konnte sich die Möglichkeiten bei Friedensgesprächen und Weltwirtschaftsgipfeln ausmalen. Kein Wunder, daß die Russen wieder ins Rennen gegangen waren.

Eagleton klappte den Ordner zu und drückte auf den Klingelknopf unter der Schreibtischplatte. Seine Sekretärin kam herein – eine Neue, die dritte nach Sarahs überstürzter Kündigung. Er roch ihr Parfüm, ohne es identifizieren zu können; sein Geruchssinn war am schwächsten ausgebildet. Als er ihr den Ordner hinschob, sah sie ihn an und fragte: »Sonst noch etwas, Sir?«

Seine Antwort kam im barschen Tonfall eines vielbeschäftigten Mannes, der keine Zeit für unverbindliches Geplauder hat. »Nein, nichts. Überhaupt nichts.« Sie verließ den Raum und schloß lautlos die Tür hinter sich. Er griff nach einem Unterkiefer, schlug ihn leicht in seine linke Handfläche und betrachtete dabei das »Rätsel von Chodsant«. Draußen sank die Abenddämmerung herab.

15

»Ich werde nicht über Rousseau reden. Auch nicht über Locke und Schopenhauer. Mit Philosophen habe ich nichts mehr im Sinn. Lauter unwissende Philister! Sie gehören in einen Teil meines Verstandes, den ich ausgemerzt habe.«

Kellicut lehnte an einem Baumstamm – ein idealer Ort für eine Diskussion über den Menschen als edlen Wilden. Er ließ jetzt eine gewisse Gereiztheit erkennen, die Matt überraschte, weil sie nicht zu der eigenartigen, fast mystischen Entrücktheit paßte, die er bisher an den Tag gelegt hatte. Susan, die im Gras sitzend zu Kellicut aufsah, schien nichts Besonderes aufzufallen.

Auch Matt lehnte sich an einen Baumstamm. Der Anblick einiger Hominiden, die in der Nähe Beeren suchten und in ihrer natürlichen Umgebung so friedlich wirkten, hatte Susan dazu veranlaßt, das Gespräch auf die Philosophen zu bringen, über die sie als Studenten in den Pubs von Cambridge stundenlang diskutiert hatten. So wollte sie das Eis brechen, aber Matt hatte den Eindruck, sie sei in ihre frühere Rolle als ehrfürchtige Examenskandidatin zurückgefallen.

Wie stark Kellicut sich verändert hatte! Sein Körper war vom Leben in diesem Tal straff und braungebrannt, und die von seinem Alter herrührende natürliche Autorität wurde durch seinen graumelierten Vollbart noch unterstrichen. Sein Gesicht war hager, und seine Augen leuchteten mit fanatischem Glanz wie die eines alttestamentarischen Racheengels. Inzwischen trug er keine Toga mehr, sondern nur noch eine Art Lendenschurz, den er aus einer ehemaligen Hose gefertigt hatte.

Seltsamerweise hatte Kellicut bei Matts Anblick keine freudige Überraschung erkennen lassen. Natürlich mußte Susan ihm von seiner Anwesenheit erzählt haben, das verstand sich von selbst, aber nach so vielen Jahren und unter so seltsamen Umständen hatte Matt mehr erwartet. Schließlich war er erst vor kurzem auf Kellicuts dringende Aufforderung hin um die halbe Welt geflogen; etwas Dankbarkeit von seiten Kellicuts wäre seiner Meinung nach angebracht gewesen. Aber die Begrüßung vorhin war verletzend kühl und fast abweisend ausgefallen.

Matt hatte plötzlich wieder die alte Zuneigung empfunden und Kellicut über das Brausen des Wasserfalls hinweg zugerufen: »Sie haben nach uns geschickt, nun sind wir da!« Mit diesen Worten war er auf ihn zugeeilt, um ihn zu umarmen. Kellicut war einfach stehengeblieben und hatte die Augenbrauen hochgezogen. Seine Antwort kam so leise, daß sie von dem Wasserrauschen fast übertönt wurde: »Nun, jedenfalls seid ihr jetzt da.« Matt hatte nur mühsam seine Enttäuschung unterdrückt und dabei gemerkt, daß dies ein Gefühl war, das er in Gegenwart dieses Mannes schon oft empfunden hatte.

»Wir dachten, Sie seien in Gefahr!«

»Das habe ich dem Institut absichtlich suggeriert.«

»Warum?«

»Weil ich diesen Leuten nicht traue. Ich weiß nicht, wem ich trauen kann. Ich bin mir nicht einmal sicher, ob ich euch traue. Ihr müßt Geduld mit mir haben.«

Dann versank er in langes Schweigen. Er schien sich nicht in einem inneren Aufruhr zu befinden, machte im Gegenteil einen sehr ruhigen Eindruck, als habe irgend etwas in die Tiefen seiner Seele gegriffen und ihr Innerstes nach außen gekehrt.

Aber als Susan nicht lockerließ, brach aus Kellicut eine lange aufgestaute Wortflut hervor. Er sprach ohne Handbewegungen, ohne irgendwelche Gesten – nur mit ihr. »Die Philosophie ist ein Schwindel. Daran sind nicht die Gedanken oder das Denken von Gedanken schuld, sondern die Wörter selbst. Sie sind wesensbedingt einengend. Wörter können keine Gedanken ausdrücken, sie nicht einmal andeutungsweise beschreiben – deshalb werden sie zu Lügnern. Die menschliche Sprache ist keine Gabe, sie ist eine Last. Das erkennt man, sobald man die Fähigkeit zu wahrhafter Kommunikation mit anderen Mitteln erwirbt.«

Dann erzählte Kellicut von seiner Suche in den Bergen, seiner Entdeckung der Felsspalte, die in dieses Tal führte, und seinen ersten Begegnungen mit den Hominiden. »Ich wußte vom ersten

Augenblick an, daß sie irgendeine außergewöhnliche Fähigkeit besitzen. Ich hatte sie schon aus der Ferne beobachtet und wußte mit schwer zu erklärender Gewißheit, daß sie mich ebenfalls wahrgenommen hatten, daß sie mich beobachteten, wie ich sie beobachtete. Oder genauer ausgedrückt: daß sie meine Beobachtung ihrer Tätigkeiten beobachteten.

Ich kehrte ins Lager zurück, vergrub mein Tagebuch und kam wieder her. Diesmal waren sie alle auf einer Lichtung versammelt, als hätten sie meine Ankunft erwartet. Was sie natürlich taten, obwohl ich das damals noch nicht wissen konnte. Ich hatte keine Angst – weshalb auch? Ich wußte ja schon einiges über sie. Sie wirkten friedfertig, und meine Motive waren rein. Ich näherte mich ihnen als mir verwandte Wesen, die auf einer höheren Ebene existieren.

Ich verließ das Unterholz und trat in ihre Mitte. Sie waren nicht im geringsten überrascht. Sie beschnüffelten mich und betrachteten mich neugierig, aber durchaus nicht bedrohlich. Ich sah mich nach einem Anführer um, aber außer einigen Stammesältesten, die auf allgemeine Weise geachtet werden, wie ich später beobachtete, gibt es hier keinen. Statt dessen sind alle wirklich gleich – vom kleinsten Kind bis zum stärksten Mann. Sie kennen keine Begrüßungsgeste wie einen Händedruck, weil sie ihre friedlichen Absichten nicht demonstrieren müssen. Ihre Absichten sind *immer* friedlich. Wozu einer Hand mißtrauen, wenn man in einer Welt ohne Waffen lebt?

Sie wußten, daß ich hungrig war, und fütterten mich – buchstäblich –, indem sie mich umringten und mir Essen in den Mund steckten. Das war meine erste Erfahrung mit ihrer besonderen Fähigkeit. Mir fiel auf, daß sie mir nur Essen gaben, wenn ich es ansah. Wandte ich auch nur andeutungsweise meinen Blick weg, gaben sie mir sofort nichts mehr. Dabei achteten sie gar nicht auf meine Augen. Woher wußten sie es also? Nun, sie wußten es einfach!«

»Wie?« fragte Matt.

Kellicuts Stimme klang scharf, als er sich an ihn wandte. »Spüren Sie es nicht? Haben Sie es noch nicht erlebt?«

»Das weiß ich nicht bestimmt.«

»Wenn es passiert, weiß man es auch. Man empfindet ein sehr merkwürdiges Gefühl, als ob der eigene Verstand irgendwie angefüllt würde. Besser kann ich es wirklich nicht beschreiben – es ist wie Wasser, das ein Gefäß füllt, oder wie ein Nebel, der einem den Kopf anfüllt.

Geschieht es mit nur einem von ihnen, kann das ein vorübergehendes Gefühl sein. Passiert es jedoch mit einer Gruppe, ist die Empfindung sehr intensiv. Der Nebel wird dichter und dichter, und wenn er sich dann auflöst, scheint ein reinigender Schauer niederzugehen. Das Erlebnis hat Ähnlichkeit mit einem LSD-Trip – das gleiche Gefühl, sich völlig zu verlieren, mit etwas Mächtigem und Unendlichem zu verschmelzen. Aber keineswegs erschreckend, sondern – wie soll ich es ausdrücken? – aufmunternd, tröstlich. Als ob man dazugehörte, als ob man aus der Einsamkeit ausbrechen würde.«

Die drei schwiegen einen Augenblick, dann sprach Kellicut weiter. »Sie führen ein glückseliges Leben. Überlegt selbst: Sie sind friedliebende Vegetarier. Sie töten nicht – weder Tiere noch einander. Sie kennen keine Individualität, keine Selbstsucht, keinen Ich-Begriff. Wozu sollte es einen geben, ja, wie könnte es ihn geben, wenn die Psyche den Körper verlassen kann, wenn der Verstand buchstäblich als Kollektiv existiert? Hier zählt einzig und allein der Stamm.«

»Was geschieht, wenn jemand stirbt?« fragte Susan.

Diese Frage überraschte Kellicut – aber nicht etwa, weil er nicht schon darüber nachgedacht hätte. »Das ist eine ganz andere Sache«, sagte er zurückhaltend.

»Aber wie funktioniert diese psychische Kraft?« erkundigte sich Matt.

»Eine reichlich nüchterne und utilitäre Frage.«

»Meinem Charakter entsprechend, nehme ich an«, antwortete Matt ungerührt.

»Sie wird als solche nicht für irgend etwas benutzt. Sie existiert einfach«, sagte Kellicut gereizt.

»Mich interessiert folgendes: Können sie unsere Gedanken lesen oder sehen sie einfach nur, was wir sehen?«

»Einfach?«

»Sie verstehen, was ich meine.«

»Allerdings. Und da ich diese Fähigkeit nicht selbst besitze, weiß ich nicht, wie ich Ihre Frage beantworten können soll. Ich bin immer nur das Objekt gewesen – wenigstens bisher.«

»Was meinen Sie mit ›bisher‹?« fragte Matt. »Versuchen Sie, sich diese Fähigkeit anzueignen?«

»So weit würde ich nicht gleich gehen. Aber hoffen kann man immer.«

»Die Fähigkeit scheint mit extrasensorischer Perzeption verwandt zu sein«, sagte Susan. »Dabei stellt sich natürlich die Frage: Was ist der Unterschied zwischen Gedankenlesen und der Fähigkeit, tatsächlich mit den Augen eines anderen zu sehen – sogar über Artengrenzen hinweg? Liefe der Denkvorgang bei beiden Arten gleich ab, könnten sie vielleicht unsere Gedanken lesen. Nach dem augenblicklichen Stand aber können sie nur sehen, was wir sehen.«

»Wahrscheinlich haben Sie recht«, stimmte Kellicut zu.

»Und Sie glauben, daß es ihnen mißlungen ist, eine Sprache zu entwickeln, weil sie keine Sprache brauchen?« fragte Matt.

»Mißlungen?«

»Okay, streichen wir mißlungen. Daß sie keine Sprache entwickelt haben, weil sie keine brauchen?«

»Genau. Wozu kriechen, wenn man gehen kann?«

»Dann haben die Evolutionspaläontologen, die Verfechter der linguistischen Deutung sind, also vielleicht recht – zur großen Spaltung wäre es gekommen, weil wir eine Sprache entwickelt haben. ›Am Anfang war das Wort.‹«

»Mit einem wichtigen Unterschied. Ihre Theorie basiert auf der Annahme, der Homo sapiens sapiens habe sich dadurch weiterentwickelt – seine Sprache sei kein Nachteil, sondern ein großer Vorteil gewesen. Aber hier zeigt sich, daß das Gegenteil der Fall ist.«

»Das Gegenteil?«

»Verstehen Sie denn nicht?« Kellicut wirkte wieder gereizt. »Hier findet Kommunikation in ihrer reinsten Form statt. Das Individuum geht in der Gruppe auf. Die Welt ist vollkommen, deshalb besteht kaum Bedürfnis, irgend etwas weiterzuentwickeln. Wozu nach Fortschritt streben, wenn jede Veränderung ein Rückschritt wäre?«

»Klingt nicht sehr darwinistisch«, sagte Matt.

»Darwin hat überhaupt nichts damit zu tun. Das Überleben der Tüchtigsten ist zwar eine brillante Idee gewesen, die aber keine moralische oder ethische Dimension zuläßt. Sie sieht die Welt als einen riesigen, sich ständig wandelnden, unbarmherzigen Hindernisparcours. Aber das ist Geschichte, die nach dem Sündenfall geschrieben wurde.«

»Und hier haben wir eine vor dem Sündenfall?« fragte Matt.

»Ganz recht. Begreifen Sie das nicht, dann gnade Ihnen Gott. Sehen Sie nicht, daß Sie von unschuldigen, naiven, vertrauensvollen Wesen umgeben sind? Sie haben den Garten Eden gefunden. Das gehört alles zum großen Plan der Natur, der sich ständig wiederholt.«

»Eden?« fragte Matt zweifelnd.

»Ja, den Garten Eden. In jeder Beziehung.«

»In jeder? Soll das heißen, daß wir damit rechnen können, hier Gott anzutreffen?«

»Ganz sicher. Ich habe ihn gefunden. Und nicht nur ihn.«

»Wen noch?«

»Sie werden hier auch Satan finden. Und er ist bereit, sich in eine Schlange zu verwandeln.«

»Wer ist Satan?«

»Dazu möchte ich nichts sagen. Vielleicht irre ich mich.«

Matt sah ihn zweifelnd an. War Kellicut übergeschnappt? Er sah zu Susan hinüber, die völlig im Bann ihres ehemaligen Professors zu stehen schien. Fiel ihr nichts auf? Kellicut hüllte sich erneut in Schweigen, und Matt fiel plötzlich ein, daß Van sie bei ihrer Flucht durch das Höhlensystem aufgefordert hatte, die Augen zu schließen – wie dringend seine Warnung geklungen hatte. Natürlich! Van hatte gewußt, daß die Wesen diese Fähigkeit besaßen. Er hatte gewußt, daß sie mit den Augen anderer sehen konnten. *Er hat es von Anfang an gewußt!* Diese Erkenntnis machte ihn wütend.

»Haben Sie von dieser Fähigkeit gewußt, bevor Sie hierhergekommen sind?« fragte er.

»Nicht das geringste.«

Matt glaubte ihm. »Und die mörderischen Neandertaler, auf die wir gestoßen sind, was ist mit denen?«

»Schwer zu sagen. Ich habe sie nie gesehen, aber ich weiß natürlich, daß sie manchmal auf Raubzügen bis hier herunterkommen. Susan hat mir von euren Erlebnissen erzählt. Das mit Scharafidin tut mir leid; er hat mir wirklich treu geholfen. Und ich bedaure, daß euer russischer Freund umgekommen ist. Was ich weiß, beruht größtenteils auf Vermutungen. Ich habe eine Theorie, an der ich arbeite, aber ich halte es für verfrüht, sie zu diesem Zeitpunkt schon preiszugeben.«

Matt und Susan wußten, daß es keinen Zweck hatte, ihn zu bedrängen. Kellicut war kein Mann, der nachgab, wenn er sich einmal entschieden hatte.

»Eines ist mir noch immer rätselhaft«, sagte Matt. »Warum sind sie so brutal? Sie haben Rudi ohne das geringste Zögern erschlagen.«

»Die Antwort liegt doch wirklich auf der Hand, denke ich«, sagte Kellicut.

»Nämlich?«

»Sie hassen uns.«

»Hassen uns? Warum?«

»Weil wir sie besiegt haben. Wir haben sie fast ausgerottet – nicht ganz, aber beinahe. Nichts ist ungeschickter, als einen Todfeind *fast* umzubringen.«

An diesem Abend unternahm Susan ein Experiment. Kurz vor Einbruch der Abenddämmerung schlich sie sich allein fort, machte einen Bogen ums Dorf und bahnte sich ihren Weg durch den Wald, indem sie tief auf den Pfad herabhängende Äste zur Seite bog. Daß sie sich so leise bewegte, hatte nichts mit Angst zu tun; sie wollte nur nicht aufgehalten werden.

An einer Weggabelung blieb sie stehen, orientierte sich kurz und folgte dem Pfad nach links, wo der Wald dichter wurde. Ihr Ziel war eine Lichtung am Bach, denn sie wußte, daß sie dort Leviticus antreffen würde.

Schließlich stieß sie auf die Lichtung und entdeckte den Hominiden bachaufwärts am anderen Ufer. Auf seine Arme gestützt, kauerte er da und trank gierig. Von seinem Kinn gingen konzentrische Kreise aus, die lautlos über das stille Wasser liefen. Mit einer plötzlichen Bewegung reckte er seinen Kopf mit der struppigen schwarzen Mähne vor; die Narbe auf seiner Backe glänzte. Susan ging langsam näher und ließ sich etwa einen Meter von ihm entfernt auf dem anderen Bachufer nieder.

Er hob den Kopf und starrte sie offen an. Sie wartete. In dieser Haltung traten seine angespannten Schultermuskeln gewaltig hervor. Er gleicht einem Panther, dachte sie, kraftvoll und geschmeidig. Nachdenklich betrachtete sie seine Stirn mit dem auffälligen Wulst über den Augenbrauen. Gemeinsam mit dem fliehenden Kinn und dem flachen Schädel zog er das Gesicht nach vorn, so daß der Eindruck einer verzerrten Reflexion hinter Glas entstand: ein Embryo in einer Flasche.

Bei diesem Anblick empfand sie unwillkürlich einen kleinen Schauder, wie er einen manchmal unmittelbar vor dem Einschlafen befällt. Steckt etwas in uns, das eine andere Spezies verabscheut, weil sie uns so ähnlich ist? fragte sie sich. Erscheinen uns deshalb unbedeutende körperliche Unterschiede als unerträgliche Deformationen?

Aber die Augen des Hominiden waren hell und klar und menschlich. Einem Impuls folgend hätte sie am liebsten ihre Hand ausgestreckt und diesen Wulst an seiner Stirn berührt. Neugier und Abscheu hielten sich die Waage.

Im dunklen Wasser unter Leviticus war sein Spiegelbild zu erkennen. Aus dieser Perspektive hatte sie ihn zum erstenmal gesehen, als er sie zu Tal getragen hatte. Sie hielt den Atem an und begann dann zu spüren, was sie hier hatte erkunden wollen. Es setzte zunächst schemenhaft irgendwo an der Peripherie ihres Bewußtseins ein, wurde überraschend schnell stärker und verdichtete sich. Sie blieb unbeweglich sitzen und gab sich dem neuen Gefühl hin.

Es wuchs und dehnte sich aus, bis etwas Warmes wie schmelzendes Wachs ihren Schädel auszufüllen und ihr Rückgrat hinabzulaufen schien. Sie war wie gelähmt. Aber ihr Geist wurde beflügelt; er stieg über die Baumwipfel auf und segelte bis in die Wolken, dann schwebte er langsam und federleicht hinab, bis er zur Ruhe kam.

Die beiden starrten sich für einige Augenblicke unverwandt an;

dann wandte Leviticus sich ab und verschwand im Unterholz, ohne sich noch einmal umzusehen.

Susan blieb noch längere Zeit reglos sitzen und genoß das warme Nachgefühl. Plötzlich merkte sie, daß es schon dunkel war. Sie stand auf, knöpfte mit trägen Bewegungen ihre Khakibluse auf, streifte Jeans und Slip ab und ließ sich langsam ins nachtschwarze Wasser gleiten.

Resnick ging aus zwei Gründen nicht gern in die Zelle hinunter: zum einen wegen des bestialischen Gestanks, zum anderen wegen seiner unbestimmten Angstgefühle, die auf rätselhafte Weise stärker wurden.

Der Gestank war jetzt fast unerträglich, seine Ursache nach wie vor ungeklärt. Er hatte erst auf angetrocknete Fäkalien und Meteorismus wegen ungewohnter Ernährung getippt, dann auf übermäßiges Schwitzen und zuletzt auf Ekzeme.

In der Anfangszeit, als das Wesen noch hatte stehen können, hatten sie alles mögliche versucht – auch Besprühen mit Shampoo und Abspritzen mit einem Wasserschlauch –, aber als nichts half, hatten sie es schließlich aufgegeben. Als der Gestank nach oben drang, zündeten sie Räucherstäbchen an. Betraten die Wärter jetzt seine Zelle, trugen sie Mund und Nase bedeckende Gazemasken, in denen ein Klumpen Wick VapoRub verteilt war.

Einen weiteren Grund, aus dem Resnick das Wesen möglichst mied, hatte er aber noch niemandem eingestanden: Die Kopfschmerzen, die er in seiner Gegenwart bekam, waren ihm selbst unheimlich. Solche Dinge behielt man am besten für sich. Vielleicht spielte ihm der eigene Verstand Streiche; vielleicht handelte es sich um ein psychosomatisches Problem.

Als Student war Resnick vor Jahrzehnten Van Steeds eifriger Laborassistent gewesen. Damals in Chicago hatte Van sich als angehender Verhaltensforscher einen Namen gemacht; dann hatte er sich auf Psycholinguistik spezialisiert, ein sehr ausgefallenes Fachgebiet.

Van war schon damals ein bißchen seltsam gewesen. Resnick war einmal ins Labor gekommen und hatte ihn an einem kleinen weißen Tisch sitzend angetroffen, an dem er Schnitte von Rattengehirnen präparierte. Die für eine Reihe von Wahrnehmungsversuchen operierten Ratten waren »geopfert« worden, wie der wissenschaftliche Ausdruck lautete. Auf dem Fußboden türmten ihre schlaffen weißen Kadaver mit rosa Schwänzen und aufgeschnittenen Schädeln sich auf einer Zeitung, auf der auch eine Bananenschale lag, zu einem kleinen Haufen. Van kaute ungerührt eben das letzte Stück seiner Banane, während er mit der gelangweilten Miene eines Schinken aufschneidenden Feinkostverkäufers Gehirnschnitte herstellte.

Von Ratten gingen Van und Resnick zu Rhesusäffchen über. Diese Operationen waren weit komplizierter und dauerten oft stundenlang. Standen sie in dem winzigen Operationsraum, in dem selbst die Narkosemaske Puppengröße hatte, tat Resnick so, als seien sie Neurochirurgen, die Unfallopfer mit neuesten Methoden operierten, und reichte Van die sterilisierten Instrumente feierlich zu. Tatsächlich *waren* diese Operationen bahnbrechend, denn Van drang in Gehirnbereiche vor, die noch weitgehend unerforscht waren. Ihm ging es jedoch nicht darum, etwaige Defekte zu beheben, sondern das Gehirn zu zerstören.

Das Verfahren war primitiv: Mit einer Nadel, aus der flüssiger Stickstoff austrat, erzeugte Van Läsionen und entfernte den Septumbereich. Hatte das Äffchen sich wieder erholt, reagierte es bereits auf kleinste Stimuli mit Tobsuchtsanfällen. So genügte es zum Beispiel schon, an den Käfigen vorbeizugehen, in denen die Versuchstiere hockten – jedes mit einer aus seinem Kopf ragenden Elektrode –, um sie wie wahnsinnig herumspringen zu lassen. Operierte Van den Mandelkern heraus, wurde das Äffchen träge und beschmierte die Käfigwände mit Kot wie ein mit Fingerfarben malendes Kindergartenkind. Entfernte er Teile des Hypothalamus mit seinen dem vegetativen Nervensystem übergeordneten Zentren, saß das Äffchen antriebslos und apathisch herum. Einem Tier pflanzte Van eine Elektrode in das seine Sexualfunktion regelnde HT-Zentrum ein und stimulierte das Äffchen dann zur Selbstbefriedigung. Er überließ es sich selbst, bis es an Erschöpfung eingegangen war. »Einundsechzig Stunden«, stellte er anschließend mit einem Blick auf den Zeitzähler fest. »Nicht der schlechteste Abgang.«

Van hatte Resnick diesen Job hier in Tadschikistan verschafft, und Resnick war ihm dafür dankbar, aber er fand, das gäbe Van trotzdem nicht das Recht, zu jeder Tages- und Nachtzeit hier hereinzuschneien, wie er das in der ersten Zeit nach der Gefangennahme des Wesens tat. Van war frustriert gewesen, weil sie mit ihren Experimenten nicht weitergekommen waren, und hatte das Wesen geradezu brutal behandelt, wenn es zwangsweise ans EEG und andere Geräte angeschlossen werden sollte. Resnick war froh, daß Van schon seit Monaten nicht mehr aufgekreuzt war.

Als Resnick jetzt nach seinem Kaffeebecher griff, sah er auf dem Bildschirm links oben eine rasche Bewegung. Das mußte Grady oder Allen sein, der ans Zellengitter trat. Resnick erkannte Allen an dem hochgezwirbelten Schnurrbart, der sich unter der Gesichtsmaske abzeichnete und selbst auf dem flimmernden Schwarzweißmonitor deutlich sichtbar war.

Allen trug eine dunkle Pilotenbrille in genau der Ausführung, die Van immer getragen hatte, und das war ein Fehler, weil sie das Wesen aufzuregen schien. Er brachte drei weitere Fesselgurte mit – jeder fünf Zentimeter breit. Nun tauchte Grady auf, und das Wesen fing an, klagende Laute von sich zu geben. Schlüssel klirrten, als die Zellentür aufgesperrt wurde. Resnick sah in den Becher, stellte fest, daß er frischen Kaffee brauchte, und verließ den Raum. Das war eigentlich verboten – laut Vorschrift mußte ständig ein Beobachter anwesend sein –, aber schließlich waren die Wärter dort unten zu zweit. Ein dritter Mann würde die beiden verstärken, sobald er das Gerät zur Zwangsfütterung aktiviert hatte. Kein erfreulicher Anblick, das mußte er zugeben, nicht mal auf einem Bildschirm.

Resnick ließ sich beim Kaffeekochen in der Küche viel Zeit und summte dabei vor sich hin. Als er in den Kontrollraum zurückkam, war die Fütterung schon beendet. Bildete er sich das ein, oder klebten an der Zellenwand tatsächlich Essensreste? »Der Scheißkerl hat mich vollgepißt«, hörte er Grady sagen. Allen lachte nur. Resnick sah die Zellentür ins Schloß fallen; ihr Scheppern übertönte die leisen Klagelaute. Auf dem Bildschirm bewegte sich ein zusammengekauertes Etwas langsam vor und zurück.

Dann hatte Resnick plötzlich wie schon früher starke Kopfschmerzen, die weit hinten in den Kleinhirntonsillen einsetzten, von dort nach vorn ausstrahlten und sich wie Lava ausbreiteten. Sie waren weit schlimmer als jede Migräne, unter der er jemals gelitten hatte. Er griff nach der großen Flasche, kippte vier Aspirin in seine Handfläche und spülte sie mit Kaffee hinunter.

Manchmal fragte sich Resnick, worauf Van es bei seinen Besuchen in der Kellerzelle eigentlich genau abgesehen gehabt hatte. Wenn er es genau überlegte, war das Wesen eigentlich erst seit damals so störrisch geworden.

16

Matt und Blue-Eyes umkreisten sich langsam und versuchten beide, eine günstige Gelegenheit zum Angriff zu finden. Blue-Eyes – von Susan nach Frank Sinatra benannt, weil er öfters melodische Laute von sich gab – war kein großer Ringer, aber er machte bereitwillig mit.

Tatsächlich war keiner der Hominiden, die Matt körperlich weit überlegen waren, ein guter Ringer. Dies war ein Kampfsport, und in ihrer Vorstellungswelt war für Begriffe wie Überlegenheit, Sieg oder Niederlage kein Platz. Sie reagierten zwar auf einen krachenden Schulterwurf, aber ob sie ihn komisch fanden, war schwer zu beurteilen, weil sie nicht lachten, sondern nur aufgeregter zu werden schienen.

Ihr Sinn für Humor, falls sie überhaupt einen besaßen, blieb Matt und Susan rätselhaft. Nichts, was auf Schwindel, List oder Täuschung basierte – alle Spiele, bei denen es darauf ankam, Gegenstände zu vertauschen –, rief eine über völliges Unverständnis hinausgehende Reaktion hervor. Aber manche Aktivitäten waren offenbar erfreulich. Die Kinder jagten sich oft laut kreischend, obwohl es zu keiner Rauferei kam, wenn jemand eingeholt wurde. Susan versuchte ihnen beizubringen, wie man Fangen spielt, aber sie scheiterte damit, weil die Kinder nicht begriffen, was es bedeutete, »es« zu sein.

Auch Linien und Grenzen waren ihnen fremd, und Matt stellte die Theorie auf, die Idee von einer willkürlichen Begrenzung des Raums müsse irgendwie mit Egozentrismus zusammenhängen. Wie sollte jemand eine Grenze begreifen, der psychische Kräfte besaß, mit denen er seine Welt bis über den Horizont erweitern und im nächsten Augenblick wieder zusammenschrumpfen lassen konnte?

In der Praxis stellte Matt fest, daß es zwecklos war, die Grenzen eines Mattenvierecks für Ringkämpfe festlegen zu wollen. Fast in der Dorfmitte entdeckte er jedoch eine große natürliche Mulde, die er als »Arena« bezeichnete und für seine Zwecke nutzte, während er versuchte, sie in diesem Sport zu unterweisen. Die Ringkämpfer blieben im allgemeinen in dieser Arena, obwohl nichts sie daran hindern konnte, mitten im Kampf auf einmal die Lust zu verlieren und sich zu Boden zu werfen, wenn es ihnen gerade einfiel.

Matt gefielen diese Körperkontakte. Sie erinnerten ihn an das elektrisierende Gefühl an dem Tag, als er aufgewacht war und Longface die Hand geschüttelt hatte. Aber er konnte nicht behaupten, daß das Versprechen, das in dieser ersten Berührung gelegen hatte, in Erfüllung gegangen sei. Obwohl sie nun schon viele Tage bei den Hominiden lebten, war es weder Susan noch ihm gelungen, eine Möglichkeit zu wirklicher Kommunikation mit ihnen zu finden.

Die Hominiden schienen ihrerseits alles Interesse an Matt und Susan verloren zu haben. Obwohl sie keineswegs den Eindruck hatten, unwillkommen zu sein, waren sie sozusagen alltäglich geworden – auf gewisse Weise unsichtbar. »Mich stört das nicht«, sagte Matt eines Abends scherzhaft zu Susan. »Mit Ablehnung werde ich fertig. Ich habe schließlich in England gelebt.« Aber diese Einsamkeit bedrückte sie doch. Sie hatten nur einander – und gelegentlich Kellicut, der sich aber oft in der Höhle am Wasserfall aufhielt, wo er »spirituelle Unterweisung« erhielt, wie er es ausdrückte. War er mit ihnen zusammen, warf seine Gegenwart neue Probleme auf. Matt fand, Kellicut verhalte sich, als habe er teilweise den Verstand verloren; Susan war der Überzeugung, er habe eine höhere Verstandesebene erreicht. Außerdem konzentrierte der Professor seine ganze Energie und Anerkennung auf Susan und schien Matt zunehmend feindseliger zu behandeln.

»Du blickst noch immer zu ihm auf, stimmt's?« hatte Matt sie vor kurzem gefragt.

»Natürlich«, hatte sie knapp geantwortet.

Während Matt und Blue-Eyes sich nun im Staub wie die Enden einer Kompaßnadel umkreisten, begann Matt mit den Finten und Ausweichmanövern, die sich bisher so gut bewährt hatten. Blue-Eyes trat mit ausgestreckten Armen unbeholfen zur Seite und wirkte dabei wie ein hoffnungslos schlechter Tänzer. Matt warf sich nach rechts, um seinen Gegner am linken Bein zu packen. Blue-Eyes wich panikartig nach links aus, verlor das Gleichgewicht, stolperte und wäre fast gestürzt, obwohl Matt ihn gar nicht berührt hatte. Dann richtete er sich wieder auf, und die beiden umkreisten sich erneut.

Blue-Eyes war jung. Anfangs war es Matt schwergefallen, ihr Alter zu schätzen, denn die Augenbrauenwülste beeinflußten ihre Faltenstruktur, und wenn typische Altersmerkmale, wie zum Beispiel weißes Haar, fehlten, sahen die Erwachsenen alle ziemlich gleich aus. Nach einiger Zeit entdeckte Matt jedoch bestimmte Merkmale. Kraft und Schrittlänge gehörten dazu, und nach diesen beiden Kriterien mußte Blue-Eyes Anfang Zwanzig sein.

Plötzlich senkte Blue-Eyes den Kopf und stürzte sich auf Matts rechtes Bein. Matt wich mit einer halben Körperdrehung aus und verlagerte sein Gewicht ruckartig, dadurch blieb das linke Bein ungeschützt. Bevor er wußte, was ihm geschah, änderte Blue-Eyes seine Angriffsrichtung, bekam ihn am linken Bein zu fassen und ließ ihn auf den Rücken krachen. Dann packte er Matt, stemmte ihn mit beiden Armen über den Kopf und warf ihn gut zweieinhalb Meter weit.

Matt schlug dumpf auf und war so überrascht, daß er erst nach einiger Zeit merkte, daß er auf seinem blauen Fleck gelandet war. Blue-Eyes, der kein bißchen außer Atem war, setzte sich auf den Rand der Arena. Susan, die dort gestanden und ihnen zugesehen hatte, bekam einen so hemmungslosen Lachanfall, daß sie sich hinsetzen mußte. Kellicut, der in einiger Entfernung in der Lotusposition verharrte, starrte weiter stumm in die Ferne.

Abends am Feuer lachte Susan wieder, als sie über dieses Erlebnis sprachen. »Du hättest dein Gesicht sehen sollen!« sagte sie und fügte dann ernsthaft hinzu: »Aber du bist dir darüber im klaren, was das bedeutet, nicht wahr? Es zeigt, daß sie lernfähig sind.«

»Nein.« Kellicuts Stimme kam aus der Dunkelheit; sie hatten seine Anwesenheit ganz vergessen. »Wir sind diejenigen, die lernen müssen.« Kellicut befand sich in einer Art Fieber – ausgelöst durch einen nachmittäglichen Erfolg, den er aber für sich behielt. Auf seinem Platz in einiger Entfernung von der Arena hatte er Sekundenbruchteile vor Blue-Eyes' Angriff plötzlich wie aus dem Nichts Matts Beine so deutlich vor sich gesehen wie die Ansicht des Mount

Rushmore in dem Bildbetrachter, der ihn als Kind so fasziniert hatte.

Zwei Tage später, an einem warmen Nachmittag, liebten Susan und Matt sich.

Ein Regenguß hatte sie überrascht, und ihre Sachen waren klatschnaß. Als der Regen aufhörte, beschlossen die beiden, sie auszuziehen und auf einem Felsen auszubreiten, damit sie in der Sonne trocknen konnten. Matt, der sich als erster auszog, wandte sich dabei ab. Während Susan ihre Jeans abstreifte, betrachtete sie die kleinen Wellenbewegungen seiner Rückenmuskulatur und die sanften Grübchen in seinen Gesäßbacken. »Ich weiß nicht, wie du darüber denkst«, sagte sie, »aber mir kommt es ein bißchen komisch vor, angezogen herumzulaufen, wenn alle anderen nackt sind.«

»So was ist mir auch schon durch den Kopf gegangen.«

»Das ist fast antisozial – als zöge man sich zu einem Nudistenkongreß besonders fein an.«

»Ich möchte wetten, daß sie alle über uns reden ... okay, über uns nachdenken, meine ich.« Als er sich umdrehte, konnte er durch ihren nassen Slip den dunklen Hügel ihres Schamhaars sehen.

»Nun, ich bin bereit, darauf zu verzichten, zumindest für diesen Nachmittag«, sagte Susan. Sie vermied es bewußt, auf sein Glied hinunterzusehen, während sie ihren Slip abstreifte. Als Matt ihr dabei zusah, fühlte sie, wie ihr Unterleib sich unwillkürlich straffte.

»Eines muß man dir lassen«, sagte er ehrlich bewundernd, »du siehst phantastisch aus.«

Sie war stolz auf sich. Elegant zu strippen, war schon immer ihre Spezialität gewesen.

Sie gingen bis zu einer Wiese weiter. Susan mußte sich zurückhalten, um keine spöttische Bemerkung über das an einen alten Bibelstich erinnernde Bild zu machen, das sie verkörperten: Adam und Eva, die vor dem Sündenfall in ihrem üppig grünen Garten Eden lustwandelten. Mitten in der Wiese setzten sie sich ins Gras, das sie auf allen Seiten wie ein Wall umgab und ein geschütztes Nest bildete.

Als Susan sich zurücksinken ließ, drehte Matt sich leicht zur Seite, streckte sich neben ihr aus und faltete die Hände hinter seinem

Kopf. Sie stützte sich auf einen Ellbogen und ließ ihre Fingerspitzen über seine Brust tanzen und dann über seinen Bauch tiefer gleiten. Sie spürte Feuchtigkeit zwischen ihren Beinen, ein heißes Pulsieren, sah nach unten und beobachtete seine wachsende Erektion. Sie lächelte ihn an, setzte sich auf ihn, spreizte ihre Beine und küßte ihn fordernd.

Später am Abend, als sie wieder in ihrer Laubhütte waren, liebten sie sich nochmals. Danach lag sie in Matts Armen, und er folgte der Linie ihres Kinns mit dem Zeigefinger.

»Woran denkst du?« fragte Susan.

»Was für einen hübschen Unterkiefer du hast. Was für ein prachtvolles Fossil du abgeben wirst.«

Sie schwiegen eine Zeitlang. »Du weißt, Matt, daß ich mir nie etwas habe anmerken lassen, und ich hatte mir geschworen, dir nie davon zu erzählen, falls wir uns noch einmal begegnen würden; aber ich habe lange gebraucht, um über dich hinwegzukommen.«

Er nickte langsam.

»Ich weiß nicht, warum ich dir das alles erzähle. Vermutlich denke ich, du solltest es aus irgendeinem Grund wissen. Weißt du, nach unserer Trennung ging ich für einige Zeit nach Polen – das war 1981, in der Solidarność-Zeit – und lernte dort alle möglichen Leute kennen, die versuchten, die polnische Vergangenheit aufzuarbeiten. Sie sprachen von ›Lücken in unserer Geschichte‹, die sie ausfüllen mußten, bevor sie die Zukunft bewältigen konnten. Der Warschauer Aufstand, das Massaker von Katyn, die Säuberungen, die Schauprozesse, die Erschießungen von Arbeitern – alles mußte heraus! Das war wie eine Besessenheit.

Nachdem wir uns heute nachmittag geliebt hatten, spürte ich, daß ich ähnlich empfinde. In meinem Leben gibt es Lücken, von denen ich dir erzählen muß, damit ich die Zukunft meistern kann – damit *wir* die Zukunft bewältigen können –, und deshalb mußt du mir von Anne und dir erzählen.«

Anne. Warum fing er damals etwas mit ihr an? Diese Frage hatte Matt sich immer wieder gestellt, während er an die Szene mit Anne vor dem Strandhaus denken mußte, das sie in dem Sommer, in dem er mit Susan verlobt gewesen war, gemeinsam mit Freunden gemietet hatten.

An jenem warmen Abend, an dem Anne und Matt allein waren, war er mit zwei Gläsern Gin und Tonic ins Freie gekommen und hatte sich neben sie auf die im Sand ausgebreitete Decke gesetzt. Als er sie an sich zog, um sie zu küssen, wandte sie sich für einen Augenblick ab; dann hob sie ihm fast traurig und mit einem Seufzer ihr Gesicht entgegen, und er wußte plötzlich, daß sie ihm gehörte – in Wirklichkeit schon seit einiger Zeit.

»Du fragst, warum ich es getan habe«, sagte Matt schließlich. »Aber ich kann es wirklich nicht sagen, obwohl ich öfter darüber nachgegrübelt habe, als du dir vorstellen kannst. Ich weiß nur, daß ich mir danach wie ein Hochstapler vorgekommen bin.«

Beide schwiegen lange.

»Matt, es gibt etwas, das ich dir nie erzählt habe.«

Matt holte tief Luft, und Susan fuhr fort: »Es ist schwierig, darüber zu sprechen, deshalb erzähle ich es dir einfach. In dieser ganzen Zeit – oder jedenfalls in fast der ganzen Zeit – gab es in meinem Leben einen weiteren Mann. Diese Sache fing an, als du im Sommer davor verreist gewesen warst. Er war mir wichtig, und ich konnte ihn nicht aufgeben. Ich versuchte es, als du und ich von Heirat sprachen, aber ich schaffte es nicht.«

Susan machte eine Pause, dann fügte sie hinzu: »Na also, so schwer war es doch nicht.« Nun brach alles aus ihr heraus. »Während du dich heimlich mit Anne getroffen, mich mit ihr betrogen hast, hatte ich eine Affäre mit diesem Mann. Und in der ganzen Zeit, in der ich dir wegen deiner angeblich pathologischen Treulosigkeit Szenen machte, schaffte ich es nicht, dir die Wahrheit zu sagen. Ich redete mir ein, dir nicht weh tun zu wollen. Aber dahinter steckte mehr: Ich war feige. Das hätte mich ... mich um meinen gerechten Zorn gebracht. Aber mein Wissen, daß du nie erfahren würdest, daß ich ebenfalls untreu war, machte unsere Trennung noch viel schmerzhafter. Ich habe mein Schweigen seither oft bereut, und es tut mir noch heute leid.« Sie zog ihn enger an sich. »Matt, was auch geschieht, wir müssen einander vertrauen können. Nichts ist so schlimm wie Täuschung und Verrat.«

Matt wußte nicht, was er sagen sollte. Er hielt sie lange sanft an sich gedrückt. Im Ansturm widerstreitender Gefühle war er sich nicht sicher, was er wirklich empfand. Er wollte fragen, wer der andere gewesen war, aber dann merkte er, daß das nicht nötig war; er wußte es bereits. Dafür kam nur einer in Frage: Kellicut.

Eagleton spielte mit einem Steinbeil, einem lachsfarbenen, halbmondförmigen Stück Stein, das vor etwa 1,2 Millionen Jahren bearbeitet worden war; eine unbekannte Hand – schon überwiegend menschenähnlich – hatte diese Schneide durch eine Reihe von Abschlägen geformt, von denen jeder perfekt wie ein Fingerabdruck war. Ein wunderschönes Stück. Er hatte es sich von einem Kurator, der mit seiner vagen Erklärung, wozu er es brauchte, zufrieden gewesen war, aus dem Smithsonian Institute besorgen lassen. In Wirklichkeit sollte es ihm als eine Art Wünschelrute dienen. Wie jeder gute Detektiv wußte Eagleton, daß man gar nicht weit genug in die Vergangenheit zurückgehen konnte, wenn es galt, ein Rätsel zu lösen.

Jetzt wartete er auf Dan Wilkinson, einen auf parapsychologische Phänomene spezialisierten Neurologen der Defense Intelligence Agency (DIA). Wilkinson hatte 1985 eine Reihe von Versuchen über remote viewing durchgeführt, die in dem streng begrenzten Kreis von Eingeweihten, die solche Dinge verfolgten, noch immer berühmt waren. In einem mit Bleiplatten verkleideten Konferenzraum im zweiten Stock des Old Executive Buildings in Washington hatte er einem Team aus Wissenschaftlern ein Medium als »Seher« präsentiert. Bei einem Versuch hatte er bestimmte geographische Koordinaten angegeben und die Versuchsperson aufgefordert, zu zeichnen, was sie dort sah. Auf ihrem Skizzenblock entstand allmählich ein Landhaus mit einer Säulenfront – nahezu identisch mit einem Schwarzweißphoto, das in einem verschlossenen Aktenkoffer lag: Michail Gorbatschows Datscha.

In den folgenden Jahren begegnete man diesem Themenkomplex eher mit Skepsis, obwohl die DIA weiterhin drei RV-Medien auf ihrer Gehaltsliste behielt. Sie lagen in Fort Meade, Maryland, in verdunkelten Räumen in Trance und versuchten, amerikanische Geiseln im Libanon aufzuspüren, Saddam Hussein ausfindig zu machen und sowjetische U-Boote zu orten. Im Jahre 1994 übertrug der Kongreß dieses Programm der CIA, die sich dafür aussprach, die dafür vorgesehenen Mittel zu streichen, und im November 1995 zerrte ein Artikel in der *Washington Post* das Ganze an die Öffentlichkeit. Danach war Wilkinson arbeitslos.

Eagleton ließ ihn im Vorzimmer warten. Er mißtraute Wilkinson – und das nicht nur, weil er bei einem konkurrierenden Geheimdienst Karriere gemacht hatte. Der Mann wollte sich ein Imperium aufbauen und hatte es auf den gleichen Posten wie Eagleton abgesehen: Leiter der CIA-Abteilung Wissenschaft und Technologie. Ein Konkurrent war eine Sache, ein intelligenter Konkurrent eine andere. Aber Eagleton brauchte sein Fachwissen als Neurologe und sein Labor, deshalb hatte er ihn ins Vertrauen gezogen – zumindest halbwegs.

Er klingelte nach seiner Sekretärin und wies sie an, seinen Konkurrenten hereinzuschicken. Wilkinson brachte zwei an Hutschachteln erinnernde Behälter mit, stellte sie auf Eagletons Schreibtisch und deutete auf den Schalter, mit dem ein Desinfektionsmittel versprüht werden konnte. »Ihren Bakterienkiller sollten Sie sich sparen, Eagleton. Der könnte zuviel ruinieren.« Eagleton begann zu bedauern, daß er Wilkinson den Neandertalerschädel geschickt und ihm einige Berichte über das »Unternehmen Achilles« zugänglich gemacht hatte. Zum Glück war der Fundort geheim.

»Sie haben den Endo-Abguß, nehme ich an«, sagte Eagleton. »Wie ist er geworden?«

»Endokranialabguß, wenn ich bitten darf«, antwortete Wilkinson. »Hier, sehen Sie selbst.« Schwungvoll wie ein Ober, der die Spezialität des Küchenchefs präsentiert, nahm er den Deckel einer Schachtel ab, und vor Eagleton stand ein perfektes Gehirnmodell – aus einer gallertartigen Masse, die Silikongummi war. Auf den ersten Blick sah es wie ein menschliches Gehirn aus, aber bei näherer Betrachtung zeigten sich Unterschiede: Dieses hier war länglicher und im Hinterhirnbereich größer, während das Frontalhirn kleiner zu sein schien.

»Unglaublich, nicht wahr?« fragte Wilkinson. »Eine so perfekte Nachbildung ist uns noch nie gelungen. Die Rillen in der Schädeldecke sind stark ausgeprägt, so daß wir sie gut wiedergeben konnten. Die einzelnen Hirnareale lassen sich mühelos identifizieren.«

»Das sehe ich«, sagte Eagleton gereizt. »Aber was sagt es uns?«

»Es ist vor allem riesig. Sein Rauminhalt beträgt gute sechzehnhundertfünfzig Milliliter. Bei heutigen Gehirnen liegt dieser Wert zwischen zwölfhundert und fünfzehnhundert. Außerdem ist erkennbar, daß eine Gehirnhälfte dominiert – mit anderen Worten, er ist ein Rechtshänder gewesen. Übrigens *ist* er doch ein Er, stimmt's?«

»Keine Ahnung.«

Wilkinson tippte mit einem Bleistift gegen den Abguß. »Auffällig ist natürlich die Größe des Hinterhirns, auf die schon die starke Wölbung des Hinterhauptbeins schließen läßt.« Er öffnete die Schachtel mit dem Neandertalerschädel. »Sehen Sie den Fortsatz hier? Das ist der Gelenkhöcker des Hinterhauptbeins, der Ansatzpunkt des großen Schläfenkaumuskels. Ihm verdankt er seinen außergewöhnlich kräftigen Biß. Wir glauben, daß er seine Zähne fast wie eine dritte Hand benutzt hat. Für diese Annahme sprechen auch die Schnittspuren an den extrem großen Schneidezähnen.«

»Das Wichtigste haben Sie bisher ausgelassen.«

»Dazu wollte ich gerade kommen«, stellte Wilkinson irritiert fest. Er tippte mit dem Bleistift an die Seiten des Gehirns. »Also gut, sehen Sie sich diese Areale an... Broca-Zentrum, Wernicke-Zentrum, Gyrus angularis. Fällt Ihnen daran etwas Ungewöhnliches auf?« Eagleton wartete schweigend. »Das sind die Sprachzentren – beim Menschen. Und hier fehlen sie. Buchstäblich nicht vorhanden. Sehen Sie sich jetzt das hier an.« Er fuhr mit dem Bleistift leicht über die Oberfläche des Gehirns. »Die Großhirnrinde. Beim Menschen nimmt sie größtenteils – zu über fünfzig Prozent – visuelle Eindrücke auf. Dieser Anteil ist hier bis auf fast neunzig Prozent gesteigert. Das ist der Bereich für remote viewing.«

»Wie funktioniert RV?«

»Das ließe sich erst feststellen, wenn wir ein authentisches Gehirn hätten. Aber ich würde vermuten, daß dieses Wesen irgendwie imstande ist, ins Rezeptorenfeld eines anderen einzudringen. Es kann seine neuralen Impulse lesen – vermutlich auf den parvozellularen Bahnen ebenso wie auf den magnozellularen. Um das zu schaffen, muß es meiner Ansicht nach auf die Schaltzentrale für die Großhirnrinde zurückgreifen – den Thalamus selbst.«

Der Thalamus, dachte Eagleton. Das geheime innerste Zentrum, ein winziger Football unmittelbar über dem Hirnstamm.

»Falls ich recht habe, ergeben sich daraus natürlich weitere Schlußfolgerungen.«

»Zum Beispiel?«

»Vor allem braucht die Fähigkeit nicht nur auf das Sehen beschränkt zu sein. Das ›Unternehmen Achilles‹ hat gezeigt, daß sie mehr oder minder artenübergreifend funktioniert. Aber höchstwahrscheinlich ist sie innerhalb einer Spezies effizienter. Auf bestimmter Ebene ist sie vielleicht sogar mit Telepathie verwandt – mit tatsächlicher Gedankenübertragung. Da Menschen viele Gedanken durch die Sprache ausdrücken, ist nicht zu erwarten, daß ein Neandertaler sie aufnehmen könnte. Aber untereinander dürfte das anders aussehen.«

»Läßt das System sich überlisten? Was ist, wenn man seine Augen geschlossen hält?«

»Theoretisch müßte das einen Unterschied machen. Wie soll jemand in ein Rezeptorenfeld eindringen können, das nicht arbeitet oder nur Dunkelheit wahrnimmt? Aber wie sieht das in der Praxis aus? Das läßt sich unmöglich sagen.«

»Würde ein Neandertaler einen Menschen, der in seine Nähe kommt, automatisch wahrnehmen?«

»Auch das läßt sich unmöglich sagen. Meiner Vermutung nach eher nicht. Diese Fähigkeit ist nicht passiv wie unser Gehörsinn, der ständig arbeitet – sogar im Schlaf. Ich glaube, daß das zu einer Stimulusüberlastung führen müßte: Man würde bei dem Versuch durchdrehen, die vielen eingehenden Informationen auch nur zu registrieren. Wahrscheinlicher ist, daß dieses innere Auge wie unsere äußeren Augen bewußt gerichtet werden muß. Es ist kein Alarmsystem, solange man es nicht einschaltet.«

»Nehmen wir mal an, Sie hätten recht, was den Thalamus betrifft – was wären die Folgen?«

Wilkinson zuckte mit den Schultern. Hier begann das Reich bloßer Spekulation. »Über den Thalamus wissen wir nicht sehr viel. Aber seine Position suggeriert zweierlei: Er ist empfindlich und äußerst wichtig. Leute, die an extrasensorische Perzeption glauben, vermuten ihren Sitz dort; möglicherweise besitzen Menschen eine verkümmerte oder noch unterentwickelte Fähigkeit. Auch Wissenschaftler auf der Suche nach einer physiologischen Schablone für das Ichbewußtsein des Menschen suchen sie dort. Und dann gibt es natürlich noch eine dritte Sache.«

»Nämlich?«

»Nämlich daß er untrennbar mit allen Sinneswahrnehmungen verbunden ist – vor allem auch mit Schmerzen. Haben Sie noch nie Kopfschmerzen bekommen, weil Sie Ihre Augen überanstrengt hatten?«

Matt machte sich Sorgen, daß er und Susan zu dünn würden. Er wußte zwar, daß ihr Gewicht sich bei einer Ernährung aus Nüssen, Beeren und Gemüse irgendwann stabilisieren würde, aber er befürchtete, bis dahin könnte ihr Gesundheitszustand sich verschlechtern. Bei den Hominiden schienen Krankheiten selten zu sein, aber wer wußte, was für Antikörper sie in ihrer abgeschiedenen Existenz entwickelt hatten?

Eines Morgens, als Susan noch schlief, wühlte er in seinem Rucksack und stieß auf alle möglichen nützlichen Dinge: ein Schweizer Taschenmesser, den Erste-Hilfe-Kasten, Vans Signalraketen. Schließlich fand er, was er suchte: eine Rolle dünnen Draht. Danach brach er eine Metallklammer vom Rucksack und hielt sie prüfend hoch. Ausgezeichnet. Er klappte die Feile des Taschenmessers heraus, drückte die Klammer auf einen Stein und feilte sie zu, bis ein Haken entstand. Nachdem er das andere Ende zu einer Öse gebogen hatte, band er einige schwarze Borsten aus einer Bürste mit einem gelben Tuchstreifen unmittelbar über dem Haken fest und zog den Draht durch die Öse. Zuletzt schnitt er einen jungen dünnen Baum ab, befreite ihn von allen Zweigen und machte sich damit auf den Weg.

Er folgte dem Bach stromaufwärts, bis er einen Tümpel erreichte, in dem das Wasser tief und dunkel war. Eine leichte Brise kräuselte die Wasseroberfläche. Ein weiterer vollkommener Tag im Paradies, dachte Matt. Jetzt wollen wir mal sehen, wie leichtgläubig hier die Fische sind. Er warf den Köder in die Mitte des Tümpels, holte den Draht langsam ein und ließ den Köder zwischendurch mit einer flüssigen Bewegung, die er an ungezählten Sommermorgen an Seen in New England perfektioniert hatte, mehrmals einen kleinen Ruck machen.

Matt brauchte nicht lange zu warten. Beim dritten Versuch spritzte das Wasser auf, er sah etwas Silbernes blitzen, und der Köder verschwand unter Wasser. Der Zug war kräftig und stetig. Matt ließ etwas Draht nach, zog ihn dann ruckartig an und holte den Fisch ein: eine Forelle, mindestens sechs Pfund schwer. Sie lag zuckend im Gras, bis er ihr einen Stein auf den Kopf schlug. Aus dem weit aufgerissenen Fischmaul trat etwas Blut, und der Schwanz zuckte weiter, deshalb schlug er nochmals zu.

Auf dem Rückweg war Matt sehr stolz auf sich. Wie sollte er Susan seine Beute präsentieren? In Blätter eingewickelt? Feierlich, mit einer beflissenen Verbeugung wie der Maître d'hôtel in einem Luxusrestaurant?

Als er zurückkam, war im ganzen Dorf niemand zu sehen, nicht einmal die Kinder. Seltsam. Er ging ans Feuer, legte seinen Fisch auf einen flachen Stein und trug sein Angelzeug in ihre Laubhütte. Keine Spur von Susan. Er wollte gerade ins Dorf zurück, als er sie seinen Namen rufen hörte.

Sie war sichtlich durcheinander. »Matt, was hast du getan?«

»Wie meinst du das?«

»Das ganze Dorf ist in heller Aufregung.«

»Warum denn, um Himmels willen?«

Als sie in das noch vor kurzem wie unbewohnt daliegende Dorf kamen, sah Matt, daß jetzt eine große Menge zusammengeströmt war. Sie müssen sich versteckt haben, als ich hier durchgekommen bin, durchfuhr es ihn. Die Hominiden wirkten wie vor den Kopf geschlagen. Die allgemeine Aufmerksamkeit, das sah Matt betroffen, konzentrierte sich auf den Stein, auf dem er seine Forelle zurückgelassen hatte. Als er zusammen mit Susan darauf zuging, teilte sich die Menge vor ihm, als wolle niemand mit ihm in Berührung kommen, und die Kinder starrten ihn mit weit aufgerissenen Augen furchtsam an.

Kellicut stand von Stammesältesten umringt in der Mitte, gab alle möglichen Laute von sich und schwenkte dabei seine Arme. Als er Matt sah, verfinsterte sich seine Miene. »Kommen Sie her!« befahl er ihm.

Matt ging zu ihm hinüber. Unterdessen war ihm die Schwere seines Verbrechens klar.

»Sie halten den Mund«, wies Kellicut ihn an. »Klar würden sie kein Wort verstehen, wie sie auch mich nicht verstehen. Aber irgendwas kommt irgendwie doch rüber. Spielen Sie den Zerknirschten, auch wenn Ihnen nicht danach zumute sein sollte.«

Aber Matt war tatsächlich zerknirscht und brauchte nichts vorzutäuschen. Während er seinen Kopf gesenkt hielt, beobachtete er aus dem Augenwinkel heraus Susan; sie schien sich zu schämen.

»Sie benehmen sich unglaublich!« warf Kellicut ihm vor. »Sie kreuzen hier auf und bringen alles durcheinander. Diese Leute verstehen überhaupt nicht, was töten heißt. Die Vorstellung, ein Lebewesen absichtlich umzubringen! Das ist für sie unbegreifbar. Aber es zu *essen!* Ich mag gar nicht daran denken, wie sie reagieren würden, wenn sie wüßten, daß Sie das vorgehabt haben.«

»Mein Gott, das tut mir leid«, sagte Matt. »Ich habe nicht geahnt, daß sie so reagieren würden.«

»Offensichtlich.«

»Was soll ich nun tun?«

»Nun, als erstes knien Sie nieder und blicken zu Boden.«

Matt gehorchte wortlos.

»Jetzt sehen Sie zu mir auf.« Kellicut legte seine rechte Hand auf Matts Kopf und blickte lange schweigend gen Himmel. »Jetzt stehen Sie auf«, befahl er dann.

»Was hat das alles zu bedeuten?«

»Ich habe beobachtet, daß sie das manchmal tun – wenn sie etwas sehr Wichtiges mitzuteilen haben, denke ich. Vielleicht glauben sie, daß wir das gleiche tun. So gebe ich meiner Unzufriedenheit mit Ihnen Ausdruck.«

Matt glaubte für eine Zehntelsekunde, in Kellicuts strenger Miene seinen alten Humor aufblitzen zu sehen. »Was nun?« fragte Matt, als sei er wieder der Student und Kellicut der allwissende Professor.

»Jetzt gehen Sie zu dem Fisch hinüber, nehmen ihm behutsam die Augen heraus und wickeln ihn sehr sorgfältig in Weinlaub. Dann tragen Sie ihn an einen von mir beschriebenen Ort, klettern auf einen Baum und lassen ihn dort zurück.«

»Soll das ein Witz sein?«

»Im Gegenteil, das ist mein voller Ernst. Hier handelt es sich um einen Totenkult. Schon mal davon gelesen? Nun, jetzt nehmen Sie an einem teil.«

»Was mache ich mit den Augen? Die muß ich doch hoffentlich nicht essen!«

»Sehr witzig.« Als Kellicut sich dem Fisch näherte, wich die Menge zurück und verlief sich dann. Ihre Blicke begegneten sich, und er lächelte Matt zum erstenmal an.

17

Es wurde Zeit für einen Plan. Matt und Susan hatten anfangs gehofft, Kellicut werde mit ihnen zusammenarbeiten, und hatten sich ausgemalt, wie sie in einer Forschungsgemeinschaft zu dritt eine bahnbrechende Untersuchung über den Neandertaler vorlegen würden. Aber die beiden mußten bald erkennen, daß daraus nichts werden würde.

Kellicut hatte sich verändert; er war für die Wissenschaft verloren. Er stand so völlig im Bann der Hominiden und war so darauf fixiert, ihre spezielle Fähigkeit für sich selbst zu erwerben, daß ihm jegliche Objektivität abhanden gekommen war. Er war nicht mehr daran interessiert, ihre Gemeinschaft zu beobachten und zu analysieren, sondern wollte in sie aufgenommen werden. In bezug auf die Kommunikation mit ihnen war er weiterhin nützlich, sogar unentbehrlich, aber er war strikt dagegen, etwas über sie zu veröffentlichen. Manchmal behauptete er, die Außenwelt könne diese Wesen nie begreifen; ein andermal erklärte er im melodramatischen Tonfall eines Wanderpredigers, die Außenwelt werde sie vernichten.

Auch Matt und Susan machten sich Sorgen wegen ihrer möglichen Vernichtung, aber sie hatten Angst vor den Renegaten, die Scharafidin und Rudi umgebracht hatten. Sie fühlten, daß die Zeit drängte: Was sollte die räuberische Horde aus den Bergen an einem Überfall hindern – vor allem wenn sie wußte, daß sich hier im Tal Menschen aufhielten? Der Felssturz hatte Van unter sich begraben, und vielleicht glaubten die Renegaten, auch sie seien dabei umgekommen. Aber was war, wenn sie die Trümmer wegräumten und nur eine Leiche fanden? Die Zeit drängte: Sie mußten möglichst schnell möglichst viele Informationen sammeln und rechtzeitig in Sicherheit bringen.

Doch die Forschungsarbeit gestaltete sich wegen des Fehlens einer Sprache als schwierig; selbst Gesichtsausdrücke ließen sich nicht deuten. Sie versuchten es mit primitiver Zeichensprache, aber auch das klappte nicht. Die Hominiden gaben Laute von sich, die jedoch keine Worte waren; sie drückten zwar grundlegende Emotionen aus, hatten aber sonst keine Bedeutung. Und Kellicut, der mehr zu wissen schien, als er preisgab, war nicht bereit, ihnen zu helfen. Die wirkliche Kommunikation, das wußten Matt und Susan, fand in jenem mysteriösen Bereich statt, von dem sie ausgeschlossen blieben.

Trotzdem gelang es ihnen, Unmengen von Informationen zusammenzutragen. Matt sprach seine Beobachtungen jeden Abend auf Band; Susan schrieb ihre Notizbücher voll. Sie hatte ihre Kamera bei dem Felssturz eingebüßt, aber ihr Skizzenblock war voller Zeichnungen aus dem Leben der Neandertaler. Beide befanden sich in einem fieberhaften Wettlauf gegen die Uhr. Sie sammelten Artefakte, die sie mitnehmen wollten – hauptsächlich bearbeitete Steine und andere Werkzeuge, primitive Schalen und Gefäße. Und sie stellten eine Liste von Sachgebieten auf, die sie bearbeiten wollten, bevor sie dieses Tal verließen: religiöse Gebräuche, Gesellschaftsstruktur, Beisetzungsrituale, die Rolle der Geschlechter...

Manchmal hatten sie das Gefühl, auf ihre Fragen nie befriedigende Antworten zu erhalten. Vor allem Susan war frustriert, weil es ihr nicht gelang, mehr über die Frauen zu erfahren. Sie bildeten kleine Gruppen, die sich auflösten und auseinandergingen, wenn Susan sich ihnen näherte. Einmal hatte sie beobachtet, wie eine Frau Kräuter sammelte und damit in ihre Hütte zurückkehrte, in der ein offensichtlich fieberndes Kind lag, aber die Frau hatte Susan nicht bei der Behandlung zusehen lassen.

Matt und Susan beschlossen, zunächst das Material in Sicherheit zu bringen, das sich rasch zusammentragen ließ. Später konnten sie dann immer noch entscheiden, ob sie hierher zurückkommen wollten. Um nicht den Renegaten in die Hände zu fallen, mußten sie die Felsspalte finden, durch die Kellicut in dieses Tal gelangt war. Irgendwie würden sie den Abstieg in bewohnte Gebiete hinunter auch ohne Führer schaffen.

Aber Kellicut benahm sich ihnen gegenüber noch immer seltsam. Manchmal erweckte er fast den Eindruck, als betrachte er sie lediglich als Abgesandte der Außenwelt jenseits des Walls, der das Tal begrenzte. Er sprach kritisch über das Institut und verweigerte weiterhin die Antwort, wenn die beiden ihn fragten, welchen Zweck es seiner Ansicht nach verfolge und wozu sie hierher entsandt worden seien.

Matt hatte Kellicut tagelang zugesetzt, er solle ihm den Weg zu der Felsspalte beschreiben, war aber jedesmal abgewiesen worden. Eines Morgens jedoch schien Kellicut sich die Sache aus irgendeinem Grund anders überlegt zu haben. Er hockte auf dem Boden, wobei er mehr denn je an einen indischen Heiligen erinnerte, und zeichnete eine primitive Karte in den Staub. Das Tal war annähernd kreisrund. Er zog Striche, die Wasserläufe darstellen sollten, zeichnete zur besseren Orientierung einige Gipfel ein und markierte ihren Standort mit einem X. Die Felsspalte lag am anderen Ende. Entlang der kürzesten Route trug er ein Oval ein, das er schraffierte.

»Dies hier ist die Begräbnisstätte. An eurer Stelle würde ich sie umgehen.«

»Warum?« fragte Matt, während Susan ihnen schweigend zuhörte.

Kellicut musterte ihn ungehalten und wies darauf hin, daß Respekt vor den Toten in jeder Kultur wichtig sei. Er selbst war nur zweimal dort gewesen: bei seinem ersten Vorstoß in das Tal, als er den Schädel an sich genommen hatte, den er Scharafidin mitgegeben hatte – was er jetzt bedauerte –, und an dem Tag, an dem er endgültig hierher zurückgekehrt war. Keiner der Hominiden ging jemals dorthin – außer den ständigen Grabpflegern, deren Gesichter und Oberkörper kalkweiß bemalt waren und die als Parias galten, weil sie ihr gesamtes Leben in der verbotenen Bestattungszone verbrachten.

»Der Tod ist das bedeutsamste Ereignis, das gefürchtetste Prinzip, um das herum ihr Leben organisiert ist«, erklärte Kellicut. »Seine Bedeutung läßt sich nicht mit Worten, sondern nur in Symbolen ausdrücken.« Die Beschäftigung mit der Karte hatte ihn aus seiner Reserve gelockt, und als er sich jetzt mit untergeschlagenen Beinen im Schatten eines Baums niederließ, verfiel er wieder in seinen früheren Tonfall: den des mit seiner ganzen Autorität dozierenden Lehrers.

»Wo ein kommunales Ethos gilt, wo es keine Individualität oder Persönlichkeit in unserem Sinne gibt, ist der Stamm die einzige

Realität. Er ist wichtiger als alles andere, und der Tod, der den Stamm dezimiert, stellt die einzige Bedrohung dar. Da der gesamte Stamm schrumpft, sobald er eintritt, ist der gesamte Stamm betroffen – und daraus entsteht dann ein Totenkult. Angehörige einer speziellen Kaste von Unberührbaren übernehmen das Beisetzungsritual und betreuen die Toten in einem speziellen Gebiet, das außer ihnen niemand betritt. Den Verstorbenen werden die Augen entnommen.«

»Ihre Augen!« rief Susan erschrocken aus.

»Ja. Warum das geschieht, weiß ich noch nicht genau«, sagte Kellicut.

»Aber was denken Sie?« fragte Matt.

»Ich denke nicht. Ich verlasse mich auf meine Intuition. Um zu verstehen, was ihnen das Leben bedeutet, muß man sich in eine völlig andere Existenzebene versetzen. Man muß eine weitere Dimension dazugewinnen. Stellen Sie sich vor, Sie wären der Mittelpunkt einer Welt – Ihrer Welt –, aber die Peripherie dieser Welt bestünde aus anderen. Ihr Horizont würde an die Horizonte anderer angrenzen. Auf unser Sonnensystem übertragen, hieß das: Sie sind die Sonne – aber zugleich auch jeder einzelne Planet.

Sie sehen mit den Augen anderer so gut wie mit Ihren eigenen. Das geschieht auf eine Weise, die ich nicht erklären kann. Ich weiß nicht, wie alle diese Informationen aufgenommen und verarbeitet werden – von ihrer Umsetzung in verständliche Begriffe ganz zu schweigen –, aber ich weiß, daß sie aufgenommen werden. Und dann passiert etwas. Eines Tages stirbt ein Stammesangehöriger. Einer der Planeten zerfällt, und Sie sind persönlich davon betroffen, nicht nur aus einer gewissen Empathie heraus, sondern weil tatsächlich ein kleines Stück von *Ihnen* stirbt. Das ist unerträglich, deshalb unternehmen Sie etwas dagegen. Sie versuchen, die Organe zu erhalten, auf denen das Stammesbewußtsein, das Netz der kommunalen Existenz, beruht. Sie entnehmen die Augen.«

»Und was tue ich damit?« fragte Susan.

»Sie geben sie dem Schamanen.«

Susan wußte, wen er meinte: einen älteren Hominiden, der eine Halskette aus Schneckengehäusen trug. Er war ihr ausgesprochen unheimlich.

»Und was macht er mit ihnen?«

»Ah, das wäre ein Thema für eine ganz andere Diskussion«, sagte Kellicut. Er versank wieder in Schweigen, und es war, als falle eine Tür langsam zu.

Matt stand auf. »Wir müssen los, glaube ich.« Nicht weit von ihnen entfernt standen drei Hominiden: Blue-Eyes, Leviticus und ein dritter mit großen Schneidezähnen, dem Susan den Namen Longtooth gegeben hatte.

»Sie werden euch begleiten – bis sie sehen, wohin ihr unterwegs seid«, prophezeite Kellicut ihnen.

Die Gruppe setzte sich in Bewegung: Vorne gingen Matt und Susan, in einigem Abstand folgten die drei Hominiden.

Die Sonne stand schon hoch am Himmel, als sie die erste Rast einlegten. Ihre drei Begleiter schlossen zu ihnen auf, und jeder aß eine Handvoll Beeren. Matt zog seine Feldflasche heraus und reichte sie Susan, die daraus trank und sie dann Leviticus hinhielt. Er nahm sie in beide Hände, setzte sie an den Mund und hob sie hoch, wie er es bei Susan gesehen hatte. Das kühle Wasser lief ihm über Mund und Kinn und verblüffte ihn. Matt lachte, aber Susan trat auf den Hominiden zu und legte ihre Hand auf seinen Arm. Leviticus wich nicht zurück, sondern berührte sie seinerseits in der Armbeuge. Das kitzelte etwas.

Sie gingen weiter. Eine Stunde später begann das Gelände stetig anzusteigen. Auf halber Höhe fiel Susan auf, daß hier etwas fehlte. Natürlich, Vogelstimmen. Sie sah sich um und stellte fest, daß die drei Hominiden verschwunden waren. Weiter oben stießen sie auf Bäume, von denen Rindenstreifen abgeschält waren, so daß ihnen gelbes Stammholz entgegenleuchtete. Grenzmarkierungen, vermutete sie.

Sie wechselte einen Blick mit Matt, der leicht die Stirn runzelte. »Vielleicht ist das doch keine so gute Idee«, sagte sie. »Vielleicht sollten wir auf Kellicut hören.«

»Vielleicht sollten wir selbständig denken«, wehrte Matt ab. »Er weiß auch nicht alles.«

Vor ihnen ging das ansteigende Gelände in eine Hochebene über. Susan hatte das deutliche Gefühl, beobachtet zu werden, und empfand bei jeder Änderung ihrer Blickrichtung eine seltsame Schwere im Kopf. Sie machten sich daran, die Hochebene zu überqueren, und stießen bald auf den ersten Leichnam, der in Blätter und Ranken gewickelt in einem Baum hing. Auf einer Seite hatte das welke Laub sich gelöst und gab den Blick auf seinen ausgebleichten Bekkenknochen frei.

Als die beiden weitergingen, wurden die an makabre Vogelnester erinnernden Bündel in den Bäumen häufiger. Viele Umhüllungen waren verrottet, so daß Skeletteile in den Astgabeln hingen. Unter manchen Bäumen türmten sich Knochenhaufen wie herabgefallene Bucheckern, und überall lagen Totenschädel herum. Die meisten dieser sterblichen Überreste waren alt, erkannte Susan. Die Begräbnisstätte war so weitläufig, daß sie eine halbe Stunde brauchten, um sie zu durchqueren: wie Diebe schleichend und mit dem Gefühl, exponiert und verwundbar zu sein, als könnten sie jeden Augenblick wegen ihres Sakrilegs von einem Blitzstrahl getroffen werden. Um sie herum herrschte Totenstille. Sie sahen keinen der Totenwärter, aber sie wußten, daß sie von ihnen beobachtet wurden.

Auf der anderen Seite erreichten sie bald den Kraterwall, der fast senkrecht über ihnen aufstieg. Sie suchten erst in einer Richtung, dann in der anderen, bis sie eine Felsspalte entdeckten. Matt zwängte sich als erster hindurch, und Susan folgte ihm. Sie erkundeten die Spalte weit genug, um sicher zu sein, daß sie einen Verbindungsweg zur Außenwelt darstellte; Susan empfand ungeahnte Erleichterung bei dem Gedanken, daß tatsächlich ein Weg nach draußen existierte. Dann kehrten sie um und kamen ins Tal zurück.

Sie waren noch nicht weit gegangen, als Susan Matt am Ärmel zupfte und auf eine Felswand deutete, in der ein Höhleneingang gähnte. Mit einer Gewißheit, die sie nicht rational hätte begründen können, wußte Susan, daß dies ein Zugang zu dem Höhlensystem war, in dem Matt und sie vor wenigen Wochen beinahe den Tod gefunden hätten.

Auf dem Rückweg durchquerten sie nochmals die Begräbnisstätte. »Ich fühle, daß wir das nicht tun sollten«, sagte Susan. »Kellicut hat recht.«

»Matt«, sagte Susan am Nachmittag des nächsten Tages mit hörbarer Selbstzufriedenheit, »ich glaube, daß ich alles in allem ziemlich gut abgeschnitten habe. Meine Theorien haben sich bestätigt. Von deinen sind die meisten abgeschossen.«

»Sind sie nicht.«

Sie lagen auf einer Wiese, und Susan hatte einen Grashalm gepflückt, mit dem sie Matt unter dem Kinn kitzelte. »Soviel ich mich erinnere, hast du die Ansicht vertreten, der Neandertaler könne wegen seiner unvollständig ausgebildeten Rachenhöhle bestimmte Laute nicht bilden – ist das nicht eine deiner Lieblingstheorien gewesen?«

»Wie viele G-Laute hast du hier schon gehört?« fragte er.

»Nicht viele, aber da sie ohnehin nicht sprechen, ist das nicht weiter wichtig, oder?«

»Eine kleine Korrektur. Sozusagen eine Fußnote. Außerdem habe ich diese Theorie nie wirklich vertreten; ich habe sie nur zur Diskussion gestellt.«

»Ah, ich verstehe.«

Nun war die Reihe an Matt. »Aber soviel ich weiß, bist *du* eine Anhängerin der Theorie gewesen, der verlängerte Beckenknochen von Neandertalern lasse auf eine elfmonatige Schwangerschaftsperiode schließen.« Susan errötete leicht. »Soviel ich mich erinnere, sind die Konsequenzen dieser Annahme ziemlich verblüffend gewesen – mehr Zeit in der Gebärmutter sollte eine Höherentwicklung ermöglichen. Aber ich sehe hier keine Anzeichen für einen höheren Entwicklungsstand. Oder viele Frauen, die mit dicken Bäuchen herumlaufen.«

»Das ist nur eine vage Hypothese gewesen, von der ich bald wieder abgekommen bin. Jedenfalls gibt es hier überhaupt nicht viele Frauen, Punktum. Wie erklärst du dir das eigentlich?«

»Überfälle«, sagte Matt. »Raubzüge der Bergbewohner.«

»Daran habe ich auch schon gedacht.«

Sie schwiegen einen Augenblick. Dann wechselte Susan das Thema. »Was ist mit den Beisetzungen?«

»Was soll mit denen sein?«

»Du hast immer bestritten, daß sie Beisetzungsrituale kennen. Du hast immer behauptet, ein vollständiges Skelett sei nur ein glücklicher geologischer Zufall.«

»Nicht immer. Wie du dich vielleicht erinnerst, habe ich Hockergräber akzeptiert. Und ich habe zugegeben, daß es bei den Neandertalern vereinzelt Grabbeigaben wie Steinwerkzeuge, Fleischvorräte und dergleichen gegeben hat. Ich habe mich nur nicht so dafür begeistern können wie du.«

»Du meinst das Blumengrab von Schanidar, stimmt's?« fragte Susan. In diesem irakischen Höhlengrab waren in Sedimentschichten um die Knochen herum Blütenpollen gefunden worden, die nach Auffassung mancher Wissenschaftler bewiesen, daß der Leichnam mit Blumen geschmückt beigesetzt worden war.

»Ja, das halte ich nach wie vor für romantischen Quatsch. Die Pollen sind durch Zufall hingekommen – von Tieren eingeschleppt oder durch stratographische Verschiebungen. Mit Teschik-Tasch sieht es ähnlich aus. Du glaubst, daß diese Wildziegenhörner um die Kindesleiche herum in den Boden geschlagen worden sind, um das Kind ins Leben zurückzubringen; ich glaube, daß sie dort eingerammt worden sind, um die Leiche vor Raubtieren zu schützen.«

»Wie prosaisch! Du willst einfach nicht glauben, daß Bestattungsrituale wichtig sein können.«

»Susan, ich gebe zu, daß ich mir nicht hätte träumen lassen, daß man seine lieben Verstorbenen in Blätterkokone gehüllt in Astgabeln legt. Aber wir haben hier noch keine Bestattung gesehen und wissen nicht, ob es dabei Rituale gibt oder nicht.«

»Manchmal frage ich mich wirklich, was mit dir los ist. Du hast keinen Sinn für die epische Seite dieser Geschichte – große Schlachten, der Kampf ums Überleben, die Verdrängung einer Spezies durch die andere. Du siehst nur Sex.«

»Du hast mich durchschaut.«

»Sollte deine Theorie stimmen – nach der wir unsere Gene mit ihren vermischt und sie durch besseres Erbgut überwältigt haben –, müßten wir, du und ich, bereit sein, uns mit ihnen zu paaren. Habe ich recht?«

»Vielleicht auch nicht. Vielleicht haben wir uns seit damals zu unterschiedlich entwickelt.«

»Aber wir müßten eine gewisse Anziehung spüren, irgendwas in dieser Art. Spürst du etwas?«

»Und du?« wollte er wissen.

»Ich habe zuerst gefragt.«

»Was soll ich nun sagen? Daß ich als zweiter gefragt habe?«

»Hier steht einiges auf dem Spiel. Sage ich ja, könnte das bedeuten, daß du recht hast.«

»Susan, sag einfach die Wahrheit. Was du empfindest.«

»Nun, das ist schwierig. In mancher Beziehung nein, überhaupt nicht. Ich finde diese Vorstellung geradezu abstoßend. Aber bei anderen Gelegenheiten ... ja, ich könnte es mir vorstellen.«

»Wenn du es dir vorstellen kannst, ist es auch möglich. Es gibt keine Fortpflanzungshindernisse, und wir und die Neandertaler gehören zur selben Spezies. Wobei dieser Begriff streng biologisch definiert zu sehen ist.«

»Du meinst, daß zwei getrennte Populationen, die sich vermischen, derselben Spezies angehören müssen?«

»Richtig. Andernfalls, wenn du und ich uns das nicht vorstellen können, dann hat James Shreeve mit seiner Annahme recht, daß das Gesicht der Neandertaler, vor allem ihre Augen, sie für sexuelle Kontakte mit uns disqualifizieren. Dann gehören wir wirklich verschiedenen Arten an.«

»Mann, das nenne ich aufregende Feldforschung!«

Die Hominiden waren in bezug auf Sex recht unbefangen. Männer und Frauen paarten sich, wo und wann sie gerade Lust hatten, und Monogamie schien nicht als erstrebenswert zu gelten; während manche paarweise zusammenlebten, verzichteten andere darauf. In den meisten Fällen ergriffen die Männer die Initiative – aber nicht immer.

Eines Abends verließen Dutzende von Erwachsenen unauffällig das Dorf und zogen in den Wald. Matt und Susan schlossen sich ihnen an. Sie spürten eine gewisse Erregung in der Gruppe, Lebhaftigkeit in ihren Schritten und überströmende Energie. Tief am Abendhimmel hing der Mond als große magnolienfarbene Scheibe.

Nach einer Viertelstunde erreichten sie eine große Felsenformation, die Matt und Susan noch nie gesehen hatten. Auf ihrer Rückseite befand sich ein großes dreieckiges Loch, durch das sie einzeln schlüpfen konnten. Sobald sie hindurch waren, schlugen ihnen Hitze und Rauch entgegen. Sie waren in einer großen, niedrigen Höhle, in der ein Feuer brannte, das von vier in Schweiß gebadeten

Hominiden geschürt wurde. Die Flammen loderten bis zu einem rauchgeschwärzten Trichter hinauf, der einen Rauchabzug ins Freie bildete. Die zerklüfteten Höhlenwände warfen den rötlichen Feuerschein zurück, und die Hitze war so erstickend, daß Susan fürchtete, sie könnte in Ohnmacht fallen.

Sie setzten sich nebeneinander. Durch Rauchschwaden hindurch erkannten sie, wer sonst noch am Feuer saß, und Susan sah dort Kellicut neben Leviticus und anderen. Aus dem Hintergrund der Höhle erklangen dumpfe Synkopen, dann traten zwei Männer und zwei Frauen trommelnd aus dem Halbdunkel. Der von den Wänden zurückgeworfene rhythmische Klang erfüllte die Höhle und brachte tief in Susans Innerstem eine Saite zum Klingen. Sie beobachtete, daß die Feuerhüter lange grüne Pflanzen über die Glut legten, so daß dichte Qualmwolken – beißend, aber nicht unangenehm – aufstiegen und wie Nebelschwaden durch die Höhle zogen.

Susan war wie Matt in Schweiß gebadet, und sie zogen sich beide aus. Das Trommeln wurde nun drängender. Plötzlich stand eine Frau auf und begann auf einer kleinen freien Fläche am Feuer mit wilden Verrenkungen zu tanzen. Der Lärm steigerte sich, als die Zuschauer sich dabei im Takt auf die Oberschenkel klatschten. Die Tänzerin kreiselte, blieb dann vor einem Mann stehen und zog ihn hoch. Im flackernden Feuerschein sah Susan, daß sein Glied erigiert war und wie ein kurzer dicker Pfahl von seinem Unterleib abstand. Die Tänzerin zog ihn zum Ausgang, und die beiden verschwanden nach draußen. Das Klatschen ging weiter, das Trommeln wurde noch lauter. Die Feuerhüter warfen erneut Pflanzen in die Glut. Als Susan tief einatmete, spürte sie ein Brennen in ihrer Lunge und das Pochen des Bluts in ihren Adern. Sie fühlte sich leicht schwindlig, von dem Rauschmittel benommen, und der Qualm ließ ihre Augen tränen.

Eine weitere Tänzerin stand auf, wählte einen Partner und verließ die Höhle mit ihm. Kellicut starrte Susan durch den Qualm hindurch an. Susan erhob sich. Während alle sie beobachteten, brandeten das Trommeln und Klatschen in Wellen über sie hinweg und ließ sie die Beherrschung verlieren. Sie tanzte wie wild, nahm ihre Umgebung kaum noch wahr und ließ sich von dem Lärm mitreißen, der einen raffinierten, fast unheimlichen Rhythmus vorgab.

Die Hitze hüllte Susans schweißtriefenden Körper wie eine Decke ein, durch die der Lärm mit unheimlicher, eisiger Hand nach ihr zu greifen schien. Sie fühlte, daß die Innenseiten ihrer Schenkel und ihre Brustspitzen aufs äußerste erregt waren. Durch Rauchschwaden hindurch nahm sie undeutlich Kellicut wahr, der sich erhob und auf sie zukam. Neben ihm drängte sich Matt mit wild verzerrtem Gesicht an sie heran. Susan blieb stehen, dann erschien Matt vor ihr, und sie flüchteten miteinander in die Nacht hinaus.

Draußen war es still, aber der Lärm und die Aufregung aus der Höhle hallten in ihren Köpfen nach, und sie liebten sich hemmungslos wild. Danach wälzten sie sich zur Seite und ruhten – noch zu sehr im Sinnestaumel, um einander berühren zu können – jeder für sich allein. Sie brauchten einige Minuten, um wieder zu sich zu kommen.

»Großer Gott!« sagte Matt schließlich. »Ich bin froh, daß du mich genommen hast. Ich habe nicht geglaubt, daß du es tun würdest.«

»Ich habe nicht gewußt, was ich tue. Ich habe nicht mehr denken können.«

»Susan?«

»Was?«

»Sag mir – hast du *ihn* nehmen wollen?«

»Ich habe es nicht getan, nicht wahr?«

»Wie steht es mit einem von *ihnen?* Hast du daran gedacht, einen von ihnen zu lieben?«

Sie beugte sich zu ihm hinüber und umarmte ihn. »Matt, du süßes Dummerchen. Hast du das nicht gespürt? Wir haben es gerade getan.«

Matt hatte sich mit einem jungen Hominiden angefreundet, den sie Lancelot nannten. Er fühlte sich zu ihm hingezogen, weil Lancelot, der schlanker und langbeiniger als die meisten anderen war, ungewöhnlich intelligent und für Neuerungen aufgeschlossen zu sein schien.

Lancelot hatte Spaß daran, ihre mitgebrachten Sachen zu untersuchen. Das ausgewählte Objekt, beispielsweise ein Messer, hielt er hoch, um es von allen Seiten neugierig zu betrachten. Verlor Matt auf ihren langen gemeinsamen Streifzügen wieder einmal völlig die Orientierung, fand Lancelot immer mühelos den Rückweg. War eine Felswand zu durchsteigen, starrte er sie erst einmal an, wobei er mit flinken Augenbewegungen alle Griffe und Tritte registrierte.

Als sie einmal unterwegs waren, zerrte Lancelot plötzlich Matt zum nächsten Baum, schob ihn praktisch hinauf und kletterte dann schnell hinter ihm her. Sie hatten den Waldboden kaum verlassen, als unter ihnen ein großes Warzenschwein mit angriffslustig hochgereckten Hauern vorbeilief. Matt wußte nicht, ob Lancelot es kommen gehört oder seine Nähe irgendwie mit Hilfe seiner besonderen Fähigkeit erspürt hatte. An einem anderen Tag wachte Matt aus seinem Mittagsschlaf auf, weil Lancelot mit zwei Fingern sanft über die glatte Menschenstirn fuhr, als versuche er, ihr Rätsel zu lösen.

Auf ihren Streifzügen setzte Lancelot sich manchmal für längere Zeit ab, behielt aber auch dann ihre Generalrichtung bei. Matt, der sich in solchen Fällen seinen Weg selbst suchte, spürte von Zeit zu Zeit ein leichtes Flattern hinter den Augen und eine gewisse Schwere im Vorderhirn – beides sichere Anzeichen dafür, daß Lancelot in ihm las.

Frustrierend war, daß ihre Kommunikation größtenteils eine Einbahnstraße blieb. Und deshalb entschloß sich Matt, Lancelot Sprechunterricht zu erteilen. Verzweifelt bemühte er sich an alles zu erinnern, was er jemals über Sprechexperimente mit Schimpansen gelesen hatte. Sein Vorhaben war jedoch schwieriger, denn er wollte nicht nur versuchen, den Wesensgehalt eines Gegenstands zu vermitteln – beispielsweise das »Baumhafte« eines Baums –, sondern Lancelot auch lehren, das jeweilige Wort richtig auszusprechen und zu gebrauchen, damit er es dann mit anderen Wörtern zu immer neuen Bedeutungen zusammensetzen könnte. Das würde einen wahren Quantensprung bedeuten.

Zur ersten Unterrichtsstunde ließ er Lancelot sich hinsetzen, hob einen faustgroßen Stein auf, trat auf den Hominiden zu, drehte seine Handfläche nach oben, legte den Stein hinein und wiederholte dabei mehrmals das Wort »Stein«. Als er einen verständnislosen Blick erntete, ließ er das S weg, um die Aussprache zu vereinfachen, und sagte immer wieder »Tein«, wenn er dem verwirrten Lancelot den

Stein erneut in die Hand drückte. Matt mühte sich tagelang erfolglos ab, ihm dieses erste Wort einzuhämmern. Obwohl Lancelot es gelegentlich wiederholte, schien er es nie mit dem Stein in Verbindung zu bringen.

Matt versuchte es mit anderen Worten – »Blatt«, »Himmel«, »Wasser«. Er versuchte es mit Zeichensprache, indem er Tätigkeiten wie essen und schlafen imitierte. Er versuchte es mit »Matt« oder »du« und »ich«, wobei er auf den Hominiden oder sich zeigte, was Lancelot jedoch nichts zu besagen schien. In einer Welt ohne Unterschiede zwischen einem selbst und anderen waren Personalpronomen offensichtlich bedeutungslos. Einmal brachte Matt sein Diktiergerät mit und nahm Wörter auf, um sie endlos abspielen zu können, während er auf die dazugehörigen Objekte zeigte, aber Lancelot fand das kleine Gerät zu faszinierend, um sich konzentrieren zu können.

»Ich komme einfach nicht weiter mit ihm«, vertraute Matt eines Nachmittags Susan an.

»Das wundert mich nicht. Sprechen ist vermutlich die komplizierteste menschliche Tätigkeit.«

»Aber sie sind uns sonst in vieler Beziehung so ähnlich. Man sollte glauben, diese Fähigkeit sei irgendwo vorhanden – vielleicht bloß in verkümmerter Form, die sich reaktivieren ließe.«

»Wird sie nicht genutzt, entwickelt sie sich auch nicht. Das ist wie bei Säuglingen mit angeborenem grauen Star; werden sie im ersten halben Jahr nicht behandelt, erblinden sie unheilbar. Außerdem ist das Hominidengehirn schon spezialisiert: Es muß all die visuellen Informationen anderer verarbeiten.«

»Trotzdem geben sie manchmal Geräusche von sich.«

Susan schlug vor, er solle doch versuchen, möglichst viel von *ihrem* gesprochenen Vokabular zu lernen. Vielleicht sei dies der Hebel, den er für einen Durchbruch brauche.

Matt begann also, sie in Gruppen zu beobachten. Er konzentrierte sich auf die Kinder, vor allem beim Spiel, weil sie dabei die meisten Laute ausstießen. Er nahm sie auf Band auf und konnte nach einiger Zeit bestimmten Reaktionen bestimmte Laute zuordnen. Durch einen glücklichen Zufall konnte er eines Tages die Warnschreie einer am Bach spielenden Kindergruppe aufnehmen, als eine Raubkatze, vielleicht ein kleiner Puma, sich an sie anschlich. Als Matt später die Aufnahme abspielte, hörte er eine Folge schriller Winsellaute, die an eine Totenklage erinnerten.

Matt übte diesen Warnschrei im Wald, wo ihn niemand hören konnte, und erklärte Susan abends halb scherzhaft, sie solle sich auf einen historischen Augenblick gefaßt machen. Er baute sich am Dorfrand auf, holte tief Luft und stieß einen markerschütternden Schrei aus. Bevor Susan wußte, was passiert war, lag Matt vor ihr, wand sich auf dem Boden und preßte beide Hände gegen seine Schläfen.

»Matt, um Himmels willen, was hast du?«

Er setzte sich auf und grinste leicht verlegen. »Ich habe wirklich das ganze Dorf alarmiert. Anscheinend wollten alle wissen, was passiert ist, und haben alle gleichzeitig in mir gelesen.«

Auch wenn Lancelot nicht sprechen lernte, so lernte er doch etwas anderes. Als Matt und Susan eines Abends bei Ringkämpfen zusahen, trat er gegen einen jüngeren Hominiden an, der ihn zu Boden warf. Lancelot sprang sofort wieder auf und näherte sich dem Jugendlichen, der sich herumwarf und ihn dabei mit dem Ellbogen am Kinn traf. Lancelot taumelte benommen rückwärts, dann stürzte er sich auf seinen Gegner und rammte ihm seinen Schädel gegen die Brust, daß er zu Boden krachte. Als er sich triumphierend umdrehte, konnte Matt sein Gesicht genau sehen – zornrot angelaufen. Matt warf sich dazwischen, um den Kampf zu beenden.

Susan und er waren betroffen und leicht entnervt. Später besprachen sie diese Szene. »Du weißt, was ich gedacht habe, als wir das gesehen haben«, sagte Susan. »Auf seinem Gesicht hat echter Zorn, echte Aggression gestanden. Das gehört nicht zum emotionalen Vokabular der anderen hier.«

»Zorn und Aggression sind menschliche Charakterzüge, ob es uns gefällt oder nicht«, erwiderte Matt. »Vielleicht sind einige von ihnen schon dabei, Renegaten zu werden, und dieser Weg führt direkt zu uns.«

Kellicut verbrachte mehr und mehr Zeit in Gesellschaft des Schamanen, der in einer separaten Hütte lebte, die als einzige eine stets verschlossene Tür besaß. Außerdem war sie von einer Art Burggraben aus kleinen Totems wie Haarbüscheln und Zähnen umgeben.

Matt und Susan hatten ihm den Namen Dark-Eye gegeben – ein Name, der sein Aussehen ebenso wie seine Funktion charakterisierte, die darin bestand, den Stamm durch die Geisterwelt zu führen. Sein Oberkörper war so ausgezehrt, daß die Schulterblätter wie Fledermausflügel hervorstanden, und sein Gesicht unter der struppigen Mähne wirkte finster. Er hatte ein unbewegliches erblindetes Auge, das ständig in die Ferne starrte, als sähe er Visionen, die anderen verborgen blieben: von Geistern, die in versteckten Nestern und hohlen Bäumen hausten.

Von Zeit zu Zeit zog Dark-Eye sich für einige Tage auf einen Felsenturm zurück, auf dem er fastend mit den Geistern in Verbindung trat. Tauchte er wieder auf, wirkten die Stammesangehörigen aufgeregt und brachten ihm Essen und andere Geschenke, aber sie fürchteten ihn auch und wichen ihm aus, wenn er sich näherte. Er hielt Zeremonien ab, um mit den Vorfahren Kontakt aufzunehmen. Susan beobachtete, daß er bei diesen Anlässen in Trance zu verfallen schien und dabei sein gesundes Auge geschlossen hielt. Dadurch, stellte sie sich vor, war er völlig von der Außenwelt isoliert, so daß keiner der übrigen Stammesangehörigen in ihm hätte lesen können, selbst wenn er den Mut aufgebracht hätte, es zu versuchen.

18

An einem Morgen, als sich der blaue Himmel wie eine leuchtende Kuppel über das Tal spannte, wurde das Dorf von einem Höllenlärm aufgeschreckt. Matt, der gerade in einem kühlen Bach badete, hörte aufgeregtes Rufen, dann schien jemand zu schreien. Susan sammelte in einem Dickicht Himbeeren fürs Frühstück und sprang so rasch auf, daß sie sich überall zerkratzte. Vorsichtig befreite sie sich und rannte ins Dorf, wo sie gleichzeitig mit Matt eintraf.

Hominiden rangen miteinander im wirren Knäuel und wirbelten Staub auf. Sicher irgendein Streit, dachte Matt und merkte mit Bestürzung, wie sehr er sich an die schläfrige Ruhe im Dorf gewöhnt hatte: Allein der Gedanke an ein Handgemenge schockierte ihn. Dann sah er Longfaces Gesicht über der Menge auftauchen, und als sich der Hominide zu ihm umdrehte, wurde ihm klar, daß seine Züge vor Schmerz verzerrt waren.

»Was ist los?« fragte Susan, die verblüfft auf diese Szene starrte.

»Ich habe keine Ahnung, aber wir sollten es wohl besser herausfinden.«

Als Susan vortrat und die Menge zur Seite wich, um ihr und Matt den Weg freizumachen, sah sie eine Trage aus Zweigen und Ästen, auf der ein Hominide lag, ein dunkelhaariger Jugendlicher, den sie bislang noch nie gesehen hatte. Die Trage wurde auf dem Boden abgesetzt, und der Körper rollte wie leblos hin und her.

Der Junge war schwer verletzt. Über der Stirn klaffte eine tiefe Schnittwunde. Dunkles Blut strömte über sein Gesicht, lief ihm in den Nacken und verklebte das Haar. Er schien immer wieder in Ohnmacht zu fallen. Sein rechtes Knie war zerschmettert, sein linker Arm, die verletzte Innenseite nach außen gekehrt, hing leblos herab. Sein Körper war auf eine Weise bemalt, wie sie es bislang nie gesehen hatten, fast, als wäre er mit Kriegsfarbe beschmiert. Ein umgekehrtes V zog sich in ockerroten und kohlschwarzen Streifen von der Nase bis über seine Wangen, und sein mächtiger Brustkasten war vom Brustbein abwärts ähnlich bemalt. Jeder Atemzug ließ die Rippen deutlich hervortreten.

Longface konnte nicht aufhören, ihn unablässig zu berühren. Wie bei einer Pietà hielt er voller Gram den gesunden Arm des Jungen umklammert und stieß seltsame, grauenhafte Laute aus, warf den Kopf in den Nacken und spannte die Stimmbänder zu kummervollem Geschrei. Etwas in seiner Haltung und der Art, wie er den Jungen liebkoste, um ihn zu trösten, machte Susan stutzig.

»Matt«, sagte sie. »Das ist sein Sohn.«

»So ist es«, ertönte Kellicuts Stimme hinter ihnen, »und allem Anschein nach wird er ziemlich bald tot sein, wenn wir nichts unternehmen.«

»Was können wir tun?«

»Wahrscheinlich nicht viel, aber sicher mehr als sie. Die Medizin ist bei ihnen keine hochentwickelte Kunst.«

Als Longface Kellicuts Stimme hörte, gab er den Arm des Jungen frei, lief zu ihm, umspannte seinen Nacken mit seiner übergroßen Hand und zog ihn hinab zur Trage. Er gab keine Ruhe, bis Kellicut neben dem Jungen auf dem Boden kniete.

Mit aschfarbenem Gesicht berührte Kellicut den Jungen an der Stirn. Der Junge öffnete kurz die Augen, schaute seinen Vater an, stöhnte und wandte den Kopf wieder ab. Kellicut strich mit den Fingern über seine Wange, fuhr ihm über die Rippen und fühlte seinen Puls. Plötzlich begann Longface ebenso heftig zu stöhnen wie sein Sohn. »Mein Gott«, sagte Matt. »Er teilt den Schmerz seines Sohnes. Er fühlt tatsächlich das gleiche wie er.«

»Ganz recht«, sagte Kellicut über die Schulter gewandt. »Und es muß gräßlich sein; dabei haben wir nicht mal die leiseste Ahnung, wie das ist. Allerdings fürchte ich, daß er seinem Sohn damit keinerlei Schmerz abnehmen kann. Es ist einfach nur eine Möglichkeit, die gleiche Qual zur selben Zeit zu spüren, eine völlig uneigennützige Empathie.«

Kellicut verwandelte sich in einen Arzt. »Zuerst muß ihm einmal dieses Blut abgewaschen werden. Kann verflucht noch mal nichts sehen. Keinen Schimmer, womit wir es hier überhaupt zu tun haben.« Er wirbelte herum. »Matt«, befahl er, »schnell, holen

Sie Ihren Erste-Hilfe-Kasten. Wir tragen ihn in die große Hütte am Fluß. Susan, bringen Sie sämtliche Kleider und kommen Sie uns nach. Wir müssen ihn zudecken. Er steht unter Schock.« Dies war der alte Kellicut, der herrisch Befehle bellte und die Führung an sich riß, noch ehe die anderen sich auch nur ein Bild von der Lage gemacht hatten. »An die Arbeit.«

Er hob die Trage an, und fünf Männer stürzten vor, um ihm zu helfen. Der Junge wurde unterwegs durchgeschüttelt, so daß er entsetzliche Schmerzensschreie ausstieß, in die auch Longface einstimmte. Die merkwürdige, nun aber wenigstens zielgerichtete Prozession bahnte sich einen Weg durch das Dorf, ein riesiges Tier, daß Staub aufwirbelte und von Kellicut wie von einem Hirten angeführt wurde.

Am Fluß gab er den Trägern mit einigen Zeichen zu verstehen, daß sie den Verletzten unter einigen Pappeln abstellen sollten. Ganz in der Nähe stand eine Hütte, die man aus den miteinander verflochtenen Zweigen zweier Bäume errichtet hatte. Sie war nach zwei Seiten offen, so daß sie von einem sanften Windhauch durchzogen wurde, und in ihr machte sich Kellicut ans Werk. Dreimal schickte er Matt mit dem Kochgeschirr zum Fluß, um Wasser zu holen, das er über die Wunden goß, um sie dann behutsam mit einem von Susans Hemden sauberzutupfen, bis er erkennen konnte, wie weit die Haut eingerissen war. In die Wundränder der tiefen Stirnverletzung hatte sich Dreck eingerieben.

»Was glauben Sie, was mit ihm passiert ist?« fragte Susan.

»Schwer zu sagen, aber das hier stammt von einem Schlag«, antwortete Kellicut, der noch immer die Stirn abtupfte. »Betrachten Sie die Schwellung an dieser Seite; und hier ist ein Stück vom Knochen abgesplittert, sehen Sie?« Er hob einen winzigen Hautlappen nahe am Stirnbein in die Höhe. »Das ist der Frontaltorus, die Stirnwulst. Kaum zu glauben, aber wir haben hier einen Knochen vor uns, den noch keine medizinische Fakultät auf der ganzen Welt zu Gesicht bekommen hat.« Er wickelte den Jungen in die Kleidungsstücke, die Susan noch besaß, ein kläglich kleiner Haufen, zu dem auch eine Hose gehörte. »Die wird ihm wohl kaum passen«, sagte Kellicut. »Wir decken ihn also besser damit zu.« Dann kümmerte er sich wieder um seinen Patienten.

»Ich bin zwar kein Arzt, aber ich schätze, diese Wunde hat er sich nicht gerade bei einem Sturz zugezogen. Außerdem ist es ziemlich unwahrscheinlich, daß er sich das Bein durch einen unglücklichen Zufall zerschmettert hat. Nein«, sagte er und stopfte einen Kleiderzipfel unter den Körper des heftig zitternden Jungen, »ich nehme an, daß ihn eine Keule so zugerichtet hat. Wahrscheinlich war er in einen Kampf verwickelt.«

»Mit wem?«

»Mit derselben Bande, mit der ihr aneinandergeraten seid.«

»Woher wollen Sie das wissen?«

»Wer sollte es denn sonst gewesen sein?« Kellicut schwieg, als fragte er sich, wieviel er sagen durfte. »Außerdem ist er weggelaufen, um sich ihnen anzuschließen.«

»Was?!«

»Ganz recht. Vor einigen Monaten. Seinem Vater hat es das Herz gebrochen. Er konnte sich einfach nicht damit abfinden.« Kellicut schaute hinüber zu Longface, der auf einem Baumstumpf saß, in das Gesicht seines Sohnes starrte und sich langsam vor und zurück wiegte. »Eigentlich eine Schande für die Familie, wenn sich der Sohn oder die Tochter den Renegaten anschließt, aber dieser Kerl genießt ein so hohes Ansehen, daß sein Ruf dadurch keinen allzu großen Schaden gelitten hat. Nur hat er selbst ziemlich darunter gelitten.«

»Das ist ja unglaublich«, sagte Matt.

»Warum unglaublich? Sie können sich nicht einmal im Traum vorstellen, wie tief ihre Empfindungen sind.«

»Das habe ich nicht gemeint. Ich meinte, daß sie fortlaufen und sich einer solchen Bande anschließen, diesen ... diesen Renegaten, wie Sie sie nennen.«

»Andererseits ist dieser Junge hier in gewisser Weise dafür verantwortlich, daß Sie gefunden wurden.«

»Wieso? Was meinen Sie damit?«

»Die drei, die Sie gefunden haben, waren ein Suchtrupp, der nach ihm Ausschau hielt.«

Susan sah zu Kellicut hinüber. »Ich glaube, da gibt es eine Menge zu erklären, und Sie haben uns bestimmt noch einiges zu erzählen.«

»Tja«, seufzte er, »das wird wohl stimmen. Aber alles zu seiner

Zeit und der Reihe nach. Doch zuerst müssen wir diesen jungen Mann hier retten.«

Über den Körper seines Sohnes hinweg schaute Longface Kellicut direkt ins Gesicht. Matt war kein Experte, wenn es darum ging, die Gefühle dieser Wesen ihren Mienen abzulesen, aber hier gab es keinen Zweifel: Longface flehte Kellicut an. Vom Alter gebeugt, ging er zu ihm hinüber, hob Kellicuts Hand, spreizte zwei Finger und legte sie sanft auf die Augäpfel seines Sohnes. Dann berührte er mit seinen eigenen Fingern Kellicuts Augen und ließ sie dort mit demutsvoller Geste liegen. Er sagt uns, daß sein Sohn im Sterben liegt, dachte Matt, und er bittet Kellicut, ihn zu retten.

Eagleton hieb auf die Taste der Gegensprechanlage und kläffte: »Schwartzbaum!« in das Mikrofon. Dann drückte er den Knopf, der die Desinfektionsberieselung auslöste. Wenn es einen Menschen gab, der dieses Büro verpestete, dachte er boshaft, dann dieser Windbeutel Schwartzbaum. Sehr bedauerlich, daß dieser Mann – wenn auch nur am Rande – in diese Operation verwickelt war.

Schwartzbaum hatte Harvards paläanthropologische Fabrik durchlaufen und bei den Besten studiert. Anfangs ein klassischer »Knochen-und-Steine«-Mann, hatte er sich später zusammen mit seinem Fach entwickelt. Heute zählte er zu den führenden Köpfen in der evolutionären Genetik und lieferte alle zwei Jahre Beiträge zur skelettalen Physiognomie und mitochondrialen DNA, die derart unverständlich waren, daß sein Ruf inzwischen als unanfechtbar galt. Eagleton hatte sein Fachwissen für dieses Projekt dringend gebraucht und ihn deshalb zum stellvertretenden Direktor des Instituts mitsamt allen Vergünstigungen gemacht: einem Gehalt von hundertfünfzigtausend Dollar, einem eigenen Parkplatz und einem Jahresticket für die Spiele der Redskins.

Im Augenblick brauchte er Schwartzbaum allerdings, um eine Entscheidung fällen zu können, genauer gesagt, um mit ihm zu reden. Eagleton benutzte diesen Mann hin und wieder wie einen Resonanzboden. Manchmal hatte die anstehende Entscheidung mit dem Thema ihres Gesprächs überhaupt nichts zu tun. Eagleton fand es hilfreich, mit einem Kollegen die Nebenflüsse zu erforschen, während sein beachtlicher Verstand die Untiefen des Hauptflusses allein erkundete. Er benutzte Schwartzbaum, wie ein Experimentator statisches Rauschen nutzt, um störende Geräusche auszublenden. Und heute ging es genau darum.

Schwartzbaum schlenderte mit zerstreuter Miene ins Zimmer, setzte sich und rückte mit dem Sessel viel zu dicht an ihn heran. Eagleton sagte kein Wort. Er rollte seinen Rollstuhl einfach nur vor und zurück, bewegte sich wie ein Sprinter am Start, steckte sich eine Zigarette an und zielte mit dem Rauch auf die weißen Haarbüschel, die wie bei einem wahnwitzigen Genie aus Schwartzbaums Ohren ragten. Es funktionierte. Mit einer Miene, als wäre er in einer Senfgaswolke gefangen, schob Schwartzbaum seinen Sessel einen Schritt zurück. »Nun«, sagte Eagleton, »haben Sie Ihren Bericht fertig?«

»Bericht?«

»Über unsere Sitzung. Die mit den Doktoren Arnot und Mattison.« Eagletons Ton war der Ärger anzuhören, und er gab sich keine Mühe, ihn zu verbergen.

»Ach so, der Bericht. Nein, noch nicht. Ich fürchte, ich war allzusehr mit einem Artikel über die Nasalöffnung im Cranium des Neandertalers beschäftigt. Ich bin nämlich zu dem Schluß gekommen, daß...«

»Gestern morgen sollte der Bericht auf meinem Tisch liegen. Ich muß wissen, was Sie von den unterschiedlichen Auffassungen halten.«

»Na ja, Sie kennen doch das Sprichwort: Sind zwei Paläontologen im Raum, gibt es mindestens drei verschiedene Ansichten. Diese Leute können sich nicht mal darauf einigen, wie sie ihr Fachgebiet buchstabieren. Manche halten es mit den Engländern und schreiben es mit einem stimmlosen ›H‹, also: N-E-A-N-D-E-R-T-H-A-L, andere dagegen...«

»Ich hatte auf ein ernsthaftes Gespräch mit Ihnen gehofft, nicht auf einen Buchstabierwettbewerb.«

»Oh, tut mir leid. Und über was...?«

»Zum Beispiel über Dr. Arnots Kannibalismustheorie.«

»Tja. Kannibalismus.« Schwartzbaum zupfte an seinem Spitzbart. Die Geste erinnerte Eagleton an eine Spinne, die auf dem Rücken lag und mit den Beinen in der Luft herumwirbelte. »Ich fürchte, die Theorie ist nicht neu. Sie gehört zum dunklen Kapitel der Neandertalforschungen, ein Schatten, der schon auf die Arbeit einiger früher Fossilienjäger zurückfällt.«

»Weiter.«

Schwartzbaum lehnte sich in seinem Sessel zurück, holte tief Luft und richtete seinen Blick auf einen Fleck an der Wand. »Wenn ich mich nicht täusche, gab es um 1860 eine erste entsprechende Andeutung im Werk Edouard Duponts, eines belgischen Geologen. Er wühlte sich durch eine Höhle, ich glaube, sie liegt in ... Le Trou de la Naulette ..., als er ein großes Stück von einem Unterkiefer entdeckte. Der Kiefer stammte zweifellos von einem Menschen, war aber in der Art seiner Krümmung zwischen Zähnen und Kinn zugleich sehr affenähnlich.« Plötzlich wurde Schwartzbaum bewußt, daß er sein eigenes Kinn streichelte. Verwirrt ließ er die Hand sinken.

»Sie dürfen nicht vergessen, daß Darwins *Über die Entstehung der Arten* erst wenige Jahre zuvor erschienen war. Die Lehre von der Evolution kämpfte noch darum, als glaubwürdige Theorie anerkannt zu werden, und dieses Stückchen Mandibel war der erste konkrete anatomische Beleg für die Richtigkeit von Darwins Annahmen. Jedenfalls geschah dann etwas überaus Bizarres. Es kursierten bereits Gerüchte über Kannibalismus, und so meinte Dupont besonders hervorheben zu müssen, daß diese Knochen *keineswegs* die Überreste eines Festmahls waren. Doch als seine Ergebnisse ins Englische übersetzt wurden, gerieten seine Aussagen völlig durcheinander, so daß die Leute glaubten, er behaupte, daß es sich bei dem Knochen tatsächlich um den Überrest eines Festmahls handelte und daß die Neandertaler Kannibalen waren. Sie glaubten es, weil sie es glauben wollten, und die Neandertaler wurden ihren schlechten Ruf nicht mehr los.«

Schwartzbaum übersprang einige Jahrzehnte und wandte sich dem Beginn des Jahres 1899 und einem gewissen Dragutin Gorjanovic-Kramberger zu, einem Kroaten und Sohn eines Schusters, der von den Intellektuellen in Berlin und Paris nie ganz ernst genommen werden sollte. Doch war er es, der zuletzt lachte: Er entdeckte die Fundstelle bei Krapina, eine Schatzgrube mit Hunderten von Neandertalerüberresten. Eigenartigerweise lagen die Skelette überall verteilt, und die großen Knochen waren zersplittert, manche sogar angesengt. Außerdem fand Gorjanovic noch eine überraschend hohe Zahl Kinderknochen. All dies war für ihn der unwiderlegbare Beweis dafür, daß er hier die Opfer eines prähistorischen Banketts vor sich hatte.

Eagleton schien Schwartzbaum aufmerksam anzuschauen, doch die Worte, die aus dem Mund des alten Mannes strömten, erreichten ihn nur wie durch einen dichten Nebel. Sein Verstand rang mit der Aufgabe, die er sich gestellt hatte. Er fuhr bereits den Hauptfluß entlang, während das kleine Ausflugsboot seines Besuchers in den Sümpfen am Rande verschwand.

Wie ein vom Rampenlicht trunkener Redner fuhr Schwartzbaum fort. »Jahre später, 1939, also unmittelbar vor Ausbruch des Krieges, führten all die Theorien und geflüsterten Unterstellungen zu einem ersten Eklat.« Und dann erzählte er die Geschichte von Alberto Blanc, einem jungen italienischen Fossilienjäger, der seine Flitterwochen auf dem Monte Circeo südlich von Rom verbrachte. Einige Arbeiter brachen durch die Decke einer verborgenen Höhle, tasteten im Dunkeln umher und fanden einen Schädel. Die Frage war nur, *wo* genau hatte er in der Höhle gelegen? »In der anschließenden Debatte verlor manch einer den Kopf, falls Sie mir dieses Wortspiel verzeihen können. Bis heute jedenfalls dauert die Diskussion an, und ich mag nicht daran denken, wie viele Konferenzen sie bereits gesprengt hat.

Wissen Sie, Blanc beharrte nämlich darauf, daß der Schädel mitten in einem kreisförmig angeordneten Ring von Steinen gefunden worden war. Um den dramatischen Effekt noch zu verstärken, nannte er dies die ›Steinkrone‹. Der Riß im rechten Schläfenbein? Indiz für einen uralten Mordfall. Das Hirn, so Blanc, habe man durch das große Loch am Craniumrand entfernt. Seine Hypothese besagte, daß der Neandertaler einen Feind bezwungen hatte, indem er sich von hinten anschlich und ihm den tödlichen Hieb versetzte, daß er dann den Kopf vom Körper getrennt, das Hirn gegessen, den Schädel als heiliges Gefäß für sein Ritual genutzt und ihn anschließend sorgsam auf der ›Steinkrone‹ abgesetzt hatte, so wie ein katholischer Priester heute den Kommunionskelch auf den Altar stellt. Interessant, nicht?«

Eagleton stieß ein unverbindliches Brummen aus, während Schwartzbaum unbeirrt weiterschwatzte. »Nur halten die meisten Paläontologen heute nicht mehr viel von seiner Theorie. Zu viele ›Vielleicht‹. Vielleicht war der Kreis eigentlich gar kein Kreis. Vielleicht ist der Schädel von einem Tier angenagt worden. Vielleicht war Blanc nur ein romantisch veranlagter Italiener. Für die Boulevardpresse mag das angehen, aber im Speisesaal der Fakultät von Harvard kann dergleichen nicht bestehen.«

»Und Dr. Arnot?«

Die Frage brachte Schwartzbaum aus dem Konzept. Er hielt die Dinge gern in der Schwebe, und Susan Arnot war ein Mensch, der die Dinge gern auf den Punkt brachte. »Gewöhnlich leistet sie vorbildliche Arbeit, und auf ihrem Gebiet ist sie eine anerkannte Expertin. Allerdings hat sie ihren letzten... Beitrag zu Blancs Theorie noch nicht veröffentlicht.«

»Was halten Sie von ihr?«

»Ich?«

»Ja, Sie.«

Schwartzbaum wurde vorsichtig, ein Experte im Zeugenstand, dessen endgültige Ansicht über ein Beweisstück verlangt wurde. »Für die Öffentlichkeit stehe ich weder auf der einen noch auf der anderen Seite. Ich habe noch keine feste Position bezogen. Doch hier, im privaten Rahmen dieses Zimmers, kann ich Ihnen anvertrauen, daß ich mich wohl nicht der Theorie anschließen könnte, daß die Neandertaler einander verspeist haben.«

»Sie haben eben gesagt, daß man glaubte, die Neandertaler wären Kannibalen, weil man es glauben *wollte*. Was haben Sie damit gemeint?«

»Wissen Sie, wir finden die Lehre von der Evolution heute so logisch und selbstverständlich, weil sie im nachhinein so offensichtlich erscheint. Thomas Huxley hat es am besten ausgedrückt: ›Wie dumm von mir, daß ich daran nicht gedacht habe.‹ Wir vergessen, wie wahrhaft revolutionär sie damals war, wie sie die Grundsätze des menschlichen Selbstverständnisses in Frage stellte. Mit einem Federstrich waren wir nicht mehr die Geschöpfe Gottes, verschieden von den Tieren, mit Vernunft begabt und versehen mit dem göttlichen Funken. Wir waren nichts Besonderes mehr, man hatte uns abrupt vom Podest gestoßen. Es erwies sich, daß wir ein Tier wie alle anderen waren, vielleicht ein bißchen cleverer, vielleicht sogar sehr viel cleverer – das mag erklären, warum wir bis an die Spitze des Haufens vorgedrungen waren –, aber trotzdem im Grunde bloß ein Tier. Durch unseren Verstand haben wir uns durchgesetzt, und der hat sich in erster Linie durch den Zufall entwickelt – dank unserer beiden Beine, der gegenüberstellbaren Daumen oder der Stimmbänder. Seien wir ehrlich, der Anblick einer Kreatur, die sich aus dem Ursumpf an Land zieht, ist keineswegs so erhebend wie eine Betrachtung von Gottes Finger und der ausgestreckten Hand des Menschen in der Sixtinischen Kapelle.

Wir sind also keine kleinen Götter mehr; wir sind nur etwas größere Affen. Und zu allem Unheil finden sich auch noch diese Fossilien, die unsere Wissenslücken füllen, so daß unsere Verbindung zur Affenwelt noch deutlicher wird. Okay, der Piltdownmensch mag eine Fälschung gewesen sein, doch auch ohne ihn gibt es genügend ›fehlende Glieder‹, und das wichtigste ist der Neandertaler. Also müssen wir uns irgendwie von ihm unterscheiden, um uns wieder auf das Podest schwingen zu können. Wir müssen ihn in eine Bestie verwandeln. Und was wäre dazu besser geeignet, als ihm die Verletzung des schlimmsten Tabus anzulasten, ihm das widerwärtigste Verbrechen vorzuwerfen, das Symbol all dessen, was uns über dieses gräßliche Kontinuum kämpfender Wilder erhebt – den Mitmenschen zu verschlingen?«

Mittlerweile war Schwartzbaum von seiner eigenen Beredsamkeit so begeistert, daß er in der zunehmenden Dunkelheit die Gestalt am Tisch beinahe vergessen hatte. Erschrocken fuhr er zusammen, als Eagleton ihn unterbrach: »Meinen Glückwunsch. Sie haben alle Fragen beantwortet, nur nicht die eine, auf die es ankommt.«

»Und die wäre?«

»Warum sollten sie zu Kannibalen werden?«

»Ganz einfach«, antwortete Schwartzbaum und zupfte wieder an seinem Spitzbart. »Seit undenklichen Zeiten lautet die Antwort darauf immer gleich – um sich die Geisteskraft des Gegners anzueignen.«

Kurz angebunden entließ ihn Eagleton.

Longfaces Sohn wurde in der großen Hütte am Fluß auf einen Erdhaufen gelegt. Seine Augen waren geschlossen; er sah blaß und erschöpft aus, atmete aber noch. Susan betrachtete sein Gesicht, die brötchengroße Schwellung an seinem Hinterkopf, die hominide Form, die eine Art Gegengewicht zu dem großen, langen Gesicht bildete und den Kopf nach unten sinken ließ, so daß sein Kinn in Ruhestellung fast auf der Brust auflag. Diese Haltung verlieh ihm ein feierliches, friedliches Aussehen, so daß er einer steinernen Statue auf einem Sarkophag in einer mittelalterlichen Kathedrale glich. Er ist nicht häßlich, dachte sie, er sieht sogar edel aus, wenn auch nicht gerade wie ein Engel, aber dennoch anders als die anderen, fast wie ein junger Prinz. Und sie begann jenen unwillkürlichen Schauder der Abneigung zu verlieren, der sie bislang immer überkommen hatte, wenn sie an ihre Gesichter dachte.

Sie besah sich die Bemalung auf seinem Gesicht: grausige Zeichen, die Angst einjagen sollten. Überall auf der Welt schmückten sich die primitiven Völker auf ähnliche Weise für die Jagd, für den Kampf und manchmal auch für das Begräbnis großer Krieger. Susan berührte einen der roten Streifen; die Farbe bröckelte ab, blieb an ihrem Finger hängen, und sie roch daran: Hämatit oder rotes Oxid, das dem roten Ocker seine Farbe verleiht. In prähistorischen Grabstätten hatte man es als Blutsymbol verwandt, und erst vor kurzem hatte sie es auf den Gesichtern jener Wilden gesehen, von denen sie in der Höhle gejagt worden waren.

Stumm saß Longface bei seinem Sohn und wiegte sich sanft vor und zurück, als schwanke er in einer unsichtbaren Brise. Vielleicht war er auch im Gebet vertieft, so selbstversunken wie er dasaß, von der Außenwelt abgeschottet. Kellicut drängte Susan zur Seite und untersuchte noch einmal den Jungen, diesmal allerdings gründlich, hob die Arme an, klopfte die Rippen ab und fühlte den Puls. Er übertrieb, aber Susan kannte ihn gut genug, um seiner Nervosität daran die Schuld zu geben. Schließlich mußte er versuchen, sich die wenigen Wissensbrocken in Erinnerung zu rufen, die er sich vor gut dreißig Jahren in einem sechsmonatigen Kurs an der medizinischen Fakultät angeeignet hatte.

»Wie wollen Sie vorgehen?« fragte sie.

»Das werden Sie schon noch sehen«, fauchte er. »Allerdings nur dann, wenn Sie mir aus dem Weg und statt dessen lieber zur Hand gehen.«

Sie verbiß sich eine Erwiderung. Kellicut schickte sie und Matt los, um sie allerhand Gegenstände besorgen zu lassen, deren Zweck ihnen nicht sofort ersichtlich war. Matt brachte ihm zudem noch ein Kochgeschirr und den Erste-Hilfe-Kasten. Susan gab ihm eine kleine Flasche Wodka, die sie sorgsam aufbewahrt hatte, außerdem reichte sie ihm ihre Jacke. Wie Matt fiel sie in alte Gewohnheiten zurück und gehorchte ihrem Lehrer ohne zu fragen.

Wie er es ihnen aufgetragen hatte, gruben Matt und Susan ein flaches Loch, füllten es mit Zweigen und Ästen und holten ein wenig Glut aus dem Gemeinschaftsfeuer, um den Stapel in Brand zu setzen. Das Feuer breitete sich rasch aus und verströmte bald eine Hitze, die die Bäume im Hintergrund zum Tanzen zu bringen schien und eine dünne Rauchsäule aufsteigen ließ.

»Setzt Wasser in dem Kochgeschirr auf«, befahl Kellicut. »Kocht es gut zehn Minuten, aber nicht länger. Ich will es hier hineingießen«, fügte er noch hinzu und hob die Wodkaflasche, »für das Kochgeschirr habe ich nämlich eine andere Verwendung.« Er goß dem Jungen Wodka über die Stirn, dann auf den offenen Ellbogen und tupfte ihn mit einem Tuch ab. Ein Fingerhutvoll war noch in der Flasche, als Kellicut sie an die Lippen setzte und austrank. »Noch eins«, sagte er zu Susan, stellte die Flasche ab und kehrte ihr den Rücken zu, während er sich wieder über den Jungen beugte. »Holen Sie mir diesen Schamanen. Wir werden ihn brauchen. Sie kennen ja seine Hütte. Verschwenden Sie keine Zeit mit Anklopfen – er weiß, daß Sie kommen.«

Susan kannte tatsächlich die ekelhaft riechende Hütte mit der geheimnisvoll geschlossenen Tür. Sie ging nicht gern dorthin, und einen Moment blieb sie zögernd vor Dark-Eyes Hütte stehen. Schließlich stieß sie die Tür auf. Sie war aus dicken, zusammengebundenen Ästen gefertigt, schwang nach innen in die Dunkelheit und ließ einen derart fürchterlichen Gestank herausströmen, daß ihr fast die Luft wegblieb. Regungslos blieb sie stehen und atmete durch den Mund, während sich ihre Augen an die Dunkelheit gewöhnten. Nach und nach erkannte sie in einer Ecke ein primitives Regal: ein abgebeitelter Baumstamm mit Behältern aus Schildkrötenpanzern, in denen einige runde Gegenstände, Bälle vielleicht, in einer zähen Flüssigkeit schwammen.

Sie ging einen Schritt tiefer in die Hütte. Der Geruch war so stark, daß sie ihn fast durch ihre Haut dringen spürte. Sie sah zu Boden. Bänder lagen in der Flüssigkeit, hafteten an den Bällen. Mit aufbrandendem Ekel erkannte sie plötzlich, daß es sich dabei um Augäpfel handelte.

Ihr wurde schwindlig. Ein seltsames Gefühl umfing ihr Hirn wie eine Wolke, beinahe, als ob ein Badezimmerspiegel von innen beschlug. Sie wich zwei Schritte zurück und wollte gehen, lief aber Dark-Eye direkt in die Arme. In der Hand hielt er einen langen, geschnitzten Stock, der einem Hirtenstab glich und dessen Griff zu einem Wolfskopf geformt war. Dark-Eye rührte sich nicht, so daß sie rückwärts stolperte und beinahe gefallen wäre. Er machte keine Anstalten, ihr zu helfen und stieß statt dessen einige gutturale Laute aus, die ziemlich feindselig klangen. Sein weißes Auge funkelte wie ein explodierender Stern – Glaucoma, dachte sie, im fortgeschrittenen Stadium. Auf dem Auge muß er völlig blind sein. Das andere Auge verriet ebenfalls erste Anzeichen der Krankheit. Sie fragte sich, ob er nur durch die Augen der anderen sah. Doch warum dreht er dann den Kopf in meine Richtung?

Dann nahm Dark-Eye sie bei der Hand und führte sie nach draußen.

19

Eagleton war noch immer nicht zu einer Entscheidung gekommen, und die Zeit drängte. Er steckte sich eine Zigarette an, atmete den Rauch tief ein und starrte Schwartzbaum über den Tisch hinweg an. Der Mann ist ein Lackaffe, aber ein Füllhorn an Informationen. Da er die Stille zu schätzen wußte, formulierte er die nächste Frage nur höchst widerwillig. »Sagen Sie, Dr. Arnots Theorie von einem Krieg zwischen Homo sapiens sapiens und Neandertalern, glauben Sie, daß da was dran ist?«

Schwartzbaum legte die Stirn in Falten und streckte seine Beine aus. »Um es gleich vorweg zu sagen – diese Theorie von Dr. Arnot ist ebenfalls nicht neu. In den zwanziger Jahren dieses Jahrhunderts unterrichtete an der Universität Heidelberg ein Anthropologe namens Hermann Klatsch. Ihm schien es unmöglich, daß der Homo sapiens sapiens vom brutalen Neandertaler abstammen könne, und so stellte er die weit hergeholte Hypothese auf, daß es in Urzeiten einen Kampf ums Überleben gegeben habe, in dem alle Neandertaler getötet und anschließend gefressen worden seien. Er nannte dies die Schlacht von Krapina.«

»Wäre das denkbar?«

»Nun, außer ihm hat kein Mensch daran geglaubt, und das aus gutem Grund. Unter anderem deshalb, weil die Neandertaler über ganz Europa verstreut waren. Man kann sich daher nur schwer vorstellen, daß sie sich alle zusammenrotteten und die gesamte Population in einer einzigen, entscheidenden Schlacht unterging.«

»Armeen werden immer wieder in einer einzigen Schlacht vernichtet: Gettysburg, Waterloo, Agincourt. Die meisten Kriege laufen auf eine zentrale Konfrontation hinaus.«

»Und eine Seite verliert, aber sie wird nicht völlig ausgelöscht. Die Besiegten ziehen sich zurück und verstecken sich in einer Höhle, um ihre Wunden zu lecken. Sie gehen nicht vollständig zugrunde.«

»Ich verstehe, worauf Sie hinauswollen«, sagte Eagleton mit leichtem Grinsen. Er schwieg, drückte die Zigarette aus und fragte: »Also halten Sie es mit Dr. Mattison: Unsere Gene haben sich mit ihren vermengt?«

Schwartzbaum lockte die Herausforderung. »Auch dann bleiben einige Fragen offen. Das große Dilemma der Neandertalforschung liegt in einem einzigen Rätsel: Fossile neueren Datums sind neandertaloider als Fossile älteren Datums. Der Frontaltorus – also die Stirnwulst – ist deutlicher ausgeprägt, der Schädel ist länger, die Gliedmaßen sind gedrungener, all die typischen Merkmale, die wir dem klassischen Neandertaler zuordnen. Es scheint daher, als hätten sie sich vom Homo sapiens sapiens fortentwickelt und nicht auf uns zu, was aber unserem Verständnis dessen widerspricht, wie die Dinge hätten laufen sollen. Gibt es dafür also eine Erklärung?«

»Gibt es eine?«

»Nun, Sie können sich denken, wie zahlreich die Theorien sind. Eine von ihnen besagt, daß es verschiedene Populationen von Neandertalern gab, die während der Eiszeit durch unüberwindbare Gletscher voneinander getrennt waren und sich in unterschiedliche Richtungen entwickelten. Entscheidend für die evolutionäre Veränderung ist die Isolation, da damit die Kreuzung mit anderen Arten verhindert wird.«

»Wie trifft das auf den Neandertaler zu?«

»Der menschlicher aussehende Neandertaler entstammt der früheren, wärmeren Periode und war überall anzutreffen. Die klassischen Neandertaler haben später, während der letzten Vereisung gelebt. Ihre Überreste fanden sich nur in vereinzelten Gebieten, und morphologisch waren sie einem subarktischen Klima angepaßt. Ihre Knochen waren robuster, die Schädel länger, die Nasalöffnungen größer, möglicherweise um die Luft anzuwärmen. Interessant ist auch, daß ihr Hirn größer war. Warum, das wissen wir nicht; doch wenn man davon einmal absieht, dann handelt es sich um einen geradlinigen Fall von Adaption an eine feindselige Umwelt, die durch natürliche Selektion oder vielleicht auch durch eine genetische Abweichung ermöglicht wurde.«

»Erzählen Sie mir von der genetischen Abweichung.«

»Ein subtiles Konzept. Im Grunde genommen wird die Statistik auf die Genetik angewandt. In kleinen, isolierten Populationen können zufällige Ereignisse zu überstarken Reaktionen führen. Genetische Mutationen finden Bedingungen vor, unter denen ihre Veränderungen rasch dauerhaft werden können. Anders als in einer breiter gestreuten Population haben die Zufälle eine größere Wirkung, und so können die Veränderungen ziemlich dramatisch verlaufen.

Nehmen wir einmal an, in einer kleinen Gruppe würden sich außergewöhnlich lange Beine durchsetzen. Diese Gene würden so zahlreich, daß sie all die anderen sogenannten normalen Gene überwältigten, bis Langbeinigkeit schließlich zur Norm wird. Die Langbeinigen können schneller laufen, und dies zieht alle möglichen weiteren Veränderungen nach sich – andere Nahrung etwa, da sie jetzt andere Tiere jagen können, oder eine Veränderung im Lebensraum, da sie nun problemlos vor ihren traditionellen Feinden zu fliehen imstande sind. Und die Veränderungen halten an, eine Art eigendynamischer Prozeß, der zu einem Quantensprung führt. Doch geschieht dies nicht unbedingt, weil die neuen Eigenschaften vorteilhafter sind, sondern eher aufgrund einer zufälligen Abweichung.«

»Ich verstehe. Was wäre, wenn bei diesem Quantensprung eine geistige Fähigkeit im Spiel wäre – sagen wir telepathische Wahrnehmung oder dergleichen. Halten Sie das für möglich?«

»Sie meinen die Fähigkeit, Bilder unmittelbar von einem Hirn ins andere zu projizieren? Theoretisch ist es jedenfalls nicht unmöglich.«

»Und wäre der große Kortex des Neandertalers nicht die physische Voraussetzung für eine solche Fähigkeit?«

»Wiederum theoretisch gesprochen, würde ich Ihnen zustimmen. Aber es gibt da ein Problem. Wir wissen von den Menschen, daß ein Großteil des Kortex bereits reserviert ist – und zwar für die Sprache.«

»Und wenn sie keine Sprache besaßen? Dann hätten sie ein großes Hirn gehabt – größer als unseres –, daß inaktiv bereitlag.«

»Es ist aber nicht einzusehen, warum sie *keine* Sprache entwickelt haben sollten. Als Mittel der Kommunikation hat sie ihre Vorzüge, da sie Bestand hat. Man kann sie aufschreiben. Selbst den Sprecher kann sie überdauern. Sie und ich, wir haben Shakespeare nie getroffen, trotzdem können wir ihn sozusagen reden hören.«

»Was wäre, wenn sie etwas davon abgehalten hat, eine Sprache auszubilden?«

»Nur lassen sich schwerlich Gründe finden, die eine Sprachentwicklung aufhalten könnten – mir fällt nur einer ein.«

»Welcher?«

»Leben in großer Höhe.«

Eagleton schwang seinen Stuhl eine Vierteldrehung herum. »Erläutern Sie das bitte.«

»Das Urteilsvermögen von Bergsteigern in großer Höhe ist eingeschränkt – das ist bekannt, aber neueste Forschungsergebnisse koppeln diese Erkenntnis an das Sprechvermögen. Philip Lieberman, ein Neurologe bei Brown, hat die kognitiven Folgen des Sauerstoffmangels untersucht. Seiner Theorie zufolge wird jener Teil des Hirns davon beeinträchtigt, der die Bewegungsabfolge koordiniert, einschließlich der Bewegungen von Zunge, Lippen und Kehlkopf. Den Basalganglien wird der Sauerstoff entzogen, und die Syntax der gesprochenen Sprache zerfällt. Deshalb also reden sie völlig konfus.«

»Auf lange Sicht«, sagte Eagleton leise, »könnte eine Spezies in einer derartigen Umwelt sich also von der Sprache abwenden und zur Kompensation statt dessen so etwas wie Telepathie entwikkeln.«

»Theoretisch gesprochen – rein theoretisch – wäre das nicht unmöglich.«

»Und was wäre, wenn diese Fähigkeit eine lebenswichtige Funktion für eine Gruppe erfüllen würde, die ständig in Angst lebt, die sich ständig auf der Flucht befindet? Was, wenn dadurch jedes Mitglied dieser Gruppe als Wachtposten agieren könnte – eine Art automatisches Frühwarnsystem für den gesamten Stamm?«

»Nun, dann käme ihr eine zusätzliche Bedeutung zu, die zur Wahrscheinlichkeit ihres Fortbestands beitragen würde. In diesem Fall würde der Prozeß der genetischen Abweichung durch die Darwinsche Auslese beschleunigt, die diese Fähigkeit verstärken – sie sozusagen verfestigen würde. Aber worauf wollen Sie hinaus?«

»Ach, nichts Bestimmtes. Wir führen einfach eine theoretische

Diskussion. Mich interessiert, was Sie über die verschiedenen Gruppen von Neandertalern gesagt haben. Wie konnte es eigentlich dazu kommen?«

»Was ich Ihnen jetzt sage, ist natürlich alles nur Theorie, aber durch irgendeinen Vorfall wurde die allgemeine Population in Untergruppen geteilt. Wahrscheinlich durch die Eiszeit. Wir wissen, daß sich die Bewohner Westeuropas zu klassischen Neandertalern entwickelten, die schließlich ausstarben. Kurz gesagt, ihr Zustrom trocknete aus. Diejenigen, die anderswo lebten, könnten uns ähnlicher geworden sein. Man nennt das Sapienzation. Oder sie haben eine Zeitlang in ihren kleinen Reservaten überdauert und durch genetische Abweichung einige seltsame Eigenschaften herausgebildet. Die Spur verliert sich in jenem Teil der Welt, die Howell das ›westliche Asien‹ nennt.«

»Westliches Asien? Wo liegt das?«

»Das ist ein seltsamer Ausdruck, den man bis auf den heutigen Tag benutzt, wenn man über Neandertaler schreibt. Gemeint ist damit jenes riesige Gebiet vom Schwarzen Meer bis Usbekistan und Tadschikistan, tief in die ehemalige Sowjetunion hinein. Das meiste davon ist noch unerforscht.«

Wieder wurde Schwartzbaum abrupt und ohne ein Wort des Dankes von Eagleton entlassen. Er wurde nicht mehr gebraucht. Eagleton war zu der Entscheidung gekommen, um die er gerungen hatte. Seit mehr als drei Wochen hatte er nichts mehr von Van gehört. Es war an der Zeit, Kane loszuschicken.

Susan und Dark-Eye gingen zum Fluß; Dark-Eyes knochige Finger hielten ihre Hand umklammert, wie ein Falke seine Beute hält. Sie spürte, daß ein seltsames, pulsierendes Gefühl der Macht von ihm ausging, als würde er eine Art psychische Hochspannung erzeugen. Sie hätte nicht sagen können, ob sie ihn führte oder von ihm geführt wurde.

Longface kam ihnen entgegen, kehrte dann um und ging mit gesenktem Kopf vor ihnen her. Als sie die Lichtung vor der Hütte betraten, waren auch Matt und drei oder vier Hominiden da. Kellicut arbeitete in einer Ecke, seine Werkzeuge lagen um ihn verstreut ausgebreitet – ein Messer, das Kochgeschirr, der Erste-Hilfe-

Kasten mit geöffnetem, blau-weißem Deckel. Als Kellicut sie sah, legte er das, woran er gearbeitet hatte, sorgsam auf ein Tuch und stand auf.

»Schön, daß ihr daseid. Er sieht nicht gut aus. Wir haben nicht mehr viel Zeit.«

»Was haben Sie vor?«

»Außer dieser Schnittwunde an der Stirn hat er ein zerschmettertes Knie und noch eine offene Wunde hier an der Seite. Ich bin mir zwar nicht sicher, aber ich vermute, daß er bereits vor einigen Tagen verwundet wurde und seither unterwegs war, also ist Blutverlust unser Hauptproblem. Wir werden ihm eine Transfusion geben müssen.«

»Wie wollen Sie das anstellen?«

»Mehr schlecht als recht, lautet die Antwort. Wir werden Glück haben, wenn wir genügend Blut in ihn hineinbekommen, und bei all den Bazillen hier kann er froh sein, wenn er überlebt. Aber das ist seine einzige Chance.«

»Wer ist der Spender?«

Kellicut sah hinüber zu Longface, der sich wieder langsam hin und her wiegte.

»Und der da? Was soll der hier?« Susan wies mit einem Kopfnikken auf Dark-Eye, der ihre Hand immer noch nicht freigegeben hatte. Sie traute sich nicht, sie ihm einfach zu entreißen, als wäre er eine Art Blutegel, den man vorsichtig von ihr lösen mußte.

»Ich hoffe, wir können ihm irgendwie erklären, was wir vorhaben, und vielleicht kann er es den anderen mitteilen. Er ist der einzige, der es begreifen könnte. Außerdem«, Kellicut wandte sich wieder seiner Arbeit zu, »ist es vielleicht ganz praktisch, ihn in der Nähe zu haben, wenn diese Sache hier nicht gut ausgeht.«

Susan trat zu Matt ans Feuer und sah, wie Kellicut sich mit Longface und Dark-Eye zusammenkauerte, gestikulierte und eigenartige Töne von sich gab. Einmal griff er zum Jungen hinüber und öffnete ihm die Augen; dann wieder hieb er mit dem Messer auf sich selbst ein, bis Blut aus seinem Unterarm spritzte. Es sah nicht so aus, als ob er sich ihnen verständlich machen konnte. Inzwischen begann das Wasser im Kochgeschirr zu brodeln. Susan und Matt sterilisierten damit einige Tuchfetzen und den langen Gummischlauch aus dem Erste-Hilfe-Kasten und brachten die Sachen an das Lager des Jungen.

Irgendwie hatte Kellicut Longface dazu gebracht, sich auf ein Bett aus miteinander verflochtenen Zweigen neben seinen Sohn zu legen. Dann nahm er eine Spritze, reinigte sie in kochendem Wasser und drückte den Kolben nach unten. Mit dem Messer schnitt er ein kleines Loch ins obere Ende der Spritze und vergrößerte es langsam, bis es kreisrund war. Dann steckte er ein Ende des Gummischlauchs hinein, hielt die Spritze hoch, drehte sie um, bewunderte sein Werk und reichte Susan das andere Schlauchende. »Halten Sie das«, befahl er und gab ihr auch das Kochgeschirr, kniete sich neben Longface, betupfte dessen Armbeuge mit einem in Alkohol getränkten Lappen, stieß die Nadel in eine Vene und zog den Kolben zurück, so daß sich die Spritze langsam mit dunkelrotem Blut füllte. Als Susan das sah, fühlte sie sich den Hominiden sehr nah.

»Prima!« rief Kellicut, als der Kolben an dem Loch vorbeiglitt und Longfaces Blut durch den Schlauch strömte wie ein Fluß, der durch einen provisorischen Damm umgelenkt wurde. »Es funktioniert!« verkündete er mit einer Begeisterung, die ihr verriet, wie unsicher er sich seiner Sache gewesen war.

»Halten Sie das andere Ende ins Kochgeschirr«, mahnte er sie, »und zwar möglichst tief. Das Blut muß weiterlaufen.« Susan sah, wie der Schlauch sich langsam dunkel verfärbte, während das Blut weiterrann. Mit der einen Hand hielt sie das Schlauchende über die Öffnung des Kochgeschirrs, mit der anderen umklammerte sie den Topf.

Sie blieben so stehen, bis das Kochgeschirr gefüllt war, und obwohl das Blut stetig strömte, verging doch einige Zeit, bis es soweit war. Als plötzlich Blut über den Topfrand schwappte, stieß Susan einen kurzen Schrei aus. Kellicut eilte zu ihr und nahm ihr das Gefäß ab. Dann ging er zu Longface, zog die Spritze heraus und holte Heftpflaster aus dem Koffer, um den Einstich zu verschließen. »So gut wie neu«, knurrte er. Longface stützte sich auf, warf einen mißtrauischen Blick auf das Heftpflaster, legte sich dann aber langsam wieder hin und schloß die Augen.

Kellicut winkte Matt und Susan an die Seite des Jungen. »Jetzt wird es ein bißchen kniffliger«, sagte er. »Susan, Sie müssen den

Topf mit dem Blut so hoch wie möglich halten« – er hob ihren Arm in die Höhe – »und auf keinen Fall sinken lassen.« Er nahm den Gummischlauch, formte aus einem Stückchen Plastik einen Trichter, gab ihn Matt und hob auch dessen Arm in die Höhe. »Sobald ich Ihnen Bescheid gebe, gießen Sie das Blut hinein«, sagte er, »aber wenn auch nur eine Luftblase im Schlauch ist, haben wir verloren.« Er hob die Spritze, zog den Kolben bis zum Anschlag zurück, stieß die Nadel in eine Vene im Arm des Jungen und schob den Kolben einige Zentimeter vor, achtete aber darauf, ihn nicht über das Loch hinauszuschieben. Es funktionierte: Langsam floß das Blut durch den Schlauch und erinnerte an eine fallende Quecksilbersäule am Thermometer.

»Ich hätte Buschdoktor werden sollen«, sagte Kellicut mit stolzgeschwellter Brust. »Man kommt sich wie ein Gott vor.«

Anschließend verbanden sie das Knie des Jungen und seine Stirn, deckten ihn wieder mit den restlichen Kleidungsstücken zu und ließen ihn neben seinem Vater liegen. Die übrigen Hominiden blieben bei ihm oder hielten sich in der Nähe der Hütte auf, schienen aber nicht zu wissen, was sie tun sollten, und sahen sich fragend nach Dark-Eye um.

Kellicut schien an diesem Abend höchst zufrieden mit sich selbst zu sein, und so nutzte Susan am Lagerfeuer die Gelegenheit, ihn auszufragen. »Erzählen Sie uns von den anderen«, bat sie ihn. »Wie haben Sie die genannt?«

»Renegaten.«

»Genau.«

»Da gibt es nicht viel zu erzählen. Kurz nach meiner Ankunft habe ich von ihnen gehört. Ich habe sie natürlich nicht selbst gesehen – ich glaube kaum, daß ich dann noch hier wäre, um von ihnen erzählen zu können. Aber ich konnte das eine oder andere aufschnappen, genug, um mir meine Meinung zu bilden. Ihr könnt euch ja vorstellen, daß sie große Angst vor ihnen haben.«

»Woher kommen sie?« fragte Matt.

»Von hier – aus diesem Tal. Aber es könnte verstreut in den Bergen auch noch andere Stämme geben. Doch die Renegaten stammen aus diesem Tal. Ihre Zahl hat rapide zugenommen – wer weiß, seit wann, sicher seit Generationen, vielleicht auch seit Hunderten von Jahren.«

»Aber wie?«

»Sie sind Ausgestoßen, Parias, Außenseiter. Eigentlich ist es ganz einfach.«

»Nun, dann machen Sie uns doch die Freude, und erklären Sie es uns.«

»Immer mal wieder wird jemand geboren, der sich von den anderen unterscheidet. Er ist unsozial – oder schlimmer noch – ein Krimineller. Er hat irgend etwas Krankhaftes an sich, ist genetisch verschieden. Er fügt sich nicht, bricht die Regeln, übertritt die Tabus. Ein Phänomen, wie es in jeder Population auftritt. Spontane Sonderlinge. Die Sioux nannte sie ›die Widerspenstigen‹, Menschen, die alles von hinten aufzäumen, die selbst rückwärts auf ihren Pferden sitzen. Jede Gesellschaft bringt sie hervor, jeder Stamm. Aus der Sicht eines Evolutionsbiologen könnte man sogar behaupten, daß die Gesellschaft sie hervorbringen muß, wenn sie überleben will, da sie eine Art Experiment sind, ein Ausprobieren neuer Modelle sozusagen.

Und dies gilt ganz besonders für derart verflochtene, aufgrund ihrer besonderen Fähigkeiten sozial so überaus eng verbundene Stämme wie diesen hier. Daß sie Wahrnehmungen miteinander teilen können, formt sie zu einer Einheit, und jedes Benehmen, das unsozial oder auch nur ungewöhnlich ist, erhält dadurch ein Gewicht, durch das es zur Gefahr für die gesamte Gemeinschaft wird. Deshalb schließt der Stamm die Reihen und vertreibt den Rebellen – oder der Rebell entscheidet sich aus eigenem Antrieb fürs Exil. Wer weiß schon, wie das genau abläuft? Die Gruppe reinigt sich, befreit sich von dem Störenfried, der marschiert davon in die untergehende Sonne, und damit hat sich die Geschichte. Man redet nie wieder über ihn. Allerdings gibt es da ein Haar in der Suppe.«

»Und das wäre?« fragte Matt.

»Er verschwindet, aber er ist nicht wirklich fort«, warf Susan ein.

»Genau. Er zieht allein in die Wildnis und lernt zu überleben. Er verläßt das Paradies. Irgendwann schließt sich ihm ein anderer an. Im Lauf der Zeit nimmt ihre Zahl zu. Zuerst ist es ein kleiner zerlumpter Haufen, aber er wächst und wächst. Bald entsteht eine

Art Subkolonie der Außenseiter. Sobald Frauen zu ihnen stoßen, können sie sich unabhängig fortpflanzen. Spätestens dann werden sie zur konkurrierenden Population.«

»Wie viele von ihnen gibt es?« fragte Susan.

»Ich habe keine Ahnung. Doch es kommt nicht auf die Anzahl, sondern auf ihr Selbstverständnis an. Das ist die treibende Kraft. Das macht ihre Eigenart aus.«

»Es sind Bestien!« rief Susan, als sie die Erinnerung an Rudis Blut im Schnee überfiel.

»Susan!« ermahnte sie Kellicut. Er wandte sich zu ihr um. »Da liegen Sie völlig falsch. Wie können Sie nur so dumm sein? Sie waren doch in ihrer Höhle; Sie haben gesehen, wie sie leben und was sie erreicht haben.«

»Was sie *erreicht* haben?«

»Denken Sie um Himmels willen doch mal nach. Erst einmal können sie jagen. Sie müssen also kooperieren, müssen zusammenarbeiten, gemeinsam ihren Angriff planen. Man braucht sechs bis sieben Männer, um ein großes Tier zur Strecke zu bringen, also müssen verschiedene Aufgaben erledigt werden – einer stellt die Falle auf, andere arbeiten als Treiber, und so weiter. Sie müssen im voraus planen, müssen an die Zukunft denken. Sie essen Fleisch, haben also eine höhere Proteinaufnahme, das macht sie stärker. Sie braten Fleisch über dem Feuer, damit es besser schmeckt und länger hält. Sie tragen Häute, sie schmücken ihre Höhlen aus. Es herrscht Arbeitsteilung: Männer jagen, Frauen bleiben daheim, kümmern sich um den Herd und ziehen die Kinder groß. Sie beginnen, in Familiengruppen zu leben. Sie verfügen über eine soziale Hierarchie.«

»Sie töten«, warf Susan schonungslos ein.

»Ja, sie töten. Unglücklicherweise scheint das Töten dazuzugehören. Vielleicht ist es ein notwendiger Schritt auf dem Weg zur Zivilisation. Denn darüber reden wir hier: über Zivilisation. Machen Sie sich nichts vor. Sie sind die weiterentwickelte Spezies, dieser hier in jeder Hinsicht überlegen. Wissen Sie noch, was Sie in Harvard gelernt haben? Was sind die ersten Anzeichen, die ersten Regungen eines Gemeinschaftslebens? Wandmalereien, Spiritualismus, Protourbanisation, soziale Schichtung. All das finden Sie bei den Bergbewohnern, aber nicht hier bei den Lotusessern. Verstehen Sie nicht? Die Renegaten haben einen entscheidenden Sprung vorwärts gemacht, eine ähnliche Entwicklung, wie sie der Homo sapiens sapiens vor Äonen durchlaufen hat. Es handelt sich um einen dieser plötzlichen Entwicklungssprünge, wie er vielleicht nur alle hunderttausend Jahre geschieht, und wir sind unmittelbar dabei. Wir sind Zeugen eines Schöpfungsakts.«

»Warum greifen sie unseren Stamm hier nicht an, wenn sie ihnen kampftechnisch überlegen sind?« fragte Matt. »Sie könnten ihn im Handumdrehen auslöschen.«

Kellicut sah ihm scharf ins Gesicht. »Ich bin mir nicht sicher. Zum einen sind sie durch das Gräberfeld getrennt. Sie wissen, daß ein Tabu ihnen verbietet, das Gelände zu überqueren, aber das dürfte keine ausreichende Erklärung sein. Vielleicht gibt es eine Art stillschweigende Waffenruhe, ein Stillstand in den Beziehungen der beiden Stämme. Schließlich sind die Renegaten in Sachen Nachwuchs auf unsere Freunde hier angewiesen; dies ist ihr Mutterstamm. Vielleicht aber ist es auch nur eine Frage der Zeit, bis sie sich zum Angriff entschließen. Darwin könnte hier jetzt ziemlich lehrreich sein.«

»Was Sie beschreiben, klingt nicht gerade nach Paradies«, sagte Matt. »Wenn man unseren Stamm hier als Brutpopulation hält, leben sie in einem künstlichen Eden. Dunkelheit beherrscht die Mitte.«

Kellicut schwieg einen Augenblick, fuhr dann aber mit düsterer Miene fort. »Zumindest gibt es beunruhigende Anzeichen. Ich glaube, sie fangen an, sich unsere Neandertaler einzeln vorzunehmen. Sie sind erbarmungslos, aber das haben Sie ja selbst gesehen, und sie stehen im Bann eines Demagogen. Es ertönt stets ein furchterregendes Kreischen, wenn von ihm die Rede ist, fast wie ein ›Keewak‹. Er ist der stärkste der Starken, und er hat sie dazu gebracht, so etwas wie eine Gottheit zu verehren.«

»Erbarmungslos ist nicht das richtige Wort. Sie hatten da menschliche Schädel hängen ...«, sagte Matt.

Plötzlich sprangen die Hominiden, die bislang in ihrer Nähe gehockt hatten, auf und warfen ihre Köpfe in den Nacken, um ein langes, durchdringendes Heulen auszustoßen. Ihre Bewegungen waren derart untypisch, daß Susan, Matt und Kellicut eine Weile brauchten, um zu begreifen, daß die Hominiden ganz offensichtlich einen großen Kummer zum Ausdruck brachten. Sie hatten alle den gleichen Gedanken.

Sie rannten zur Hütte am Fluß, vor der eine große Gruppe von Hominiden scheinbar ziellos herumlungerte. Kellicut bahnte sich einen Weg, eilte zu dem Jungen und zog die Kleider fort. Die Augen seines Patienten waren geschlossen, aber der Brustkorb hob und senkte sich. Kellicut fühlte den Puls: langsam, doch gleichmäßig. Nichts deutete auf eine Krise hin.

»Drehen Sie sich um!« rief Matt. Kellicut fuhr herum und sah, daß Longface immer noch auf dem Bett aus geflochtenen Zweigen lag, reglos und blaß, der Körper steif, die Augen geschlossen. Kellicut ging zu ihm und hob die große, schmutzige Hand, deren Daumen in einem mit Obst- und Beerenpflücken angefüllten Leben zu einem Stumpf verkümmert war. Die Totenstarre hatte bereits eingesetzt, die halb gekrümmten Finger formten eine Klaue.

In diesem Augenblick teilte sich die Menge, und Dark-Eye erschien, das Haar zerzaust, das gelbweiße, glitzernde Auge starr zur Seite schielend. Die Menge verstummte und wich zurück, als der Schamane in eine Holzscheide griff, die weder Kellicut noch die anderen je zuvor gesehen hatten, um einen langen, scharf zugeschliffenen Steinsplitter herauszuholen. Er bückte sich, umfing Longfaces Kopf mit einem Arm, hieb den Flintstein nahe am Nasenrücken in die Augenhöhle und schälte mit einer raschen, geübten Handbewegung den Augapfel heraus. Beim anderen Auge ging er ebenso vor und hielt schließlich beide Augäpfel in die Höhe, weiße Kugeln, an denen Blutfäden und dunkle Bänder hingen, und er stieß einen langen, durchdringenden, hohen Schrei aus, der ihnen bis ins Mark fuhr.

Wenn einer stirbt, sterben alle ein wenig. Der Stamm, der wie ein Mensch sieht und erlebt, wird reduziert, wenn es für ein einziges Augenpaar Nacht wird, so wie ein dichtgewebter Teppich beschädigt wird, wenn ein einziger Faden fehlt.

Longfaces Beerdigung begann sofort, noch in dem Moment, in dem Dark-Eye die beiden Augäpfel in einen Beutel gleiten ließ, der an seinem Hals baumelte. Mitten im Dorf wurde ein riesiges Feuer angefacht und alles in die Flammen geworfen – nicht nur Äste, sondern auch behelfsmäßige Betten und roh behauene Pfähle, die die Hütten gestützt hatten. In ihrem Kummer hielten sie nichts zurück, und die Flammen schossen drei, vier Meter hoch in die Luft und versengten die Blätter der nahen Bäume.

Das ganze Dorf war auf den Beinen, Männer, Frauen und Kinder, und erst jetzt begriff Susan, wie groß der Stamm war – es waren sicherlich mehrere tausend Hominiden. Viele hatte sie nie zuvor gesehen, darunter auch einige ältere Männer und Frauen, die wohl in den fernen Ausläufern des Tals ein einsiedlerisches Dasein führten. Ein kollektiver, wenn auch unausgesprochener Ruf brachte sie alle zusammen. Jeder Tod war schwierig, aber Longface war kein gewöhnlicher Hominide gewesen, er hatte zu den Ältesten des Stammes gehört.

Sein nackter Leichnam wurde in etwa acht Meter Entfernung vom Feuer auf eine knapp anderthalb Meter hohe Bahre aus Baumstämmen gelegt, die mit Weinreben zusammengebunden und mit rotem Mohn geschmückt worden war. Dahinter hockten sechs junge Männer mit überkreuzten Beinen, einen hohlen Stamm im Schoß, den sie mit Stöcken in synkopischen, gramvollen Rhythmen bearbeiteten. Andere tanzten um den Leichnam herum, reckten ihre Hände und verrenkten die Beine, so daß es beinahe aussah, als bewegten sie sich unter Wasser. Kinder kümmerten sich um das Feuer, bis Dark-Eye erneut auftauchte, doch diesmal war sein gesundes Auge verbunden, in seinen Händen hielt er eine Muschel. Die Kinder zogen brennende Äste und helle Glut aus dem Feuer und formten daraus einen Weg, über den er ohne ein Zeichen von Schmerz schritt, bis er den Rand des Feuers erreichte und die Muschel in die Flammen legte.

Lange, schmale Blätter wurden ins Feuer geworfen, und die Hominiden tanzten vorbei und inhalierten den Rauch. Als Matt und Susan ihn ebenfalls einatmeten, wurde ihnen Sekunden später schwindlig, und sie fühlten sich wie betäubt. Die Welt begann sich um sie zu drehen, und alles schien zu schimmern. Eine Aura umgab die tanzenden Gestalten, und das Sehen fiel den beiden schwer. Dark-Eye holte die Muschel wieder aus dem Feuer und wurde anschließend zur Bahre geführt, über die er einen Strom warmen Öls ausgoß, Öl, das glitzernd über Longfaces Leiche rann. Die Stöcke schlugen im rascheren Takt auf die hohlen Stämme, ein scharfer Stakkatoklang, der alle immer schneller tanzen ließ. Einige fielen hin, doch andere tanzten über sie hinweg. Matt und Susan tanzten jetzt auch, unbeholfen zuerst, bald aber ohne alle Scheu, und so überließen sie sich dem Rauch und den stampfenden Rhythmen.

So ging es den ganzen Abend. Schließlich breitete man lange Weinblätter wie eine Steppdecke auf dem Boden aus, legte Longfaces inzwischen steifen und daher leichter zu tragenden Leichnam darauf und wickelte ihn darin ein. Die Blätter blieben am Öl kleben, zusätzlich aber wurden noch Weinreben um das Bündel gewickelt, bis seine Haut völlig verdeckt war und Longface einer Mumie glich. Die Trommler beschleunigten ihren Schlag – Matt hätte nicht geglaubt, daß sie ihr Tempo noch erhöhen konnten –, bis schließlich nur noch ein einziger, stetiger, ohrenbetäubender Lärm herrschte. Dann hörte das Tanzen abrupt auf, und aus dem Dunkel traten sechs Männer, deren Gesichter und Körper weiß bemalt waren – die Grabhüter. Sie beugten sich über die Bahre, hoben sie an und trugen sie fort. All das geschah so rasch, daß man meinen konnte, Longface sei einfach von der Dunkelheit verschluckt worden.

Als Susan später neben ihm in der Laubhütte schlief, hörte Matt ein Krachen von den fernen Bergen widerhallen. Für einen Donnerschlag klang es zu harsch. Und als das Echo leise im Tal verklang, dachte er mit wachsendem Erschrecken darüber nach, daß es fast wie ein Gewehrschuß geklungen hatte.

Kellicut folgte Dark-Eye auf dem steinigen Pfad. Für einen alten Mann mit nur einem Auge bewegte sich der Schamane ziemlich behende; geschickt vermieden seine bloßen Füße die Furchen und losen Steine, so gut kannte er die Strecke. Vor dem Hintergrund massiver Wolken konnte Kellicut bereits ihr Ziel ausmachen: einen abgerundeten Felsen, der eigenartigerweise wie eine Faust geformt war.

Die Beerdigung war vor fünf Tagen gewesen, und das Leben im Dorf nahm wieder seinen normalen Gang, als wenn nie etwas geschehen wäre. Longfaces Sohn erholte sich zusehends; er konnte sich bereits aufsetzen und etwas essen. Wegen seiner Knieverletzung nannte Susan ihn Hurt-Knee. Kellicut gefiel es nicht, daß sie den Hominiden Namen gab, und er hatte ihr das auch gesagt; aber sie blieb dabei.

Dark-Eye hatte viel Zeit mit Hurt-Knee verbracht. Kellicut fragte sich, ob der Schamane sichergehen wollte, daß man den jungen Hominiden während seiner Zeit in den Höhlen nicht verdorben hatte und daß er noch rein genug war, sich dem Dorf wieder anschließen zu können – aber vielleicht wollte er auch bloß möglichst viel über die mächtigen Renegaten erfahren. Kellicut kam es so vor, als hätte dieser Alte ganz allein die Bürde auf sich genommen, an die Zukunft des Stammes zu denken.

Zum Glück schien der Schamane den Menschen noch zu trauen. Kellicut wußte, wenn er die Geheimnisse der gemeinsamen telepathischen Wahrnehmung erkunden und auch erlernen wollte, dann beruhte seine einzige Hoffnung darauf, von Dark-Eye darin unterrichtet zu werden. Hin und wieder hatte er bereits Bilder empfangen. Doch mußte er – wie die Hominiden – lernen, den Prozeß zu beherrschen, so daß er bestimmen konnte, mit welchen Augen er sah. Sonst gäbe es das reinste Chaos, einen irrsinnigen Hagel von Bildern, über die er keine Kontrolle haben würde. Der Schamane seinerseits schien Kellicut für einen ihm Gleichgestellten auf dem Feld spiritueller Fragen zu halten.

Auf dem Gipfel des Felsens blieb der alte Schamane stehen und winkte Kellicut an seine Seite. Kellicut begriff, daß er aufgefordert wurde, weit über die Hänge des Felsenriffs hinauszusehen, auf dem sie standen. Also folgte er der Einladung und schaute über die grünen Baumwipfel, die tieferen Ebenen der Weiden und die Schluchten bis hinüber zu den weißen Türmen der fernen Berge. Kellicut fühlte die Anwesenheit von etwas Fremdem in seinem Kopf, der ihm wie ein Zimmer schien, das geflutet wird, und ihm dämmerte die Ahnung, warum der alte Hominide ihn hierhergebracht hatte.

Die Höhle am Gipfel verströmte den gewohnt scharfen, moschusartigen Geruch. Verstreut lagen einzelne Felsen umher, auf denen sie sitzen konnten, und in einer Ecke lag ein Haufen Knochen, doch hatte sich Kellicut nie die Mühe gemacht festzustellen, ob es menschliche oder tierische Überreste waren. Der Schamane langte in seinen Beutel und zog ein Päckchen von der Größe seiner Faust hervor: lehmbeschmierte Blätter, aus denen er ein Stückchen Glut wickelte. Aus einer Ecke nahm er sich eine lange Pfeife, stopfte sie mit braunen Spänen, steckte sie an, nahm einen langen Zug und reichte sie Kellicut, der es ihm nachmachte. Bilder drängten sich in sein Hirn. Sein Kopf füllte sich mit Formen, Farben und Bewegungen, die sich auf den engen Raum der Höhle beschränkten, und er lehnte sich an den Fels und ließ die Empfindungen über sich ergehen. Der Schamane begann zu singen, eindringliche Laute, die beruhigend wie ein gregorianischer Gesang wirkten. Als Kellicut die Augen schloß, bündelte sich sein Verstand; er sah einen weißlichen Schleier, die verschwommenen Umrisse eines Felsens, einen Vorsprung in der Höhlenwand. Als er seine Augen wieder aufschlug, blickte er den alten Hominiden an, der mit seinem gesunden Auge auf den Felsen hinter seinem Kopf schaute. Kellicut drehte sich um und betrachtete die Wand in seinem Rücken; da war der Vorsprung, den er soeben im Trancezustand mit seinem inneren Auge gesehen hatte.

An diesem Abend sah Kellicut Matt und Susan am Ufer des Flusses sitzen und gesellte sich zu ihnen. Susan spürte sofort, wenn er mit dem Schamanen »kommuniziert« hatte, wie sie es nannte, da er dann etwas gedrückt und zerstreut zurückkehrte. Wie jemand, der eine Elektroschocktherapie mitgemacht hat, dachte sie. Diesmal war er noch stiller als sonst, und sie wußte, daß er ihnen etwas zu erzählen hatte.

»Macht euch auf eine schlimme Neuigkeit gefaßt«, sagte er. »Sie kommt von Longfaces Sohn – der übrigens nicht fortlief, um sich den Renegaten anzuschließen, sondern den man von einem Pfad diesseits der Berge entführt hat. Er war in der Höhle, als ihr durch die Gänge gerannt seid. Hat offenbar eine ziemliche Aufregung verursacht.«

»Weiter«, drängte Matt.

»Nun, wie es scheint, ist von euch dreien einer gefangengenommen worden. Und man hält ihn dort noch immer fest.«

»Um Gottes willen! Van!«

»Ja, aber es kommt noch schlimmer. Das Bild hat eine ganze Weile gebraucht, um zu mir durchzudringen, aber schließlich konnte ich es entziffern. Die Renegaten haben ihm den ›Donnerstock‹ abgenommen. Meinen Glückwunsch, ihr habt die mörderische Technologie des zwanzigsten Jahrhunderts ins Steinzeitalter eingeführt!«

20

Als Junge hatte Van einen Sommer am Lake Michigan verbracht. Stundenlang war er über den Strand gelaufen und hatte winzige Trichter im Sand gesucht, unter denen unsichtbar vergraben die Ameisenlöwen lagen. Es machte ihm Spaß, eine Ameise zu suchen, sie hineinfallen zu lassen und zuzusehen, wie sie sich abmühte, wieder herauszukommen, wie sie Sandkörner ins Rollen brachte, nach unten rutschte, schließlich erschöpft aufgab und dann von Zangen unter den Sand gezerrt wurde.

Van, der unten in der Grube lag, kam sich wie eine dieser Ameisen vor. Er konnte etwa drei Viertel der Strecke nach oben klettern, bloß um dann wieder nach unten zu fallen. An einer Stelle schaffte er es fast bis zum Grubenrand, aber wenn er sich herausschwingen wollte, schlenderte eine Wache zu ihm herüber und stieß ihn zurück. Einmal bekam er mit der Keule eins übergezogen. Sie waren natürlich im Vorteil; sie wußten, was er tat, ohne auch nur einen Blick auf ihn werfen zu müssen. Flucht war unmöglich, und bald gab er jeden Versuch auf.

Er war ziemlich übel dran, erschöpft und ausgezehrt. Er schlief schlecht, hatte Alpträume, und wenn er aufwachte, wünschte er sich seine Alpträume zurück. Sein Körper war mit blauen Flecken, offenen Wunden und Hautausschlag übersät. Wäre es nicht besser gewesen, dachte er, ich wäre beim Einsturz der Höhle gestorben? Statt dessen war er schmerzgepeinigt in dieser Grube wieder zu sich gekommen. Unablässig tat ihm der Kopf weh, ein Ring aus Schmerz schien ihn einzufassen, ihn zusammenzuquetschen wie eines dieser mittelalterlichen Foltereisen, die man um die Stirn spannte und zusammenzog, bis das Hirn durch die Augenhöhlen herausgepreßt wurde. Er betete um Erlösung.

Er wußte, woher der Schmerz rührte; er kam von diesem blutrünstigen Anführer, dem Mörder Rudis, und von seinen Anhängern. Natürlich hatte es mit der Fähigkeit der Hominiden mehr auf sich als dieses Remote Viewing; das wußte er seit dem »Unternehmen Achilles« und diesen Kopfschmerzen, die er davon bekommen hatte. Doch damals hatte er es nur mit einem einzigen Hominiden zu tun gehabt, jetzt aber war er den Sondierungen von Dutzenden Exemplaren ausgesetzt, zu denen auch der stärkste gehörte, ihr Anführer und Diktator, dessen Anwesenheit die Hominiden stets dazu brachte, diesen hohen, verängstigten Laut auszustoßen. Das Institut hätte wissen müssen, daß die Hominiden in der Lage waren, mentale Prozesse zu stören und atavistische Überbleibsel im menschlichen Geist zu aktivieren.

Manchmal glaubte er, der wachsende Druck in seinem Schädel würde ihn wahnsinnig machen. Erleichterung fand er nur, wenn diese Wesen schliefen. War der Große in der Nähe, spürte Van, daß sich seine Macht wie ein Laserstrahl in sein Hirn brannte. Manchmal wurde er ohnmächtig, und wenn er dann aufwachte, fühlte er sich wie nach einem epileptischen Anfall, und der Schmerz hatte ein wenig nachgelassen. In diesen Momenten kam es ihm vor, als würde eine kristallene Klarheit sich wie ein kühler Schluck Bergwasser in seinem kochenden Hirn ausbreiten. Doch durch diese zeitweilige Erleichterung empfand er den bald darauf wieder einsetzenden Schmerz nur als um so schlimmer.

Auf der anderen Seite der Grube war ein Wandvorsprung, den Van mit den Händen erreichen konnte, und wenn er sich hinaufschwang, konnte er beobachten, was in der großen Höhle vor sich ging. Aber er tat es nur ungern, da er es gräßlich fand, diesen Wilden in ihrem Alltag zuzuschauen, wie sie Häute abzogen, Felle trockneten, Fleisch über offenen Feuern brieten und sich ungehemmt paarten. Im Rauch und dem flackernden Licht des Feuers sahen sie wie Bestien aus, deren dichtes schwarzes Haar in pelzigen, verfilzten Strähnen herabhing, deren Körper vor Schweiß glänzten und diesen widerlichen Gestank verströmten.

Von diesem Vorsprung aus hatte er auch das Opfer gesehen. Daß er nicht der erste Gefangene in der Grube war, wußte er bereits, da er in den Fels geritzte Schriftzeichen entdeckt hatte. Leider waren es kyrillische Zeichen, so daß er sie nicht lesen konnte, aber sie schienen noch nicht besonders alt zu sein und waren offenbar hastig hingekritzelt worden. Außerdem fand er Knochen in der Grube, es roch nach Urin, und in einer Ecke lag getrockneter Kot. Vermutlich stammten die Knochen von hingeworfenen Essensresten, so wie ihm selbst gelegentlich ein Knochen mit etwas Fleisch und Knorpel zugeworfen wurde. Dann und wann wurde auch eine knöcherne Schale mit abgestandenem Wasser zu ihm herabgelassen.

Doch bis zu jenem schrecklichen Tag, an dem er die Trommeln hörte – ein lautes, drängendes Trommeln, das durch die Tunnel widerhallte –, hatte er nichts von dem anderen Gefangenen in der Höhle geahnt. Er kletterte auf den Vorsprung und sah, wie sich die Höhlenbewohner in konzentrischen Halbkreisen vor ihrer riesigen, wie ein Bärenkopf geformten Gottheit versammelten. Der Große, dem ein schwarzes Bärenfell über die Stirnwulst herab auf den Rücken fiel, dessen nackter Oberkörper mit roter und schwarzer Farbe bemalt war und der um die Handgelenke zu Armreifen gebundene Federn trug, betrat die Szene durch einen Seitengang, und alles wich zurück, um ihm Platz zu machen. Als dieses Geschöpf sich vorbeugte, um sich auf einen geschnitzten Stuhl zu Füßen der Gottheit zu setzen, sah Van einen dunklen Gegenstand vor seiner Brust baumeln. Es war der immer noch im Halfter steckende Revolver, den sich der Große um den Hals geschlungen hatte. Die Trommeln schlugen schneller, und von der anderen Seite der Höhle wurde ein um sich schlagender und schreiender Mann hereingeschleppt. Bis auf eine Uniformhose war er nackt, und er schrie etwas auf russisch. Man stieß ihn zu einem breiten, hochkant in der Erde steckenden Stamm, und Sekunden, ehe man ihn zwang, sich vornüberzubeugen, sah er den dreißig Meter entfernten Van, der sich am Felsvorsprung festklammerte. Der Mann schrie nicht mehr, und als sich ihre Blicke für einen Moment begegneten, meinte Van in dessen entsetzten Augen eine Botschaft lesen zu können: Räche mich!

Wie all diese anderen Wesen schaute auch der Große dem Mann direkt ins Gesicht, und der Russe fiel zu Boden, wand sich und preßte die Fäuste wie ein Schraubstock an seine Stirn. Einen Augenblick lang sah es aus, als würde er ohnmächtig werden, aber dann zog man ihn auf die Knie und band ihn an den Stamm, Gesicht zum Holz, und fesselte den Kopf mit einem dicken Lederriemen derart, daß die Rückenwirbel im oberen Rückgrat deutlich hervortraten. Leere Schalen wurden um den Stamm aufgestellt. Der Anführer erhob sich und wedelte mit den Armen, als würde er ein unsichtbares Orchester dirigieren, die Trommeln dröhnten, und ein Hominide trat vor, in der Hand einen langen, meißelförmigen Flintstein, einen gewöhnlichen Felsstein in der anderen. Als er den Flint am unteren Hinterkopf des Mannes ansetzte, schrie Van auf, spürte einen unerträglichen Schmerz in seinem eigenen Kopf. Doch irgend etwas zwang ihn, weiter zuzuschauen. Der Russe gab keinen Laut von sich, als man den spitzen Stein in seinen Schädel trieb. Sein Kopf sackte einfach vornüber, und Van sah zu, wie die graue Hirnmasse in die Schalen gelöffelt wurde. Als die Höhlenbewohner anfingen, das Hirn zu essen, fiel Van vom Vorsprung. Auf dem Grund der Grube liegend, hörte er das laute Dröhnen der Trommeln, das noch stundenlang anhalten sollte.

Ausgehend von der Dauer seiner Gefangenschaft, stellte er später die Vermutung an, daß die Opferfeier bei Vollmond stattgefunden hatte. Doch dies war reine Spekulation, da er nicht wissen konnte, wie lange er nach dem Einsturz der Höhle bewußtlos gewesen war. Und da sein Verstand längst unzuverlässig geworden war, konnte er auch nicht wissen, ob er sein Zeitgefühl nicht verloren hatte. Schmerz und Angst hatten ihn so weit gebracht.

Seit sich der Zustand des Gefangenen so drastisch verschlechtert hatte, fiel es Resnick leichter, in den unterirdischen Korridor zu gehen. Er wußte, daß es falsch war, ihn einen »Gefangenen« zu nennen. Gerade er sollte das nicht tun, war er doch selbst Wissenschaftler. Aber er mußte den Tatsachen ins Auge sehen: Er hatte entsetzliche Angst vor diesem Geschöpf und war froh, daß es hinter Gittern war. Selbst jetzt noch machte es ihm angst, sich in seiner Nähe aufzuhalten, und so überließ er die direkten Experimente meist den anderen. Wer wußte schon, welche geistigen Kräfte diese Kreatur besaß? Oder was mit dem eigenen Verstand geschah, wenn sich das Biest aufregte? Er wußte, daß der Sehnerv gefährlich nah am Schmerzzentrum verlief, aber Grady und der Rest hatten davon sicher keine Ahnung. Sie kannten keine Furcht, weil sie im Gegensatz zu ihm nicht mit einer blühenden Phantasie geschlagen waren. Daher freute es ihn eigentlich, als sich der Zustand des Wesens derart verschlechterte, da es keine Gefahr mehr bedeutete.

In letzter Zeit bewegte es sich kaum noch, lag einfach nur zusammengerollt auf der Matratze und schlief. Fesseln waren nicht mehr nötig, dafür aber mußte das Geschöpf intravenös ernährt werden. Die Flasche hing am Galgen neben dem Bett, und der Tropf endete in einer Nadel in der Armbeuge. Manchmal zog es die Nadel heraus, wenn es sich bewegte, und wer immer gerade am Monitor saß, drückte auf den Summer, bis Grady oder Allen fluchten, die Zelle öffneten und die Nadel wieder ansetzten. Es hatte keinen Sinn mehr, noch irgendwelche Experimente zu versuchen, also gab es für Resnick nur wenig zu tun; es war wie in den alten Tagen im Psycholab, als Van die Experimente plante und Resnick dasaß, Kaffee trank und Kreuzworträtsel löste. Zwar war aus der ganzen Geschichte schon fast eine Totenwache geworden, aber damit konnte er leben, und wenn es vorbei war, würden die Pathologen kommen und eine Autopsie vornehmen. Vielleicht würden sie ja etwas erfahren, wenn sie das Hirn in Zehntausende papierdünner Scheibchen schnitten. Im Moment wußten sie jedenfalls so gut wie nichts, schauten nur auf unendlich viele Zahlenreihen und hatten vage Theorien, aus denen sie halbgare Schlüsse zogen.

Dieser Ire, Scanlon, der sich mit dem Wesen angefreundet hatte und deshalb versetzt worden war, kam einmal auf einen Besuch vorbei. Resnick hatte an den Monitoren gesessen und daher gesehen, wie das Wesen reagierte, als Scanlon ans Gitter trat: Es hob den Kopf und hielt ihm kraftlos einen Arm hin, Handfläche nach oben, Finger ausgestreckt. Aber der Abstand war zu groß, Scanlon konnte ihn nicht berühren. Als er ging, steckte er seinen Kopf ins Kontrollzimmer und schrie sinngemäß, daß Resnick in der Hölle verrotten möge. Seltsamer Typ. Viel zu sensibel. Für die Wissenschaft ungeeignet.

Sobald sie hörten, daß Van noch lebte, wußte Matt, daß sie ihn befreien mußten. Er glaubte zwar nicht, ihm etwas schuldig zu sein, da Van mehr als jeder andere dafür verantwortlich war, daß man sie hier heraufgelockt hatte; aber allein der Gedanke, ihn der Gnade dieser widerlichen Bestien ausgeliefert zu lassen, schien ihm unerträglich. Immer wieder blitzte in seinen Gedanken das Bild von Scharafidins verrottendem Schädel auf.

Und es gab einen zweiten Grund: den Revolver. Wenn sie ihn in die Hände bekommen und Vans Munitionsvorrat finden konnten, würde ihnen das auf ihrer eigenen Flucht einen bedeutenden Vorteil verschaffen. Und Kellicut hatte recht – auf die da oben konnte der Revolver einen üblen Einfluß ausüben und das natürliche Gleichgewicht stören.

Doch wie sollten sie vorgehen, ohne selbst gefangen zu werden? Obwohl er angestrengt darüber nachdachte, verfiel er immer wieder nur auf den vagen Plan, durch die hintere Höhle in das Tunnelsystem einzudringen und nach Van zu suchen – wohl kaum eine besonders raffinierte Strategie.

Susan war sich nicht sicher, ob sie wirklich versuchen sollten, Van zu retten. Sie schreckte davor zurück und wollte nichts wagen, was die schlimmsten Folgen nach sich ziehen konnte.

»Wir könnten Hurt-Knee als Führer mitnehmen«, schlug Matt vor, als sie zusammen in der Laubhütte lagen.

»Du brauchst eine ganze Mannschaft, sonst überlebst du keine fünf Minuten.«

»Was soll das heißen – *du*?«

»Ich bin mir nicht sicher, ob wir es wirklich versuchen sollten. Wie wollen wir es auch anstellen? Wen könnten wir mitnehmen?«

»Wir müßten ihnen beibringen, wie man kämpft.«

»Das würde heißen, daß wir ihnen zeigen müssen, wie man verletzt, vielleicht sogar tötet.«

»Ich weiß.«

»Es würde sie für alle Zeit verändern, nichts würde bleiben, wie es ist. Und dies hier wäre kein Garten Eden mehr.«

»Die Zeit im Garten Eden geht sowieso dem Ende zu, Susan. Du hast doch gehört, was Kellicut gesagt hat. Sie werden fertiggemacht. Nicht mehr lange, und die Renegaten reiben sie völlig auf. Und ich glaube, einige von ihnen wollen lieber kämpfen. Seit Longfaces Tod haben sich die Dinge geändert. Wenn sie kämpfen, haben sie wenigstens noch eine Chance.«

»Und was glaubst du, was Kellicut sagt, wenn wir sie auffordern zu kämpfen? Seit unserem ersten Semester hat er uns immer wieder etwas von der ›Verantwortung‹ der Sozialwissenschaftler vorgepredigt, die beobachten, sich aber nicht einmischen sollen.«

»Du stellst Kellicuts Berufsethos über die einfachste menschliche Moral. Wir können Van nicht sterben lassen.«

»Ich weiß, aber Kellicut hat uns auch beigebracht, daß Wissenschaftler nicht bloß an ein einziges Individuum denken dürfen.«

»Vergiß die Wissenschaft, Susan. Denk an die Religion. Wenn sie uns etwas lehrt, dann die Heiligkeit des Lebens – jedes Lebens, überall.«

Susan verstummte, und Matt hielt ihr Schweigen für ein Zeichen trotzigen Widerstands. Er holte zum Schlag aus. »Kellicut. Manchmal erstaunt er mich. Warum versucht er mit allen Mitteln, ihre Fähigkeit zu lernen?«

»Weil er die mystische Erfüllung anstrebt.«

»Blödsinn. Ihm geht es um Macht. Und das wüßtest du auch, wenn du nicht mehr unter seiner Fuchtel stehen würdest. Warum begreifst du das nicht? Weil du noch immer seine Studentin bist? Oder etwa, weil du seine Geliebte bist?«

Sie war so vor den Kopf geschlagen, daß ihr die Worte für eine passende Antwort fehlten.

Kochend vor Wut ging Susan in den Wald. Ist das nicht typisch? fragte sie sich. Ich dachte, wir reden über Wissenschaft und Moral, aber er hat nichts anderes im Kopf als die Frage, ob ich mit Kellicut schlafe oder nicht. Nichts ist schlimmer als diese dämliche männliche Rivalität!

Sie folgte dem Pfad bis zum Wasserfall, blieb dort eine Weile stehen und lauschte auf das Rauschen des Wassers. Dann blickte sie hinab ins Becken und entdeckte plötzlich, daß Kellicut mit einer Gruppe von Hominiden auf den Felsen saß. Gebannt schaute sie ihnen zu. Er saß etwas höher als die anderen, wiegte sich langsam vor und zurück, schloß gelegentlich die Augen und öffnete sie dann wieder. Die Hominiden sahen so vertrauensvoll aus. Sie wußte sofort, warum er dort war, warum es ihn an diesen Ort zog, an dem das Dröhnen des Wasserfalls alle anderen Geräusche übertönte. Er war der Lehrer, der von seinen Studenten lernte.

Diese Versammlung strahlte etwas äußerst Privates, beinahe Unerlaubtes aus. Sie wandte sich ab und ging zurück ins Dorf. Ihre Wut auf Matt war verraucht. Zum erstenmal seit Jahren mußte sie an die kleine, weiße, mit Schindeln gedeckte Kirche auf einem Hügel in Oregon denken, in der sie als Kind immer gebetet hatte.

Als sie an diesem Abend in der Laubhütte lag, drehte sie sich zu Matt um. »Du hattest recht – nicht damit, daß ich seine Geliebte bin, aber damit, daß ich mir die Wahrheit nicht eingestehen wollte. Natürlich müssen wir Van retten.«

Sie umarmten und küßten sich. Als sie einen Hemdknopf öffnete und mit ihrer Hand in langsamen Kreisen über seine Brust fuhr, beugte er sich zu ihr, und sie streichelte seinen Nacken und seinen Rücken. Er fuhr ihr mit der Hand in die Shorts und den Slip und strich über ihren weichen, ein wenig kühlen Hintern. Als sie sich auf ihn rollte und wieder küßte, fühlte er, wie das Verlangen in ihm aufbrandete, aber er spürte auch, wie sich etwas dagegen sperrte. Das bohrende Gefühl der Nähe eines anderen. Es gelang ihm, das Gefühl beiseite zu drängen, er spürte es aber undeutlich auch während ihres Vorspiels und später, als sie sich liebten. Das Gefühl dieses fremden Bewußtseins verließ ihn erst, als sie mit verschwitztem Haar in seinem Arm lag und ihr Atem sich allmählich beruhigte. Da verschwand dieses andere so heimlich wie ein Geist.

Matt stand auf, zog sich an und ging rasch den Pfad hinunter ins Dorf. Er war noch nicht weit gekommen, als er Kellicut traf, der an einem Baum lehnte, und einen Moment lang brachte ihn etwas im Gesicht dieses verwirrt wirkenden Mannes, der aussah, als sei er ertappt worden, und dennoch seltsam trotzig dreinschaute, auf den absurden Gedanken, daß es Kellicut gewesen war, der sich in sein Hirn gedrängt hatte.

Sie warteten im Hinterhalt rund um eine Lichtung im dunkelsten Teil des Waldes. Longtooth und Blue-Eyes auf der einen Seite, Lancelot und Hurt-Knee auf der zweiten und Matt sowie ein weiterer Jugendlicher namens Tall-Boy auf der dritten. Susan, Leviticus und einige andere kamen lärmend durch den Wald auf sie zu und versuchten, ein Tier aus seinem Versteck zu locken und in die Falle zu treiben.

Matt und Susan hatten sich sorgfältig überlegt, wer zur Gruppe der Jäger gehören sollte. Als ersten wählten sie Lancelot, da sie an seinen heißen Zorn beim Ringkampf dachten. Hurt-Knee war bereits bei den Renegaten gewesen und hatte sich manchen ihrer aggressiven Wesenszüge angeeignet. Dann waren da noch einige junge Hominiden, die sich in die gleiche Richtung zu entwickeln schienen, seit Longface nicht mehr da war und die Ältesten ihren Einfluß zu verlieren begannen.

In der Hand hielten sie Keulen und Speere. Matt hatte stundenlang nach jungen Bäumen von richtiger Länge und Stärke gesucht, hatte sie angespitzt und die scharfen Enden im Feuer gehärtet. Weit schwieriger war es allerdings gewesen, die Hominiden im Speerwurf zu unterrichten, da sie den Sinn der Übung nicht recht begriffen. Er nahm eine Strohpuppe als Ziel, und schließlich fanden die Hominiden Spaß daran und trafen manchmal sogar ins Schwarze. Dennoch bezweifelte er, ob sie begriffen, daß diese Figur ein lebendes, atmendes Tier darstellen sollte.

Kriegsspiele waren anfangs noch problematischer. Den friedliebenden Hominiden fiel es schwer, sich zwei Teams vorzustellen, Mannschaften, die aus keinerlei ersichtlichem Grund plötzlich Gegner sein sollten. Dann hatte Susan einen genialen Einfall. Sie verschwand im Wald, kehrte mit einigen Klumpen Lehm zurück und brachte schließlich aus einer Hütte ein helles Ockergemisch, das sie der einen Gruppe auf die Oberkörper schmierte. Zuerst war Matt dagegen – ihm kam es vor, als wäre er wieder Kind und spielte Cowboy und Indianer –, aber bald sah er ein, welch dramatischen Effekt diese Kriegsfarbe erzielte. Fast schien es, als hätten die Hominiden mit einem Schlag die Idee des Ganzen begriffen und als wäre irgendein primitiver Kampfinstinkt erwacht. Matt und Susan nahmen an, daß die Farbe Ocker sie an die gefürchteten und gehaßten Renegaten erinnerte. Das psychologische Konstrukt »Feindbild« war latent vorhanden; es mußte nur konkretisiert werden.

Je näher die Treiber kamen, desto lauter wurde das Lärmen im Unterholz. Plötzlich hörte Matt noch einen anderen Laut: das Krachen und Rascheln eines flüchtenden Tiers, dessen Hufe auf Blättern und Zweigen landeten und dann weiterjagten. Er schaute zu Tall-Boy hinüber und sah ihm an, daß er ebenfalls auf dieses neue Geräusch lauschte. Aber was empfand er jetzt? Spürte er auch den Adrenalinstoß in seinen Adern, das Kribbeln unter der Kopfhaut?

Zweimal hatte Matt ihnen bereits beibringen wollen, wie man

einen Hinterhalt legt, hatte aber beide Male kein Glück damit gehabt; der einzige Speer, der auf das Tier zuflog, war von ihm selbst geworfen worden. Das erstemal war es ein Murmeltier gewesen, und der Speer war gefahrlos über das Tier hinweggezischt. Beim zweitenmal war es ein Hirsch, der Matts Speer mit einem Schlenker seines Geweihs abwehrte und ihn gegen einen Baumstamm schleuderte. Bei beiden Gelegenheiten hatten sich die Hominiden nicht gerührt. Matt nahm daher nicht an, daß sie diesmal anders reagieren würden, aber er mußte es einfach versuchen, da sie unbedingt die Felle brauchten.

Plötzlich schoß ein Steinbock auf die Lichtung, blieb einen Augenblick regungslos stehen und schnupperte, als würde er überall Gefahr wittern. Matt sah die schwarze Nasenspitze zucken, bewunderte die grazil gebogenen Hörner. Er ließ sich in seine Jagdposition fallen – er kniete auf einem Bein, eine Haltung der Konzentration – und versuchte den Hominiden eine Nachricht zu senden, Bilder von Speeren und Blut, so wie er es auch schon vorher erfolglos probiert hatte. Dann erhob er sich langsam wieder, erstaunt darüber, wieviel Zeit ihm blieb. Langsam hob er den rechten Arm, holte aus, schleuderte die Waffe mit aller Kraft und zielte direkt auf die Kehle des Tiers. Kaum flog der Speer durch die Luft, wußte Matt, daß die Richtung stimmte. Er landete in der braunen Brust des Tieres. Verblüfft machte der Steinbock einen Satz zurück und blieb auf wankenden Hinterbeinen stehen. Der Speer saß nicht tief genug; er lockerte sich und fiel zu Boden. Doch das Tier war schwer verletzt. Es konnte nicht mehr fliehen, und die Vorderläufe knickten ein. Wieder und wieder versuchte es aufzustehen, brach dann aber zusammen und rollte auf die Seite. Matt konnte seine Freude kaum zügeln und spürte den Stolz eines Jägers, der sich aus uralten Zeiten Bahn zu brechen schien. Als er die Lichtung betrat, kamen auch die anderen ins Freie, hielten sich aber ein wenig zurück.

»Alle Achtung«, rief Susan und rannte keuchend zu ihm. »Du bist ja ein wahrer Tarzan.«

Der Steinbock blutete am Maul, die Augen wurden stumpf, das Tier verendete rasch. Die Hominiden starrten es an. Der Kadaver hatte eine seltsame, eigenartig hochgewölbte Lage. Matt bückte sich, hob ihn an, drehte ihn auf die andere Seite und entdeckte einen zweiten Speer, dessen Spitze fast einen Fuß tief zwischen den Rippen des Tieres stak, eine Wunde, aus der reichlich Blut strömte. Nur ein einziger Hominide hielt keinen Speer mehr in der Hand. Lancelot stand breitschultrig da, ein Lächeln auf den Lippen. Susan und Matt schauten sich an. »Er hat es geschafft!« rief sie leise aus.

Die anderen Hominiden schienen nicht zu wissen, was sie tun sollten. Zwei ließen ihre Speere fallen und stießen jene hohen Töne aus, die sich wie Schreie des Kummers und der Trauer anhörten, dann wandten sie sich abrupt ab und verschwanden im Wald. Sie kehrten nicht zurück, aber Lancelot warf einen stolzen Blick auf das erlegte Tier.

Matt und Susan beschlossen, die Nacht an Ort und Stelle zu verbringen. Die zurückgebliebenen Hominiden sammelten Feuerholz und zündeten es an der mitgebrachten Glut an. Matt holte sein Taschenmesser heraus und begann, eine Lende abzuschneiden. Er setzte den Schnitt ziemlich tief an, um möglichst viel vom Fell zu retten. Es war nicht einfach, mit der winzigen Klinge das Fleisch zu durchtrennen, und er mußte es scheibchenweise aufschneiden, so daß seine Hände bald blutüberströmt waren. Als er sich bis zur Hüftgelenkpfanne vorgearbeitet hatte, ließ sich das Gelenk nicht lösen, also zerschmetterte er es mit einem scharfkantigen Stein, legte es sich dann auf seine Knie, bog den Lauf nach hinten und zog das Gelenk krachend auseinander. Als er aufstand und zum Feuer ging, das derart zugerichtete Lendenstück in den Händen, die Arme bis zu den Ellbogen triefend vor Blut, wichen die Hominiden entsetzt zurück, sahen ihm aber aufmerksam zu, als er das Fleisch über zwei brennende Äste legte. Ein Zischen ertönte, dann roch es nach versengtem Fleisch.

Matt schnitt sich kleine Fleischbrocken heraus und aß sie, gab Susan etwas ab, die ebenfalls zu essen begann, und reichte dann einige Stückchen den Hominiden. Die starrten das Fleisch an. Zwei von ihnen weigerten sich, es anzufassen, die anderen hielten es hoch und betrachteten es im Licht des Feuers. Longtooth schnupperte an seinem Scheibchen und berührte es dann mit der Zunge. Die anderen sahen ihm zu, als er behutsam ein winziges Stückchen abbiß, es dann wieder ausspuckte, zwischen Daumen und Zeigefinger nahm und ins Licht hielt, als wäre es ein kostbarer Edelstein. Er schaute zu

Matt hinüber, der sich rasch ein weiteres Stück in den Mund schob, um ihn zu ermutigen, dann legte sich Longtooth das Fleisch zwischen die Zähne und biß erneut hinein. Sekunden später schob er sich auch den Rest in den Mund und kaute vorsichtig darauf herum. Susan atmete aus und merkte erst jetzt, daß sie die Luft angehalten hatte. Bis auf zwei Hominiden begannen alle anderen zu essen.

Noch spät am Abend lag Susan wach, horchte auf Matts stetigen Atem und starrte hinauf in die Sterne, als sie das Rascheln eiliger Schritte vernahm, die sich im Wald verloren. Gleich darauf hörte sie, wie sich jemand übergab. War es nur einer? Wie unnatürlich, dachte sie, die Sehnen eines anderen Tieres zu schlucken, Fleisch in sich hineinzuzwingen und den blutigen Saft durch die Kehle rinnen zu lassen. Sie wußte, daß die Hominiden einen Rubikon überschritten hatten und daß das Leben im Tal – was auch immer geschehen mochte – nie wieder so sein würde wie früher.

Am nächsten Morgen zog Matt dem Steinbock das Fell ab. Er legte das Tier auf den Rücken, und während Susan und Longtooth es bei den Läufen festhielten, machte er einen Schnitt durch das weiße Fell des Unterbauchs. Dann hob er einen großen Stein auf, der an einer Seite abgerundet war und daher gut in der Hand lag, an der anderen Seite aber spitz zulief. Damit schlug er wie mit einem Hackbeil gegen die Unterseite des Fells, um es vom Fleisch zu ziehen. Mit scharfen Steinen schnitt er dann Fleischstücke heraus und durchtrennte die Bänder, die die Muskeln mit den Knochen verbanden. Alle paar Minuten unterbrach er die Arbeit, und schärfte sein Werkzeug, indem er die Steine gegen den Fels hieb, um die kleinen Splitter an den scharfen Rändern abzuschlagen. Irgendwas weckte seine Aufmerksamkeit, und er hielt inne; dort, auf dem Knochenschaft, fand er die winzigen Schnittspuren seiner Hiebe. Er hatte Hunderte von Knochen mit solchen Spuren gesehen und war stets aufgeregt gewesen, wenn er sie an den Fundorten der frühen Steinzeit entdeckt hatte.

Sie wollten zu einer neuen Lagerstätte weiterziehen. Matt beschloß, daß sie heute lernen sollten, wie man eine Schlinge legt, danach vielleicht, wie man eine Fallgrube baut und an ihrem Grund zugespitzte Pfähle aufstellt. Sie brauchten nur ein halbes

Dutzend Felle, genug, damit einige von ihnen in die Höhle eindringen konnten, ohne sofort als Außenseiter erkannt zu werden. Die Hominiden packten mit an, um das Lager abzubrechen. Leviticus und Tall-Boy wickelten große Fleischstücke in das Fell und hängten es anschließend an einen Ast, den sie sich über die Schultern legten. Gerade als sie die Lichtung verlassen wollten, kehrte Lancelot noch einmal um und kniete sich neben den ausgenommenen Steinbock. Er hob den Hackstein auf und ließ ihn mit ganzer Kraft auf den oberen Schädel niederkrachen. Drei-, viermal wiederholte er diese Bewegung, und Matt und Susan starrten ihn entsetzt an, bis sie sahen, wie er die schön geschwungenen Hörer vom Schädel löste und sie sich wie eine Trophäe auf den Rücken warf.

Susan spürte es jedesmal, wenn Leviticus durch ihre Augen sah. Das Gefühl stellte sich oft auf Jagdexpeditionen ein, besonders dann, wenn sie getrennt waren, etwa wenn sie am Anfang der Kolonne marschierte und er am Ende. Sie konnte nicht mit Sicherheit behaupten, daß es von Leviticus ausging, doch wenn es geschah, war sie überzeugt, daß er es war – es trat so warm und fürsorglich auf, keinesfalls verletzend und überfallartig.

Sie fragte sich, ob die Hominiden immer wußten, wer in ihrem Wahrnehmungsfeld ein und aus ging. Jedenfalls war ihre besondere Fähigkeit weit komplexer, als sie und Matt es anfangs vermutet hatten. Vielleicht ließ sie sogar eine Kommunikation in beide Richtungen zu, umfaßte noch weit mehr als nur die Fähigkeit, durch die Augen eines anderen sehen zu können – etwas, das weit eher mit ESP, also mit übersinnlicher Wahrnehmung, zu vergleichen war.

Das würde viel erklären – nicht zuletzt die Frage, warum die Hominiden keine Sprache entwickelt hatten. Auf den ersten Blick schien die Sprache das bessere Medium, da man mit ihr abstrakte Konzepte übermitteln und das Mitzuteilende auch festhalten konnte, so daß sich ein Wissensvorrat ansammeln ließ. Doch falls die Hominiden mehr konnten, als nur Bilder zu senden, falls sie tatsächlich fühlen und denken konnten, was andere fühlten und dachten, dann brauchten sie keine Sprache, da ihre Kommunikation vollkommen war. Sprache – das Sprechen – war nur das blasse Abbild einer derart sublimen und vollkommenen Kommunikation, die nahezu einem Austausch der Positionen der beiden »Sprechenden« gleichkam. In diesem Fall war es weniger die Fähigkeit zur Kommunikation, die den Homo sapiens sapiens zur erfolgreichsten Spezies der Natur gemacht hatte, sondern eher seine *Unfähigkeit* zur Kommunikation.

Susan war stolz darauf, sich eine Empiristin nennen zu können, war aber durchaus bereit, das Unbewiesene als Hypothese anzunehmen. Daher schloß sie die Wahrscheinlichkeit nicht aus, daß die Menschen in Urzeiten eine ähnliche Fähigkeit besessen, sie aber verloren oder aufgegeben hatten. Vielleicht, so überlegte sie, besitzen wir noch rudimentäre Fähigkeit zur ESP, und vielleicht ist das einer der Gründe, warum so viele Leute ihr Vorhandensein nachweisen wollen. Außerdem läßt sich die Fähigkeit vielleicht wieder aktivieren, wenn man ihr ausgesetzt ist, so wie ja auch ein Kind sprechen lernt, wenn es der Sprache ausgesetzt wird.

Sie traf Leviticus bei warmem Sonnenschein auf einer Wiese, ob zufällig oder nicht, hätte sie nicht sagen können. Sie ging auf ihn zu, blieb zwei Schritte vor ihm stehen und sah ihm in die tief in seinem überaus breiten Gesicht sitzenden Augen. Sie legte ihre Hände auf seine nackten Schultern, drehte ihn sanft um, damit er von ihr fortsah, und schloß die Augen. Nichts. Sie versuchte, ihre Gedanken nach außen zu schicken. Ein leichter Wind kam auf, und sie rückte näher an ihn heran, umarmte ihn von hinten und roch den scharfen Geruch, den sein Haar ausströmte, den trocknen Schweiß in seinem Nacken. Sie beugte sich zur Seite und schaute über seine Schulter auf das wiegende goldene Gras der Wiese und auf die Bäume an ihrem Rand, schloß erneut die Augen und konzentrierte sich, konnte aber weder die Wiese noch die Bäume sehen. Als sie das Gefühl der Fülle wahrnahm, ließ sie ihn los. »Nein«, sagte sie laut, obwohl sie wußte, daß er sie nicht verstand. »Nein, *ich* will es tun.« Doch das vertraute, warme Gefühl hielt an.

Ihre Rückkehr ins Dorf erregte kein Aufsehen, obwohl sie mit Waffen, Flintsteinen und Fellen kamen. Da er sich lebhaft daran erinnerte, welchen Aufruhr er mit nur einem einzigen toten Fisch angerichtet hatte, war Matt ziemlich überrascht, bis ihm einfiel, daß die Dorfbewohner natürlich über jeden Schritt der Jäger Bescheid gewußt hatten.

Mit Kellicut war das allerdings eine ganz andere Geschichte. Er wartete in der Feuerhöhle auf sie und bebte vor Wut. »Habt ihr denn gar nichts kapiert? Habt ihr in all den Jahren überhaupt nichts gelernt?«

Matt setzte sich zur Wehr. »Ich weiß, was Sie sagen wollen«, warf er ein, »aber wir wissen genau, was wir tun.«

»Den Teufel wißt ihr! Bringt ihnen bei, wie man jagt! Ihr sollt hier nur die Beobachter sein. Begreift ihr das nicht? So lautet nun mal das erste Gesetz der Sozialwissenschaft. Ihr seid Beobachter, nichts sonst. Ihr mischt euch niemals ein. Ihr bringt ihnen nichts bei, ihr verändert sie nicht, ihr bekehrt sie nicht. Klar?«

»So einfach ist das nicht.«

»Warum nicht?«

»Das Leben eines Mannes steht auf dem Spiel.«

»Das Leben eines Mannes? Ihr wißt doch nicht einmal, wer dieser Mann tatsächlich ist.«

»Ein Grund mehr, ihn zu retten. Wir werden es herausfinden müssen.«

»Und was ist das Leben eines Mannes im Vergleich mit all dem hier?« Kellicut deutete mit ausgestrecktem Arm auf das Dorf, die Bäume, das ganze Tal. »Eine ganze Spezies, und zwar eine, die länger auf Erden ist als wir. Unsere Urahnen, verdammt noch mal.«

»Vielleicht können wir ihr Leben retten und sie schützen.«

»Vor den Renegaten schützen, wie?«

»Ja.«

»Das ist es ja eben, was ihr nicht begreift. Ihr dürftet mit all dem nichts zu tun haben. Ihr dürftet nicht einmal hier sein. Dies ist eine primitive Welt, und ihr seid so was wie gottverdammte Zeitreisende. Ihr mischt euch ein und bringt die ganze Sache aus dem Gleis!«

»Genau wie Sie, Jerry«, sagte Susan. Zärtlich nannte sie ihren Lehrer bei seinem Vornamen. »Wenn Sie davon so überzeugt sind, warum haben sie Hurt-Knee dann die Bluttransfusion gegeben?«

Kellicut spuckte vor Wut. »Das war was anderes. Das war ein

begrenzter Eingriff, der nicht die Zukunft der gesamten Spezies in Frage gestellt hat.«

»Und außerdem«, sagte Matt höhnisch, »haben Sie sich dabei wie Gott gefühlt, stimmt's?« Er faßte in seine Tasche, zog den Schädelsplitter an der silbernen Kette heraus, den Kellicut ihm vor beinahe zwei Jahrzehnten gegeben hatte, und hielt ihn in die Höhe. »Genauso wie beim Unterrichten. Oder wenn Sie uns zu Grabungen mitgenommen und kleine Belohnungen verteilt haben. Oder als Sie mit Susan geschlafen haben.«

Kellicuts Antwort sollten sie nie zu hören bekommen, denn in eben diesem Augenblick trat Dark-Eye aus dem Schatten, ging zu ihnen, nahm Matts und Susans Hand und legte seine Hände über ihre. Es war schwer zu sagen, ob dies als Segen oder als Fluch gemeint war.

21

Vor ihrem geplanten Überfall auf die Höhle gingen Matt und Susan noch einmal die letzten Vorbereitungen durch. Sie hatten zwar kaum so viel Gepäck, daß Gefahr bestand, etwas davon könnte vergessen werden, aber sie brauchten dringend Ablenkung, und das Pläneschmieden feuerte ihren Kampfgeist an und nährte die Illusion, sie hätten tatsächlich eine genaue Vorstellung davon, wie sie Van befreien und mit heiler Haut davonkommen konnten.

Aus Tuchstreifen hatten sie sich Augenbinden gemacht und deren Knoten angefeuchtet, damit sie besser hielten, dann hatten sie sich die Tücher um den Hals gebunden, damit sie sie rasch über die Augen ziehen konnten. Dies war Susans Idee gewesen, da sie sich an Vans Rat in der Höhle erinnert hatte, die Augen geschlossen zu halten. Vielleicht, so hoffte sie, hatten sie damit einen Schutz gegen die telepathischen Fähigkeiten ihrer Feinde – konnten sie wenigstens einen Augenblick lang verwirren, wenn sie selbst in Schwierigkeiten steckten.

Von ihren Jagdexpeditionen hatten sie drei Hominiden ausgesucht, allen voran Hurt-Knee, der sie vermutlich durch das Labyrinth der Tunnel führen konnte. Matt und Susan konnten nur hoffen, daß er seine Aufgabe begriff, wenn sie erst einmal dort waren, denn sie hatten nicht die geringste Ahnung, wie sie ihm etwas erklären oder ihn um Hilfe bitten sollten, wenn die Dinge schiefliefen. Lancelot, der sich zum Anführer der Horde entwikkelte, war ein unverzichtbares Mitglied der Gruppe. Er hatte die Hörner des Steinbocks ins Dorf gebracht und sie vor dem Eingang zu seiner Hütte mit den Spitzen voran in den Boden gerammt, und die Trophäe schien sein Ansehen vor allem unter den jungen männlichen Hominiden zu stärken. Leviticus war der dritte im Bunde. Susan hatte ihn ausgewählt, da sie meinte, seine Klugheit würde ihn zu einer wertvollen Bereicherung der Gruppe machen. Unser Odysseus, so nannte sie ihn.

Die drei wurden mit den erbeuteten Fellen ausgestattet. Es war eine langwierige und harte Aufgabe gewesen, die Felle erst zusammenzunähen und dann die Hominiden davon zu überzeugen, daß sie sie tragen sollten. Matt hatte die Felle mit Darmfäden vernäht und den Faden durch Löcher gezogen, die Susan mit einem spitzen Stein vorbereitet hatte. Ein Fell wurde wie ein Poncho über den Kopf gestülpt und mit weiteren Darmfäden um die Hüfte festgezurrt, während andere Felle zu groben Beinkleidern verarbeitet wurden. Soweit sie sich erinnern konnten, hatten es die Renegaten nicht anders gemacht. Die Felle wurden nicht fest vernäht, das war auch nicht notwendig, schließlich sollten sie nur zur Tarnung dienen.

Anfangs weigerten sich die drei Hominiden, die Felle überzustreifen. Stellenweise waren die Häute noch steif vor Blut und rochen nach Tier, und die Hominiden fanden den Gedanken offenbar widerwärtig, so etwas tragen zu sollen. Matt und Susan machten ihnen vor, wie man sie anlegte, hatten damit aber nur wenig Erfolg. Schließlich nahm Matt das Fell des Steinbocks und spielte ihnen eine Jagd vor, hing das Fell über einen Busch, schlich sich an und schleuderte seinen Speer. Dann übergab er das Fell feierlich an Lancelot und hing es ihm um die Schultern, wie ein Höfling seinen König mit einer Robe schmücken würde. Mit würdiger Miene streifte Lancelot das Fell über, und bald darauf nahmen auch die beiden anderen ihre Felle an, bewegten sich unbeholfen, starrten an sich herunter und dann auf die Körper der anderen.

Außerdem gaben sie ihnen Waffen. Lancelot bekam den Speer, der ihn zum Jäger gemacht hatte, und Susan schnitzte Keulen für Hurt-Knee und Leviticus. Dazu suchte sie dicke, sich verjüngende Äste aus, und rundete die eine Seite mit der Steinaxt ab und formte die andere zu einem glatten Griff. Stundenlang arbeitete sie daran, umgeben von einer Gruppe Hominiden, die stumm jede ihrer Bewegungen verfolgte.

Matt packte ein Seil und einige primitive Steinwerkzeuge in seinen Rucksack. Die Taschenlampe hätten sie jetzt gebrauchen können, aber er hatte sie in der Höhle zurückgelassen, und so machten sie sich statt dessen einige Fackeln aus Stöcken und Stroh. In der Nacht vor ihrem Abmarsch lag Matt noch lange wach. Es gab so viele unbekannte Größen in ihrer Rechnung. Was war, wenn die Renegaten die Fähigkeit besaßen, sie über weit größere Strecken wahrzunehmen, als bislang angenommen? Was, wenn ihre Wahrnehmung wie Radar funktionierte und ihnen jedes neue Objekt anzeigte, sobald es in ihrem Radius auftauchte? Und was, wenn die Renegaten sie entdeckten, sie tiefer in ihre Höhle lockten und dann mit ihrer überlegenen Kommunikation alle Fluchtwege blockierten?

Am Dorfrand drehten sich Matt und Susan noch einmal um und schauten zurück. Ihr zerlumpter Haufe, der sich unbehaglich in den ungewohnten Fellen wand, hätte zu jedem anderen Zeitpunkt wohl recht komisch ausgesehen. Einige aus dem Dorf sahen ihnen nach. Neben einem weit entfernten Baum stand Dark-Eye, regungslos, so daß er fast mit dem Baum zu verschmelzen schien. Susan winkte ihm zu, obwohl sie wußte, daß er die Geste weder verstehen noch gar erwidern würde.

Als sie den Rand des Gräberfelds erreichten, weigerten sich die Hominiden, auch nur einen Schritt weiterzugehen. Susan versuchte ihnen klarzumachen, daß sie das Feld nur überqueren wollten, aber die Hominiden blieben unerbittlich und rührten sich nicht. Susan blickte auf das Feld. Drei Geier zogen am Himmel ihre Kreise, andere starrten von kahlen Ästen herab, wie Schnurrbarthaare sträubten sich die schwarzen und weißen Federbüschel unter ihren Schnäbeln. Dann zuckte Susan erschreckt zusammen. Zwei Grabhüter, gespenstische, ganz in Weiß gekleidete Gestalten, hockten kaum zehn Meter von ihr entfernt auf der Erde; das Weiß ihrer Augen hob sich kaum von ihren kreideverschmierten Körpern ab. Bis auf den fernen Klang summender Insekten herrschte eine unirdische Ruhe. Nichts rührte sich auf diesem Totenacker, der so scharf abgegrenzt war, als würde der Styx ihn umfließen.

»Keine Chance«, sagte Matt. »Hier kommen wir nicht weiter.«

»Wir könnten vorauslaufen und hoffen, daß sie wieder zu uns stoßen. Oder wir machen zusammen den langen Umweg.«

»Dann lieber den Umweg.« Er nahm ihre Hand, und sie marschierten los, das Gräberfeld zur Rechten. Die Hominiden hielten weiten Abstand und sahen mißtrauisch herüber, als hätten sie Angst, die Erde selbst könnte sich jeden Augenblick öffnen und sie verschlingen. Matt machte sich Vorwürfe; er hätte vorhersehen müssen, daß die Hominiden sich weigern würden, das Gräberfeld zu betreten, vor allem nach dem ersten Versuch vor einigen Wochen. Der Umweg würde sie Zeit und Kraft kosten, noch ehe sie die Höhle überhaupt erreicht hatten.

Dreimal hielten sie an, um zu rasten. Die Hominiden schienen nicht müde zu werden, und Matt bestaunte immer wieder ihren überlegenen Körperbau – die stämmigen Beine, stark wie Säulen, die langen Oberkörper, die riesigen Schultern und die breiten Hände, die Stirn, die als Verankerung für die Sehnen der mächtigen Kiefermuskeln diente. Sie sind für den Kampf wie geschaffen, dachte er, und wenn der Neandertaler vor all den Jahrtausenden die gleiche Lust zum Blutvergießen entdeckt hätte, wie sie die Menschen kannten, dann hätten sie die Menschheit sicherlich schon vor langem ausgelöscht. Er schaute sich Hurt-Knee an, dessen Stirnwunde zu einer wulstigen, häßlich roten Narbe verheilt war, die über seine Schädelplatte bis hinunter zur Augenbraue lief. Ein Kainszeichen? Matt riß sich zusammen; dies war wohl kaum der richtige Zeitpunkt, um sich als Küchenphilosoph zu versuchen.

Der Höhleneingang ragte fast senkrecht vor ihnen auf, ein gigantischer, fast sieben Meter hoher Spalt in der Felsfront. Sie näherten sich von der Seite, Matt ging voran, und Susan hielt sich am Ende der Kolonne für den Fall, daß die Hominiden davonlaufen wollten. Falls sie allerdings auf diese Idee kommen sollten, hätte Susan nicht gewußt, was sie dagegen unternehmen konnte, aber sie fand es besser, sie im Auge zu behalten. Sie wußte, wie besorgt sie waren; Leviticus drang oft und aufgeregt in ihre Gedanken ein.

Matt schlich sich vorsichtig an die Höhlenöffnung heran. Völlige Finsternis. Er sah zu Boden und entdeckte hier und da einige Steinhäufchen; vielleicht ein gutes Zeichen, denn sicherlich wäre dieser Steinschutt in einem häufig genutzten Durchgang längst zur Seite geräumt worden. Wahrscheinlich nur der Nebeneingang, dachte er, den diese Wesen benutzten, wenn sie den Stamm überfallen wollten, um sich ein Weib oder einen Sklaven zu besorgen. Er fühlte, wie ihm die Furcht den Nacken hochkroch; er haßte diese

Finsternis und empfand Angst bei dem Gedanken, in den Untergrund vordringen zu wollen, eine Angst, die das Entsetzen über ihr knappes Entkommen vor wenigen Wochen noch genährt hatte. Er holte tief Luft und ging hinein.

Einer nach dem anderen folgten ihm seine Gefährten, fast, als wäre es nur eine Übung. Kein schlechter Anfang, dachte er, als die Dunkelheit sie umfing. Einen Augenblick blieben sie am Eingang stehen, um sich zu orientieren. Matt beobachtete Hurt-Knee im Dämmerlicht; sein Gesicht wirkte ausdruckslos – aber vielleicht konnte Matt seiner Miene nur nicht ansehen, wie er sich fühlte; jedenfalls schien er sich unter Kontrolle zu haben. Der Impuls, vor einem Leid zu fliehen, muß einfach universell sein, überlegte Matt, doch Hurt-Knee wirkte ziemlich gelassen. Allerdings vermutete Matt auch, daß die Hominiden ihre Fähigkeit nutzten, um den Felsgang zu erkunden, so wie ein zugefrorener See von ihm als Kind im Winter erkundet worden war, indem er zuerst Steine auf das Eis warf. Doch wie würden sie reagieren, wenn einer der Steine Gefahr signalisierte?

Sobald ihre Pupillen sich geweitet hatten, merkten Matt und Susan, daß sie doch nicht von völliger Finsternis umgeben waren. Zuerst hatten sie geglaubt, es wäre pechschwarz in der Höhle, aber keine zehn Meter weiter bog der Gang nach links ab, und jetzt konnten sie auch einen schwachen Lichtschimmer an der gegenüberliegenden Wand ausmachen, vermutlich der Widerschein irgendwelcher Fakkeln. Der Tunnel war riesig, ein gigantisches Bohrloch, das direkt ins Innere des Berges führte. Sie ließen Hurt-Knee vorausgehen und hofften, daß er notgedrungen die Rolle ihres Anführers übernehmen würde.

»So weit, so gut«, flüsterte Matt.

»Richtig, so weit«, flüsterte Susan mit zitternder Stimme.

Ohne das leiseste Zögern ging Hurt-Knee um die Biegung des Tunnels. Der Gang führte sie in eine große Höhle, die von Fackeln erhellt und von glitzernden, über Jahrtausende entstandenen Stalagmiten und Stalaktiten gesäumt wurde. Unter einem Dach, das zur Mitte hin anstieg wie ein Zirkuszelt, tat sich vor ihnen ein weiter Raum auf. In den Felsen über ihren Köpfen herrschte pelziges

Leben: Fledermäuse nisteten in den Spalten, flatterten aufgeregt umher und schossen in Sturzflügen auf die Eindringlinge nieder. Matt und Susan begannen zu zittern und konnten ihren Atem in Wölkchen vor ihrem Mund aufsteigen sehen. Die unnatürliche Wärme im Kratertal, das von geothermischen Luftströmungen gleichsam in eine Decke gewickelt wurde, lag hinter ihnen, und wieder einmal waren ihre Körper der Kälte großer Höhen ausgesetzt. Sie entzündeten ihre mitgebrachten Fackeln an den Fackeln in der Höhle.

Nachdem sie den offenen Raum durchquert hatten, standen sie vor einer Wand mit drei Tunnelöffnungen. Jetzt begann das eigentliche Labyrinth, und sie konnten nur hoffen, daß Hurt-Knee sich zurechtfand und sie zum Lager des Minotauros führte. Er entschied sich für die mittlere Öffnung. Der Tunnel verengte sich rasch und stieg steil an, was ihrer Erwartung entsprach, da das von ihnen gesuchte innerste Heiligtum hoch oben im Berg lag. Die Steigung machte das Fortkommen allerdings ziemlich anstrengend; Steine hatten sich auf dem Boden angesammelt, und manchmal kam es ihnen vor, als müßten sie über eine mit Kohle gefüllte Schütte hinaufsteigen. Matt fand es allerdings weit schlimmer, daß sich die Tunnelhöhe verringerte und er gebückt weiterlaufen mußte. Er spürte, wie die Platzangst mit eisigen Fingern nach ihm griff, und er brauchte seinen ganzen Mut, um weitergehen zu können. Endlich verlief der Tunnel erneut ebenerdig, und sie konnten wieder aufrecht gehen. Die Fackeln blakten; die Luft wurde knapp.

Etwa eine Viertelstunde später schienen die Hominiden plötzlich zu erstarren. Unsicher schauten sie nach vorn und drehten sich dann um. Diesmal hatte Matt keine Mühe, den Ausdruck der Angst auf ihren breiten Gesichtern zu erkennen. Offenbar kam ihnen jemand entgegen; sie spitzten die Ohren, konnten aber nur das ferne Rauschen des Windes hören.

»Wir sind doch gerade an einer Nische im Gang vorbeigekommen«, flüsterte Matt Susan zu. »Wir könnten umkehren und uns da verstecken.«

»Und was ist mit den andern?«

»Vielleicht ist es besser, wenn wir uns trennen. Zusammen fallen wir den Renegaten sowieso leichter auf. Außerdcm werden die Hominiden durch ihre Tarnung geschützt.«

»Na gut.«

Sie kehrten um und fanden die schmale Nische. Kurz dahinter stießen sie auf eine abgelegene Kammer, in der sie die Hominiden zurückließen in der Hoffnung, daß die drei zu unauffällig wirkten, um Verdacht zu erregen. Matt und Susan zogen sich ihre Binden über die Augen und warteten, zwängten ihre Körper in das enge Loch. Sie brauchten nicht lange so zu verharren; bald hörten sie den typischen, federnden Schritt der Höhlenbewohner.

Susan schloß unter ihrer Binde die Augen und versuchte, an nichts zu denken. Als die Geräusche immer lauter wurden und die Wesen im Felsgang nur noch wenige Schritte entfernt waren, zog Matt sie eng an sich. Susan konnte den pfeifenden Atem und das Krachen ihrer schweren Schritte auf dem Höhlenboden hören. Sie preßte sich noch enger an Matt. Doch dann wurden die Geräusche wieder schwächer, die Höhlenbewohner waren vorbeigegangen und näherten sich jetzt den Hominiden. Susan nahm ihre Augenbinde ab. Ein stechender Geruch drang ihr in die Nase. Wir waren ihnen so nah, dachte sie, wir hätten unsere Hände ausstrecken und sie berühren können. Dann spürte sie das vertraute Gefühl der Fülle. Im Augenblick der Angst suchte Leviticus Kontakt mit ihr, ganz so, wie Matt es getan hatte. Sie hielt ihre Augen geschlossen und nahm ihn ganz in sich auf, blieb lange Sekunden bewegungslos stehen, während Matt sie in seinen Armen hielt, bis sie sich entspannte und sagte: »Alles in Ordnung. Sie sind in Sicherheit.« Matt sah sie nachdenklich an.

Als sie wieder vereint waren, folgten sie unter Führung Hurt-Knees erneut den Windungen des Gangs. Eine halbe Stunde lang ging es bergauf, an engen Höhlen und Seitengängen vorbei, die wiederum zu kleinen Kammern mit Feuerstellen und zum Schlafen ausgebreiteten Fellen führten; zum Glück stießen sie aber nicht noch einmal auf einen dieser Höhlenbewohner. Dann wurde das vom Luftzug herrührende Säuseln durch ein Summen abgelöst, das sich wie das Schwirren von Tausenden von Flügeln in einem Bienenkorb anhörte.

Hurt-Knee blieb einen Augenblick wie angewurzelt stehen, schien sich zu konzentrieren, kniete sich dann hin und verschwand in einem Tunnel, der so niedrig war, daß er auf allen vieren vorankriechen mußte. Für Matt glich der Tunnel einem Grab. Wie ein Kamin führte er in die Höhe, so daß sie sich Hand über Fuß hinaufhangeln mußten, bis sie schließlich auf einem Vorsprung landeten, der die zentrale Höhle überblickte. Zehn Meter unter ihnen lag der Bienenkorb.

Überall in der riesigen Höhle, in allen Ecken und Winkeln, eilten diese Wesen in einer atemberaubenden Betriebsamkeit hin und her. Sie kochten, trockneten Felle, stellten Werkzeuge her, schnitten Fleisch, paarten sich, prügelten sich, schliefen, aßen – eine autarke Gemeinschaft urzeitlicher Männer, Frauen und Kinder. Matt sah kreischende Kleinkinder, die sich am Feuer balgten. Auf der einen Seite hockte eine Frau, hielt ein gegerbtes Fell in beiden Händen, biß hinein und zog es mit kräftigen Kiefermuskeln auseinander. Offenbar fertigte sie Fellschläuche für den Transport von Wasser. Eine andere Frau in ihrer Nähe hieb einen Stein zurecht und warf ihn dann auf einen großen Haufen. Susan hatte recht, dachte Matt, hier gab es mehr Frauen als im Tal; wahrscheinlich waren sie bei Überfällen entführt worden.

In dem abgeschlossenen Raum war der Lärm überwältigend, und der Rauch von einem Dutzend Feuern trieb ihnen Tränen in die Augen. In der Mitte der Höhle erhob sich die grausige Gottgestalt, die wie der Kopf eines Bären geformt war, und daneben erstreckte sich die Wand menschlicher Schädel. Sie war um ein weiteres Exemplar ergänzt worden, um den Kopf eines weißen Mannes. Matt zwang sich, diesen Schädel genauer anzusehen, da er zuerst glaubte, er könne Van gehören, doch selbst aus dieser Entfernung ließ sich erkennen, daß dieses Gesicht andere Züge trug; die Nase zu lang war.

»Wir haben nicht mehr viel Zeit«, flüsterte er Susan zu. »Wir müssen Van finden, ehe sie uns entdecken.«

Sie gab keine Antwort und schien in den Anblick versunken zu sein, der sich ihnen bot. Matt folgte ihrem Blick, bis er die Gestalt ausmachte, die Susan so fasziniert beobachtete. Wie hatte er die nur übersehen können? Kee-wak steckte mitten im Gewühl, überragte die Menge um Kopfeslänge, und wenn er sich bewegte, öffnete sich vor ihm eine freie Gasse. Wie geschlagene Hunde wichen die Höhlenbewohner vor ihm zurück, senkten ihre Köpfe und nahmen eine unverkennbar unterwürfige Haltung an. Es gab keinen Zweifel: Er war eine wirklich außergewöhnliche Gestalt, ein geborener Herrscher. Seinen Oberkörper schmückten rote und schwarze Wellenlinien, sein Haar fiel in langen, perlengeschmückten Zöpfen herab, und sein mit roter Farbe verschmierter Mund leuchtete wie eine Wunde. Beim Gehen schwenkte er seinen Kopf langsam von links nach rechts in jener seltsamen Echsenmanier, die sich in Matts Gedächtnis seit jener ersten Begegnung im Schnee eingebrannt hatte, als Rudi von ihm erschlagen worden war.

»Sieh doch«, flüsterte Susan, »er hat sich Vans Revolver umgehängt!« Tatsächlich, vor seinem Unterleib hing der Halfter und klatschte bei jedem Schritt gegen seine muskelstrotzenden Oberschenkel.

Kee-wak hob den Blick und musterte den oberen Rand der Höhle. Rasch streiften sich Matt und Susan ihre Binden über, wichen zurück und preßten sich flach an den Vorsprung.

Susan spürte, wie Leviticus in ihre Gedanken eindrang und wußte einige Sekunden später, daß die Gefahr vorüber war. Sie nahm sich die Augenbinde ab und lugte über den Rand des Vorsprungs; Kee-wak hatte die Höhle verlassen. Einen Augenblick schaute sie noch dem allgemeinen Durcheinander zu, dann traf sie ihre Entscheidung.

»Matt, ich muß in die Heilige Kammer. Ich will das ›Rätsel von Chodsant‹ noch einmal sehen.«

»Bist du verrückt?«

»Ich muß, verstehst du nicht? Es hat etwas zu bedeuten. Ich weiß nicht, warum, aber ich spüre, daß da der Schlüssel zu alledem hier liegt, daß wir das Rätsel lösen müssen.«

»Wir haben keine Zeit, Susan. Du würdest den Rückweg niemals schaffen.« Ihm fiel noch gut ein halbes Dutzend anderer Gründe ein, die dagegensprachen, und er wollte sie gerade anbringen, als Hurt-Knee sich plötzlich von hinten an sie heranschlich, Matt die Finger an die Stirn legte, heftig seinen Kopf herumriß und ihn zwang, in eine bestimmte Ecke zu schauen. Am anderen Ende der Höhle befand sich eine Grube, und für einen Moment konnte er Vans Kopf über dem Grubenrand auftauchen, ihn verschwinden und dann wieder auftauchen sehen. Van lief im Kreis herum wie ein gefangenes Tier. Selbst aus dieser Entfernung konnte Matt ein seltsames, regelmäßig auftretendes Zucken erkennen, und er bangte um Vans geistige Gesundheit.

Er überdachte die Lage. Zwei Höhlenmenschen hockten mit ihren Keulen dicht neben der Grube; sie waren offenbar als Wachen postiert worden, da die Grube nicht so tief zu sein schien, daß Van nicht hätte herauskommen können. An der Felswand verlief ein breites Band, offenbar die Außenmauer eines Korridors, der Matt etwas Deckung verschaffen könnte, wenn es ihm gelänge, bis dahin vorzudringen. Er hatte ein etwa zwei Meter langes Seil, das er zu Van in die Grube herablassen könnte. Doch wenn er auch nur die geringste Chance haben wollte, mußte er sich um die Wachen kümmern. Er brauchte eine Ablenkung, um ihren paranormalen Fähigkeiten zu entgehen. Er hatte Glück gehabt, daß er überhaupt so weit gekommen war.

Langsam zog sich Matt vom Vorsprung zurück. Dann wurde ihm mit einem Schlag bewußt, daß Susan verschwunden war. Darüber war er so entsetzt, daß er das Fehlen von Leviticus zunächst gar nicht bemerkte.

Auf ihrem Weg in die unteren Bergregionen waren die fünf mit Tierfellen bekleideten Höhlenmenschen schon lange durch Schnee getrottet, als sie einen Steinhaufen entdeckten und von einem Glitzern angezogen wurden. Mißtrauisch näherten sie sich dem Haufen, als wäre er eine Falle; alle paar Schritte blieben sie stehen, um mit ihrem inneren Auge die Umgebung abzusuchen. Sie fanden keine Spur von Leben.

Langsam und vorsichtig berührte einer von ihnen den obersten Stein. Nichts. Er zog den Stein vom Haufen, dann noch einen und noch einen, bis schließlich der Haufen in sich zuammensank. Verwundert starrten die Höhlenmenschen auf einen schwarzen Kasten mit im Sonnenlicht glitzernden Metallkanten. Noch nie zuvor hatten sie einen derart seltsamen Gegenstand gesehen.

Sie fürchteten sich, denn sie wußten, was ein Köder war; schon vor langer Zeit hatten die Jäger ihres Stamms entdeckt, wie man Tiere in den Tod locken konnte. Eines dieser Wesen beugte sich vor und beschnupperte den Gegenstand, wich dann aber so plötzlich zurück, als wäre es geschlagen worden: Der Gegenstand strömte den scharfen Geruch des Feindes aus.

Eine andere Kreatur schwang ihre Keule und ließ sie niederkrachen, traf den Gegenstand von der Seite, fegte ihn von seinem Podest und ließ ihn über den Felsrücken kollern. Wieder ein anderer ging hin, hob ihn auf, hielt ihn weit von sich und trug ihn die sieben Meter bis zum Rand der Felsschlucht. Dann beugte er sich vor und ließ Vans NOMAD los. Seine Anspannung wich erst, als von unten ein fernes Krachen heraufschallte.

Wie gebannt stand Susan in der heiligen Kammer vor dem Piktograph. Gleichzeitig zitterte sie vor Angst. Doch interessanter noch war dieses andere Gefühl, das sie zuerst nicht wahrgenommen hatte; es stemmte sich gegen ihre Angst und wirkte wie ein wundersamer Balsam für die Seele, eine Art Ekstase, die von der puren Kraft der Gestalten und Farben auf der Felswand vor ihr ausgelöst wurde.

Sie hatte schon viele Höhlenmalereien gesehen, Bilder von Antilopen, Wildschweinen und Moschusochsen. Sie hatte auch zu den wenigen Gelehrten gezählt, die in die einsturzgefährdeten Höhlen von Altamira im nordspanischen Kantabrischen Gebirge durften, um dort in der Bisonkammer zu zeichnen. Die Malereien hatten sie tief bewegt, doch außer dem ästhetischen Vergnügen hatte sie stets ein gewisses anthropologisches Staunen verspürt: der Gedanke an die paläolithische Seele, die sich getrieben fühlte, natürliche Farben mit tierischem Fett zu mischen, um ihrer Vision dauerhaften Halt zu verleihen. Der mächtige Eindruck entsprang der Erfahrung, über fünfundzwanzigtausend Jahre hinweg sich mit dieser Seele verbunden zu fühlen. Doch dies hier war etwas anderes. Dieses Gemälde war ein eigenständiges Meisterwerk. Susan staunte über die unbekannte Hand, die derart vollkommen schwarze Konturen in Kohle gemalt hatte, die natürliche Wölbungen im Fels vorteilhaft zu nutzen gewußt hatte, um körperlichen Formen Tiefe zu geben, und die aus einem so trägen und schweren Material Bewegung und Licht geschaffen hatte. Dies hier war das Werk eines künstlerischen Genies, eines prähistorischen Michelangelo. Doch welches Thema hatte diesen Künstler inspiriert?

Sie wußte, ihr blieb nicht viel Zeit. Nervös griff sie nach ihrer Augenbinde, um sich davon zu überzeugen, daß sie immer noch um ihren Hals hing. Sollte sie die Binde aufsetzen? Würde sie dann immer noch merken, wenn man in sie eindrang? Oder wäre es dann sowieso zu spät? Würden die Wesen dann sowieso wissen, wo sie sich aufhielt?

Sie trat einen Schritt zurück, um den ganzen Piktographen betrachten zu können. Die Figuren in den diversen Feldern schienen in irgendwelche Geschehen verwickelt, bei denen es sich wohl um Schlachten handelte, doch waren die Felder nicht in linearer Folge angeordnet. Sie würde sie in Gedanken neu arrangieren müssen; jedenfalls hatte sie nicht die Zeit, sich eine Skizze von dem Gemälde machen zu können.

Wenn sie sich doch nur genauer daran erinnern könnte, was sie in Studententagen über die berühmte Steintafel, das »Rätsel von Chodsant«, gehört hatte! Kellicut selbst war es gewesen, der eine Vorlesung darüber abgehalten hatte – eine sehr vergnügliche Vorlesung, wie sie damals fand, über Sackgassen in der Archäologie. Und was für eine Sackgasse! Wer hätte jemals gedacht, daß sie einmal ihr Leben aufs Spiel setzen würde, um dieses Rätsel zu lösen! Sie musterte das Bild, ließ ihren Blick von oben nach unten wandern, von links nach rechts und von rechts nach links. Sie konnte die Krieger zweier gegnerischer Parteien erkennen, soviel war klar, und da waren diese seltsam gleichgültigen, offenen Augen, die in den Bäumen zu schweben schienen – Symbole für die Toten. Sie ging näher heran und schaute sich ein Feld des Piktographen genauer an. Die Krieger der einen Seite hatten ohne Zweifel die typische Stirnwulst und waren Neandertaler; die anderen hatten einen schmaleren Knochenbau, gewölbte Schädel und ein vorspringendes Kinn: Homo sapiens sapiens. Sie schienen seit langer Zeit miteinander im Krieg zu liegen, da Susan nicht eine, sondern zwei oder drei Schlachten ausmachen konnte. Später hatte es dann offenbar eine Versammlung gegeben oder zumindest die Vorbereitungen für eine

Versammlung – konnte es sich dabei um eine Art Friedenskonferenz gehandelt haben? –, und die beiden Parteien schienen die Waffen fortzuwerfen und aufeinander zuzugehen. Doch dann geschah etwas mit der einen Partei, mit den Neandertalern.

Susan konnte nicht wissen, daß tief unten in der Höhle Kee-wak in eben diesem Moment spürte, wie sich eine Wolke in seinem Kopf formte und ein Bild für einen kurzen Augenblick in ihn eindrang: Blitzartig tauchte das Tableau vor seinem inneren Auge auf. Er hielt inne und hob den Kopf, aber das Bild war wieder verschwunden.

Susan spürte eine Woge der Angst und zog sich die Binde über die Augen, während sie sich zu erinnern versuchte, welches Feld des Piktographen außerhalb dieser Kammer unbekannt war. Die Bilder zeigten den Mond, also ergab sich die Chronologie vermutlich durch die Mondphasen. Sie versuchte sich ins Gedächtnis zu rufen, wie die Steintafel von Chodsant aussah. Konnte es sein, daß das Feld rechts unten fehlte? Sie beschloß, noch einen raschen Blick zu riskieren, ging hinüber zu dem entsprechenden Abschnitt des Gemäldes und hob die Augenbinde. Was sie sah, das hatte sie noch nie zuvor gesehen, dessen war sie sich sicher: Während Steine oder dergleichen vom Himmel regneten – man hatte ihnen einen kleinen Schweif beigefügt, um die Abwärtsbewegung anzudeuten –, stand eine Kreatur allein da, schaute mit offenem Mund hinauf, und das Gesicht war wutverzerrt, als hätte dieses Geschöpf gerade eine tiefe, aber bittere Wahrheit der Natur begriffen oder als sei es Zeuge eines satanischen Tuns geworden. Diese Empfindung war vom Künstler vollkommen wiedergegeben worden. Wie verzaubert starrte Susan das Bild lange an.

Als die Vision zurückkehrte, wußte Kee-wak Bescheid. Diesmal war er sich sicher, und er schickte vier Wachen zur Heiligen Kammer.

22

Resnick wußte, daß die Kreatur verendete. Das war nicht schwer zu erraten: Die Zwangsernährung hatte kaum geholfen, und das Wesen bewegte sich kaum noch, die Atmung war unregelmäßig. Man hatte einen Herzmonitor und ein EEG gebracht und angeschlossen, hatte an den Schläfen und auf der haarigen Brust weiße Monde freirasiert, um die Elektroden anbringen zu können, und eine Kamera war auf den winzigen grünen Bildschirm in der Ecke ausgerichtet. Immer wieder zeichnete die weiße Linie dasselbe Muster – kein großer Ausschlag mit nachfolgenden kleinen Ausschlägen wie beim Menschen, sondern eine Reihe von Spitzen und Plateaus, die Resnick an die Wolkenkratzerskyline einer großen Stadt erinnerten. Außerdem war die Empfindlichkeit des Geräts drastisch reduziert worden, da der ungewöhnliche Herzschlag dieser Kreatur ständig den Alarm ausgelöst hatte.

Sie achteten längst nicht mehr darauf, die Zellentür geschlossen zu halten. Selbst Resnick traute sich nun an dieses Geschöpf heran, verkündete vor den anderen stolzgeschwellt, daß er sich das schon immer getraut hatte, auch damals schon, als die Kreatur ihn noch mühelos gegen die Wand hätte schleudern können. Er war entschlossen, den Tod dieses Wesens fatalistisch hinzunehmen. Es stimmte, sie würden keine Experimente mehr durchführen können, und unter Umständen ließe sich niemals etwas Sinnvolles aus all den gesammelten Details und Winzigkeiten an Beobachtungen und Zahlen zusammenreimen, aber vielleicht war dies auch besser so – vielleicht war es diesem Wesen einfach nicht bestimmt, unter Menschen zu leben, schließlich war es ein primitives Geschöpf. Die Autopsie würde ihnen sicherlich viel von dem verraten, was sie wissen wollten.

Grady betrat die Nachbarzelle, und Resnick fühlte sich gleich viel besser. Zwar lag das Wesen völlig regungslos da und hätte sich auch wohl mit Gewalt kaum aufwecken lassen, aber sicher war sicher.

»Kommt er?« fragte Resnick.

»Er muß jeden Augenblick hier sein.«

Es war Resnicks Idee gewesen, Scanlon holen zu lassen. Er beglückwünschte sich zu diesem Einfall, auch wenn er sicherlich einer gewissen Rührseligkeit entsprang. Scanlon hatte den Durchbruch geschafft; er hatte sich besser als jeder andere mit diesem Geschöpf verstanden, also hatte er es verdient, bei seinem Tod anwesend sein zu dürfen. Das war fast, als wäre ein Priester oder die Familie dabei. Schließlich, dachte Resnick, unterscheiden wir uns vom Tier ja gerade durch eine derartige Rücksichtnahme.

Er hörte, wie eine Wagentür zugeschlagen wurde, dann die Haustür. Gleich darauf erschien Scanlon und sah ziemlich verärgert aus.

»Keine Sorge, noch ist Zeit«, rief Resnick ihm zu.

Ohne ihn zu beachten, ging Scanlon zu der Kreatur und hob ihren Kopf.

»Verdammt, jetzt schau dir das an!« sagte Grady und zeigte auf den kleinen Bildschirm. Resnick warf einen Blick darauf und sah, daß die Skyline sich verändert hatte. Die Kurve verlief schneller, und die Spitzen waren größer. Er schaute wieder zur Kreatur und konnte nicht glauben, was geschah: Sie öffnete ihre Augen, sah Scanlon direkt ins Gesicht und schien sogar den Kopf um einige Zentimeter anzuheben. Instinktiv wich Resnick langsam zur offenen Zellentür zurück. Seltsam, der Blick wirkte keineswegs freundlich. Ganz im Gegenteil.

Dann fiel der Kopf zurück, als wäre ein unsichtbarer Draht durchschnitten worden, und der Monitoralarm schrillte. Die Kurve auf dem Bildschirm spielte verrückt, flackerte unregelmäßig auf und ab und fiel dann in sich zusammen. Scanlon stürzte zu Boden. Resnick fand, daß er sich zu sehr gehen ließ und wollte ihn ermahnen, sich zusammenzureißen, als er noch einmal hinsah und entdeckte, daß Scanlon wild um sich trat und vor Schmerz die Hände an seine Schläfen preßte.

Resnick beugte sich über das Wesen. Es war tot, und die Skyline auf dem Bildschirm war verschwunden.

Susan wußte, daß irgend etwas nicht stimmte, auch wenn sie nicht hätte sagen können, woher sie es wußte. Etwas, das stärker war als ihr Instinkt, brachte sie zu der Gewißtheit, daß man über ihre Anwesenheit in der Heiligen Kammer Bescheid wußte. Und sogleich stand sie vor dem Problem, ob sie die Augenbinde überstreifen sollte, um die telepathischen Kräfte abzuwehren, oder ob sie nicht lieber fliehen sollte. Aber wie sollte sie fliehen, wenn sie nichts sehen konnte?

In dem Bruchteil der Sekunde, den sie brauchte, um sich diese Frage zu stellen, nahm sie am anderen Ende der Kammer eine rasche Bewegung wahr und sah zwischen den Stalagmiten eine in Tierfell gekleidete Gestalt vorüberhuschen. Gerade als sie Panik in sich hochsteigen fühlte, spürte sie einen inneren Kontakt, der sie beruhigen und ihr sagen wollte, daß sie nichts zu befürchten hatte. Gleich darauf trat die Gestalt auf sie zu; es war Leviticus. Am liebsten wäre sie zu ihm gerannt und hätte ihn umarmt, aber ihre Erleichterung währte nur kurz; sie merkte an seiner Unruhe, daß auch er um die nahende Gefahr wußte.

Leviticus führte sie zu einem dunklen Seitengang. Mit einer Hand tastete sie sich an der Felswand lang, die andere Hand lag fest in seinem Griff, und seine Finger waren kurz, aber kräftig. Er eilte mit ihr über den ansteigenden Pfad, offenbar einem selten benutzten Nebengang. Manchmal hielt er kurz an, und obwohl sie ihn nicht sehen konnte, wußte sie, daß er den Weg vor ihnen absuchte, ihn mit seinem psychischen Radar erkundete und versuchte, das Risiko abzuschätzen.

Nach fünf Minuten hörte Susan Geräusche näher kommen. Sie drehte sich um und wollte fliehen, doch Leviticus hielt sie so fest, daß sie sich nicht losreißen konnte. Verzweifelt versuchte sie, ihre Hand freizubekommen, aber sein Griff war viel zu stark, so daß sie meinte, er würde ihr gleich die Knochen brechen. Sie preßte sich daher an die Wand und wartete. Sie hörte sie kommen, sah aber nichts, spürte Leviticus' massigen Körper vor sich und fragte sich, ob er einen Hinterhalt plante. Susan schloß die Augen und hielt den Atem an. Jetzt waren sie nur noch wenige Schritte entfernt.

»Susan! Gott sei Dank!«

»Ach, Matt!«

Sie spürte, wie seine Arme sie im Dunkeln suchten, sie umarmten, und sie roch seinen vertrauten Geruch. Leviticus hielt immer noch ihre Hand. Auch Hurt-Knee und Lancelot waren da.

»Warum zum Teufel bist du einfach so verschwunden?«

»Ich mußte noch einmal einen Blick auf das letzte Feld des ›Rätsels‹ werfen.«

Aber Matt schien sich dafür im Moment nicht zu interessieren. »Hör zu«, sagte er mit drängender Stimme, »irgend etwas ist mit ihnen passiert. Sie spielen alle verrückt.«

»Ich weiß, Kee-wak hat gespürt, daß ich in der Kammer war.«

»Nein, ich glaube nicht, daß es sich um einen Alarm handelt. Es schien eher, als hätten sie plötzlich eine schlechte Nachricht erhalten – und zwar alle zur gleichen Zeit. Ich mußte an den Moment denken, in dem der Stamm von Longfaces Tod erfuhr. Ich glaube, irgendwo ist einer der Hominiden gestorben – oder er wurde ermordet.«

»Was sollen wir tun?«

»Das, wozu wir hergekommen sind«, sagte Matt entschlossen. »Wir bleiben zusammen, und geh um Himmels nicht wieder auf eigene Faust los.« Mit diesen Worten setzte sich der Trupp in Bewegung, eilte den Gang hinauf und folgte Hurt-Knee, der genau zu wissen schien, wohin er wollte.

Noch ehe Van die allgemeine Unruhe spürte, wußte er, daß er ihn verlor. Doch wenn man wußte, daß man ihn verlor, verlor man ihn vielleicht nicht wirklich, tröstete er sich. Er sagte es sich laut vor – was machte es schon, wenn er laut mit sich selbst sprach? Die konnten ihn doch sowieso nicht verstehen, diese Tiere. Doch wenn man den Verstand verliert, dann weiß man irgendwann, daß man ihn verliert. Das Wissen hat allerdings nichts zu bedeuten; jedenfalls bedeutet es keinen Schutz. Wie könnte es auch Schutz geben, wenn man hilflos auf dem Grund einer Grube hockt, gefangen wie eine Ameise?

Van dachte an seine Studentenzeit und an die Affen in den Käfigen, mit denen er seine Experimente angestellt hatte. Wie es ihn aufgewühlt hatte, an diesen Drahtkäfigen mit den halb durchgedrehten Primaten vorbeizugehen. Sie ließen sich auf den Rücken fallen, krümmten sich vor Angst, schlugen manchmal die Hände über dem Kopf zusammen, wiegten sich vor und zurück, nuckelten an ihren Daumen. An einen Affen konnte er sich besonders genau erinnern, der stets im Kreis herumgelaufen war, immer in derselben Richtung, immer im selben Tempo und der immer auf dieselbe Art die Schultern hochgezogen hatte, wenn er um eine Ecke bog. Wenn er ihm zusah, wußte Van, daß er gegen den Wahnsinn kämpfte, daß die rituellen Bewegungen ein Versuch waren, den Wahnsinn im Zaun zu halten und sich ihm zugleich hinzugeben. Dem Tier war nichts als seine manische Energie geblieben. Es war seine einzige, ebenso rationale wie irrationale Antwort. Und jetzt ging es ihm selbst nicht anders.

Er hatte Angst vor dem Schlaf. Nahezu jedesmal, wenn er zu schlafen versuchte, überfiel ihn diese seltsame Atemattacke. Man meint, in Ohnmacht zu fallen, und gerade wenn man den letzten Halt verliert und in die Tiefe stürzt, hört man auf zu atmen, schnellt wieder zurück an die Oberfläche und schnappt nach Luft. Nach einer Weile beginnt die Panik schon, bevor man in die Tiefe fällt, so daß man immerzu wach bleibt, als trüge man im Innern eine kleine Glocke, die genau in dem Moment zu läuten beginnt, in dem der Kopf vornübersinkt. Er hatte jetzt ständig Kopfschmerzen.

Dieser große Kerl, wie immer er auch heißen mochte, der herrschte wie ein Gott. Wenn er unter dem Bären stand, dann wurde er zum Bären – riesig, stark, unbezwingbar. Wie habe ich mich doch getäuscht, als ich herkam und meinte, ich wäre stärker als sie. Hier oben in den Bergen fällt alles Nebensächliche fort, und es zeigt sich die wahre Kraft. Menschen sind schwach – sind nichts. Krankheit ist eine Schwäche, und Schwäche ist eine Krankheit.

Unruhe brach aus. Van wußte sofort, daß Tod im Spiel war. Vielleicht war Vollmond, Zeit für ein Opfer, und diesmal würde er bestimmt an der Reihe sein. Als seine Runde ihn ans andere Grubenende führte, konnte er die Wand sehen, an der sein Schädel hängen würde. Wenn er doch nur nicht vom Vorsprung gefallen wäre, als sie den Russen umbrachten! Er hätte Zeuge sein können. Er hätte gewußt, was sie genau taten.

Ihm war klar, daß er Halluzinationen hatte. Begonnen hatten sie eher unauffällig, als er den Berg hinaufgestiegen war, doch seither hatten sie mit jedem weiteren Ereignis an Stärke gewonnen: mit der panikartigen Flucht, dem Einsturz der Höhle, der Gefangenschaft und der Opferfeier. Inzwischen waren die Wahnvorstellungen zu voller Kraft herangereift, zusammengehalten vom Faden seines stetigen Entsetzens, und sie waren das einzige, was ihm real zu sein schien. Er hätte nicht sagen können, wo sie begannen und wo sie endeten, ebensowenig wie er hätte sagen können, wann er wach war und wann er einen Alptraum hatte. Doch dies war etwas Neues; jetzt hörte er schon Stimmen. »Van!« Dann noch einmal. Jemand flüsterte seinen Namen. Woher wußten diese Kreaturen seinen Namen? Bestimmt war es sein Verstand, der sich gegen ihn wandte, wie stets sein schlimmster Feind.

»Es hat keinen Sinn«, murmelte Matt.»Er kann uns nicht hören. Oder er ist inzwischen übergeschnappt.«

»Und was jetzt?« fragte Susan. Sie beugte sich vor und spähte um das Gangende in die Höhle, bereute ihre Neugier aber sofort. Von gleicher Höhe aus gesehen wirkten die Höhlenbewohner noch weit schrecklicher, vor allem jetzt, während sie in heller Aufregung umherliefen. Im Bienenkorb herrschte ein Aufruhr, als hätte ihn jemand in die Luft geworfen und mit einer Forke durchbohrt. Doch das kann unmöglich an uns liegen, dachte sie, denn uns würde man einfach einkreisen und erledigen; ihre telepathischen Fähigkeiten haben schließlich aus ihnen hervorragende Jäger gemacht. »Vielleicht können wir diese Verwirrung zu unserem Vorteil nutzen«, sagte sie leise.

Matt spähte vorsichtig um die Felskante und entdeckte einen kleinen Platz, eine Art Vorraum zum Gang, der von der Haupthöhle aus nicht einzusehen war. Und wo waren Vans Wachen? Die eine war verschwunden, die andere schien ebenso verwirrt wie all die übrigen Höhlenbewohner, hielt die Keule in der Hand und marschierte geistesabwesend in etwa drei Meter Abstand am Rand der Grube entlang.

»Los«, flüsterte Matt, blickte sich nach allen Seiten um und schlich langsam an der Felswand entlang in die Höhle. Wie ein Schatten glitt er in die Vorkammer. Susan folgte ihm, und nach ihr kamen die drei Hominiden, die einfach zu ihnen herübermarschierten, als wäre es ihr gutes Recht, sich hier aufzuhalten.

Im Vorraum war es dunkler als in der Höhle. Susan und Matt hielten die Augenbinden griffbereit. Jetzt begann der schwierigste Teil ihrer Aufgabe. Matt spähte aus der Kammer auf den Rücken der Wache und stieß Lancelot und Leviticus in Richtung Grube. Dann kniete er sich in Jagdhaltung auf den Boden. Er versuchte sich zu konzentrieren, so wie er es vor dem Angriff auf die Tiere gemacht hatte, starrte den Hinterkopf der Wache an, dachte an Keulen, Speere und Blut und konzentrierte sich auf die wortlose Botschaft: Schlagt zu, schlagt zu, schlagt zu. Als die beiden näher kamen, drehte sich der Wachtposten um, und ein Ausdruck der Verwirrung huschte über sein Gesicht, als die Keulen rasch und zielsicher auf ihn niederkrachten, die eine auf sein Schulterblatt, die andere auf seinen Schädel. Er brach sofort zusammen, und Lancelot schnappte sich seine Beine und kippte ihn in die Grube.

Matt huschte aus seinem Versteck, rannte zur Grube und warf sich hinter den Beinen seiner beiden Gefährten zu Boden. So war er zufälligen Blicken zwar nicht völlig verborgen, aber es würde genügen müssen. Als er sich vorbeugte und in die Grube starrte, sprang Van vor ihm zurück, riß den Mund auf und starrte ihn mit wildem Blick an. Sein Gesicht war schwarz vor Dreck, seine Kleider waren nur noch Lumpen. Rasch wickelte Matt das Seil auf, band es um einen Felsen und warf es zu ihm hinunter. »Kommen Sie, Van, schnell. Schnappen Sie sich das Seil, Mann, und lassen Sie uns von hier verschwinden!« rief er so laut, wie er es nur wagen konnte, doch Van starrte ihn bloß verständnislos an. »Das Seil, das Seil! Greifen Sie nach dem Seil!«

Noch ehe Matt wußte, was geschah, lag Susan an seiner Seite. Matt sprang in die Grube, packte Van bei den Schultern, drängte ihn zum Seil und schob ihn von hinten die Wand hinauf. Wie ein Schlafwandler machte Van die ersten Bewegungen, bis Susan ihn mit ausgestrecktem Arm zu fassen bekam. Matt spannte seine Schultermuskeln an und schob Van noch höher hinauf. Langsam und eher reflexhaft als absichtlich hievte Van ein Knie über den Rand des Vorsprungs, während Susan sich abmühte, ihn zu sich heraufzuzerren, und dann war Van plötzlich draußen und lag lang ausgestreckt auf dem Boden. Jetzt war Matt an der Reihe. »Um Himmels willen, beeil dich!« flüsterte Susan und sah sich ängstlich um. Noch waren sie nicht entdeckt worden. Matt kletterte blitzschnell am Seil hoch. Er packte den Rand des Vorsprungs mit beiden Händen, klammerte sich fest und spürte, wie Susan ihn am Kragen hochzog. Plötzlich war er oben. Sie widerstanden dem Impuls zur raschen Flucht, sondern gingen langsam zurück zum Gang, Van in ihrer Mitte, da sie ihn praktisch tragen mußten. Die Hominiden kamen so schnell hinter ihnen her, daß Matt befürchtete, man würde auf sie aufmerksam werden.

Im Gang blieben sie stehen und sahen sich noch einmal um. In der Höhle tobte immer noch das Chaos. Matt sah vier Höhlenbewohner, die aus der Richtung der heiligen Kammer angelaufen kamen. Hurt-Knee war bereits auf und davon, floh wie ein Hirsch durch den Tunnel, und die anderen blieben ihm dicht auf den Fersen.

Ihre Flucht hätte rasch vonstatten gehen sollen: Sie hatten Hurt-Knee, der ihnen den Weg zeigte, die Tunnel führten bergab, und die Panik trieb sie voran. Doch Van hielt sie auf; nicht, weil es ihn am nötigen Entsetzen gefehlt hätte, um fliehen zu wollen – er kannte nichts anderes mehr als das Entsetzen –, sondern weil er einfach nicht in der Lage war zu laufen. Seine Beine bewegten sich, aber sie konnten ihn nicht tragen und gaben unter ihm nach. Auf beiden Seiten mußte er von einem Hominiden gestützt werden. Susan war es schon immer schwergefallen, Vans Mienenspiel zu interpretieren, nun aber schien dies vollkommen unmöglich. Sein Gesicht ist total leer, dachte sie; irgend etwas ist mit ihm passiert, er ist völlig ausgebrannt.

Sie stießen auf einen großen Tunnel, der ihnen vertraut vorkam. Offenbar handelte es sich um den großen Haupttunnel, der von Fackeln in Nischen erhellt wurde und durch den sie bereits vor einigen Wochen geflüchtet waren. Nach fünf Minuten, als sie gerade glaubten, etwas langsamer werden zu können, beschleunigten die Hominiden noch einmal das Tempo. Matt erkannte sofort den Grund dafür. »Wir werden verfolgt«, keuchte er Susan atemlos zu und wies mit einem Kopfnicken auf Hurt-Knee und die anderen. »Sie haben gerade erfahren«, er zeigte zu den Hominiden hinüber, »daß uns die Renegaten verfolgen und daß sie wissen, wo wir sind.« Er dachte wieder an die vier Höhlenbewohner, die aus der Richtung der heiligen Kammer gestürmt waren.

In dieser Sekunde wich Hurt-Knee in einen kleinen Seitentunnel aus, der sich nach hundert Schritten in zwei identisch aussehende Tunnel teilte. Sie blieben einen Augenblick stehen, betraten dann aber die linke Öffnung, alle, nur Leviticus nicht, der einfach stehenblieb. Er wich nicht von der Stelle.

»Was hat er vor?« keuchte Susan.

»Ich weiß nicht«, antwortete Matt, »aber wir können nicht stehenbleiben. Lauf weiter.«

Und sie liefen weiter. Hurt-Knee übernahm Leviticus' Platz an Vans Seite und zerrte ihn mit Lancelot hinter sich her wie einen schweren Jutesack. Susan eilte voraus und fühlte plötzlich, wie ihr eine Welle von Kraft in die Beine fuhr. Die Drüsen schütten ihr letztes Adrenalin aus, dachte sie, bis sie begriff, daß es ein ganz anderes Gefühl war, ein vertrautes Gefühl der Fülle, und sie wußte, von wem es kam – von Leviticus. Er spielt den Lockvogel, durchfuhr es sie. Er will sich für uns opfern. Und als sie weiterlief, da schien es ihr, als würde sie von einem mächtigen unterirdischen Wind vorangetrieben, von einem warmen Energiestrom, der aus dem Zentrum ihres Hirns zu ihren Muskeln floß. Sie floh nicht länger durch einen Tunnel, sie flog über eine Wiese. Ihre Füße berührten kaum noch den Boden, und sie fühlte sich leicht wie ein Distelsame auf einer sanften Brise.

Und dann hörte dieses Gefühl abrupt auf, und sie empfand eine tiefe Leere, obwohl sie im selben Augenblick eine schimmernde Lichtwand vor sich auftauchen sah, darauf zutaumelte und schließlich mit letzter Kraft ins Tageslicht stürzte. Die Sonne blendete sie. Matt blieb im Höhleneingang stehen, sah das Tal vor sich und trank die Luft in großen Zügen. Van war wie betäubt, Hurt-Knee und Lancelot schienen verzweifelt.

»Wo ist Leviticus?« fragte Matt.

»Er ist tot«, sagte Susan und war selbst vom monotonen Klang ihrer Stimme überrascht. Sie fühlte sich leer und ausgehöhlt.

»Wir werden bald alle tot sein«, sagte Van und meldete sich zum erstenmal wieder zu Wort. »Wir haben keine Chance.«

Susan warf ihm einen Blick zu, der ihn verstummen ließ.

Das Licht war trügerisch. Es war bereits spät, und die Sonne begann, hinter den Gipfeln der Berge unterzugehen. Es schien kälter zu sein als bei ihrem Eintritt in die Höhle, und es herrschte Totenstille.

Diesmal blieb Hurt-Knee und Lancelot keine andere Wahl, als das verbotene Gräberfeld zu überqueren. Kaum hatten sie ihren Fuß über die unsichtbare Grenze gesetzt, konnte man ihnen die Angst an jedem zögerlichen Schritt ablesen. Über ihren Köpfen kreisten die Geier. Grabhüter waren keine zu sehen, doch war ihre Abwesenheit ebenso einschüchternd wie es zuvor ihre Nähe gewesen war. Trotz der Kühle des späten Nachmittags schwitzten die beiden Hominiden; sie sahen weder zu den Bündeln in den Bäumen hinauf, noch warfen sie einen Blick auf die am Boden verstreuten Knochen. Van hielt die Augen weit aufgerissen, doch ließ sich unmöglich sagen, wieviel er von seiner Umgebung wahrnahm.

Auf halbem Weg durch das Gräberfeld schaute Matt zurück und sah die Wesen waffenschwingend aus der Höhle auftauchen. Selbst aus dieser Entfernung war ihre Wut nicht zu übersehen, doch war diese Wut ein gutes Zeichen; sie bedeutete, daß sie das Tabu nicht brechen und den heiligen Grund nicht überqueren würden. Irgendwo hinter den kahlen Bäumen hörte er das Geräusch eines gleichmäßigen Atems, wußte aber nicht, ob es von den Grabhütern oder von einem Tier stammte.

In der wachsenden Dämmerung wirkte das Dorf ungewöhnlich still. Zuerst schien es verlassen dazuliegen, aber dann begriffen sie, daß die meisten Hominiden in ihren Hütten waren. Niemand kam heraus, um sie zu begrüßen, und Kellicut war nirgendwo zu sehen. Van benahm sich seltsam, und wenn er sprach, ergaben seine Worte oft keinen Sinn. Man fand einen Schlafplatz für ihn, und wie betäubt brach er darauf zusammen.

Als die Dunkelheit anbrach, wurden Hurt-Knee und Lancelot krank. Sie ließen sich in ihren Laubhütten zu Boden sinken, wirkten apathisch, später delirierten sie im Fieber. Matt glaubte, daß sie damit auf eigenartige Weise auf die Überquerung des Gräberfelds reagierten, war sich aber nicht sicher. Auch die anderen Stammesmitglieder wirkten seltsam gedrückt.

Später lag er in Susans Armen und redete mit ihr über Leviticus.

Susan war untröstlich. »Es tut mir leid um ihn«, sagte Matt. »Ich weiß, was er dir bedeutet hat. Er war ein Held, und seine Tat wirft die Frage auf, wie primitiv diese Hominiden eigentlich sind.«

Von der anderen Seite der Berge hörten sie den Klang von Trommeln. Das war bisher noch nie vorgekommen. Es war ein dröhnendes, widerhallendes Geräusch, was ihnen verriet, daß die Trommeln innerhalb der Tunnel gespielt wurden. Und dann hörten sie irgendwo tief in den Eingeweiden der Erde noch ein anderes dumpfes Grollen, und sie spürten ein Zittern. Ein Erdbeben.

Eagleton wußte, daß er benötigt wurde. Es war eine jener seltenen Situationen, in denen seine Anwesenheit vor Ort verlangt wurde; es war höchste Zeit, die Zügel in die Hand zu nehmen. Zuviel stand auf dem Spiel, und zu vieles war bereits schiefgelaufen. Zuerst war Van verschwunden, dann hatte der NOMAD-Sender den Geist aufgegeben, und schließlich war diese verdammte Kreatur in Gefangenschaft gestorben und hatte dem Arbeiter – wie hieß er noch, Scanlon – das Licht ausgeblasen. Wer hätte denn auch geglaubt, daß dieses Geschöpf eine solche Kraft besaß? Hinter dem remote viewing verbarg sich mehr, als der erste Blick verriet, dachte er, und schmunzelte über sein Wortspiel.

Der DNA-Bericht war eingetroffen; die Kreatur besaß dreiundzwanzig Chromosomenpaare, genau wie der Mensch. Neunundachtzig Prozent seiner DNA sind mit unserer DNA identisch, aber das gilt ja schließlich auch für Schimpansen, dachte Eagleton; es kommt eben auf die restlichen zwei Prozent an. Der Laboranalytiker hatte eine Notiz an den Rand seines Berichts gekritzelt: »So etwas ist bisher noch keinem Menschen unter die Augen gekommen. Was zum Teufel ist das?«

Also beschloß Eagleton, sich selbst zu dem Basiscamp zu begeben, das Kane am Rand der Berge errichtet hatte. Das Problem war nur, daß er den Campus seit Jahren nicht mehr verlassen hatte. Da sein kleines Apartment durch einen unterirdischen Tunnel und einen Fahrstuhl mit dem Institut verbunden war, hatte er selbst das Gebäude mit keinem Schritt mehr verlassen, so daß allerhand Vorbereitungen nötig waren, um die Reise mit einem Minimum an physischem Streß absolvieren zu können: Ein Lieferwagen mit abgedunkelten Fenstern und einem hydraulischen Lift für seinen Rollstuhl mußte her, ein privater Jet, aus dem die Sessel zu entfernen waren und in dem statt dessen einige Gurte angebracht werden mußten, die seinen Stuhl sichern sollten. Außerdem brauchten sie diplomatischen Status für ihren Flug, damit sie zum Auftanken landen und gleich wieder starten konnten. Er war noch nie in Tadschikistan gewesen, aber er mußte sich gestehen, daß ihm der Klang dieses Wortes nicht gefiel. Zu viele Ausländer, zu viele Fliegen, zu viele Bazillen.

TEIL III

Die Schlacht

23

Die Beben dauerten die ganze Nacht und hielten auch am nächsten Tag noch an, verebbten dann aber gegen Mittag. Ein kalter Wind fuhr durch das Tal und kehrte die grünsilberne Unterseite der Blätter nach oben, als würde ein Sturm heraufziehen.

Matt und Susan gingen durch das Dorf, um sich den angerichteten Schaden anzuschauen. Vier oder fünf Hütten waren zusammengefallen, Äste, die als tragende Balken gedient hatten, waren zersplittert, Geröll und Schutt verstopften die Wege. Doch im großen und ganzen war das Dorf heil geblieben. Trotzdem trauten sich nur wenige Hominiden nach draußen; lediglich einige Kinder waren da und dort zu sehen, die in Kürbisflaschen Wasser aus dem Fluß holten oder von einer Hütte zur anderen rannten.

Eigenartig, dachte Matt, aber ein Erdbeben in den Bergen ist weit furchterregender als im flachen Land. Es gleicht einem urzeitlichen Aufruhr zwischen den Gipfeln und den Sternen, die Bäume schwanken, die Felsen zittern. Dazu kommt dieses entsetzliche Gefühl, daß es da nur dich und die Erde gibt, und daß diese Erde sich jeden Moment öffnen kann, um dich zu verschlingen. Kein Wunder, daß der Mensch sich Gott erschuf.

Sie schauten bei Hurt-Knee und Lancelot vorbei, die von den übrigen Hominiden gepflegt und mit Äpfeln, Nüssen und Wasser versorgt wurden. Es ging ihnen besser als am Abend zuvor – offenbar hatte ihr Fieber nachgelassen –, aber sie waren noch nicht wieder aufgestanden und wirkten schwach und mitgenommen. Susan wußte nicht, was ihren Zusammenbruch verursacht hatte; der Angriff auf Vans Wachen oder Leviticus, den sie einem grausamen Tod überlassen hatten, die Überquerung des Gräberfelds oder eine Kombination aus all den genannten Gründen. Sie suchte nach Anzeichen dafür, daß die Hominiden sie und Matt jetzt anders behandelten, ihnen vielleicht Vorwürfe machten, konnte aber keine Veränderung in ihrem Benehmen erkennen.

Ganz im Gegensatz zu Kellicut. Er war nicht im Dorf, also machten sie sich auf die Suche nach ihm und schlugen den Weg zum Schwefelteich und dem Geysir ein. Vorsichtig gingen sie die feuchten Stufen zum Becken hinunter und standen schließlich auf einem breiten Vorsprung, der tief in den Fels einschnitt. Hier saß Kellicut mit überkreuzten Beinen.

»Wir müssen miteinander reden«, sagte Susan.

»Dafür ist es wohl ein bißchen spät.«

Sie ging zu ihm und setzte sich auf die eine, Matt auf die andere Seite, und so verharrten sie eine Weile in verlegenem Schweigen. Keinem von uns ist noch ein Geheimnis geblieben, dachte Matt.

Schließlich sagte Susan langsam: »Wir haben Van herausgeholt.«

»Und jetzt?«

»Ich weiß nicht.«

Kellicut seufzte müde. »Das ist es ja eben. Sie wissen nichts, stimmt's?« Als er sich umwandte, um sie anzuschauen, wirkten seine Züge eher bekümmert als zornig. Plötzlich wirkte er alt.

»Ich dachte, wir würden das Richtige tun«, sagte Susan. »Wir konnten ihn nicht einfach dort lassen.«

»Wahrscheinlich nicht – jedenfalls nicht, wenn es Ihnen so wichtig war, wie es den Anschein hat. Es tut mir leid, daß Sie jemals hergekommen sind.«

»Sagen Sie so etwas nicht.«

»Warum nicht? Es stimmt.«

»Wollen Sie uns verletzen?«

»Nein, aber mir ist es egal, ob ich Sie verletze oder nicht. Ich stelle einfach nur eine Tatsache fest. Wären Sie nicht hergekommen, wäre all dies nicht passiert. Sie hätten nicht alles durcheinandergebracht.«

»Alles durcheinandergebracht?« widersprach Matt. »Sie reden immer, als ob es da so eine Art großen Plan geben würde.«

Erst jetzt schaute Kellicut ihn an. »Sie haben es von Anfang an nicht verstanden.«

»Was denn?«

»Eben diesen Plan, die historische Tragweite, das unglaubliche Privileg, hier sein und Zeuge sein zu dürfen. Es ist, als würde man um fünfzigtausend Jahre zurückversetzt.«

»Ich denke, das haben wir schon verstanden«, sagte Susan.

»Nein, denn wenn Sie es verstanden hätten, hätten Sie sich nicht eingemischt. So nämlich lautet die Kardinalregel: Misch dich nicht ein, bezieh keine Partei. Aber Sie mußten sich gleich auf die Seite der Hominiden stellen. Ich kann natürlich die Verlockung verstehen. Sie sind wunderbare Wesen – wahrhaft unschuldig, durch und durch gut, weit edler als Rousseaus edle Wilde –, aber es war ihnen nicht bestimmt, sich durchzusetzen. Hätte die Natur gewollt, daß sie die Vorrangstellung einnehmen, dann hätte sie ihnen dazu auch die nötigen Mittel gegeben.«

»Wie können Sie sich da so sicher sein?« fragte Matt. »Wer gibt Ihnen das Recht, den Plan der Natur zu deuten?«

»Ich deute nicht. Ich beobachte nur. Wenn Sie Ihre Augen öffnen und sich umsehen würden, dann hätten Sie auch längst gesehen, daß die Natur ihre Wahl bereits getroffen hat. Und wie immer hat sie sich auf die Seite der Starken gestellt.«

»Vielleicht wäre es besser, die Starken würden nicht überleben«, warf Susan ein.

»Besser oder schlechter hat nichts damit zu tun. Sie sind stark, weil sie stark sein sollen. Wenn die Renegaten über die Hominiden herfallen, dann deshalb, weil es ihre Bestimmung ist. Wenn sie angreifen und die friedlichen Hominiden allesamt auslöschen, dann ist das eben so vorgesehen. Alles verläuft ganz nach dem Plan der Natur. Können Sie das nicht sehen? Sie sind in einem kritischen Augenblick in diese Welt hereingeplatzt, in eine verborgene Welt, die seit Tausenden von Jahren in der Schwebe blieb und die sich jetzt im Bruchteil einer Sekunde verändert. Eine Spezies wird sich neu erfinden, wird das alte Selbst wie eine verschlissene Haut abwerfen und etwas Größeres, etwas Fortgeschritteneres werden, und Sie sind Zeugen dieses Vorgangs. Aber Sie werden von dieser Welt nur geduldet, und ihre grundlegende Regel ist einfach: *Halten Sie sich aus allem raus.* Die Welt befindet sich in einem fragilen Gleichgewicht, also stümpern Sie nicht daran herum. Aber Sie haben es ja bereits getan.«

Susan fühlte sich durch diese Vorwürfe tief getroffen, Matt war wütend. Es dauerte eine ganze Weile, bis er sich wieder beruhigt hatte. Dann fragte er: »Und was jetzt?«

Kellicut zuckte die Achseln. »Wer weiß? Wenn ich raten müßte, würde ich sagen, daß Sie einen Krieg angezettelt haben, der uns alle ins Unglück stürzen wird. Sie sind in ihre Höhle eingedrungen und haben sie angegriffen, also wird man jetzt Sie und Ihre Freunde angreifen. Daraufhin werden Sie wiederum versuchen, Ihre Freunde zu verteidigen, und das wird alles nur noch schlimmer machen.«

»Ich möchte Sie etwas fragen«, sagte Matt. »Was wäre, wenn wir Teil des Plans der Natur wären? Was, wenn es der Absicht der Natur entspricht, daß wir das Gleichgewicht wiederherstellen?«

Wütend sprang Kellicut auf. »Das ist der absurdeste, arroganteste Gedanke, den ich je gehört habe.« Und während er Matt aufgeregt umkreiste, sah er aus, als wollte er jeden Moment auf ihn einschlagen. »Was zum Teufel glauben Sie eigentlich, wer Sie sind?« Er blieb stehen und funkelte ihn an. »Erinnern Sie sich an unser erstes Gespräch hier an diesem Platz?« Er machte eine weit ausholende Geste. »Ich habe Ihnen damals erzählt, daß Sie den Garten Eden gefunden haben, und ich warnte Sie, auf die Schlange achtzugeben. Sie haben mich gefragt, was die Schlange sei. Nun, jetzt wissen Sie es, und wenn Sie sie sehen wollen, dann schlage ich Ihnen vor, auf dem Rückweg einen langen Blick in den See zu werfen.« Er machte auf dem Absatz kehrt und verschwand in Richtung Wasserfall.

Kellicuts Vorhaltungen beschäftigten Susan sehr, und sie hielt tatsächlich an, um in das Wasser des Sees zu schauen. Während sie ihr Spiegelbild betrachtete, beunruhigte sie die Klage ihres alten Professors, denn in gewisser Weise hatte er natürlich recht. Sie *waren* Eindringlinge, und sie hatten das Gleichgewicht dieser urzeitlichen Welt gestört, hatten Erschütterungen ausgelöst, deren Auswirkungen kaum abzusehen waren, so gewiß, wie ein Stein, der hier in den See geworfen wurde, seine Wellen bis ans gegenüberliegende Ufer schickte. Doch was hätten sie tun können? Hätten sie Van einen grausigen Tod sterben lassen sollen, nur um ein abstraktes wissenschaftliches Prinzip aufrechtzuerhalten? Und jetzt, wo sie bis zum Hals in der Sache steckten, sollten sie sich da etwa zurückziehen und die Hominiden der Gnade der Renegaten ausliefern?

Susan kniete sich hin und ließ Ufersand durch ihre Hände rieseln. Die Moral unterscheidet uns von den Tieren des Dschungels, dachte sie, sowie die Gewißheit unseres eigenen Todes. Moral und Sterblichkeit, die beiden Pfeiler der Ziviliation. Hat denn all das keinen Wert – Sprache, Erfahrung, Erfindungsgeist, wissenschaftliche Entdeckungen, Medizin, Ptolemäus, Galileo, Newton, Pasteur und Einstein? Sie dachte an das Rad, der Menschheit ersten Fortschritt, und schaute hinab auf den Sand; seltsam, daß es hier Sand gab. Die Ägypter, erinnerte sie sich, waren es gewesen, die entdeckt hatten, daß sich aus der unwahrscheinlichen Mischung von Sand und Asche Glas herstellen ließ. Die Buntglasfenster von Chartres. Bemale die Rückseite mit Silber, und du hast einen Spiegel. Narzißmus. Und nun betrachteten wir unser innerstes Selbst – die DNA, unsere Gene. Und ihr fiel ein, daß sie in ihrem Rucksack einen Taschenspiegel hatte. Schlange hin oder her, dachte sie, der Baum des Wissens brachte auch seine Vorteile.

Die Hütte, in der sie Van zurückgelassen hatten, war leer, aber sie fanden ihn nur wenige Schritte davon entfernt am Ufer des Flusses. Er hatte den Kopf halb unter Wasser getaucht und trank, doch als sie sich ihm näherten, schreckte er auf wie ein Tier am Wasserloch und senkte dann den Blick wie ein geprügelter Hund. Statt dankbar für seine Rettung zu sein, schien er verärgert, als wäre es allein ihr Fehler gewesen, daß man ihn überhaupt gefangengenommen hatte.

»Warum habt ihr mich im Stich gelassen?« wollte er wissen, konnte ihnen aber nicht in die Augen sehen.

»Im Stich gelassen? Blödsinn«, antwortete Matt. »Wir konnten von Glück sagen, daß wir davongekommen sind.«

»Da haben Sie recht. Sie hatten weit mehr Glück als ich.«

»Wir hielten Sie für tot.«

»Ach ja? Wenn Sie mich für tot gehalten haben, warum sind Sie dann schließlich doch gekommen, um mich zu holen?«

»Wir erfuhren, daß Sie nicht tot waren.«

»Ach nein.«

Vans trotzige Haltung regte Susan derart auf, daß sie sich umdrehte und verschwand. Matt ging mit Van in den Wald, und während sie einem Pfad folgten – Van hinkte leicht, so daß sein Gang Ähnlichkeit mit dem Schritt der Hominiden hatte – fiel Matt auf, daß Van nicht eine einzige Frage über die Wesen, Kellicut oder das Tal gestellt hatte.

Sie kamen auf eine Lichtung mit einem umgestürzten Baum. Als sie sich setzten, schaute Matt Van aufmerksam an und stellte ihm schließlich die Frage, die ihn schon seit geraumer Zeit beschäftigte. »Sagen Sie, kurz vor dem Einsturz der Höhle, als wir durch den Tunnel rannten und uns dann versteckten – können Sie sich daran erinnern?« Van nickte. »Warum haben Sie uns gesagt, daß wir die Augen schließen sollen?«

Van kicherte hämisch. »Es gibt soviel, wovon Sie nichts wissen. Sie haben keine Ahnung, stimmt's? Sie halten sich für so unglaublich clever, und dabei wissen Sie nicht das geringste.«

Matt riß sich zusammen. Er brauchte die Antworten dringender als die persönliche Befriedigung, diesem widerlichen Kerl eine Abreibung verpaßt zu haben. »Und warum klären Sie mich nicht auf?«

»Warum finden Sie es nicht selbst heraus?«

»Das meiste weiß ich ja schon.«

»Zum Beispiel?«

»Zum Beispiel, daß Sie uns von Anfang an belogen und uns benutzt haben. Sie wußten alles über die Neandertaler. Sie wußten, daß sie tatsächlich existieren. Sie und Eagleton haben uns mit dem Schädel eine kleine Farce vorgespielt. Sie brauchten ihn gar nicht als Beweis für ihre Existenz, weil Sie bereits einen anderen Beweis hatten. Verdammt, wahrscheinlich haben Sie sogar schon Experimente mit ihnen angestellt.«

Van blieb stumm.

»Das heißt auch, daß Sie über ihre besonderen geistigen Fähigkeiten längst Bescheid gewußt haben«, fuhr Matt fort. »Warum hätten wir sonst die Augen schließen sollen, als wir verfolgt wurden? Ich verstehe nur nicht, wieso Sie noch mehr brauchten, wenn Sie schon welche hatten.«

»Ganz einfach: Wir hatten nur *einen*, und einer ist nicht genug. Es ging um das ›Unternehmen Achilles‹, und man kann RV nicht erforschen, wenn man nicht mindestens zwei von ihnen hat, einen zum Senden, den anderen zum Empfangen. Ansonsten ist die ganze Sache ebenso hoffnungslos wie das Einhandklatschen.«

»RV?«

»Remote viewing – also das Sehen durch die Augen eines anderen. Ein wissenschaftlicher Ausdruck, an den Sie sich langsam gewöhnen sollten.«

»Ich habe bereits am eigenen Leib erfahren, was er bedeutet. Und ich kann mir allerhand Gründe ausmalen, warum sich Typen wie Sie diese Fähigkeit gern aneignen würden.«

»Nun, sie könnte nützlich sein. Aber was heißt schon nützlich! Sie würde dafür sorgen, daß uns kein Land mehr herausfordern kann, nicht mehr und nicht weniger! Jedenfalls mußten wir verhindern, daß sich niemand sonst diese Fähigkeit aneignen konnte.«

»Die Russen.«

»Genau.«

»Und die waren vor Ihnen hier.«

»Das weiß ich nicht. Angeblich haben sie nicht einmal eine Expedition ausgerüstet.«

»Wer steckt hinter dem Institut?«

»Was glauben Sie denn? Die Regierung. Nicht gerade die CIA, wohl eher ein Ableger davon, auch wenn es deshalb oft Ärger gibt.«

»Warum?«

»Benutzen Sie Ihren Verstand, Mann. PSI war schon immer ziemlich gefragt: übersinnliche Wahrnehmung, Telekinese, nonverbale Kommunikation, Ufos und das ganze Zeugs; wir haben quasi das Drehbuch für den Roswell-Zwischenfall geschrieben – Sichtkontakt mit Außerirdischen, Materie-Energie-Umwandlung. Was immer Sie wollen, wir haben es getan.«

»Aber der Name – Institute for Prehistoric Research?«

»Wir haben im Lauf der Jahre viele Namen und viele Universitäten benutzt. In den Siebzigern hießen wir lange Institute for Investigation into Paranormal Phenomenlogy. Als die Kryptozoologie aufkam, schien sie uns wichtig genug, um unter neuem Namen aufzutauchen.«

»Und Eagleton?«

»Ein Agent. Ein typischer Kalter Krieger.«

Matt tastete sich an die Frage heran, die langsam Gestalt annahm. »Lassen Sie mich noch etwas fragen.«

»Nur zu«, antwortete Van sarkastisch.

»Wenn Sie gewußt haben, was das hier für Geschöpfe sind, warum haben Sie dann Kellicut losgeschickt?«

»Das Problem war ja gerade, daß wir es nicht genau wußten. Das eine Wesen, das wir hatten, haben wir nur durch einen Zufall in unsere Finger bekommen. Dies hier ist ein weites Land, falls es Ihnen noch nicht aufgefallen sein sollte. Wir brauchten Kellicut, damit er uns zu diesen Wesen führte. Er war unser Pfadfinder.«

»Wußte er über die CIA Bescheid?«

Van setzte sein verschlagenes Lächeln auf. »Nein, der ist genauso blöd, wie er aussieht. Er macht als Wissenschaftler mit, so wie Sie.«

Matt seufzte erleichtert auf.

»Warum hat er den Schädel geschickt?«

»Um uns auf eine falsche Fährte zu locken. Er hat einen Begleitbrief geschrieben und darin behauptet, daß die übrigen Neandertaler tot seien, daß dies der letzte gewesen sei. Er wußte, daß wir den Schädel datieren lassen würden.« Van schnaubte verächtlich. »Er wußte nur nicht, daß wir bereits einen gefangen hatten.«

»Also hat er den Schädel gar nicht an uns geschickt?«

»Nein.«

»Er hat uns überhaupt nicht hergerufen?«

»Nein.«

»Aber wir bekamen eine Nachricht von ihm. Susan erhielt sie im Hotel in Chodsant, als Scharafidin sie unter der Tür durchschob.«

»Das war nicht Scharafidin. Das war ich.«

»Aber es war Kellicuts Handschrift.«

»Gefälscht.«

»Warum?«

Wieder grinste Van. »Um sicherzugehen, daß Sie auch tatsächlich kommen. Ein weiterer Köder. Ich dachte, Sie würden sonst vielleicht aufgeben.«

Matt schwieg. Langsam ergab alles einen Sinn. Während er über die Ereignisse seit ihrem Aufstieg nachdachte, brach Van wieder in ein hämisches Kichern aus. »Ich weiß was Ihnen durch den Kopf geht«, sagte er.

»Was denn?«

»Der NOMAD.«

»Ganz genau.«

»Sie glauben, daß er abgeschaltet ist. Sie irren sich. Der schickt ständig ein Ortungssignal aus.«

Matt spürte, wie ihn ein Schauder der Angst überlief. »Und wohin schickt er das Signal?« fragte er.

»Wem«, korrigierte ihn Van. »Was glauben Sie denn, an wen er das schickt? An Eagleton, an das Institut, die US-Marine, an die ganze verdammte Welt.«

»Also könnten sie längst hierher unterwegs sein?« Matt starrte ihn entgeistert an.

»Sie sind unterwegs. Ich würde mich nicht wundern, wenn sie in ein paar Tagen hier auftauchen.«

Matt fluchte. »Sie würden alles zerstören. Um sich die Fähigkeit aneignen zu können, würden die doch vor nichts haltmachen. Wenn es sein muß, bringen sie jeden hier zur Strecke.«

Er blickte seinem Gegenüber ins Gesicht und mußte an eine von Vans akademischen Arbeiten über die nonverbale Kommunikation unter Kung-Buschmännern denken, an die brillante Argumentation und das wissenschaftliche Können, die sie verriet. »Was ist mit Ihnen?« fragte er. »Bedeutet Ihnen die Wissenschaft denn überhaupt nichts?«

»Doch«, erwiderte Van gleichmütig. »Sie bedeutet mir was. Sie bedeutet mir alles. Mein ganzes Leben. Zwischen uns und dem Chaos steht allein die Wissenschaft. Sie bietet uns Kontrolle, Schutz und Macht.«

Matt ging zurück zum Dorf, und es war ihm egal, ob Van ihm folgte oder nicht, aber der Mann blieb ihm auf den Fersen wie ein geprügelter Hund. »Ich verrate Ihnen noch etwas«, meinte Van und zeigte zum Mond, der am dämmrigen Himmel auftauchte. »In ein paar Tagen ist wieder Vollmond. Deshalb haben sie meine Opferfeier vorbereitet. Aber jetzt müssen sie herkommen, wenn sie mich – oder jemand anderen – holen wollen.«

In seinem kleinen Hauptquartier an der Front, wie Eagleton es gern im stillen nannte, hockte er wie die sprichwörtliche Spinne im Netz. Das Gebäude war eine seinen Bedürfnissen angepaßte Wellblechbaracke mit Betonfußboden, auf dem er mit seinem Stuhl herumwirbeln konnte, aber es gab keine schützende Berieselung mit Desinfektionsmitteln. Zu seinem Entsetzen hatte er bereits nach zwei Stunden einen Käfer über den Boden krabbeln sehen.

Der Flug war ziemlich anstrengend gewesen. Da man seinen Stuhl in der Mitte des Flugzeugs festgezurrt hatte, fühlte er sich wie auf dem Präsentierteller, während diverse Assistenten zwischen ihren Sitzen hin und her eilten, sich Drinks eingossen und miteinander flirteten und klatschten. Sie klatschten auch über ihn, davon war er überzeugt. Er schlief nicht, weil er Angst hatte, lächerlich auszusehen, wenn er, sicherlich auch noch mit offenem Mund, in seinem Stuhl zusammensackte. Und wie immer spürte er die verstohlenen Blicke, als er aus dem Flugzeug getragen wurde. Von der Landschaft hatte er kaum etwas gesehen, und die beiden Fenster in der Baracke waren zu hoch, um bequem hinausschauen zu können. Selbst hier am Fuß der Berge spürte er den Höhenunterschied, allerdings reagierte er auf derartige Differenzen überaus sensibel.

Und jetzt hatte er es wieder mit Kane zu tun, eine Aufgabe, die er noch nie angenehm gefunden hatte. Der Colonel gab ihm einen Überblick über das Trainingsprogramm, doch nur die Zwischentöne verrieten, was der Mann mit keinem Wort sagte: daß nämlich das Team offenbar noch nicht einsatzbereit zu sein schien, jedenfalls noch nicht für eine derartige Aufgabe. Schließlich verstummte Kane und schaute auf Eagletons Schrankkoffer, der senkrecht auf dem Boden stand und in mit Büchern vollgestopfte Regale unterteilt war. Sein Blick war auf die dicke, abgegriffene, grüne Ausgabe von *Über die Entstehung der Arten* gefallen.

»Schon gelesen?« fragte ihn Eagleton.

Kane schüttelte den Kopf.

»Schade. Ein bemerkenswertes Buch. Darwin hat zwei Jahrzehnte dafür gebraucht. Dabei hatte er sämtliche Gedanken ausgearbeitet, als er von Bord der *Beagle* ging – das weiß man aus seinen Notizbüchern –, aber er hielt sich endlos mit seinen Studien über Entenmuscheln auf, wurde beim leisesten Lufthauch krank, spazierte ewig denselben Gartenweg rauf und runter und wurde zu einem Einsiedler. Wissen Sie, was ihn all die Zeit vom Schreiben abgehalten hat? Ich habe da so eine Theorie.«

Wieder schüttelte Kane den Kopf.

»Seine Frau«, sagte Eagleton. »Seine aufrechte, strenggläubige Frau. Da war er nun und stand kurz davor, die subversivste und mächtigste Idee auf die Welt loszulassen – nämlich die Idee, daß der Mensch nicht von Gott und nicht nach seinem Bilde erschaffen worden war –, und er hatte Angst vor seiner Frau.« Er lachte aus vollem Hals. »Und ich sage Ihnen noch etwas, das Sie bestimmt noch nicht wußten.« Kane sah gelangweilt drein. »Das Wort ›Evolution‹ kommt bei ihm eigentlich nirgendwo vor, denn wissen Sie, er begriff das Werk der Natur nicht als progressives Kontinuum, nicht als stetige Entwicklung zu Höherem. All diese Bilder und Karikaturen, die mit einem primitiven Primaten beginnen und dem vertrauensvoll ausschreitenden Homo sapiens sapiens enden, basieren auf einem Mißverständnis. So etwas wie ein ›höherentwickeltes Tier‹ gibt es nicht. In diesem aufgewühlten Sumpf sind wir eigentlich alle gleich; alle kämpfen und streben wir, verändern uns, und keiner ist von Natur aus dem anderen überlegen. Es gibt keinen großen Plan.«

Eagleton konnte sehen, daß Kane sich nicht für seine Worte interessierte, und ehrlich gesagt, sie interessierten ihn selbst auch nicht. Er trieb sein altes Spiel. »Kane«, sagte er abschließend, als hätten sie sich die ganze Zeit über etwas völlig anderes unterhalten, »heute sind es fünf Wochen her, seit wir den Kontakt verloren haben. Ich will Sie und Ihre Männer morgen früh bei Tagesanbruch auf diesem Berg da sehen.«

Die gleichen Vorahnungen, die Eagleton so nervös daherzuplappern veranlaßten, nämlich das Gefühl, sich ins unberechenbare Abenteuer zu stürzen, ließen Kane ruhig und beherrscht werden. »In Ordnung, Sir«, erwiderte er gelassen.

Der Angriff erfolgte nachts. Matt und Susan lagen ahnungslos in ihrer Laubhütte. Die Trommeln, die seit jenem Abend vor einigen Tagen zu hören gewesen waren, hatten einige Stunden zuvor aufgehört, doch Matt hatte kaum Notiz davon genommen.

Zuerst hörten sie die Schreie. Es war ein blutrünstiges Heulen, das ihnen wie ein Pfeil ins Herz fuhr, ein allgemeiner Aufschrei, wie ihn Matt und Susan noch nie zuvor gehört hatten, seltsam tief, aber trotzdem sehr laut. Er war sogleich als Schlachtruf angreifender

Krieger zu erkennen, gefolgt von einem ängstlichen und schmerzverzerrten Jaulen. Und dann, als Keulen auf Körper einprügelten, waren die Laute des Kampfes zu hören.

Susan rannte neben Matt her, das Haar schlug ihr ins Gesicht; er konnte das Entsetzen in ihren Augen sehen. Sekunden nach ihrer Flucht blieben sie unter einem Baum auf dem Gipfel eines kleinen Hügels stehen und schauten im Licht des fast vollen Mondes zurück zur fünfzig Meter entfernten Laubhütte, meinten zu sehen, wie man auf die Hütte einschlug, wie die Äste und Zweige brachen, und glaubten im Schatten die Bewegungen gedrungener Leiber mit abrollendem, federndem Schritt zu erkennen, wie sie in den Trümmern herumstocherten. Sie warteten noch einen Augenblick, um wieder zu Atem zu kommen, und schlugen dann einen weiten Bogen, der sie von hinten wieder an das Dorf heranführte.

Es sah aus, als wäre ein Hurrikan hindurchgefegt. Überall lagen Äste und Steine verstreut, Hütten standen in Flammen und schickten Qualm- und Flammensäulen in den nächtlichen Himmel. Im Rauchschleier hasteten schreiende Gestalten umher. Es fiel nicht schwer, sie auseinanderzuhalten; die Angreifer trugen Tierfelle, außerdem hatten sie sich ihre Gesichter und Oberkörper mit roten, blauen und schwarzen Striemen bemalt. In den Händen hielten sie Fackeln und schwere Keulen, mit denen sie immer wieder auf die tragenden Stämme der Hütten einhieben, bis sie schließlich zusammenstürzten und in Brand gesteckt wurden. Die blutenden Opfer rannten in panischem Entsetzen umher und suchten in allen Richtungen verzweifelt nach einem Ausweg.

Mitten im Chaos, das Halfter immer noch um den Hals, stand Kee-wak, die Augen düster im Schatten seiner Stirnwulst, glänzend der Körper. Er hob einen Arm im Triumph, die Keule in der Hand, stieß sie drohend in den nächtlichen Himmel und gab einen wilden Siegesschrei von sich. Doch im selben Augenblick sahen Matt und Susan eine Gestalt aus dem Schatten auftauchen und langsam auf Kee-wak zugehen, einen Speer in der Hand.

»Lancelot«, flüsterte Susan und faßte nach Matts Hand.

Als die Gestalt näher kam, brach Kee-wak seinen Schrei ab und wandte sich um. Alle Bewegungen schienen aufzuhören, die Renegaten erstarrten. Kee-wak reckte sich zu voller Größe auf, sein schwarzweißes Fell glühte rot im Widerschein des Feuers, die Federn an seinem Handgelenk schienen sich zu sträuben. Er stand regungslos, nur den rechten Arm mit der Keule ließ er nach hinten sinken, so daß er aus der Hüfte heraus zuschlagen konnte, wie er es schon bei Rudi getan hatte. Lancelot hob den Speer in seiner Rechten und kam noch ein Stück näher heran. Matt zog eine imaginäre Wurfbahn durch die Luft, direkt auf den höhnisch grinsenden Wilden zu. Er starrte auf Kee-waks Brust. *Das Herz,* dachte er, *ziel auf das Herz!* Er versuchte sich vorzustellen, wie Kee-wak hintenüberfiel, auf seinem Gesicht ein Ausdruck des Erstaunens, die Brust aufgerissen und voller Blut. Plötzlich, fast unmerklich, erstarrte Kee-wak, nur sein Kopf bewegte sich langsam von einer zur anderen Seite auf jene eigenartige, echsenhafte Manier, als würde er nach etwas suchen. Einen Moment wirkte er unsicher.

Und dann ließ Lancelot den Speer fliegen. Mit raschem, mächtigem Schwung schoß er durch die Luft, beschrieb einen sanften Bogen und wurde noch schneller, doch den Bruchteil einer Sekunde vor dem Auftreffen wirbelte Kee-wak herum, schneller, als es menschenmöglich schien, riß die Keule hoch und wehrte das Geschoß ab. Er schmetterte es nieder und der Speer fiel scheppernd zu Boden. Kee-wak zog die Lippen hoch, bleckte seine gelben Zähne und ging auf Lancelot zu, der nicht vor ihm zurückwich. Als er die Keule hob und sie niederkrachen ließ, hob Lancelot einen Arm, um den Schlag abzuwehren, aber ein tödliches Knacken war zu hören, als das schwere Holz auf seine Knochen traf. Der Arm fiel leblos zur Seite, und Lancelot brach vor Schmerz in die Knie. Einen langen Augenblick stand Kee-wak reglos über ihm, doch dann holte er noch einmal mit seiner Keule aus und ließ sie mit lautem Klatschen auf Lancelots Hinterkopf niedersausen. Der junge Hominide fiel vornüber, sein Blut spritzte und sammelte sich bald zu vollkommenem Rund um seinen Kopf, ein roter Heiligenschein.

Matt spürte, wie sich Susans Griff verstärkte. Er wußte, daß es nicht sicher war, so nahe beim Geschehen zu bleiben, hielt es aber für besser, sich langsam und taktisch geschickt zurückzuziehen. Wahrscheinlich hatten bislang nur die Aufregung des Überfalls und die Faszination des Zweikampfs zwischen Lancelot und Kee-wak ihre Entdeckung verhindert. Selbst jetzt, als Kee-wak in Siegerpose über dem leblosen Lancelot stand und den Leichnam mit seiner Keule anstieß, wirkte er zwischendurch irgendwie abwesend, als wüßte er bereits auf einer anderen mentalen Ebene von ihrer Anwesenheit, und manchmal hob er den Kopf, als würde er unsichtbare Ströme erschnüffeln – ein Anblick, bei dem Matt flau im Magen wurde.

Matt sah, daß Susan gegen Panik ankämpfte, und versuchte sich zur Ruhe zu zwingen, aus Angst – eigentlich aus Aberglaube –, daß Panik Aufmerksamkeit auf sich lenken könnte, als wäre sie eine rote, im Wind flatternde Fahne. Langsam zogen sie sich ins Unterholz zurück, schlossen immer wieder die Augen und achteten sorgsam darauf, daß kein zitternder Zweig sie verriet.

Bald stießen sie wieder auf den Pfad. Es war dunkel, da der Rauch der Hütten den Mond verdeckte, und so konnten sie nur wenige Schritte weit sehen und mußten vorsichtig voranschleichen. Die Schreie und der Lärm der Verwüstung verklangen allmählich, während sie dem Pfad folgten und das Dorf umgingen. Susan strauchelte und sah zu Boden; sie war über einen Leichnam gestolpert. Entsetzt wich sie zurück und schlug die Hände vors Gesicht.

»Ich glaube, ich schaffe es nicht, Matt. Ich halte es einfach nicht mehr aus. Dieses Wesen ist die Inkarnation des Bösen.«

»Und Kellicut hält ihn für ein Exemplar der höheren Spezies!«

»Wo ist Kellicut?«

»Keine Ahnung.«

»Und wenn sie ihn erwischt haben?«

Wie auf ein wortloses Einverständnis hin drehten sie sich um, gingen zurück zum Dorf und versteckten sich hinter den verbrannten Hütten. Niemand war zu sehen, und die Schreie schienen von weit her zu kommen. Der Rauch hing tief und dicht über dem Ort, ein beißender Nebel. Hinter einer der Hütten legten sie eine Pause ein, doch während sie dort hockten, hörten sie ein leises Stöhnen. Vorsichtig schlichen sie zum Eingang.

Van lag auf dem Boden und wälzte sich hin und her, als wäre er verwundet. Doch in dem schwachen Mondlicht konnten sie kein Blut sehen. Er preßte beide Hände gegen die Schläfen und sah sie mit hoffnungslosem, leerem Blick an. Sie stürzten zu ihm und richteten ihn auf. Sein Körper schien kraftlos, er schwitzte heftig.

»Was ist los?« fragte Matt. »Um Himmels willen, sind Sie verletzt?«

Van nickte, aber sie konnten nicht ausmachen, ob dies ›ja‹ oder ›nein‹ bedeuten sollte. Er schluckte mühsam, als wollte er etwas sagen, dann klammerte er sich an Matts Arm und stieß hervor: »Ich habe Ihnen doch gesagt, daß sie kommen. Ich wußte es. Sie sind hinter mir her.«

»Reden Sie keinen Unsinn. Sie haben keine Ahnung, was die suchen. Wären die hinter Ihnen her, hätten sie gewußt, wo Sie zu finden sind.«

»Sie haben mich gefunden.« Van zuckte zusammen, rieb sich die Augen, stand auf, fuhr sich mit den Fingern durchs Haar, beugte sich vor und klopfte sich den Staub von der Hose, eine Geste, an die sich Matt von ihrer ersten Begegnung bei der Grabung in Dschibuti erinnerte. »Nun«, sagte er mit gespenstischer Gelassenheit, »Zeit zu gehen. Sie warten draußen.«

Susan und Matt schlichen sich an den Rand der Hütte und starrten durch die verflochtenen Zweige. Die Lichtung, die noch vor wenigen Momenten leer gewesen war, hatte sich gefüllt. In einem Halbkreis umstanden die Kreaturen den Eingang. Plötzlich setzten in nur wenigen Schritten Entfernung die Trommeln ein, und ihr fernes Echo von den Kraterwänden schien das Tal zu füllen. Keewak stand unmittelbar vor der Hütte und hielt das Halfter in der einen, die Keule in der anderen Hand. Er hatte sich auf einen Baumstamm gestellt, so daß er noch größer wirkte, und während er erwartungsvoll auf den Eingang starrte, eingehüllt vom Klang der Trommeln, von Feuer und Rauch, sah er wie eine dämonische Kraft der Natur selbst aus.

»Die Sache ist nicht gerade so gelaufen, wie sie geplant war«, sagte Van schließlich, sah ihnen in die Augen und schüttelte den Kopf. »Erinnern Sie sich noch an die Nachricht, die Sie im Hotel erhalten haben?« fragte er. »Dieser Satz, daß einige von uns nicht geeignet seien, unsere Spezies zu repräsentieren? Ich habe das geschrieben. Und ich habe dabei an mich selbst gedacht. Aber wissen Sie, das stimmt nicht.« Und er richtete sich auf und ging hinaus.

24

Als Van vor die Hütte trat, schienen die Kreaturen zu erstarren. Die Hände der Trommler verharrten mitten in der Luft, der Lärm verklang, und Staub und Rauch verwehten mit einer nächtlichen Brise, die bis auf das Knistern der Flammen keinen Laut mit sich trug. Van schritt in den Halbkreis, ein Schauspieler, der seine Bühne beherrscht. Matt und Susan beobachteten ihn durch die Ritzen der Hütte, konnten aber nur seinen stolz gereckten Kopf und seine gerade Haltung sehen. Trotz des dick aufgetragenen Ockers, der die Gesichter der Kreaturen in Masken von kindischer Grausamkeit verwandelte, meinten sie, einen Ausdruck des Erstaunens in ihren Mienen erkennen zu können.

Van blieb unmittelbar vor Kee-wak stehen, der inzwischen von dem Baumstamm heruntergestiegen war und sich davor aufgebaut hatte, sah ihm aber keineswegs unterwürfig wie Rudi, sondern ziemlich arrogant direkt ins Gesicht. Dann kehrte er dem riesigen Geschöpf den Rücken zu und schritt das Halbrund der Höhlenwesen ab, und Matt und Susan sahen, wie seine Augen loderten. Er schloß den Kreis, stellte sich wieder vor Kee-wak auf, beugte sich zurück und spuckte ihn an. Der Speichel landete auf Kee-waks Wange und tropfte auf seine bemalte Brust.

Plötzlich stürmten die übrigen Kreaturen auf Van ein, als hätte er gerade einen Bann gebrochen, und er verschwand unter einem Hagel niedersausender Arme und Keulen. Einmal ragte sein Kopf über dem Knäuel auf, hochgezogen von einer Faust, die sich in seinem Haar verkrallt hatte. Dann warfen sie ihn auf den Boden, banden seine Hände hinter dem Rücken und fesselten ihn mit einer biegsamen Gerte. Sie bogen ihm die Beine, bis die Kniegelenke krachten und er vor Schmerz aufschrie, und banden seine Füße an seine Oberschenkel, so daß er wie ein ofenfertiger, dressierter Truthahn auf dem Bauch vor ihnen lag.

Man hatte Van keinen Knebel verpaßt, und er nutzte die Gelegenheit. Halb vor Wut und halb aus hysterischer Angst schrie er Obszönitäten, drehte den Kopf, bis er Kee-wak anschauen konnte, und fauchte: »Dich kriegen wir noch, du Hurensohn. Und zwar schneller als du denkst!«

Vier Höhlenbewohner bückten sich, hoben ihn fast behutsam auf und legten ihn so auf den Baumstamm, daß Kopf und Nacken herabhingen. Schließlich nahmen sie ihm die Fessel ab, legten seine Arme um den Baumstamm und banden ihn derart, daß er den Stamm umarmte. Dann holten sie einen runden Stein, der dünn geschliffen und groß wie eine Bodenfliese war, und legten ihn unter sein Kinn. Der Stein war scharf wie eine Guillotine, so daß Van nur zu schlucken brauchte, um sich ins Fleisch zu schneiden, und ein dünner Blutfaden rann aus seiner Kehle über die weiße Haut in sein Brusthaar.

Van sagte das Vaterunser auf. Es fiel ihm wie aus heiterem Himmel ein, Erinnerung an seine ferne Kindheit, dabei hatte er nicht einmal gewußt, daß er die Worte noch kannte. Dann sagte er Gedichte auf, die in wildem Durcheinander aus ihm herausströmten, Kinderreime, ein paar Zeilen von Yeats, ein Sonett von Shakespeare. Er sang »The Star-Spangled Banner«, doch seine Stimme überschlug sich bei den hohen Tönen.

Die Wesen spitzten einige Äste an und stemmten sie gegen den Baumstamm, während Van pausenlos weiterplapperte. Er sang »Onward, Christian Soldiers«, als sie auch noch Erde gegen den Baumstamm warfen; eine Staubwolke hüllte sein Gesicht ein, aber er hörte nicht auf zu singen. Als die Trommeln wieder einsetzten, brüllte Van einige Verse aus der »Marine Corps Hymn«, als wollte er dagegen ansingen: »From the halls of Montezuma to the shores of Tripoli...«

Aus der Dunkelheit trat ein Höhlenbewohner, in der Hand einen schweren, diskusförmigen Stein. Er ging in die Mitte der Lichtung und blieb vor Van stehen, während das Dröhnen der Trommeln stetig zunahm. Langsam und nur mit Mühe hob das Geschöpf den Stein über seinen Kopf, als wäre es eine Hantel, hielt ihn mit ausgestrecktem Arm und machte winzige, tänzelnde Schritte, um das Gleichgewicht zu wahren. Susan wandte den Blick ab, aber Matt spürte, daß er Zeuge dieser Szene sein mußte. »We will fight our country's battles in the air, on land and sea –« Der Stein fuhr so mächtig nieder, daß er vor Matts Augen in der Luft zu verschwimmen schien. Er traf die Halswirbel und krachte auf den darunterliegenden Stein, schwankte einen Moment unsicher und fiel dann zu Boden. Als Susan aufblickte, war Van immer noch an den Baumstamm gefesselt, sein Leichnam aber ohne Kopf.

Die Trommeln hielten einen seltsamen, arhythmischen Takt. Kee-wak stand stockstill, als sich der Baumstamm drehte, bis der Leichnam den Boden berührte und dann liegenblieb. Blut floß aus Vans durchtrennter Drosselvene wie Wein aus einer zerschmetterten Flasche. Der Henker bückte sich, griff in Vans Haar, legte den Kopf in eine Tonschale, stellte das Gefäß vor Kee-waks Füßen ab und trat zurück, als Kee-wak den langen, heiseren Schrei des siegreichen Kriegers ausstieß.

Matt hatte das Gesehene derart erschüttert, daß er sich im ersten Moment nicht rühren konnte, aber Flucht war jetzt sein einziger Gedanke. Als er den Blick von dem Guckloch zwischen den verflochtenen Zweigen abwandte, um sich in der Hütte umzusehen, verließ ihn der Mut; es gab nur einen einzigen Ausgang, und das war die Tür, durch die Van hinausgegangen war, mitten hinein ins Blickfeld der Kreaturen. Es würde nicht leicht sein, durch die verflochtenen Zweige der Rückwand zu schlüpfen, vor allem dann nicht, wenn sie mit keinem Laut die Aufmerksamkeit der Mörder auf sich ziehen durften. Susan sah zu Boden und versuchte, sich wieder zu beruhigen. Sie hatte die Geräusche gehört, und sie wußte, was geschehen war. Matt fragte sich, ob sie es riskieren konnten, hierzubleiben und zu hoffen, daß das Gelage da draußen die Höhlenbewohner in Atem hielt. Vielleicht hatte Van mit seiner Vermutung ja auch recht gehabt, daß die Wesen allein hinter ihm hergewesen waren.

Doch kaum war ihm der Gedanke gekommen, wußte Matt, daß er sich täuschte. Kee-wak wirkte bereits unruhig, wie jemand, der den Horizont absuchen will und nur kurzfristig abgelenkt worden war. Er hob seinen vorspringenden Schädel, sah sich um wie ein Bluthund, der eine Spur aufnimmt, und richtete seinen Blick auf die Hütte. Matts Beine fühlten sich bleiern an, sein Inneres verkrampfte sich. Er spürte, wie ein mächtiger Energiestrom durch Großhirnrinde und Hirnstamm strömte, und als er Susan ansah, sagte ihm das Entsetzen in ihren Augen, daß es ihr ähnlich erging.

In diesem Augenblick hob der Henker, der neben Kee-wak stand, die Schale mit Vans Kopf und hielt sie mit einer Hand hoch. Mit der anderen griff er hinein, holte die blutige Trophäe heraus, warf die Schale zu Boden und langte nach einem langen, dünnen Flintstein, scharf wie ein Stilett. Er hielt den Kopf verkehrt herum, setzte die Steinspitze am Schädelansatz an und wollte bereits zustechen, als plötzlich wie aus dem Nichts heraus eine menschliche Stimme erscholl. Sie klang wie das Echo von Vans Gesang, und der Henker blickte tatsächlich verwirrt in Vans Gesicht und auf seine leblosen blauen Lippen. Er schaute Van noch immer fragend an, als etwas durch die Luft zischte, seine Brust aufriß, und ein schlanker, hölzerner Schaft aus ihr hervorschoß, der ihn zwang, in die Knie zu sinken und mit winzigen Mundbewegungen nach Luft zu schnappen. Auf seinem Gesicht lag ein Ausdruck verständnislosen Staunens, als er Vans Kopf und den Flint fallen ließ, vornüber in den Staub sank und über dem hölzernen Schaft zusammenbrach, so daß der durch seinen Rücken hindurchgedrückt wurde.

Der Tod des Henkers sprengte die Belagerung der Hütte. Die Höhlenbewohner stürzten in alle Richtungen davon, ließen Keulen, Fackeln und Trommeln fallen und stießen kleine, hohe Angstschreie aus. Ihre Flucht wirbelte eine Staubwolke auf, die die Lichtung einhüllte, und als sie sich wieder legte und die Hütten, Büsche und Vans Leichnam mit einem dünnen grauen Tuch bedeckt hatte, waren sie verschwunden, und alles schien wieder still.

Matt und Susan schlichen vorsichtig zur Tür und gingen hinaus. Sie schauten sich nach allen Seiten um, hörten aber keinen Laut. Plötzlich regte sich etwas im Unterholz auf der anderen Seite der Lichtung, als wäre ein Windhauch hindurchgefahren, dann teilte sich das Gebüsch, und eine Gestalt trat ins Mondlicht: ein Mensch. Er trug eine blause Hose, eine zerrissene Daunenjacke und schwere Stiefel; über der Brust hing ein Köcher mit Pfeilen. In der einen Hand hielt er seinen Bogen, mit der anderen winkte er ihnen fröhlich zu, so wie jemand, der eine Wüste durchquert und Hunderte von Luftspiegelungen gesehen hat, jetzt aber endlich Wasser erblickt.

Kane schaute sich um. Es war trostlos hier oben, eiskalt, und der Himmel von einem Grau, das nicht von Wolken stammte, die sich vor die Sonne schoben, sondern von einer Leere, die sich meilenweit in alle Richtungen auszudehnen schien. Bald wird es schneien, dachte er.

Die *Black-Hawk*-Hubschrauber hatten sie zu Kellicuts Camp hinaufgeflogen. Kane hatte damit gerechnet, es verlassen vorzufinden, und so war es auch. Die Männer warteten in etwa fünfzig Meter Entfernung auf einem tiefer gelegenen Feld. Er wollte nicht, daß sie überall herumliefen und in ihrer tolpatschigen Art sämtliche Spuren vernichteten.

Ein scharfäugiger Beobachter konnte hier viele Informationen sammeln. So hatte Kane zum Beispiel bereits herausgefunden, daß die Wissenschaftler Arnot und Mattison und dieser Van vom Institut hiergewesen waren. Er folgerte dies aus den Fußspuren, den fortgeworfenen Dosen und anderem Müll. Sodder hatte gemeint, daß sie laut Sender wenigstens eine Nacht hier verbracht hatten.

Kane ging zur Hütte, beugte den Kopf und trat ein. Es sah aus, als wäre alles durchwühlt worden. Welches Tier würde eine derart ziellose Verwüstung anrichten? Er mußte wieder an dieses Geschöpf in Resnicks Zelle denken, wie es zusammengekrümmt auf der Pritsche gelegen hatte.

Sodder kam auf ihn zu und reichte ihm das tragbare Telefon. Kane wußte, wer dran war.

»Kane hier ... Wir sind jetzt da ... Nicht viel zu sehen, eine kleine Hütte, eine Art Vorratskammer in einem Baum ... Ja, eine Latrine gibt es. Nein, wir haben sie noch nicht näher untersucht ... Ich bin gerade erst angekommen ... Wir rufen Sie an, sobald wir uns umgesehen haben ... Roger, Ende.«

Sodder nahm ihm das Telefon ab und grinste ihn selbstgefällig an. »Sie haben ihm ja gar kein Wort von dem Loch gesagt.«

»Von welchem Loch?«

»Das da drüben, mitten auf dem Lagerplatz. Da hat einer gegraben und danach wieder alles zugeschüttet.«

Kane ging zu einem kleinen Hügel frisch aufgeworfener Erde. Der Kerl hatte recht. »Na gut, Klugscheißer. Rufen Sie die Männer her, und lassen Sie sie graben.«

Er hieß Sergej, und er hielt Matt und Susan seine große Hand hin. »Tut mir leid, daß ich zu spät gekommen bin«, sagte er ernst. »Ihren Freund haben sie schon umgebracht, aber wenigstens konnte ich ihn noch rächen.« Er hielt Pfeil und Bogen hoch. »Was halten Sie davon? Das sollte mir doch einen Vorsprung im Rüstungswettlauf geben, wie?«

Sergej war etwa fünfunddreißig, auf slawische Weise attraktiv, sein Gesicht offen und arglos. Er sprach ein nahezu fehlerfreies Englisch – er habe in Großbritannien studiert, erzählte er. Die übrigen Mitglieder der russischen Expedition seien umgekommen, und die Freude darüber, wieder unter Menschen zu sein, war ihm anzusehen. »Wir müssen zusammenhalten«, stieß er heftig hervor. »Solidarität der Spezies, okay?« Durch einen Riß in seinem Jackenärmel konnte Susan einen Blick auf seine Armmuskeln werfen und fand beruhigend, was sie sah. Allem Anschein nach hatte er eine harte Zeit mitgemacht, sie aber gut überstanden. Er würde ihnen noch von großem Nutzen sein, davon war sie überzeugt.

Sergej zügelte seine Freude aus Rücksicht auf den Mord an Van, außerdem schienen Matt und Susan offensichtlich tief bekümmert über den Angriff auf das Dorf zu sein. Sie ließen ihre Blicke über das Schlachtfeld wandern. Der Mond leuchtete so hell, daß sie das ganze Ausmaß der Zerstörung erkennen konnten. Überall lagen die Toten. Die Feuer schwelten noch, verlöschten jetzt aber rasch.

In der Mitte der Lichtung lag Vans kopfloser Leichnam in einer Blutlache. Sie trugen ihn an den Fluß. Ihre Prozession bot einen grausigen Anblick; zu dritt trugen sie den Torso an Armen und Beinen, der Kopf lag auf seinem Bauch. Unter einem Wacholderbusch hoben sie mit Steinäxten ein flaches Grab aus, und Susan wollte den Toten mit einer Art Leichentuch bedecken, aber da sie nicht genügend Kleidungsstücke übrighatten, fand sie sich damit ab, nur das Gesicht mit einem Stück Stoff zu bedecken, das sie sich aus ihrem Hemd riß. Matt schaufelte das Grab wieder zu, und die Erde preßte das Tuch in Vans Augen und seine Mundhöhle. Susan sagte den dreiundzwanzigsten Psalm auf, den einzigen Psalm, den sie auswendig kannte. Dann klopften sie die Erde fest und gingen zurück ins Dorf.

Die Hominiden hatten im Licht des Mondes bereits mit den

Aufräumarbeiten begonnen. Ein Dutzend Leichen, darunter auch Lancelots Leichnam, lag nebeinander vor der großen Hütte, in der Longface vor einigen Wochen gestorben war. Hurt-Knee, Longtooth und Blue-Eyes zählten zu den Überlebenden, doch waren viele verwundet, und es schien noch weniger Frauen als sonst zu geben.

Die Hominiden waren in tiefer Trauer. Dark-Eye machte die Runde und blieb immer wieder stehen, um dem einen oder anderen die ausgestreckte Hand auf die Stirn zu legen, eine Geste, die weder Matt noch Susan je zuvor gesehen hatten. Die sonst so ausgelassenen Kinder wirkten bedrückt, starrten mit großen Augen umher und halfen mit erwachsenem Ernst, Steine und zerbrochene Äste fortzutragen.

Dark-Eye packte Susan am Arm und führte sie zur Dorfmitte, wo sie sofort erkannte, was ihm Sorgen bereitete. Das Feuer war erloschen. Die Angreifer hatten Erde in die Grube geworfen, die Flammen erstickt und das angesengte Holz in alle Winde verstreut. Das Dorffeuer zu vernichten, das über Generationen so sorgfältig gehütet worden war, glich dem Versuch, die Seele des Stammes auszulöschen, dachte Susan, und obwohl sie nur wenig über Kee-wak wußte, hielt sie ihn doch für bösartig genug, um ihm ebendiese Absicht zu unterstellen. Als sie den anderen davon erzählte, lächelte Sergej und zückte mit schwungvoller Geste eine Packung Streichhölzer. »Sie dürfen sie behalten«, sagte er. »Ist schon ewig her, daß ich meine letzte Zigarette geraucht habe.« Als Susan zur Feuerstelle zurückkehrte, ein Streichholz anzündete und etwas trocknes Gras in Brand setzte, wichen die Hominiden erstaunt vor ihr zurück. Dark-Eye beobachtete sie aufmerksam, und sie machte ihm die Streichhölzer zum Geschenk. Er nahm sie behutsam entgegen, hielt sie in der hohlen Hand, als wären sie ein Geschenk der Götter, und legte sie in seinen Beutel.

Minuten später loderte das Feuer hoch auf, und in dieser Nacht schliefen fast alle Dorfbewohner draußen dicht am Feuer und nahe beieinander, als suchten sie Trost in der Stärke ihrer Gemeinsamkeit und in der einfachen Tatsache, daß auch andere diesen brutalen Angriff überlebt hatten. Kurz bevor sie einschlief, mußte Susan an Kellicut denken. Sie hatte ihn den ganzen Abend nicht gesehen.

Am nächsten Morgen machte Sergej mit Matt einen Spaziergang, und Susan ging an den See. Sie hatten beschlossen, das Dorf zu verlassen, während die Hominiden ihre Toten bestatteten, da die Feierlichkeiten sicherlich den ganzen Tag beanspruchen würden. Selbst aus der Ferne konnte sie ihr Wehklagen hören. Der Amerikaner fragte Sergej nach seiner Arbeit und wollte mehr über die russische Expedition wissen.

»Ich habe am Darwin-Museum in Moskau gearbeitet«, erzählte er. »Seit vielen, vielen Jahren sind den Mitarbeitern dort immer wieder Geschichten über diese seltsamen Wesen zu Ohren gekommen.« Zu einer ersten Begegnung kam es 1925, als ein von Generalmajor Michail Stephanowitsch Topilski geführtes Reiterregiment eine Bande von Weißrussen bis hoch hinauf in den Pamir verfolgte. »Die Banditen versteckten sich in einer Höhle, in der sie von diesen merkwürdigen Wesen angegriffen wurden. Eine dieser Kreaturen wurde erschossen, und nachdem sich die Banditen ergeben hatten, zeigten sie Topilski das tote Geschöpf. Doch die Männer konnten den Leichnam nicht zu Tal tragen und vergruben ihn daher unter einem Steinhaufen.«

Drei Jahrzehnte war es aus politischen Gründen unmöglich gewesen, den Berichten nachzugehen, doch 1958 schickte die Akademie der Wissenschaften unter dem Botanisten K. V. Stanjukowitsch ein Team aus. Es arbeitete mit Fallen, mit getarnten Beobachtungsposten, benutzte Fernrohre, abgerichtete Hütehunde, sogar Schafe und Ziegen als Köder, aber die Expedition war ein Reinfall. »Jetzt weiß ich natürlich auch, warum. Diese Yetis kannten jeden Schritt ihrer Jäger, ehe die auch nur in ihre Nähe gekommen waren.«

Die jetzige Expedition war ausgesandt worden, weil die Russen gehört hatten, daß Washington einige Leute ins Feld geschickt hatte. Sergej, Anthropologe und Bergsteiger, wurde ihr stellvertretender Leiter. Vor neun Wochen waren sie mit Gewehren, Netzen, Fallen und ihrer sonstigen Ausrüstung aufgebrochen, doch als sie an die Brücke aus Ästen und Zweigen kamen, mußten sie fast alles zurücklassen. Seltsamerweise hatte ihr Leiter darauf bestanden, daß sie die Ausrüstung in den Abgrund warfen, statt sie zu lagern, um sie auf dem Rückweg wieder mitnehmen zu können.

»Später steckten wir die Köpfe zusammen und kamen bald darauf, daß er Angst gehabt hatte, unsere Ausrüstung könnte in die Hände der Yeti fallen. Er hat uns immer im ungewissen gelassen, und außer ihm wußte eigentlich keiner so recht, wonach wir überhaupt suchten. Wir wußten nicht einmal, daß diese Wilden über besondere Fähigkeiten verfügten. Zu unserem Team gehörte Dr. A. Schakanow, ein Zoologe, und er schien ziemlich viel über sie zu wissen, behielt seine Informationen aber für sich.«

Die Expedition wurde von einem Schneesturm überrascht und verlor fast alles, auch die Gewehre. Sie retteten an Lebensmitteln gerade noch so viel, wie sie tragen konnten, fanden in einer Höhle Zuflucht, lebten dort mehrere Wochen und verließen die Höhle nur, um nach Feuerholz zu suchen. Doch je weniger Holz sich finden ließ, desto weiter führte die Suche sie von der Höhle fort. Eines Tages kehrte ihr Leiter nicht zurück. Der Zoologe, dessen Angst ansteckend wirkte, bestand darauf, daß sie die Höhle nur noch paarweise verließen. Doch schon am nächsten Tag kehrten beide Männer, die die Höhle verlassen hatten, nicht wieder.

»Jetzt waren nur noch Schakanow und ich übrig, und er erklärte mir schließlich alles, erzählte, daß ein Überlebender oder eine frühere Expedition von einer seltsamen Fähigkeit berichtet hatte und daß diese Kreaturen mit den Augen eines anderen sehen konnten. Er sagte, daß wir sie deshalb auch nicht überraschen könnten und daß sie uns überall aufspüren würden. Unsere einzige Hoffnung hätte in der Überlegenheit unserer Waffen bestanden, aber ohne die Gewehre seien wir ihrer Gnade hilflos ausgeliefert.«

Sergej drängte darauf, umzukehren und die Bergwelt zu verlassen, aber bald kamen sie an eine steile Felswand. Schakanow geriet in Schwierigkeiten, verlor den Halt und fiel acht Meter tief auf einen schmalen Felssims. Er konnte nicht wieder aufstehen und schrie: »Laß mich hier nicht liegen!«

»Ich hatte ein Seil, das ich zu ihm herunterließ. Er band es sich um die Hüfte, und schließlich gelang es mir, ihn wieder nach oben zu ziehen. Der Zwischenfall hatte lange gedauert, und ich war erschöpft und fühlte, wie etwas Seltsames in meinen Kopf einzudringen schien. Als ich Schakanow davon erzählte, meinte er, dies sei ein Anzeichen dafür, daß die Wesen in unserer Nähe wären.«

Die beiden stiegen noch bis zum Abend bergab, kamen aber nicht mehr weit. Schließlich machten sie Rast, bereiteten sich auf die Nacht vor und beschlossen, abwechselnd Wache zu halten. Als Sergej an der Reihe war, schlief er ein. »Plötzlich hörte ich einen Laut, und ich wachte auf und sah, wie er gegen drei oder vier dieser Kreaturen ankämpfte. Er schrie um Hilfe, aber ich konnte nichts für ihn tun. Als sie ihn fortschleppten, rief er noch: ›Hilf mir, Sergej!‹ Aber ich konnte nur hilflos zusehen. Dann lief ich fort.«

Sergej rannte und kletterte die ganze Nacht hindurch. Er fiel einen Abhang hinunter und verletzte sich die Schulter. Am nächsten Morgen fand er dann einen Pfad, der sich die Berge hinabwand, und am Ende dieses Pfades entdeckte er die Schlucht, die ihn in das Tal führte. Bald darauf traf er auf die Hominiden, die sich von jenen Wesen zu unterscheiden schienen, die seine Gefährten umgebracht hatten. Trotzdem hatte er Angst vor ihnen. Er schnitzte sich Pfeil und Bogen, jagte Wild und lebte wochenlang allein in der Wildnis.

»Gestern, beim Erdbeben, hörte ich die Trommeln aus den Bergen und sah diese Yetis in ihren Fellen, wie sie die Yetis aus dem Tal angegriffen haben. Sie essen ihr Hirn, wußten Sie das? Schakanow hat es mir erzählt.«

Matt war von Sergej und dem sachlichen Ton seiner Erzählung beeindruckt. Seine Geschichte kam ihm wie ein Gleichnis für das menschliche Durchhaltevermögen vor. Vielleicht ist es ebendiese urzeitliche Weigerung, aufzugeben, diese Ausdauer trotz aller Widerstände, die uns zur überlegenen Rasse macht, dachte er. Vielleicht sind wir die Erwählten der Evolution, weil wir der Evolution keine Gelegenheit geben, uns loszuwerden. Ständig planen wir voraus, rechnen mit dem Künftigen, sehen alles von mehreren Seiten – die wahren Schlauberger der Geschichte.

»Diese Schlucht«, fragte Matt, »würden Sie die wiederfinden?«

»Das ist ja das Seltsame«, antwortete Sergej. »Ich war erst gestern da. Der Zugang ist völlig blockiert. Offenbar sind die Felswände zusammengebrochen und haben die Schlucht aufgefüllt.« Er schwieg. »Vermutlich war das Erdbeben daran schuld oder . . .«

»Oder was?«

»Oder die Yetis haben das irgendwie fertiggebracht.«

»Also gibt es keinen Ausweg aus dem Tal?«

»Ganz genau. Keinen – es sei denn, Sie nehmen den Weg durch die Höhle.«

Kane hatte mit seiner Vermutung recht behalten. Gerade als die Hubschrauber abhoben, schien der Schnee plötzlich und wie ein Vorhang niederzufallen. Die Rotorblätter drehten sich und schleuderten die Flocken in großen Strudeln gegen die Windschutzscheibe, so daß es aussah, als würden sie mit einem Rührgerät durch einen Berg Schlagsahne fliegen. Kane war nicht entgangen, daß der Hubschrauber offenbar in Schwierigkeiten geriet, und er hatte Angst.

Wie um ihn in seiner Angst zu bestärken, kippte der *Black Hawk* zur Seite weg, so daß Kane mit der Schulter gegen das Fenster gepreßt wurde und ein kalter Wind an seinem rechten Ohr vorbeiblies. Die Maschine rutschte weg, als würde sie über eine Eisfläche schlittern, und der Motor stampfte und stöhnte in hohen, winselnden Tönen.

»Wie hoch kommen Sie mit diesem Ding?« schrie Kane.

Der Pilot sah zu ihm herüber, hob den Kopfhörer über einem Ohr und schrie zurück: »Was ist?«

»Wie hoch kommen Sie damit?«

»Kommt drauf an. Bei der Ladung, der Geschwindigkeit und im Schwebeflug – zwölftausend Fuß würde ich sagen.«

Kane warf einen Blick auf den Höhenmesser. Er zeigte dreizehntausendsechshundert Fuß an. Der Pilot folgte seinem Blick und grinste. »Ich weiß«, sagte er nur.

»Und was jetzt?«

Der Pilot nahm den Kopfhörer ab, krümmte die Hand um die Ohrmuschel und rief: »He?«

Kane wiederholte seine Frage. Er spürte, wie sich die Gesichter der Männer hinter ihm dem Cockpit zuwandten, wie ihre Blicke sich an dem Armaturenbrett festsaugten, als könnten ihnen all die Skalen, Nadeln und Kippschalter irgend etwas verraten.

»Ihre Entscheidung«, sagte der Pilot. »Wir können umkehren und warten, bis der Sturm sich legt, oder ich setze Sie da draußen ab.«

»Wo sind wir?«

Der Pilot zuckte die Achseln. Kanes Verzweiflung wuchs rapide an. »Sind wir schon über der Stelle, von der wir die letzte Senderpeilung hatten?«

»Die ist direkt unter uns.«

»Können Sie die andere Maschine rufen?« Der Pilot versuchte es zweimal, dann ein drittes Mal. »X27, bitte kommen. Können Sie mich hören?« Er hängte das Mikro wieder ein und sagte unnötigerweise: »Geht keiner ran.«

»Und was schlagen Sie vor?«

Wieder zuckte der Pilot die Achseln. Kane spürte, wie die Wut in ihm aufstieg, was, wie er wußte, keineswegs die ideale Voraussetzung war, um eine Entscheidung fällen zu können. In solchen kniffligen Situationen bestand immer die Gefahr, daß er sich beleidigt fühlte und deshalb den falschen Weg einschlug. Er würde diesen Weg wählen und Sekunden später wissen, daß er sich geirrt hatte, aber dann konnte er unmöglich umkehren, ohne das Gesicht zu verlieren.

»Okay, gehen wir runter.«

»Das wird nicht leicht werden. Am besten werfen wir einen Teil der Ausrüstung ab. Und selbst dann müssen Sie noch springen.« Kane nickte etwas allzu eilfertig.

Im Blindflug sackte die Maschine ab. Der Pilot konzentrierte sich auf das Armaturenbrett und hielt mit aller Kraft den Steuerknüppel fest. Der Hubschrauber schwankte hin und her, dann bäumte er sich wie ein Pferd auf.

»Die Tür auf!« rief der Pilot und wies mit einem Kopfnicken nach hinten. »Sagen Sie ihnen, sie sollen rauswerfen, was sich rauswerfen läßt!«

Kane gab den Befehl weiter. Krachend glitt die Tür auf, und sofort schossen Schneegestöber und ein eisiger Wind in die Maschine. Lautlos verschwand die Ausrüstung durch die Tür und wurde von dem weißen Treiben verschluckt.

»Ich gehe so tief wie möglich runter, aber ich kann da unten nicht aufsetzen«, rief der Pilot. Er gab sich längst nicht mehr so selbstsicher wie am Anfang, drehte jetzt den Kopf nach links und spähte aus dem Fenster nach unten. Kane gefiel das gar nicht. Konnte er denn nicht an den Instrumenten ablesen, wie weit es noch bis nach unten war? Er sah auch aus dem Fenster. Nichts, nur dieses weiße Treiben. Es kam ihm vor, als würde er im Bug eines Bootes hocken und das Wasser voraus nach Felsen absuchen. Vor langer Zeit hatte er das einmal getan. Wo war das gewesen?

Und plötzlich sah er die Felsen! Häßliche, schwarze Brocken, die direkt unter ihnen aus dem Schnee aufragten. Der Pilot fluchte. Der Hubschrauber legte sich auf die Seite. Kane sah, wie die Rotoren abschmierten und sich nur noch mühsam drehten. Dann gab es ein ungeheures Krachen, Metall knirschte, und ein lautes Kreischen fuhr ihm durch das Rückenmark, als die Maschine die Felsen streifte und mit letzten Sprüngen und Zuckungen auf dem Boden aufschlug wie ein verendendes Tier.

25

Ehe sie zum See aufbrach, hatte Susan einige ihrer Habseligkeiten zu einem kleinen Bündel zusammengeschnürt – einen Taschenspiegel, einen Kamm, Seife und einen scharf geschliffenen Flintstein. Sie trug ihre letzte Hose, eine verblichene alte Jeans, und ein eingelaufenes Flanellhemd. Doch während sie dem Pfad durch den Wald folgte und über schattiges, mit Sonnentupfern gesprenkeltes Grün lief, dachte sie immer wieder über ihre Befürchtungen nach.

Am Abend zuvor hatte ihr Matt von seiner Unterredung mit Van erzählt. Mit Entsetzen hatte sie vernommen, daß die Nachricht im Hotel eine Fälschung gewesen war, und sie mußte nicht erst fragen, was es bedeutete, daß der Sender wochenlang die Daten seiner Position ausgestrahlt hatte. »Wir sind ausgenutzt worden«, hatte Matt gesagt. »Wir bilden die Vorhut einer riesigen Operation, die wie eine Axt auf diesen Berg einschlagen wird, wenn wir keinen Weg finden, sie aufzuhalten.«

»Der einzige Weg, sie aufzuhalten«, hatte Susan gesagt, »wäre der, daß wir hier herauskommen und ihnen entgegengehen. Nur so könnten wir sie in eine falsche Richtung locken.«

»Uns bleibt nicht mehr viel Zeit«, hatte er geantwortet. »Höchstens noch ein paar Tage.«

»Ich brauche nur einen Tag. Ich will mit Dark-Eye reden. Der Gedanke mag weit hergeholt sein, aber vielleicht kann er mir helfen, ein Rätsel zu lösen – ein Rätsel, das ich in der Höhle gesehen habe.«

Sie beschrieb Matt das »Rätsel von Chodsant« in allen Einzelheiten, vor allem aber das fehlende Feld. Sie zeichnete es ihm auf, so gut sie sich erinnerte, und betonte die Bedeutung der Abbildung des einzelnen, wütenden Neandertalers am Ende. Sie war, das wußte sie, der Schlüssel zum Verständnis eines weit größeren Geheimnisses.

»Und woher weißt du das?« hatte Matt gefragt.

»Ich weiß es einfach«, hatte sie geantwortet. »Vielleicht eine übersinnliche Wahrnehmung.«

»Hör schon auf, Susan. Komm mir nicht auch noch auf die psychische Tour, wir haben bereits genug Probleme.«

Sie hatte ihre Skizze des Rätsels mitgenommen, zog sie jetzt aus der Tasche und betrachtete sie erneut. Gar nicht schlecht. Verärgert dachte sie an Matts Kommentar. Bestimmt hatte er Angst, aber sie mußte sich gestehen, daß es ihr ebenso ging. So vieles war falsch gelaufen. Sie fürchtete, daß Vans Leute die Hominiden vernichten würden, und bezweifelte, daß die Renegaten sich nach dem Überfall auf das Dorf nicht wieder blicken lassen würden. Das Entsetzen über Sergejs Angriff ließ sicher bald nach, und was immer sie auch zu räuberischen Jägern gemacht hatte, es war nun geweckt worden: Sie hatten Blut geleckt.

Sie mußte nachdenken. Am See suchte sie sich eine abgeschiedene Stelle – eigenartigerweise hatte sie die Scham nicht vollständig verloren –, knöpfte die Bluse auf und hing sie an einen Zweig. Dann öffnete sie den Reißverschluß ihrer Jeans, zog sich Hose und Slip aus, tauchte die Füße ins Wasser, suchte einen sicheren Halt und ging hinein. Das Wasser war warm, trotzdem versteiften sich ihre Brustwarzen, als sie das Kitzeln aufsteigender Blasen spürte. Sie schwamm, bis sie müde wurde, kehrte ans Ufer zurück, wusch sich mit Seife ab und glitt noch einmal ins Wasser.

Trotz ihrer Angst wußte Susan, daß sie das Tal bald verlassen würde, und sie spürte eine Zufriedenheit, wie sie sie nie zuvor erlebt hatte. Es war nicht leicht, die verschiedenen Einflüsse zu entflechten, aus denen sich dieses Gefühl zusammensetzte. Einmal war da sicherlich der professionelle Aspekt, die Tatsache, daß ein Leben voller wissenschaftlicher Neugier durch die Entdeckungen in diesem Tal belohnt worden war. Dann hatte sie durch das Überleben in der Wildnis dank ihrer eigenen Fähigkeiten an Selbstvertrauen gewonnen. Doch von größerer Bedeutung war wohl, daß sie eine bislang ungekannte innere Gelassenheit erlebt hatte, als wäre ihr Dämon, dieses schreckliche, freischwebende Angstgefühl, das sie aus dem Nichts heraus zu überfallen schien, endlich vertrieben worden.

Einer der Gründe hierfür war dieses unglaubliche Tal, das ihr Türen zu einem größeren Universum aufstieß. Sie sah sich auf neue Art mit Leben und Tod verbunden, empfand sich nicht mehr als unbedeutendes Häuflein Knochen und Knorpel, das in einem Lidschlag verging, sondern als Teil einer ewigen, sich entfaltenden Evolution. Das Leben hatte letztlich *doch* einen Sinn. Es war, als würde man den Gipfel eines Berges besteigen, von dem aus man all die Hügel und Abhänge überblicken konnte, die man erklommen hatte, und während man auf sie herabblickte, begriff man, daß die eigene Vergangenheit nicht vorüber war, sondern dort vor einem ausgebreitet lag, in Zeit erstarrt und mit Bedeutung beladen.

Ihre Beziehung zu Matt hatte an Tiefe gewonnen, daran bestand kein Zweifel. Sie spürte es, wenn er sie anschaute, und ihre Gefühle verrieten es ihr, wenn sie ihn betrachtete. »Die Liebe dringt über das Auge in uns ein«, hatte Yeats geschrieben.

Sie saß auf einem Baumstamm und schnitt sich das Haar mit dem Flintstein, kürzte es stufenweise und überprüfte immer wieder ihr Tun im Taschenspiegel. Sie starrte sich an, eine nasse Haarsträhne klebte an ihrer Wange, eine dunkelgrüne Iris um eine schwarze Pupille funkelte sie an. Das Gefühl des schweren Steins in ihrer Hand jagte ihr einen angenehmen Schauder über den Rücken, sie fand sich primitiv, erdverbunden in ihrer Nacktheit, stark und sinnlich. Sie stellte den Spiegel auf den Boden und betrachtete ihren Körper, ihre Schenkel, ihre Rippen, ihre Brüste. Wo hatte sie dies schon einmal getan? Richtig, damals im Hotelzimmer in Chodsant, vor langer Zeit, als sie noch ein anderer Mensch war.

Plötzlich spürte Susan, daß sie nicht allein war. Sie drehte sich um – da, auf der Anhöhe hinter ihr lehnte Kellicut an einem Baum. Er winkte nicht und nickte ihr nicht zu, er starrte sie einfach nur an. Wütend schnappte sie sich ihre Kleider, wußte aber, daß sie mit ihm reden mußte, sosehr sie sich auch dagegen sträubte – schließlich hatte sie ihn seit dem Überfall nicht mehr gesehen. Doch als sie wieder aufblickte, war er verschwunden, so rasch wie der Schatten einer Wolke auf dem Waldboden.

Langsam zog sie sich an, tief in Gedanken verloren. Sie wußte nun, was sie zu tun hatte, schob den Spiegel in ihre Hosentasche und ging zum Pfad, der zurück ins Dorf führte.

Dark-Eye war in seiner Hütte. Sie hätte nicht sagen können, ob er gewußt hatte, daß sie kam, aber als sie eintrat, beobachtete er sie mit seinem gesunden Auge. Sie setzte sich, griff in ihre Tasche, zog die Skizze des Rätsels heraus und breitete sie in dem Lichtstrahl, der durch die offene Tür fiel, auf dem Boden aus. Lange starrte er das Bild ausdruckslos an. Dann erhob er sich langsam, und als sie ebenfalls aufstand, umklammerte er ihren Arm mit klauenhaftem Griff und führte sie nach draußen.

Sie schlugen einen Pfad ein, der Susan vorher nie aufgefallen war, und bahnten sich einen Weg durch stachliges, scharf riechendes Gestrüpp. Der Pfad stieg steil an, führte aus dem Wald auf die Kraterwand zu, war mit Geröll und Steinschutt übersät und von Regenwasserrinnen durchfurcht, so daß sie nur mühsam vorankamen. Doch erstaunt stellte Susan fest, wie behende Dark-Eye war; er lief ihr so mühelos voran, daß sie bald außer Atem geriet. Seinen Stab benutzte er wie einen Spazierstock, und selbst wenn sie ihn aus den Augen verlor, hörte sie ihn damit auf den Boden pochen, als würde er sie zu sich rufen.

Nicht lange, und sie liefen über einen mit niedrigem Gebüsch bewachsenen Hang hoch über den letzten Baumwipfeln. Dark-Eye wartete auf sie dicht beim Gipfel, die gezackten Bergspitzen ragten über ihnen auf und schienen hier sehr nah zu sein. Eine Felsnase aus weißem Gestein weckte Susans Aufmerksamkeit; wie ein stark gekrümmter Knochen ragte sie aus dem Felsrücken auf. Nachdenklich betrachtete Susan diesen Fels, der ihr so seltsam vertraut vorkam. Als sich der Bodennebel hob und der Fels sich deutlich gegen den blauen Himmel abzeichnete, da kam es ihr vor, als gliche er dem Handrücken einer geballten Faust.

Dark-Eye ging als erster in die winzige Höhle, deren enger Eingang Susan Platzangst bereitete. Es roch nach Moschus. Hier und da lagen einige Felsen verstreut, auf denen sie sitzen konnten. Als sich ihre Augen an das Zwielicht gewöhnt hatte, konnte sie in einer Ecke einen Haufen zerbrochener, gelber Knochen erkennen, die allem Anschein nach uralt zu sein schienen. Der alte Hominide wirkte irgendwie eingeschrumpft, wie er da vor ihr mit dem Rücken zur Wand auf einem Felsen hockte. Er band seinen Beutel ab, stellte ihn sorgsam auf den Boden und öffnete ihn, um eine Handvoll Weinblätter hervorzuholen. Er pflückte sie auseinander, als würde er eine Banane schälen, bis er schließlich ein Blatt mit einem kleinen, leuchtendroten Stückchen Glut hochhielt. Aus einer Ecke holte er eine Handvoll brauner Blätter, legte sie auf einen kleinen Haufen und schob die Glut hinein. Er blies, bis die Blätter knisterten und schwelten. Dann beugte er sich vor und atmete den Rauch tief ein. Als sie es ihm gleichtat, spürte sie, wie es heiß durch ihre Lungen strömte und ihr schwindlig wurde.

Dark-Eye zerbröselte ein braunes Blatt in einer Hand, zog aus seinem Beutel eine Pfeife, stopfte das Kraut hinein, zündete es an, nahm drei, vier tiefe Züge und gab die Pfeife an sie weiter. Der Pfeifenstiel zwischen ihren Lippen fühlte sich heiß an, und der Rauch brannte. Sie hielt ihn möglichst lange in ihren Lungen und atmete langsam wieder aus. Die Höhle begann sich um sie zu drehen und schien noch enger zu werden. Sie legte die Pfeife ab, und als sie sich wieder aufsetzte, wäre sie fast vornübergekippt. Der Rauch brannte in ihren Augen, und als sie die kleinen Risse in der sie umschließenden Höhlenwand musterte, spürte sie, daß Dark-Eyes Blick auf ihr ruhte und zugleich tief in ihr loderte. Ihr Inneres entfaltete sich, als würde ihr Körper nach außen gestülpt, und ihr Kopf öffnete sich weit, dehnte sich aus, um den Rauch aufzunehmen, die Höhle und das verhutzelte Männchen. Dann fiel ihr auf, daß ebendieses Männchen in hohen Tönen vor sich hinsang.

Sie wurde ohnmächtig. Der Höhlenboden tat sich auf und verschlang sie. Sie hatte Visionen: schemenhafte Gedanken, Erscheinungen. Sie taumelte durch einen langen Zeittrichter, der sich drehte und wand, als sie hindurchfiel, stets dem brennenden Auge hinterher. Die Höhlenwände schrumpften zusammen, bis sie ihre Haut wie eine Membran umhüllten und sie tiefer hinein in diesen Trichter zwangen. Äonen strömten vorbei. Plötzlich sah sie sich vor der Höhle schweben, und als sie nach unten blickte, sah sie die Ebene vor sich liegen, auf der nun keine Bäume mehr wuchsen. Zwei Stämme standen sich zwischen den Felsen gegenüber. Ein moschusartiger, feuchter Geruch hing in der Luft, und sie hörte das Rascheln flüchtiger Gestalten. Dann flackerten Flammen über eine mit ockerroten Strichmännchen bemalte Wand. Dunkelheit umgab sie, ein Grunzen und Hasten, nasses Haar, der Geruch von Schweiß und Angst.

Die feindlichen Heere im Zeittrichter gehören nicht derselben

Spezies an. Die eine Seite ist untersetzt, muskulös und hat vorspringende Schädel mit knochigen Wülsten, die sich unter der fliehenden Stirn vorwölben. Sie kommen aus den Bergen im Norden und reden im Schweigen. Der andere Stamm ist hochgewachsen und flink, zum Laufen wie geschaffen, die Knochen sind dünn, die Stirnen glatt. Sie sprechen in Tönen und kommen aus den Wäldern im Süden. Die beiden Seiten haben gelernt, die schwache oder verwundete Elenantilope auszumachen und zu wissen, welcher Säbelzahntiger gleich zustoßen wird. Die Natur hat sie gut geschult. Das Überleben hängt davon ab, daß man Unterschiede erkennt und daß Partei bezogen wird, und deshalb liegen die Stämme miteinander im Krieg, ein urzeitlicher Krieg der Spezies.

Und während sie wie ein Vogel dahinfliegt, sieht sie von oben herab und beobachtet die Schlacht. Sie gehen in Stellung, werfen die Speere und schlagen mit Keulen. Sie stürmen vor und fallen zurück, sind sich bewegende Pünktchen auf felsiger Ebene. Eine Seite greift an, die andere flieht; dann vertauschen sie die Positionen. Ein stechender Geruch nach Moschus und nassem Laub, nach Urin und Rauch hängt in der Luft.

Sie sieht das gesunde Auge, das sich in sie hineinzubohren scheint; sie spürt, daß sie sich selbst beobachtet, sieht den Felsen hinter ihrem Kopf und schwebt erneut durch den Trichter. Wieder treffen die Heere aufeinander. Mit krachenden Keulen stürzen sie wie zwei Flutwellen übereinander her. Waffen zerschmettern Schädel und Rückgrate. Blut spritzt auf die Felsen. Ein Kopf platzt auf, und Hirn läuft heraus. Die Seiten trennen sich unter lautem Gebrüll und vielen Drohgebärden. Die Toten werden ohne ihre Augen in den Bäumen bestattet. Und wieder beginnt der Krieg mit Finten und Geschrei. Sie stürmen los und schlagen sich, und mit dem Knirschen der Keulen, die auf Fleisch und Knochen niedersausen, treffen die beiden Wellen zusammen. Aus der Ferne, nicht weit vom Felsen, der wie die Rückhand einer Faust geformt ist, wirken die Angriffe seltsam unwirklich, der Lärm ist gedämpft. Die beiden Heere vereinen sich und trennen sich dort unten zum drittenmal, lassen Körper leblos auf der Erde zurück wie ans Ufer schlagende Wellen, die Kiesel vor- und zurückwiegen und sie dann plötzlich am Strand liegenlassen.

Zeit vergeht, Friede senkt sich nieder. Nun nähern sich die beiden Seiten mißtrauisch, doch nicht im Kampf. Von den entgegengesetzten Seiten der Felsenebene gehen sie langsam aufeinander zu, die Waffen ausgestreckt in der Hand. Nervös starren sie sich an, während sie sich näher und immer näher kommen. Keine zehn Meter mehr sind sie voneinander entfernt, da werfen sie ihre Waffen hin, richten sich langsam auf, die anderen fest im Blick, und zeigen ihre leeren, nach oben gekehrten Hände. Sie schreiten über die Keulen hinweg und gehen weiter langsam und mit unsicherem Gebaren aufeinander zu. Plötzlich ein Strudel von Bewegungen, Staub wirbelt auf. Die Erde öffnet sich und verschlingt das eine Heer, zu Dutzenden verschwindet es in getarnten Gruben. Mit Freudengeheul stürmen die Flinken voran, lassen einen Hagel aus Erde und Steinen herabregnen und begraben ihre Feinde. In den Fallen gefangen, kreischen die mit den fliehenden Stirnen auf, doch die Erde fällt auf sie herab, würgt ihre Schreie ab, geht wie eine Lawine über sie nieder. Die Erde bedeckt sie alle, langsam und unausweichlich, bis nur noch eine Grube übrigbleibt, und in ihr tobt der Anführer, hämmert mit den Fäusten gegen die steilen Wände, den Kopf im Nacken. Als die Erde auch über ihn niederregnet, bleibt er reglos stehen und sieht zum Himmel auf. Er bleckt die Zähne, öffnet den Mund und stößt ein langes, gutturales Heulen voller hilfloser Wut und Leid über diesen Verrat aus, den der boshafte, schmalschädlige Feind an ihm und seinem Stamm begangen hat. Sein Heulen steigt über die Berge auf und hallt in den Tälern wider und schallt noch durch den Wald, als sein Grab schon längst bedeckt ist.

Susan trat aus der Höhle und füllte ihre Lungen mit frischer Luft. Sie sah hinunter auf die Baumwipfel.

Jetzt ist alles klar, dachte sie, während sie Dark-Eye den Pfad hinunterfolgte. Ursprungs- und Überlebensmythen haben eines gemeinsam: Sie versinnbildlichen als Unterweisung verstandene Geschichte. Die Erzählung von Noah und der Sintflut, eine überall in Eurasien in den verschiedensten Formen überlieferte Sage, warnt vor der göttlichen Bestrafung moralischer Dekadenz. Adam und Eva ist die Geschichte des Hochmuts, des Sündenfalls der

Menschen. Und die Erzählung von Kain und Abel schildert die erste Bluttat und berichtet vom Preis, der dafür entrichtet wurde.

Dark-Eye war ihr weit voraus, und da sich der Pfad in Serpentinen über den Hang nach unten wand, hatte sie den Alten längst aus den Augen verloren. Dies also war jenes Ereignis in der prähistorischen Zeit der Hominiden gewesen, jener Wendepunkt, der sie zu karger Existenz in den trostlosen und eisigen Weiten auf dem Dach der Welt verdammt hatte. Es war keine Geschichte über den Sieg in einer Schlacht, sondern darüber, wie sie verloren wurde. Und sie wurde nicht durch unterlegene Waffen verloren, nicht durch unterlegene Stärke, schlechte Organisation oder Feigheit, sondern durch Ignoranz, durch Naivität, durch eine Ehrlichkeit, die unfähig war, die Tücke des Feindes zu durchschauen. Und diese Geschichte war es wert, für alle Zukunft in einer Zeitkapsel aufbewahrt zu werden. Auf die Felswand war es vermutlich von einem versprengten Häuflein Überlebender aufgetragen worden, zu denen zufällig ein außergewöhnlicher Künstler zählte. Sein Bild war für künftige Generationen gedacht, die unweigerlich auf den Feind treffen würden, und es hatte nur die eine, vordringliche Bedeutung: Hütet euch vor den Flinken, denn die besitzen eine Fähigkeit, die uns fehlt.

Als sie dem Pfad bis hinunter auf die Höhe der Baumwipfel gefolgt war, kam sie an eine Abzweigung. Dark-Eye war ihr weit voraus, und sie wußte nicht, welchen Weg er eingeschlagen hatte. Schließlich entschied sie sich für einen, bog um die Ecke und sah, daß sich der Pfad verbreiterte, nachdem er eine verdeckte Schlucht passiert hatte. Gleich dahinter versperrte ihr ein wirrer Haufen Ranken den Weg. Die Ranken waren dick, und sie mußte darauf achten, wohin sie ihren Fuß setzte, so daß sie keinen allzu sicheren Halt hatte.

Plötzlich spürte sie, wie der Boden unter ihren Füßen verschwand und Schlingen sich um ihren Fußknöchel zuzogen. Fast glaubte sie, in ein Schlangennest getreten zu sein. Kopfüber fiel sie voran, riß instinktiv die Hände vor, um ihren Sturz aufzufangen, und fühlte Erde und Kies, die sich in ihre Handflächen gruben. Noch immer hielten die Ranken ihren Fuß umklammert, zogen sich sogar noch fester zu, und hinter sich, aus der verborgenen

Schlucht, hörte sie ein Zischen; ein Stein flog durch die Luft und traf sie am Oberschenkel. Noch ehe sie sich umdrehen konnte, spürte sie, wie ihre Arme von eisenstarken Händen umklammert wurden, wie man ihr die Arme auf den Rücken zerrte und wie andere, kräftige, stummelkurze Finger sie bei den Schultern packten.

Sie war hilflos, als sie von hinten hochgehoben und ihre Hände mit einer Gertenschlinge auf den Rücken gefesselt wurden, und zwar so straff, daß ihr die Schultern schmerzten. Doch als sie sich sträubte, spürte sie, wie etwas ihren Rücken und ihren Nacken streifte. Ein Schauder überlief sie, als sie erkannte, was es war: der harte, unnachgiebige Knochen einer Stirnwulst.

Matt mußte Susan unbedingt erzählen, daß ihnen der Fluchtweg versperrt war. Als sie am späten Nachmittag noch nicht wieder zum Dorf zurückgekehrt war, machte er sich auf die Suche, schlug den Pfad zum See ein und rief unterwegs ihren Namen. Er ging am Wasserrand entlang, bis er die abgeschiedene Stelle fand, an der sie gebadet hatte. Im Schwemmgut am Ufer entdeckte er noch einige Seifenblasen, und im Sand fand er den scharfen Flintstein, an dessen Klinge noch Büschel ihrer schwarzen Haare hingen. Doch das war alles.

Er kehrte zurück ins Dorf und holte Sergej. Zu zweit kämmten sie bis zum Anbruch der Nacht das halbe Dorf durch, teilten es in Abschnitte ein und durchsuchten methodisch jeden Winkel. Als sie mit leeren Händen zurückkamen, war Matt verzweifelt. Er sah sich in ihrer Laubhütte um und durchstöberte Susans Rucksack, konnte aber keinen Anhaltspunkt finden; alles schien an Ort und Stelle zu sein.

»Ich verstehe das einfach nicht. Was kann nur passiert sein?« sagte er zu Sergej, als sie am Feuer saßen. Natürlich hatte er eine ganz bestimmte Angst, die er aber nicht auszusprechen wagte.

Aus dem Halbdunkel trat eine Gestalt in den Widerschein des Feuers, und Matts Herz machte einen Satz, doch dann erkannte er Kellicut, den er seit dem Angriff der Renegaten nicht mehr gesehen hatte. Müde setzte sich Kellicut zu ihnen und nahm nicht einmal Notiz von Sergej, den er doch noch nicht kannte; der Russe war zu verblüfft, um etwas zu sagen, und starrte ihn nur stumm an. Kellicut würdigte Matt kaum eines Blickes, und als er einen Stock nahm und im Feuer herumstocherte, bis ein Gluthaufen in sich zusammenstürzte, so daß die Funken in alle Richtungen stoben, wirkte er ziemlich niedergeschlagen. Und plötzlich war sich Matt sicher: Er wußte etwas.

»Ich habe Sie rufen hören«, begann Kellicut und räusperte sich. »Ich glaube, Sie suchen an der falschen Stelle.«

Matt hielt den Atem an und war zu nervös, um Kellicut etwas zu fragen. Der Ton des alten Mannes klang hölzern und distanziert, und Matt wollte auf keinen Fall den Bann brechen, der ihn offenbar gefangenhielt. Aber dann verstummte Kellicut erneut. Es war zum Verrücktwerden.

»Erzählen Sie es mir«, sagte Matt, und die Anspannung erstickte seine Stimme, so daß er nur flüstern konnte.

»Der Schamane weiß, wo sie ist.«

»Und woher wissen Sie das?«

»Ich sah sie heute morgen zusammen den Berg hinaufgehen.«

»Sie ist nicht zurückgekommen. Warum hat Dark-Eye nicht versucht, es mich wissen zu lassen?«

»Er betet. Er wendet sich an eine höhere Macht.«

Matt sprang auf, eilte durch das Dorf zur Hütte des Schamanen, platzte durch die Tür und wäre fast über ihn gefallen. Der Weise lag auf Händen und Knien und betete. Matt hob ihn auf, als wäre er ein Reisigbündel, und trug ihn zur Tür. Dann sah er Susans Skizze vom »Rätsel von Chodsant« auf dem Boden liegen und bückte sich, um sie aufzuheben.

Mit ausgestreckten Armen trug er den alten Schamanen vor sich her zurück zum Feuer und setzte ihn dort ab. Dark-Eye blickte sich unsicher um; wie die Augen einer Katze reflektierte seine Pupille den Schein des Feuers.

»Wie sollen wir ihm Fragen stellen?« fragte Matt und versuchte sich wieder zu beruhigen.

»Nun, wie Sie wissen, gibt es verschiedene Arten, mit ihnen zu kommunizieren«, antwortete Kellicut, »aber sie kosten Zeit. Wir müßten mit ihm in die Berge zum heiligen Tempel hinaufgehen.«

»Aber die Zeit haben wir nicht«, protestierte Matt.

Plötzlich stand Sergej auf und kam einige Minuten später mit

Susans beigefarbenem Baumwollhemd zurück. »Zeigen Sie ihm das«, sagte er.

Matt hielt dem Schamanen das Hemd hin, und der warf einen langen Blick darauf. Dann raffte er sich langsam auf, ging zum Feuer, zog sich einen Ast heraus und blies das brennende Ende aus. Vor einem flachen Felsen hockte er sich auf den Boden, den Stock zwischen den Fingern, drückte ihn auf den Fels und beschrieb einen anmutigen Bogen. Als Matt sich hinter ihn stellte, sah er auf dem Stein eine schwarze Linie. Allmählich nahm eine Figur Gestalt an, die Umrisse eines Hominiden.

Dark-Eye ging zurück zum Feuer, holte sich einen neuen Stock und trug weitere Einzelheiten auf. Da waren das Haar und die vorspringende Wulst. Mit schwungvoller Geste zeichnete er dann den verräterischen Strich, das Tierfell über Brust und Unterleib, und malte auch noch einen Pelzkragen um die fliehende Stirn. Im großen und ganzen war es ein ausgezeichnetes Bild von Kee-wak.

26

Susan trat mit den Absätzen gegen die Erde, aber die war zu hart. Vulkangestein und Lehm, über Jahrtausende vulkanischer Aktivität zusammengepreßt, machten den Gedanken an einen Tunnel unmöglich; außerdem würden ihre Wachen sofort wissen, was sie vorhatte.

Wie die Ironie des Schicksals es wollte, hielt man sie in Vans Grube gefangen. Sie untersuchte ihren Kerker. Man hatte ihn seither tiefer ausgegraben, so daß eine Flucht jetzt weit schwieriger sein würde. Außerdem konnte sie nicht über den Vorsprung in die Haupthöhle sehen, selbst dann nicht, wenn sie sich am äußersten Rand auf die Zehenspitzen stellte. Sie hatte sich mit diesen kleinen Experimenten die Zeit vertrieben, um ihre Gedanken von der Gefahr abzulenken.

Nachdem sie in die Falle gegangen war, hatte man ihr die Hände auf dem Rücken so eng zusammengebunden, daß sie vor Schmerz fast aufgeschrien hätte. Sie glaubte, die Schultern würden ihr aus den Gelenken springen. Man trug sie an einem Ast aufgehängt, Gesicht nach unten, und sie konnte nur die Beine ihrer Träger sehen, gedrungene Knöchel und gespreizte, lehmbedeckte Zehen. Wenn sie den Kopf zur Seite drehte, sah sie die untere Hälfte des Felshangs, und die ruckartigen Bewegungen verrieten ihr, daß man sie bergab trug.

Als sie in die Dunkelheit eintauchten, wußte Susan, daß sie die Höhle betreten hatten. Manchmal spielte über die Felswände auf ihrer Augenhöhe ein gelblicher Widerschein von ungesehenen Fakkeln, und dreimal schlug sie sich Schultern und Knie an den Felsen auf, wenn sie um scharfe Kurven getragen wurde. All die Windungen und Biegungen des Gangs machten es ihr unmöglich, sich den Weg zu merken. Das Blut strömte ihr zu Kopf, aber sie blieb bei Bewußtsein.

Sie richtete sich in der Grube auf und verschaffte sich einen

Überblick über ihre Lage. Ihre Füße waren frei, aber diese verdammte Schlinge band ihr noch immer die Hände zusammen. Ihre Schultern taten weh, und sobald sie sich bewegte, flammte der Schmerz in den Gelenken auf, aber erleichtert stellte sie fest, daß man ihr die Schultern nicht ausgerenkt hatte. Bei dem Überfall war ihr das Hemd zerrissen worden, und eine Schnittwunde verlief quer über ihre Brust. Vom Fall in die Grube hatte sie eine Beule an der Stirn. Sie sah sich um. Überall lagen Knochen herum, und sie bückte sich, um sie mit den Augen einer Expertin zu untersuchen. Es waren Tierknochen, und die feinen Schnittspuren stammten von menschlichen Zähnen, also konnte es sich nicht um die Opfer selbst, sondern nur um die Überreste ihrer Mahlzeiten handeln. Was für ein Trost!

Sie fragte sich, ob Matt ahnte, was mit ihr geschehen war. Und wenn niemand den Angriff aus dem Hinterhalt beobachtet hatte? Wenn Dark-Eye ihr auf dem Pfad bereits zu weit voraus gewesen war? Sie hatte mit Matt darüber gesprochen, daß die Renegaten Stammesmitglieder entführten, so daß er, wenn sie nicht wieder auftauchte, irgendwann sicherlich den richtigen Schluß ziehen würde. Doch wie lange mochte das dauern, und was konnte er schon tun? Sie wußte, er würde sie befreien wollen, da er sie niemals im Stich lassen würde, aber gab es einen Plan, der auch nur die geringste Aussicht auf Erfolg hatte?

Sie stellte in Gedanken ein Inventar der Dinge auf, die ihr zur Verfügung standen. Viel war es nicht, aber da war der Spiegel in ihrer Hosentasche. Sie beugte sich vor, um zu sehen, ob er ganz geblieben war, hörte aber keine Scherben aneinanderknirschen. Dann drehte sie ihren Oberkörper zur Seite wie ein Schlangenmensch und schob die Hände zur vorderen Hosentasche, riß an der Schlinge und wand ihre Hüften, konnte aber keinen Finger in den Schlitz ihrer Tasche schieben.

Sie hörte einen Laut, blickte nach oben und entdeckte einen dieser Höhlenbewohner, der sich auf einen Speer lehnte und lüstern auf sie herabgrinste. Ein überwältigendes Gefühl des Ekels packte sie.

Was glaubst du, wer du bist, wollte sie rufen, daß du mich so anstarrst, als wäre ich ein Tier im Zoo? Sie hörte auf, sich zu winden, stellte sich aufrecht hin und reckte ihr Kinn vor, als wollte sie sagen: Wie kannst du es wagen, mich so zu behandeln – mich, einen Homo sapiens sapiens? Dann spürte sie, wie jemand in ihre Gedanken eindrang, die Nähe eines Fremden, der sich wie ein riesiger Klumpen schwarzes Blut in ihren Kortex wand.

Das Gefühl hielt mehrere Minuten an, und dann nahm das Wesen seinen Speer in die Hand und drehte sich um, ohne sich noch einmal nach ihr umzuschauen. Sie schüttelte sich. Das gerade empfangene Gefühl war keineswegs warm und vertraut gewesen, wie sie es von Leviticus gekannt hatte, sondern hart, kalt und bedrohlich. Und dann merkte sie, daß es etwas gab, vor dem sie sich mehr als vor allem anderen fürchtete: der Augenblick, in dem Kee-wak vor ihr stand und seine finstere Energie auf ihre Psyche richtete.

Matt saß in der Laubhütte, den Kopf in den Händen, und dachte angestrengt nach. Aus dem Rucksack nahm er den Splitter des Neandertalerschädels, den Kellicut ihm einst geschenkt hatte, und ließ die silberne Kette wie Sand durch seine Finger rinnen. Das lag ein Leben lang zurück, damals, die Ausgrabung in Südfrankreich – mehrere Leben.

Matt stellte eine Liste der Dinge zusammen, die sie aus der Außenwelt mitgebracht hatten. Da waren sein Messer, sein Diktiergerät, die Fackeln, die sie Van abgenommen hatten, der Erste-Hilfe-Kasten, zwei Schlafsäcke, drei Meter Angelschnur, einige Lebensmitteldosen, eine Blechscheibe, die auch als Bratpfanne diente, und diverse Kleinigkeiten. In Susans Rucksack fand er noch mehr Dosen, etwas Schokolade, Notizhefte, Kellicuts Tagebuch, ihren Kassettenrecorder nebst einigen Kassetten, Vitamine, ein paar archäologische Werkzeuge, Kreppband und ein kleines, aufblasbares Kissen. Er lächelte, als er das Kissen sah: ihr einziges Zugeständnis an den Komfort, dabei hatte sie es noch nie benutzt.

Sich Susan allein und verängstigt vorzustellen, machte ihn verrückt. Er hatte keine Ahnung, wo man sie gefangenhielt, aber er stellte sich das Schlimmste vor. Vielleicht sollte er sich selbst auch gefangennehmen lassen, dann wären sie wenigstens wieder vereint. Aber was dann? Oder sollte er lieber Sergej ausschicken, um irgendwie aus der Außenwelt Verstärkung zu holen, die sicherlich schon auf dem Weg war? Doch wenn diese Expedition nur ein Märchen war? Vielleicht konnten er und Sergej sich Pfeile und ein paar Bogen machen und versuchen, sich ihren Weg freizuschießen. Aber sie würden wohl nicht weit kommen.

Er mußte sich einen Plan ausdenken. Als sie Van befreien konnten, hatten Glück und das Moment der Überraschung auf ihrer Seite gestanden. Doch der Überraschungseffekt entfiel diesmal, denn die Renegaten würden sicher mit einem Gegenangriff rechnen. Und wer außer Sergej und einem oder zwei Hominiden sollte ihm diesmal helfen? Der Stamm war durch den Überfall ziemlich dezimiert worden, und einige der besten Kämpfer, unter ihnen Leviticus und Lancelot, waren tot. Diesmal würden sie sich nicht heimlich durch einen Nebentunnel anschleichen können. Die Renegaten hatten bestimmt überall Wachen aufgestellt; sie waren nicht so naiv und taktisch unfähig wie die Hominiden hier im Tal, und als Jäger waren sie in Angriff und Verteidigung geübt. Und wenn sie Wachen aufgestellt hatten, würde ihre Fähigkeit sie nahezu unangreifbar machen.

Während Matt nachdachte, glitt sein Blick durch die Waldschatten, über die Baumwipfel und durch die wachsende Dunkelheit des späten Nachmittags. Im Westen sah er den Mond, eine blasse, cremefarbene Scheibe von fast vollkommenem Rund. Mit Entsetzen dachte er plötzlich an Vans Theorie vom Vollmond.

Susan schob ihre Hüfte an einen Felsvorsprung, bis sich ihre Hosentasche dahinter verhakte. Dann wirbelte sie herum, hörte, wie die Tasche aufriß, und sah den Spiegel zu Boden fallen. Rasch schob sie einen Fuß vor, um seinen Fall zu mildern. Dann hockte sie sich hin und nahm ihn in ihre auf dem Rücken gefesselten Hände, fand eine Nische im Fels auf Hüfthöhe und stellte den Spiegel dort auf. Erst als sie sich davon überzeugt hatte, daß er nicht umfallen konnte, drehte sie sich um. Der Spiegel stand genau richtig.

Dann lief sie auf und ab – wie Van, fiel ihr entsetzt ein – und überdachte noch einmal ihre Lage. Wenn sie Matt doch nur gesehen hätte, als sie vom Berg herunterkam, wenn sie doch nur die Gelegenheit gehabt hätte, ihm zu erzählen, was sie oben in Dark-Eyes Höhle erfahren hatte. Die im Tableau enthaltene Nachricht war bestimmt der Schlüssel zu allem; es war der Stein von Rosette, der über das entscheidendste Ereignis der prähistorischen Zeit aufklärte. Sie dachte an die Schlacht zwischen den Spezies, Homo sapiens sapiens gegen Homo sapiens neanderthalensis, und sie dachte an den mitleiderregenden Anblick des Neandertalers im letzten Fall des Bildes und an seine Wut, die vom Fels selbst auszugehen schien. Matt hatte ihre Skizze gesehen, aber verstand er auch, was sie bedeutete? Wenn sie doch nur zu ihm durchdringen könnte. Sie setzte sich, lehnte den Rücken an die Wand, schloß die Augen und konzentrierte sich.

Es schien unmöglich. Vielleicht hatte sie zuviel Angst, um sich konzentrieren zu können. Sie atmete fünfmal tief ein und versuchte sich zu entspannen. Sie wollte alle Gedanken aus ihrem Kopf fortwischen, als würde ein Schwamm über eine Tafel fahren. Dann stellte sie sich Matt vor, rief sich sein Bild aus früheren Tagen ins Gedächtnis und dachte schließlich daran, wie er heute aussah, wie sie ihn zum erstenmal im Institut wiedergesehen hatte – das graue Haar an seinen Schläfen, die Falten um seine Augen, das Neue, das ihr wieder vertraut wurde. Sie dachte daran, wie sie sich geliebt hatten. Dann versuchte sie, ihn zu rufen, versuchte, Bereiche ihres Hirns zu nutzen, die nie zuvor aktiviert worden waren. Immer wieder rief sie in Gedanken seinen Namen, während sie sich sein Gesicht vorstellte. Und als sie glaubte, beides deutlich vor sich zu sehen, mitten im Zentrum ihres Geistes wie ein Diamant in seiner Schatulle, redete sie wortlos auf ihn ein. Wieder und immer wieder dachte sie denselben Gedanken, versuchte ihn zu senden, als wäre sie ein Sendemast, der ein Radiosignal ausschickte. So einfach wie möglich, dachte sie. Ein Wort, mehr nicht, wiederhole es wie ein Mantra: *täusche, täusche, täusche*. Stumm rief sie seinen Namen, und wenn sie glaubte, ihn erreicht zu haben, rief sie wieder: *täusche, täusche, täusche*. Immer wieder, stundenlang.

Matt nahm Susans Skizze des »Rätsels von Chodsant« zur Hand und betrachtete sie. Dann ließ er sie wieder fallen, verschränkte die Hände hinter dem Kopf und starrte hinauf in den Himmel. Er hatte eine Idee. Vielleicht sollte er einfach seine Gedanken schweifen lassen, denn so kam er immer am besten voran. Also rief er sich das ganze Abenteuer noch einmal in Erinnerung, lebte es noch einmal durch, ordnete diesmal aber die Teile des Puzzles in die richtige zeitliche Reihenfolge, so daß sie nicht mehr wie zufällig zusammengesetzt schienen. Das war ein wenig so, als würde er die Felder des »Rätsels von Chodsant« neu anordnen, um hinter ihren Sinn zu kommen.

Zuerst verschwinden einige Menschen im Pamir. Irgendwie bekommt die amerikanische Regierung Wind davon. Ein Hominide wird gefangen. Das Institut wird offiziell als Forschungszentrum gegründet, führt aber unter dem Decknamen »Unternehmen Achilles« streng geheime Experimente mit dem Hominiden durch. Man entdeckt, daß dieses Wesen über besondere Fähigkeiten verfügt. Das Institut schickt Kellicut aus, um den Stamm der Hominiden ausfindig zu machen. Er schickt einen Beweis ihrer Existenz und verschwindet. Also werden ihm Matt und Susan nachgesandt, damit sie dort weitermachen, wo Kellicut aufgehört hat. Van begleitet sie als eine Art Aufpasser, der Verstärkung herbeirufen soll, sobald der erste Kontakt mit den Hominiden hergestellt ist. Soweit paßt alles zusammen.

Ein seltsamer Name, dachte Matt, »Achilles«: der große griechische Krieger. Er durchforschte sein Gedächtnis. Thetis, die Mutter des Achilles, war eine Meeresnymphe. Die Schicksalsgöttinnen hatten ihr geweissagt, daß ihr Sohn früh sterben würde und daß es ihm bestimmt sei, vom Antlitz der Erde zu verschwinden – so wie der Neandertaler. Als er noch ein Kind war, hatte Thetis ihn in den Styx getaucht und gehofft, die magischen Wasser des Flusses würden ihn unverwundbar machen. Aber sie hielt ihn an der Ferse fest, die das Wasser also nicht bedecken konnte. Hatte dies etwas zu bedeuten? Suchte die Regierung nach einer Schwachstelle, um den Neandertaler kontrollieren zu können? Oder war mit der Ferse jene verborgene Schwäche gemeint, die ihren Untergang herbeigeführt hatte? Als der Trojanische Krieg ausbrach, war Achilles ein großer Krieger, doch dann zerstritt er sich mit König Agamemnon und wollte nie wieder in den Kampf ziehen. Patroklos, seinem Freund, lieh er die eigene Rüstung, doch Patroklos wurde von Hektor erschlagen. Achilles erschlug daraufhin Hektor, doch dann fand ein von Paris entsandter Giftpfeil seine Schwachstelle, die Ferse.

Matt fuhr auf. Natürlich! *So* mußte er vorgehen. Alles lag in der Vergangenheit bereit und wartete nur darauf, angewandt zu werden: die berühmteste Schlacht der Vergangenheit, das berühmteste Täuschungsmanöver der Geschichte.

In der Nacht legte sich der Wind, und am Morgen war der Schneesturm endgültig vorüber. Der Himmel war bei Tagesanbruch so klar, daß die Männer meilenweit sehen konnten. Und als die Sonne aufging, färbte sie den Himmel dunkelblau und ließ die Schneekruste auf dem Fenster des Hubschraubers, in dem Kane seit dem Absturz gefangen war, golden aufglühen.

Er war erleichtert. Sie hatten Funkkontakt mit Sodder, der den anderen Hubschrauber ins Camp zurückbefohlen hatte, und da der Sturm sich nun gelegt hatte, würde man sie bald holen kommen. Erst als sich seine entsetzliche Angst legte, begriff er, wie sehr sie ihm zu schaffen gemacht hatte, daß sie ihm wie die Kälte in die Knochen gefahren war.

Er bewegte sich und fühlte einen scharfen Schmerz in seinem Rücken. Neben ihm in der zerstörten Flugkanzel saß Sheriden, der sich beim Absturz beide Augen am Fensterglas verletzt hatte und eine Bandage um den Kopf trug. Der Mann hatte die ganze Nacht geschnarcht, während Kane vor Kälte kein Auge zumachen konnte. Die übrigen Männer hatten ihr Lager draußen aufgeschlagen und sich ihren Weg durch den Schnee gebahnt, um in einem kleinen Zelt zu schlafen.

Jetzt hörte er, wie die Männer draußen herumliefen, dann ertönte ein langer Pfiff.

»Hey, was für ein Glück, daß ihr das nicht sehen könnt. Ihr Jungs seid verdammt hart am Abgrund. Das reinste Wunder, daß ihr nicht abgestürzt seid.«

Eine Hand fegte den Schnee vom Fenster und kratzte über das Eis. Als sich Kane mühevoll auf seine Ellbogen aufstützte und durch die Scheibe blickte, sah er verschwommen hinter der dünnen Eisschicht einen Kopf auftauchen. Wenn er den Hals reckte und nach unten blickte, konnte er in wenigen Schritten Entfernung den Rand einer Schneedrift sehen. Dahinter war nichts als offene Leere. Wäre der Sturm noch etwas stärker gewesen, dann hätte er den

Helikopter in den Abgrund drücken können. Ein Schwindelgefühl überkam ihn, Erleichterung nach überstandener Gefahr. Zum Glück hatte er nicht gewußt, wie unsicher seine Zuflucht gewesen war.

Auf der anderen Seite des Helikopters stellten seine Männer einen Spirituskocher auf und kochten Kaffee. Sie reichten Kane eine Tasse, und er umschloß sie mit beiden Händen und spürte, wie die Wärme durch seine Hände und Arme strömte. Er sorgte sich um seine Füße; er konnte sie zwar bewegen, hatte aber keinerlei Empfindung in ihnen. Nur wenn er auf seine Schuhe sah, wußte er, daß er seine Zehen krümmen konnte. Bestimmt Erfrierungen. Na ja, wenigstens würde er jetzt von diesem Berg verschwinden können. Er hatte die Nase voll von dieser Expedition; außerdem kannte er den Brief, den Dr. Arnot für Kellicut im Lager hinterlegt hatte, und zum Glück hatte er dafür gesorgt, daß er sonst niemandem unter die Augen gekommen war. Sie schrieb etwas von einem Tagebuch; offenbar hatte der Professor diese Wesen gefunden. Vielleicht waren sie in diesem Moment gar nicht weit von hier.

Sie reichten ihm ein Fertiggericht in die Kanzel. Es war kaum genießbar, aber er spülte es mit dem letzten Rest Kaffee hinunter. Einer der Männer half Sheriden, schnitt ihm große Bissen zurecht und schaufelte sie ihm wie einem Vogeljungen in den weit aufgerissenen Mund.

Sodder meldete sich über Funk und sagte, sie packten nur noch einige letzte Vorräte in den Rettungshubschrauber und würden gleich aufbrechen.

»Kommandant?« Der Pilot steckte seinen Kopf in die Kanzel. »Wir haben noch etwas Zeit, bis die bei uns eintreffen, und deshalb haben wir uns entschlossen, nach dem Sender zu suchen. Er kann nicht mehr weit von hier sein.«

Er teilt es mir nur mit, fragt mich nicht einmal, dachte Kane. Aber warum auch nicht? »Okay, aber beeilen Sie sich. Wir müssen Sheriden zum Arzt bringen und können hier nicht ewig auf Sie warten.«

»Die brauchen sowieso mehrere Flüge, um uns alle nach unten zu bringen. In dieser Höhe können wir unseren letzten Vogel nicht überladen.« Kane grunzte. Er war immer noch sauer wegen der Bruchlandung, an der schließlich der Pilot schuld war. In Gedanken formulierte er bereits die Beschwerde, die er gegen ihn vorbringen wollte.

Er hörte Schritte über den harschen Schnee knirschen, als die Männer fortgingen. Es klang, als ob die gesamte Mannschaft aufgebrochen wäre. Daran hatte er nicht gedacht. Alles war still, nur ein leichter Wind regte sich.

»Hallo?« rief er schließlich mit halblauter Stimme. »Ist da jemand?«

Keine Antwort.

»Was ist los?« fragte Sheriden, eine Spur von Panik in der Stimme.

»Nichts.«

»Warum schreien Sie dann so laut?«

»Ich habe nicht geschrien. Ich wollte nur wissen, ob noch jemand da draußen ist.«

Kane fummelte am Funkgerät herum, um sicherzugehen, daß es auch eingeschaltet war. Nur um etwas zu tun zu haben, rief er Sodders Helikopter, bekam aber keine Antwort. Wahrscheinlich sind sie noch nicht unterwegs, dachte er.

Dann begann er etwas Seltsames zu fühlen, fast schien es, als würde sich die Kanzel langsam mit Wasser füllen. Doch es geschah nicht in der Kanzel, es geschah in seinem Kopf, ein seltsames, beängstigendes Gefühl der Fülle in seinem Schädel. Er kannte diese Empfindung und wußte, wo er sie schon einmal gespürt hatte. Sein Herz raste. Aber das war doch unmöglich!

»Was ist los?« rief Sheriden. »Irgendwas Komisches geht hier vor.« Er riß sich die Binde von den Augen und starrte ihn aus zwei blutverkrusteten Schlitzen an.

Kane spürte es, bevor er es sah: irgend etwas über ihm, ein großer, dunkler Schatten. Langsam und voller Entsetzen hob er den Kopf. Da, auf der anderen Fensterseite, da war dieses übergroße Gesicht, der Mund breit und häßlich wie eine Narbe, die flache Nase, die mörderisch blitzenden Augen. Die Gesichtszüge waren verschwommen, wie in Eis eingeschlossen, aber sie waren bösartig, arrogant, voll unbarmherzigen Hasses. Die beiden starrten sich unverwandt an. Im Geiste hörte Kane den Widerhall seiner Worte: »Ihr würdet uns doch genauso behandeln, stimmt's?«

Dann hörte er die anderen. Wie viele waren es?

»Was ist los?« schrie Sheriden mit hysterischer Stimme.

Kane gab keine Antwort. Seine Angst war zu groß. Er hörte, wie sie sich bewegten und sich rund um den Hubschrauber aufstellten, hörte sie grunzen und vernahm, wie Metall über den Felsenboden scharrte. Dann spürte er, wie sie angehoben wurden, ein Wippen der Maschine, wieder ein Scharren.

»Was ist los? Scheiße, warum antworten Sie nicht?«

Die Kanzel schwankte wie ein Baum im Sturm, schaukelte hin und her, und dann fiel sie langsam in großem Bogen nach unten. Die Zeit schien stillzustehen. Über Funk meldete sich Sodders Stimme: »Hallo? Hallo? Können Sie mich hören?« Sheriden schrie. Mit lautem Krachen prallte die Maschine gegen einen Vorsprung und segelte dann weiter lautlos durch die Leere. Kane schwebte, er fiel, hatte zu große Angst, um zu schreien, und wartete darauf, daß alles aufhörte, daß Körper und Hirn in tausend Stücke zerplatzten. Und während er kopfüber durch die Kanzel schwebte, fiel ihm auf, daß er sich in die Hose gemacht hatte.

Kurz nachdem der Feuerball in der Schlucht erloschen war, landete Sodders Hubschrauber. Die wirbelnden Rotorblätter verwischten alle Spuren im Schnee. Die übrigen Männer, die den Absturz gehört, aber nicht gesehen hatten, liefen den Hang hinunter. Alle waren der Meinung, daß eine zufällige, aus dem Nichts aufkommende Windbö am Unglück schuld gewesen sein mußte.

Matt wachte früh am Morgen auf und ging ins Dorf. Zuerst suchte er nach Longtooth und fand ihn schlafend in seiner Hütte. Dicht neben seinem Kopf lagen auf einem flachen Stein rohe Fleischreste. Longtooth war weiterhin auf die Jagd gegangen und hatte sogar zwei junge Männer um sich gesammelt. Sanft rüttelte Matt ihn an der Schulter und weckte ihn auf. Zusammen gingen sie nach draußen und setzten sich an die Feuergrube. Longtooth rieb sich die Augen, reckte sich und schaute sich um. Es war ein schöner, klarer Morgen, und Tau lag auf den Wacholderbüschen. Wolken wie Wattebällchen hatten den stahlgrauen Himmel vertrieben, der auf der anderen Seite der Berge tonnenweise Schnee abgeladen hatte.

Matt zückte Notizheft und Stift, malte ein Bild von Susan und hoffte, daß Longtooth begriff, was er von ihm wollte. Aber es war hoffnungslos; Longtooth konnte ihn nicht verstehen, und Matt gab bald auf.

Doch dann stellte er Longtooth eine Aufgabe, die gefährlichste in seinem kurzen Leben als Jäger. Er malte ein Tier, das Longtooth für ihn erlegen sollte, und gab sich große Mühe, es möglichst getreu wiederzugeben: die massige Gestalt, das glänzende Fell, die mächtigen Tatzen, der flache Kopf mit den langen Hauern und kleinen Knopfaugen. Es war ein vollendetes Abbild des Höhlenbären. Dann zeichnete er Longtooth, der dieses Tier angriff. Der Hominide sah ihm aufmerksam zu und schaute fasziniert auf den über das Papier fahrenden Stift. Matt malte Longtooth mit seinem Speer neben dem toten Bären und gab ihm das Notizheft, damit er sich das Bild genau betrachten konnte. Der Hominide verstand, was Matt von ihm wollte. Er wirkte aufgeregt, ging zu seiner Hütte und kam mit seinem Speer zurück. Matt wünschte ihm von Herzen Glück, denn Longtooth' Erfolg war von entscheidender Bedeutung für seinen Plan.

Danach machte sich Matt auf die Suche nach Sergej. Er fand ihn am Fluß, wo er seine Wäsche wusch, erklärte ihm den Plan und sah, wie der Russe die Stirn in Falten legte. Matt sah ihm an, daß Sergej am Erfolg seines Vorhabens zweifelte, aber zu großherzig war, auch nur ein Wort von seiner Skepsis verlauten zu lassen. Susans Entführung hatte ihn tief bekümmert, und er hätte alles getan, um sie zu retten.

»Wirklich sehr phantasievoll«, sagte er schließlich und hielt ihm die Hand hin, als gelte es eine Abmachung zu besiegeln.

»Fangen wir an«, sagte Matt. »Je weniger Zeit wir verlieren, desto besser.« Aus der Ferne hörte er ein fremdes, mechanisches Geräusch, stetig, aber gedämpft. Sein Inneres zog sich zusammen: ein Hubschrauber. Die Truppen des Instituts waren ihnen auf den Fersen.

Zuerst einmal brauchten sie Holz. Ihnen fehlte das Werkzeug, um riesige Bäume zu fällen und sie zu Brettern zu zersägen, aber sie fanden einige brauchbare kurze Holzstücke, die zum Abdecken der

Hütten Verwendung gefunden hatten. Sie rissen drei Hütten ab und durchsuchten den Wald nach geeignetem Material, bis sie schließlich einige umgestürzte Bäume fanden.

Matt machte sich einen großen Steinhammer mit langem Stiel und redete laut mit den Hominiden, die sein Tun aufmerksam beobachteten.

»So setzt man einen Stiel ein. Laut meinen Geschichtsbüchern habt ihr Typen das ja nie gelernt.« Dann schlug er sich große Flintsteine zu Keilen zurecht, hielt die Felsbrocken in der einen Hand und hieb mit dem Stein in der anderen so zu, daß eine Reihe kleiner Splitter abplatzte. »Wir nennen das die Levalloistechnik«, sagte er, als sie ihn verständnislos anstarrten. »Benannt nach einem Pariser Vorort. In der mittleren Steinzeit waren eure Vorfahren darin ziemliche Könner, aber das war natürlich zu einer Zeit, als ihr Frankreich noch nicht verlassen hattet und hierheraufgezogen seid.«

Matt schlug die Keile in die angefaulten und bereits aufgeweichten Bäume, trieb sie mit der Axt ins Holz und spaltete den Stamm. Die Arbeit kostete enorme Kraft, und immer wieder mußte er sich mit Sergej abwechseln. Nach zwei Stunden hatten sie einen großen Haufen brauchbarer Balken zusammen, und Blue-Eyes, Hurt-Knee und fünf weitere Hominiden halfen ihnen, sie ins Dorf zu schleppen.

Sie besorgten sich noch einige zusätzliche Arbeitskräfte, und Matt half ihnen, Steinäxte anzufertigen. Vor Jahren hatte er als Archäologiestudent einen Sommer damit zugebracht, in den Wäldern von Massachusetts wie die Vorfahren der ersten Menschen zu leben – und bald glich seine Gruppe einer kleinen prähistorischen Werkstatt, die eigene Werkzeuge herzustellen begann. Meilenweit konnte man das Schärfen und Schleifen der Steine hören. Als sie ein halbes Dutzend Äxte beisammen hatten, gingen Matt und Sergej mit einer Gruppe Hominiden zurück in den Wald, um nach starken Kiefern mit makellos runden Stämmen zu suchen. Sie fällten vier davon, zerteilten sie in drei Meter lange Abschnitte und glätteten die Enden mit ihren Steinäxten.

Matt machte sich allzu große Sorgen um Susan, um eine richtige Mahlzeit zu sich nehmen zu können. Er hatte mit seinen Vorbereitungen einen ganzen Tag verloren, aber er wußte sich nicht anders zu helfen. Mit Notizheft und Stift setzte er sich neben Sergej ans Feuer. Der Russe und Longtooth hatten gerade eine Antilopenlende über dem Feuer gebraten, und der Hominide war nun unterwegs, um das Fleisch an sein Jagdgefolge zu verteilen. Sergej hatte Himbeerblätter zermahlen und sie zu einem Teesud aufgebrüht, dazu rauchte er eine Zigarette aus kleingehackten und in ein Weinblatt gewickelten Jasminblättern. Er nahm einen langen Zug und bot dann Matt die Zigarette an, aber der lehnte dankend ab und begann zu zeichnen. Mit seinem ersten Versuch war er unzufrieden, zerknüllte das Papier und warf es ins Feuer.

»Es muß doch nicht perfekt sein«, sagte Sergej.

»Nein, aber es muß funktionieren.«

Er versuchte es noch einmal, und diesmal fing er von unten an. Er zeichnete eine grobe Plattform, die auf zwei Stämmen ruhte, die als Räder dienen sollten. Die beiden anderen Stämme sollten jeweils vorgelegt werden, damit der Apparat darüber voranrollen konnte. Auf die Plattform malte er vier senkrechte Pfosten, auf denen drei Meter über der unteren eine weitere, kleine Plattform ruhte. Auf diese obere Plattform zeichnete er eine Hütte und darüber ragte noch ein Zylinder auf, der Hals. Dann kam der Schädel: der riesige, angsteinflößende, unverkennbare Schädel eines Bären. In den Boden der Hütte zeichnete er schließlich noch eine Falltür. Diesmal war Matt mit seinem Werk zufrieden, es zeigte die perfekte Wiedergabe der Renegatengottheit. Ein ausgezeichnetes Trojanisches Pferd.

Matt war so sehr mit seiner Zeichnung beschäftigt, daß er Kellicut erst bemerkte, als der alte Mann hinter ihm stand und ihm über die Schulter sah. Dann wandte Kellicut den Blick ab, zog die Nase kraus, sah zu Sergej hinüber und sprach ihn zum erstenmal direkt an. »Sie haben Fleisch gebraten.« Es war keine Frage, sondern eine Feststellung und als Vorwurf gemeint. Sergej nickte und sog ungerührt an seiner Zigarette.

Kellicut blickte lange nachdenklich ins Feuer, und es war offensichtlich, daß er ihnen etwas Wichtiges ankündigen wollte.

»Wissen Sie«, sagte er, drehte sich zu Matt um und dehnte die Worte in die Länge, um ihnen den größten Nachdruck zu verleihen,

»Sie haben kein Recht zu dem, was Sie da vorhaben. Dieser schäbige kleine Trick verletzt alles, woran wir glauben. Er steht im Widerspruch zu meinem gesamten Lebenswerk.« Er sah Matt fest in die Augen.

»Sie haben mit dem Institut zusammengearbeitet«, erwiderte Matt. »Sie waren als erster hier. Sie waren es, der die Büchse der Pandora geöffnet hat.«

Kellicut schwieg zunächst. »Ja, es stimmt«, sagte er schließlich. »Ich hatte schon immer Bedenken, wenn es um das Institut ging – war aber offenbar nicht mißtrauisch genug.« Wieder legte er eine Pause ein. »Ich brauchte das Institut. Ohne seine Mittel wäre ich nie hierhergekommen.«

»Man hat Sie benutzt.«

»Ich weiß, aber ich habe das Institut ebenfalls benutzt. Ich war von Anfang an skeptisch. Die Wissenschaftler waren nicht gerade Weltklasse, ihre Arbeiten stammten alle aus jüngster Zeit, und sie haben mit dem Geld nur so um sich geworfen. Aber ehrlich gesagt war mir das anfangs völlig egal. Man sagte mir, es gebe da einige unklare Berichte über Begegnungen mit Yetis im Pamir, und bat mich, diesen Berichten nachzugehen. Ich nahm das Angebot an. Wer hätte das nicht getan? Eine prähistorische Gruppe von Hominiden – allein der Gedanke war unfaßbar. Ich hätte mich auch dann noch darauf eingelassen, wenn die Chancen nur eins zu einer Million gestanden hätten.«

»Haben Sie gewußt, daß das Institut vor Ihnen hier gewesen ist?«

»Ja. Scharafidins Vater hat es mir erzählt. Das hat mein Mißtrauen bestärkt, mich aber auch neugierig gemacht; die Leute vom Institut benahmen sich, als würden sie wirklich an diese Dinge glauben. Also begann ich auch, daran zu glauben.«

Er starrte ins Feuer. »Als ich herkam, traf ich dann auf diese unglaublichen Geschöpfe. Ich fand heraus, daß sie über eine besondere Fähigkeit verfügten. Und plötzlich wurde mir alles klar, und ich wußte, was sie vorhatten. Ich wußte, daß man diese Fähigkeit für üble Zwecke einsetzen konnte – und an nichts anderem war das Institut interessiert. Also beschloß ich, aus dem miesen Spiel auszusteigen.«

»Aber dann haben Sie den Schädel zurückgesandt.«

»Richtig. Einc letzte Nachricht, um das Institut abzulenken. Aber es hat nicht geklappt.«

»Und warum haben Sie das Tagebuch vergraben?«

»Das war für Sie gedacht. Ich hatte damit gerechnet, daß das Institut Sie losschicken würde, um mich zu suchen, und ich wußte, außer Ihnen würde das Buch niemand finden. Damals habe ich auf so etwas wie meinen Ruf noch ziemlich viel Wert gelegt – ich wollte, daß Sie wußten, was ich gefunden hatte. Doch ich konnte nicht ahnen, daß jemand vom Institut Sie begleiten würde, und so bekam ich den Verdacht, daß Sie sich diesen Leuten angeschlossen hatten. Mittlerweile war es mir nicht mehr wichtig, meine Entdekkung zu verbreiten. Ich dachte nur noch an diese besondere Fähigkeit, daran, sie zu erlernen, den Weg zu höherer Wahrheit zu beschreiten.«

»Wir haben nie zum Institut gehört, Jerry, das hätten Sie sich doch denken können«, sagte Matt.

»Vielleicht, trotzdem sind Sie immer noch ein Teil des Problems.«

Matt legte das Notizheft zur Seite, war sich aber sicher, daß Kellicut seine Skizze bereits gesehen hatte. Er überlegte, ob er ihm sagen sollte, daß Van über Satellit ein Signal ausgesandt hatte und es daher anzunehmen war, daß die Truppen des Instituts bereits hierher unterwegs waren, entschloß sich dann jedoch, sein Wissen für sich zu behalten.

Kellicut wies mit einem Kopfnicken auf das Notizheft. »Jetzt begreifen Sie vielleicht, warum Ihr Plan falsch ist, moralisch falsch. Er mißachtet die Grenzen. Und Sie sehen ja, was passiert ist, als Van gerettet wurde. Sie können von außen keine Ideen in diese Welt hineintragen. Das geht nicht. Ich fürchte, Sie werden damit kein Glück haben« – er sprach jetzt ein wenig leiser, so daß seine Stimme beinahe bedrohlich klang –, »selbst wenn das hieße, daß Susans Ableben in Kauf genommen werden muß.«

Matt starrte ihn ungläubig an. »Das meinen Sie doch nicht ernst«, rief er aus.

Kellicut sah ihn unverwandt an. »O doch«, sagte er und starrte wieder ins Feuer, so daß die Flammen die Konturen seines Gesichts beleuchteten und seine Augen zu schwarzen Löchern wurden. Er seufzte, als nehme er nur widerwillig eine Last auf sich, doch dann sagte er: »Sie werden damit kein Glück haben. Ich lasse es nicht zu. Wenn Sie damit weitermachen wollen, dann werden Sie ebenso sterben wie Susan.«

Kellicut erhob sich und war Sekunden später im Wald unter dem Vollmond verschwunden.

27

Da in der Höhle über dem Grubenrand plötzlich helle Aufregung herrschte, ahnte Susan, daß Kee-wak zu ihr kam, noch ehe sie ihn kommen hörte; außerdem spürte sie seine Nähe, ohne daß sie sich dieses Gefühl genau erklären konnte.

Sie hatte schrecklichen Durst, und ihr Mund fühlte sich wie ausgetrocknet an. Sie dachte daran, sich schlafend zu stellen, wußte aber, daß sie ihn damit nicht täuschen konnte; ihr blieb nichts anderes übrig, als auf ihn zu warten.

Zuerst kamen seine Prätorianer, zwei Höhlenbewohner mit gelbgestreiften Fellen, die ihnen wie Capes um die Schultern hingen. Verächtlich starrten sie zu ihr herab, und Susan spürte, wie jeder von ihnen kurz in ihr Hirn eindrang: zwei Wolken, die durch ihre Gedanken zogen und wieder verschwanden. Sie hatten kein Interesse an ihr und traten vom Rand der Grube wieder zurück.

Sie senkte ihren Blick zu Boden und sah, wie ihr eigener Schatten vom mächtigen Schatten seiner grotesken Gestalt überlagert wurde. Dann schaute sie auf. Kee-wak stand am Grubenrand, und durch die Höhe wurde seine Größe noch betont. Er hatte sich den Mund mit roter Farbe angemalt, so daß er wie eine Wunde aussah, die Augen waren schwarz umschattet und lagen tief in den Höhlen wie die Lichter einer Hyäne, um die Stirn trug er das schwarzweiße Affenfell.

Er schien zu wissen, daß sie durstig war, und ließ einen halben, mit schmutzigbraunem Wasser angefüllten Schädel zu ihr herab, aber da ihr die Hände auf den Rücken gebunden waren, konnte sie das Gefäß nicht an die Lippen setzen. Er machte keinen Versuch, ihr zu helfen. Aber das Wasser sah auch viel zu abgestanden aus. Er sprang hinter ihr in die Grube, griff nach der Schlinge und zog sie noch fester zusammen. Sein Geruch, diese Mischung aus Moschus und Blut, ließ Susan schwindlig werden. Er grabschte in ihr Haar, zog daran, bis sie in die Knie ging, und ragte hoch hinter ihr auf. Sie spürte, wie ihr das Halfter in den Rücken schlug. Und dann fühlte sie, wovor sie sich gefürchtet hatte: Er drang in ihr Hirn ein, langsam, wie ein Leck, das sich ausbreitet. Gleich darauf begann der Schmerz, erst ein dumpfes Pochen, das aber härter und immer härter wurde, bis sie am liebsten aufgeschrien hätte. Er stand direkt hinter ihr; fast war ihr, als steckte er in ihr, schaute durch ihre Augen, sah, was sie sah, auf seiner eigenen Netzhaut. Außerdem hielt er ihr Schmerzzentrum besetzt.

Sie schob sich ein wenig näher an die Grubenwand heran, Zentimeter um Zentimeter rückte sie vor und achtete weder auf ihre schmerzenden Schultern noch auf den wachsenden Schmerz in ihrem Innern, bis sie fand, wonach sie suchte. Als sie keine zwei Schritte mehr von dem Spiegel entfernt war, riß sie ihre Augen auf und starrte direkt in ihr silbriges Abbild, sah ihre Augen, tiefgrün und weit offen vor Angst, doch ohne Zweifel ihre Augen. Sie sah sie an, als wären sie ein Zwillingsbrunnen grünen Wassers und sie fiele hinein, bis sie plötzlich eine rasche Bewegung in ihrem Rücken spürte, einen Rückzug, und der Schmerz, der ihren Verstand zu zerquetschen schien wie eine Faust, hört abrupt auf und verschwand. Kee-wak schrie – vor Verwirrung, nicht vor Schmerz – und schien mit einem einzigen Satz aus der Grube zu springen und zu verschwinden, so wie ein Gespenst beim Morgengrauen verschwindet.

Sie stand auf. In ihrem Kreuz, dort, wo er sie berührt hatte, war ein schmieriger Fettfleck zurückgeblieben, und sie rieb ihre Handgelenke in diesem Fett und riß und zerrte an ihrer Fessel, bis sie sich ein wenig gelockert hatte.

Kellicut hatte keine Angst. Er war wie einer der alten Propheten, einer der ersten Christen, die in den unterirdischen Tunneln des Kolosseums predigten. Ihn trieb die Überzeugung, daß sein Tun richtig war.

Er erreichte den Höhleneingang beim ersten Tageslicht. Er besaß nur noch ein Hemd, das diese Bezeichnung verdiente, und er hatte beschlossen, es heute zu tragen – weil der Anlaß es verlangte und auch, weil er ein Bote war, und Botschafter hatten sich nun einmal entsprechend zu kleiden.

Kellicut griff in seine Tasche und tastete nach dem Papier. Dies war seine Botschaft, seine Mission, aber er konnte es wohl kaum einfach übergeben, als wäre er ein einfacher Melder vom Rand des Reichs, der unerwartet in Cäsars Rom auftauchte. Die Sache verlangte einige Überlegung, wenn sie richtig durchgeführt werden wollte.

Ehe er die Höhle betrat, sah er sich um. Eigentlich wollte er nicht gerade Lebewohl sagen, beschwichtigte er sich, da es durchaus nicht unwahrscheinlich war, daß er zurückkehrte. Er wollte sich für seine Reise in die Tunnel einfach nur mit dem Anblick der freien Natur stärken, da er zwar noch nie in der Höhle gewesen war, sich aber schon oft vorgestellt hatte, wie düster und bedrückend sie sein mußte.

Seine Mission war nicht ungefährlich. Was, wenn er einem dickschädligen Wachposten in die Arme lief, der ihn auf der Stelle erschlug? Was, wenn er nicht zu dem vordrang, zu dem er gelangen mußte: dem einzigen, der schlau genug war, die Warnung zu entziffern, die er ihm zukommen lassen wollte?

Der Tunnel war riesig und führte direkt in den Berg hinein, als wäre er für eine riesige Eisenbahn gebaut worden. Seine Größe gab Kellicut das Gefühl, winzig klein zu sein, und er lauschte auf seine Schritte, deren Echo von den Wänden widerhallte. Eigentlich hatte es keinen Sinn, leise zu sein, schließlich wollte er ja entdeckt werden. Der Tunnel führte um eine Kurve und mündete in einer großen unterirdischen Höhle, die von Fackeln in Wandnischen erhellt wurde. Kellicut blieb stehen und lauschte: nichts, nur hin und wieder fiel ein Wassertropfen von den Stalaktiten herunter auf die Stalagmiten. Eine Welle von Zweifeln erfaßte ihn, aber er kämpfte dagegen an. Einen Augenblick glaubte er, jemand würde in sein Hirn eindringen, aber er war sich nicht sicher.

Geh einfach weiter, sagte er sich, und bald verlor sich seine Aufmerksamkeit an die Einzelheiten: die für Fackeln ausgehauenen Nischen faszinierten ihn, und da und dort entdeckte er längst verlassene Feuerstellen. Er entschied sich für den größten Durchgang und folgte diesem neuen Tunnel, der innerhalb des Berges langsam anstieg. Auf beiden Seiten sah er weitere Tunnel abzweigen und staunte über ihre Vielzahl. Der Haupttunnel wand sich nach links, dann nach rechts, bis Kellicut unter einem Torbogen schließlich eine schmale Öffnung sah. Er ging hindurch und sah sich plötzlich in einer riesigen Höhle stehen. Ein Dutzend Gesichter wandte sich nach ihm um.

Er hatte geglaubt, sie überraschen zu können, statt dessen war er derjenige, der überrascht wurde, als ihn mächtige Arme von hinten packten und die Schultern so eng zusammenpreßten, daß er sich nicht mehr regen konnte. Als ihm der Schmerz in die Schulterblätter fuhr, ging ihm ein Licht auf: Sie hatten ihn in diese Höhle gelockt – daher war er in den Tunneln keinem von ihnen begegnet. Jetzt blieb ihm nur noch die Hoffnung, daß sie neugierig genug waren, ihn am Leben zu lassen, daß sie ihn zu ihrem Anführer bringen würden.

Man ließ ihn nicht lange im ungewissen. Drei Höhlenbewohner – einer an jeder Seite, der dritte drückte ihm einen Speer ins Kreuz – zerrten ihn durch einen Seitentunnel, bis sie zu einer Kammer gelangten. Dort, auf einer Felsplatte, lag Kee-wak, der kaum merklich den Kopf wandte, um ihn anzuschauen, sich aber sonst nicht bewegte. Kellicut war überwältigt: Dieses Geschöpf war so überaus majestätisch, wie es dalag, so mächtig und ohne Frage jenen Wesen überlegen, unter denen Kellicut in den letzten Monaten gelebt hatte. Er fühlte sich seltsam erleichtert; es war richtig gewesen, sein Leben zu riskieren. Die Renegaten waren eindeutig vom Schicksal ausersehen, die Zukunft ihrer Spezies zu repräsentieren. Doch auf seine Erleichterung folgte rasch ein anderes Gefühl, als Kee-wak seine Energie in ihn einströmen ließ und sein Wahrnehmungsfeld besetzte. Er bebte und geriet beinahe in Panik, denn diese Kraft war so unendlich viel stärker als alles, was er bisher erlebt hatte.

Kellicut saß auf einem Stein und griff in seine Hemdtasche. Die Wachtposten zuckten bei dieser Bewegung zusammen, aber Kee-wak rührte sich nicht. Langsam zog Kellicut seine Kopie von Matts Skizze hervor, jenes Bild, das der Gottheit der Renegaten hohnsprach. Er faltete das Papier auf und betrachtete die Skizze, konzentrierte sich auf die Striche und versuchte, sich das Gezeigte als Ganzes vorzustellen. Im Innern der Gottheit hatte er etwas gezeichnet, was Matt fortgelassen hatte: Gestalten, Krieger, die auf dem Bauch lagen und auf das Zeichen zum Angriff warteten. Jetzt starrte er die Gestalten an, die er so getreu wie möglich wiedergegeben hatte. Er sah hinüber zu Kee-wak, um sich zu vergewissern, daß er von ihm begriffen wurde, doch eigentlich wäre dies nicht nötig gewesen, da er Kee-wak in sich drinnen fühlte und wußte, daß er ebenso wie er selbst auf ein in seinen Händen zitterndes Papier starrte.

Gott sei Dank, dachte Kellicut, meine Botschaft kommt an, Matts Plan wird durchkreuzt werden. Ihm entging, daß Kee-wak eine winzige Bewegung mit der Hand machte. Doch etwas anderes drängte sich plötzlich in seine Gedanken, eine Vision. Er merkte, daß er seine Fähigkeit nutzte; endlich hatte er sie erlernt. Die Vision wurde deutlicher, nahm Gestalt an – er sah einen Kopf, seinen eigenen Hinterkopf. Doch warum seinen eigenen Kopf?

Er hatte keine Zeit mehr, den Schlag abzuwehren, der von hinten auf ihn niedersauste und wie eine Klinge auf seinen Nacken traf, so mächtig und genau plaziert, daß seine Halswirbel sauber durchtrennt wurden. Er war sofort tot, und das war vielleicht gut so, war doch sein letzter Gedanke so hoffnungsfroh. Sein Kopf mit freudig verzerrter Miene fiel vornüber und landete falsch herum auf seiner Brust.

Matt fand einen guten Platz, um seinen Koloß zu bauen: eine kleine, hübsch gelegene Talsenke unweit vom Eingang der Höhle. Nur eine Reihe Kiefern schützte sie vor zufälligen Blicken und ließ sie in relativer Abgeschiedenheit arbeiten – vorausgesetzt, sie arbeiteten schnell genug.

Matt ging zu den Kiefern und spähte hinüber zur Höhle. Der beruhigende Geruch der Kiefernnadeln stieg vom weichen Boden auf und erinnerte ihn an die Berge in Vermont, durch die er im Herbst so gern gestreift war.

In Gedanken folgte er der Strecke, auf der der Götze die Höhle erreichen konnte. Es gab nur ein kurzes, schwieriges Wegstück, sonst ging es stets ein wenig bergab. War der Bär erst fertig, sollten sie ihn ohne weiteres bis zur Höhle schieben können, wenn sie ihn auf zwei runden Stämmen rollen ließen und jeweils von hinten die beiden anderen Stämme nach vorn holten, sobald sie darüber hinweggerollt waren. Er hoffte, daß die Hominiden begriffen, worauf er hinauswollte, da sie den größten Teil der schweren Arbeit zu erledigen hatten. Stand das verdammte Ding erst einmal an Ort und Stelle, lag der Rest in den Händen der Renegaten.

Er war schon früh mit Sergej hergekommen. Eine Gruppe unter Führung von Hurt-Knee und Tall-Boy brachte das Baumaterial zum Platz. Die Hominiden weigerten sich immer noch, das Gräberfeld zu überqueren, so daß sie die Hölzer und riesigen Stämme über die doppelte Entfernung und über ziemlich schwieriges Gelände herbeischleppen mußten. Doch sie trafen rechtzeitig ein und hatten sich noch nicht einmal warmgearbeitet.

Matt verstaute seinen Rucksack in der Astgabel eines Baumes. Er enthielt die Extras, auch diese eine Sache, an der er noch bis spät in der Nacht gearbeitet hatte und die er erst zum Schluß anbringen würde, wenn all die anderen bereits fort waren.

Er breitete seine Skizzen in einer Reihe auf dem Boden aus. Es waren acht an der Zahl, von denen eine den Bären im Überblick zeigte, während die anderen einzelne Teile und Verbindungsstücke verdeutlichten. Das Schwierigste würde die Konstruktion von Körperhülle und Kopf sein, die wie der Götze in der Höhle aussehen mußten. Selbst mit richtigen Brettern, Nägeln und einem vernünftigen Hammer würde das nicht einfach sein, sagte er sich, aber so... er führte den Gedanken nicht zu Ende.

Später überprüften sie ihre Werkzeuge: eine begrenzte Auswahl von Schlingpflanzen, Knochen, Steinsplittern, schweren, runden Felsen, Drahtresten und dünnen, scharfen Flintsteinen. Immerhin hatte er auch noch sein Taschenmesser.

Sergej schien seine Gedanken lesen zu können. »Die Werkzeuge mögen prähistorisch sein«, sagte er, »aber die Köpfe, die sie führen, sind aus dem zwanzigsten Jahrhundert.« Er lächelte ihm aufmunternd zu.

Sie suchten sich zwei der dicksten Stämme für das Grundgerüst aus und legten sie parallel nebeneinander. An den Enden wurden wie bei einem Floß jeweils zwei weitere Stämme quer gelegt und mit biegsamen Ranken verbunden. Dann stellten sie die senkrechten Pfosten auf und bauten für das Körpergerüst des Bären zwei hoch in der Luft befindliche Plattformen; sie verfugten das Holz, indem sie Knochenscheiben und Felsstücke zur Verstärkung in die Passung hämmerten. Dann wurden dicke Äste wie Rippenbögen verlegt, bis der Rahmen fest genug war, um darauf stehen zu können. Nur widerstrebend gab Matt den Gedanken an eine Falltür im Boden auf und ließ statt dessen eine Lücke zwischen den Ästen, die mit Tierfellen verdeckt wurde.

Matt stand auf der oberen Plattform im Bauch des Götzen und trat vom Rand zurück, um sich die Stirn zu wischen. Er mußte zugeben, daß die Statue von hier oben ziemlich beeindruckend aussah. Sie erhob sich etwa sieben Meter über den Erdboden und war solide gebaut.

Dann sah er Longtooth mit zielstrebigen Schritten aus dem Wald auftauchen, gefolgt von zwei jüngeren Hominiden, die etwas trugen und unter dem Gewicht schwankten. Dieses Etwas war lang und dunkel, und als sie näher kamen, konnten Matt einen großen Kopf und schwarzes Fell erkennen. Longtooth hatte seine Mission erfolgreich durchgeführt – er hatte einen Höhlenbären erlegt. Jetzt würde der Götze tatsächlich wie ein perfektes Ebenbild der Statue in der Höhle aussehen.

Sergej sprang auf und glotzte die Hominiden mit offenem Mund an. Er rannte ihnen entgegen, um das Bärenfell zu begutachten, und fiel Longtooth, der seinen Stolz nur schwer verbergen konnte, um den Hals. Die beiden jüngeren Hominiden machten sich gleich mit ans Werk, und bald war der Hohlkörper der Statue fertig, die Außenseite mit Zweigen eng verflochten und mit Tierfellen verhängt, um die Illusion eines Ungeheuers noch zu verstärken.

Dann kam der Kopf an die Reihe. Matt schuf einen gräßlich aussehenden Unterkiefer und achtete sorgsam darauf, für Mund und Nasenlöcher große Öffnungen zu lassen. Die wurden später noch gebraucht. Über den oberen Teil des Gesichts legte er den Bärenkopf mit seinen bösartigen, kleinen Augen. Das schwarze Fell ließ er über den Rücken fallen, und die Vorderbeine schlang er wie einen Kragen um den Hals, so daß die Statue die gleiche Wirkung erzielte wie der Götze in der Haupthöhle: nämlich die, Angst zu erzeugen.

Matt sprang zu Boden und musterte sein Werk. Selbst bei Tageslicht sah die Statue wie der Doppelgänger des Bären in der Höhle aus, und sie schien die gleiche bösartige Aura auszustrahlen. Die Hominiden betrachteten den Götzen mit einer gewissen Scheu und hielten sich von ihm fern.

Wie besprochen machte sich Sergej auf, um ihnen ein Versteck zu bauen. Er brauchte eine Weile, um die Gegend abzusuchen, fand aber schließlich die perfekte Stelle hinter einem schmalen Hügelkamm, der nicht weit vom Eingang der Höhle lag, von dort aber nicht einzusehen war. Zuerst grub er eine weite, flache Grube, die er dann mit Stämmen zudeckte, wie sie zum Bau des Grundgerüsts der Götzenstatue benutzt worden waren. Zum Schluß deckte er die Grube mit Tierfellen ab. Er zwängte sich in den schmalen Raum zwischen Balken und Boden. Es war dunkel und sehr eng, bot aber Platz für sechs Personen.

»Auftrag ausgeführt«, meldete Sergej, als er zu Matt zurückkehrte. Er starrte zum Götzen hinauf, der wie eine grausame Gottheit über ihnen aufragte. »Das da soll also einen Fortschritt der Zivilisation verkörpern, wie?« sagte er und schüttelte den Kopf. »Was glauben Sie eigentlich, welche Art Gottheit das ist?«

»Ich bin mir nicht sicher«, antwortete Matt. »Aber ich vermute, daß sie mit der Jagd und dem Blutvergießen im Zusammenhang steht. Der Höhlenbär ist schließlich selbst fast ein Gott – ein Herrscher der Berge. Es gibt nichts, das ihn nicht fürchtet und nichts, das er fürchtet. Also ist es nur zu verständlich, daß sie sich ihn zum Vorbild nahmen, als sie anfingen zu töten und Fleisch zu essen. Aus prähistorischen Grabfeldern wissen wir, daß der Höhlenbär den Hominiden heilig war.«

Sergej lief ein Schauder über den Rücken. »Ich weiß nicht, ob Sie da recht haben«, sagte er, aber Matt klopfte ihm kameradschaftlich auf die Schulter, und sie machten sich wieder an die Arbeit.

Mit Hilfe der Hominiden legten sie die Rollstämme unter das Grundgerüst. Dann nahmen sie ihren Platz ein und drückten mit aller Macht, bis die riesige Statue ächzte und sich zentimeterweise vorwärts bewegte. Einige Hominiden zogen an langen Ranken, die an der Statue befestigt worden waren. Sie schoben und zogen, und die Statue begann zu rollen. Zwei weitere Stämme wurden vor die Statue gelegt, zwei Stämme von hinten nach vorn geholt. Auf diese Weise bewegten sie die Statue voran, bis sie schließlich nach etwa einer halben Stunde unmittelbar vor dem Eingang der Höhle stand.

Sie legten die restlichen Stämme zwischen Götzenbild und Höhleneingang aus und ließen die Ranken von der Statue herabhängen.

Endlich war der fertige Höhlenbär an Ort und Stelle und wartete nur noch auf seine Besatzung. Matt nahm seinen Rucksack und kletterte hinauf. Durch die fellbedeckte Lücke stieg er in den Bauch, zwängte sich durch den Hals in den leeren Kopf und tat, was er sich zu tun vorgenommen hatte.

Dann kehrte er zurück in den Bauch und sprang schließlich wieder nach draußen. Er rammte einen Pfahl in die Erde, band etwas daran fest und kehrte dem Bären den Rücken zu. Auf dem Rückweg zur Talsenke fiel ihm auf, daß die Sonne ihren Scheitelpunkt längst überschritten hatte. Bald würde es später Nachmittag sein, Jagdzeit, jene Stunden des Tages, an denen die Tiere aus ihren Verstecken hervorkrochen. Ihm blieb nur zu hoffen, daß die Hominiden tatsächlich kamen, daß sie Wachen aussandten oder gar ein weiteres Überfallkommando schickten. Er drehte sich noch einmal zum Götzenbild um. Es sah bösartig und majestätisch zugleich aus, wie es dort mit schimmerndem, schwarzem Pelz in der Sonne stand: eine riesige Opfergabe, einen Tribut, den man nicht ablehnen konnte. Was für eine perfide Kreativität lag doch dem Trojanischen Pferd zugrunde – diese Idee eines verlogenen Geschenks, das man nicht zurückweisen kann!

Er gesellte sich zu Sergej, der im langen, warmen Gras vor sich hindöste, und spürte, wie ihn die Erschöpfung überkam. Aber er durfte jetzt nicht einschlafen, er mußte Wache halten. Der eigentliche Kampf hatte noch nicht einmal begonnen, und schon bald würde er all seine Energiereserven brauchen.

Susan hatte eine Hand aus der Schlinge ziehen können, hielt sie aber die meiste Zeit hinter ihrem Rücken verborgen, um die Hominiden zu täuschen. Ihre Vorsicht war eher abergläubischer Natur, da sie genug über deren Fähigkeit wußte, aber sie wollte kein Risiko eingehen. Mit der freien Hand hob sie den halben Schädel auf, den Kee-wak fallengelassen hatte. Er enthielt immer noch einige Tropfen von dem braunen Wasser, aber sie konnte nichts davon trinken, es roch einfach zu widerlich.

Es gab kein Entrinnen aus dieser Grube. Die Wände waren zu steil, um sie hinaufzuklettern. Hoch oben an der einen Seite war ein Vorsprung. Wenn ich den zu fassen bekäme, könnte ich mich vielleicht hochziehen, dachte sie. Aber er war zu hoch, selbst wenn sie springen würde, konnte sie ihn nicht erreichen. Ich müßte etwas haben, worauf ich mich stellen kann, dachte sie.

Susan war immer noch ziemlich aufgebracht über ihre Begegnung mit Kee-wak. Sie wußte, daß er zurückkommen und daß ihr Trick wohl kaum ein zweites Mal funktionieren würde. Trotzdem steckte sie den Spiegel in eine ihrer Taschen, um ihn notfalls parat zu haben. Ihr sechster Sinn verriet ihr, daß oben in der Höhle irgend etwas vor sich ging, sie spürte eine Unruhe, die andeutete, daß irgendein Geschehen oder auch eine Feier unmittelbar bevorstand. Vielleicht finden dort oben die Vorbereitungen zu meiner eigenen Opferung statt, durchfuhr es sie.

Sie fürchtete sich nur vor dem Schmerz. Hatte sie schon immer getan. Vor der Folter hatte sie größere Angst als vor dem Tod. Und diese Bestien wußten, wie man folterte: nicht so sehr, weil sie damit eine schändliche Absicht verfolgten, sondern weil es ihnen dermaßen an Mitgefühl mangelte, daß sie sich die Folgen ihres Tuns überhaupt nicht vorstellen konnten.

Plötzlich brach über ihrem Kopf ein Tumult aus. Sie sah nach oben, konnte aber bis auf die stämmigen Beine am Rand der Grube kaum etwas erkennen. Einige Höhlenbewohner schienen in der Finsternis über ihr etwas in Händen zu halten, ein Tuch vielleicht. Sollte dies die Robe sein, die sie als Todesbraut zu tragen hatte? Jetzt hielten sie dieses Etwas direkt über die Grube und ließen es fallen. Es stürzte herunter und schlug mit einem wuchtigen Beben auf dem Grund der Grube auf. Im Lichtkegel konnte sie einen Arm sehen, dann ein Bein. Ein Leichnam, der Leichnam eines Menschen. Die Höhlenbewohner zogen sich zurück. Langsam und vorsichtig näherte sie sich dem Toten, bückte sich, zog ihre Hand hinter dem Rücken hervor und drehte ihn um. Es war Kellicut! Sein Gesicht war verzerrt, irgendwie geschrumpft, die Augäpfel glasig und vorgewölbt. Sie schnappte entsetzt nach Luft und ließ den Leichnam los, so daß er wieder auf den Bauch fiel und sie eine tiefe Wunde am Rückenmarksansatz sehen konnte. Ihr Blick drang durch die Wunde direkt in den Schädel hinein, und sie schrie und schrie, denn sie konnte den inneren Schädelknochen sehen. Der Schädel war leer, ihm fehlte das Hirn.

Langsam krochen die Hominiden aus der Höhle und starrten zum Götzen hinauf, als könnte er sie jeden Augenblick niederstrecken. Manche blinzelten, als würden sie in die Sonne schauen. Sie gingen um die Statue herum, die Mutigen streckten sogar vorsichtig ihre Hände aus und berührten das hölzerne Podest, auf dem der Bär stand.

Matt beobachtete sie nervös aus seinem Versteck heraus, während er gegen eine neue Sorge ankämpfte: Vielleicht war der Götze zu grimmig ausgefallen, vielleicht trauten sie sich nicht, ihn von der Stelle zu bewegen. Alles hing davon ab, daß sie den Bären in die Höhle brachten. Er hatte sich eingeredet, daß sie instinktiv so reagieren würden, aber vielleicht hatte er sie falsch eingeschätzt; vielleicht war er einfach unfähig, sich in ihre geistige Welt zu versetzen und ihr Verhalten vorauszusagen. Trotzdem war er davon überzeugt, daß wenigstens einer unter ihnen, nämlich Kee-wak selbst, sich dieses Geschöpf aneignen wollen würde, daß er es besitzen wollte, um dadurch seine Macht noch zu vermehren.

Und im gleichen Moment, als hätte Matt ihn heraufbeschworen, erschien Kee-wak im Höhleneingang. Seine Silhouette war unverkennbar, ebenso der Kragen aus Affenfell, der seinen Hals noch dicker aussehen ließ. Matt sah den Revolvergriff im Sonnenlicht aufblitzen, als die Bestie sich hoch aufrichtete, den Götzen musterte und dann – Kee-wak war der einzige, der auf diese Idee kam – den Horizont absuchte.

Matt duckte sich rasch zurück ins Versteck. Er rammte Sergej seine Knie in den Rücken, aber gleich darauf drängten sie sich in der Dunkelheit aneinander, als dieses seltsame, gefährliche Gefühl ihren Kortex hinaufkroch, im Zentrum begann und sich dann wie Tinte im Wasser in alle Richtungen ausdehnte. Sergej fürchtete sich. Er griff nach Matts Arm und drückte so fest zu, daß er die Blutzirkulation unterband, bis Matt ihm beruhigend aufs Knie klopfte. Kurz danach hörte dieses merkwürdige Gefühl wieder auf.

»Keine Angst«, sagte Matt. »Er hat nur mal die Gegend ausgekundschaftet. Wahrscheinlich sind wir jetzt sicher und können wieder nach draußen.«

Vom Hügelkamm aus sahen sie zu, wie die Höhlenmenschen sich abmühten, die riesenhafte Statue in die Höhle zu ziehen. Manche schoben, andere zogen, aber erst als sie den Zweck der Zugranken begriffen, rührte sich der Bär. Matt drängte sie stumm voran und mußte den Impuls unterdrücken, ihnen zuzurufen, wie etwas so Elementares wie das Rad zu benutzen war. Dann schien ihnen ein Licht aufzugehen, und langsam rollte der Götze auf seinen Stämmen voran, unbeholfen wie ein Schoner, der unter böigem Wind segelt. Es schien eine Ewigkeit zu dauern, aber schließlich hatte der Bär den Höhleneingang erreicht und blieb dort eine Weile stehen, da die kleinen, dunklen Gestalten noch einige Steine aus dem Weg räumen mußten. Dann endlich aber ruckte der Götze an und wurde vom dunklen Loch verschlungen.

»Los jetzt!« befahl Matt und war auf und davon, ehe Sergej auch nur aus dem Versteck war. Sie liefen den Hang hinunter und über die Lichtung zum Höhleneingang. Matt horchte. Eine Kakophonie von Geräuschen drang zu ihm hinaus: Steine, die geworfen wurden, Stämme, die über den Fels rollten, ein Grunzen, ein Ächzen, schlurfende Schritte, doch all das klang bereits weiter fort, und so schlich sich Matt ins Innere der Höhle. Sergej folgte ihm auf dem Fuße. Sie warteten einen Moment, bis sich ihre Augen an die Dunkelheit gewöhnt hatten. Vor ihnen, dort, wo der Tunnel abbog, konnten sie den Götzen sehen, der wie ein Schlachtschiff voranrollte, sich nun drehte und ihnen seine Seite zeigte, seine Umrisse, vom Licht der Fackeln verzerrt. Wie aus dem Nichts begannen die Trommeln zu dröhnen, dumpf, stetig und bedrohlich.

Matt mußte sich mit Gewalt zurückhalten. Als er fand, daß genügend Zeit verstrichen sei, schlich er, gefolgt von Sergej, den Tunnel entlang, bis er die Kurve erreichte, und dort blieb er stehen und warf einen vorsichtigen Blick um die Felsecke. Ihm bot sich ein alptraumhafter Anblick. Der Götze stand in der Mitte einer Nebenhöhle und schien hier drinnen sogar noch größer zu sein als draußen. Umgeben von den ausgezackten Felsformationen und den Dolchen der Stalaktiten und Stalagmiten wirkte er doppelt grauenhaft. Fledermäuse flatterten umher und tanzten um den Bärenschädel. Krieger umdrängten den Götzen von allen Seiten, und Matt fiel sofort auf, daß alle ihre Keulen und Speere trugen. Trommler hieben auf ihre Instrumente ein, dunkle, mit Tierhäuten bespannte Holzschüsseln. Manche Hominiden hielten Fackeln in den Händen. Und über allem herrschte Kee-wak, der wie immer im vollen Ornat auf jenem geschnitzten Stuhl saß, der ihm auch als Thron diente.

Kee-wak erhob sich, und die Trommeln schwiegen. Er blickte zum Götzen hinauf und wirkte unsicher. Immer wieder versuchte er, ins Innere der Statue zu schauen, als wollte er ihre sämtlichen Geheimnisse entziffern. Alle starrten dieses grausige Götzenbild an. Dann gab Kee-wak das Zeichen, und die Hominiden trugen armeweise Holz herbei, das sie um das Grundgerüst des Bären stapelten. Kaum war dies geschehen, setzten die Trommeln wieder ein, doch Kee-wak brachte sie mit einem Wink zum Schweigen. Erneut erhob er sich und starrte den Bären an, versuchte, sein Geheimnis zu ergründen, alle Winkel seines Innern mit seinem mächtigen Seherauge zu durchdringen. Irgend etwas stimmte nicht. Stimmte ganz und gar nicht. In diesem Augenblick ertönte aus dem Innern des Götzen ein Schrei, zaghaft zuerst, doch immer drängender, ein hohes Winseln, ein Laut wie ein Klageruf. Es war der Alarmschrei der Hominiden! Die Höhlenmenschen wichen entsetzt zurück, rempelten einander vor lauter Überraschung an. Doch Kee-wak stürzte vor, als hätte er dergleichen erwartet. Er schnappte sich eine Fackel und steckte mit fieberhaften Bewegungen das Holz in Brand, eilte um das Grundgerüst herum, bis Flammen es von allen Seiten einkreisten.

Das Feuer umzüngelte den Götzen, verbrannte die Balken, fraß sich in den Bauch vor, versengte das Holz und entzündete es schließlich. Wieder setzten die Trommeln ein, und Rauch stieg auf, sammelte sich unter dem Gewölbehimmel und versetzte die Fledermäuse in helle Aufregung, so daß sich die Decke in eine wimmelnde Masse aus Flügeln und zwitschernden Köpfen verwandelte. Doch dann geschah etwas Unerwartetes, etwas gänzlich Unerwartetes.

Irgendwo aus dem Innern des Götzen stieg ein Brüllen auf, und dann folgte ein hämmernder Rhythmus, und die Musik von Bruce Springsteen donnerte plötzlich durch die Höhle und hallte in irrer Lautstärke von den Wänden wieder. »Born in the U.S.A. . . .« Gerade als die Flammen den Nacken erreichten und den Bärenkopf umflammten, schien die Bestie zurückzuschrecken, spuckte Feuer aus weit aufgerissenem Mund und aus den Augen. Die Flammen schossen sieben, acht Meter weit heraus, versengten die Wände und verwandelten die Höhle in ein brennendes Inferno, durch das die Musik peitschte und die Fledermäuse auf und ab jagten.

Unter den Höhlenmenschen brach Panik aus. Getrieben von der Angst vor ihrem Rachegott rissen sie alle mit, die ihnen im Weg standen, und flohen tief hinein in den Berg, die Musik immer dicht auf den Fersen. Mit ihnen rannte Kee-wak, rücksichtslos und aus voller Kraft. In der Haupthöhle blieb er einen Augenblick stehen und lief dann hinüber zur Grube. Doch die war leer, nur Kellicuts Leichnam stand an die Wand unter dem Felsvorsprung gelehnt, über den die Gefangene entflohen war. Kee-wak schrie vor Wut auf und folgte den anderen dann so schnell er konnte, bis sie die höchste Ebene der Höhle und den Haupteingang erreicht hatten. Dort strömten sie nach draußen, warfen sich in den frisch gefallenen Schnee und versteckten sich in seinen sicheren Tiefen.

Matt folgte den fliehenden Bestien. Als er die Haupthöhle betrat, war sie leer. Er ging näher an die Grube heran, als in seinem Rücken eine Stimme ertönte: »Nicht, Matt, es ist zu schrecklich. Es ist Kellicut.«

Matt nahm Susan in die Arme und drückte sie an sich. Sie zitterte. Er hielt sie noch immer fest umschlungen, als Sergej mit Hurt-Knee, Longtooth und den übrigen Hominiden in die Haupthöhle gestürzt kamen. Sie nahmen die Jagd wieder auf, eilten durch leere Tunnel und vorbei an Feuerstellen, die erst wenige Augenblicke zuvor verlassen worden waren, bis sie zum Haupteingang kamen, eben jenem Felsentor, wo Matt, Susan, Van und Rudi die Höhlenmenschen vor so langer Zeit zum erstenmal gesehen hatten.

Seite an Seite standen sie im Eingang der Höhle und sahen den Renegaten nach, die immer noch voller Panik durch den tiefen Schnee pflügten und wie verwundete Tiere um sich schlugen. Sie droschen sogar mit mächtigen Hieben aufeinander ein, und Blut spritzte in den aufgewühlten Schnee. Mitten in diesem Chaos sahen Matt und Susan Kee-wak aufragen, eine noch immer beeindrukkende Herrschergestalt.

Kee-wak richtete sich hoch auf, und die Hominiden wichen vor ihm zurück. In einem Augenblick, der ewig zu dauern schien, hob er das Kinn und richtete seinen haßerfüllten Blick auf Matt, Susan und Sergej. In dieser einen Sekunde wurde ihm alles klar. Er kochte bei dem Gedanken an den Verrat, warf den Kopf in den Nacken und schrie. Und dann zog er, fast berechnend, das Halfter über den Kopf und nahm den Revolver zur Hand. Er fuchtelte damit herum, zielte hierhin und dorthin und fummelte so lange, bis er den Abzug erwischte. Der Knall verhallte in der Ferne, die Kugel flog harmlos in den Schnee. Doch dann folgte Knall um Knall.

Ein anderer, tieferer, donnernder Klang, fast wie das Geräusch eines Erdbebens, setzte der Schießerei ein Ende. Das Grollen kam näher und näher und schwoll an, bis der Berg selbst erbebte. Und dann stürzte von oben eine riesige Ladung Schnee herab.

»Vorsicht!« schrie Matt. »Lawine!«

Er rannte mit den anderen zurück in die Höhle, aber in jenem Bruchteil der Sekunde, ehe sie sich umwandten, blickten sie noch einmal zurück und sahen Kee-wak draußen stehen, wie die Schneebrocken auf ihn herabregneten. Kee-wak starrte in den Himmel, und als er schließlich begriff, was geschah, da reckte er sich, fletschte seine Zähne, riß den Mund auf und stieß ein langes, heiseres Wutgeheul aus. Es war ein gespenstischer Laut, ein Ton voller Pein und Verbitterung, der wie ein Echo durch die Zeit hallte, über Jahrhunderte, gar Jahrtausende hinweg. Und dann hörte der Schneefall auf, und alles war still.

28

Matt und Susan wachten auf, als die Sonne schon hoch am Himmel stand, und gleich darauf packten sie ihre Habseligkeiten für den Rückmarsch. Bis auf ihre Daunenjacken, die sie in der Hand halten wollten, paßte die meisten Sachen problemlos in ihre Rucksäcke. Die Jacken würden sie für den Abstieg auf der anderen Bergseite noch brauchen. Ein letztes Mal schauten sie sich in ihrer Laubhütte um.

»Es mag ja verrückt klingen«, sagte Susan, »aber ich glaube, ich werde das Tal hier vermissen.«

»Verrückt ist genau das richtige Wort«, meinte Matt trocken.

»Was meinst du, sollten wir unsere Erfahrungen veröffentlichen?«

»Ich weiß nicht. Wenn wir etwas schreiben, dann ist es mit dem Tal bald vorbei. Selbst wenn wir den genauen Ort verheimlichen, werden hier früher oder später Leute auftauchen. In dieser Hinsicht hatte Kellicut jedenfalls recht.«

»Stimmt, aber ich finde es schade, wenn all unser Wissen und unsere Erfahrungen ungenutzt bleiben sollten. Denk doch nur an die Wissenschaft. Gibt es denn keine Möglichkeit, unsere Erkenntnisse weiterzugeben, sie späteren Generationen mitzuteilen?«

»Jedenfalls keine, die mir einfällt«, sagte Matt. »Es sei denn, diese Spezies hier geht in naher Zukunft ein, aber wenn es soweit kommt – falls es überhaupt soweit kommt –, würden wir nichts davon erfahren.«

Susan schüttelte verzweifelt den Kopf. »Wie soll ich jemals wieder einen Artikel über Neandertaler lesen können? Oder gar einen schreiben?«

»Vielleicht mußt du dir ein neues Spezialgebiet suchen«, witzelte Matt. »Den *Australopithecus*. Oder den *Homo habilis*.«

»Oder meinen neuen Liebling, den *Homo erectus*.«

Sie mußten beide lachen.

Sergej wartete an der Feuerstelle. Er besaß noch weniger Habseligkeiten als sie und wäre am liebsten gleich losmarschiert, aber sie hatten noch eine letzte, wichtige Aufgabe zu erledigen, auf die sich die Hominiden bereits den ganzen Morgen vorbereitet hatten. Sie hatten Kellicuts Leichnam aus der Höhle hergebracht, nackt auf eine Felsplatte gelegt und den Kopf, der immer noch ein wenig eingesunken aussah, auf beiden Seiten gestützt. Ein riesiges Feuer loderte neben der Leiche, die Flammen schossen fast sieben Meter hoch und schickten Hitzewellen aus, die die wenigen Wolken am blauen Himmel zum Tanzen brachten.

Matt sah sich im Dorf um. »Sie werfen alles ins Feuer. Sieh doch, sie zerstören sogar ihre Hütten.«

»Weil sie in die Berghöhle ziehen«, erklärte Sergej. »Sie übernehmen die Höhle, die von den anderen verlassen wurde.« Er zuckte die Achseln. Matt und Susan sahen sich an. »Wahrscheinlich gefällt es ihnen besser mit einem stabilen Dach über dem Kopf.«

Das gesamte Dorf erschien zur Bestattung, und Susan stellte erleichtert fest, daß die Bevölkerung noch immer recht zahlreich war. Sie hatte schon gefürchtet, daß der Überfall und das Erdbeben ihre Zahl drastisch reduziert haben könnte, doch die Frauen und Kinder, die wahrscheinlich im Wald Zuflucht gesucht hatten, kamen jetzt wieder hervor, so daß die Versammlung, die sich um Kellicuts Leichnam gruppierte, bald die ganze Lichtung füllte.

Matt, Susan und Sergej hatte man einen Ehrenplatz reserviert. Hinter ihnen hockten junge Männer und balancierten hohle Stämme auf den Knien, denen sie einen langsamen, trauervollen Takt entlockten, während manche Hominiden auf ihre seltsame, schwermütige Art tanzten und dabei die Arme und Knie in eigenartigen Haltungen vom Körper abwinkelten. Die Flammen schossen noch höher in die Luft, als Dark-Eye schließlich aus seiner Hütte trat, in der Hand wieder die ölgefüllte Muschel. Er schritt über den glühenden Pfad, der für ihn ausgelegt worden war, und stellte die Muschel ins Feuer. Dann ging er hinüber zu Kellicuts Leichnam, in der Hand den langen Flintstein, und setzte die scharfe Schneide neben der Nase an.

»Sie sollten besser nicht hinsehen«, sagte Matt zu Sergej, doch als er Sergej kurz darauf nach Luft schnappen hörte, wußte Matt, daß er seinen Rat nicht befolgt hatte.

Dark-Eye holte die Muschel wieder aus den Flammen und goß das siedende Öl über Kellicuts Brust und seine Beine. Dann wurde der Leichnam in breite Blätter eingewickelt und wie ein Bündel verschnürt, und während die Trommler ihr Tempo steigerten, tauchten wie aus dem Nichts die Grabhüter auf. Sie legten die Leiche auf eine frisch gezimmerte Bahre, die auf grob geschlagenen, als Räder dienenden Stämmen ruhte.

Kaum hatten sie die Bahre fortgeschoben, kehrte Dark-Eye in seine Hütte zurück, seinen Beutel über der Schulter und bereit, Kellicuts Augen den Augen jener Stammesmitglieder hinzuzufügen, die ihm vorausgegangen waren.

»Okay«, sagte Sergej. »Jetzt habe ich meine Neugier lange genug gezügelt. Erzählen Sie mir alles. Wie haben Sie das geschafft?«

Sie hatten gerade ihre letzte Mahlzeit im Tal gegessen und ruhten sich noch ein wenig vor dem langen Rückmarsch aus. Matt lag auf dem Boden, den Kopf auf den Armen, und starrte in den Himmel, und Susan hatte es sich neben ihm gemütlich gemacht, die Beine lang ausgestreckt, den Oberkörper auf beiden Ellbogen gestützt.

»Da gibt es nicht viel zu erzählen«, sagte sie. »Haben Sie schon vom ›Rätsel von Chodsant‹ gehört?« Sergej schüttelte den Kopf. »Es handelt sich dabei um einen Piktographen. Im letzten Jahrhundert wurde es hier in der Nähe gefunden. Da aber ein Teil des Bilds fehlte, konnte man es nicht entschlüsseln. Außerdem lag nur eine Kopie und nicht das Original vor, also wußte man nicht einmal, wie alt es war. Und hätte man es gewußt, hätte es keiner geglaubt, denn das wäre fast gewesen, als wäre behauptet worden, man hätte die steinernen Tafeln der Zehn Gebote gefunden.

Als wir in den Tunneln zum erstenmal vor den Höhlenmenschen davonliefen, haben wir das Bild auf einer Felswand gesehen. Nur war es diesmal vollständig. Später bin ich zurückgegangen, um es mir näher anzuschauen. Das Bild zeigte eine beziehungsweise mehrere Schlachten zwischen erbitterten Feinden. Auf der einen Seite wir, der Homo sapiens sapiens, auf der anderen der Homo sapiens neanderthalensis. Irgendwann gehen die beiden Parteien aufeinander zu. Es kommt zu einem Friedensgespräch, Waffen werden niedergelegt. Doch greift der Homo sapiens sapiens zu einem Trick. Er gräbt Fallgruben, um die Neandertaler zu fangen, und es funktioniert. Er bleibt der Sieger, wenn auch nicht nach fairem Kampf. Es ist ein Sieg der Verschlagenheit. Soweit alles klar?«

»Sie wollen also behaupten, daß es eine einzige Schlacht gegeben hat? Daß ein einziger Trick die Neandertaler ausgelöscht hat?«

»Nein, nicht ganz. Wahrscheinlich haben zahllose Schlachten stattgefunden, die sich über Jahre und Jahrzehnte, vielleicht sogar über Jahrhunderte hingezogen haben. Doch das Resultat war zumeist das gleiche: Der Homo sapiens sapiens gewann. Mit anderen Worten, das Rätsel ist keine Erzählung von einem einzelnen Ereignis in der Vergangenheit, es ist eine visuelle Metapher, eine Erklärung für den – fast vollständigen – Untergang einer ganzen Spezies. Es versinnbildlicht eine historische Lektion. Es lehrt uns etwas. Es berichtet den winzigen, versprengten Gruppen, die durch all die Jahrhunderte überlebten: Vergeßt nicht; es gibt da etwas, das ihr über den Homo sapiens sapiens wissen solltet.«

»Und das wäre –«

»Daß er ein doppeltes Spiel treibt: daß er betrügt, daß er lügt und daß er deshalb immer gewinnt.«

Matt nahm den Faden auf. »Und wenn ihr überleben wollt, dann müßt ihr von ihm lernen. Ihr müßt so werden wie er.«

»Die Frage, die immer wieder gestellt wurde«, fuhr Susan fort, »die Frage, die Archäologen, Paläontologen und Anthropologen seit dem Augenblick beschäftigt hat, in dem vor anderthalb Jahrhunderten ein menschenähnlicher Schädel im Neandertal gefunden und als Schädel einer anderen Spezies klassifiziert wurde, lautete: Warum wir und nicht sie? Warum haben wir überlebt, und warum mußten sie aussterben? Der Neandertaler war genauso schlau wie wir. Er war stärker, wahrscheinlich sogar zahlreicher, bestimmt gab es über eine Million von ihnen. Überall in Europa und Asien hatte er die Schrecken der Eiszeit durchlebt und existierte bereits seit gut zweihunderttausend Jahren. Was ist mit ihm geschehen? Welche entscheidende Fähigkeit hat ihm gefehlt?«

»Und welche war es?«

»Die Fähigkeit zu betrügen. Nicht mehr und nicht weniger.«

»Und diese Fähigkeit kann man lernen, sonst hätten sie sich nicht die Mühe gemacht, ihre Nachfahren darin zu unterrichten«, sagte Matt. »Aber sie weiterzugeben ist nicht einfach. Sie hätten erleben müssen, wie lange ich gebraucht habe, ihnen beizubringen, daß sich ein Tier leichter erlegen läßt, wenn man ihm im Hinterhalt auflauert, statt ihm offen entgegenzutreten, um es mit dem Speer zu töten.«

»Und wie sind Sie auf diesen Plan verfallen?«

»Einfach so«, sagte Matt. »Als man Susan gefangennahm, wurde mir klar, daß ich einen Plan brauchte. Anzahl und Truppenstärke sprachen zugunsten der Renegaten, also mußte ich einen Trick anwenden. Ich mußte sie hereinlegen, wenn ich das Kräfteverhältnis ausgleichen wollte, und ich spürte genau, daß es bei dem Rätsel eben darum ging, daß dies seine geheime Botschaft war.«

»Das hast du gespürt?« fragte Susan lächelnd.

»Ja. Es kam einfach über mich. Eine Inspiration sozusagen.«

Wieder mußte Susan lächeln.

»Okay«, sagte Sergej. »Sie brauchten also eine List, wenn Sie Susan retten wollten. Aber wie sind Sie auf die Idee mit dem Trojanischen Pferd gekommen?«

»Der älteste Trick der Welt. Er ist perfekt, von allen griechischen Mythen die Lieblingsgeschichte der Kinder. Als ich ihren Götzen sah, wußte ich, sie würden dem Drang nicht widerstehen können, eine solche Figur besitzen zu wollen. Wenn es mir nur gelang, meine Kopie möglichst originalgetreu anzufertigen, dann würden sie diese in ihre Höhle ziehen.«

»Aber warum haben Sie keine Krieger im Bauch versteckt?«

»Das war ja gerade das Knifflige daran – und zwar in mehrfacher Hinsicht. Mein Plan basierte letztlich darauf, daß Kee-wak ihn zumindest teilweise erriet, doch am Anfang stand für mich die Bedeutung des Rätsels. Warum war es so wichtig, diese Bildertafel aufzubewahren? Weil sie etwas lehrte, nämlich Täuschung und Betrug. Wenn also die Hominiden mit einem Betrug rechneten, dann durfte ihre Erwartung auch nicht enttäuscht werden, dachte ich. Stell ihnen eine Falle, die sie durchschauen können. Sollen sie ihr ausweichen. Doch wenn sie das tun, dann schnappt die Falle in der Falle zu. Es ging einfach darum, ein Täuschungsmanöver der nächsthöheren Kategorie anzuwenden.«

»Mmh«, sagte Sergej.

»Für uns Menschen ist dergleichen längst zur zweiten Natur geworden. Um nichts anderes geht es im Schach. Oder beim Rüstungswettlauf. List und Gegenlist. Die Ebenen des Vortäuschens und Verstellens steigen in himmelweite Höhen. *Taktisches Täuschen* nennen das die Psychologen.«

»Wie bei den Experimenten mit Schimpansen«, fügte Susan hinzu. »Ein Schimpanse kann das Täuschen der ersten Kategorie lernen – sagen wir, er versteckt Bananen vor einem stärkeren Schimpansen in einer Kiste und tut, als wären sie nicht drin. Der zweite Schimpanse kann Täuschen der zweiten Kategorie lernen – so zu tun, als wenn nichts wäre, und den ersten Schimpansen beobachten, bis der die Kiste öffnet. Aber die dritte Kategorie hat noch kein Schimpanse gelernt – damit zu rechnen, daß er beobachtet wird, und deshalb die falsche Kiste zu öffnen.«

»Ganz genau«, sagte Matt. »Ich nahm an, daß Kee-wak diese höhere Ebene nicht durchschauen würde. Er hatte seine Lektion über die menschliche Verschlagenheit gelernt, denn die hatte ihn das ›Rätsel von Chodsant‹ gelehrt, aber er hatte keine Ahnung von dem Ausmaß dieser Verschlagenheit.«

»Aber wieso hat er geglaubt, daß im Bauch des Götzen Krieger versteckt waren?«

»Zum einen, weil sein Mißtrauen geweckt war. Zum anderen aber, weil er natürlich seine besondere Fähigkeit angewandt hat. Deshalb hatte ich Sie gebeten, das Versteck zu bauen, und deshalb sollten die Hominiden im Versteck liegen bleiben, denn so hat Kee-wak gesehen, was sie gesehen haben – Dunkelheit und Licht, das zwischen Ästen hindurchsickert.«

»Und was war mit den Geräuschen aus der Götzenstatue?«

»Das gab dem Ganzen erst den letzten Schliff. Ich habe mir mit meinem Diktiergerät und Susans Kassettenrecorder ein Band zusammengestellt. Die erste halbe Stunde blieb frei, dann wurden Alarmrufe der Hominiden überspielt, die ich vor einigen Wochen aufgenommen hatte. Und zum Schluß habe ich sicherheitshalber noch das Werk eines unserer berühmtesten Musiker angehängt.« Er lächelte Susan zu, die sein Lächeln erwiderte. »Der Rest war einfach. Ich habe den Kassettenrecorder zwischen zwei Steinplatten in den Bauch gelegt, die Lautstärke aufgedreht, auf ›Play‹ gedrückt und die Taste mit einem Holzkeil festgeklemmt. Dann habe ich einen Draht an dem Keil befestigt, ihn aus der Statue nach draußen verlegt und um einen Pfosten im Boden gewickelt. Sollte die Statue bewegt werden – peng –, würden eine halbe Stunde später die Hominiden ihre Alarmrufe ausstoßen.«

»Woher wußten Sie, daß Kee-wak den Bären verbrennen lassen würde?«

»Die naheliegendste Lösung, wenn man die Statue in eine von Fackeln erhellte Höhle gezogen hat. Außerdem war sein Mißtrauen längst geweckt.«

»Und das Feuer hat die Fackeln in Brand gesetzt, die Sie hinter Augen und Mund bereitgelegt hatten?«

»Genau.«

»Ich muß schon sagen, ihr Amerikaner seid wirklich noch gerissener als wir.«

»Wir sind schließlich auch mit Geschichten von ›Uncle Remus‹ groß geworden.«

»Wer ist denn das?«

»Ach, nicht so wichtig.«

Eine Gruppe Hominiden unter Führung von Hurt-Knee, der sich an die Rolle des Anführers zu gewöhnen schien, begleitete sie bis zur Höhle. Longtooth, der sich Gesicht und Brust mit Striemen aus rotem Ocker und schwarzer Kohle bemalt hatte, hielt sich nicht lange bei ihnen auf. Er wollte mit seinen jungen Jägern ins Tal; die Tiere dort waren leichte Beute, da auf sie noch nie Jagd gemacht worden war. Die Jugendlichen hatten sich alle wie Longtooth angemalt und waren mit Speeren, Äxten und Keulen bewaffnet. Longtooth selbst trug voller Stolz Sergejs Bogen und auf dem Rücken den Köcher mit Pfeilen – ein Geschenk.

Auf ihrem Weg durch die Tunnel sahen sie, daß Sergej recht gehabt hatte – die Hominiden zogen tatsächlich ein, übernahmen die verlassenen Feuerstellen und besetzten die kleinen Kammern entlang der Nebentunnel. Sie nahmen die Tierfelle in Besitz, die zum Gerben an der Wand hingen, und schliefen auf jenen Fellen, die vor den Feuern ausgebreitet lagen.

»Ist dir aufgefallen, Matt«, fragte Susan, »daß die Kinder sich in kleinere Gruppen aufgeteilt haben? Glaubst du, der neue Wohnort drängt ihnen eine neue soziale Struktur auf?«

»Falls du mich damit fragen willst, ob sie gerade die Familie erfunden haben, so lautet meine Antwort nein.«

»Und warum nicht?«

»Nun, vor allem deshalb nicht, weil die Familie sich einer Arbeitsteilung verdankt, die begann, als die Männer auf die Jagd gingen und die Frauen daheim blieben, um auf die Kinder aufzupassen. Das stand doch schon in unseren ersten Unterrichtsbüchern.«

Sie kamen an einer kleinen Felskammer vorbei, in der sich ein erwachsener Mann und eine erwachsene Frau um ein Feuer kümmerten. »Offenbar halten die sich nicht an das, was in den Büchern steht«, bemerkte Susan.

Als die Gruppe die Haupthöhle erreichte, verschwand Susan. Matt nahm an, daß sie sich die Grube noch einmal anschauen wollte, in der sie von Kee-wak gefangengehalten worden war, doch stattdessen ging sie in die heilige Kammer, um einen letzten Blick auf das »Rätsel von Chodsant« zu werfen. Sie ging zum letzten Bildfeld und richtete ihre Aufmerksamkeit auf die einsame Gestalt. Nein, sie hatte sich nicht getäuscht. Der Künstler hatte das Gefühl dieses Augenblicks wirklich hervorragend wiedergegeben – die trotzige Haltung, der Hominide, der sich emporreckte, vom Gewicht der herabregnenden Erde aber bereits niedergedrückt wurde, die gefletschten Zähne, der mörderische Blick in den Augen, die unfaßbare Wut über den Betrug. Sie wußte jetzt, wie meisterhaft der Moment im Bild eingefangen worden war, da sie ihn selbst erlebt hatte.

Susan spürte, wie ein lautloser Strom in sie eindrang, wie ihr Geist von einem anderen Geist gefüllt wurde. Sie drehte sich um, und dort im Schatten eines Torbogens stand eine gebeugte Gestalt. Der Alte trat vor, damit Susan ihn erkennen konnte. Es war Dark-Eye. Er ging zu ihr, stellte sich neben sie und betrachtete das Bild. Und wie sie konzentrierte er sich auf den einzelnen Neandertaler am Schluß des Bilderbogens. Er starrte seinen Vorfahren an, der seinen Betrug verfluchte, als wüßte er, daß er nicht nur in einer Falle gefangen wurde, sondern in einer Sackgasse katastrophalen, historischen Ausmaßes gelandet war. Einen Augenblick lang schien Dark-Eye selbst diesen Moment zu durchleben, schien ihn an sich zu reißen. Susan fühlte sich dreifach verbunden, ein Dreieck aus Schmerz und Leid, aber auch aus Zuversicht und Überlebenswillen, und sie wußte mit kaum zu erklärender Gewißheit, daß die beiden Spezies eins waren und daß die Neandertaler älteren Geschwistern glichen, die im Kindesalter verstorben sind, in uns aber weiterleben.

Am Höhleneingang versammelten sich die Hominiden, um ihnen Lebewohl zu wünschen – Blue-Eyes, Tall-Boy, Hurt-Knee, alle kamen sie. Sie wirkten nervös und unsicher, ihre Gesichter waren dunkelrot angelaufen. In ihrer Welt gab es keine Abschiede, dachte Matt. Hurt-Knee, dessen Narbe sich wie ein Mahnmal über seine Stirnwulst zog, begleitete sie den Hang hinunter. Als sie sich mühsam durch den Schnee vorankämpften, spürten Matt, Susan und Sergej, wie die Hominiden ihren Geist anfüllten, um sich dann langsam zurückzuziehen, fast so, als würde die Brandung eines Meeres hinter ihnen verklingen.

Es war warm, und bald hatten sie die Schneegrenze hinter sich gelassen. Hurt-Knee schien unruhig, da er sich so weit von der Höhle fortwagte, aber er blieb bei ihnen, bis sie die Schlucht mit der Brücke erreicht hatten. Hurt-Knee sah ihnen nach, als sie einer nach dem anderen hinüberkrochen. Irgendwie schien es einfacher, die Brücke in dieser Richtung zu überqueren, fort vom wolkenverhangenen Gipfel, obwohl Susan in der Mitte der Brücke meinte, vor Angst zu erstarren. Um nicht nach unten zu sehen, schloß sie die Augen, rührte sich nicht und sammelte all ihre Kraft. Und da begann sie, mit geschlossenen Augen die Äste und Zweige vor sich zu sehen, fühlte, wo sie sich festhalten konnte, und wußte, daß die Brücke sie sicher tragen würde. Bald war sie in Sicherheit. Hurt-Knee blieb auf der anderen Seite der Schlucht zurück.

Die drei Menschen winkten. Hurt-Knee starrte zu ihnen hinüber, versuchte aber nicht, ihre Geste nachzuahmen. Also wandten sie sich um und machten sich an den Abstieg. Sie waren kaum zehn Meter weit gegangen, als sie hinter sich ein ohrenbetäubendes Grollen hörten, harsch, aber einer Lawine sehr ähnlich. Sie wandten sich um und sahen, wie die Brücke in sich zusammenfiel, sahen, daß sie wie ein Strohhalm in sich zusammengedrückt wurde und dann in die Schlucht hinabstürzte. Hurt-Knee hatte den Mechanismus der Selbstzerstörung ausgelöst.

An einem kalten Gebirgsbach, den sie bereits vom Hinweg kannten, legten sie eine Rast ein.

»Sergej«, begann Matt, »da ist etwas, das ich Sie schon lange fragen wollte. Haben Ihre Leute jemals herausgefunden, warum Kee-waks Stamm Handel trieb? Was hat sie veranlaßt, den Berg herunterzukommen und Waren auszutauschen?«

»Eigentlich hat es ihnen an nichts gefehlt. Sie hatten alles, was sie brauchten – wenigstens alles, was sie für diese Phase ihrer Entwicklung brauchten.«

»Warum also?«

»Sie wollten Menschen haben«, erklärte Sergej. »Die Felle legten sie als Köder aus. Sie wollten Menschen in die Berge locken.«

»Aber warum?«

»Um sie zu opfern. Um die Dämonen zu besänftigen, die die Erdbeben verursachten. Wir haben das plötzliche Verschwinden von Menschen bis in die Zeit um 1900 zurückverfolgt, und fast immer stand es unmittelbar im Zusammenhang mit vulkanischen Aktivitäten.«

»Und der Götze?«

»Ich bin keineswegs davon überzeugt, daß er ein Gott der Jagd ist. Ich denke, er ist ein Gott des Schreckens, ein Gott, der die Erde erzittern läßt. Die Hominiden hielten Gott für einen Höhlenbären, und der Höhlenbär ist das einzige Tier, dessen Fell wir unten im Tal niemals gefunden haben. Das Tier ist heilig. Wenigstens behaupten das unsere Wissenschaftler, doch bis jetzt haben sie das nur geraten – sie haben nie einen Yeti zu Gesicht bekommen.«

»Also haben sie keinen sicheren Beweis?« fragte Matt.

»Richtig.«

Eine Weile schwiegen sie und lauschten dem Plätschern des Wassers. Dann sagte Sergej: »Ich mußte daran denken, was Sie vorhin über Betrug und Täuschung gesagt haben. Ist es nicht absurd, daß unser schlimmster Charakterzug unser Überleben ermöglicht hat?«

»Ich bin mir nicht sicher, ob er wirklich unser schlimmster Charakterzug ist«, sagte Susan. »In mancherlei Hinsicht ist er von Intelligenz nicht zu trennen. Betrug ist, metaphorisch gesprochen, unser entgegengestellter Daumen. Er erlaubt uns, die Welt zu manipulieren. Wer Verstand hat, der ist klug, wer Listen kennt, ist clever.«

»Denken Sie daran, daß dieser Charakterzug uns dazu verhilft, Illusionen und Überraschungen zu schaffen«, sagte Matt. »Und damit sind Sie dann gleich auf dem Gebiet der Kunst, der Magie, der Musik und des Erzählens von Geschichten. Denken Sie daran, als wäre dieser Charakterzug unser inneres Auge, unsere Fähigkeit, uns selbst durch unsere Phantasie noch außen zu projizieren.«

Sergej schien in Nachdenken versunken, als Susan ihm die Frage stellte, auf die ihr Gespräch sich unweigerlich zubewegt hatte. »Werden Sie jetzt, da Sie alles wissen, zu Ihrer Regierung gehen und ihr sagen, daß sie von Anfang an recht gehabt hat?«

Sergej bückte sich, um einen Schluck kaltes Wasser zu trinken, dann richtete er sich auf, wischte sich das Kinn und lächelte. »Wann hätte es das denn schon einmal gegeben, daß eine Regierung recht behalten hätte?«

»Ha!« rief Matt, und Susan beugte sich vor und strich Sergej über den Arm. Matt durchwühlte seinen Rucksack, kramte sein Diktiergerät, zwei Kassetten und Kellicuts Tagebuch hervor und schleuderte alles weit fort in eine Schlucht, in der es lautlos verschwand. »Ein Hoch auf den Betrug!«

»Lang lebe die Täuschung!« erwiderte Sergej.

Eagleton erwartete sie. Er saß in seinem Stuhl in der Wellblechbaracke, in jenem Käfig, den er hassen gelernt hatte, rauchte ununterbrochen und ließ seinen Oberkörper vor- und zurückpendeln. So nervös benahm er sich seit dem Augenblick, in dem er Sodders Funkspruch aus dem Hubschrauber erhalten hatte, kurz nachdem die drei Gestalten mehrere Meilen oberhalb von Kellicuts Camp vom neuen Teamchef aufgelesen worden waren.

»Drei? Also Dr. Arnot, Mattison und Van?«

»Nein, Van nicht. Jemand anderer. Ein Russe.«

»Ein Russe? Unmöglich!«

Eagleton konnte ihm keine weiteren Fragen stellen, ohne zu riskieren, daß seine Antworten mitgehört wurden; also blieb ihm nichts anderes übrig, als zu warten. Er könnte einen Drink vertragen. Mann, er hatte seit Ewigkeiten keinen vernünftigen Drink mehr gehabt.

Das Peitschen der Rotoren konnte man etwa drei Minuten vor dem ohrenbetäubenden Brüllen hören, mit dem die Maschine auf der Felsebene innerhalb des Lagers aufsetzte. Er starrte aus dem Fenster, wich zurück und spähte mit nur einem Auge durch die Scheibe, damit man ihn nicht sehen konnte. Da war tatsächlich ein Fremder bei ihnen – langes, dunkles Haar, federnder Schritt, slawische Gesichtszüge. Eagleton rollte zurück an seinen Tisch und täuschte Gelassenheit vor.

Sie klopften nicht einmal an. Zuerst kam Sodder, dann die Frau, dann Mattison und schließlich der Fremde. Sie sahen mager aus, erschöpft. Niemand streckte die Hand zur Begrüßung aus, und Eagleton gab sich Mühe, den richtigen Ton zu finden – besorgt, keinesfalls befehlsgewohnt.

»Wir haben solche Angst ausgestanden. Sie waren so lange da oben, völlig ohne jeden Kontakt. Erzählen Sie mir alles. Was ist passiert?«

Matt holte tief Luft. »Es war eine Katastrophe. Wir wurden von einem Schneesturm überrascht. Eine Lawine kam herunter. Wir haben Kellicuts Leiche gefunden. Van ist auch tot; er wurde von einem Felsbrocken erschlagen. Wir konnten nichts mehr für ihn tun. Wir können nur von Glück sagen, daß wir mit dem Leben davongekommen sind.«

Eagleton wollte sie nach den Neandertalern fragen, deutete statt dessen aber auf Sergej. »Und wer ist der da?«

»Ich heiße Sergej Ilich Konjanow.« Sergej trat einen Schritt vor und streckte eine Hand aus, die Eagleton nur widerstrebend ergriff. »Ich bin Russe.«

»Was Sie nicht sagen.«

Eagleton wandte sich an Matt. »Wieso? Ich verstehe nicht?«

»Wir haben ihn oben in den Bergen gefunden. Offenbar haben die Russen auch eine Expedition ausgeschickt. Bis auf ihn sind alle umgekommen.«

»Wir sind erschöpft«, sagte Susan. »Würde es Ihnen etwas ausmachen, wenn wir uns hinsetzen?«

»Wir könnten auch etwas zu essen gebrauchen«, sagte Matt.

Verwirrt bat Eagleton, Sodder möge etwas zu essen bestellen und Stühle hereinbringen, aber Sodder, der viel zu neugierig war, zögerte, und schließlich sagten Matt, Susan und Sergej, daß sie für weitere Fragen nun zu müde seien und daß sie sich jetzt erst einmal erholen müßten. Eagletons vorgetäuschte Höflichkeit zwang ihn, diesem Wunsch nachzukommen. Mühsam verbarg er seinen Ärger.

Er rollte seinen Stuhl um den Tisch herum, packte Matt beim Arm und versuchte es noch ein letztes Mal. »Wollen Sie mir wirklich sagen, daß Sie wochenlang in Eiseskälte herumgeirrt sind, einen Schneesturm überstanden und alles ohne fremde Hilfe überlebt haben?«

»Wir hatten Glück. Vor dem Sturm konnten wir uns in eine Höhle retten, und danach haben wir ein etwas milderes Tal gefunden. Aber es war verdammt hart.«

»Und Sie haben keine Spur von Neandertalern entdeckt?«

»Das habe ich nicht gesagt.«

Eagleton richtete sich gespannt auf.

»Wir haben Ihnen dies hier mitgebracht«, sagte Matt, langte in seine Tasche und zog einen kleinen Splitter von einem Kieferknochen hervor. An der einen Seite war der Knochen ein wenig rauh, dort, wo er jene Hälfte abgebrochen hatte, in der sich das Bohrloch für den Anhänger befunden hatte. »Sie sollten es datieren lassen.«

Im Flugzeug bestellte Matt Champagner, und sie fühlten sich schon etwas beschwipst, bevor sie noch ihre Flughöhe von zehntausend Metern erreicht hatten.

»Übrigens«, sagte Susan, »ich hätte ja nichts dazu gesagt, aber da du mich so zu drängen scheinst – ich hatte recht, weißt du.«

»Womit?« fragte Matt, der genau wußte, was sie meinte.

»Nicht ihr Sexualverhalten, sondern der Krieg hat sie untergehen lassen.«

»Wen?«

»Stell dich nicht so dumm an.«

»Ach, die meinst du. Die hatte ich schon fast vergessen.«

»Dir würde ich das glatt zutrauen.«

»Also schön. Nehmen wir mal für einen Augenblick an – aber

nur für einen Augenblick –, es wäre denkbar, daß du mit deiner Behauptung nicht völlig unrecht hättest. Was würde das schon besagen? Wem wolltest du davon erzählen?«

Susan runzelte die Stirn. »Ich weiß, das ist ein Problem, über das ich auch schon nachgedacht habe. Unter all den Menschen dieser Welt gibt es nur einen, der weiß, wie sehr ich recht hatte, und dieser eine bist du. Allein den Gedanken finde ich schon unerträglich.«

»Tja, du steckst in der Zwickmühle. Entweder du behältst mich in deiner Nähe und findest beständige Anerkennung, oder du leistest dir lange Ferngespräche, sooft du dich deprimiert fühlst.«

»Das könnte teuer werden.«

»Meine Rede.« Er nahm noch einen Schluck. »Jetzt mal im Ernst, was wirst du tun?«

»Ich bin mir nicht sicher. Ich dachte daran, nach Ostafrika in die Olduvaischlucht zu gehen.«

»Machst du Witze? Da will ich doch hin! Oder an den Lake Turkana in Nordkenia. Die letzten Funde da waren ziemlich vielversprechend. Sie lassen auf einen aufrechten Gang schließen, und das würde die Kette unserer Vorfahren noch weiter zurückreichen lassen. Aber du? Nach was für Knochen willst du denn da suchen?«

»Eigentlich dachte ich eher an eine Forschung in Richtung Molekularbiologie.«

Matt zog ein langes Gesicht. »O nein, Susan. Keine DNA. Du willst doch wohl nicht auch eine von denen werden, die herumlaufen und Placentas sammeln, um zu beweisen, daß wir alle von einer gemeinsamen Vorfahrin namens Eva abstammen?«

»Dahin führt nun mal der Weg der Zukunft, Matt. Echte Wissenschaft, quantifizierbar, verifizierbar. Kein Rätselraten mehr darüber, wie alt der Knochen ist, in welchem Geostratum er gefunden wurde und was weiß ich noch alles.«

»Du spinnst. Du kannst doch nicht ernsthaft glauben, daß du und ich und all die anderen Menschen von einer kaum zweihunderttausend Jahre alten afrikanischen Buschfrau abstammen.«

»Mag sein, daß die zeitlichen Einschätzungen falsch sind. Sie könnte durchaus etwas älter sein.«

»Susan«, rief Matt mit erhobener Stimme. »Die genetische Datierung stellt meine Hypothese, daß wir alle Afrika vor mehr als einer

Million Jahren verlassen haben, ganz grundsätzlich in Frage. Damit greifst du alles an, was ich mir in den letzten Jahren aufgebaut habe.«

»Beruhige dich, Matt. Das habe ich doch gar nicht behauptet. Vielleicht greife ich deine Thesen auch nicht direkt an. Ich glaube nur, daß du dich ein wenig verrechnet hast – sagen wir, um etwa sechshunderttausend Jahre.«

»Um sechshunderttausend Jahre? Dann kannst du die ganze Geschichte gleich vergessen!«

»Keine Panik, Matt. Die Leute starren uns schon an.«

»Wie kannst du nur?«

»Na ja, vielleicht gelingt es dir ja, mir die Sache noch auszureden.«

»Wann habe ich dir jemals etwas ausreden können?« Er seufzte, während er den Arm um sie legte.

»Es gibt immer ein erstes Mal«, sagte sie, kuschelte sich an ihn und nippte noch einmal an ihrem Champagner.

Draußen, hinter dem Plastikfenster, sahen sie, wie das Dach der Welt unter ihnen zurückblieb, schwarze und weiße Bergzacken, die sich im Licht der untergehenden Sonne purpurrot färbten und mit wachsender Entfernung zunehmend sanfter aussahen.

Danksagungen

Ein erfahrener Lektor des Verlags Random House hat das Manuskript dieses Buchs empfohlen und seine Entstehung im Frühstadium gefördert. In Schriftstellerkreisen genießt dieser Mann legendären Ruf; er hat in fünfunddreißigjähriger Verlagsarbeit die Werke einer langen Reihe berühmter Autoren betreut. Schriftsteller haben ihn respektiert, weil er sich darauf verstanden hat, ihre Bücher zu verbessern, ohne ihnen die persönliche Note zu nehmen, und viele haben ihn auch geliebt. Aber in Danksagungen ist sein Name nie aufgetaucht. Als Vertreter der alten Schule, die der Auffassung ist, Lektoren hätten unter allen Umständen unsichtbar zu bleiben, hat er ihn jedesmal herausgestrichen. Im November 1995 ist er plötzlich an seinem Schreibtisch gestorben. Wäre er weniger bescheiden gewesen, hätte sein Name in Hunderten von Büchern gestanden. Wäre alles gutgegangen, stünde er jetzt nicht hier. Daher diese Zeilen voller Dankbarkeit und Ehrfurcht – Wörter, die offensichtlich unzulänglich sind – für Joe Fox.

Mein Dank gilt auch Arthur Kopit – Freund, Autor und Mitverschwörer. Er hat als erster vorgeschlagen, die Geschichte in Form eines Romans zu erzählen, und hat bis tief in viele Nächte hinein wesentlich dazu beigetragen, die Handlung durch überraschende Wendungen spannend zu machen.

Danken möchte ich Nicholas Delbanco für seine kritische Lektüre und Kommentare, Michael Koskoff für Rat und Beistand, Christopher Stringer vom Natural History Museum of Britain für die Begutachtung wichtiger wissenschaftlicher Abschnitte, Myra Shackley für wertvolles Material in zwei gründlich recherchierten Büchern über den Neandertaler, Walter Parkes für nützliche Anregungen sowie Peter und Susan Osnos für ihre Unterstützung und die Überlassung ihres Hauses für mehrere Sommer, in denen ein Großteil dieses Buchs entstanden ist.

Ebenfalls danken möchte ich Joseph Lelyveld und Bill Keller – Chefredakteur und Leiter des Auslandsressorts der *New York Times* –, die mir freundlicherweise Urlaub gewährt haben, damit ich einen Termin halten konnte, Marion Underhill, Sue Nestor und Tony Beard im Londoner Büro der *New York Times* für ihre bereitwillige logistische Unterstützung, Jon Karp, meinem neuen Lektor bei Random House, der eingesprungen ist, um das Manuskript zu formen und durch die abschließenden Stadien zu begleiten, und Kathy Robbins, meiner Agentin und Freundin, die einfach die Beste ihrer Branche ist.

Und da sind natürlich meine Kinder, Kyra, Liza und Jamie Darnton, deren Anregungen und Vorschläge unschätzbar wertvoll waren, und die Frau, die mehr als jeder andere getan hat, indem sie ermutigt, zugehört, Ideen ausgetauscht, umgeschrieben, lektoriert, mir die Hand gehalten, meine Stirn abgetupft, verhandelt hat – und ganz allgemein immer für mich dagewesen ist: Nina Darnton.

JEFFERY DEAVER

»Jeffery Deaver ist der beste Thriller-Autor überhaupt.«
The Times

45036

43715

43458

41650

GOLDMANN

MICHAEL CRICHTON

»Was die Verwandlung von trockenen Fakten in spannende Geschichten angeht, kann keiner Michael Crichton das Wasser reichen.«
Süddeutsche Zeitung

45122

GOLDMANN